AtV

Lion Feuchtwanger wurde 1884 in München geboren. Nach vielseitigen Studien gab er die Kulturzeitschrift »Der Spiegel« heraus, schrieb Theaterkritiken und arbeitete an Siegfried Jacobsohns »Schaubühne« mit. Bei Ausbruch des Ersten Weltkrieges wurde Feuchtwanger in Tunis interniert, konnte jedoch fliehen. In München vom Wehrdienst suspendiert, nahm er die Übersetzung und Bearbeitung indischer, griechischer und spanischer Dramen wieder auf, zudem entstanden eigene Stücke und Antikriegsdichtung. Die bayerische Räterepublik erlebte er »in großer Nähe führender Männer«. Die historischen Romane *Die häßliche Herzogin* und *Jud Süß* brachten Feuchtwanger Weltruhm. 1925 siedelte er nach Berlin über. Als die Nazis die Macht übernahmen, befand er sich auf einer Vortragsreise in den USA. Seine Bücher wurden verboten, Haus und Vermögen konfisziert. Sanary-sur-Mer, Feuchtwangers neuer Lebensort, war zeitweilig ein Zentrum deutscher Emigranten. Hier vollendete er u. a. die *Wartesaal*- und die *Josephus*-Trilogie. 1940 internierten ihn die Franzosen. Ab 1941 lebte er in Kalifornien, wo weitere große historische Romane, Erzählungen, Stücke und Essays entstanden. Feuchtwanger starb 1958 in Pacific Palisades.

»Ich habe mich an eine *Jüdin von Toledo* gemacht ...«, schrieb Lion Feuchtwanger am 20. Juli 1953 an Arnold Zweig, und am 15. März 1954: »Der innere Sinn ist die Darstellung der ungeheuern Anziehungskraft des Krieges, der sich nicht einmal die Gegner ganz verschließen können. Darstellen will ich also, welch ungeheure Widerstände der Kampf um den Frieden überkommen muß. Das Schicksal meines jüdischen Ministers Jehuda Ibn Esra wiederholt auf einer sehr viel höheren geistigen Ebene das Schicksal des Jud Süß.«

Der Roman erschien 1955 in zwei Erstausgaben, von denen die eine *Spanische Ballade* (Rowohlt Verlag, Hamburg), die andere *Die Jüdin von Toledo* (Aufbau-Verlag, Berlin) hieß. Für die letztere verfaßte Feuchtwanger ein Nachwort, das in den vorliegenden Band aufgenommen wurde.

Lion Feuchtwanger

Die Jüdin von Toledo

Roman

Aufbau Taschenbuch Verlag

Mit einem Nachwort des Autors von 1955
und einer Nachbemerkung von Gisela Lüttig

Textgrundlage:
Lion Feuchtwanger, Gesammelte Werke in Einzelbänden,
Band 15, Aufbau-Verlag GmbH, Berlin 1995

ISBN 3-7466-5621-4

8. Auflage 2005
Aufbau Taschenbuch Verlag GmbH, Berlin

Umschlaggestaltung gold, Anke Fesel / Kai Dieterich
unter Verwendung eines Fotos aus dem Archiv des Aufbau-Verlages
Druck GGP Media GmbH, Pößneck
Printed in Germany

www.aufbau-taschenbuch.de

Für Marta und Hilde

Erster Teil

Der König verliebte sich heftig in eine Jüdin, die den Namen Fermosa, die Schöne, trug, und er vergaß sein Weib.

Alfonso el Sabio, Crónica General
Um 1270

Nach Toledo ging Alfonso
Mit der Königin, der jungen,
Schönen. Aber Liebe blendet,
Und er täuschte sich durch Liebe
Und verschaute sich in eine
Jüdin, und sie hieß Fermosa.
Ja, Fermosa hieß, »die Schöne«
Hieß sie, und sie hieß zu Recht so.
Und mit ihr vergaß der König
Seine Königin.

Die Liebeshändel Alfonsos des Achten
mit der schönen Jüdin
Romanze des Lorenzo de Sepúlveda
1551

Erstes Kapitel

Achtzig Jahre nach dem Tod ihres Propheten Mohammed hatten die Moslems ein Weltreich aufgebaut, welches sich von der indischen Grenze ununterbrochen durch Asien und Afrika die südlichen Gestade des Mittelmeers entlang bis zur Küste des Atlantischen Ozeans dehnte. Im achtzigsten Jahr ihres Eroberungszuges setzten sie über die schmale westliche Enge des Mittelmeers hinüber in das »Andalús«, nach Spanien, zerstörten das Reich, welches dort die christlichen Westgoten drei Jahrhunderte vorher aufgerichtet hatten, und unterwarfen in gewaltigem Schwung die gesamte Halbinsel bis zu den Pyrenäen.

Die neuen Herren brachten mit sich eine überlegene Kultur und machten das Land zu dem schönsten, bestgeordneten, volkreichsten Europas. Von kundigen Architekten und einer weisen Baupolizei geplant, entstanden große, herrliche Städte, wie sie der Erdteil seit den Römern nicht mehr gekannt hatte. Córdova, die Residenz des westlichen Kalifen, galt als die Hauptstadt des gesamten Abendlands.

Die Moslems brachten die vernachlässigte Landwirtschaft wieder hoch und gewannen dem Boden durch kluge Bewässerung ungeahnte Fruchtbarkeit ab. Sie förderten den Bergbau durch eine neue, hochentwickelte Technik. Ihre Weber stellten kostbare Teppiche her und erlesene Tuche, ihre Zimmerleute und Bildhauer delikate Holzkunst, ihre Kürschner jede Art Pelzwerk. Ihre Schmiede schufen Gegenstände höchster Vollendung für friedliche wie für kriegerische Zwecke. Schwerter, Degen, Dolche wurden erzeugt, schärfer und schöner als die der nichtmoslemischen Völker, Rüstungen von großer Widerstandskraft, weittragende Geschütze, Geheimwaffen, von denen man in aller Christenheit mit Unbehagen sprach. Auch ein Anderes, Unheimliches, sehr Gefährliches wurde hergestellt, eine tödliche Explosivmischung, sogenanntes Flüssiges Feuer.

Die Schiffahrt der spanischen Moslems, geleitet von erprobten Mathematikern und Astronomen, war schnell und sicher, so daß sie ausgedehnten Handel treiben und ihre Märkte mit allen Erzeugnissen des islamischen Weltreichs versorgen konnten.

Künste und Wissenschaften blühten wie bisher niemals unter diesem Himmel. Erhabenes und Zierliches mischten sich, die Häuser auf besondere, bedeutende Art zu schmükken. Ein kunstvoll verästeltes Erziehungssystem erlaubte einem jeden, sich zu bilden. Die Stadt Córdova hatte dreitausend Schulen, jede größere Stadt hatte ihre Universität, es gab Bibliotheken wie niemals seit der Blüte des hellenischen Alexandria. Philosophen weiteten die Grenzen des Korans, übersetzten in ihre eigene Denkart das Werk der griechischen Weltweisheit, schufen es in ein Neues um. Eine bunte, blühende Fabulierkunst schloß der Phantasie bisher unbekannte Räume auf. Große Dichter verfeinerten das reiche, tönende Arabisch, bis es jegliche Regung des Gefühls wiedergab.

Den Unterworfenen zeigten die Moslems Milde. Für ihre Christen übertrugen sie das Evangelium ins Arabische. Den zahlreichen Juden, die von den christlichen Westgoten unter strenges Ausnahmerecht gestellt worden waren, räumten sie bürgerliche Gleichheit ein. Ja, es führten unter der Herrschaft des Islams die Juden in Spanien ein so glückhaft erfülltes Leben wie niemals vorher seit dem Untergange ihres eigenen Reiches. Sie stellten den Kalifen Minister und Leibärzte, gründeten Fabriken, ausgedehnte Handelsunternehmungen, sandten ihre Schiffe über die sieben Meere. Sie entwickelten, ohne ihr eigenes hebräisches Schrifttum zu vergessen, philosophische Systeme in arabischer Sprache, sie übersetzten den Aristoteles und verschmolzen seine Lehren mit denen ihres eigenen Großen Buches und den Doktrinen arabischer Weltweisheit. Sie schufen eine freie, kühne Bibelkritik. Sie erneuerten die hebräische Dichtkunst.

Länger als drei Jahrhunderte dauerte dieses Blühen. Dann kam ein großer Sturm und zerstörte es.

Es hatten sich nämlich, als die Moslems die Halbinsel eroberten, zersprengte Abteilungen christlicher Westgoten ins nördliche Bergland Spaniens geflüchtet, sie hatten in dem schwer zugänglichen Gebiet kleine, unabhängige Grafschaften gegründet und von dort aus, Geschlecht um Geschlecht, den Krieg gegen die Moslems weitergeführt, einen Bandenkrieg, eine Guerilla. Lange kämpften sie allein. Dann aber verkündete der Papst in Rom einen Kreuzzug, und große Prediger forderten in flammenden Worten auf, den Islam zu vertreiben aus den Ländern, die er den Christen entrissen hatte. Da stießen denn Kreuzfahrer von überallher auch zu den kriegerischen Nachfahren der früheren christlichen Herren Spaniens. Beinahe vier Jahrhunderte hatten diese letzten Westgoten warten müssen, nun drangen sie nach Süden vor. Die verweichlichten, verfeinerten Moslems konnten ihrer Wildheit nicht standhalten; in wenigen Jahrzehnten eroberten die Christen die ganze nördliche Hälfte der Halbinsel zurück bis hinunter zum Tajo.

Die Moslems, von den christlichen Armeen immer härter bedrängt, riefen ihre Vettern aus Afrika zu Hilfe, wilde, glaubenseifrige Krieger, viele aus der großen südlichen Wüste, der Sahara. Diese hielten den Vormarsch der Christen auf. Aber sie verjagten auch die kultivierten, freigeistigen moslemischen Fürsten, die bisher im Andalús geherrscht hatten, sie duldeten keine Laxheit mehr im Glauben; der afrikanische Kalif Jussuf ergriff die Herrschaft auch im Andalús. Um das Land von allem Unglauben zu säubern, berief er die Vertreter der Judenheit in sein Hauptquartier nach Lucena und sprach zu ihnen: »Im Namen des Allbarmherzigen Gottes. Der Prophet hat euern Vätern Duldung in den Ländern der Gläubigen gewährt, aber unter *einer* Bedingung, die aufgezeichnet ist in den alten Büchern. Wenn euer Messias nicht binnen eines halben Jahrtausends erscheint, dann werdet ihr – so haben eure Väter es zugesagt – ihn, Mohammed, als den Propheten der Propheten anerkennen, der eure Gottesmänner überschattet. Die fünfhundert Jahre sind um. Erfüllt also den Vertrag, bekennt euch zu dem Propheten, werdet Moslems! Oder verlaßt mein Andalús!«

Sehr viele Juden, obwohl sie nichts von ihrer Habe mitnehmen durften, wanderten aus. Die meisten ins nördliche Spanien; denn die Christen, die dort nun wieder herrschten, benötigten, um das kriegszerstörte Land neu aufzubauen, den überlegenen Wirtschaftsverstand, den Gewerbefleiß und die vielerlei andern Kenntnisse der Juden. Sie gewährten ihnen die bürgerliche Gleichheit, die ihre Väter ihnen versagt hatten, und darüber hinaus viele Privilegien.

Manche Juden aber blieben im moslemischen Spanien und bekannten sich zum Islam. Sie wollten auf diese Art ihr Vermögen retten und später, unter günstigeren Umständen, in die Fremde gehen und sich wieder zum alten Glauben bekennen. Allein die Heimat war süß, das Leben in dem holden Lande Andalús war süß, sie zögerten die Ausreise hinaus. Und als nach dem Tode des Kalifen Jussuf ein weniger strenger Fürst zur Herrschaft kam, zögerten sie weiter. Und schließlich dachten sie nicht mehr an Auswanderung. Zwar blieb allen Ungläubigen der Aufenthalt im Andalús verboten; aber es genügte als Glaubensbeweis, sich zuweilen in der Moschee zu zeigen und fünfmal täglich das Bekenntnis zu sprechen: Allah ist Gott und Mohammed sein Prophet. Heimlich konnten die früheren Juden ihre Bräuche weiter üben, und es gab in dem judenfreien Andalús versteckte jüdische Bethäuser.

Sie wußten indes, diese heimlichen Juden, daß ihre Heimlichkeit vielen bekannt war und daß ihre Ketzerei, brach ein neuer Krieg aus, ans Licht kommen mußte. Sie wußten, wenn ein neuer Heiliger Krieg ausbrach, waren sie verloren. Und wenn sie, wie ihr Gesetz es ihnen vorschrieb, alltäglich um die Erhaltung des Friedens beteten, taten sie es nicht nur mit den Lippen.

Als Ibrahim sich auf den Stufen der verfallenen Fontäne des innersten Hofes niederließ, spürte er seine Müdigkeit. Er war nun eine volle Stunde lang in diesem baufälligen Hause herumgegangen.

Und er hatte doch wahrhaftig keine Zeit zu verlieren. Volle zehn Tage war er jetzt in Toledo, die Räte des Königs drängten mit Recht auf Bescheid, ob er nun die Generalpacht der Steuern übernahm oder nicht.

Der Kaufmann Ibrahim aus dem moslemischen Königreich Sevilla hatte mehrmals mit christlichen Fürsten Spaniens Geschäfte getätigt, aber ein so ungeheures Unternehmen hatte er noch niemals angepackt. Es stand seit Jahren schlecht um die Finanzen des Königreichs Kastilien, und seitdem gar König Alfonso – das war nun fünfzehn Monate her – seinen leichtsinnigen Feldzug gegen Sevilla verloren hatte, war seine Wirtschaft vollends verfahren. Don Alfonso brauchte Geld, viel Geld, und sofort.

Der Kaufmann Ibrahim von Sevilla war reich. Er besaß Schiffe, Güter und Kredit in vielen Städten des Islams und in den Handelszentren Italiens und Flanderns. Aber wenn er sich auf dieses kastilische Geschäft einließ, mußte er sein ganzes Vermögen investieren, und auch der Klügste konnte nicht voraussehen, ob Kastilien den Wirrwarr überstehen werde, den die nächsten Jahre bringen mußten.

Andernteils war König Alfonso zu riesigen Gegenleistungen bereit. Man bot Ibrahim zum Pfand die Steuern und Zölle, auch die Einnahmen der Bergwerke, und er war überzeugt, er wird, wenn er nur das Geld schaffte, noch viel günstigere Bedingungen erzielen, man wird ihm die Kontrolle *aller* Einkünfte übertragen. Nun waren freilich, seitdem die Christen das Land den Moslems abgenommen hatten, Handel und Gewerbe heruntergekommen; aber Kastilien, das größte der spanischen Länder, war fruchtbar, es besaß Bodenschätze in Fülle, und Ibrahim traute sich die Kraft zu, das Land wieder hochzubringen.

Allein ein solches Unternehmen konnte man nicht aus der

Ferne leiten: er müßte die Ausführung an Ort und Stelle überwachen, er müßte sein moslemisches Sevilla verlassen und hieher ins christliche Toledo übersiedeln.

Fünfundfünfzig Jahre war er jetzt alt. Er hatte erreicht, was immer er sich wünschte. Ein Mann in seinem Alter und mit seinen Erfolgen durfte ein so verfängliches Unternehmen nicht einmal in Erwägung ziehen.

Ibrahim saß auf den verfallenen Stufen der lang versiegten Fontäne, den Kopf in die Hand gestützt, und mit einemmal wurde er inne: auch wenn ihm das Abenteuerliche des Geschäftes von vornherein klar gewesen wäre, er wäre trotzdem nach Toledo gegangen, hierher in dieses Haus.

Es war dieses lächerliche, baufällige Haus, das ihn hierherzog.

Eine alte, seltsame Bindung bestand zwischen ihm und dem Haus. Er, Ibrahim, der große Finanzmann des stolzen Sevilla, der Freund und Ratgeber des Emirs, hatte sich zwar von Jugend an zu dem Propheten Mohammed bekannt, aber er war nicht als Moslem geboren, sondern als Jude, und dieses Gebäude hier, das Castillo de Castro, hatte seinen Vätern gehört, der Familie Ibn Esra, solange die Moslems in Toledo geherrscht hatten. Als aber vor nunmehr hundert Jahren der damalige Alfonso, der Sechste seines Namens, die Stadt den Moslems entriß, hatten sich die Barone de Castro des Hauses bemächtigt. Mehrere Male war Ibrahim in Toledo gewesen, jedesmal war er verlangend vor der finstern Außenmauer des Schlosses gestanden. Jetzt, da der König die Castros aus Toledo vertrieben und ihnen das Haus genommen hatte, konnte er endlich das Innere sehen und erwägen, ob er sich den alten Besitz der Väter nicht zurückholen sollte.

Nicht schnellen Schrittes, doch gierig prüfenden Auges war er über die vielen Treppen gegangen und durch die vielen Säle, Kammern, Korridore, Höfe. Es war ein ödes, häßliches Gebäu, mehr Festung als Palais. Von außen hatte es wohl auch damals nicht anders hergesehen, als Ibrahims Väter, die Ibn Esras, es bewohnten. Aber die hatten sicher das Innere mit bequemem arabischem Hausrat ausgestattet, und die Höfe waren stille Gärten gewesen. Es war verlockend, das Haus der Väter wieder aufzurichten und aus dem plumpen, verkommenen Castillo de Castro ein schönes, ziervolles Castillo Ibn Esra zu machen.

Was für unsinnige Pläne. In Sevilla war er der Fürst der Kaufleute und gerne gesehen am Hofe des Emirs unter den Dichtern, Künstlern, Gelehrten, die der Emir aus der ganzen arabischen Welt um sich versammelt hatte. Er fühlte sich dort von ganzer Seele wohl, und so taten seine lieben Kinder, das Mädchen Rechja und der Knabe Achmed. War es nicht Sünde und Tollheit, wenn er mit dem Gedanken auch nur spielte, sein edles, hohes Sevilla zu vertauschen mit dem barbarischen Toledo?

Es war keine Tollheit, und bestimmt nicht war es Sünde.

Das Geschlecht der Ibn Esras, das stolzeste unter den jüdischen Geschlechtern der Halbinsel, hatte in den letzten hundert Jahren viele Umschwünge erfahren. Das Unheil, welches die Afrikaner bei ihrem Einbruch ins Andalús über die Juden brachten, hatte Ibrahim selber miterlebt, als Knabe, er hieß damals noch Jehuda Ibn Esra. Gleich den übrigen Juden des Königreichs Sevilla waren damals auch die Ibn Esras ins nördliche, christliche Spanien geflohen. Ihm aber, dem Knaben, hatte die Familie auferlegt, zu bleiben und sich zum Islam zu bekennen; er war befreundet mit dem Fürstensohn Abdullah, und man hatte gehofft, auf solche Art einen Teil des Vermögens zu retten. Als Abdullah die Herrschaft antrat, hatte er denn auch Ibrahim seine Reichtümer wieder zugesprochen. Der Fürst wußte, daß sein Freund im Herzen dem alten Glauben weiter anhing, viele wußten es, doch ließ man es geschehen. Nun aber drohte ein neuer Krieg der Christen gegen die Gläubigen Mohammeds, und in einem solchen Heiligen Krieg wird der Emir Abdullah den Ketzer Ibrahim nicht mehr schützen können. Der wird fliehen müssen wie seine Väter, ins christliche Spanien, sein Vermögen hinter sich lassend, ein Bettler. War es da nicht klüger, jetzt nach Toledo zu gehen, freiwillig, in Reichtum und Glanz?

Denn wenn er's nur will, dann wird er hier in Toledo kein geringeres Ansehen genießen als in Sevilla. Schon auf eine leise Andeutung hin hatte man ihm das Amt des Ibn Schoschan in Aussicht gestellt, des jüdischen Finanzministers, der vor drei Jahren gestorben war. Kein Zweifel, hier in Toledo könnte er, auch wenn er offen ins Judentum zurückkehrte, jede Bestallung erhalten, die er wünschte.

Durch einen Spalt in der Mauer lugte der Kastellan in den Hof. An die zwei Stunden war der Fremde jetzt da; was sah er an dem baufälligen Gemäuer? Da hockte er, der Ungläubige, als wäre er hier zu Hause, als wollte er für immer bleiben. Die Leute des Fremden, die im äußern Hof auf ihn warteten, hatten erzählt, er habe in seinem Haus in Sevilla fünfzehn edle Pferde und achtzig Diener, darunter dreißig Schwarze. Sie waren reich und üppig, die Ungläubigen. Aber wenn auch das letztemal der König Unser Herr eine Schlappe erlitten hat, eine Zeit wird kommen, da werden die Heilige Jungfrau und Santiago uns gnädig sein, und wir werden sie totschlagen, die Moslems, und ihnen ihre Schätze abnehmen.

Und der Fremde traf immer noch keine Anstalt, zu gehen.

Ja, der Kaufmann Ibrahim von Sevilla saß und träumte weiter. Nie in seinem Leben hatte er einen so verfänglichen Entschluß fassen müssen. Denn als damals die Afrikaner ins Andalús einbrachen und er zum Islam übertrat, da hatte er das dreizehnte Jahr noch nicht erreicht, er war vor Gott und Menschen nicht verantwortlich, die Familie hatte für ihn entschieden. Nun mußte er die Wahl selber treffen.

Herrlich in seiner Reife und Erfüllung strahlte Sevilla. Aber es war Überreife, sagte sein alter Freund Musa; die Sonne des westlichen Islams hatte die Höhe ihres Bogens überschritten, sie war im Niedergang. Hier, im christlichen Spanien, in diesem Kastilien, war Beginnen, war Aufstieg. Alles hier war primitiv. Sie hatten zerstört, was der Islam gebaut hatte, und es notdürftig zusammengeflickt. Die Landwirtschaft war ärmlich, altväterisch, alles Gewerbe verrottet. Das Reich war entvölkert, und die hier saßen, verstanden sich auf den Krieg, aber nicht auf die Werke des Friedens. Er, Ibrahim, wird Menschen hierherziehen, die gelernt haben, was hervorzubringen, die es verstehen, an den Tag zu fördern, was ungenützt in der Erde liegt.

Es wird mühevoll sein, dem heruntergewirtschafteten, verkommenen Kastilien Atem und Leben einzublasen. Aber gerade das war die Verlockung.

Zeit freilich brauchte er, lange, ungestörte Jahre des Friedens.

Und mit einemmal spürte er: es war göttlicher Ruf gewesen, den er gehört hatte schon damals vor fünfzehn Monaten, als Don Alfonso nach seiner Niederlage den Emir von Sevilla um Waffenstillstand bat. Der kriegerische Alfonso war zu mancherlei Konzessionen bereit gewesen, einer Gebietsabtretung, einer hohen Kriegsentschädigung, doch auf die Forderung des Emirs, daß der Waffenstillstand acht Jahre dauern sollte, darauf hatte er nicht eingehen wollen. Er aber, Ibrahim, hatte seinem Freunde, dem Emir, zugeredet und zugesetzt, darauf zu bestehen und sich dafür mit immer kleinerem Landgewinn und immer niedrigerer Entschädigung zu begnügen. Und zuletzt hatte er's erreicht, und die guten, langen acht Jahre Waffenstillstand waren unterzeichnet und besiegelt worden. Ja, Gott selber hatte ihn damals getrieben und gemahnt: Streite für den Frieden! Laß nicht nach, streite für den Frieden!

Und der gleiche innere Ruf hatte ihn hierher nach Toledo getrieben. Wenn ein neuer Heiliger Krieg kommt – und er wird kommen –, dann ist der händelsüchtige Don Alfonso versucht, den Waffenstillstand mit Sevilla zu brechen. Aber dann wird er, Ibrahim, zur Stelle sein und dem König mit List, Drohung und Vernunft zureden, und wenn er nicht verhindern kann, daß Alfonso in den Krieg eingreift, so wird er's doch verzögern.

Und für die Juden, für seine Juden, wird es ein Segen sein, wenn dann bei Ausbruch des Krieges er, Ibrahim, im Rate des Königs sitzt. Die Juden werden wie früher die ersten sein, über welche die Kreuzfahrer herfallen, er aber wird seine Hand über sie halten.

Denn er war ihr Bruder.

Der Kaufmann Ibrahim von Sevilla war kein Lügner, wenn er sich einen Islamiten nannte. Er verehrte Allah und den Propheten, er genoß arabische Dichtung und Gelehrsamkeit. Die Sitten der Moslems waren ihm liebe Gewohnheit; er nahm automatisch fünfmal des Tages die vorgeschriebenen Waschungen vor, warf sich fünfmal in der Richtung nach Mekka zur Erde, die Gebete zu sprechen, und wenn er vor einer großen Entscheidung stand oder vor einer wichtigen Handlung, dann rief er aus innerem Bedürfnis Allah an und sagte die erste Sure des Korans her. Aber wenn er sich mit den andern Juden Sevillas am Sabbat in den untern Räumen seines Hauses versammelte, in seinem versteckten Bethaus, um den Gott Israels zu verehren und in dem Großen Buche zu lesen, dann kam eine freudige Ruhe in sein Herz. Er wußte, dies war sein tiefstes Bekenntnis, und durch dieses Bekenntnis zur wahrsten Wahrheit reinigte er sich von den Halbwahrheiten der Woche.

Es war Adonai, der alte Gott seiner Väter, der ihm den bittern, seligen Wunsch ins Herz gebrannt hatte, zurückzukehren nach Toledo.

Schon einmal, damals, als das große Unheil über die Juden des Andalús hereinbrach, hatte ein Ibn Esra, sein Oheim Jehuda Ibn Esra, hier von Kastilien aus seinem Volke große Hilfe leisten können. Dieser Jehuda, General des damaligen Alfonso, des Siebenten, hatte die Grenzfestung Calatrava gegen die Moslems gehalten und Tausenden, Zehntausenden bedrängter Juden Flucht und Sicherheit ermöglicht. Jetzt wird er, der ehemalige Kaufmann Ibrahim, eine ähnliche Sendung haben.

Er wird heimkehren in dieses Haus.

Seine schnelle, starke Phantasie zeigte ihm das Haus, wie es sein wird. Schon sprang die Fontäne wieder, stilles, dunkles Blühen war im Hofe, leises, vielfältiges Leben in den menschenentwöhnten Räumen des Hauses, der Fuß trat dicke Teppiche statt des steinernen, unwirtlichen Bodens, um die

Wände liefen Inschriften, hebräische und arabische, Verse des Großen Buches und der moslemischen Dichter, und überall rann kühlendes, sänftigendes Wasser und gab den Träumen und Gedanken seinen Fall und Rhythmus.

So wird das Haus sein, und er wird darin einziehen als der, der er ist, Jehuda Ibn Esra.

Ohne daß er sie hätte rufen müssen, kamen ihm Verse des Segens, die ihm das Haus schmücken sollten, Verse aus dem Großen Buch der Väter, das ihm von nun an den Koran ersetzen wird. »Denn es sollen Berge stürzen und Hügel hinfallen, aber meine Gnade soll nicht von dir weichen, und mein Friedensbund mit dir nicht hinfallen.«

Ein leeres, glückliches Lächeln war über seinem Gesicht. Mit seinem innern Aug sah er die stolzen Verse der göttlichen Versprechung, wie sie schwarz, blau, rot und golden den Fries entlangziehen, die Wand seines Schlafgemaches schmückend; sie werden sich ihm ins Herz prägen des Abends, bevor er einschläft, und ihn grüßen des Morgens, wenn er erwacht.

Er erhob sich, dehnte die Glieder. Er wird hier in Toledo leben im alten, neugerichteten Hause seiner Väter, er wird dem armen, kargen Kastilien neuen Hauch einblasen, er wird mithelfen, den Frieden zu erhalten und dem bedrängten Israel eine Zuflucht zu schaffen.

Manrique de Lara, der Erste Minister, erläuterte Don Alfonso die Verträge, die man mit dem Kaufmann Ibrahim von Sevilla vereinbart hatte und die nur mehr der Unterschrift bedurften. Die Königin wohnte dem Vortrag bei. Von jeher waren die Fürstinnen des christlichen Spaniens Mitträger der Gewalt, und es war ihr Privileg, an den Staatsgeschäften teilzunehmen.

Die drei Dokumente, in welchen in arabischer Sprache die Abmachungen aufgezeichnet waren, lagen auf dem Tisch. Es waren umständliche Verträge, und Don Manrique brauchte viel Zeit, die Einzelheiten auseinanderzusetzen.

Der König hörte nur mit halbem Ohr zu. Doña Leonor und sein Erster Minister hatten lange auf ihn einreden müssen, ehe er sich bewegen ließ, den Ungläubigen in seinen Dienst zu nehmen. Trug doch dieser die Hauptschuld an der Härte des Friedensvertrags, den er damals, vor fünfzehn Monaten, hatte unterzeichnen müssen.

Dieser Friedensvertrag! Seine Herren hatten ihm weisgemacht, daß er günstig sei. Don Alfonso mußte nicht, wie er gefürchtet hatte, die Festung Alarcos hergeben, die liebe Stadt, die er in seinem ersten Feldzug dem Feinde abgewonnen und seinem Reiche zugefügt hatte, und auch die Kriegsentschädigung war nicht übermäßig hoch angesetzt. Aber acht Jahre Waffenstillstand! Der junge, ungestüme König, Soldat durch und durch, sah nicht, wie er die Geduld aufbringen sollte, die Ungläubigen sich acht endlos lange Jahre ihres Sieges brüsten zu lassen. Und mit dem Manne, der ihm den schimpflichen Vertrag aufgenötigt hatte, sollte er jetzt ein zweites, folgenschweres Abkommen treffen! Sollte fortan den Menschen immer um sich haben und auf seine verdächtigen Vorschläge hören! Andernteils hatten ihm die Gründe eingeleuchtet, die seine kluge Königin und sein erprobter Freund Manrique ihm anführten: seitdem Ibn Schoschan gestorben war, sein guter, reicher Hebräer, war es immer schwerer geworden, von den großen Händlern und Bänkern der Welt Geld zu kriegen, und es blieb niemand als dieser Ibrahim von Sevilla, ihm aus seinen Finanznöten zu helfen.

Nachdenklich, während er lässig auf Manrique hörte, betrachtete er Doña Leonor.

Man sah sie nicht häufig in der Königsburg von Toledo. Sie war im Herzogtum Aquitanien geboren, im milden südlichen Frankreich, wo die Sitten höfisch und zierlich waren, und das Leben in Toledo schien ihr, obgleich die Stadt nun schon hundert Jahre in den Händen der Könige Kastiliens war, noch immer ungeschlacht wie in einem Feldlager. Wenn sie's auch begriff, daß Don Alfonso die meiste Zeit in dieser seiner Hauptstadt verbrachte, nahe dem ewigen Feind, so zog sie selber es doch vor, im nördlichen Kastilien Hof zu halten, in Burgos, nahe der Heimat.

Alfonso, ohne daß er mit jemand darüber gesprochen hätte, wußte genau, warum Doña Leonor dieses Mal nach Toledo gekommen war. Sicher war es geschehen auf die Bitte Don Manriques. Dieser sein Minister und lieber Freund hatte wohl angenommen, er könne ohne ihre Hilfe ihn nicht dazu bewegen, den Ungläubigen zu seinem Kanzler zu machen. Dabei hatte er die Notwendigkeit sehr schnell begriffen und hätte es auch ohne Zureden Doña Leonors getan. Aber er war froh, daß er sich so lange gesträubt hatte; es war ihm lieb, Doña Leonor um sich zu haben.

Wie sorgfältig sie sich angezogen hatte. Und es ging doch nur um einen Vortrag des guten Manrique. Immer legte sie's darauf an, reizvoll und gleichwohl fürstlich auszuschauen. Es lächerte ihn ein wenig, doch sah er's mit Wohlgefallen. Sie war noch ein halbes Kind gewesen, als sie vor fünfzehn Jahren die Hofhaltung ihres Vaters, des engelländischen Heinrich, verließ, um ihm als Braut zugeführt zu werden; aber sie hatte alle die Jahre hindurch in seinem armen, strengen Kastilien, wo man infolge des ewigen Krieges wenig Zeit hatte für die Verästelungen der Courtoisie, den Sinn der Heimat fürs Höfisch-Zierliche gewahrt.

Immer noch kindlich trotz ihrer neunundzwanzig Jahre saß sie da in dem schweren, prächtigen Kleid. Wiewohl nicht groß, sah sie stattlich her mit dem Reif, welcher das dichte, blonde Haar hielt. Unter der hohen, edelgebauten Stirn schauten die großen, gescheiten, grünen Augen ein wenig zu kalt und prüfend vielleicht, doch machte ein leises, unbestimmtes Lächeln das ruhige Gesicht warm und freundlich.

Sie hatte leicht lächeln über ihn, seine liebe Doña Leonor. Gott hatte ihm Verstand gegeben, und er begriff so gut wie sie und ihr Vater, der engelländische König, daß heute die Wirtschaft seines Reiches nicht weniger wichtig war als das Heereswesen. Aber die schlauen Schleichwege, obwohl sie sicherer zum Ziele führen mochten als das Schwert, waren ihm nun einmal zu langsam und zu langweilig. Er war Soldat und nicht Rechner, Soldat und immer wieder Soldat. Und das war gut in einer Zeit, da Gott den Fürsten der Christenheit unermüdlichen Kampf gegen die Ungläubigen auferlegt hatte.

Auch Doña Leonor ließ ihre Gedanken wandern. Sie sah dem Gesicht ihres Alfonso das Widersprüchliche an, das in ihm vorging; wie er begriff und sich fügte, und wie er knirschte und aufbegehrte. Ein Staatsmann war er nicht; niemand wußte das besser als sie, die Tochter eines Königs und einer Königin, deren kühne, listige Politik die Welt nun seit Jahrzehnten in Atem hielt. Er war grundgescheit, wenn er nur wollte, doch sein wildes Gemüt rannte immer wieder die Mauer seiner Vernunft ein. Und gerade um dieser heftigen, lustigen Energie willen liebte sie ihn.

»Du siehst, Herr König, und du, Doña Leonor«, faßte nun Don Manrique zusammen, »er hat auf keine seiner Bedingungen verzichtet. Aber er gibt auch mehr, als irgendein anderer es könnte.«

Don Alfonso sagte böse: »Und das Castillo nimmt er sich auch noch! Als Alboroque!« Alboroque nannte man das übliche Höflichkeitsgeschenk, das den Abschluß eines Vertrags begleitete. »Nein, Herr König«, antwortete Don Manrique. »Verzeih, daß ich vergaß, dir das zu sagen. Er will sich das Castillo nicht schenken lassen. Er will es kaufen. Für tausend Goldmaravedí.«

Das war eine ungeheure Summe, viel mehr, als das alte Gerümpel wert war. Solche »Largesse«, solche Großzügigkeit stand einem großen Herrn an; aber wenn ein Kaufmann Ibrahim aus Sevilla sie übte, war es dann nicht eine Frechheit? Alfonso erhob sich, ging auf und ab.

Doña Leonor betrachtete ihn. Dieser Ibrahim wird seine Mühe haben, es ihrem Alfonso recht zu machen. Der war nun einmal ein Ritter, ein kastilischer Ritter. Wie gut er aussah, ein richtiger Mann und trotz seiner dreißig Jahre noch ein Knabe. Leonor hatte einen Teil ihrer Kindheit im Schlosse Domfront verbracht; dort stand in Holz geschnitzt ein großer, junger, dräuender heiliger Georg, der das Schloß machtvoll beschützte, und an sein Antlitz erinnerte sie immer wieder das kühne, entschiedene, etwas hagere Gesicht ihres Alfonso. Sie liebte alles an ihm, das rotblonde Haar, den kurzen Vollbart, der unmittelbar um die Lippen wegrasiert war, so daß der lange, schmale Mund deutlich hervortrat. Am meisten aber liebte sie seine grauen, heftigen Augen, von denen, wenn ihn etwas bewegte, ein heller, gewitteriger Schein ausging. Auch jetzt war es so.

»Er bittet nur um *eine* Vergünstigung«, fuhr Manrique fort. »Er bittet, vor deiner Majestät erscheinen zu dürfen und Dokumente und Unterschrift von dir selber zu erhalten. Sein Emir«, erläuterte Manrique, »hat ihn zum Ritter gemacht, und er hält auf Würde. Erinnere dich, Don Alfonso, daß in den Ländern der Ungläubigen der Kaufmann an Ansehen dem Krieger nicht nachsteht, da ihr Prophet selber ein Kaufmann war.«

Alfonso lachte, plötzlich gut gelaunt; wenn er lachte, sah er strahlend jungenhaft aus. »Aber hebräisch muß ich nicht mit ihm reden?« rief er.

»Sein Latein ist gut verständlich«, antwortete sachlich Manrique. »Auch Kastilisch spricht er zur Genüge.«

Don Alfonso, wieder ohne Übergang, wurde ernst. »Ich habe nichts gegen einen jüdischen Alfakim«, sagte er, »aber euern Juden zum Escrivano Mayor zu machen – daß mir das widerstrebt, müßt ihr doch begreifen.«

Don Manrique führte von neuem aus, was er dem König in den letzten Wochen mehrere Male dargelegt hatte: »Wir haben ein Jahrhundert hindurch Krieg führen und erobern müssen, wir haben keine Zeit gehabt, uns um die Wirtschaft zu kümmern. Die Moslems hatten Zeit. Wenn wir gegen sie aufkommen wollen, dann brauchen wir die Klugheit der Juden, ihre Sprachgewandtheit, ihre Geschäftsbeziehungen. Es war ein Glück für die christlichen Fürsten, daß die Moslems des Andalús ihre Juden vertrieben haben. Jetzt hat dein Onkel von Aragon seinen Don Joseph Ibn Esra und der König von Navarra seinen Ben Serach.« – »Auch mein Vater«, ergänzte Doña Leonor, »hat seinen Aaron aus Lincoln. Er sperrt ihn manchmal ein, aber er holt ihn immer wieder heraus und gibt ihm Land und Ehren.« Und Don Manrique schloß: »Es stünde besser um Kastilien, wenn uns unser Jude Ibn Schoschan nicht weggestorben wäre.«

Don Alfonso verdüsterte sich. Die Mahnung verdroß ihn. Er hatte den Feldzug gegen den Emir von Sevilla, der dann so übel ausging, schon vor vier Jahren unternehmen wollen, nur der alte Ibn Schoschan hatte ihn zurückgehalten. Jetzt sollte offenbar an dessen Stelle dieser Ibrahim von Sevilla treten – so erwarteten es Doña Leonor und Manrique – und ihn vor raschen Entschlüssen bewahren. Deshalb vielleicht mehr noch als aus Gründen der Wirtschaft hatten sie ihm so inständig zugeredet, den Juden zu bestallen. Sie hielten ihn, Alfonso, für zu ungestüm, zu kriegerisch, sie trauten ihm die schlaue, armselige Geduld nicht zu, die ein König in diesen krämerhaften Zeiten haben mußte.

»Und arabisch sind sie auch noch!« sagte er unmutig und schlug auf die Dokumente. »Ich kann nicht einmal recht lesen, was ich da unterschreiben soll.«

Don Manrique erriet ihn; er wollte die Unterzeichnung hinauszögern. »Da du's befiehlst, Herr König«, antwortete er bereitwillig, »lasse ich die Verträge lateinisch ausfertigen.«

»Gut«, sagte Alfonso. »Und bestell mir also den Juden nicht vor dem Mittwoch.«

Die Audienz, in welcher die Unterschriften ausgetauscht werden sollten, fand in einem kleinen Raume der Burg statt. Doña Leonor hatte gewünscht, dem Empfang beizuwohnen; auch sie war neugierig auf den Juden.

Don Manrique war in Amtstracht; er trug, befestigt an goldener Halskette, das Zeichen des Familiars, des Geheimrats des Königs, die Brustplatte mit dem Wappen Kastiliens, den drei Türmen des »Burgenlandes«. Auch Doña Leonor war in Staat. Alfonso hingegen war häuslich angezogen, keineswegs so, wie es sich für einen Staatsakt ziemte; er trug eine Art Wams mit breiten, losen Ärmeln und bequeme Schuhe.

Alle hatten erwartet, daß sich Ibrahim, wie es üblich war, im Angesicht der Majestät auf ein Knie niederlassen würde. Allein noch war er nicht Untertan des Königs, vielmehr ein großer Herr des moslemischen Weltreichs. Er trug denn auch die Kleidung des islamischen Spaniens und darüber den blauen, gefütterten Mantel des Würdenträgers, der mit freiem Geleite an den Hof eines christlichen Königs reist. Er begnügte sich, Doña Leonor, Don Alfonso und Don Manrique mit tiefer Verbeugung zu grüßen.

Die Königin sprach als erste. »Friede sei mit dir, Ibrahim von Sevilla«, sagte sie arabisch. Die Gebildeten auch in den christlichen Königreichen der Halbinsel sprachen neben dem Lateinischen arabisch.

Die Höflichkeit für den Gast hätte verlangt, daß auch Alfonso ihn arabisch anredete, und so hatte er's vorgehabt. Aber die Arroganz des Mannes, der nicht niederkniete, bewog ihn, lateinisch zu sprechen. »Salve, Domine Ibrahim«, grüßte er brummig.

Don Manrique legte in ein paar allgemeinen Sätzen dar, zu welchem Zwecke der Kaufmann Ibrahim kam. Doña Leonor mittlerweile, mit ruhigem, zeremoniösem Lächeln damenhaft vor sich hin schauend, musterte den Mann. Er war mittelgroß, doch ließen ihn die hohen Schuhe und die bei aller Lockerheit aufrechte Haltung groß erscheinen. Aus dem mattbräunlichen, von dem kurzen Vollbart umrahmten Gesicht schauten stille, mandelförmige Augen, wissend, etwas hochmütig. Lang und wohlgeschnitten fiel ihm von den Schultern der blaue Mantel des Geleites. Doña Leonor betrachtete neidisch den kostbaren Stoff; es war schwer, in der Christenheit solche Stoffe aufzutreiben. Aber wenn der Mann erst in ihren Diensten ist, wird er ihr vielleicht solchen Stoff beschaffen können, und auch gewisse, geradezu wundertätige Parfüms, von denen sie viel gehört hatte.

Der König hatte sich auf ein Spannbett gesetzt, eine Art Sofa; da saß er, halb liegend, in betont lockerer Haltung. »Ich hoffe nur«, sagte er, nachdem Don Manrique zu Ende war,

»du wirst die zwanzigtausend Goldmaravedí, die anzuzahlen du dich verpflichtest, auch zur Zeit aufbringen.« – »Zwanzigtausend Goldmaravedí sind viel Geld«, antwortete Ibrahim, »und fünf Monate sind wenig Zeit. Aber das Geld wird in fünf Monaten zur Stelle sein, Herr König – vorausgesetzt, daß die Vollmachten, die der Vertrag mir einräumt, nicht Pergament bleiben.« – »Deine Zweifel sind verständlich, Ibrahim von Sevilla«, sagte der König. »Es sind geradezu unerhörte Vollmachten, die du dir ausbedungen hast. Meine Herren haben mir erklärt, du willst deine Hand auf alles legen, was die Gnade Gottes mir beschert hat, auf meine Steuern, meine Staatsgelder, meine Zölle, auf meine Eisen- und Salzbergwerke. Du scheinst ein unersättlicher Mann, Ibrahim von Sevilla.« Der Kaufmann antwortete ruhig: »Ich bin schwer zu sättigen, weil ich dich zu sättigen habe, Herr König. Wer ausgehungert ist, das bist du. *Ich* zahle zunächst die zwanzigtausend Goldmaravedí. Wieviel von den Geldern, aus denen eine kleine Kommission mir gehört, hereinzubekommen ist, bleibt fragwürdig. Deine Granden und Ricoshombres sind schwierige, gewalttätige Herren. Verzeih es dem Kaufmann, Dame«, wandte er sich mit tiefer Verneigung an Doña Leonor, und nun sprach er arabisch, »wenn er in deiner mondhaften Gegenwart von so nüchternen, langweiligen Dingen redet.«

Allein Don Alfonso bestand: »Ich hätte es angemessen gefunden, wenn du dich begnügt hättest, mein Alfakim zu sein, wie mein Jude Ibn Schoschan. Er war ein guter Jude, und ich bedaure seinen Hingang.« – »Es ehrt mich hoch, Herr König«, antwortete Ibrahim, »daß du mir die Nachfolge dieses klugen und erfolgreichen Mannes anvertraust. Allein wenn ich dir so dienen soll, wie es mein brennendes Verlangen ist, durfte ich mich mit den Vollmachten des edeln Ibn Schoschan – Allah bereite ihm alle Freuden des Paradieses – nicht begnügen.« Der König indes, als hätte der andere nichts gesagt, sprach weiter, und er glitt jetzt in die Landessprache, ins niedrige Latein, ins Kastilische: »Aber daß du verlangtest, mein Siegel zu führen, das fand ich, gelinde gesagt, ungebührlich.«

»Ich kann deine Steuern nicht eintreiben, Herr König«, erwiderte ruhig in langsamem, mühseligem Kastilisch der Kaufmann, »wenn ich nur dein Alfakim bin. Ich mußte verlangen, dein Escrivano zu sein. Denn wenn ich dein Siegel nicht führe, werden mir deine Granden nicht gehorchen.« – »Deine Stimme und die Wahl deiner Worte«, antwortete Don Alfonso, »ist bescheiden, wie es sich geziemt. Aber du täuschest mich nicht. Was du meinst, ist sehr stolz, ich möchte sagen« – und er gebrauchte ein starkes Wort des niedrigen Lateins –, »du bist unverschämt.« Manrique fiel rasch ein: »Der Herr König findet, du kennst deinen Wert.« – »Ja«, sagte mit ihrer hellen Stimme freundlich und in sehr gutem Latein Doña Leonor, »genau das meint der König.«

Wieder verneigte sich der Kaufmann tief, erst vor Leonor, dann vor Alfonso. »Ich kenne meinen Wert«, sagte er, »und ich kenne den Wert der königlichen Steuern. Wollet mich nicht mißverstehen«, fuhr er fort, »du nicht, Dame, du nicht, großer und stolzer König, und du nicht, edler Don Manrique. Gott hat dieses schöne Land Kastilien mit vielen Schätzen gesegnet und mit Möglichkeiten schier ohne Ende. Aber die Kriege, die deine Majestät und deine Vorfahren haben führen müssen, haben euch nicht die Zeit vergönnt, diesen Segen zu nutzen. Jetzt hast du beschlossen, Herr König, deinen Ländern acht Jahre Frieden zu wahren. Was alles kann in diesen acht Jahren an Reichtümern aus deinen Bergen und aus deinem fruchtbaren Boden und aus deinen Flüssen herausgeholt werden. Ich weiß Männer, die deine Knechte lehren können, ihre Äcker ertragreicher zu machen und ihr Vieh zu mehren. Und ich sehe das Eisen, das in deinen Bergen wächst, kostbares Eisen in unendlicher Menge. Ich sehe Kupfer, Lapislazuli, Quecksilber, Silber, und ich werde geschickte Hände herbeischaffen, die das alles herausholen und bereiten und mischen und mengen und schmieden. Ich werde aus den islamischen Ländern Leute herbeiholen, Herr König, die deine Waffenwerkstätten denen von Sevilla und von Córdova ebenbürtig machen. Und es gibt einen Stoff, von dem ihr in diesen Reichen des Nordens kaum noch gehört habt, einen Stoff – man nennt ihn Papier –, auf dem es sich leichter schreibt als auf Pergament, und der, kennt man erst das Geheimnis seiner Herstellung, fünfzehnmal billiger ist als Pergament, und an deinem Fluß Tajo ist alles da, was man benötigt, diesen Stoff herzustellen. Und dann wird das Wissen, Denken und Dichten reicher und tiefer werden in euern Ländern, Herr König und Frau Königin.«

Er sprach mit Schwung und Überzeugung, er richtete die glänzenden, sanft dringlichen Augen bald auf den König, bald auf Doña Leonor, und sie hörten interessiert, fast bewegt dem beredten Manne zu. Don Alfonso fand, was dieser Ibrahim vorbrachte, ein bißchen lächerlich, ja, anrüchig; man erwarb Güter nicht mit Mühe und Schweiß, man eroberte sie mit dem Schwert. Aber Alfonso hatte Phantasie, er sah die Schätze und das Blühen, welches der Mann ihm in Aussicht stellte. Ein großes, freudiges Lächeln ging über sein Gesicht, wieder war er ganz jung, und Doña Leonor fand ihn höchst liebenswert.

Und er tat den Mund auf und anerkannte: »Du sprichst gut, Ibrahim von Sevilla, und vielleicht wirst du einen Teil von dem tun können, was du versprichst. Du scheinst ein kluger, tatkundiger Mann.«

Aber als bereute er's, daß er sich von dem Krämergerede zu solcher Anerkennung hatte verführen lassen, änderte er jäh seine Weise und sagte hänselnd höhnisch: »Ich höre, du hast einen teuern Preis gezahlt für mein Castillo, das frühere Castillo de Castro. Hast du eine zahlreiche Familie, daß du ein so großes Haus benötigst?« – »Ich habe einen Sohn und eine Tochter«, erwiderte der Kaufmann. »Aber ich habe gerne Freunde um mich, mit ihnen des Rates und des Gespräches zu pflegen. Auch gibt es viele, die meine Hilfe anrufen, und es ist wohlgefällig in den Augen Gottes, Schutzbedürftigen die Zuflucht nicht zu versagen.« – »Du läßt es dich was kosten«, sagte der König, »deinem Gotte zu dienen. Ich hätte es vorgezogen, dir das Castillo auf Lebenszeit umsonst zu überlassen, als Alboroque.« – »Das Haus«, antwortete der Kaufmann höflich, »hieß nicht immer Castillo de Castro. Früher hieß es Kasr Ibn Esra, und darum lag mir daran, es zu besitzen. Deine Räte, Herr König, haben dir wohl mitgeteilt, daß ich trotz meines arabischen Namens ein Mitglied der Familie Ibn Esra bin, und wir Ibn Esras wohnen nicht gerne in Häusern, die uns nicht gehören. Es war nicht Frechheit, Herr König«, fuhr er fort, und nun klang seine Stimme vertraulich, ehrerbietig und liebenswürdig, »was mich bewog, mir ein anderes Alboroque auszubitten.«

Doña Leonor, verwundert, fragte: »Ein anderes Alboroque?« – »Der Herr Escrivano Mayor«, gab Don Manrique Auskunft, »hat verlangt und von uns erhalten das Recht, daß ihm aus den Herden der königlichen Güter täglich für seine Küche ein Lamm geliefert werde.« – »Mir liegt an diesem Privileg«, erläuterte Ibrahim, sich an den König wendend, »weil ein ähnliches dein Großvater, der erlauchte Kaiser Alfonso, meinem Oheim zugestanden hatte. Ich werde nämlich, wenn ich nach Toledo übersiedle und in deine Dienste trete, vor aller Welt zu dem Glauben meiner Väter zurückkehren, den Namen Ibrahim ablegen und wieder Jehuda Ibn Esra heißen, wie jener mein Oheim, der deinem Großvater die Festung Calatrava gehalten hat. Möge mir ein töricht offenes Wort gestattet sein, Herr König und Frau Königin. Wenn ich das in Sevilla tun könnte, würde ich meine schöne Heimat nicht verlassen.«

»Wir freuen uns, daß du unsere Duldsamkeit schätzest«, sagte Doña Leonor. Alfonso aber fragte ohne Umschweife: »Und wirst du keine Schwierigkeiten haben, wenn du aus Sevilla fortgehst?« – »Wenn ich meine Geschäfte dort liquidiere«, entgegnete Jehuda, »werde ich Verluste haben. Andere Schwierigkeiten befürchte ich nicht. Gott hat mich begnadet und mir das Herz des Emirs zugewandt. Er ist ein Mann von hohem, freiem Verstande, und läge es an ihm, so dürfte ich mich auch in Sevilla offen zum Glauben meiner Väter bekennen. Er wird meine Gründe verstehen und mich nicht hindern.«

Alfonso beschaute den Mann, der in höflich ergebener Haltung dastand und so freimütig frech zu ihm redete. Der Mann schien ihm höllisch klug, doch nicht minder gefährlich. Wenn er seinen Freund, den Emir, verriet, wird er ihm, dem Fremden, dem Christen, Treue halten? Jehuda, als hätte er seine Gedanken erraten, sagte beinahe heiter: »Habe ich einmal Sevilla verlassen, dann kann ich natürlich nicht mehr zurückkehren. Du siehst, Herr König, wenn ich dir nicht gut diene, bin ich in deiner Hand.«

Don Alfonso, kurz, fast unwirsch, sagte: »Ich unterzeichne jetzt.« Früher pflegte er seinen Namen lateinisch zu schreiben: »Alfonsus Rex Castiliae« oder »Ego Rex«; in letzter Zeit signierte er immer häufiger in der Sprache des Volkes, in niedrigem Latein, romanisch, kastilisch. »Es genügt dir hoffentlich«, meinte er spöttisch, »wenn ich nur hinsetze: ›Yo el Rey‹?« Jehuda, scherzhaft, entgegnete: »Deine Rubrica, dein Schnörkel würde mir genügen, Herr König.«

Don Manrique reichte Alfonso die Feder. Der König unterzeichnete die drei Dokumente versperrten Gesichtes, schnell, trotzig, so wie man in ein unangenehmes, doch unvermeidbares Abenteuer hineingeht. Jehuda sah zu. Er war voll Genugtuung über das Erreichte, voll freudiger Spannung auf das Kommende. Er war dankbar dem Schicksal, seinem Gotte Allah, seinem Gotte Adonai. Er spürte, wie das islamische Wesen von ihm absank, und unversehens stieg in ihm auf der Segensspruch, den er als Kind hatte sprechen müssen, wenn er ein Neues erreicht hatte: »Gelobt seist du, Adonai, Unser Gott, der du mich hast erreichen und erlangen und erleben lassen diesen Tag.«

Dann unterzeichnete auch er die Schriftstücke und bot sie dem König dar, ehrerbietig, doch nicht ohne eine kleine, verschmitzte Erwartung. Alfonso war denn auch erstaunt, als er die Unterschrift sah, er zog die Brauen hoch und furchte die Stirn; es waren fremdartige Lettern. »Was soll das?« rief er. »Das ist doch nicht arabisch!« – »Ich habe mir erlaubt, Herr König«, erklärte höflich Jehuda, »hebräisch zu unterzeichnen.« Und er erläuterte ehrerbietig: »Mein Oheim, den die Gnade deines erlauchten Großvaters zum Fürsten erhob, hat immer nur hebräisch unterzeichnet: ›Jehuda Ibn Esra Ha-Nassi, der Fürst‹.«

Alfonso zuckte die Achseln und wandte sich Doña Leonor zu; sichtlich hielt er die Audienz für beendet.

Da indes sagte Jehuda: »Ich bitte um die Gnade des Handschuhs.« Es war aber der Handschuh das Symbol eines wichtigen Auftrags, den der Ritter dem Ritter gab; der Handschuh sollte nach glücklich vollbrachtem Auftrag zurückgegeben werden.

Alfonso fand, er habe in dieser Stunde genügend Frechheiten geschluckt, und schickte sich an, heftig zu erwidern; aber ein mahnender Blick Doña Leonors hielt ihn zurück. Er sagte: »Na schön.«

Und nun kniete Jehuda nieder. Und Alfonso gab ihm den Handschuh.

Dann indes, als schämte er sich des Geschehenen und wollte seine Bindung mit dem andern zurückführen auf das, was sie war, ein Geschäft, sagte er: »So, und jetzt schaff mir recht bald die zwanzigtausend Maravedí.« Doña Leonor aber, die großen, grünen Augen prüfend, ein wenig spitzbübisch auf Jehuda gerichtet, sagte mit ihrer hellen Stimme: »Wir freuen uns, dich kennengelernt zu haben, Herr Escrivano.«

Bevor Jehuda die Stadt Toledo verließ, um seine Geschäfte in Sevilla abzuwickeln, suchte er Don Ephraim Bar Abba auf, den Vorstand der jüdischen Gemeinde, der Aljama.

Don Ephraim war ein kleiner, magerer Herr von etwa sechzig Jahren, unscheinbar von Gestalt und Tracht; niemand hätte ihm angesehen, wieviel Macht ihm eignete. Denn der Vorstand der jüdischen Gemeinde von Toledo war einem Fürsten gleich. Die jüdische Gemeinde, die Aljama, hatte eigene Gerichtsbarkeit, keine Behörde hatte ihr einzureden, sie unterstand niemand, nur ihrem »Párnas« Don Ephraim und dem König.

Don Ephraim saß klein und fröstelnd in dem mit Hausrat und Büchern überstopften Raum. Trotz des bereits warmen Wetters war er in einen Pelz gehüllt und hatte ein Kohlenbecken vor sich. Er war über die Vorgänge in der Königsburg gut unterrichtet, und wiewohl die Bestallung des Kaufmanns Ibrahim erst bekanntgegeben werden sollte, wenn er endgültig nach Toledo übersiedelt war, wußte Don Ephraim, daß der Mann aus Sevilla die Generalsteuerpacht und die Nachfolge des Alfakims Ibn Schoschan übernommen hatte. Man hatte ihm selber Pacht und Amt angeboten, doch ihm war das Geschäft zu riskant und die Stellung des Alfakims gerade wegen ihres Glanzes zu gefährlich. Er war vertraut mit der Lebensgeschichte des Kaufmanns Ibrahim, er wußte, daß er heimlicher Jude war, und verstand die innern und äußern Gründe, die ihn zur Übersiedlung nach Kastilien bewegen mochten. Ephraim hatte mehrmals große Geschäfte gemeinsam mit ihm gemacht, mehrmals auch große Geschäfte gegen ihn, und es war ihm unangenehm, daß jetzt dieser zweideutige Sohn des Geschlechtes Ibn Esra den Hauptsitz seiner Unternehmungen nach seinem Toledo verlegte.

Don Ephraim saß da, die Fläche der einen Hand mit den Nägeln der andern reibend, und wartete, was ihm der Gast mitteilen werde. Don Jehuda führte die Unterhaltung hebräisch, in einem angelesenen, sehr gewählten Hebräisch. Er teilte Ephraim sogleich mit, er habe die Einkünfte des königlichen Schatzes von Toledo und von Kastilien gepachtet. »Du hast, wie ich höre, das Angebot der Generalpacht abgelehnt«, sagte er freundlich. »Ja«, antwortete Don Ephraim. »Ich habe gewogen und gezählt und abgelehnt. Ich habe auch die Nachfolge unseres Alfakims Ibn Schoschan – das Andenken des Gerechten zum Segen – abgelehnt. Dieses Amt schien mir zu glänzend für einen bescheidenen Mann.« – »Ich habe es angenommen«, sagte schlicht Don Jehuda. Don Ephraim stand auf und verneigte sich. »Dein Diener wünscht dir Glück, Herr Alfakim«, sagte er, und da Jehuda nur ein kleines, schweigendes Lächeln hatte, fuhr er fort: »Oder darf ich gar sagen, Herr Alfakim Mayor?« – »Des Königs Majestät«, sagte, seinen Triumph mühsam zügelnd, Don Jehuda, »hat geruht, mich zu einem seiner Familiares zu erheben. Ja, Don Ephraim, ich werde einer der vier Geheimräte sein, ich werde in der Curia sitzen. Ich werde die Geschäfte des Königs Unseres Herrn als sein Escrivano Mayor verwalten.«

Don Ephraim hörte das mit einem Gefühl, das aus Bewunderung und Abneigung, aus Freude und Unlust gemischt war. Er dachte: Was muß dieser Tollkühne und Spieler dafür bezahlt haben! Und: Wohin reißt diesen Toren sein Hochmut! Und: Verhüte der Allmächtige, daß Unheil von diesem Manne über Israel kommt!

Don Ephraim war außerordentlich wohlhabend. Das Gerücht wußte von dem ungeheuren Reichtum des Kaufmanns Ibrahim von Sevilla zu erzählen, doch glaubte Don Ephraim im stillen, er selber stehe diesem Abtrünnigen und Stolzen an Gut kaum nach. Er, Ephraim, versteckte seinen Reichtum und blieb unauffällig. Ibrahim von Sevilla hingegen, ein rechter Ibn Esra, war immer darauf ausgegangen, von sich und seinem Prunk reden zu machen, und was alles erst wird dieser begabte, zweideutige und gefährliche Mensch jetzt anrichten, wenn er sich, Gott herausfordernd, auf diesen frechen Gipfel in Toledo stellt.

Vorsichtig sagte Ephraim: »Die Aljama ist mit Ibn Schoschan immer sehr gut ausgekommen.« – »Hast du Furcht, Don Ephraim?« antwortete freundlich Don Jehuda. »Habe keine Furcht! Fern sei es von mir, der Gemeinde Toledo zu nahe zu treten oder gar sie zu bedrücken. Ich werde ja selber eines ihrer Glieder sein. Dir das zu sagen, bin ich hier. Du weißt, ich habe in meinem Herzen den Glauben der Söhne Hagars immer nur für einen halbechten Sproß unsres alten Glaubens gehalten. Sowie ich hier mein Amt antrete, werde ich in den Bund Abrahams zurückkehren und vor aller Welt den Namen führen, den meine Väter mir gegeben haben: Jehuda Ibn Esra.«

Don Ephraim mühte sich, freudig überrascht auszuschauen, aber seine Sorge wuchs. Wie er selber, sollte auch seine Aljama unauffällig bleiben. In diesen Zeiten, da ein neuer Kreuzzug drohte, der sicherlich neue Judenhetzen zur Folge haben wird, war weise Zurückhaltung doppelt notwendig. Und da lenkte dieser Ibrahim von Sevilla durch seinen Übertritt die Augen der ganzen Welt auf die Judenheit Toledos! Von jeher waren die Ibn Esras ruhmredig gewesen. Sie hatten geprahlt wie die Jahrmarktsgaukler. Bis jetzt waren sie wenigstens nur in Saragossa gesessen, in Logroño, in Toulouse, Ephraims Toledo war von ihnen frei geblieben. Und jetzt hatte er diesen auf dem Nacken, den üppigsten und gefährlichsten von allen!

Der fromme und sehr kluge Ephraim wollte nicht ungerecht sein. Die Ibn Esras mit ihrem Prunk und ihrer Großmannssucht waren seiner Seele fremd, aber sie waren, er gab es sich ohne weiteres zu, die Erste Familie des Sepharads, des spanischen Israels, und sie hatten Gelehrte, Dichter, Soldaten, Kaufherren, Diplomaten hervorgebracht, deren Namen ein Glanz Judas waren und Klang hatten auch im Islam und in der Christenheit. Vor allem aber hatten sie in diesem Jahrhundert der Bedrängnis den Juden großherzig geholfen, sie hatten Tausende aus der Sklaverei der Heiden losgekauft und Tausenden Zuflucht geschafft im Sepharad und in der Provence. Und auch der Ibn Esra, der hier vor ihm saß, war begnadet mit hohen Gaben, er war unter schwierigen Verhältnissen zum ersten Kaufmann Sevillas aufgestiegen. Aber bedeutete ein Mann von seiner Ruhmsucht und seinem verbrecherisch-spielerischen Übermut nicht trotzdem mehr Gefahr für Israel als Segen?

Dies alles bedachte Don Ephraim in den drei Sekunden, die der Ankündigung Don Jehudas folgten. In der vierten sagte er ehrerbietig: »Daß du zu uns kommst, Don Jehuda, ist uns hohe Ehre. Gott hat der Aljama von Toledo zur rechten Zeit den rechten Mann geschickt, sie zu führen. Denn du mußt mir erlauben, deinen Bürden eine neue zuzufügen und mein Amt in deine Hände zu legen.«

Im stillen dachte er: O Gott, Allmächtiger, strafe Israel nicht zu hart! Du hast diesem Meschummad, diesem Abtrünnigen, das Herz gewandelt, daß er zu uns zurückkehrt.

Laß ihn hier in deinem Toledo nicht zu viel Prunk und Stolz entfalten, und laß ihn nicht mehren den Neid und Haß der Völker, der Gojim, gegen Israel!

Don Jehuda mittlerweile sagte: »Nicht doch, Don Ephraim. Wer könnte besser als du die Geschäfte der Aljama leiten? Aber ich werde stolz sein, wenn ihr mich einmal am Sabbat aufruft zum Verlesen des Abschnitts aus der Schrift wie jeden andern guten Juden. Und heute schon, Don Ephraim, mußt du mir erlauben, das Los eurer Armen ein wenig zu verbessern. Laß mich dir einen kleinen Beitrag überweisen, sagen wir fünfhundert Goldmaravedí.«

Das war eine Gabe, wie sie der Gemeinde Toledo noch niemals geschenkt worden war, und die freche, spielerische, gauklerhafte, sündhafte Überheblichkeit Jehudas erschreckte und empörte Don Ephraim. Nein, wenn dieser Mann in seinem dreisten Glanz in Toledo herumging, dann konnte er, Ephraim, nicht länger Párnas der Aljama sein. »Überdenk es noch einmal, Don Jehuda«, bat er. »Die Aljama soll sich nicht und wird sich nicht mit einem Ephraim begnügen, wenn ein Jehuda Ibn Esra in Toledo ist.«

»Spotte meiner nicht«, antwortete ruhig Jehuda. »Niemand weiß besser als du, daß die Aljama zu ihrem Führer keinen Mann haben will, der vierzig Jahre lang im Glauben der Söhne Hagars verblieb und sich jeden Tag fünfmal zu Mohammed bekannt hat. Du selber wirst nicht wollen, daß ein Meschummad Gemeindevorstand sei in Toledo. Gib es zu.«

Von neuem spürte Ephraim Widerwillen und Bewunderung. Er selber hatte mit keinem Wort auf den Makel Jehudas angespielt. Aber dieser Mann sprach davon mit schamloser Offenheit, ja, mit Stolz, mit dem verruchten Stolz der Ibn Esras. »Es steht mir nicht zu, über dich zu richten«, sagte er.

»Bedenke dieses, mein Herr und Lehrer Ephraim«, sagte Don Jehuda und schaute dem andern voll ins Gesicht, »die Söhne Hagars haben mir seit jener ersten grausigen Kränkung kein Unrecht zugefügt. Vielmehr waren sie lind zu mir wie warmes Rosenwasser und haben mich genährt mit dem Fett ihres Landes. Ihre Bräuche sind mir lieb geworden, und wenn auch mein Herz widerstrebt, so sind mir manche Sitten angewachsen wie eine zweite Haut. Sehr wohl kann es sich ereignen, daß ich, wenn ich vor einer wichtigen Entscheidung stehe, aus der Gewohnheit meines Herzens den Gott Mohammeds anrufe und die ersten Verse des Korans bete. Gesteh es, Don Ephraim, würdest du, wenn dir solches zu Ohren käme, nicht versucht sein, den großen Bann gegen mich zu verkünden, den Cherem?«

Es erbitterte Don Ephraim, daß ihn der andere wiederum genau erriet. Sicher war dieser Jehuda trotz seines großartigen Entschlusses ein Frevler und Freigeist, und in der Tat war dem Ephraim für einen Augenblick verlockend die Vorstellung aufgestiegen, wie er vom Almemor aus, der Verkündigungsstätte der Synagoge, den Bann wider ihn verkünden lassen wird unter dem Klang des Schofars, des Widderhorns. Aber das waren eitle Träume; ebensogut könnte er den Bann verhängen über den Großkalifen oder über den König Unsern Herrn.

»Kein anderes Geschlecht hat so viel für Israel getan wie die Familie Ibn Esra«, antwortete er höflich ausweichend. »Auch ist bekannt, daß dein Vater dich zum Abtrünnigen bestimmt hat, bevor du dreizehn Jahre alt warst.« – »Hast du das Sendschreiben gelesen«, fragte Jehuda, »in welchem Unser Herr und Lehrer Mose Ben Maimon diejenigen verteidigt, die sich unter Zwang zum Propheten Mohammed bekannt haben?« – »Ich bin ein einfacher Mann«, antwortete ablehnend Don Ephraim, »und mische mich nicht in den Disput der Rabbinen.« – »Du darfst nicht glauben, Don Ephraim«, sagte mit Wärme Jehuda, »daß ein einziger Tag vergangen wäre, an dem ich nicht der Lehre gedacht hätte. Ich habe im Unterbau meines Hauses in Sevilla eine Synagoge, und an den hohen Feiertagen kamen wir zusammen, unser zehn, und verrichteten die Gebete, wie es Vorschrift ist. Ich werde dafür sorgen, daß meine Synagoge in Sevilla erhalten bleibt, auch wenn ich hierher übersiedle. Emir Abdullah ist großzügig und mein Freund; er wird die Augen zudrücken.«

»Wann beabsichtigst du, in Toledo einzutreffen?« erkundigte sich Don Ephraim. »Ich denke, in drei Monaten«, erwiderte Jehuda. »Darf ich dich einladen, dann mein Gast zu sein?« bot Ephraim ihm an. »Mein Haus ist freilich bescheiden.« – »Ich danke dir«, antwortete Jehuda, »ich habe mir bereits Unterkunft verschafft. Ich habe von dem König Unserm Herrn das Castillo de Castro erworben. Ich werde es umbauen lassen für mich, meine Kinder, meine Freunde und meine Diener.«

Don Ephraim konnte ein tiefes Erschrecken nicht verbergen. »Die Castros«, warnte er, »sind noch rachsüchtiger und gewalttätiger als die andern Ricoshombres. Sie haben, als ihnen der König ihr Haus wegnahm, wüste Drohungen ausgestoßen. Sie werden es für einen Schimpf ohne Beispiel erklären, wenn einer aus der Judenheit darin wohnt. Bedenke es gut, Don Jehuda. Die Castros sind sehr mächtig und haben viele Anhänger. Sie werden das halbe Reich aufwiegeln gegen dich – und gegen ganz Israel.«

»Ich danke dir für deine Warnung, Don Ephraim«, sagte Jehuda. »Der Allmächtige hat mir ein Herz ohne Angst gegeben.«

Zweites Kapitel

Es erschien in Toledo mit Geleitbriefen des Königs der Intendant und Sekretär Don Jehudas, Ibn Omar. Mit ihm kamen moslemische Architekten, Künstler und Handwerker. Große Geschäftigkeit begann im Castillo de Castro, und die Energie und Verschwendung, mit welcher der Umbau betrieben wurde, erregte die Stadt. Dann trafen aus Sevilla Bedienstete aller Art ein, und später auf vielen Wagen mannigfacher Hausrat, dazu dreißig Maultiere und zwölf Pferde, und immer neue, bunte Gerüchte flatterten auf um den Fremden, der da kommen sollte.

Dann kam er. Mit ihm seine Tochter Raquel, sein Sohn Alazar und sein vertrauter Freund, der Arzt Musa Ibn Da'ud.

Jehuda liebte seine Kinder und machte sich Gedanken darüber, ob sie, aufgewachsen in dem verfeinerten Sevilla, sich ins derbe Leben Kastiliens würden einfügen können.

Dem tatenlustigen Alazar, dem Vierzehnjährigen, wird freilich die rauhe, ritterliche Welt gut gefallen; wie aber wird es mit Rechja sein, mit seiner lieben Raquel?

Zärtlich, mit leiser Sorge, beschaute er sie, wie sie neben ihm herritt. Sie reiste, wie das üblich war, in Männerkleidung. Jünglinghaft saß sie im Sattel, etwas schlaksig, eckig, kühn und kindlich. Kaum hielt die Kappe das dichte, schwarze Haar. Mit den großen, blaugrauen Augen, aufmerksam, musterte sie die Menschen und Häuser der Stadt, die nun ihre Heimat sein sollte.

Jehuda wußte, daß sie keine Mühe scheuen werde, sich dieses Toledo zur Heimat zu machen. Kaum nach Sevilla zurückgekehrt, hatte er ihr auseinandergesetzt, was ihn forttrieb. Er hatte mit ihr, der Siebzehnjährigen, so freimütig gesprochen, als wäre sie ihm gleich an Alter und Erfahrung. Er spürte, seine Raquel, so kindlich sie sich noch manchmal gab, begriff ihn aus dem Gefühl heraus. Sie gehörte zu ihm, sie war – gerade in jener Unterredung hatte es sich gezeigt – in Wahrheit eine Ibn Esra, tapfer, gescheit, aufgeschlossen allem Neuen, voll von Gefühl und Phantasie.

Aber wird sie sich hier bei diesen Christen und Soldaten zurechtfinden? Muß sie in dem kahlen, kalten Toledo ihr Sevilla nicht vermissen? Dort hatte jedermann sie gerne gehabt. Nicht nur hatte sie Freundinnen ihres Alters, auch die Herren in der Umgebung des Emirs, diese kundigen, wissenden Diplomaten, Dichter, Künstler, hatten ihre Freude an den naiven, merkwürdigen Fragen und Beobachtungen dieses halben Kindes Raquel.

Wie immer, jetzt waren sie in Toledo, und da war das Castillo de Castro, und jetzt nahmen sie es in Besitz, und von jetzt an wird es das Castillo Ibn Esra sein.

Jehuda war freudig überrascht, was alles seine erprobten Helfer in so kurzer Zeit aus dem unwirtlichen Hause gemacht hatten. Die Steinböden, die früher jeden Schritt hatten dröhnen lassen, waren mit sanften, dicken Teppichen belegt. Sofas zogen sich an den Wänden hin mit bequemen Polstern und Kissen. Friese, rot, blau und golden, liefen um den Raum; verwebt in kunstvolle Ornamente, luden arabische und hebräische Inschriften zur Betrachtung. Kleine Fontänen, gespeist durch ein klug erdachtes System von Wasserröhren, gaben Kühlung. Ein weiter Raum war da für Jehudas Bücher; manche lagen aufgeschlagen auf Pulten und zeigten die kunstreichen, farbigen Initialen und Randleisten.

Und da war der Patio, jener Hof, in dem er damals den großen Entschluß gefaßt hatte, da die Fontäne, an deren Rand er gesessen war. Genau wie er sich's gedacht hatte, hob sich und fiel ihr Strahl, gleichmäßig still. Das dichte dunkle Laub der Bäume vertiefte die Stille; durch das Laub aber schauten sattgelb Orangen und mattgelb Zitronen. Zugeschnitten waren die Bäume, bunt und kunstvoll geordnet die Blumenbeete, und überall war sanft rinnendes Wasser.

Doña Raquel, mit den andern, besichtigte das neue Haus, weitäugig, aufmerksam, einsilbig, doch innig vergnügt. Dann nahm sie Besitz von den beiden Räumen, die ihr bestimmt waren. Entledigte sich der engen, reibenden Männerkleidung. Ging daran, sich von dem Staub und Schweiß der Reise zu säubern.

Neben ihrem Schlafzimmer war eine Badekammer. In den fliesenbedeckten Boden eingelassen war ein tiefes Bassin, versehen mit einer Röhrenleitung für warmes und kaltes Wasser. Bedient von ihrer Amme Sa'ad und der Zofe Fátima, badete Doña Raquel. Wohlig lag sie in dem warmen Wasser und hörte mit halbem Ohr auf das Geschwätz der Amme und der Dienerin.

Bald hörte sie nicht mehr, sondern überließ sich ihren wandernden Gedanken.

Es war alles wie in Sevilla, sogar die Wanne, in der sie lag. Aber sie selber war keine Rechja mehr, sie war Doña Raquel.

Auf der Reise, abgelenkt von immer neuen Eindrücken,

war sie sich niemals ganz bewußt geworden, was das bedeutete. Nun, da sie angekommen war und entspannt in der Ruhe des Bades lag, überfiel sie zum erstenmal mit ganzer Wucht das Gefühl der Veränderung. Wäre sie noch in Sevilla gewesen, dann wäre sie zu ihrer Freundin Layla gelaufen, um sich mit ihr auszusprechen. Layla war ein unwissendes Mädchen, sie verstand nichts und konnte ihr nicht helfen, aber sie war ihre Freundin. Hier war keine Freundin, hier waren lauter Fremde und lauter Fremdes. Hier war keine Azhar-Moschee; der Ruf des Muezzins von der Azhar-Moschee, der zur Waschung und zum Gebet mahnte, war gellend wie der jedes andern, aber sie kannte ihn heraus. Und hier war kein Chatib, ihr eine schwierige Stelle des Korans zu erklären. Hier waren nur wenige, mit denen sie in ihrem lieben, vertrauten Arabisch schwatzen konnte; sie wird eine harte, komische Sprache brauchen müssen, und um sie werden Menschen sein mit groben Stimmen und Gebärden und mit rauhen Gedanken, Kastilier, Christen, Barbaren.

Sie war glücklich gewesen in dem hellen, wunderbaren Sevilla. Ihr Vater hatte dort zu den Ersten gehört, und schon weil sie dieses Vaters Tochter war, hatten alle sie liebgehabt. Wie wird es hier sein? Werden diese Christen verstehen, was für ein großer Mann ihr Vater ist? Und werden sie Sinn haben für ihr, Raquels, Wesen und ihre Art? Wird nicht sie ihnen genauso fremd und komisch vorkommen wie die Christen ihr?

Und dann war da das andere, noch größere Neue; jetzt war sie vor aller Welt eine Jüdin.

Sie war im Glauben der Moslems aufgewachsen. Aber noch als sie ganz klein war – es war gleich nach dem Tod der Mutter, fünf Jahre mochte sie gewesen sein –, hatte der Vater sie beiseite genommen und ihr flüsternd, bedeutsam gesagt, sie gehöre zur Familie der Ibn Esras, und das sei ein Einmaliges, sehr Großes, aber auch ein Heimliches, von dem man nicht reden dürfe. Später dann, als sie größer war, hatte er ihr eröffnet, daß er Moslem sei, aber auch Jude, und er hatte ihr erzählt von jüdischen Lehren und Sitten. Doch hatte er ihr nicht befohlen, diese Bräuche zu üben. Und als sie ihn einmal geradezu fragte, was sie glauben und was sie tun solle, hatte er freundlich erwidert, da sei kein Zwang; wenn sie erst erwachsen sei, dann möge sie selber entscheiden, ob sie die hohe, doch nicht ungefährliche Verpflichtung heimlichen Judentums auf sich nehmen wolle.

Daß der Vater ihr die Entscheidung auflegte, hatte sie mit Stolz erfüllt.

Einmal hatte sie sich nicht länger zähmen können und gegen ihren Willen ihrer Freundin Layla anvertraut, daß sie eigentlich eine Ibn Esra sei. Layla aber hatte seltsamerweise geantwortet: »Ich wußte es«, und nach einem kleinen Schweigen hatte sie hinzugefügt: »Du Arme.«

Raquel hatte nie mehr mit Layla über ihr Geheimnis gesprochen. Aber als sie das letztemal zusammen waren, hatte Layla haltlos geweint und gesagt: »Ich habe immer geahnt, daß es so kommen wird.«

Es war jenes dreiste, törichte Mitleid Laylas gewesen, das damals Raquel antrieb, genauer zu erkunden, was denn diese Juden waren, zu denen sie und der Vater gehörten. Die Moslems nannten sie »das Volk des Buches«; also mußte sie zuerst einmal dieses Buch lesen.

Sie bat Musa Ibn Da'ud, Onkel Musa, der im Hause des Vaters lebte und der sehr gelehrt war und viele Sprachen kannte, sie im Hebräischen zu unterweisen. Sie lernte leicht und konnte bald in dem Großen Buch lesen.

Sie hatte sich von ihren frühesten Jahren an zu Onkel Musa hingezogen gefühlt, doch erst in den Stunden des Unterrichts lernte sie ihn recht kennen. Dieser nächste Freund ihres Vaters war ein langer, dünner Herr, älter als der Vater; manchmal schien er uralt, dann wieder auffallend jung. Aus seinem hagern Gesicht ragte eine fleischige, stark gekrümmte Nase, über ihr leuchteten große, schöne Augen, die einen durch und durch schauen konnten. Er hatte viel erlebt; der Vater sagte, er habe sein ungeheures Wissen und die Freiheit seines Geistes mit vielen Leiden bezahlen müssen. Doch sprach er nicht davon. Wohl aber erzählte er manchmal dem Kinde Raquel von fernen Ländern und seltsamen Menschen, und das war noch aufregender als all die Märchen und Geschichten, die Raquel gerne hörte und las; denn da vor ihr saß dieser ihr Freund und Onkel Musa und war mitten drin gewesen.

Musa war Moslem und hielt alle Bräuche. Aber er schien lax im Glauben und verbarg nicht milde Zweifel an allem, was nicht Wissen war. Einmal, als er mit ihr im Propheten Jesaja las, sagte er: »Das war ein großer Dichter, vielleicht ein größerer als der Prophet Mohammed und der Prophet der Christen.«

Das war verwirrend. Durfte sie, die sich zum Propheten bekannte, überhaupt in dem Großen Buch der Juden lesen? Wie alle Moslems betete sie täglich die Eingangs-Sure des Korans, und da hieß es im letzten, siebenten Verse, Allah möge seine Gläubigen fernhalten vom Wege derer, denen er zürne. Mit diesen Gnadelosen aber, hatte ihr Freund erklärt, der Chatib der Azhar-Moschee, waren die Juden gemeint; denn daß Allah ihnen zürnte, zeigte er ja durch das Unheil, das er über sie brachte. Ging sie also nicht, wenn sie in dem Großen Buch las, den falschen Weg? Sie faßte sich ein Herz und fragte Musa. Der schaute sie lang und freundlich an und meinte, ihnen, den Ibn Esras, zürne Allah offenbar nicht.

Das leuchtete Raquel ein. Mußte doch ein jeder sehen, daß Allah ihrem Vater gnädig war. Nicht nur hatte er ihm jegliche Weisheit gegeben und das mildeste Herz, er hatte ihn auch mit allen äußern Gütern gesegnet und mit hohem Ruhme.

Raquel liebte ihren Vater. In ihm sah sie verleiblicht alle die Helden der bunten, blühenden Märchen und Geschichten, die sie so gerne hörte, die würdigen Herrscher, die klugen Wesire, die weisen Ärzte, Hofherren und Zauberer, dazu alle die von Liebe brennenden Jünglinge, denen die Frauen zuflogen. Und überdies war um den Vater sein hohes, gefährliches Geheimnis: er war ein Ibn Esra.

Von allen ihren Erlebnissen hatte sich ihr am tiefsten ins Herz geprägt jenes dunkle, flüsternde Gespräch, in welchem der Vater dem Kinde eröffnet hatte, daß er zu den Ibn Esras gehörte. Dann aber war dieses Gespräch verschattet worden von einem noch bedeutsameren. Als nämlich der Vater von seiner großen Reise ins nördliche Sepharad, ins christliche Spanien, zurückgekehrt war, nahm er sie beiseite und sprach ihr, gedämpft wie damals, von den Gefahren, die hier in Sevilla die heimlichen Juden bedrohen werden, wenn der Heilige Krieg ausbricht; und dann, im Tone des Märchenerzählers, beinahe scherzend, fuhr er fort: »Und hier, ihr Gläubigen, beginnt die Geschichte von dem Dritten Bruder, der aus dem hellen, sichern Tag in das mattgoldene Dämmer der Höhle ging.« Raquel begriff sofort, sie nahm seinen Ton auf, und wie die Hörer in den Märchen fragte sie: »Und was geschah diesem Manne?« – »Um das zu erfahren«, hatte der Vater erwidert, »werde ich in die dämmerige Höhle gehen«, und er hatte den sanft dringlichen Blick nicht von ihr gelassen. Er gönnte ihr eine kleine Weile, sich zurechtzufinden in dem, was er ihr da eröffnet hatte; dann hatte er weitergesprochen: »Als du ein Kind warst, meine Tochter, habe ich dir gesagt, du werdest einmal wählen müssen. Nun ist es an dem. Ich rate dir weder ab, mir zu folgen, noch rede ich dir zu. Es sind hier viele Männer, junge, kluge, gebildete, treffliche, die sich freuen werden, dich zur Frau zu haben. Wenn du es willst, gebe ich dich einem von ihnen, und deiner Mitgabe sollst du dich nicht zu schämen haben. Überdenk es gut, und in einer Woche werde ich dich fragen, wie du entschieden hast.« Sie aber hatte ohne Zögern geantwortet: »Will mein Vater mir die Gunst erweisen, mich schon heute zu fragen, jetzt?« – »Also frage ich dich jetzt«, hatte der Vater erwidert, und sie hatte gesagt: »Was mein Vater tut, ist recht, und wie er tut, will auch ich tun.«

Das Herz war ihr warm geworden, da sie sich ihm so innig verknüpft fand, und auch über sein Gesicht war eine große Freudigkeit gegangen.

Dann hatte er ihr erzählt von der abenteuerlichen Welt der Juden. Immer hatten sie gefährlich leben müssen, auch jetzt waren sie bedroht von Moslems wie von Christen, und das war eine große Prüfung Gottes, der sie einzigartig gemacht und sie auserwählt hatte. Inmitten dieses Volkes aber, des berufenen, lange geprüften, war wiederum ein Geschlecht auserwählt: die Ibn Esras. Und nun hatte Gott ihm, einem dieser Ibn Esras, die Sendung auferlegt. Er hatte die Stimme Gottes gehört und hatte geantwortet: Hier bin ich. Und wenn er bisher nur am Rande der jüdischen Welt gelebt hatte, so mußte er sich jetzt aufmachen, mitten in diese Welt hineinzugehen.

Daß der Vater sie in sein Inneres hatte schauen lassen, daß er ihr vertraute wie sie ihm, hatte sie ganz zu einem Teil von ihm gemacht.

Jetzt, angelangt am Orte ihrer Bestimmung, entspannt im Bade, hörte sie im Geist alle seine Worte wieder. Leise freilich in diese Worte hinein klang das haltlose Weinen ihrer Freundin Layla. Aber Layla war ein kleines Mädchen, sie wußte nichts und sie verstand nichts, und Raquel war dem Schicksal dankbar, das sie zu einer Ibn Esra gemacht hatte, und sie war glücklich und voll von Erwartung.

Sie erwachte aus ihrem Geträume und hörte wieder das Geschwatz ihrer lieben, dummen alten Amme Sa'ad und der geschäftigen Fátima. Die Frauen liefen ab und zu, aus der Badekammer ins Schlafzimmer und zurück, und konnten sich nicht zurechtfinden in den neuen Räumen. Es lächerte Raquel, sie wurde kindisch und albern.

Sie richtete sich auf. Sah an sich herunter. Dieses nackte, blaßbräunliche Mädchen, das dastand, überrieselt von Wasser, war also keine Rechja mehr, sondern Doña Raquel Ibn Esra. Und lachend und ungestüm fragte sie die Alte: »Bin ich nun anders? Siehst du, daß ich anders bin? Sag schnell!« Und da die Alte nicht gleich verstand, drängte sie, immer lachend und herrisch: »Ich bin doch jetzt eine Kastilierin, eine Toledanerin, eine Jüdin!« Die Amme Sa'ad, bestürzt, plapperte mit ihrer hohen Stimme: »Lade doch keine Schuld auf dich,

Rechja, mein Augapfel, mein Töchterchen, du Rechtgläubige. Du glaubst doch an den Propheten.« Raquel, lächelnd und besinnlich, erwiderte: »Beim Bart des Propheten, Amme: Ich weiß nicht genau, wie weit ich hier in Toledo an den Propheten glaube.« Die Alte, tief erschreckt, wich zurück: »Allah behüte deine Zunge, Rechja, meine Tochter«, sagte sie. »Solche Scherze solltest du nicht machen.« Raquel aber sagte: »Wirst du mich gleich Raquel nennen! Wirst du mich endlich Raquel nennen!« Und: »Raquel! Raquel!« rief sie. »Sags nach!« Und sie ließ sich zurückfallen ins Wasser, daß es die Alte überspritzte.

Als Jehuda sich in der Königsburg meldete, empfing ihn Don Alfonso sogleich. »Nun also«, fragte er mit trockener Höflichkeit, »was hast du erreicht, mein Escrivano?«

Jehuda erstattete Bericht. Seine Repositarii, seine Rechtskundigen, waren dabei, die Listen der Steuern und Abgaben zu revidieren und zu ergänzen; er werde in wenigen Wochen genaue Ziffern vorlegen. Einhundertunddreißig Sachverständige waren ins Land gerufen, zumeist aus moslemischen Gebieten, aber auch aus der Provence, aus Italien, ja, selbst aus Engelland, die Landwirtschaft, den Bergbau, das Gewerbe, das Straßennetz zu verbessern. Jehuda führte Einzelheiten an, Ziffern; er sprach frei, aus dem Gedächtnis.

Der König schien nur lässig zuzuhören. Als indes Jehuda zu Ende war, meinte er: »War nicht einmal von neuen, großen Gestüten die Rede, die du mir anlegen wolltest? Davon habe ich in deinem Vortrag nichts gehört. Auch stelltest du in Aussicht, du würdest Goldschmiedewerkstätten errichten, so daß meine Münze Gold würde prägen können. Hast du in dieser Richtung etwas unternommen?«

Jehuda hatte in seinen zahlreichen Memoranden ein einziges Mal die Verbesserung der Pferdezucht, ein einziges Mal die Errichtung von Goldschmiedewerkstätten erwähnt. Er wunderte sich über Don Alfonsos gutes Gedächtnis. »Mit Gottes und mit deiner Hilfe, Herr König«, antwortete er,

»wird es vielleicht möglich sein, in hundert Monaten nachzuholen, was in hundert Jahren verabsäumt worden ist. Was in diesen drei Monaten hingestellt wurde, scheint mir kein schlechter Anfang.«

»Es ist einiges geschehen«, gab der König zu. »Aber ich bin nicht geschickt in der Kunst des Wartens. Ich sag es dir offen, Don Jehuda, der Schaden, den du mir bereitest, scheint mir größer als der Nutzen. Vorher haben meine Barone, wenn auch widerwillig und mit Vorbehalt, Beisteuern für Kriegszwecke bezahlt; das waren, berichtet man mir, die Haupteinkünfte meines Schatzes. Jetzt, da du mein Escrivano bist, berufen sie sich auf den langen Frieden, der vor uns gähnt, und zahlen nichts mehr.«

Daß der König das Erreichte so danklos hinnahm und ihm weithergeholte Vorwürfe machte, verdroß Jehuda. Er bedauerte, daß Doña Leonor nach Burgos zurückgekehrt war; ihre helle, heitere Gegenwart hätte das Gespräch freundlicher gewendet. Aber er schluckte den Unmut hinunter und erwiderte mit ehrerbietiger Ironie: »Darin gleichen deine Granden deinen nichtprivilegierten Untertanen. Wenn es ans Zahlen geht, suchen sie alle nach Ausflucht. Aber die Argumente deiner Barone sind brüchig, und meine geübten Repositarii können sie mit guten Gründen widerlegen. Ich werde dich bald in aller Demut bitten, einen Mahnbrief an deine Ricoshombres zu unterzeichnen, der sich auf diese Gründe stützt.«

Sosehr die Unverschämtheit und der Stolz seiner Granden den König erbitterten, es ärgerte ihn, daß der Jude ohne Achtung von ihnen sprach. Es ärgerte ihn, daß er den Juden brauchte. Er bestand: »Du warst es, der mir diese höllischen acht Jahre Waffenstillstand aufgehalftert hat. Jetzt muß ich mir mit Händler- und Schreiberkniffen zu helfen suchen.«

Jehuda bezähmte sich. »Deine Räte«, antwortete er, »haben damals zugegeben, daß ein langer Friede dir ebenso nützt wie dem Emir von Sevilla. Ackerbau und Gewerbe sind verwahrlost. Deine Barone bedrücken Bürger und Bauern. Du brauchst eine Zeit des Friedens, um das zu ändern.«

»Ja«, sagte bitter Alfonso. »Ich muß den Krieg gegen die Ungläubigen andern überlassen, und du betätigst dich und machst Geschäfte.«

»Es geht nicht um Geschäfte, Herr König«, belehrte, immer geduldig, Jehuda seinen Herrn. »Deine Granden sind übermütig geworden, weil du sie im Kriege brauchtest; es geht darum, ihnen beizubringen, daß du der König bist.«

Alfonso trat sehr nahe vor Jehuda hin und schaute ihm mit seinen grauen Augen, von denen ein Schein ausging, ins Gesicht. »Was für krumme Wege hast du dir ausgedacht, mein schlauer Herr Escrivano«, fragte er, »dein Geld mit Zinsen aus meinen Baronen herauszuholen?«

Jehuda wich nicht zurück. »Ich habe viel Kredit, Herr König«, sagte er, »und also viel Zeit. Darum kann ich deiner Majestät große Summen leihen und brauche keine Angst zu haben, auch wenn ich auf die Rückgabe lange warten muß. Auf solchen Erwägungen beruht mein Plan. Wir werden von deinen Granden verlangen, daß sie dein Steuerrecht im Prinzip anerkennen, aber rasche Zahlung werden wir nicht von ihnen verlangen. Wir werden ihnen die Abgaben stunden und nochmals stunden. Dafür werden wir Gegenleistungen fordern, die sie wenig kosten. Wir werden fordern, daß sie ihren Städten und Dörfern Fueros einräumen, Privilegien, die diesen Siedlungen eine gewisse Unabhängigkeit geben. Wir werden erwirken, daß immer mehr Städte und Dörfer nicht mehr deinen Baronen unterstehen, sondern nur dir hörig und verantwortlich sind. Deine Bürger werden Abgaben williger und pünktlicher entrichten als deine Granden, und es werden höhere Abgaben sein. Die Arbeit deiner Bauern und der Gewerbefleiß und Handel deiner Städte sind deine Stärke, Herr König. Vermehre ihre Rechte, und die Gewalt deiner widerspenstigen Granden wird kleiner.«

Alfonso war zu klug, um nicht einzusehen, daß dieser Weg der einzig wirksame war, die unverschämten Barone mürbe zu machen. Man versuchte denn auch in andern christlichen Reichen Spaniens, in Aragon, Navarra, León, Bürger und Bauern gegen die Granden zu unterstützen. Allein man tat es auf sehr behutsame Art. Die Könige gehörten selber zu den Granden, nicht zum Pöbel, sie waren Ritter, sie wollten es nicht einmal vor sich selber wahrhaben, daß sie sich mit dem Pack gegen die Granden verbündeten, und noch nie hatte jemand gewagt, Alfonso dergleichen in nackten Worten vorzuschlagen. Dieser Fremde, der keine Ahnung hatte von Rittertum und edelmännischer Art, wagte es. Er sprach das Gemeine, das zu tun man genötigt war, in gemeinen Worten aus. Alfonso war ihm dankbar und haßte ihn.

»Glaubst du im Ernst«, spottete er, »du kannst durch Papier und Geschwätz einen Nuñez oder einen Arenas dahin bringen, auf Städte und Bauern zu verzichten? Meine Barone sind Ritter, du Überschlauer, keine Händler und Advokaten.«

Wieder verwand Jehuda die Kränkung. »Diese deine Herren Ritter«, antwortete er, »werden lernen, daß Recht, Gesetz und Vertrag etwas ebenso Starkes und Wirkliches sind wie ihre Burgen und Schwerter. Ich bin sicher, daß ich sie das lehren kann, wenn ich auf die freudige Mithilfe deiner Majestät rechnen darf.«

Der König wehrte sich gegen den Eindruck, den Don Jehudas Ruhe und Zuversicht auf ihn machten. Er beharrte störrisch: »Wenn sie auch schließlich irgendeinem Drecknest Marktfreiheit gewähren, Abgaben an mich werden sie nicht leisten, das sag ich dir voraus. Und sie haben recht. Sie haben in Friedenszeiten keine Steuern zu zahlen. So hab ich es geschworen, unterschrieben und gesiegelt, als sie mich zum König machten. Yo el Rey. Und nun wird ja, dank deiner Weisheit, auf lange Jahre kein Krieg sein. Darauf berufen sie sich, darauf stehen sie.«

»Deine Majestät verzeihe«, setzte unerschüttlich Don Jehuda auseinander, »daß ich den König gegen den König verteidige. Deine Barone haben nicht recht, ihr Argument hält nicht stich. Krieg wird, ich hoffe es innig, acht Jahre lang nicht sein, aber dann wird, wie die Welt dich kennt, wieder Krieg sein. Und Kriegshilfe haben die Herren dir zu leisten.

Es ist meine Pflicht als dein Escrivano, beizeiten für deinen Krieg vorzusorgen, das heißt, jetzt schon mit seiner Finanzierung zu beginnen. Es widerspräche der Vernunft, wollte ich Kriegsgelder in Hast zusammenkratzen, wenn der Krieg schon da ist. Wir werden nur einen kleinen Jahresbeitrag verlangen, und wir werden ihn fürs erste nur von deinen Städten verlangen. Denen gewähren wir gewisse Freiheiten, und sie werden dir die Waffenhilfe gerne leisten. Deine Barone können nicht so unritterlich sein, dir zu verweigern, was deine Bürger dir gewähren.«

Don Jehuda ließ Alfonso Zeit, das zu überdenken. Dann, sieghaft, fuhr er fort: »Darüber hinaus wirst du, Herr König, deine Granden durch einen Akt höchster, ritterlicher Großherzigkeit zwingen, dir den kleinen Beitrag zu genehmigen.« – »Hast du dir noch nicht genug ausgekocht?« fragte mißtrauisch Don Alfonso. »Es sind«, legte Jehuda dar, »von jenem nicht glücklichen Feldzug her noch immer sehr viele Gefangene in der Hand des Emirs von Sevilla. Deine Barone sind ihrer Verpflichtung, diese Gefangenen auszulösen, nur sehr zögernd nachgekommen.« Don Alfonso rötete sich. Es war Recht und Brauch, daß der Vasall seinen Kriegsknecht, der Baron seinen Vasallen auslöste, wenn der in seinem Dienst in Gefangenschaft geraten war. Die Barone weigerten sich nicht, diese Pflicht anzuerkennen, aber sie kamen ihr dieses Mal mit besonderem Unwillen nach; sie warfen dem König vor, seine Voreiligkeit habe den Feldzug und die Niederlage verschuldet. Am liebsten hätte Don Alfonso stolz erklärt: Ich nehme die Auslösung aller Gefangenen auf mich, ihr Knicker. Doch es ging um eine ungeheure Summe, er konnte sich diese Geste nicht leisten.

Aber da war Jehuda Ibn Esra, und er sagte: »Ich schlage also ehrerbietig vor, daß du aus Mitteln deines Schatzes die Gefangenen auslösest. Und den Herren, denen das zugute kommt, legen wir als einzige Gegenleistung auf, daß sie ihre Pflicht, jetzt schon Steuern für deinen Krieg zu zahlen, im Prinzip anerkennen.«

»Und kann denn mein Schatz das tragen?« fragte beiläufig Don Alfonso.

»Ich werde dafür sorgen, Herr König«, sagte ebenso beiläufig Jehuda.

Ein Strahlen ging über Alfonsos Gesicht. »Das ist ein großartiger Plan«, anerkannte er. Er trat nahe an seinen Familiar heran und spielte mit dessen Brustplatte. »Du verstehst dein Geschäft, Don Jehuda«, anerkannte er.

Sogleich aber mischte sich in seine dankbare Freude erbitternd die Erkenntnis, daß er dem klugen, widerwärtigen Händler immer mehr verpflichtet wurde. »Nur schade«, sagte er bösartig, »daß wir nicht auch die Castros und ihre Freunde auf solche Art beschämen können«, und: »Siehst du«, fügte er hinzu, »mit den Castros hast du mir einen übeln Handel eingebrockt.«

Diese Verdrehung der Tatsachen empörte Jehuda. Die Feindschaft zwischen dem König und den Castros bestand seit den Kinderjahren Don Alfonsos, sie hatte sich verschärft, als er ihnen ihr Castillo in Toledo weggenommen hatte. Und jetzt wollte der König ihm, Jehuda, die ganze Verantwortung für diese Feindschaft aufbürden. »Ich weiß«, erwiderte er, »die Barone de Castro legen dir's zur Last, daß ein beschnittener Hund ihre Burg beschmutzt. Aber es ist dir sicher nicht unbekannt, Herr König, daß sie Beschimpfungen deiner Majestät schon seit Jahren ausstoßen.«

Don Alfonso schluckte und erwiderte nichts. »Nun ja«, sagte er achselzuckend. »Versuch es mit deinen Mätzchen und Mittelchen. Aber meine Granden sind harte Kämpfer, das wirst du sehen, und auch die Castros werden uns noch manches zu schaffen machen.«

»Es ist große Gnade, Herr König«, erwiderte Jehuda, »daß du meinen Plan billigst.« Er ließ sich auf ein Knie nieder und küßte dem König die Hand. Es war eine männliche, kräftige Hand, übersät mit winzigen roten Haaren, doch schlaff und danklos lagen die Finger in denen Don Jehudas.

Den Tag darauf fand sich Don Manrique de Lara, der Erste

Minister des Königs, im Castillo Ibn Esra ein, um dem neuen Escrivano seine Aufwartung zu machen; begleitet war der Minister von seinem Sohn Garcerán, einem nahen Freunde Don Alfonsos.

Don Manrique, der vom Verlauf der gestrigen Audienz genau unterrichtet schien, meinte: »Ich war überrascht, daß du dem König Unserm Herrn den ungeheuern Betrag für den Loskauf der Gefangenen vorstrecken willst.« Und: »Ist es nicht ein wenig gefährlich«, warnte er scherzhaft, »wenn einem ein mächtiger König so viel Geld schuldet?«

Don Jehuda blieb wortkarg. Er hatte den Zorn über den Hochmut und das Mißtrauen des Königs nicht überwunden. Wohl hatte er gewußt, daß hier im barbarischen Norden nur der Krieger galt und daß man von den Männern, die für den Wohlstand des Landes sorgten, mit dummer Geringschätzung sprach; aber er hatte nicht geglaubt, daß man es ihm so schwer machen werde, sich einzufügen.

Don Manrique hatte ihn wohl erraten, und als wollte er des Königs Plumpheit entschuldigen, meinte er, man dürfe es dem jungen, streitbaren Monarchen nicht verübeln, wenn er Schwierigkeiten lieber mit dem Schwert zerhauen als durch Vertrag lösen wolle. Don Alfonso sei eben seit frühester Kindheit von einem Kriegslager ins andere gezogen und fühle sich im Felde mehr zu Haus als am Verhandlungstisch. Aber, unterbrach sich Don Manrique, er sei nicht gekommen, um über Geschäfte zu reden, sondern um den Kollegen hier in Toledo zu begrüßen, und er bat Don Jehuda, ihm und seinem Sohne das Haus zu zeigen, von dessen Wundern die ganze Stadt spreche.

Jehuda willfahrte gerne. Vorbei an stillen, tief sich neigenden Dienern gingen sie durch die teppichbelegten Räume, über Korridore und Treppen. Don Manrique lobte kennerhaft, Don Garcerán naiv und bewundernd.

Im Garten trafen sie Don Jehudas Kinder. »Dies ist Don Manrique de Lara«, stellte Jehuda vor, »der Erste Rat des Königs Unseres Herrn, und sein geehrter Sohn, der Ritter Don

Garcerán.« Raquel musterte die Gäste mit kindlicher Neugier. Unverlegen nahm sie teil an der Unterhaltung. Doch ihr Latein erwies sich, wiewohl sie eifrig gelernt hatte, als noch lückenhaft, und lachend über ihre Fehler, bat sie die Herren, arabisch zu sprechen. Es wurde ein munteres Gespräch. Die beiden Gäste priesen Doña Raquels Witz und Anmut in den modischen Redewendungen, die arabisch doppelt umständlich klangen, Doña Raquel lachte, die Gäste lachten mit.

Der vierzehnjährige Alazar, nicht blöde, fragte Don Garcerán nach Pferden und ritterlichen Übungen. Der junge Herr konnte sich der frischen, lebendigen Art des Knaben nicht entziehen und gab beflissene Antworten. Don Manrique riet freundschaftlich, Jehuda möge den Knaben einem großen Hause als Pagen anvertrauen. Don Jehuda erwiderte, daran habe er selber schon gedacht; er verschwieg seine stille Hoffnung, daß der König den Knaben in Dienst nehmen werde.

Andere Granden, vor allem Freunde des Hauses de Lara, taten es Don Manrique nach und machten dem neuen Escrivano Mayor ihre Aufwartung.

Vor allem die jüngeren Herren kamen gerne. Sie suchten die Gesellschaft Doña Raquels. Die Töchter des Adels nämlich zeigten sich nur bei großen Festlichkeiten des Hofes und der Kirche, man sah sie nie allein, man konnte mit ihnen nur allgemein leere Konversation machen. Da war es eine angenehme Abwechslung, sich mit der Tochter des jüdischen Ministers zu unterhalten, die, von weniger Zeremoniell behütet, doch gewissermaßen eine Dame war. Sie sagten ihr langatmig übertriebene Galanterien, wie die Courtoisie es verlangte. Raquel hörte freundlich zu und fand das verliebte Gerede eher lächerlich. Manchmal aber ahnte sie, daß sich dahinter Derbheit und Gier verbargen; dann wurde sie scheu und zugesperrt.

Der Umgang mit den christlichen Rittern war ihr schon deshalb willkommen, weil sie im Gespräch mit ihnen die Landessprache übte, das formelle Latein des Hofes und der Gesellschaft und das niedrige Latein des Alltags, das Kastilische.

Auch waren ihr die Herren dienstwillige Führer, wenn sie auszog, die Stadt zu erkunden.

Da saß sie denn in der Sänfte, zur einen Seite ritt ein Don Garcerán de Lara oder ein Don Estéban Illán, zur andern Seite ihr Bruder Don Alazar. In einer zweiten Sänfte folgte die Amme Sa'ad. Läufer machten dem Zuge Platz, schwarze Diener beschlossen ihn. So ging es durch die Stadt Toledo.

Die Stadt hatte in den hundert Jahren, da sie sich in Händen der Christen befand, manches von der Größe und der Pracht ihrer islamischen Zeit eingebüßt; sie war nicht so groß wie Sevilla, aber noch immer wohnten in ihr und um sie weit über hunderttausend Menschen, wohl an die zweihunderttausend, und so war Toledo die größte Stadt des christlichen Spaniens, auch größer als Paris und sehr viel größer als London.

In dieser kriegerischen Zeit waren alle großen Städte Festungen, sogar das heitere Sevilla. In Toledo aber war jedes einzelne Stadtviertel nochmals von Mauern und Türmen umgeben, und viele der Häuser des Adels waren Festungen für sich. Befestigt waren alle Tore, befestigt die Kirchen und Brücken, die vom Fuß des finstern, gewaltigen Stadthügels über den Fluß Tajo ins Land führten. Innerhalb der Stadt aber drängte sich auf engstem Raume Haus an Haus, hügelan, hügelab, die Treppenwege waren dunkel und schmal, häufig sehr steil, sie schienen Doña Raquel verdächtige Schluchten, überall waren Ecken, Winkel, Mauern, und immer wieder schwere, riesige, eisenbeschlagene Tore.

Die großen, soliden Bauten stammten fast alle noch aus der Zeit der Moslems und waren nur notdürftig instand gehalten und wenig verändert. Doña Raquel war im stillen überzeugt, daß dies alles viel schöner gewesen war, als noch die Moslems es betreuten. Dafür hatte sie ihre Freude an dem bunten Menschengewimmel, welches vom frühen Morgen bis in die Dunkelheit die Stadt füllte, vor allem den Hauptplatz, den Zocodovér, den offenbar uralten Marktplatz. Menschen lärmten, Pferde wieherten, Esel schrien, alles drängte durcheinander, stieß und störte sich, immerzu gab es Stockungen, und die

Straßen waren voll Unrat. Allein Raquel vermißte kaum die schöne Ordnung Sevillas, solche Freude hatte sie an dem heftigen Leben Toledos.

Es fiel ihr auf, wie scheu und zurückhaltend hier die islamischen Frauen waren. Alle gingen sie tief verschleiert. In Sevilla hatten die Frauen aus dem Volk bei der Arbeit und wenn sie zu Markte gingen, den behindernden Schleier abgelegt, und in den Häusern der aufgeklärten großen Herren trugen nur die verheirateten Damen Schleier, sehr dünne, kostbare, mehr Schmuck als Verhüllung. Hier aber, offenbar um sich den Blicken der Ungläubigen zu entziehen, trugen alle islamischen Frauen die Schleier lang und dicht und immer.

Die jungen Granden, stolz auf ihre Stadt, erzählten Raquel von der Geschichte Toledos. Gott hatte die Sonne am vierten Schöpfungstage, als er sie schuf, gerade über Toledo gestellt, so daß die Stadt älter war als die übrige Erde. Uralt war die Stadt, dafür gab es viele Beweise. Sie hatte Karthager herrschen sehen, dann sechshundert Jahre lang Römer, dreihundert Jahre gotische Christen, vierhundert Jahre Araber. Jetzt, seit hundert Jahren, seit dem glorreichen Kaiser Alfonso, herrschten hier von neuem die Christen, und nun werden sie hier bleiben bis zum Jüngsten Gericht.

Ihre beste und größte Zeit, erzählten die jungen Granden, hatte die Stadt gesehen unter den christlichen, westgotischen Herren, deren Abkömmlinge sie, die Ritter, waren. Damals war Toledo die reichste, herrlichste Stadt der Welt gewesen. Der König Athanagild hatte seiner Tochter Brunhild zur Ausstattung Schätze mitgegeben im Werte von dreitausend mal tausend Goldmaravedí. Der König Reccared besaß den Tisch des Judenkönigs Salomo, er bestand aus einem einzigen riesigen Smaragd und war mit Gold umrahmt; auch besaß König Reccared einen Wunderspiegel, in welchem man die ganze Welt erblickte. Das alles hatten die Moslems geraubt und zerstört und verschleudert, die Ungläubigen, die Hunde, die Barbaren.

Besonders stolz waren die jungen Herren auf ihre Kirchen.

Neugierig, befangen betrachtete Raquel die wuchtigen Bauwerke; sie schauten aus wie Festungen. Raquel stellte sich vor, wie edel sie gewesen sein mochten, da sie noch Moscheen waren, umgeben von Bäumen, Springbrunnen, Säulengängen, Lehrhäusern. Nun war alles kahl und finster.

Im Vorhof der Kirche der heiligen Leocadia fand sie einen Brunnen mit einer besonders schönen Einfassung, die eine arabische Inschrift trug. Stolz darauf, daß sie die altertümlichen kufischen Schriftzeichen lesen konnte, mit dem Finger den eingegrabenen, schon halb verwischten Lettern folgend, entzifferte sie: »Im Namen des Allbarmherzigen Gottes. Der Kalif Abd er Rahmân, der Siegreiche – Gott möge seine Tage verlängern – hat diesen Brunnen errichten lassen in der Moschee der Stadt Toleitola – Gott möge sie beschützen – in der siebzehnten Woche des Jahres 323.« Das war also jetzt vor zweihundertfünfzig Jahren. »Das ist lange her«, sagte Don Estéban Illán, der sie begleitete, und grinste.

Mehrmals erboten sich die jungen Herren, ihr das Innere einer Kirche zu zeigen. In Sevilla war viel die Rede von diesen »Kirchen«, Stätten des Greuels und Götzendienstes, in welche die Barbaren des Nordens die schönen alten Moscheen verwandelt hatten. Es verlangte Raquel sehr, eines dieser Häuser zu sehen, doch gleichzeitig verspürte sie Scheu und lehnte höflich unter einem Vorwand ab. Endlich überwand sie ihr Unbehagen und betrat, geführt von Don Garcerán und Don Estéban, die Kirche San Martín.

Kerzen waren in dem dämmerigen Innern. Duft von Weihrauch war. Und da war das, was zu sehen sie gewünscht und gefürchtet hatte: Bilder, Götzenbilder, das Urverbotene. Denn wenn der westliche Islam das eine oder andere Verbot des Propheten frei ausdeutete, wenn er's zuließ, daß man Wein trank und daß die Frauen ihr Antlitz ohne Schleier zeigten: unverrückbar fest hielt er an der Vorschrift des Propheten, daß man sich kein Bild Allahs machen dürfe und kein Bild von irgend etwas Lebendigem, Mensch oder Tier; kaum die Form einer Pflanze oder einer Frucht durfte man andeuten. Hier aber standen Menschen herum, geformt aus Stein und aus Holz, und andere Menschen und Tiere waren flach und farbig auf Holzgetäfel gemalt. Das also waren die Götzenbilder, die Greuel Allahs und des Propheten.

Wer immer von Gott mit Vernunft, Gefühl, Gesittung begnadet war, sei er Jude oder Moslem, mußte Abscheu spüren vor solchen Gebilden. Sie waren auch tief widerwärtig, seltsam starr und dennoch lebendig, sonderbar unwirklich, halb tot, leichenhaft wie Fische auf Märkten. Sie wagten es, die Barbaren, es Allah gleichtun zu wollen, sie schufen Menschen nach seinem Bilde und beugten, die Narren, vor diesen steinernen und hölzernen Dingen, die sie selber gemacht hatten, die Knie und gaben ihnen Weihrauch zu riechen. Aber am Tage des Jüngsten Gerichts wird Allah diejenigen, die solche Dinge gemacht haben, auffordern, ihnen Leben einzublasen, und wenn sie's nicht können, dann wird er sie in die Verdammnis stürzen für ewig.

Trotzdem spürte sich Raquel merkwürdig angezogen. Es berauschte sie, daß man das konnte: einen Menschen festhalten, das vergängliche Fleisch, die flüchtige Miene, die Gebärde, die verschwand, kaum daß sie da war. Daß sterbliche Menschen das vermochten, erfüllte sie mit Stolz und gleichzeitig mit Grauen.

Die Herren, die sie führten, erklärten ihr ehrfürchtig und beflissen die Götzenbilder. Da war ein Mann aus Holz mit einem Mantel und mit einer Gans. Das war der heilige Martín, dem die Kirche geweiht war. Er war Offizier gewesen und ins Feld gegangen, bewaffnet nur mit einem Kreuz, um der ganzen feindlichen Armee standzuhalten. Einmal, da es sehr kalt war, gab er den eigenen Mantel einem Armen, worauf ihm der Himmel einen andern Mantel überwarf. Wieder einmal, als der Kaiser nicht vor ihm aufstand, entzündete sich sein Thron, und das Feuer zwang ihn, dem Heiligen Ehrfurcht zu erweisen. Das alles konnte man sehen, es war auf Holztafeln gemalt. Doña Raquel wirbelte der Kopf, der Mann mußte ein Derwisch gewesen sein.

Auf einem anderen Bilde sah man ein moslemisches Mädchen mit einem Korb voll Rosen, und vor ihr stand verblüfft ein Araber fürstlichen Ansehens und Gewandes. Mit leiser Anzüglichkeit erzählte Don Garcerán, das seien die Prinzessin Casilda und ihr Vater, der König Al-Menon von Toledo. Casilda, von ihrer Aja heimlich im christlichen Glauben erzogen, versorgte unter vielen Gefahren die christlichen Gefangenen, die in den Verliesen des Königs hungerten. Der König wurde von einem Angeber unterrichtet und überraschte sie. Streng fragte er, was sie da im Korb habe. Es war Brot; sie aber antwortete: »Rosen.« Zornig hob er den Deckel: siehe, das Brot hatte sich in Rosen verwandelt. Das begriff Raquel. Ähnliches stand auch in ihren arabischen Geschichten. »Ah«, sagte sie, »sie war eine Zauberin.« Don Garcerán wies sie strenge zurecht: »Sie war eine Heilige.«

Don Estéban Illán vertraute ihr an, in den Knauf seines Degens sei ein Knöchelchen des heiligen Ildefonso eingeschmiedet, und diese Reliquie habe ihm zweimal in der Schlacht das Leben gerettet. Wieviel Zauberer diese Christen haben, dachte Doña Raquel, und sie erzählte munter, ein sehr gutes Schutzmittel sei es auch, sich am Tage der Schlacht von einem Mekka-Pilger, am besten einem Derwisch, in den Frühtrank spucken zu lassen. »Viele unserer Krieger tun das«, erklärte sie.

In all dem Neuen, das Raquel in Toledo sah, hörte und erlebte, versank ihr überraschend schnell die islamische Vergangenheit. Schon fiel es ihr schwer, sich die Züge ihrer Freundin Layla genau zurückzurufen oder die gelle, aufrüttelnde Stimme, mit welcher der Muezzin von der Azhar-Moschee zum Gebete rief. Aber sie trachtete, nicht zu vergessen, sie las weiter arabisch und übte sich in der zierlichen, schwierigen arabischen Kalligraphie. Auch hielt sie, obgleich sie sich als Jüdin fühlte, die moslemischen Bräuche weiter, nahm die vorgeschriebenen Waschungen vor und sprach die Gebete. Der Vater ließ es geschehen.

Die ständige Gesellschaft der Amme Sa'ad erleichterte es

ihr, das Vergangene festzuhalten. Des Abends, wenn ihr die Amme beim Auskleiden half, schwatzten sie über das, was sie gesehen hatten, und verglichen es mit dem Leben in Sevilla. »Laß dich nicht zu weit mit den Ungläubigen ein, Rechja, mein Lämmchen«, mahnte da wohl die Amme. »Sie werden alle in der Hölle brennen, weil sie schamlos sind, und sie wissen es, und darum sind sie um so hochmütiger auf dieser Erde. Ihre Sultanin ist eine besonders Hochmütige. Sie lebt, diese Ungläubige, die meiste Zeit fern vom Harem ihres Gemahls, des Sultans Alfonso, in einer nördlichen Stadt, von der sie erzählen, sie ist so kalt und stolz wie sie selber.«

Hochmütig waren sie wohl, die Ungläubigen, damit hatte die Amme recht. Doña Raquel hatte den König noch nie zu Gesicht bekommen. Und sogar der Vater, der doch einer seiner Räte war, schien ihn nur selten zu sehen.

Von seinem Intendanten und Sekretär Ibn Omar, der einen guten Informationsdienst eingerichtet hatte, erfuhr Don Jehuda, wie heftig die großen Herren des Reiches ihn anfeindeten. Sie hatten, seitdem der kluge Ibn Schoschan tot war, ihre Privilegien vermehrt, nach der Niederlage des Königs hatten sie sich weitere Sonderrechte angeeignet. Sie waren empört, daß nun ein neuer Hebräer kam, noch schlauer und habgieriger als der frühere, ihnen alles wieder wegzunehmen. Sie schimpften, zettelten, intrigierten. Jehuda hörte den Bericht unbewegten Gesichtes. Er wies seinen Ibn Omar an, er solle verbreiten, der neue Escrivano verteidige das unterdrückte Volk gegen die räuberischen Barone und suche den Wohlstand der Bürger und Bauern zu fördern.

Führer des Widerstandes gegen Don Jehuda war der Erzbischof von Toledo, der kriegerische Don Martín de Cardona, ein naher Freund des Königs. Seitdem die Christen das Land wieder erobert hatten, führte die Kirche einen erbitterten Kampf gegen die jüdischen Gemeinden. Die Juden entrichteten nicht, wie die übrige Bevölkerung, ihren Zehnten der Kirche, sie führten ihre Steuern unmittelbar an den König ab. Kein päpstliches Edikt, kein Beschluß des Kardinalkollegiums hatte daran etwas geändert. Erzbischof Don Martín war ergrimmt, daß die Bestallung des schlauen Ibn Esra die Juden noch verstockter machte in ihrem frevelhaften Bestreben, sich der Kirche zu entziehen. Er arbeitete mit allen Mitteln gegen den neuen Escrivano.

Um so seltsamer war es, daß sich, und zwar offenbar in freundlicher Absicht, schon bald nach Don Jehudas Ankunft der Sekretär des Erzbischofs, der Domherr Don Rodrigue, im Castillo Ibn Esra einstellte, der Beichtvater des Königs.

Der stille, höfliche Herr hatte hohes Interesse an Büchern. Er sprach, las und schrieb lateinisch und arabisch, er las auch hebräisch. Er verstand sich gut mit Jehuda, noch besser mit Jehudas weisem Freunde Musa Ibn Da'ud.

Musas Räume waren behaglich eingerichtet. Der alte Herr hatte zweimal in Not und Verbannung gehen müssen und hatte bewiesen, daß er Elend ohne Klagen ertragen konnte. Gerade darum liebte er Bequemlichkeit. Nicht ohne einen kleinen, gemütlichen Stolz zeigte er dem Domherrn die vielen Röhren der sorgfältigen Heizeinrichtung und den Filzbelag der Mauern, der durch ein ausgeklügeltes System berieselt werden konnte und angenehme Kühlung für heiße Tage verbürgte. Die zahlreichen Bücher Musas waren handlich untergebracht, sein großes, geliebtes Schreibpult stand wohlbelichtet. Und eine schöne Rundhalle, geeignet für ruhige Betrachtung, öffnete sich in den Garten.

Der wißbegierige Domherr konnte sich an Jehudas und Musas Bibliothek nicht satt sehen. Er bewunderte die Vielfalt der Bücher, die sich über alle Wissensgebiete verbreiteten, ihre zierliche Kalligraphie, ihre Initialen und bunten Randleisten, die schön gearbeiteten und geschmückten Hülsen der Buchrollen und die eleganten und gleichwohl festen Einbände der gebundenen Bücher. Vor allem aber bestaunte er den Stoff, auf den die meisten dieser Bücher geschrieben waren, es war jener Stoff, den die Christenheit kaum kannte: Papier.

Ach, sie, die Gelehrten der christlichen Reiche, mußten auf Pergament schreiben, auf Tierhaut, und nicht nur war die Mühe des Schreibens viel größer, es war auch das Material kostbar und spärlich. Oft mußten die Schreiber schon beschriebenes Pergament hernehmen, sie mußten, was die Früheren mit viel Mühe geschrieben hatten, mit viel Mühe wieder auslöschen und auskratzen, um ihre eigenen Gedanken auf dem alten Stoff niederzulegen, und wer mochte wissen, ob da nicht ein wohlmeinender Schreiber von heute edelste Weisheit eines Früheren austilgte, um seine eigenen, vielleicht sehr einfältigen Gedanken den Späteren aufzubewahren.

Don Jehuda erklärte dem Domherrn, wie dieses Papier hergestellt wurde. Mühlen bereiteten aus einem weißlichen Pflanzenstoff, Kattun genannt, einen Brei, es wurde geschöpft und getrocknet, das Ganze war keineswegs teuer. Das beste Papier wurde in Játiva hergestellt, es war sehr grobkörnig, Jatvi wurde es genannt. Don Rodrigue wog ein auf solches Jatvi geschriebenes Buch in zärtlichen Händen, kindlich staunend, wie wenig Raum und Gewicht so viel Geistiges beanspruchte. Jehuda erzählte, er habe Vorbereitungen getroffen, auch hier in Toledo Papierfabriken zu errichten, es gebe genügend Wasser, der Boden eigne sich für die notwendigen Pflanzen. Don Rodrigue war entzückt. Jehuda versprach, er werde ihm jetzt schon Papier beschaffen.

Später saßen Don Rodrigue und der alte Musa allein in der kleinen, offenen Rundhalle und pflogen langsames Gespräch. Don Rodrigue erzählte, man habe auch in den Ländern der Christen von Musas wissenschaftlicher Leistung gehört, vor allem von dem großen historischen Werk, an dem er schreibe, und auch von den Verfolgungen, die er habe leiden müssen. Musa dankte mit höflicher Neigung des Kopfes. Er saß, der lange Herr, bequem in seinen Kissen, etwas vornübergeneigt, die großen, milden Augen schauten still und wissend. Er sprach nicht viel, doch kam das meiste aus weiter Kenntnis, reicher Erfahrung, tiefer Überlegung. Es klang neu und anregend, freilich zuweilen etwas verfänglich.

Vieles schien verfänglich in diesem Castillo Ibn Esra. Da waren etwa unter den Inschriften, die von den Wandfriesen leuchteten, einige hebräische. Sie waren nicht leicht zu entziffern im Gestrüpp der vielen Schnörkel und Ornamente, die sie umgaben. Aber der Domherr, stolz auf sein Hebräisch, erkannte, daß sie der Heiligen Schrift entnommen waren, dem Buche Kohelet, dem Prediger Salomo. Ja, bestätigte Musa, es war so, und er nahm einen Stab, zeigte dem Domherrn, wie die Sätze inmitten der wirren Arabesken liefen, sich verloren, sich wieder fanden, zeigte und las und übertrug ins Lateinische. Es lauteten aber die Sätze: »Das Schicksal der Menschenkinder und das Schicksal des Viehes ist das gleiche. Wie dieses stirbt, so sterben jene, ihre Seele ist die gleiche, nicht besser ist der Mensch als das Vieh, und es ist alles eitel. Alles endet am gleichen Ort, alles ist aus Staub, und alles kehrt zurück zum Staub. Wer weiß, ob die Seele der Menschenkinder hinaufgeht und die Seele des Viehes hinunter unter die Erde?« Don Rodrigue verfolgte mit den Augen die hebräischen Zeichen an der Wand und sah und hörte, daß Musa getreu übersetzte. Aber klangen die Worte, wie er sie aus der Übersetzung des heiligen Hieronymus im Gedächtnis hatte, nicht anders? Nahm nicht im Munde dieses weisen und gütigen Musa selbst das Wort Gottes einen leisen Schwefelgeruch an?

Mochte dem sein wie immer, der Mann, der die Bibliothek des Castillo Ibn Esra betreute, zog den Domherrn beinahe noch mehr an als die herrliche Bibliothek selber. Er schien ihm, dieser Musa, wie er ruhig in seinen Polstern saß, zeitlos wie die Weisheit. Bald schien er ihm kaum älter als er selber, der fünfzig war, bald uralt. Der Glanz der stillen, etwas spöttischen Augen bezauberte ihn und machte ihn befangen, und trotzdem war ihm, als könne er mit diesem Manne freieren Gemütes reden als mit den meisten schlicht-gläubigen Christen.

Er erzählte ihm von der Akademie, deren Leiter er war. Gewiß könne sich dieses sein bescheidenes Institut nicht vergleichen mit ähnlichen der Moslems, aber es werde immerhin von hier aus Weisheit der Araber sowohl wie der heidnischen Alten dem Abendlande vermittelt. »Glaube ja nicht, o weiser Musa«, erklärte er eifrig, »daß ich engherzig sei. Ich habe sogar den Koran ins Lateinische übersetzen lassen. Auch arbeiten an meiner Akademie manche Ungläubige, Juden wie Moslems. Wenn du es erlaubst, dann bringe ich dir einmal den einen oder andern meiner Schüler, daß er der Ehre eines Gespräches mit dir teilhaftig werde.«

»Tu das, hochwürdiger Don Rodrigue«, antwortete freundlich Musa. »Bring mir welche von deinen Schülern. Aber mahne sie zur Vorsicht. Und sei selber vorsichtig!« Und er wies auf einen Satz an der Wand, verwirrenderweise war es wieder ein Satz aus der Heiligen Schrift, dieses Mal aus dem Fünften Buche Mose: »Verflucht sei, wer einen Blinden irreführt.«

Als sich Don Rodrigue endlich von dem Hausherrn verabschiedete, viel später, als er beabsichtigt hatte – er war wirklich ungebührlich lange geblieben –, sagte er scherzend: »Ich sollte dir böse sein, Don Jehuda. Um ein Haar hast du mich verleitet, das Zehnte Gebot zu übertreten. Zwar gelüstet es mich nicht nach deinem Hause, noch nach deinen Maultieren, noch nach deinen Knechten und Mägden. Wohl aber, fürchte ich, gelüstet es mich nach deinen Büchern.«

Der Gemeindevorsteher Don Ephraim suchte Jehuda auf, um mit ihm von Angelegenheiten der Aljama zu sprechen. »Wie zu erwarten war«, hub er an, »hat dein Ruhm und Glanz der Gemeinde viel Segen gebracht, aber auch neue Bedrängnis. Der Neid auf deine Größe hat den Haß des Erzbischofs, dieses Frevlers und Esau, geschürt. Don Martín zieht sein verstaubtes Pergament hervor, jene Verordnung des Kardinalskollegiums von vor sechs Jahren, daß nicht nur die Söhne Edoms, sondern auch die Nachkommen Abrahams den Zehnten an die Kirche zu entrichten hätten. Damals hatte der edle Alfakim Ibn Schoschan – das Andenken des Gerechten zum Segen – den Ansturm der Beglatzten abgewehrt. Nun aber glaubt der Frevler seine Zeit gekommen. Sein Schreiben an die Aljama ist voll von Drohungen.«

Don Jehuda wußte, daß es bei der Forderung des Zehnten um sehr viel mehr ging als um das Geld. Siegte die Kirche, dann war das Grundprivileg der Juden gefährdet, dann unterstanden sie nicht mehr unmittelbar dem König, dann hatte sich der Erzbischof dazwischengeschoben. Auch mußte Don Jehuda in seinem Innern zugeben, daß die Besorgnis Don Ephraims, diesmal könnte der Erzbischof sein Ziel erreichen, nicht unbegründet war. Don Martín war ein naher Freund des Königs; sicher lag er ihm in den Ohren, er möge die Sünde der Erhöhung des Juden Ibn Esra dadurch gutmachen, daß er endlich die Judenheit zur Entrichtung des Kirchenzehnten zwinge.

Allein Jehuda äußerte Zuversicht. »Es wird dem Frevler diesmal so wenig gelingen wie früher«, sagte er. Und fuhr fort: »Ist nicht im übrigen alles, was Steuern anlangt, mein Bereich? Erlaube, daß *ich* das Schreiben des Erzbischofs beantworte.«

Das war nun durchaus nicht nach Don Ephraims Sinn; er wollte keines seiner Geschäfte diesem Jehuda überlassen. »Es sei ferne von mir«, lehnte er höflich ab, »dir noch weitere Bürden aufzuhalsen, mein Herr und Lehrer Jehuda. Ein anderes aber möchte ich dir bescheidentlich im Namen der Aljama nahelegen. Die Pracht deines Hauses, die Fülle des Gutes, mit welchem der Herr dich gesegnet hat, die Glorie, die er dir durch die Gnade des Königs zugewandt hat, ist allen Neidern Israels ein Dorn im Auge und ein währender Stachel im schwarzen Herzen des Erzbischofs. Ich habe deshalb der Aljama neu eingeschärft, sich unauffällig zu halten und die Bösewichter nicht durch Glanz zu reizen. Wolle auch du sie nicht reizen, Don Jehuda.« – »Ich verstehe deine Sorge, mein Herr und Lehrer Don Ephraim«, antwortete Jehuda, »aber ich teile sie nicht. Nach meinen Erfahrungen schreckt der Anblick der Macht ab. Zeigte ich Schwäche oder Kargheit, so würde der Erzbischof nur kühner gegen mich und gegen euch.«

Am folgenden Sabbat ging Don Jehuda in die Synagoge. Er war erstaunt, wie kahl und nüchtern das Innere selbst dieses ersten Heiligtums der spanischen Judenheit herschaute; Don Ephraim duldete auch hier keinen Prunk. Öffnete sich freilich der Thora-Schrein, die Bundeslade, der Aron Hakodesch, dann leuchteten und glänzten daraus hervor die heiligen Geräte, mit welchen die Rollen der Schrift geschmückt waren, die kostbar bestickten Mäntel, die goldenen, von Geschmeide glitzernden Platten und Kronen.

Don Jehuda wurde aufgerufen, den Wochenabschnitt aus der Schrift zu lesen. Erzählt war da, wie Bileam, ein heidnischer Prophet, auszog, dem Volke Israel zu fluchen, allein Gott zwang ihn, sein Volk zu segnen, und es verkündete der heidnische Prophet: »Wie schön sind deine Zelte, Jakob, deine Wohnungen, Israel, wie Täler, die sich breiten, wie Gärten mit vielen Wassern, wie Aloebäume, von Jahve gepflanzt, wie Zedern am Ufer des Flusses. Du frißt die Völker, die Heiden, deine Feinde, du zermalmst die Gebeine deiner Verfolger.«

Jehuda las die Verse in dem vorgeschriebenen uralten Singsang, er las nicht ohne Mühe, sein Akzent mochte dem oder jenem fremdartig klingen, ja, ein wenig lächerlich. Aber keinen lächerte es. Vielmehr hörten sie, die jüdischen Männer und Frauen von Toledo, voll Verehrung zu, und die Ergriffenheit Don Jehudas erhob auch sie. Dieser Mann, den das Schicksal in früher Jugend zum Meschummad gemacht hatte, war freiwillig, war demütig in den Bund Abrahams zurückgekehrt und wird, dieser Mächtige, mithelfen, daß die Segnungen, von denen er las, sich auch an ihnen erfüllten.

Nun sich Raquel offen zu ihrem Judentum bekennen durfte, fiel es ihr schwerer, sich als Jüdin zu fühlen, denn vorher. Sie las oft in dem Großen Buch, sie träumte stundenlang versunken und leidenschaftlich von den Geschichten, die darin standen, von den Taten der Väter und Könige und Propheten. Das Gewaltige, Erhabene, Tieffromme, das da berichtet wurde, und auch das Schwache, Kleine, Tiefböse, das nicht unterschlagen war, alles wurde ihr leibhaft, und sie war stolz und glücklich, von solchen Ureltern abzustammen.

Allein mit den Juden, die sie hier in Toledo lebendig umgaben, fühlte sie wenig Verbundenheit, wiewohl sie doch festen, ehrlichen Willens war, zu ihnen zu gehören.

Oft, um ihr Volk besser kennenzulernen, ging sie in die Judenstadt, die Judería.

Auf diesen Gängen ließ sie sich von Don Benjamín Bar Abba begleiten, einem jungen Verwandten des Gemeindevorstands. Der Domherr Rodrigue hatte Benjamín im Castillo Ibn Esra eingeführt; er war einer seiner Gelehrtenschüler, ein Übersetzer aus seiner Akademie.

Don Benjamín war mit all seinem geschärften Verstand und seinem gründlichen Wissen kaum dreiundzwanzig Jahre alt, er hatte etwas Knabenhaftes, Schalkhaftes, Spitzbübisches, das Raquel anzog. Bald war zwischen ihnen gute Kameradschaft. Sie lachten gerne über Dinge, deren Spaßhaftigkeit ein anderer kaum verstanden hätte, und es gab mancherlei, worum Doña Raquel den Vater nicht und nicht einmal Onkel Musa befragte, wohl aber ihren Freund Benjamín.

Er seinesteils erzählte ihr unbefangen von seinen eigensten Dingen. Etwa, daß ihm sein Verwandter, Don Ephraim, der Párnas, nicht gefalle; er sei ihm zu listig, und wenn er selber nicht so arm wäre, hielte er's in Don Ephraims Hause nicht aus. Doña Raquel hatte noch nie einen Freund gehabt, der arm war. Sie musterte ihn erstaunt und neugierig.

Benjamín übte die jüdischen Bräuche, doch nur, um Don Ephraim nicht zu mißfallen, er legte kein Gewicht auf sie. Wohl aber bewunderte er arabische Weisheit, und er sprach gerne von den großen alten, verschollenen Völkern, besonders von den Griechen, Joniern, wie er sie nannte; einen dieser Jonier, einen gewissen Aristoteles, stellte er Unserm Lehrer Mose geradezu gleich. Bei alledem war er stolz darauf, zu den Juden zu gehören; denn sie waren das Volk des Buches und hatten das Buch treu durch die Jahrtausende bewahrt.

Dieser Benjamín war Raquels Führer in der Judería. Mehr

als zwanzigtausend Juden lebten in Toledo, und nochmals fünftausend außerhalb der Mauern, und wiewohl durch kein Gesetz gezwungen, wohnten die meisten in ihrem eigenen Stadtviertel, das wiederum durch Mauern und befestigte Tore beschützt war.

Die Juden saßen, erzählte Benjamín, seit urdenklichen Zeiten in Toledo; ja, die Stadt leitete ihren Namen her von dem hebräischen Worte Toledot, Geschlechterfolge. Die ersten waren hierhergekommen als Abgesandte des Königs Salomo, um von den Barbaren Tribut zu erheben. Die meiste Zeit ging es ihnen gut. Aber unter den christlichen Westgoten hatten sie wüste Verfolgungen zu erleiden. Am grimmigsten verfolgte sie einer ihres eigenen Stammes, ein gewisser Julian, der zu den Christen überlief und von diesen zum Erzbischof gemacht wurde. Immer schärfere Vorschriften erließ er gegen seine früheren Brüder, und zuletzt erwirkte er ein Gesetz, dem zufolge, wer nicht zum Christentum übertrat, in die Sklaverei verkauft werden sollte. Da riefen denn die Juden die Araber übers Meer und halfen ihnen, das Land zu erobern. Die Araber legten jüdische Garnisonen in die Städte und gaben ihnen jüdische Kommandanten. »Stell dir vor, Doña Raquel«, forderte Benjamín sie auf, »wie das gewesen sein muß, als die Unterdrückten plötzlich die Herren wurden und die früheren Unterdrücker die Sklaven.«

Begeistert erzählte Benjamín von den Büchern der Dichtung und Weisheit, welche in den folgenden Jahrhunderten unter der Herrschaft der Moslems die sephardischen Juden geschaffen hatten. Aus dem Gedächtnis sprach er ihr vor glühende Verse des Salomo Ibn Gabirol und des Jehuda Halevi. Er erzählte ihr von den mathematischen, astronomischen, philosophischen Werken des Abraham Bar Chija. »Was immer in diesem Lande Sepharad groß ist, sei es im Geiste oder sei es im Stein«, sagte er überzeugt, »daran haben Juden mitgebaut.«

Einmal sprach ihm Raquel von der Verwirrung, in welche der Anblick der Götzenbilder in der Kirche San Martín sie gestürzt hatte. Er hörte zu. Stand unschlüssig. Dann, verschmitzt, zog er ein kleines Buch heraus und zeigte es ihr, geheimnisvoll. Es waren aber in diesem Buch, er nannte es sein Merkbuch, Zeichnungen, Abbildungen von Menschen. Manchmal waren sie bösartig spaßhaft, zuweilen verwandelten sich die Gesichter der Menschen geradezu in Tiergesichter. Doña Raquel war erstaunt, angeschauert, amüsiert. Welch unerhörter Frevel! Dieser Don Benjamín machte nicht nur Abbilder allgemeiner Art, wie es jene Götzenbilder in den Kirchen waren, er formte deutliche, erkennbare Menschen. Ja, er wollte es Gott gleichtun, er änderte sie nach seinem frechen Willen, verzerrte ihre Seele. Öffnete sich die Erde nicht, den Frevler zu verschlingen? Und sie selber, Raquel, nahm sie nicht teil an dem Frevel, indem sie diese Zeichnungen beschaute? Aber sie konnte sich nicht helfen, sie schaute weiter. Da war das Abbild eines Tieres, eines Fuchses, wie es schien, aber es war gar kein Fuchs, aus dem listigen Gesicht schauten die frommen Augen Don Ephraims. Und Raquel inmitten all ihres Grauens und ihrer Zweifel mußte lachen.

Am engsten verknüpft fühlte sie sich mit Benjamín, wenn dieser ihr Geschichten erzählte, merkwürdige Begebenheiten, die großen jüdischen Männern Toledos zugestoßen waren.

Da war die Geschichte des Rabbi Chanan Ben Rabua. Der hatte eine wunderbare Wasseruhr konstruiert. Sie bestand aus zwei Brunnen, zwei Zisternen, die mit solcher Kunst und Berechnung angelegt waren, daß sich die eine bei zunehmendem Monde langsam mit Wasser füllte und die andere leerte, mit abnehmendem Monde aber umgekehrt, so also, daß man ihnen den Tag des Monats, ja, die Stunde des Tages ablesen konnte. Neidische Nebenbuhler bezichtigten Rabbi Chanan der Zauberei. »Wissen macht immer verdächtig«, erläuterte altklug Don Benjamín – und der Alkalde zog Rabbi Chanan gefänglich ein. Da indes leerten sich und füllten sich die Zisternen nicht mehr, wie sie sollten. Man nahm an, der Rabbi habe, bevor man ihn gefangensetzte, die kunstreiche Wasseruhr, an der er dreimal sieben Jahre gearbeitet hatte, beschädigt, und man wollte ihn zwingen, sie zu reparieren. Er aber verdarb sie vollends. Da verbrannten sie ihn. »Der Turm, in dem er lag«, schloß Don Benjamín, »steht noch heute. Auch jene Zisternen kannst du noch sehen, in der Huerta del Rey, bei dem verfallenen Lustschloß La Galiana.«

Des Abends erzählte Raquel der Amme Sa'ad von dem armen, kunstreichen, gelehrten Rabbi Chanan, den die bösen Menschen gefoltert hatten um seiner Kunst und Wissenschaft willen. Sie erzählte anschaulich von der Wasseruhr und dem Gefängnis und von dem Feuertod des Rabbis. Die Amme Sa'ad aber sagte: »Es sind böse Menschen hier in Toledo. Ich wollte, Rechja, mein Lämmchen, wir gingen zurück in die Stadt Sevilla, möge Allah sie behüten.«

Drittes Kapitel

Die Brüder Fernán und Gutierre de Castro ließen es nicht bei leeren Drohungen bewenden gegen den Mann, der einen Beschnittenen in ihr Castillo gesetzt hatte. Sie stießen mit bewaffneter Macht in den Bereich Don Alfonsos vor, einmal sogar bis in die Stadt Cuenca. Sie überfielen reisende Bürger und führten sie als Gefangene in ihre Burgen. Sie raubten kastilischen Bauern die Viehherden. Mit der Beute zogen sie sich zurück in ihr schwer zugängliches Bergland Albarracín.

Don Alfonso wütete. Seitdem er denken konnte, hatte er die Castros gehaßt. Als er mit drei Jahren König geworden war, hatte ein Castro für ihn regiert, er hatte den Knaben streng und schlecht behandelt, und Alfonso hatte gejubelt, als endlich Manrique de Lara die Castros stürzte. Allein die Castros blieben mächtig in ihrer Gaugrafschaft, und sie hatten viele Anhänger unter den Granden Kastiliens.

Ihre neuerlichen frechen Gewalttaten reizten Alfonso aufs Blut. So ging das nicht weiter. Er wird ihre Burgen berennen und zerstören, er wird die beiden kahl scheren und ins Kloster stecken; nein, die Köpfe abschlagen wird er ihnen.

In seinem Innern wußte er, daß eine solche kriegerische Expedition gefährliche Zerwürfnisse mit seinem Oheim bringen mußte, dem König von Aragon.

Von jeher nämlich hatte Aragon sowohl wie Kastilien Anspruch erhoben auf die Oberhoheit über die Grafschaft der Castros, das Bergland Albarracín, das zwischen Kastilien und Aragon gelegen war. Nach dem Tode des letzten regierenden Grafen indes hatten seine Söhne, die Brüder Fernán und Gutierre de Castro, sich geweigert, irgendwelche Oberhoheit anzuerkennen. Wenn jetzt er, Alfonso, in ihr Land einfällt, dann werden sie sich an Aragon um Schutz wenden, und sein Oheim Raimundez, der König von Aragon, wird sich die Gelegenheit nicht entgehen lassen, sie als Vasallen anzunehmen und sie gegen seinen, Alfonsos, Angriff zu verteidigen. Das bedeutete Krieg mit Aragon.

Allein Alfonso verscheuchte diese Bedenken, noch bevor sie recht zu Gedanken wurden. Er wird gegen die Castros marschieren! Er wird Jehuda berufen. Der muß ihm das Geld schaffen.

Jehuda, auf dem Weg zur Königsburg, war hellen Mutes. Er wußte nicht, was Don Alfonso, den er lange nicht gesehen hatte, von ihm wollte, und er freute sich darauf, ihm Vortrag zu halten; er konnte von Erfolgen berichten, ja, den handgreiflichen Beweis eines Erfolges führte er mit sich, ein kleines Etwas, das Don Alfonso Spaß und Freude machen würde.

Er stand vor dem König und berichtete. Mehrere Ricoshombres, neun, um genau zu sein, die mit ihren Zahlungen im Verzug waren, hatten mit Unterschrift und Siegel bestätigt, daß sie bei weiterer Versäumnis jeden Herrschaftsanspruch an gewisse Städte verlieren sollten, zugunsten des Königs. Jehuda konnte ferner berichten von elf neuen Mustergütern, von einer Versuchsanstalt für Seidenzucht in der Nähe von Talavera, von neuen, großen Werkstätten hier in Toledo und in Burgos, auch in Avila, Segovia, Valladolid.

Und dann kam er mit seiner großen Überraschung. »Du hast mir, Herr König«, sagte er, »dein Mißvergnügen darüber ausgesprochen, daß ich dir noch keine Goldschmiede und Münzmeister ins Land gebracht hätte. Erlaube mir, dir heute ein erstes Erzeugnis deiner Goldschmiede ehrerbietig zu überreichen.« Und lächelnd und stolz übergab er Don Alfonso das Etwas, das er mitgebracht hatte.

Der König nahm und sah und strahlte auf. Bisher waren in den christlichen Ländern der Halbinsel nur arabische Goldmünzen in Umlauf gewesen. Was er jetzt in Händen hielt, war die erste Goldmünze des christlichen Spaniens, und es war eine kastilische. Leuchtend in blitzendem, rötlichem Gelb hob sich sein, des Königs, Profil, deutlich erkennbar das seine, und ringsum stand auf lateinisch: »Alfonsus von Gottes Gnaden König von Kastilien.« Auf der andern Seite aber sah man den Schutzpatron Spaniens, den Apostel Jakob, den Santiago; er saß zu Pferde, das Schwert erhoben, so wie er oftmals in den Lüften den christlichen Heeren geholfen hatte, die Ungläubigen zu zerschmettern.

Gierig, mit kindlichem Vergnügen, beschaute und betastete Don Alfonso das schöne Werk. So also wird fortan in gutem, schwerem Golde sein Gesicht durch die Länder der Christenheit gehen und auch durch die des Islams und alle daran erinnern, daß Kastilien in guter Hut ist, in der des Santiago und in der seinen, Don Alfonsos. »Das hast du trefflich gemacht, Don Jehuda«, lobte er, und es ging von seinem hellen Gesicht und seinen hellen Augen so viel Freudigkeit aus, daß Don Jehuda alle Unbill vergaß, die der Mann ihm angetan hatte.

Dann aber erinnerte das Bild des streitbaren Santiago den König an sein Vorhaben und an den Grund, aus welchem er seinen Escrivano berufen hatte, und munter, ohne Übergang, sagte er: »Da wir also Geld haben, kann ich ja eigentlich gegen die Castros vorgehen. Glaubst du, daß sechstausend Goldmaravedí für die Expedition genügen?«

Don Jehuda, jäh aus seiner Freude gerissen, legte dar, daß die Castros zweifellos die Schutzherrschaft des Königs von

Aragon anrufen und daß König Raimundez sie als Vasallen annehmen werde. »Dein erlauchter Oheim Raimundez wird eingreifen«, erklärte er dringlich. »Er hat die ansehnliche Kriegsmacht schlagbereit, die er für seine Unternehmung in der Provence gesammelt hat, und sein Kriegsschatz ist gefüllt. Du wirst dich, Don Alfonso, unter denkbar ungünstigen Umständen in einen Krieg mit Aragon verwickelt sehen.«

Don Alfonso wollte davon nichts hören. »Geh mir mit deinen lahmen Bedenken!« wies er Jehuda ab. »Ein paar hundert gute Lanzen genügen gegen die Castros, ich verstehe mich auf schnellen Angriff, es wird ein Handstreich sein, nicht mehr. Hab ich aber erst Albarracín oder auch nur Santa María genommen, dann begnügt sich mein mattherziger Onkel von Aragon, zu schimpfen, und greift nicht mehr ein. Schaff mir die sechstausend Goldmaravedí, Don Jehuda!« bestand er.

Jehuda wußte: was der König ihm und sich selber vormachen wollte, war eitle Hoffnung. Don Raimundez, wiewohl ein verträglicher Herr, *wird*, wenn er jetzt den guten Vorwand hat, gegen Alfonso Krieg führen.

König Raimundez nämlich spürte tiefe Abneigung gegen seinen Neffen Alfonso, und nicht ohne Grund. Kastilien, sich auf alte Papiere stützend, beanspruchte Lehenshoheit über das Land Aragon. Solche »Oberhoheit« war reine Prestigesache. Der sehr mächtige König von Engelland etwa anerkannte in seiner Eigenschaft als Inhaber vieler fränkischer Herrschaften die Oberhoheit des Königs von Francien, wiewohl dieser einen viel kleineren Teil Franciens beherrschte als er selber. Im Grunde war es auch dem alten König Raimundez von Aragon gleichgültig, ob er etwas mehr oder weniger »Prestige« besaß. Aber er sah in seinem ungestümen Neffen die Verleiblichung eines leeren, veraltenden Ritterideals, und es verdroß ihn, daß viele, ja, sein eigener Sohn, solch wirklichkeitsfremdem Rittertum anhingen und zu Alfonso als zu einem Helden aufschauten. Deshalb hatte er Don Alfonsos Forderung, ihn als Oberherrn anzuerkennen, für verjährten Unsinn erklärt. Alfonso seinesteils brachte seinen Anspruch bei jeder Gelegenheit von neuem vor und prahlte, der Tag werde kommen, da der unverschämte Aragon vor ihm als vor seinem gottgewollten Oberherrn niederknien werde.

Es war also, wenn Alfonso wirklich den Feldzug unternahm, ein Eingreifen Aragons unvermeidlich, und Don Jehuda überlegte, wie er das dem König in behutsamen Worten klarmachen könnte. Allein Alfonso sah Jehudas Einwände voraus, er wollte sie nicht wissen, und er kam ihm zuvor. »Schließlich bist du an allem schuld«, zürnte er, »weil du dich in das Haus der Castros gesetzt hast.«

Don Jehuda hatte sich in diesen harten Monaten ein zweites Gesicht anwachsen lassen, eine Miene stiller Höflichkeit. Nicht bezwingen aber konnte er seine Stimme; die stammelte und lispelte in der Erregung. So auch jetzt, da er antwortete: »Ein Feldzug gegen die Castros, Herr König, wird nicht sechstausend Goldmaravedí kosten, sondern zweihunderttausend. Möge mir deine Majestät doch glauben, daß Aragon es unter keinen Umständen ruhig hinnehmen wird, wenn du gegen die Castros vorgehst.« Er entschloß sich, dem König einen letzten, unwiderleglichen Einwand mitzuteilen. »Du weißt, mein Vetter Don Joseph Ibn Esra ist Alfakim am Hofe von Aragon und ist eingeweiht in die Pläne des Königs. Mehrmals schon hat dein erlauchter Oheim daran gedacht, den Castros Waffenhilfe zu leisten. Mein Vetter und ich haben Briefe und Ratschläge ausgetauscht, und es ist Don Joseph geglückt, seinen König abzuhalten. Allein er hat mich gewarnt. Die Herren de Castro haben eine bindende Zusage, Aragon werde ihnen beistehen, wenn du sie angreifst.« Die junge Stirn Alfonsos furchte sich tief. »Du und dein Herr Vetter«, sagte er, »ihr scheint ja eifrig zu konspirieren.« – »Ich hätte dir die Warnung Don Josephs schon vor Tagen mitgeteilt«, entgegnete Jehuda, »aber du hattest nicht die Gnade, mir dein Angesicht zu zeigen.«

Der König ging mit starken Schritten auf und ab. Don Jehuda setzte auseinander: »Ich begreife, daß es deine Majestät danach verlangt, die dreisten Barone zu züchtigen. Auch mich – erlaube mir die demütige Anmerkung – verlangt es danach. Aber habe die Gnade, noch ein kleines zu warten. Erwägt man es ruhig, dann ist der Schaden, den die Castros angerichtet haben, nicht groß.«

»Sie halten Untertanen von mir in ihren Verliesen!« rief Alfonso.

»Gib Auftrag«, schlug Jehuda vor, »und ich löse die Gefangenen aus. Es sind kleine Leute. Es geht um ein paar hundert Maravedí.«

»Schweig!« brauste Alfonso auf. »Ein König löst seine Untertanen nicht aus von einem Vasallen! Aber das verstehst du nicht, du Krämer!«

Jehuda war blaß geworden. Ob die Castros Don Alfonsos Vasallen waren, darum eben ging ja der Streit. Aber diese Hochmütigen hielten nun einmal Raub und Totschlag für die einzig anständige Art, Meinungsverschiedenheiten auszutragen. Am liebsten hätte er ihm gesagt: Mach deinen Feldzug, du Ritter und Narr. Die sechstausend Goldmaravedí schmeiß ich dir hin. Aber alle seine Pläne stürzten ein, wenn es zu einem Krieg mit Aragon kam. Er mußte diesen Feldzug verhüten.

»Vielleicht«, gab er zu erwägen, »kann man die Gefangenen befreien, ohne deine königliche Würde zu gefährden. Vielleicht kann man erwirken, daß die Castros die Gefangenen an Aragon ausliefern werden. Erlaube mir, darüber zu verhandeln. Vielleicht, wenn du es mir gestattest, gehe ich selber nach Saragossa, um mit Don Joseph zu beraten. Bitte, versprich mir eines, Herr König: daß du eine Expedition gegen die Castros nicht befiehlst, bevor du mir vergönnst, nochmals mit dir darüber zu reden.«

»Was nimmst du dir heraus!« grollte Alfonso. Aber er hatte das Unsinnige seines Vorhabens eingesehen. Leider hatte der Jude recht.

Er nahm die Goldmünze, wog sie, beschaute sie. Hellte sich auf. »Ich verspreche nichts«, sagte er. »Aber ich werde mir überlegen, was du gesagt hast.«

Jehuda sah, daß er mehr nicht erreichen konnte. Er nahm Urlaub und fuhr nach Aragon.

Der Domherr Rodrigue sprach auch trotz der Abwesenheit Jehudas häufig im Castillo Ibn Esra vor. Er suchte die Gesellschaft des alten Musa.

Da saßen die beiden in der kleinen Vorhalle, schauten hinaus in die Stille des Gartens, hörten auf den leisen, immer gleichmäßigen, immer wechselnden Fall der springenden Wasser und pflogen sachten Gespräches. Die Wände entlang, rot, blau und golden leuchtend, liefen die Friese mit den Weisheitssprüchen. Die krausen Lettern der neueren arabischen Schrift, ineinander verschlungen, umwunden von blumenartigen Ornamenten, verzogen zu Arabesken, bildeten ein buntes Gewebe, das die Wände wie ein Teppich bedeckte. Aus dem launischen Geschnörkel hoben sich ab altarabische, »kufische«, kantige Schriftzeichen und blockige hebräische, formten sich zu Sprüchen, lösten sich auf, mischten sich in andere, kehrten wieder, seltsam ruhelos, verwirrend.

Rodrigue, durch das Dickicht der Ornamente und Arabesken, folgte jenem hebräischen Spruch, den ihm damals, bei seinem ersten Besuch, Musa übersetzt hatte: »Das Schicksal der Menschenkinder und das Schicksal des Viehes ist das gleiche ... Ihre Seele ist die gleiche ... Wer weiß, ob die Seele der Menschenkinder hinaufgeht und die Seele des Viehes hinunter unter die Erde?« Schon damals hatte es den Domherrn beunruhigt, daß diese Verse, wie Musa sie las, anders klangen als in der ihm vertrauten lateinischen Fassung. Nun nahm er sich ein Herz und wollte mit Musa darüber diskutieren. Aber dieser warnte freundlich: »Du solltest dich mit so gefährlichen Betrachtungen nicht abgeben, mein hochwürdiger Freund. Du weißt, daß, als Hieronymus die Bibel übersetzte, der Heilige Geist selber ihn inspiriert hat, so also, daß die Worte, welche Gott mit Mose in lateinischer Sprache tauscht, nicht minder göttlich sind als die hebräischen. Trachte nicht, allzu weise zu sein, hochwürdiger Don Rodrigue. Der Hund des Zweifels schläft leise. Er könnte aufwachen und deine Überzeugung anbellen, und du wärest verloren. Ohnedies schon nennen viele deiner Berufsbrüder in andern christlichen Ländern unser Toledo die Stadt der Schwarzen Magie, und unsere krausen arabischen und hebräischen Zeichen scheinen ihnen Gekritzel des Satans. Sie werden dich noch einen Ketzer heißen, wenn du so neugierig bist.«

Trotzdem kamen die stillen Augen Don Rodrigues von den verwirrenden Inschriften nicht los. Aber mehr noch als sie beunruhigte den Domherrn der Mann, der sie hatte anbringen lassen. Der alte Musa – das hatte Don Rodrigue bald erkannt – war gottlos durch und durch, glaubte nicht einmal an seinen Allah und Mohammed und war trotzdem, dieser Heide, gütig, duldsam, liebenswert. Und überdies und vor allem ein wahrer Gelehrter. Er, Rodrigue, hatte studiert, was die christliche Wissenschaft einem beibringen konnte, das Trivium und das Quadrivium, Grammatik, Dialektik und Rhetorik, Arithmetik, Musik, Geometrie und Astronomie, dazu alle erlaubte arabische Weisheit und jegliche Gottesgelahrtheit; aber Musa wußte viel mehr, er wußte alles, und über alles hatte er nachgedacht, und es blieb eine der schönsten Gottesgaben, sich mit diesem Gottlosen zu unterhalten.

»Ein Ketzer – ich?« antwortete er denn jetzt mit freundlicher Schwermut auf die Warnung des andern. »Ich fürchte, *du* bist der Ketzer, mein lieber, weiser Musa. Und nicht nur ein Ketzer bist du, fürchte ich, sondern ganz und gar ein Heide, der nicht einmal die Wahrheiten seines eigenen Glaubens glaubt.« – »Das fürchtest du?« fragte der alte, häßliche Gelehrte, und er richtete die starken Augen durchdringend auf das stille Gesicht des Rodrigue. »Ich fürchte es«, entgegnete dieser, »weil ich dir freund bin und weil es mir leid ist, daß du in der Hölle brennen wirst.« – »Würde ich nicht«, erkundigte sich Musa, »schon weil ich Moslem bin, in der Hölle brennen?« – »Nicht unbedingt, lieber Musa«, belehrte ihn Rodrigue. »Und bestimmt nicht so heiß.«

Musa, nach einer kleinen Weile, sagte nachdenklich und

zweideutig: »Ich mache wenig Unterschied zwischen den drei Propheten, damit magst du recht haben. Mir gilt Mose soviel wie Christus und dieser soviel wie Mohammed.« – »So was darf ich gar nicht hören«, sagte der Domherr und rückte ein wenig ab. »Ich müßte gegen dich vorgehen.« Musa lenkte höflich ein: »Dann will ich nichts gesagt haben.«

Wenn Musa so diskutierte, stand er wohl zuweilen auf, trat an sein Schreibpult und kritzelte im Sprechen Kreise und Arabesken. Rodrigue sah neidisch und vorwurfsvoll zu, wie der andere das kostbare Papier so eitel verschwendete.

Gerne las der Domherr dem Musa aus seiner Chronik vor, um sich Ergänzungen und Berichtigungen zu holen. In dieser Chronik war viel die Rede von den toten Heiligen. Sie hatten, in den Lüften mitkämpfend, die Ungläubigen oftmals geschlagen; auch ihre Reliquien, in die Schlacht mitgeführt, hatten den Christen manchen Sieg erstritten. Musa merkte an, diese heiligen Reste seien Zeugen wohl auch mancher christlichen Niederlage gewesen; doch tat er's milde und sachlich und fand es verständlich, daß Rodrigue davon nichts berichtete. Überhaupt hörte er dem Domherrn einfühlsam zu und bestärkte ihn im Glauben an die Wichtigkeit seines Werkes.

Wenn dann freilich Musa aus seiner eigenen »Geschichte der Moslems in Spanien« vorlas, dann schien dem armen, glücklichen Rodrigue, was er selber schrieb, verzweifelt primitiv. Heiß und kalt wurde ihm beim Anhören dieses eigenartigen, kühnen Geschichtswerkes. »Staaten«, hieß es da, »sind keine göttlichen Institutionen, sie entstehen aus den naturhaften Kräften des Lebens. Gesellschaftlicher Zusammenschluß ist notwendig zur Erhaltung menschlicher Art und Kultur, staatliche Macht ist notwendig, damit nicht die Menschen einander alle umbringen, denn sie sind von Natur böse. Die Kraft, die einen Staat zum einheitlichen Gebilde formt, ist die Asabidscha, die innere Verbundenheit durch Willen, Geschichte und Blut. Staaten, Völker, Kulturen haben wie alle erschaffenen Dinge ihre von der Natur bestimmte Lebensdauer, sie durchlaufen gleich den Einzelwesen fünf Altersphasen: Entstehen, Aufstieg, Blüte, Niedergang, Vergehen. Immer wieder wandelt sich Zivilisation in Verweichlichung, Freiheit in Zweifelsucht, und Staaten, Völkerschaften, Kulturen lösen einander ab nach strengen, ewig gleichen Gesetzen, ständig unbeständig wie wandernde Sanddünen.«

»Wenn ich dich recht verstehe, mein Freund Musa«, bedachte einmal im Anschluß an eine solche Lesung Don Rodrigue, »dann glaubst du an keinen Gott, sondern nur an das Kadar, an das Schicksal.« – »Gott *ist* das Schicksal«, erwiderte Musa. »Das ist die Summe der Erkenntnis sowohl des Großen Buches der Juden wie des Korans.« Sein Auge folgte, und so tat Rodrigues, einem Spruchband, auf dem der Prediger Salomo verkündigte: »Alles, was geschieht unter dem Himmel, hat seine vorbestimmte Stunde; Geborenwerden und Sterben, Pflanzen und Jäten, Töten und Heilen, Klagen und Tanzen, Lieben und Hassen, Krieg und Friede. Welchen Gewinn also hat der Rechner und Geschäftige mit all seinen Mühen?« Und als Musa wahrnahm, daß der Domherr den Satz aufgefaßt hatte, fuhr er fort: »Und in der einundachtzigsten Sure des Korans, in der von der Verendung, spricht der Prophet: ›Was ich verkünde, ist eine Mahnung für euch, die ihr den rechten Weg gehen wollt. Aber ihr werdet das nicht wollen *können*, wenn nicht Gott es will, der Allmächtige.‹ Du siehst, mein hochwürdiger Freund, sowohl Salomo wie Mohammed kommen zu der Erkenntnis: Gott und das Schicksal sind identisch, oder, philosophisch ausgedrückt: Gott ist die Summe aller Zufälle.«

Wenn Don Rodrigue dergleichen hörte, wurde er beklommen und beschloß, nicht mehr in das Castillo Ibn Esra zu gehen. Aber zwei Tage später saß er wieder in der offenen Halle unter den verwirrenden Inschriften. Manchmal brachte er sogar welche von seinen Schülern mit, am häufigsten den jungen Benjamín.

Zuweilen kam wohl auch Doña Raquel in die Rundhalle

und hörte zu, wie die gelehrten Herren beim stillen Fall des Springbrunnens ihre langsamen Sätze tauschten.

Einmal, erinnert durch die Gegenwart Benjamíns, fragte Raquel den Domherrn, was er von jenem Rabbi Chanan Ben Rabua wisse und von seiner Zeitmessungsmaschine; denn Don Benjamíns Erzählung, wie jener gelehrte Rabbi verfolgt worden war und sein eigenes Werk hatte zerstören müssen, und wie sie ihn dann gefoltert und verbrannt hatten, ging ihr nicht aus dem Kopf. Don Rodrigue wollte es nicht wahrhaben, daß man Gelehrte um ihrer Wissenschaft willen gemartert habe, und er hatte die Geschichte des Rabbi Chanan nicht in seine Chronik aufgenommen. »Ich habe mir jene Zisternen in La Galiana angeschaut«, erklärte er, »es sind ganz gewöhnliche Zisternen; ich glaube nicht, daß sie jemals zur Messung der Zeit gedient haben. Ich halte es übrigens auch für unglaubwürdig, daß jener Rabbi Chanan gefoltert und getötet wurde. In den Dokumenten finde ich nichts.«

Der junge Don Benjamín, gekränkt, daß der Domherr seine Geschichte des Rabbi Chanan anzweifelte, sagte bescheiden, doch eifrig: »Aber ein hervorragender Gelehrter war er, das gibst sicher auch du zu, hochwürdigster Don Rodrigue. Nicht nur hat er ein herrliches Astrolab hergestellt, er hat auch die Werke des Galenus ins Arabische und ins Lateinische übersetzt und so die medizinische Wissenschaft der Alten in unsere Zeit herübergerettet.«

Don Rodrigue ging darauf nicht ein, wohl aber erzählte er von großen Ärzten der frühen Christenheit. Da waren die Heiligen Cosmos und Damian, arabischen Ursprungs übrigens, die um die Zeit des Galenus kaum weniger wunderbare Kuren vollbracht hatten als dieser. Ihre Nebenbuhler zeigten an, daß sie Christen waren. Die Richter verurteilten sie, und man warf sie ins Meer: Engel kamen und retteten sie. Man warf sie ins Feuer: das Feuer konnte ihnen nichts anhaben. Man warf Steine auf sie: die Steine änderten ihren Lauf und steinigten ihre Feinde. Noch nachdem sie tot waren, vollbrachten sie staunenswerte Kuren. Da war etwa ein Mann, der Wundbrand im Schenkel hatte. Er betete vor dem Bild der beiden Heiligen. Er fiel in tiefen Schlaf und träumte, die Heiligen schnitten ihm das kranke Bein ab und ersetzten es durch das eines toten Arabers. Wirklich hatte er, als er erwachte, ein neues, gesundes Bein; auch den toten Araber fand man, dessen Bein die Heiligen ihm eingefügt hatten.

»Das müssen große Zauberer gewesen sein«, anerkannte Doña Raquel. Musa aber meinte: »Die moslemischen großen Ärzte haben ihre besten Heilerfolge erzielt, während sie am Leben waren. Auch kenne ich manchen Christen, der bei einer ernstlichen Erkrankung gern einen jüdischen oder moslemischen Arzt zu Rate zieht.« Don Rodrigue, weniger friedfertig als sonst, antwortete: »Wir Christen lehren, Bescheidenheit ist eine Tugend.« Musa gab freundlich zu: »Lehren tut ihr das, mein hochwürdiger Freund.« Don Rodrigue lachte. »Nichts für ungut«, sagte er. »Sollte ich erkranken, dann werde ich glücklich sein, wenn du mich behandelst, o weiser Musa.«

Don Benjamín hatte heimlich in sein Merkbuch gezeichnet. Er zeigte Doña Raquel, was er gemacht hatte. Da saß ein Rabe auf einem Baum, und der Rabe trug das Gesicht des Musa. Es war unverkennbar ein Porträt und also zwiefach verboten. Aber es war ein lustiges, freundliches Porträt, und Raquel gefiel die Zeichnung und der, der sie gemacht hatte.

Da der König nichts gegen die Castros unternahm, wurden ihre Anhänger immer dreister. Wie seinerzeit die Leute von Burgos den Nationalhelden, den Cid Compeador, gegen den Sechsten Alfonso, so verteidigten jetzt die rebellischen Barone die Castros gegen den Achten: »Was für gute Vasallen wären sie, hätten sie nur einen besseren König.« Die Herren de Nuñez und de Arenas, da der König verfallene Abgaben einforderte, höhnten: »Komm doch, Don Alfonso, und hol dir deine Gelder von uns, so wie du deine Untertanen aus den Burgen der Castros zurückholst!«

Don Alfonso wütete. Wenn er nicht wollte, daß alle seine

Barone sich gegen ihn empörten, durfte er sich von den Castros nicht länger auf dem Kopf herumtanzen lassen.

Er berief seine Vertrauten zu einem Kronrat. Da waren Don Manrique de Lara und sein Sohn Garcerán, der Erzbischof Don Martín de Cardona und der Domherr Don Rodrigue; der Escrivano Mayor Don Jehuda war noch in Aragon.

Vor seinen Freunden ließ Don Alfonso seinem ohnmächtigen Zorn freien Lauf. Die Castros taten ihm einen Schimpf nach dem andern an, und sein Escrivano verhandelte mit dem zweideutigen König Raimundez und wollte ritterlichen Streit auf Krämerart lösen. Dabei trug doch der Jude die Hauptschuld an dem üblen Handel, da er sich ins Haus der Castros gesetzt hatte. »Am liebsten«, schloß er ungebärdig, »würfe ich ihn wieder hinaus.«

Don Manrique begütigte: »Sei gerecht, Herr König. Unser Jude hat sich sein Castillo verdient. Er hat mehr gehalten, als er versprochen hat. Die Granden zahlen dir Steuern in Friedenszeiten. Siebzehn Städte, die den Granden gehörten, unterstehen heute dir. Und wenn die Castros ein paar Untertanen von dir gefangenhalten, so sind jetzt viele hundert deiner Ritter und Knechte frei, die gefangen in Sevilla saßen.«

Erzbischof Don Martín, rotes, rundes, derbfröhliches Gesicht unter ergrauendem Haar, widersprach. Streitbar saß er, halb Priester, halb Ritter. Das Gewand, das seine Würde anzeigte, verbarg nicht die Rüstung; denn hier in Toledo, fand er, so nahe den Moslems, war man in währendem Heiligen Krieg. »Du hast viele Worte des Ruhmes für deinen Juden, edler Don Manrique«, sagte er mit seiner schallenden Stimme. »Dieser neue Ibn Esra hat, ich geb es zu, Hunderttausende von Goldmaravedí aus dem Lande herausgezaubert, und davon einiges auch für den König Unsern Herrn. Dafür aber hat er der Heiligen Kirche um so größeren Schaden gebracht. Verschließt doch nicht eure Augen vor dieser Tatsache, Herren! Die Judenheit von Toledo ist immer frech gewesen, schon zu Zeiten unserer gotischen Väter, und daß du geruht hast, Herr König, diesen Jehuda ins Amt zu setzen, hat die

Unverschämtheit der Aljama unerträglich gemacht. Nicht nur weigert sich ihr Oberster, dieser Ephraim Bar Abba, mir meinen Zehnten zu zahlen, wobei er sich leider auf dich berufen kann, Herr König, er erdreistet sich auch, in einer Synagoge mit herausforderndem Nachdruck jenen Segen Jakobs verkünden zu lassen: ›Es wird das Zepter nicht weichen von Juda und nicht der Herrscherstab von seinen Füßen.‹ Dabei habe ich dem Manne aus den Schriften der Kirchenväter klargemacht, daß dieser Segen Jakobs nur gültig war bis zur Ankunft des Messias und mit dem Erscheinen des Heilands seinen Wert verlor. Aber nur wir Christen verstehen die geheime innere Meinung der Schrift. Diese Juden gleichen dem unvernünftigen Getier und bleiben an der Oberfläche haften.«

»Man sollte vielleicht«, meinte mild der Domherr, »mit der Aljama von Toledo nicht zu streng ins Gericht gehen. Als damals die blinden, sündigen und hochmütigen Juden von Jerusalem Unsern Herrn Jesus Christus vor ihr Tribunal schleppten, hat die jüdische Gemeinde von Toledo dem Hohenpriester Kaiphas Botschaft geschickt und ihn gewarnt, er solle den Heiland nicht kreuzigen. So steht es deutlich in den alten Büchern.«

Der Erzbischof maß Don Rodrigue unmutigen Blickes, aber er unterdrückte eine Erwiderung. Es bestand nämlich eine wunderliche Verknüpfung zwischen ihm und seinem Sekretär. Der Erzbischof war fromm, grundehrlich und sich bewußt, daß sein kriegerisches Temperament ihn manchmal zu Worten und Taten veranlaßte, die ihm, dem Primas von Hispanien, dem Nachfolger des heiligen Eugenius und des heiligen Ildefonso, nicht anstanden, und um die Sünden zu büßen, zu denen sein streitbares Gemüt ihn verleiten mochte, hatte er sich mit der ständigen Gegenwart des lammherzigen Don Rodrigue belastet; darauf wollte er hinweisen, falls ihm beim Jüngsten Gericht vorgehalten werden sollte, daß zuweilen der Soldat in ihm mächtiger gewesen sei als der Priester.

Statt also an Don Rodrigue wandte er sich an den König:

»Als du damals, der Not und deinen Ratgebern gehorchend, den Juden herbeiriefst, habe ich dich gewarnt, Don Alfonso, und dir vorausgesagt: es werden Tage kommen, da du diese Berufung bereust. Das Heilige Concilium hat seine guten Gründe gehabt, als es den Königen der Christenheit untersagte, Ungläubige mit hohen Ämtern zu betrauen.«

Don Manrique meinte: »Auch die Könige von Engelland und von Navarra sowie die Könige von León, Portugal und Aragon haben den Beschlüssen des Lateranischen Conciliums zum Trotz ihre jüdischen Minister beibehalten. Sie haben sich begnügt, dem Heiligen Vater ihr Bedauern auszusprechen. So tat der König Unser Herr. Er durfte sich überdies berufen auf das Vorbild seiner erlauchten Ahnen. Der Sechste Alfonso, der Kaiser Hispaniens, hatte zwei jüdische Minister, der Siebente Alfonso fünf. Ich sehe nicht, wie Kastilien die vielen Kirchen für die Heiligen hätte bauen können und die vielen Festungen gegen die Moslems ohne die Hilfe der Juden.«

»Erlaube mir ferner, mein hochehrwürdiger Vater«, ergänzte der Domherr, »dich in Ehrfurcht an unsern Freund zu erinnern, den ehrwürdigen Bischof von Valladolid. Auch er konnte seine Steuern nicht hereinbekommen und mußte unsern Jehuda mit der Eintreibung betrauen.«

Dieses Mal konnte Don Martín den Zorn nicht in der Brust bewahren. »Du hast viele Tugenden, Don Rodrigue«, grollte er, »du bist beinahe ein Heiliger, und darum ertrage ich dich. Aber laß mich dir in aller Demut sagen: manchmal grenzt deine Milde und Duldsamkeit ans Unverschämte.«

Der König hörte nicht auf diese Zänkereien. Er saß in sich gekehrt, und nun sagte er heraus, was ihn beschäftigte: »Manches Mal schon habe ich mich gefragt, warum Gott den Ungläubigen so viel Kräfte gab, die er uns versagt hat. Ich denke mir es so: da er sie verdammt hat für die Ewigkeit, gerade darum hat er sie in seiner Gnade für die kurze Spanne, die sie auf Erden verbringen, mit viel Klugheit ausgestattet und mit Glanz der Rede und mit der Gabe, Schätze zu sammeln.«

Die andern schwiegen etwas verlegen. Es war merkwürdig,

daß der König so offen innerste Gedanken preisgab, es war eigentlich ungehörig. Aber der König hatte das Recht, königlich unbekümmert herauszusagen, was ihm durch die Seele ging.

Der jugendliche Don Garcerán kehrte zurück zum Gegenstand der Beratung. »Eines, Herr König, könntest du tun«, schlug er vor. »Wenn du schon nicht vorgehst gegen die Castros, so lege doch eine Garnison an ihre Grenze. Lege Kriegsknechte in die Stadt Cuenca.« – »Das ist guter Rat«, stimmte schallend der Erzbischof bei. »Ja, lege Kriegsknechte nach Cuenca, und nicht zu wenige, daß den Castros die Lust vergeht, deine Untertanen zu überfallen.«

Daran hatte Don Alfonso selber schon gedacht. Aber es war ihm lieb, daß die andern es vorschlugen. »Ja, das werde ich tun«, verkündete er. Und: »Dagegen kann nicht einmal unser Jude was einwenden«, meinte er grimmig fröhlich.

Don Manrique fand, es genügten drei Fähnlein, Cuenca gegen die Castros zu sichern. Don Alfonso wandte ein, es könnte durch die Gewalttaten der Castros auch der Emir von Valencia Appetit auf die Stadt bekommen, er werde lieber mehr Soldaten, er werde zweihundert Lanzen nach Cuenca schicken. Der Erzbischof, der als erfahren in der Kriegskunst galt, gab zu bedenken, daß einige der Kriegsknechte immer unterwegs sein müßten, bedrohte Bauernhöfe zu schützen oder reisenden Bürgern Geleit zu geben. »Schicke dreihundert Lanzen, Don Alfonso!« forderte er.

Don Alfonso schickte fünfhundert Lanzen.

Das Kommando dieser Truppen übertrug er seinem Freunde Don Estéban Illán, einem jungen, muntern, kühnen Herrn. Bevor Don Estéban verritt, legte der König ihm ans Herz: »Laß mir keinen neuen Schimpf antun, Don Estéban! Dulde nicht die leiseste Ungebühr! Und wenn die Leute der Castros auf unserm Gebiet ein einziges Huhn stehlen, laß es nicht zu! Verfolge sie bis in ihr Santa María, und nimm ihnen das Huhn wieder ab! Und wenn es zehn Kriegsknechte kostet!« Er gab ihm den Handschuh, das Zeichen ritterlichen

Auftrags. Don Estéban küßte ihm die Hand und sagte: »Du sollst dich nicht zu beklagen haben, Don Alfonso.«

Soldaten rückten ein in die kleine Stadt Cuenca und in die Dörfer der Umgebung. Streiften an der schwer übersichtlichen Grenze des Berglandes Albarracín. Aber niemand von den Knechten der Castros ließ sich sehen. Es verging eine Woche, noch eine. Die Soldaten Don Estébans murrten über den langweiligen Dienst, die Leute von Cuenca schimpften über die drückende Anwesenheit der Soldaten.

Jehuda mittlerweile war in Saragossa und verhandelte mit seinem Vetter Don Joseph Ibn Esra. Dieser, ein intelligenter Herr, dicklich, behaglich, umgänglich, skeptisch, ließ merken, daß er Jehudas Beweggründe durchschaute. Doch lag ihm selber an der Erhaltung des Friedens, und er kam ihm freundschaftlich entgegen. Was Jehuda wollte, war, daß Aragon die kastilischen Gefangenen der Castros auslöse und an Don Alfonso zurückgebe; dieser würde dafür von seinem Anspruch auf die Stadt Daroca abstehen. Jehudas Vorschlag schien Don Joseph nicht unbillig, und er glaubte auch, ihn seinem Herrn schmackhaft machen zu können. Freilich durfte man nichts überstürzen. König Raimundez war im Feldlager, voll beschäftigt mit der glücklichen Beendigung des Krieges gegen den Grafen von Toulouse, und Don Joseph mußte die rechte Zeit abwarten, ehe er ihm mit einer so unwichtigen Angelegenheit kommen konnte. Er werde in etwa zwei Wochen zu Don Raimundez ins Feldlager reisen. So lange möge sich Don Jehuda gedulden. Dann möge auch er sich bei Don Raimundez einfinden.

Jehuda nutzte die zwei Wochen. Er fuhr nach Perpignan und brachte ein verwickeltes Geschäft zu einem glücklichen Ende. Er fuhr nach Toulouse, um einen Verwandten zu besuchen, Meïr Ibn Esra, den jüdischen Bailli dieser Stadt. Dann fuhr er zu König Raimundez ins Lager. Don Joseph half ihm treulich, und Don Raimundez hörte ihn gnädig an. Allein der König war ein langsamer, gründlicher Herr, und es dauerte eine weitere volle Woche, ehe er sich entschloß, ja zu sagen.

Jehuda atmete auf. Das übelste von den dummen Hindernissen, die sein Friedenswerk gefährdeten, war beseitigt. Er schickte einen Kurier an Don Alfonso mit der Nachricht, der erfreuliche Vertrag sei unterschrieben und gesiegelt, er selber, Jehuda, werde in wenigen Tagen zurück sein.

Allein diese Botschaft war noch nicht in Toledo angelangt, als Don Alfonso aus Cuenca ein langes, verworrenes Schreiben seines Freundes Estéban Illán erhielt.

Unvorhergesehenes hatte sich ereignet. Bewaffnete Knechte der Castros hatten auf kastilischem Gebiet eine Schafherde rauben wollen. Leute des Don Estéban hatten sie ins Gebiet der Castros hinein verfolgt. Dort waren sie auf eine Schar von Rittern und Knappen gestoßen. Es hatte Schimpfreden gegeben, ein Scharmützel. Dabei war einer der Ritter umgekommen, unglücklicherweise einer der Brüder Castro, der Graf Fernán. Nicht leugnen lasse sich, schrieb Don Estéban, daß Fernán de Castro, als der kastilische Pfeil ihn traf, nicht zum Kampfe gerüstet war, sondern wohl auf einem Jagdausflug begriffen, er habe seinen Lieblingsfalken auf dem Handschuh getragen. Warum der kastilische Kriegsknecht den unbesonnenen Pfeil abgeschossen hatte, lasse sich kaum mehr feststellen; jedenfalls habe er, Estéban, den schuldigen Kriegsknecht sogleich hängen lassen.

Don Alfonso las, und ihm sank das Herz. Schlimmer hätte das Unternehmen nicht ausgehen können. Ein gemeiner Kriegsknecht hatte einen Herrn höchsten Adels, der nicht bewaffnet war, schmählich gemeuchelt in seinem, Alfonsos, Auftrag. Ganz Hispanien wird das ihm, dem König von Kastilien, zum Schimpf anrechnen.

Der andere Castro, Gutierre, hatte jetzt triftigen, ritterlichen Grund, seinen Bruder zu rächen. Er wird sich an Aragon wenden, und König Raimundez, Sieger in der Provence, hatte den willkommenen Vorwand, ihn, Alfonso, den gehaßten Neffen, mit Krieg zu überziehen. Der dumme Krieg mit Aragon, den er nicht gewollt hatte, vor dem jeder ihn gewarnt hatte, jetzt war er da.

Alfonso schämte sich vor Jehuda. Schämte sich vor allen seinen Räten. Vor der ganzen Christenheit. Dabei hatte er nur getan, was jeder andere Ritter an seiner Stelle getan hätte. Es war seine königliche Pflicht gewesen, seine gute Stadt Cuenca zu schützen und Truppen hinzuschicken. Und wenn er dem kühnen Don Estéban Illán den Befehl übertragen hatte, so konnte ihn auch darum niemand schelten. Don Estéban war sein Freund und ein guter Ritter und trug überdies das Knöchelchen des heiligen Ildefonso in sein Schwert geschmiedet. Ach, die gute Reliquie hatte den Satan nicht abgehalten. Denn es war nichts als höllisches Unglück, daß es so gekommen war, es war Tücke des Satans, und niemand trug Schuld, nicht er, nicht Don Estéban, nicht Fernán de Castro, nicht einmal der Jude. Aber alle Christenheit wird ihm die Schuld geben, ihm, Alfonso.

Nein, dieser Jehuda hat ihm kein Glück gebracht. Und jetzt, da er seinen Rat dringlich brauchte, war er nicht da!

Es war gut, daß er nicht da war. Er hätte ihn jetzt nicht sehen können. Er hätte sein vorwurfsvolles, gescheites Gerede nicht ertragen. Er mußte einen Menschen haben, der ihn ganz begriff, seine Schuldlosigkeit, sein unerhörtes Unglück, einen sehr nahen Menschen, einen, der zu ihm gehörte.

Ohne Jehuda abzuwarten, mit kleinstem Gefolge, ritt er nach Burgos, zu seiner Königin, zu Doña Leonor.

Viertes Kapitel

Doña Leonor empfing den König mit Freuden. Ohne daß er ihr die Geschehnisse hätte erklären müssen, verstand sie ihn. Sie fühlte wie er. Alles war böse Schickung, ihren Alfonso traf keine Schuld.

Dabei drückte es sie noch schwerer als ihn, daß Krieg mit Aragon bevorstand. Sie hatte von einer Vereinigung der beiden Länder geträumt, und dieser Krieg zerstörte alle ihre

Hoffnungen. Aber sie verbarg ihre Niedergeschlagenheit, sie war gelassen wie immer. Alfonso fand in ihrer Gegenwart und in ihrem Gespräch Trost und Stärkung, wie er sich's erhofft hatte.

Gemeinhin bevorzugte er Toledo vor Burgos. In Toledo hatte er, noch ein Knabe, seine erste große Tat getan, von hier aus hatte er sein Reich erobert; auch war Toledo nahe dem echten, ewigen Feind, den Moslems, und in solche Nähe des Feindes gehörte er, der König, der Soldat. Dieses Mal aber war er gerne in der alten, urchristlichen Stadt Burgos, und die Erinnerungen, deren sie voll war, gaben ihm Kraft und Zuversicht. Nach dem Castillo dieser Stadt Burgos hieß sein Kastilien, von hier aus hatte sein Ahnherr Fernán González die Grafschaft Kastilien unabhängig gemacht, groß und mächtig. Und hier in Burgos hatte sein Urgroßvater, der Sechste Alfonso, gezeigt, daß ein König auch vor dem größten Manne Spaniens nicht zurückwich. Jener Alfonso hatte den tapfersten Helden des Landes, den Cid Compeador, da er mit seiner Kriegführung unzufrieden war, der Stadt verwiesen; ein König von Kastilien verzieh keinen Ungehorsam, verzieh ihn keinem Cid, geschweige denn einem Castro.

Nun aber war der Cid Compeador tot, die Könige hatten Hispaniens edelstem Ritter und Kämpfer längst vergeben, und die Stadt Burgos war stolz auf ihre vielen Andenken an den Helden. Grimmig amüsiert verweilte Don Alfonso vor einer gewissen Truhe, die in der Kirche des Klosters Huëlga aufgehängt war. Diese Kiste hatte der Cid zwei jüdischen Geldleuten als Pfand gegeben; angeblich war sie voll mit reichen Schätzen. Dann aber erwies sich, daß nichts darin war als Sand; der Held hielt dafür, daß sein Wort genüge. So hatte der Cid mit seiner Kiste ein anschauliches Beispiel aufgestellt, wie ein Ritter mit krämerischen Juden verfahren sollte.

Don Raimundez von Aragon zeigte keine Eile, den Feldzug zu beginnen; er hatte von jeher als Zauderer gegolten. Den König Alfonso aber quälte das Warten, und er sprach Doña Leonor davon, als erster zuzuschlagen.

Da indes schwieg Doña Leonor nicht länger. In klaren Worten hielt sie ihm vor, daß das Land ihm die Niederlage von Sevilla nicht vergessen habe. Man werde sogar, wenn er der Überfallene sei, gegen einen neuen Krieg murren. Unter solchen Umständen anzugreifen und sich ins Unrecht zu setzen, wäre Wahnsinn. Don Alfonso ließ sich die herben Worte gefallen.

Dann, endlich, traf Jehuda in Burgos ein. Er hatte die Nachricht vom Tode des Fernán de Castro sofort in ihrer ganzen Schwere erfaßt. In verzweifeltem Unmut schob er sich selber alle Schuld zu. Seine Berechnung war falsch gewesen. Er hätte in Toledo bleiben und den König zurückhalten müssen. Seine Intuition hatte ihn im Stich gelassen.

Der tatkräftige Mann gab trotz allem die Hoffnung nicht auf, den Krieg zu verhindern. Machte sich sogleich auf den Weg nach Toledo. Erfuhr, daß Alfonso in Burgos war. Kehrte um, ritt nach Burgos.

Meldete sich bei Don Alfonso. Der, unter allerlei Vorwänden, empfing ihn nicht. Wohl aber schickte Doña Leonor nach ihm.

Jehuda, im Anblick der klugen Frau, faßte neuen Mut. »Wenn deine Majestät es erlaubt«, schlug er vor, »reise ich nach Saragossa und versuche, den König zu sänftigen. Er hat mir, als ich jetzt in seinem Feldlager war, ein freundlich williges Ohr geliehen.« – »Seither haben sich die Dinge geändert«, sagte Doña Leonor. Don Jehuda antwortete vorsichtig: »Ich dürfte freilich nicht mit leeren Händen kommen.« – »Was gäbe es, das du bringen könntest?« fragte Leonor. »Es wäre denkbar«, meinte noch behutsamer Jehuda, »daß Don Alfonso auf jene strittige Lehenshoheit Kastiliens verzichtet.« – »Die Lehenshoheit Kastiliens ist nicht strittig«, sagte kalt Doña Leonor, und: »Lieber den Krieg!« erklärte sie und maß Jehuda so fremden, verächtlichen Blickes, daß er sah, sie war aus dem gleichen Stoff wie der König. Auch sie wollte diesen leeren, ritterlichen, lächerlichen Titel und Anspruch um nichts in der Welt aufgeben. Auch sie hielt vernünftiges Wägen und Planen für krämerhaft.

Don Alfonso, als ihn Jehuda endlich zu Gesicht bekam, meinte spöttisch: »Da hast du ja nun wohl mit Eifer und Gehirnaufwand schlaue Verträge gedrechselt, mein Escrivano, in Saragossa und vor Toulouse. Jetzt siehst du, was sie wert sind. Du hast mir kein Glück gebracht, Don Jehuda. Mach dich hier wenigstens nützlich und schaffe mir Geld. Ich fürchte, wir brauchen sehr viel Geld.«

Don Alfonso beriet mit seinen Offizieren. Er hatte sein Kriegshandwerk gelernt und war entschlossen, es Aragon nicht leicht zu machen. Er erkannte deutlich, daß alle Vorteile auf seiten des Gegners waren, aber er hielt fest an seiner Zuversicht. Als christlicher Ritter legte er sein Schicksal in die Hand des Allmächtigen, der seinen Alfonso von Kastilien nicht verderben lassen wird.

Und Gott belohnte seine Zuversicht. Don Raimundez von Aragon starb plötzlich, erst siebenundfünfzig Jahre alt. In der Blüte seiner Jahre, inmitten seiner Siege in der Provence, schlug Gott ihn aufs Herz und raffte ihn hinweg, bevor er seinem Neffen von Kastilien hatte Schaden tun können.

Die Lage Alfonsos war jäh und glücklich verändert. Der Thronfolger von Aragon, der siebzehnjährige Infant Don Pedro, war nicht wie sein Vater. Don Raimundez hatte sein Reich durch Staatsmannschaft vergrößert, er hatte Titel und Land in der Provence durch List erobert und militärische Macht nur eingesetzt, wenn er des Sieges sicher war; auch hatte er sich ohne Scheu vor seinen Granden gedemütigt, wenn er dadurch Geld und Leistungen erlangen konnte. Dem jungen Don Pedro schienen solche Künste »Winkelzüge« und eines Ritters unwürdig, und er sah, wie so viele, in seinem Vetter von Kastilien das Urbild des christlichen Ritters. Wenig Gefahr war, daß er Don Alfonso mit Krieg überziehen werde.

»Gott ist mit mir!« frohlockte Alfonso vor seiner Königin, und vor Jehuda prahlte er: »Da siehst du es.«

Doña Leonor nahm still lächelnd teil an seiner unbändigen

Freude. Ihr war von jeher eine feste Allianz Kastiliens und Aragons am Herzen gelegen, und sowenig sie die Hoheitsansprüche Kastiliens aufzugeben gedachte, so wollte sie doch mit allen Mitteln verhindern, daß aus diesen Ansprüchen neue Zwistigkeiten entstünden.

Sie hatte von der politischen Klugheit ihres Vaters und ihrer Mutter genügend geerbt, um zu wissen, daß Kastilien allein niemals ein großes Reich werden konnte, wie es das Römisch-Deutsche war, das Engelländische, das Fränkische. Früher waren Kastilien und Aragon vereint gewesen, und der Träger der beiden Kronen hatte sich mit Recht Kaiser Hispaniens nennen dürfen. Doña Leonor hatte all die Jahre her gelitten unter dem Streit der Könige Raimundez und Alfonso. Sie war gewillt, diesen Streit jetzt zu beenden und die beiden Länder neu und fest zu binden.

Dafür gab es ein gutes Mittel. Doña Leonor hatte keinen Thronfolger geboren, wohl aber drei Infantinnen, so daß derjenige, der die älteste, die dreizehnjährige Berengaria, heiratete, Aussicht hatte, Kastilien zu erben. Immer war nahegelegen, die Infantin dem Kronprinzen von Aragon zu verloben, damit später einmal wieder *ein* Herrscher die Krone beider Länder trage, und wenn das Verlöbnis nicht längst zustande gekommen war, so war nur die tiefe gegenseitige Abneigung der Könige daran schuld gewesen. Nun war das Hindernis fort, man konnte die Infantin dem jungen Pedro verloben, und dieser, ohnehin ein Bewunderer Alfonsos, wird unschwer zu bewegen sein, die Oberhoheit des Schwiegervaters anzuerkennen, den er doch einmal beerben wird.

Don Alfonso hörte höflich und mit leiser Ungeduld zu, als ihm die Königin das auseinandersetzte: »Gut und klug, meine kluge Leonor«, meinte er. »Aber wir haben ja Zeit. Der Junge ist noch nicht in die Ritterschaft aufgenommen worden. Onkel Raimundez konnte es sich nicht abringen, mich um den Dienst zu bitten. Ich denke, zuerst einmal laden wir Don Pedro ein, Schwert und Würde hier aus meiner Hand entgegenzunehmen. Das Weitere ergibt sich von selbst.«

Dies abgesprochen, reiste das Königspaar mit einigem Prunk nach Saragossa zur feierlichen Bestattung des Don Raimundez.

Don Pedro, der junge König, zeigte Alfonso jene freudige Verehrung, die man erwartet hatte. Und er glühte vor Bewunderung für Doña Leonor. Sie war die große Dame, von welcher die Dichter sangen, die angebetete Schöne, für welche der Ritter in reiner Liebe brennt und die sich diese Liebe gütevoll gefallen läßt.

Doña Leonor beherzigte Don Alfonsos Meinung, man solle nichts überstürzen. Nur in allgemeinen, vagen Worten deutete sie an, daß sie und Don Alfonso eine noch engere Bindung mit dem Vetter von Aragon ins Auge gefaßt hätten. Aber sie gab sich vertraulich gespielinnenhaft und gleichzeitig leise mütterlich, und der schlanke, junge Prinz verstand sofort und errötete bis ins Haar. Nicht nur lockte ihn der Gedanke, dem älteren, erprobten Ritter so nahe verknüpft zu sein, zauberhaft auch aus der Zukunft leuchtete ihm die Kaiserkrone der Vereinigten Hispanischen Länder. Er küßte Doña Leonors Hand und antwortete: »Es gibt keinen Dichter, Dame, der Worte fände, mein Glück zu besingen.«

Im übrigen sprach man nichts von Regierungsgeschäften und nichts von den Beziehungen der Länder Kastilien und Aragon. Wohl aber sprach man von Don Pedros Aufnahme in die Ritterschaft. Er war siebzehn Jahre alt, das war die rechte Zeit, und es war ratsam, daß die Zeremonie vor der Krönung erfolge. Alfonso lud den Prinzen ein, zur Schwertleite in seine Stadt Burgos zu kommen. Er selber werde ihn dort zum Ritter schlagen unter Feierlichkeiten, wie sie den beiden größten Fürsten Spaniens anstünden.

Beglückt nahm Don Pedro die Einladung an.

Große Vorbereitungen wurden in Burgos getroffen. Don Alfonso entbot seinen ganzen Hof dorthin. Doña Leonor fand, man solle auch die Kinder des Escrivanos einladen; der König, ein wenig zögernd, fügte sich.

Jehuda, als der Herold die Einladung der drei Ibn Esras im Castillo bestellte, spürte Triumph. Stattlich, mit ansehnlichem Gefolge, reisten er und die Seinen nach Burgos.

Don Garcerán und ein junger Herr vom Hofe Doña Leonors machten sich eine Freude daraus, Doña Raquel und ihrem Bruder die uralte Stadt zu zeigen. Der Knabe Alazar, empfänglich für alles Rittertum, beschaute gierig die mannigfachen Erinnerungen an den Cid Compeador, sein Grabmal, seine Waffen, das Rüstzeug seines Pferdes.

Mehr noch begeisterten den Knaben die Vorbereitungen zu den Spielen. Schon waren die Wappenschilde der Ritter aufgehängt, die sich für das große Turnier gemeldet hatten. Auch ein Wettspiel im Armbrustschießen sollte stattfinden. Alazar, stolz auf seine herrliche moslemische Armbrust, beschloß sogleich, sich zu beteiligen. Mit kindlicher Bewunderung auch stand er vor dem Gehege, in welchem die Stiere für den großen Kampf verwahrt wurden.

Das Festmahl zu Ehren Don Pedros fand in der Königsburg statt, in jenem Castillo, von dem das Land Kastilien seinen Namen herleitete. Es war ein alter, kahler, strenger Bau. Man hatte die Böden dick mit Teppichen belegt und die Treppen mit Rosen bestreut. Die Wände waren mit Gobelins behangen, welche Kampf- und Jagdszenen darstellten; Doña Leonor hatte sie aus ihrer französischen Heimat kommen lassen. Doch konnten alle diese Anstrengungen dem ernsten Bau nur einen dünnen Anstrich von Heiterkeit geben.

In den Hauptsälen der Burg hatte man große Tafeln aufgestellt und viele kleine Tische, ebenso im Burghof. Der Prinz von Aragon hatte seinen Alfakim mitgebracht, Don Joseph Ibn Esra, und ihn und Don Jehuda setzte man an eine Tafel im Hof. Das war nicht der ehrenvollste Platz, aber die Tischordnung bei solchen Festlichkeiten war eine schwierige Sache.

Die Stadt Burgos war berüchtigt um ihres unwirtlichen Klimas willen, es war denn auch jetzt noch, im Juni, im Burghof ungemütlich frostig, die Kohlenbecken gaben nicht genügend Wärme, und der Mangel an Behagen erinnerte die beiden jüdischen Herren während des ganzen Mahles daran, daß man im Innern der Burg angenehmer saß. Aber sie ließen sich den Verdruß über die Kränkung nicht anmerken, nicht einmal vor sich selber, sondern sprachen angeregt über die erfreulichen Folgen, die eine Verständigung Kastiliens mit Aragon bewirken mußte, die Erleichterung des Warenaustauschs, die allgemeine Belebung der Wirtschaft.

Don Jehuda schaute während dieses Gespräches mehrmals hinüber zu seiner Tochter. Sein kluges Mädchen hatte wahrscheinlich gemerkt, daß der aragonische Herr Zweiten Adels, den man ihr zum Tischnachbarn gegeben hatte, nicht der erlesenste war, den man hätte finden können; doch schien sie sich mit ihm nicht schlecht zu unterhalten. Alazar seinesteils führte ein munteres Gespräch mit den Halbwüchsigen des fröhlichen Jugendtisches.

Nach aufgehobener Tafel versammelte man sich im Innern der Burg. Die Wände entlang waren Estraden errichtet. Auf ihnen, hinter niedrigen Brüstungen, saßen die Damen, die Herren sprachen zu ihnen hinauf. Doña Raquel saß in der zweiten Reihe, oft verborgen durch die vor ihr Sitzenden. Don Garcerán machte den König auf sie aufmerksam. Auch andere seiner jungen Herren hatten ihm von der merkwürdigen, aufgeweckten Tochter seines Juden gesprochen, er war neugierig auf sie. Er stand, als Don Garcerán sie ihm zeigte, ziemlich weit entfernt von ihr, doch konnte er mit seinem scharfen Aug, und wiewohl er nur flüchtig hinblickte, ihre Züge genau erkennen. Das fleischlose, blaßbräunliche Gesicht mit den großen Augen, streng gerahmt von der breitflügeligen Mütze, sah kindlich aus, die Büste und der zarte Hals stiegen jung aus dem weitausgeschnittenen, pelzumrahmten Mieder. »Nun ja«, meinte Alfonso, »ganz hübsch.«

Doña Leonor, eine gute Wirtin, hatte bemerkt, daß man Don Jehuda nicht mit jener Achtung behandelte, die dem Escrivano zukam. Sie bat ihn durch einen Pagen zu sich, stellte ihm die üblichen höflichen Fragen, wie er sich unterhalten habe und ob man es an nichts habe fehlen lassen, und forderte ihn auf, ihr seine Kinder vorzustellen.

Doña Raquel schaute ihr mit unversteckter Neugier ins Gesicht, und es brachte Doña Leonor ein wenig auf, daß die Jüdin vor ihrer Königin so gar nicht befangen war. Auch waren die Spitzen ihres Mieders und der grüne Damast des Kleides zu kostbar für ein junges Mädchen. Allein Doña Leonor war die Wirtin, sie wahrte die Regeln der Courtoisie, sie blieb freundlich, ja, sie gab Don Alfonso zu verstehen, er möge den Kindern seines Ministers ein paar artige Worte sagen.

Der Knabe Alazar errötete hoch, als der König ihn ansprach. Er sah in ihm den Spiegel heldischer Tugend. Ehrfürchtig und naiv fragte er, ob sich Don Alfonso selber an den Spielen beteiligen werde, und erzählte, er, Alazar, habe sich für den Wettbewerb im Armbrustschießen gemeldet. »Meine Armbrust hat Ibn Ichad mit eigener Hand gemacht, der berühmte Armbrustschnitzer von Sevilla«, sagte er stolz. »Du wirst sehen, Herr König, da haben es deine Herren nicht leicht.« Innerlich amüsiert erkannte Don Alfonso in dem Knaben den Sohn seines hochfahrenden Escrivanos.

Nicht ganz so einfach verlief seine Unterhaltung mit Doña Raquel. Man wechselte, lateinisch, ein paar nichtssagende Eingangssätze. Sie beschaute ihn dabei mit ihren großen, blaugrauen Augen, ruhig prüfend, und auch ihm mißfiel ihre Unbefangenheit. Nach einem Thema suchend, fragte er: »Verstehst du, was meine Joglares da singen?« Es sangen aber die Joglares, seine Spielleute, kastilisch. Doña Raquel antwortete ehrlich und genau: »Vieles verstehe ich. Ganz freilich kann ich ihrem niedrigen Latein nicht folgen.« – »Niedriges Latein« war die übliche Bezeichnung der Volkssprache, und wahrscheinlich wollte die Fremde nichts Kränkendes sagen. Alfonso indes ließ die Sprache seines Landes nicht schlechtmachen und wies sie zurecht: »Wir nennen diese Sprache Kastilisch. Viele Hunderttausende guter Leute, fast alle meine Untertanen sprechen sie.« Kaum hatte er's gesagt, kam es ihm unnötig streng und schulmeisterlich vor, und er bog ab: »Das Land Kastilien leitet übrigens seinen Namen hier von diesem Castillo ab. Von hier aus hat Graf Fernán González es erobert. Gefällt dir die Burg?« Und da Doña Raquel nach einer Antwort suchte, fügte er, jetzt auf arabisch, hinzu: »Sie ist sehr alt und voll von Erinnerungen.« Doña Raquel, gewohnt, herauszusagen, was ihr durch den Sinn ging, antwortete: »Da begreife ich, daß dir diese Burg gefällt, Herr König.« Das verstimmte Don Alfonso. Fand sie, daß einem das altberühmte Schloß nur gefallen konnte, wenn einen persönliche Beziehungen damit verknüpften? Er wollte etwas Maliziöses erwidern. Aber schließlich war diese Doña Raquel sein Gast, und es war nicht seine Sache, der Tochter des Juden Courtoisie beizubringen. Er sprach von anderm.

Ohne das Eingreifen des Don Manrique hätte man den Judenjungen Don Alazar, wiewohl er der Sohn des Escrivanos war, schwerlich zum Wettbewerb im Armbrustschießen zugelassen. So aber durfte er teilnehmen und gewann den zweiten Preis. Der Freimut und das liebenswerte Ungestüm des Knaben, seine Freude über den Preis, seine Beschämung, daß es nur der zweite Preis war, der Stolz auf seine Armbrust, die in Wahrheit in Burgos nicht ihresgleichen hatte, das alles gewann ihm gegen ihren Willen die Zuneigung der andern.

Der König gratulierte ihm. Alazar stand da, erfreut, doch sichtlich gequält von schweren Zweifeln. Dann, mit Entschluß, hielt er Alfonso die Armbrust hin und sagte: »Hier hast du sie, Herr König. Wenn sie dir gefällt, schenk ich sie dir.« Alfonso war überrascht. Der Junge war anders als der Vater; an Geld und Gut hing er nicht, eine der großen Rittertugenden, die Largesse, besaß er. »Du bist ein wackerer Junge, Don Alazar«, rühmte er ihn. Der Knabe erzählte zutraulich: »Du mußt wissen, Herr König, es war keine Kunst für mich, zu gewinnen. Schon seit meinem fünften Jahr übe ich mich im Armbrustschießen. Wer kein guter Schütze ist, wird bei den Moslems in keinen Ritterorden aufgenommen.« – »Wird das im Ernst verlangt?« fragte Don Alfonso. »Aber gewiß,

Herr König«, antwortete Alazar und zählte die zehn Tugenden eines moslemischen Ritters her, in geläufigem Arabisch, wie er sie hatte lernen müssen: »Güte, Tapferkeit, Höflichkeit und Takt, Begabung für die Poesie, für die Beredsamkeit, Stärke und Gesundheit des Körpers, Begabung fürs Reiten, fürs Lanzenwerfen, fürs Fechten und fürs Armbrustschießen.« Es flog Don Alfonso durch den Sinn, daß also er selber mit seiner geringen Übung in der Poesie und in der Beredsamkeit wenig Aussicht hätte, in einen moslemischen Ritterorden aufgenommen zu werden.

Am dritten Tage fanden die Stierkämpfe statt. An diesen Spielen durften nur die edelsten der Granden teilnehmen. Den Prälaten war, seitdem Eusebius, Bischof von Taragona, im Stierkampf schwer verwundet worden war, die Teilnahme verboten; sehr zum Leidwesen des Erzbischofs Don Martín, der sich zu gern in dieser ritterlichen Übung betätigt hätte.

Auf einer Tribüne, umgeben von den Ersten des Reiches, wohnte Don Alfonso mit seiner Königin den Spielen bei. Er war gut gelaunt; dem Kampf der Männer und der Stiere zuzuschauen, wärmte ihm das Herz.

Auf einer andern Tribüne und auf den Balkonen der Häuser ringsum saßen die geschmückten Damen, unter ihnen Doña Raquel. Wieder saß sie hinter den andern, halb verborgen, aber Don Alfonsos helles Aug erspähte sie, und er merkte auch, daß ihr Blick nicht immer dem Kampfe folgte, sondern manchmal auf ihn gerichtet war. Er erinnerte sich, wie sie, dieses junge Ding, kaum weniger dreist als der Vater, ihm ins Gesicht gesagt hatte, daß ihr seine Königsburg nicht gefalle. Und plötzlich kam ihn Lust an, sich an den Spielen zu beteiligen. Er durfte den netten Knaben, der ihm seine Armbrust hatte schenken wollen, nicht enttäuschen, er mußte sich vor seinem jungen Vetter bewähren, der ihn bewunderte. Es war klar, er mußte selber den Stier herausfordern und bestehen.

Don Manrique beschwor ihn, sein heiliges Leben nicht in unnützem Kampf aufs Spiel zu setzen. Doña Leonor bat ihn, abzulassen. Don Rodrigue gab zu bedenken, daß seit dem

Sechsten Alfonso kein hispanischer König an einem Stierkampf teilgenommen habe. Erzbischof Don Martín wies darauf hin, wie er selber sich bezähme. Aber Don Alfonso, scherzend, voll jungenhafter Freude, ließ keinen Einwand gelten.

Er hatte den Königsmantel abgeworfen, schon legte man ihm das weitmaschige Panzerhemd an. Und es klangen die Trompeten, und der Herold rief: »Den nächsten Stier besteht Don Alfonso, von Gottes Gnaden König von Toledo und Kastilien.«

Er sah sehr gut aus, wie er da in die Schranken ritt, nicht in schwerer Rüstung, nur im beweglichen Panzerhemd, Hals und Kopf frei, das rotblonde Haar von der Eisenkappe gehalten. Er war ein ausgezeichneter Reiter, er verstand sich mit seinem Pferd bis in die kleinste Bewegung. Aber trotz aller Kunst mißglückten die drei ersten Stöße, und das dritte Mal sah es so gefährlich aus, daß alle aufschrien. Schnell indes hatte er wieder Gewalt über sich und das Pferd. Mit schmetternder Stimme rief er: »Für dich, Doña Leonor!«, und der vierte Stoß gelang.

Des Abends, im Bad, erzählte Doña Raquel der Amme Sa'ad: »Er ist sehr tapfer, dieser Alfonso, und es war wie in der Geschichte von dem Kaufmann Achmed, dem Weitgereisten, wie er in die Innere Kammer ging zu dem Ungeheuer. Ich habe solche Stierkämpfe nicht gern, ich finde es gut, daß man sie bei uns in Sevilla abgeschafft hat. Aber für diese Christen sind sie vielleicht das Richtige, und es war großartig anzusehen, wie ihr König auf den wilden Stier losritt. Vor dem letzten Stoß hat er die Lippen gerührt, das hab ich ganz deutlich gemerkt. Der Kaufmann Achmed hat, bevor er in die Innere Kammer ging, die Erste Sure gebetet; wahrscheinlich hat auch dieser König einen heiligen Spruch hergesagt. Geholfen hat es auch ihm. Und er hat ausgesehen wie der junge Morgen und sehr glücklich, als das Tier zusammenbrach. Er ist ein Held. Aber ein richtiger Ritter ist er nicht. Dazu fehlen ihm wichtige Tugenden. Er ist ungeschickt in der Rede und hat keinen Sinn für Poesie. Sonst könnte ihm auch seine alte, finstere Burg nicht so gefallen.«

Don Alfonso und Doña Leonor hielten es nicht für angebracht, die Festlichkeit dieser Tage durch Gespräche zu trüben, in denen Streitpunkte erwähnt und geregelt werden mußten, und so blieb die Frage des Verlöbnisses und des Vasalleneides in der Schwebe.

Die Festwoche verging. Der große Tag war da, der Tag des Adoubements, der Schwertleite, der Tag, an dem Don Pedro den Ritterschlag erhalten sollte.

Am Morgen nahm der junge Prinz ein feierliches Reinigungsbad. Zwei Priester kleideten ihn an. Das Kleid war rot wie das Blut, das der Ritter vergießen sollte zur Verteidigung der Kirche und der göttlichen Ordnung; die Schuhe waren braun wie die Erde, in die er einmal eingehen wird; der Gürtel war weiß wie der reine Sinn, den zu wahren er geloben soll.

Alle Glocken läuteten, als der junge Herr durch rosenbestreute Straßen zur Kirche des Santiago geführt wurde. Hier, inmitten der Granden und Damen von Kastilien und Aragon, erwartete ihn Don Alfonso. Edelknappen setzten dem feierlich gerührten Don Pedro den Helm auf, taten ihm das Panzerhemd an, überreichten ihm den dreieckigen Schild; jetzt besaß er die Waffen, sich zu verteidigen. Sie gürteten ihm das Schwert um; jetzt besaß er die Waffe, anzugreifen. Zwei Edelfräulein legten ihm die goldenen Sporen an; nun konnte er für Recht und Tugend in den Kampf reiten.

So angetan, kniete Don Pedro nieder, und Erzbischof Don Martín betete mit schallender Stimme: »Vater unser, der du bist im Himmel, und der du befohlen hast, auf Erden das Schwert zu gebrauchen, um die Bosheit zu bestrafen, und der du, um das Recht zu schützen, die christliche Ritterschaft eingesetzt hast: mache, daß dieser dein Knecht dieses sein Schwert niemals gebrauche, einen Unschuldigen zu treffen, doch immer, dein Recht und deine Ordnung zu verteidigen.«

Don Alfonso dachte daran, wie damals er, ganz jung noch, und nachdem er sich in den Straßen von Toledo blutig mit den Rebellen herumgeschlagen hatte, in die Ritterschaft aufgenommen worden war. Das war in der Kathedrale von Toledo gewesen, vor der Statue des Santiago; der Apostel selber hatte ihm die Ritterschaft verliehen. Vielleicht freilich hatte, wie die Zweifler vermuteten, nur das Standbild mittels eines kunstvoll automatischen Mechanismus ihm den Schwertschlag versetzt. Vielleicht aber auch hatte sich wirklich, wie ihm der Erzbischof versicherte, in jenem hohen Augenblick das Standbild in den Apostel zurückverwandelt. Warum sollte nicht Santiago selber kommen, den königlichen Knaben von Kastilien zum Ritter zu schlagen?

Mitleidig und verächtlich blickte er nieder auf den jungen Vetter, der demütig vor ihm kniete. Was alles hatte er selber schon vollbracht, als er nicht älter war als dieser! Aufständige Ricoshombres hatten von ihm eidliche Versicherungen verlangt, auf die sie angeblich Anspruch hatten; er aber, denn er war von Gottes Gnaden König von Toledo und Kastilien, hatte sie zornig angeschrien mit einer Stimme, die noch eine hohe Knabenstimme war: »Nein, nein!« und: »Auf die Knie mit euch, ihr Lumpen von Granden!« Und sie hatten ihm mit blankem Schwert gedroht und Truppen gegen ihn geschickt, und nochmals Truppen, und er hatte mit sehr wirklichen Feinden sehr wirkliche Hiebe und Stiche getauscht. Dieser aber, der da vor ihm kniete, sein junger Vetter, war nichts als ein armseliger König von Aragon, und der dumme Knabe wird sich ohne weiteres bequemen, seinen frechen Granden den knechtischen Eid zu leisten, den diese aragonischen Barone ihren sogenannten Königen abforderten: »Wir, die wir mehr sind als du, erwählen dich zu unserm König mit der Bedingung, daß du unsere Rechte und Freiheiten aufrecht hältst, und zwischen dir und uns wählen wir einen Schiedsrichter, der mehr Macht haben soll als du. Wenn nicht, nicht. Si no, no!« Es war große Gnade, wenn er einen solchen »König« zum künftigen Mann seiner Infantin und zu seinem

Nachfolger annahm, und es war sehr wenig, wenn er dafür verlangte, daß er, Alfonso, bei Lebzeiten Oberhoheit ausübte in Hispanien.

Don Pedro jetzt, voll tiefer, ritterlicher Frömmigkeit, leistete den Schwur: »Ich gelobe, ich werde dieses mein Schwert niemals gebrauchen, einen Unschuldigen zu treffen, doch immer, das Recht und die heilige Ordnung Gottes zu verteidigen.« Und er neigte den Kopf und wartete auf den demütigenden, erhebenden Schwertschlag, der ihm seinen Ritterschwur für immer einprägen sollte.

Da kam der Schlag. Don Alfonso schlug ihm mit der flachen Klinge die Schultern, nicht sehr heftig, doch stark genug, daß der Schlag durch die Maschen des Panzerhemdes schmerzhaft spürbar war.

Don Pedro zuckte unwillkürlich mit den Schultern. Richtete den Kopf hoch, wollte sich erheben. Aber Don Alfonso hielt ihn zurück. »Nicht doch, Herr Vetter, noch nicht!« sagte er. »Wir verbinden Schwertleite und Lehenseid.« Und: »Gebt mir die Fahne!« befahl er. Auf die Fahne wartend, zog er den Handschuh von der rechten Hand. Dann, die Fahne Kastiliens in der Linken, sagte er: »Da du es so wünschest, mein Vetter Don Pedro von Aragon, nehme ich dich an zu meinem guten Vasallen und gelobe in Treuen, dich zu schützen, wenn du mich brauchst. So wahr mir Gott helfe.« Er sprach nicht laut, aber seine herrische Stimme füllte die Kirche.

Der junge Pedro, noch benommen von den Erregungen, Demütigungen, Erhebungen der Schwertleite und des Ritterschlages, wußte nicht, wie ihm geschah. Doña Leonor hatte ihm das Verlöbnis mit der Infantin und die Nachfolge in Kastilien in Aussicht gestellt. Oder hatte sie mehr getan, hatte sie ihm ein Versprechen gegeben? Und was war es mit diesem zweiten Eide, dem Vasalleneid? Hatte er sich mit seinen ungeübten Worten bereits verpflichtet? Aber durfte er überhaupt solche mißtrauischen Erwägungen anstellen? Gerade erst hatte er ritterlichen Gehorsam gelobt, und versagte er schon in der ersten Prüfung?

Da kniete er, der jüngere Ritter vor dem älteren, und dieser, mit männlicher, schmetternder Stimme jetzt, verlangte: »Du aber, Don Pedro, zum Zeichen, daß du mir dienen willst in Treuen und in der Furcht Gottes, wann immer ich dich brauche und rufe, küß mir die Hand!« Und er streckte die Hand dem Knienden hin.

Eine geradezu körperhafte Stille war in der menschenvollen Kirche. Bestürzt standen die aragonischen Herren. Seit mehr als einem Menschenalter hatte sich Aragon von der lästigen Vasallenschaft frei gehalten. Warum hatte ihr junger König dem Kastilier den schimpflichen Eid zugestanden? Waren die Verlöbnisurkunden ausgetauscht?

Und noch immer kniete Don Pedro, vor ihm die fordernde Hand. Die rückwärts standen, streckten sich, um zu sehen, was nun geschehe.

Und da geschah es. Der junge Aragon küßte die rechte Hand des Mannes, der mit der Linken die Fahne Kastiliens hielt. Und dieser gab ihm den Handschuh, und der Aragonier nahm ihn.

Kurze Zeit später, aus dem Dämmer der Kirche ins Helle, Freie tretend, umringt von seinen finster schweigenden Herren, erwachte Don Pedro aus Traum und Schwärmerei und erkannte, was geschehen war, was er angerichtet hatte.

Aber hatte er's angerichtet? Der andere hatte ihn überrumpelt, ihn in eine freche Falle gelockt. Der hochverehrte Mann, der Spiegel alles Rittertums, hatte die heilige Handlung der Schwertleite und des Ritterschlags zu einem schurkischen Tort mißbraucht!

Ein Volksfest sollte sich der Kirchenfeier anschließen. Schon wartete das Ehrengeleit kastilischer Barone. Aber: »Wir brechen auf, Herren, und sogleich!« befahl Don Pedro den Seinen. »In unserer Hauptstadt werden wir beschließen, was weiter geschehen soll.« Und tumultuarisch klirrend, ohne den Kastiliern Blick und Gruß zu gönnen, verließ der junge König mit seinem Gefolge die Stadt Burgos.

Dieses Mal verlor sogar die Königin ihren Gleichmut. Nun war es aus mit der Allianz, die ihr so am Herzen lag. Es war nicht Heldentum, es war kindischer Übermut gewesen, durch einen Gewaltstreich erzwingen zu wollen, was man durch gütliche Rede bestimmt hätte erhalten können.

Aber ihr Zorn hielt nicht vor. Alfonso war nun einmal nicht der Mann langwieriger Verhandlungen. Er wollte fliegen, nicht mühsam klettern. Sogar ihr Vater von Engelland, der größte König und klügste Staatsmann, hatte solche zornigen Anwandlungen; er hatte jene wilden Worte nicht zurückgehalten, die seine Ritter getrieben hatten, den Erzbischof von Canterbury umzubringen, wiewohl das größte Unheil daraus hatte wachsen müssen.

Don Manrique und Don Jehuda baten um Gehör. Sie ließ sie kommen.

Jehuda war voll von fressendem Ärger; wiederum war, was er mit so viel Mühe und Geduld aufgebaut hatte, durch das hirnlose Soldatentum des Königs zerschlagen. Auch Don Manrique war empört. Allein Doña Leonor wies jeden Tadel gegen Alfonso königlich fremd und würdig zurück. Alle Schuld lag bei dem jungen Pedro, der so brüsk und gegen alle Regeln der Courtoisie davongelaufen war, ehe man das offenbare Mißverständnis hatte aufklären können.

Don Manrique meinte, gewiß wäre es manierlicher gewesen, wenn der junge Herr in Burgos geblieben wäre. Aber dieser unmanierliche Fant war nun einmal König von Aragon. Zweifellos werde er jetzt den Gutierre de Castro zum Vasallen annehmen, und der Krieg, den ein günstiger Himmel abgewandt hatte, werde nun doch ausbrechen.

Jehuda meinte vorsichtig: »Man sollte vielleicht jetzt noch versuchen, das Mißverständnis aufzuklären.« Und da Doña Leonor schwieg, fuhr er fort: »Wenn irgendein Mensch dem Knaben von Aragon seinen Irrtum und seinen Zorn ausreden kann, dann bist du es, Frau Königin.« Doña Leonor dachte nach. »Wollt ihr mir helfen«, fragte sie, »eine Botschaft für ihn auszuarbeiten?« Don Jehuda, noch behutsamer, antwortete: »Ich fürchte, Botschaft genügt nicht.« Doña Leonor zog die Brauen hoch. »Ich soll selber nach Saragossa fahren?« fragte sie. Don Manrique kam Jehuda zu Hilfe. »Es gibt wohl kein anderes Mittel«, meinte er. Doña Leonor schwieg, hochmütig zugesperrt; Don Jehuda fürchtete schon, ihr Stolz werde über ihre Vernunft siegen. Aber: »Ich will«, versprach sie nach einer Weile, »überlegen, was ich tun kann, ohne der Würde Kastiliens was zu vergeben.«

Sie schwieg vor Don Alfonso, sie machte ihm keine Vorwürfe, sie wartete, bis er reden werde. Bald denn auch kam er und klagte: »Ich weiß gar nicht, was alle haben. Sie gehen um mich herum wie um einen Kranken. Schließlich kann doch ich nichts dafür, daß dieser Lausejunge einfach davonlief. Sein Vater hätte ihn besser erziehen sollen.« – »Da er noch so jung ist«, meinte versöhnlich Doña Leonor, »sollte man seinen Mangel an Courtoisie nicht zu ernst nehmen.« – »Du bist mild wie immer, Doña Leonor«, antwortete er.

»Ein wenig Schuld liegt vielleicht auch bei mir«, fuhr sie fort. »Ich hätte wohl früher mit ihm über den Lehnseid sprechen sollen. Wie wäre es, wenn ich das Versäumte nachholte? Wie wäre es, wenn ich nach Saragossa ginge und das Mißverständnis aufklärte?« Alfonso zog die Brauen hoch. »Ist das nicht sehr viel Ehre für den jungen Bengel?« fragte er. »Er ist immerhin König von Aragon«, erwiderte Leonor, »und wir haben daran gedacht, ihm unsere Infantin zu verloben.«

Alfonso verspürte einen kleinen Verdruß und eine große Erleichterung. Wie gut, daß er seine Leonor hatte. Schlicht, ohne große Worte, ging sie daran, das Verfahrene einzurenken. Er sagte: »Du bist die rechte Königin für eine Zeit, die so viele Umwege und Listen erfordert. Ich bin und bleibe ein Ritter und habe keine Geduld. Du hast es nicht immer leicht mit mir, Doña Leonor.« Stärker aber als diese Worte bekundete das große, helle, jungenhafte Leuchten über seinem Gesicht seine freudige Dankbarkeit.

Bevor Doña Leonor nach Aragon reiste, beriet sie mit Jehuda und Don Manrique de Lara. Man kam überein, man solle in Saragossa vorschlagen: Kastilien werde seine Garnison aus Cuenca zurückziehen und verpflichte sich, zwei Jahre lang keine Truppen an die Grenze der Grafschaft des Castro zu schicken; andernteils möge Aragon weitere Feindseligkeiten des Castro verhindern. Wenn sich Gutierre de Castro zum Vasallen Aragons erkläre, so werde Kastilien das hinnehmen, ohne jedoch seine Ansprüche aufzugeben. Was die Oberhoheit Kastiliens über Aragon anlange, so bleibe diese Frage in der Schwebe, und jene Zeremonie habe daran nichts geändert; denn rechtlich trete die Schutzverpflichtung Kastiliens erst dann in Kraft, wenn Aragon die üblichen hundert Goldmaravedí dafür zahle, und diese Zahlung werde Kastilien nicht einfordern.

In Saragossa empfing der junge König Doña Leonor mit höchster Courtoisie, doch verbarg er nicht die wütende Enttäuschung über das, was in Burgos geschehen war. Sie entschuldigte nicht eben ihren Alfonso; wohl aber führte sie aus, wie sehr er leide unter dem langen Waffenstillstand mit Sevilla, zu dem seine übervorsichtigen Minister ihn beredet hätten. Sein Herz hänge daran, die Niederlage von Sevilla gutzumachen und der Christenheit neue Siege über die Ungläubigen zu erkämpfen. Die glückliche Vereinigung mit Aragon, welche in so naher Nähe schien, hätte ihm das ermöglicht, und so sei er in ritterlicher Ungeduld überschnell vorgegangen. Sie begreife beide Fürsten. Don Alfonso und Don Pedro. Sie sah ihn offen an, herzlich, mütterlich, fraulich.

Nur mit Mühe wahrte Don Pedro vor der großherzigen, liebenswerten Dame die ablehnende Würde, die dem beleidigten Ritter anstand. Er sagte: »Du machst den Schimpf linder, den er mir angetan hat, Dame. Das danke ich dir. Laß deine Räte mit den meinen verhandeln.«

Als Doña Leonor sich von Don Pedro verabschiedete, sprach sie wie damals in süßen, damenhaften Worten von einer engeren Verbindung der Häuser Kastilien und Aragon. Don Pedro rötete sich. »Ich verehre dich, Dame«, sagte er, »und als du mir das erstemal gnädig lächeltest, blühte mir das

Herz auf. Aber jetzt ist ein böser Winter gekommen, und alles ist erstarrt.« Mit Anstrengung fügte er hinzu: »Ich werde meinen Räten Weisung geben, die Vorschläge Kastiliens anzunehmen, dir zu Ehren, Dame. Ich werde Frieden mit Don Alfonso halten. Aber die Allianz hat er zerschlagen. Ich will mich nicht mit ihm verschwägern, und ich will nicht zusammen mit ihm zu Felde ziehen.«

Doña Leonor kehrte nach Burgos zurück. Don Alfonso sah ein, daß sie Großes erreicht hatte: der Krieg war abgewandt. »Du bist eine kluge Dame, Leonor«, rühmte er sie. »Du bist meine Königin und Frau.«

Und in dieser Nacht liebte Don Alfonso die Frau, die ihm drei Töchter geboren, wie in der ersten Nacht, da er sie erkannt hatte.

Fünftes Kapitel

Nachdem die Moslems fast ein halbes Jahrtausend in Jerusalem geherrscht hatten, eroberte Gottfried von Bouillon die Stadt für die Christen zurück und errichtete dort ein »Königreich Jerusalem«. Allein die Herrschaft der Christen dauerte nur achtundachtzig Jahre; dann bemächtigten sich die Moslems der Stadt von neuem.

Der Mann, der dieses Mal die Moslems nach Jerusalem führte, war Jussuf, genannt Saladin, »Heil des Glaubens«, Sultan von Syrien und Ägypten, und die Schlacht, in welcher er den entscheidenden Sieg erkämpfte, fand statt in der Gegend des Berges Hattin, westlich von Tiberias. Augenzeuge dieser Schlacht war ein moslemischer Historiker namens Imad ad-Din. Er war befreundet mit Musa Ibn Da'ud, und er schilderte diesem die Geschehnisse in einem ausführlichen Briefe.

»Die feindlichen Panzerritter«, schrieb er, »waren unverwundbar, solange sie im Sattel saßen, denn sie waren von Kopf zu Fuß geschützt von ihren aus Eisenmaschen gewobenen

Hemden. Sowie aber das Pferd fiel, war der Reiter verloren. Sie glichen Löwen zu Beginn der Schlacht, versprengten Schafen, als sie endete.

Keiner von den Ungläubigen entkam. Ihrer fünfundvierzigtausend waren sie gewesen: keine fünfzehntausend überlebten, und wer überlebte, wurde gefangengenommen. Alle sind sie in unsere Hand gefallen, der König von Jerusalem und alle seine Grafen und Großen. Die Stricke der Zelte reichten nicht hin. Ich sah ihrer dreißig oder vierzig am gleichen Strick, ich sah ihrer mehr als hundert bewacht von einem einzigen. Ich sah es mit meinen eigenen, gesegneten Augen. An die dreißigtausend waren erschlagen worden, aber noch immer waren es der Gefangenen so viele, daß die Unsern einen gefangenen Ritter für ein Paar Sandalen verkauften. Seit hundert Jahren gab es keine so billigen Gefangenen.

Wie waren sie vor wenigen Stunden stolz und stattlich gewesen, diese christlichen Herren. Jetzt waren die Grafen und Barone eine Beute des Jägers geworden, die Ritter ein Fraß des Löwen, die hochmütig Freien gefesselt in Strick und Eisen. Allah ist groß. Sie hatten die Wahrheit Lüge genannt, den Koran Betrug: da hockten sie jetzt, halb nackt, gesenkten Gesichtes, geschlagen von der Hand der Wahrheit.

Sie hatten, die blinden Toren, ihr Heiligstes mit in die Schlacht geführt, das Kreuz, an dem ihr Prophet Christus gestorben ist. Auch dieses Kreuz ist in unsere Hand gefallen.

Als die Schlacht zu Ende war, stieg ich in Betrachtung auf den Berg Hattin. Es ist aber dieser Berg Hattin ein Berg, auf dem ihr Prophet Christus eine berühmte Predigt gehalten hat. Ich überschaute das Schlachtfeld. Da nahm ich wahr, was ein Volk, mit welchem der Segen Allahs ist, einem Volke antun kann, auf dem sein Fluch liegt. Ich sah abgeschlagene Köpfe, zerstückte Leichen, zerhaute Glieder, überall Sterbende und Tote, bedeckt mit Blut und Staub. Und ich gedachte der Worte des Korans: Die Ungläubigen werden sprechen: Ich bin nichts als Staub.«

Noch viele ähnliche Sätze schrieb, beschwingt vom Erlebnis, der Historiker Imad ad-Din, und er schloß: »O süßer, süßer Geruch des Sieges!«

Musa las den Brief und war bekümmert. Von der Wand in kufischen Lettern mahnte der alte Spruch: »Eine Unze Frieden ist besser als eine Tonne Sieg.« Um dieses Spruches willen hatte in Zeiten der Heiligen Kriege so mancher Moslem sein Leben als Ketzer eingebüßt. Trotzdem führten viele weise Männer den Spruch im Munde, und auch sein Freund Imad, der Schreiber des Briefes, hatte ihn gerne zitiert; einmal wäre er deshalb von einem fanatischen Derwisch beinahe erschlagen worden. Und nun schrieb er diesen Brief!

Ja, es war so, wie es in dem Großen Buche der Juden hieß: der Jezer Hara, der böse Trieb, war mächtig von Jugend an. Die Menschen wollten jagen und schlagen und hauen und töten, und sogar ein so weiser Mann wie sein Freund Imad »berauschte sich am Wein des Sieges«.

Ach, es werden sich in sehr naher Zeit noch viele am Wein des Krieges berauschen. Denn nun Jerusalem wieder in der Hand der Moslems ist, wird es der Hohepriester der Christen nicht unterlassen, zum Heiligen Krieg aufzurufen, und Schlachtfelder, wie sie Imad mit so greulicher Anschaulichkeit beschrieb, wird es viele geben.

So kam es denn auch.

Die Nachricht vom Falle Jerusalems, welches die Kreuzritter vor noch nicht neunzig Jahren mit so ungeheuren Opfern erobert hatten, erfüllte die Christenheit mit wildem Schmerz. Gebet und Fasten war überall. Fürsten der Kirche taten den äußern Pomp ab, um durch strenge Zucht den andern voranzuleuchten. Sogar Kardinäle gelobten, sie würden kein Pferd mehr besteigen, solange die Erde, auf welcher der Heiland gewandert war, von den Füßen der Heiden entweiht werde; vielmehr würden sie, von Almosen lebend, die Länder der Christen durchpilgern, um Buße und Rache zu predigen.

Der Heilige Vater rief zu einem neuen Kreuzzug auf, Jerusalem zu befreien, den Nabel der Erde, das zweite Paradies. Er versprach einem jeden, der das Kreuz nahm, Entgelt im

Jenseits und im Diesseits, und er verkündete Weltfrieden für sieben Jahre, eine Treuga Dei.

Er selber ging mit edlem Beispiel voran und beendete seinen langen Streit mit dem Herrn Deutschlands, dem Römischen Kaiser Friedrich. Er schickte einen Legaten, den Erzbischof von Tyrus, an die Könige von Francien und von Engelland und beschwor sie, ihre Zwistigkeiten zu beenden. Er ermahnte in eindringlichen Sendschreiben die Könige von Portugal, León, Kastilien, Navarra und Aragon, ihre Streitigkeiten zu begraben und sich brüderlich zu vereinigen, um auf ihre Art an dem Kreuzzug teilzunehmen. Sie sollten losschlagen gegen die Moslems ihrer Halbinsel und gegen den Antichrist des Westens, den Kalifen Jakúb Almansúr in Afrika.

Don Alfonso, als ihm der Erzbischof von dem Sendschreiben des Papstes Mitteilung machte, berief seinen Kronrat ein, seine Curia. Don Jehuda, Krankheit vorschützend, blieb weislich ferne.

Der Erzbischof wies in starken Worten darauf hin, daß hier in Hispanien die Kreuzzüge früher begonnen hätten als in allen andern Ländern, vor mehr als einem halben Jahrtausend. Unmittelbar nachdem die Pest der Moslems über das Land gekommen sei, hätten die christlichen Goten, die Väter der hier tagenden Herren, den Widerstand begonnen. »An uns ist es«, rief er begeistert, »die große, heilige Tradition fortzusetzen«, und: »Deus vult – Gott will es!« endete er mit dem Schlachtruf der Kreuzfahrer.

Wie gerne wären die Herren diesem Rufe gefolgt. Alle, sogar der friedfertige Don Rodrigue, glühten sie danach. Aber sie wußten, gerade ihnen standen unüberwindbare Hindernisse entgegen. Sie saßen in unglücklichem Schweigen.

»Ich hab es miterlebt«, sagte endlich der alte Don Manrique, »wie wir ins Andalús vorgestoßen sind bis ans Meer, und ich war dabei, als der König Unser Herr den Moslems die gute Stadt Cuenca abnahm und auch die Festung Alarcos. Nichts Besseres hätte ich mir gewünscht, als daß es mir, bevor ich in die Grube fahre, noch einmal vergönnt sein sollte, gegen die Ungläubigen auszuziehen. Aber wir haben diesen Vertrag, den Waffenruhevertrag mit Sevilla, und er ist gezeichnet mit dem Namen des Königs Unseres Herrn und gesiegelt mit seinem Wappen.«

»Dieses klägliche Schriftstück«, sagte zornig der Erzbischof, »ist jetzt null und nichtig, und niemand kann Unsern Herrn den König tadeln, wenn er's dem Henker übergibt, daß er's verbrennt. Du bist durch diesen Vertrag nicht gebunden, Herr König«, wandte er sich an Alfonso. »›Juramentum contra utilitatem ecclesiasticam prestitum non tenet – Ein Eid gegen das Wohl der Kirche gilt nicht.‹ So steht es in der Dekretaliensammlung des Gratianus.«

»So ist es«, stimmte der Domherr bei und neigte ehrerbietig den Kopf. »Aber diese Ungläubigen kümmern sich nicht darum. Sie bestehen darauf, daß Verträge gehalten werden. Sultan Saladin hat die meisten seiner Gefangenen geschont: als sich aber der Markgraf de Châtillon darauf berief, daß er den Waffenstillstand zu Recht gebrochen habe, denn sein Eid sei vor Gott und der Kirche ungültig gewesen, da – erinnert euch, Herren! – ließ der Sultan ihn hinrichten. Und der Kalif der westlichen Ungläubigen denkt und handelt genau wie Saladin. Wenn wir den Waffenstillstand mit Sevilla nicht einhalten, dann wird er aus seinem Afrika übers Meer kommen, und seine Soldaten sind zahlreich wie der Sand der Wüste, und da hilft keine Tugend und keine Tapferkeit. Wenn also der König Unser Herr, sich aufs göttliche Recht der Kirche berufend, den Vertrag für ungültig erklärte, dann wäre das nicht zum Nutzen der Kirche, sondern gegen diesen Nutzen.«

Don Martín schaute seinen Sekretär grimmig an; immer kam er mit solchen Rabulistereien. Don Rodrigue aber fuhr unbeirrt fort: »Gott, der in die Herzen sieht, weiß, wie heiß wir alle gewillt sind, die Schmach der Heiligen Stadt zu rächen. Aber Gott hat uns auch Vernunft gegeben, damit wir nicht durch überschnellen Eifer das Unglück der Christenheit noch mehren.«

Don Alfonso brütete zornig vor sich hin. »Die Afrikaner werden Sevilla zu Hilfe kommen«, sagte er dann, »das ist wahr. Aber auch ich werde nicht allein sein. Die Kreuzfahrer, die an diesen Küsten landen, werden helfen, wenn ich gegen die Moslems losschlage. Sie haben uns auch früher geholfen.«

»Diese Kreuzfahrer«, gab Manrique zu bedenken, »werden in vereinzelten Haufen kommen, sie können der disziplinierten, wohlorganisierten Armee des Kalifen nicht standhalten.« Und da der König sich nicht überzeugen lassen wollte, mußte ihm wohl Don Manrique den wahren Grund nennen, der Kastilien zur Untätigkeit zwang. Er schaute ihm ins Gesicht und sagte langsam und deutlich: »Aussichten, Herr König, hast du nur dann, wenn du dir den Beistand deines Vetters von Aragon sicherst, und es müßte voller, aus dem Herzen kommender Beistand sein. Don Pedro müßte dir willig den Oberbefehl überlassen. Ohne einheitlichen Oberbefehl sind die christlichen Heere unserer Halbinsel dem Kalifen nicht gewachsen.«

In seinem Herzen hatte Don Alfonso gewußt, daß es so war. Er antwortete nicht. Er beendete den Kronrat.

Als er allein war, faßte ihn unbändige Wut. Fast dreiunddreißig Jahre war er jetzt, ein ganzes Menschenalter hatte er durchlebt, und nicht war es ihm vergönnt gewesen, wahrhaft große Taten zu tun. Alexander hatte in seinem Alter die Welt erobert. Und nun war die große, einmalige Gelegenheit da, der Kreuzzug, und sie verhinderten ihn mit unwiderleglich listigen Gründen, sich als neuer Cid Compeador Ruhm zu erwerben.

Aber er wird sich's nicht verwehren lassen. Und wenn der junge Fant, der Lausbub von Aragon, ihn nicht als Oberfeldherrn anerkennt, dann wird er eben ohne ihn losziehen. Er war von Gott bestimmt zum Führer in seinem westlichen Teil der Welt, und er wird sich dieses heilige Amt nicht aus der Hand winden lassen. Er kann sich Hilfstruppen zur Genüge verschaffen, auch ohne Aragon. Er braucht die Kreuzfahrer, die zu ihm stoßen, nur für wenige Monate, dann mögen sie die Fahrt ins Heilige Land fortsetzen. Wenn er nur zwanzigtausend Mann hat außer seinem eigenen Heer, dann überrennt er den ganzen Süden des Andalús und dringt ins Afrika vor, ehe der Kalif sein Heer auch nur bereit hat. Und dann wird sich's dieser Jakúb Almansúr zweimal überlegen, ehe er seine Ostgrenze entblößt.

Nur Geld muß er haben, Geld für einen Feldzug von mindestens einem halben Jahr, Geld, die Hilfsvölker zu lohnen.

Er befahl Jehuda zu sich.

Jehuda hatte, als der Kreuzzug ausgerufen wurde, schwere Sorge gespürt und gleichzeitig Erhebung. Da war nun der große Krieg da, den alle gefürchtet hatten, die Grenzen zwischen Islam und Christenheit wurden von neuem unsicher, seine, Jehudas, Aufgabe wuchs in den Himmel. Denn der Escrivano des Königs von Kastilien konnte mehr als andere tun, der Halbinsel den Frieden zu erhalten.

Wieder einmal erkannte er, wie weise sein Freund Musa war. Zeitlebens hatte Musa ihm zugeredet: sei gelassen, tu nicht zuviel, rechne nicht zuviel, füge dich dem Schicksal, vor dem alles Planen eitel ist. Er aber, Jehuda, konnte es nicht lassen, zu rechnen und zu planen und zu tun. Da hatte er, als der König den Krieg mit Aragon heraufbeschwor, Listen erdacht und war geschäftig übers Land gefahren, nach Norden und zurück nach Süden und wiederum nach Norden, und hatte verhandelt und gezettelt, und so hatte er's ein zweites Mal getan, und da sich all sein Planen als vergeblich erwies, hatte er verzweifelt mit Gott gehadert. Das Schicksal aber, weise und scherzhaft wie sein Freund Musa, hatte gerade das, was ihm als höchstes Übel erschienen war, zum Keim des Segens werden lassen. Gerade dieses Zerwürfnis mit Aragon, das er geschäftig zu heilen versucht hatte, zwang nun Don Alfonso, sich dem Krieg fernzuhalten. Nicht aus seinem, Jehudas, klugen Rechnen und Wägen, sondern aus dem frechen, hirnlosen Tun Alfonsos wuchsen Glück und Frieden für die Halbinsel.

Aus Sevilla kam der Buchhändler und Verleger Chakam. Er war der größte Buchhändler der westlichen Welt, er beschäftigte vierzig Schreiber, in seinem schönen Hause gab es für die Bücher jeglicher Wissenschaft eine Sonderabteilung. Er überbrachte dem Don Jehuda als Geschenk des Emirs Abdullah die »Autobiographie« des Persers Ibn Sina in der Originalhandschrift. Ibn Sina, der vor nunmehr einhundertfünfzig Jahren gestorben war, galt als der größte Denker der islamischen Welt; auch die christlichen Gelehrten, die ihn unter dem Namen Avicenna kannten, schätzten ihn hoch. Um das Manuskript, welches jetzt der Verleger Chakam überbrachte, waren heftige Kämpfe gekämpft worden; ein Kalif von Córdova hatte den Inhaber der Handschrift und sein ganzes Geschlecht vernichtet, um sich in den Besitz des Manuskripts zu setzen. Jehuda konnte sich nicht fassen vor Freude über die kostbare Gabe des Emirs, er lief sogleich zu Musa, zärtlich und gerührt betrachteten die beiden die Schriftzeichen, mit denen jener Weiseste aller Sterblichen sein Leben festgehalten hatte.

Mit dem Geschenk überbrachte der Verleger Chakam dem Jehuda eine vertrauliche, mündliche Botschaft des Emirs. Der Fürst ließ seinem Freunde mitteilen, der Kalif Jakúb Almansúr treffe jetzt schon Vorbereitungen, bei der ersten Meldung eines Angriffs auf Sevilla an der Spitze eines Heeres nach der Halbinsel überzusetzen; er sei zu diesem Zweck aus dem Osten nach Marakesch zurückgekehrt. Emir Abdullah sei überzeugt, seinem Freunde Ibrahim liege an der Erhaltung des Friedens nicht weniger als ihm selber; vielleicht also tue er gut, die Könige der Ungläubigen zu warnen.

An dieses alles dachte Jehuda, als er jetzt vor Don Alfonso trat. »Da bist du ja endlich, mein Escrivano«, empfing ihn mit hämischer Höflichkeit der König. »Bist du wiederhergestellt, armer Kranker? Schade, daß du an meinem Kronrat nicht teilnehmen konntest.« – »Ich hätte«, erwiderte Jehuda, »keine andere Meinung abgeben können als deine andern Familiares. Als dein Escrivano muß ich deine Neutralität noch eifriger befürworten als sie. Denn bedenke dieses, Herr König. Nimmst du jetzt das Kreuz, so werden zahlreiche dir folgen, die du nicht unter deinen Kriegsknechten haben möchtest. Sehr viele deiner halbhörigen Bauern werden sich ins Heer einreihen lassen und Gebrauch machen von den Vergünstigungen, die den Kreuzfahrern zustehen. Sie werden ihre harte Tagesarbeit abschütteln und sich von dir ernähren lassen, statt dich und deine Barone zu ernähren. Das wäre verderblich für deine Wirtschaft.«

»Meine Wirtschaft!« höhnte Alfonso. »Begreife doch, du trauriger Rechner, es geht nicht um die ›Wirtschaft‹, es geht um die Ehre Gottes und des Königs von Kastilien.«

Don Jehuda blieb hartnäckig, obwohl er die gefährliche Wildheit Don Alfonsos erkannte. »Ehrerbietig bitte ich dich, Herr König«, sagte er, »mich nicht mißzuverstehen. Keineswegs rate ich dir vom Kriege ab. Im Gegenteil, ich rate dir, den Krieg vorzubereiten. Ja, ich bitte dich, jetzt schon Kriegssteuern einzuziehen, eben jene zusätzlichen Kriegssteuern, welche der Papst ausgeschrieben hat. Ich arbeite an einem Memorandum, welches beweist, daß du das Recht hast, diese Steuern zu erheben, auch wenn du noch nicht im Kriege bist.«

Er gab dem König Zeit, seinen Vorschlag zu bedenken, und fuhr fort: »Auch anderer Zufluß wird deinem Schatze kommen, solange du an dem Krieg nicht teilnimmst. Der Handel mit den Ländern des östlichen Islams hat aufgehört. Die großen Reeder und Kaufleute der Christenheit, die Venezier, die Pisaner, die flandrischen Händler, sie können nichts mehr aus dem Osten einführen. Die Produkte der reicheren Hälfte der Welt können nur mehr über die Kaufleute deiner Länder bezogen werden, Herr König. Wer immer etwas haben will vom Getreide der islamischen Welt, von ihrem Vieh, ihren edeln Pferden, er muß sich an dich wenden. Wer immer etwas haben will von den Gütern, welche der Kunstfleiß der moslemischen Schmiede erzeugt, von ihren wunderbaren Waffen, von ihrem herrlichen Metallwerk, wer immer in der Christenheit Seide des Islams haben will, Pelzwerk, Elfenbein und Goldstaub, Korallen und Perlen, vielfältiges Gewürz, Farben und Glas, er muß die Vermittlung deiner Untertanen anrufen. Bedenke das, Herr König. Der Schatz der andern Fürsten leert sich, solange dieser Krieg dauert, der deine wächst. Und wenn sie erschöpft sind, dann schlage du zu, Herr König von Kastilien, und schlage du den entscheidenden Schlag.«

Der Jude sprach eindringlich. Was er sagte, lockte den König.

Aber noch mehr brachte es ihn auf. »Schaff mir das Geld!« herrschte er Jehuda an. »Zweihunderttausend fürs erste! Ich will jetzt losschlagen, jetzt, jetzt! Verpfände, was du willst! Schaff mir das Geld!« Jehuda, erblaßt, antwortete: »Ich kann es nicht, Herr König. Und niemand sonst kann es.«

Alle Wut Alfonsos gegen sich selber und gegen die unselige Schickung, welche ihm seinen edelsten Ruhm stahl, kehrte sich gegen Jehuda. »Du hast diese Schmach über mich gebracht«, wütete er. »Du mit deinem schmählichen Waffenstillstand und deinen andern hebräischen Listen. Ein Verräter bist du! Für Sevilla zettelst du und für deine beschnittenen Freunde, daß ich sie nicht angreife und mir meine Ehre wieder hole. Du Verräter!«

Jehuda, noch tiefer erblaßt, schwieg. »Geh!« schrie der König ihn an. »Geh mir endlich aus den Augen!«

Die Sondersteuer, von welcher Jehuda dem König gesprochen hatte, war der sogenannte Saladins-Zehnte. Es hatte nämlich der Papst verfügt, es solle in den Ländern der Christenheit ein jeder, der an dem großen Kriegszug gegen Sultan Saladin nicht teilnahm, wenigstens Geld beisteuern, und zwar sollte er ein Zehntel seiner Einkünfte und seiner beweglichen Güter zinsen.

Dem Escrivano des Königs von Kastilien war dieser Erlaß des Heiligen Vaters willkommen. Er und seine Juristen, seine Repositarii, fanden, daß der Saladins-Zehnte auch in den Reichen des Königs Alfonso erhoben werden müsse. Denn obgleich gottgewollte Notwendigkeiten den König Unsern Herrn zwangen, vorläufig neutral zu bleiben, so war doch diese Neutralität zeitlich befristet und der König also verpflichtet, für den Heiligen Krieg zu rüsten. So legte Jehuda in einem ausführlichen Memorandum dar.

Don Manrique überbrachte dem König das Schriftstück. Alfonso las. »Er ist schlau«, sagte er leise und grimmig, »er ist ein schlauer Hund, er ist ein schlauer Händler und Hund. Er könnte mir das Geld schaffen, der Hund, wenn er nur wollte. Warum kommt er übrigens nicht selber?« fragte er. Don Manrique antwortete: »Ich denke, er will sich nicht von neuem deinem Zorn aussetzen.« – »Ist er so empfindlich?« spottete Alfonso. »Du hast ihn wohl sehr hart angelassen, Herr König«, erwiderte Don Manrique.

Der König war gescheit genug, zu erkennen, daß der Jude mit Recht gekränkt war, und er ärgerte sich über sich selber. Aber die Christenheit zog in den Heiligen Krieg, und er, Alfonso, hatte das unsagbare Unglück, zur Untätigkeit verurteilt zu sein. War es da nicht sein Recht, reizbar zu sein und seinen Unmut auch an einem Unschuldigen auszulassen? Ein so gescheiter Mann wie der Jude sollte das begreifen.

Er suchte nach einem Vorwand, Jehuda wiederzusehen. Schon lange hatte er daran gedacht, die Festung Alarcos auszubauen, die er selber seinem Reiche zugefügt hatte. Nach allem, was dieser Ibn Esra erzählte, müßte jetzt Geld dafür dasein. Er befahl Jehuda zum Vortrag.

Der hatte den Schimpf nicht verwunden, und es verschaffte ihm eine böse Genugtuung, daß ihn Alfonso jetzt rief. Der König hatte also rasch gemerkt, daß er ohne ihn nicht auskam. Aber Jehuda wollte sich nicht zu billig machen, er wollte nicht neuen Schimpf entgegennehmen. Er entschuldigte sich ehrfürchtig, er sei unpaß.

Don Alfonso, nach einem Augenblick der Wut, bezwang sich und ließ das Geld für Alarcos durch Don Manrique anfordern, viel Geld, viertausend Goldmaravedí. Der Escrivano stellte die Summe sogleich und ohne Einwand zur Verfügung und beglückwünschte den König in einem untertänigen Schreiben zu dem Entschluß, durch den Ausbau der Festung aller Welt zu zeigen, daß er den Krieg vorbereite. Der König wußte nicht, was er aus dem Juden machen sollte.

Es lockte Alfonso, nach Burgos zu reisen, um sich bei seiner Königin Rat zu holen. Er hätte längst schon hingehen sollen. Doña Leonor war schwanger, wohl von jener Nacht her, da er ihr beigelegen war nach jener glücklichen Rückkehr aus Saragossa. Aber Burgos war jetzt voll von unbequemen Gästen. Die Stadt lag an der großen Heerstraße, die nach Santiago de Compostela führte, zum heiligsten Heiligtum Europas. Und wenn diese Straße alle Zeit von Pilgern bereist war, so wollten sich jetzt, da sie zum Kampf in den Osten fuhren, noch mehr große Herren als sonst den Segen des Santiago holen; sie alle kamen über Burgos, sie alle machten Doña Leonor ihre Aufwartung, und die Vorstellung, wie er, der Ofenhocker, mit diesen Kämpfern zusammentreffen würde, kratzte Don Alfonso.

Aber er konnte nicht faul und traurig in seiner Königsburg herumsitzen. Er machte sich zu tun, reiste hierhin, dorthin. Ritt nach Calatrava zu den Ordensrittern, um diese seine Kerntruppe zu inspizieren. Ritt nach Alarcos, die Festungswerke zu besichtigen. Besprach mit seinen Freunden eitle Kriegspläne.

Wenn er gar nichts anderes zu tun fand, ritt er auf die Jagd.

Einmal, mit Garcerán de Lara und Estéban Illán von einem solchen Jagdausflug zurückkehrend, beschloß er, da es sehr heiß war, auf seiner Besitzung La Huerta del Rey Rast zu machen.

Die Huerta del Rey, kühl an dem sich windenden Flusse Tajo gelegen, war ein weites, von verfallenen Mauern umgebenes Gelände. Einsam stand da ein Tor; von ihm, eingemeißelt in bunten, altertümlichen Lettern, grüßte die arabische Formel: Alafia, Heil, Segen. Gebüsch war da, ein kleiner Wald, auch Beete aller Art; doch hatte der Gärtner da, wo früher wohl seltene Blumen kunstvoll gezüchtet worden waren, Nutzpflanzen angebaut, Gemüse, Kohl, Rüben. Inmitten von alledem stand vernachlässigt das Lustschloß, auch ein zierlicher Kiosk, und am Ufer des Flusses verwitterte eine Boots- und Badehütte.

Die Herren saßen unter einem Baum, im Angesicht des Schlosses. Fremdartig stand es da, islamisch durch und durch. Von alters her war an dieser Stätte, wo man in der Kühle des Flusses eine schöne Sicht auf die Stadt hatte, ein Haus gestanden. Römer hatten hier eine Villa gebaut, Goten ein Landhaus hingestellt, und bezeugt war, daß dieses Schloß, das jetzt so verwahrlost dastand, der arabische König Galafré hatte errichten lassen für seine Tochter, die Infantin Galiana; Palacio de Galiana wurde das Schloß jetzt noch genannt.

Heute war es sogar hier heiß, eine beklemmende Stille lag über Fluß und Garten, das Geschwätz der Herren vertröpfelte. »Die Huerta ist eigentlich größer, als ich gedacht hatte«, meinte Don Alfonso. Und plötzlich kam ihm ein Einfall. Seine Väter und er hatten viel zerstören müssen und hatten wenig Zeit gehabt, Neues zu errichten; doch war die Lust zu bauen ihnen eingeboren. Seine Leonor hatte Kirchen gebaut, Klöster, Hospitäler, er selber Kirchen, Kastelle, Festungen. Warum sollte er nicht einmal für sich und für die Seinen bauen? Es konnte nicht schwer sein, die Galiana zu restaurieren und sie bequem und wohnlich zu machen; im Sommer wird es gut sein, hier zu wohnen, und vielleicht dann wird Doña Leonor auch einmal in der heißen Zeit hierherkommen. »Was denkt ihr, Herren?« meinte er. »Wollen wir die Galiana restaurieren?« Und: »Schauen wir uns das Trümmerwerk einmal an«, beschloß er munter.

Sie gingen dem Hause zu. Der Kastellan Belardo kam ihnen entgegen, erregt, eifrig, sehr ehrerbietig. Er wies auf seine Gemüsebeete und erklärte beflissen, was alles er aus dem wertlosen Gelände gemacht habe. Im Hause dann zeigte er die vielen Schäden und erklärte vielwortig, wie schön das alles einmal gewesen sein müsse, die Mosaiken, der Schmuck der Böden, Wände, Decken. Aber immer wieder war der Tajo eingebrochen und hatte alles überschwemmt. Ihm tue das Herz weh, wie verwahrlost das Palais sei, aber ein einzelner könne da nichts machen. Er war oft bei den Herren Räten des Herrn Königs vorstellig geworden, man solle restaurieren und den Fluß eindämmen, aber man hatte ihn barsch abgewiesen, dafür habe man kein Geld.

»Der Schwätzer hat recht«, sagte lateinisch Estéban zu Don Alfonso. »Der Palacio muß in der Tat ungewöhnlich schön gewesen sein. Der alte beschnittene König hat sich für seine Tochter angestrengt.«

Die gespornten Stiefel der Herren hallten mächtig über das zierliche, zerbrochene Mosaik der Böden, ihre Stimmen klangen wider von den leeren Mauern.

Don Alfonso schaute und war schweigsam. Ich darf wirklich die Galiana nicht weiter verkommen lassen, dachte er. Don Garcerán meinte: »Es wird Arbeit und Geld kosten, aber ich glaube, du könntest etwas sehr Schönes aus der Galiana machen, Don Alfonso. Bedenke nur, was dein Jude aus dem alten, häßlichen Castillo de Castro gemacht hat.«

Es war Alfonso durch den Kopf gegangen, wie dreist verwundert die Tochter des Juden gewesen war über die altertümliche Ungeschlachtheit seines Schlosses in Burgos. Don Estéban aber, die Worte Don Garceráns aufnehmend, riet: »Wenn du ernstlich vorhast, die Galiana zu restaurieren, dann mußt du dir vorher das Haus deines Juden anschauen.«

Ich habe den Juden wirklich zu unwirsch behandelt, dachte Alfonso, Don Manrique findet es auch. Ich werde es gutmachen und mir sein Haus anschauen.

»Da habt ihr vielleicht recht«, antwortete er unverbindlich.

Wie Jehuda vorausgesagt hatte, blühte Kastilien auf, während die übrige Christenheit in den Heiligen Krieg zog. Karawanen und Schiffe brachten Waren aus dem Osten in die moslemischen Länder Hispaniens, von da gingen sie nach Kastilien, von da gingen sie weiter in alle Reiche der Christenheit.

Als der Kreuzzug verkündet wurde, hatten die Barone gemäkelt und geschmäht, der Jude verhindere, daß man in den heiligen Kampf ziehe, der Jude müsse fortgejagt werden.

Aber bald zeigte sich, was für ungeheuern Nutzen die Neutralität dem Lande brachte; das Murren wurde leiser, die Furcht, die geheime Achtung vor dem Juden stieg. Immer mehr Adelige warben um seine Gunst. Schon baten ein de Guzmán und ein de Lara, freilich ein armer Vetter des mächtigen Don Manrique, der jüdische Escrivano möge ihre Söhne als Pagen in sein Castillo aufnehmen.

Musa, als ihm Jehuda beiläufig und stolz erzählte, wie die Geschäfte des Landes und seine eigenen sich dehnten, beschaute den Freund mit spöttischer Anerkennung, mitleidig und amüsiert. Er muß sich regen, dachte er. Er muß gleichzeitig hundert Geschäfte treiben, es ist ihm nicht wohl, wenn er nicht Menschen und Dinge in Bewegung setzt und immer mehr Federn kritzeln macht in den Kanzleien der Könige und immer mehr Schiffe über die sieben Meere schickt und immer mehr Karawanen durch immer mehr Länder. Er macht sich vor, er tue es für den Frieden und für sein Volk, und so ist es auch, aber vor allem tut er's doch, weil er Freude an der Macht hat und am Tun. »Ist es wichtig«, fragte er, »ob du noch mehr Macht anhäufst, ob du zweihunderttausend Goldmaravedí besitzest oder zweihundertfünfzigtausend? Dabei weißt du nicht einmal, ob nicht, während du hier sitzest und deinen Würztrank trinkst, vier Wochen entfernt ein Sandsturm deine Karawane zerstört oder die See dein Schiff.« – »Ich fürchte nicht Sandstürme, und ich fürchte nicht die See«, antwortete Jehuda. »Was ich fürchte, ist ein anderes.« Und vor dem Freunde ließ er sich gehen, ihm zeigte er seine geheime Sorge. »Ich fürchte«, sagte er, »die wilden Launen dieses Ritters und Königs Don Alfonso. Er hat mich von neuem sinnlos gekränkt, und jetzt, wenn er mich vor sich ruft, erkläre ich mich unpaß und verweigere ihm mein Antlitz. Freilich, und ich weiß es, treibe ich ein gefährliches Spiel, wenn ich mich so kostbar mache.« Musa war an sein Schreibpult getreten und kritzelte Kreise und Arabesken. »Machst du dich so kostbar, mein Jehuda«, fragte er über die Schulter, »um des Friedens willen oder aus Stolz?« – »Ich *bin* stolz«, antwortete Jehuda, »doch ist dieses Mal, glaube ich, mein Stolz Tugend und gute Berechnung. Tollheit und Vernunft sind in diesem König so wunderlich gemischt, daß niemand voraussagen kann, wie er zuletzt reagieren wird.«

Auch weiter blieb er dem König fern, und dieser beschränkte sich darauf, ihm kurze, herrische Botschaften zu schicken. Jehudas Sorge wuchs. Er war darauf gefaßt, daß der ungestüme Mann ihn von einer Stunde zur andern aus dem Castillo und aus dem Lande jagte und vielleicht sogar ihn greifen und in die Keller seiner Burg legen ließ. Dann wieder hoffte er, Alfonso werde versuchen, ihn zu versöhnen, und ihm vor aller Welt ein Zeichen seiner Achtung geben. Es war ein bitteres Warten. Da fragte ihn etwa voll naiver Betrübnis sein Sohn Alazar: »Erkundigt sich Don Alfonso niemals nach mir? Warum kommt er nicht, dich zu besuchen?« Und es fraß Jehuda am Herzen, daß er antworten mußte: »Das ist in diesem Lande nicht Sitte, mein Sohn.«

Wie atmete er auf, als ihm ein Bote der Königsburg den Besuch Don Alfonsos ankündigte!

Der König kam mit Garcerán, Estéban und kleinem Gefolge. Er suchte seine leise Befangenheit hinter einer etwas herablassenden, freundlichen Munterkeit zu verbergen.

Das Haus kam ihm fremd vor, fast feindlich, wie sein Besitzer. Dabei merkte er gut, daß es in seiner Art vollendet war. Ein geheimnisvoll ordnender Sinn hatte sehr Verschiedenes zu einer Einheit gefügt. Bedenkenloser Reichtum war überall verstreut, keine Ecke, kein Winkel war übersehen. Viele Diener waren da, so gut wie unsichtbar und doch immer zur Stelle. Überall dämpften Teppiche den Lärm, die Stille des Hauses wurde durch die plätschernden Wasser noch stiller. Und so etwas stand mitten in seinem lauten Toledo! So etwas war aus seinem Castillo de Castro geworden! Er fühlte sich hier als Fremder, als störender Gast.

Er sah die Bücher und Rollen, arabische, hebräische, lateinische. »Hast du Zeit, das alles zu lesen?« fragte er. »Vieles lese ich«, antwortete Jehuda.

Im Gästehaus erklärte er dem König, Musa Ibn Da'ud sei der weiseste Arzt unter den Gläubigen der drei Religionen. Musa neigte sich vor dem König und musterte ihn mit unehrerbietigen Augen. Don Alfonso verlangte, man solle ihm einen der Weisheitssprüche übersetzen, die sich bunt und golden die Wände entlangzogen. Und Musa übersetzte, wie er dem Don Rodrigue übersetzt hatte: »Das Schicksal der Menschenkinder und das Schicksal des Viehes ist das gleiche … Ihre Seele ist die gleiche … Wer weiß, ob die Seele der Menschenkinder hinaufgeht und die Seele des Viehes hinunter unter die Erde?« Don Alfonso überlegte. »Das ist die Weisheit eines Ketzers«, sagte er streng. »Es ist aus der Bibel«, belehrte ihn freundlich Musa. »Es sind Sätze des Predigers Salomo, des Königs Salomo.« – »Ich finde solche Weisheit höchst unköniglich«, sagte ablehnend Don Alfonso. »Ein König geht nicht hinunter unter die Erde wie das Vieh.«

Er brach ab, verlangte von Jehuda: »Zeig mir die Waffenkammer.« – »Wenn du erlaubst, Herr König«, antwortete Jehuda, »zeigt mein Sohn Alazar dir die Waffenkammer, und es wird der beste Tag seines Lebens sein.«

Don Alfonso erinnerte sich freundlich des netten Knaben. »Du hast einen aufgeweckten, ritterlichen Sohn, Don Jehuda«, sagte er. »Auch deine Tochter will ich sehen, wenn du es wünschest«, fügte er hinzu. Er unterhielt sich freundlich, kennerisch mit dem Knaben Alazar über die Waffen, über die Pferde und die Maultiere.

Dann ging es in den Garten, und siehe, hier war Doña Raquel.

Es war die gleiche Raquel, welche ihm in Burgos die wenig ziemliche Antwort gegeben hatte, und dennoch eine andere; sie trug ein Kleid von leicht ausländischem Schnitt und war die Dame des Hauses, die einen fremden, hohen Gast empfängt. War sie in Burgos ein Störendes gewesen, ein ganz und gar nicht Zugehöriges, so war hier alles, die kunstvolle Gartenanlage, die springenden Wasser, die fremden Pflanzen, Rahmen für sie, und er, Alfonso, war das Fremde, nicht Hergehörige.

Er verneigte sich, zog, wie die Courtoisie es verlangte, den Handschuh aus, nahm ihre Hand und küßte sie. »Es ist mir recht, daß ich dich wieder treffe, Dame«, sagte er laut, daß alle es hörten. »Ich konnte damals in Burgos die Unterhaltung mit dir nicht zu Ende führen.«

Man war nun in größerer Gesellschaft; dem König und seinen Herren hatten sich Alazar angeschlossen und die Edelknaben Jehudas. Alfonso blieb, als man sich zu einem gemächlichen Rundgang aufmachte, mit Doña Raquel ein wenig zurück. »Nun ich dieses Haus sehe, Dame«, sagte er, und er sprach kastilisch, »begreife ich, daß dir mein Castillo in Burgos wenig gefiel.« Sie errötete, es machte sie verlegen, daß sie ihn gekränkt hatte, es schmeichelte ihr, daß ihm ihre Worte noch im Gedächtnis waren, sie schwieg, ein winziges, schwer deutbares Lächeln um die geschwungenen Lippen. »Verstehst du mein niedriges Latein?« fuhr er jetzt fort. Sie errötete tiefer; jedes Wort hatte er sich gemerkt. »Ich habe inzwischen das Kastilische viel besser gelernt, Herr König«, antwortete sie. Er sagte: »Ich möchte wohl gern arabisch mit dir reden, Dame, aber es wird kraus und hart aus meinem Munde kommen und dein Ohr ärgern.« – »Sprich ruhig kastilisch, Herr König«, sagte aufrichtig Doña Raquel, »da es die Sprache deines Landes ist.«

Diese Worte verdrossen Don Alfonso. Sie hätte sagen sollen: »Es klingt mir angenehm« oder dergleichen, so hätte die Courtoisie es verlangt; statt dessen sagte sie hochfahrend heraus, was ihr durch den Kopf ging, und machte sein Kastilisch schlecht. »Mein Kastilien«, sagte er ausfällig, »ist euch wohl immer noch ein sehr fremdes Land, und heimisch fühlst du dich nur hier in euerm Hause.« – »Nicht doch«, sagte Raquel. »Die Herren deines Landes sind freundlich zu uns und bestreben sich, es uns heimisch zu machen.«

Nun hätte Don Alfonso einen der üblichen galanten Sätze sagen müssen, etwa: Es ist nicht schwer, freundlich zu sein zu einer Dame, wie du es bist. Aber er war plötzlich des mühsamen, gestelzten, modischen Geschwatzes überdrüssig. Zudem fand diese Raquel das galante Geraspel sicher komisch. Wie überhaupt sollte man mit ihr reden? Sie gehörte nicht zu den Damen, welche übertriebene, nichtssagend verliebte Konversation erwarteten, und noch weniger zu den Weibern, vor denen man sich soldatisch derb geben konnte. Er war gewohnt, daß ein jeder seinen festen Platz einnahm und er, Alfonso, genau wußte, mit wem er's zu tun hatte. Wie es um diese Doña Raquel stand und wie er sich bei ihr verhalten sollte, wußte er nicht. Alles, was mit seinem Juden zu tun hatte, verlor sogleich seinen festen Umriß und wurde undeutlich. Was wollte er von dieser Doña Raquel? Was wollte er mit ihr? Wollte er mit ihr – und in seinen Gedanken gebrauchte er ein sehr plumpes Wort seines niedrigen Lateins – liegen? Er wußte es nicht.

Wenn er beichtete, durfte er guten Gewissens versichern, er habe nie eine Frau geliebt außer seiner Doña Leonor. Der ritterlichen Liebe, der »Minne«, konnte er keinen Geschmack abgewinnen. Da man die unverheirateten Töchter des Adels selten und immer nur in großer Gesellschaft zu Gesicht bekam, schrieb die Courtoisie vor, sich in verheiratete Damen zu verlieben und gekünstelte, gefrorene Liebesgedichte an sie zu richten. Dabei kam nichts heraus. So hatte er denn mit Weibern vom Troß geschlafen oder mit erbeuteten moslemischen Weibern; mit denen konnte man reden und umgehen, wie einem zumute war. Einmal auch hatte er etwas gehabt mit der Frau eines Ritters aus Navarra, aber es war eine unerfreuliche Affäre gewesen, und er hatte sich erleichtert gefühlt, als sie in ihre Heimat zurückkehrte. Auch die kurze Verbindung mit Doña Blanca, einer Hofdame Leonors, war quälend gewesen, und Doña Blanca war schließlich halb freiwillig, halb unfreiwillig in ein Kloster gegangen. Nein, glücklich war er nur mit seiner Leonor.

Das bedachte Don Alfonso nicht etwa in klaren Worten, doch ging es ihm deutlich durchs Gemüt, und er ärgerte sich, daß er sich in dieses Gespräch mit der Tochter des Juden eingelassen hatte. Dabei gefiel sie ihm nicht einmal, sie hatte nichts Mildes, Damenhaftes, sie war vorwitzig und maßte sich Urteile an, wiewohl sie doch eigentlich noch ein Kind war. Gar nichts war an ihr von der kühlen, stattlichen Blondheit der christlichen Damen, kein Ritter hätte ihr Verse gedichtet, und sie hätte sie auch gar nicht verstanden.

Er wollte nicht länger mit ihr sprechen, er wollte fort aus diesem Haus. Der stille Garten mit seinen gleichmäßig plätschernden Wassern und dem schweren, süßen Duft der Orangenblüten ging ihm auf die Nerven. Er wird nicht länger einen Narren aus sich machen und scharmutzierend neben der Jüdin hergehen, er wird sie jetzt stehenlassen und für immer.

Statt dessen hörte er sich sagen: »Ich habe ein Landgut hier vor der Stadt, genannt La Galiana. Das Haus hat sich ein moslemischer König bauen lassen, es ist sehr alt, und es gehen viele Geschichten darum.« Doña Raquel horchte hoch. Auch sie hatte von La Galiana gehört; war das nicht der Ort, wo jene Wasseruhr Rabbi Chanans stand? »Ich will den Palacio wiederherstellen«, fuhr Don Alfonso fort, »und so, daß das Neue nicht zu sehr absticht von dem Früheren. Dein Rat wäre mir da willkommen, Dame.«

Doña Raquel sah auf, betroffen, fast zornig. Niemals hätte ein moslemischer Herr gewagt, eine Dame so plump und verfänglich einzuladen. Aber sogleich sagte sie sich, mit den christlichen Rittern sei es wohl anders, und die Courtoisie mache sie übertriebene Sätze sprechen, die nichts bedeuteten. Sie sah Don Alfonsos Gesicht von der Seite und erschrak. Es war ein gespanntes, gieriges Gesicht. Was er gesagt hatte, war mehr als Courtoisie.

Sie zog sich scheu und gekränkt in sich zurück. Wurde ganz und gar Dame des Hauses. Höflich antwortete sie, jetzt arabisch: »Mein Vater wird sich gewiß freuen, o König, dir mit seinem Rate zu dienen.«

Don Alfonsos Stirn furchte sich jäh und tief. Was hatte er da gemacht! Er hatte die Zurückweisung verdient, er hätte sie erwarten müssen. Von Anfang an hätte er vorsichtig sein sollen; das Mädchen gehörte zu einem verfluchten Volk. Es war dieser verwünschte Garten, dieses ganze verwünschte, verwunschene Haus, das ihm solche Reden eingeblasen hatte. Er riß sich zusammen, ging etwas schneller, nach wenigen Schritten hatten sie die andern erreicht.

Sogleich wandte sich der Knabe Alazar an ihn. Er hatte erzählt von Rüstungen, deren Visier in allen Teilen beweglich war, so daß der Eisenschutz der Augen, der Nase, des Mundes nach Belieben verstellt werden konnte, und die Pagen des Königs hatten ihm nicht geglaubt. »Aber ich habe solche Rüstungen gesehen«, ereiferte er sich. »Der Waffenschmied Abdullah in Córdova stellt sie her, und der Vater hat mir versprochen, er schenkt mir eine, sowie ich zum Ritter geschlagen bin. Bestimmt hast du selber so eine Rüstung, Herr König.« Don Alfonso antwortete, er habe von solchen Rüstungen gehört. »Ich selber besitze keine«, schloß er trocken. »Dann muß mein Vater dir eine verschaffen«, sagte stürmisch Alazar. »Du wirst deine Freude daran haben«, versicherte er. »Erlaube meinem Vater, daß er dir eine verschreibt.«

Don Alfonso hellte sich auf. Er durfte den Knaben nicht entgelten lassen, daß die Schwester vorwitzig und empfindlich war. »Du siehst, Don Jehuda«, sagte er, »ich und dein Junge, wir verstehen uns gut. Willst du ihn mir nicht als Pagen auf die Burg schicken?«

Doña Raquel schien verwirrt. Auch die andern verbargen nur mit Mühe ihr Erstaunen. Alazar, beinahe stammelnd vor Freude, brach aus: »Ist es dein Ernst, Don Alfonso? Mein gnädiger Dienstherr willst du sein?« Don Jehuda aber, da ihm sein Wunsch so unerwartet erfüllt wurde, neigte sich tief und sagte: »Deine Majestät ist sehr gnädig.«

»Der König Unser Herr«, sagte am Abend des gleichen Tages Jehuda zu Raquel, »hat sich, wie mir schien, freundlich mit dir unterhalten, meine Tochter.« Doña Raquel antwortete aufrichtig: »Ich glaube, der König war *zu* freundlich. Er hat mir angst gemacht.« Und sie erläuterte: »Er will sein Lustschloß

La Galiana restaurieren und hat mich aufgefordert, ihm dabei zu raten. Ist das nicht – ungewöhnlich, mein Vater?« – »Es ist ungewöhnlich«, antwortete Jehuda.

Wirklich wurden wenige Tage später Jehuda und Doña Raquel eingeladen, an einem Ausflug des Königs nach La Galiana teilzunehmen. Dieses Mal hatte Don Alfonso eine große Gesellschaft geladen, und er richtete bei dem Rundgang kaum je das Wort an Doña Raquel. Wohl aber stellte er zur Belustigung seiner Gäste dem täppischen, redseligen Gärtner Belardo viele Fragen.

Nach dem Rundgang wurde am Ufer des Tajo ein Mahl serviert. Gegen Ende des Mahles, auf einem Baumstumpf sitzend, mit selbstspöttischem Hochmut, verkündigte der König: »Wir herrschen nun beinahe ein Jahrhundert in diesem Toledo, Wir haben es zu Unserer Hauptstadt gemacht, gut, groß und fest und gesichert gegen die Angriffe der Ungläubigen. Es ließen Uns aber die Geschäfte der Ehre, des Glaubens und des Krieges keine Zeit für andere Dinge, die überflüssig sein mögen, aber einem König anstehen, für Dinge der Schönheit und der Pracht. Unsere Freunde aus dem Süden zum Beispiel, Unser Escrivano und seine Tochter, die Unsere Städte und Häuser mit fremden, unbefangenen Augen anschauen, haben Unser Schloß in Burgos kahl und unbequem gefunden. Es ist Uns nun in einer Stunde der Muße die Laune gekommen, hier diesen Unsern vernachlässigten Palacio de Galiana wiederaufzubauen, und zwar schöner, als er früher war, auf daß die Welt sehe: Wir sind keine Bettler mehr, auch Wir können üppig bauen, wenn Uns der Sinn danach steht.« Das war eine lange und stolze Rede, wie sie Don Alfonso sonst höchstens bei Staatsakten zu halten pflegte, und die Herren, die noch vor den Resten der Mahlzeit saßen, waren erstaunt.

Der König ließ den hohen Ton fallen und wandte sich an Jehuda. »Was meinst du, mein Escrivano?« fragte er. »Du bist doch sachverständig in diesen Fragen.« – »Dein Lustschloß La Galiana«, antwortete bedächtig Don Jehuda, »liegt herrlich in der Kühle dieses Flusses und mit dem stolzen Blick auf deine hochberühmte Stadt. Ein solches Schloß wiederherzustellen, lohnte der Mühe.«

»Also stellen Wir es her«, entschied leichthin der König. »Hier ist eine Schwierigkeit«, sagte ehrerbietig Don Jehuda. »Du hast gute Soldaten, Herr König, und tüchtige Handwerker. Aber so geschickt sind deine Künstler und Handwerker noch nicht, daß sie dieses Schloß in der Art aufbauen könnten, wie es deiner Hoheit und deinem Wunsche entspricht.« Der König finsterte sich. »Hast du nicht selber«, fragte er, »ein großes Haus in sehr kurzer Zeit glanzvoll wiederaufgebaut?« – »Ich habe moslemische Baumeister und Handwerker kommen lassen, Herr König«, sagte sachlich still Don Jehuda.

Steifes Schweigen war. Die Christenheit war im Heiligen Krieg gegen die Ungläubigen. Ziemte es sich, daß ein christlicher König moslemische Künstler berief? Und werden Moslems bereit sein, dem christlichen König ein Schloß zu bauen?

Don Alfonso sah die Gesichter ringsum. Erwartung war auf ihnen, kein Spott. Auch auf dem Gesicht der Jüdin war kein Spott. Wird sie aber nicht in ihrem Innern spitz und vorwitzig denken, er könne sich nichts anderes bauen als seine alten, grimmigen Kastelle? Soll der König von Toledo und Kastilien nicht einmal etwas so Geringfügiges durchführen können wie den Wiederaufbau eines Lustschlosses? »Dann verschreib mir moslemische Bauleute«, gab er Weisung, immer sehr beiläufig, und: »Ich will La Galiana aufbauen«, schloß er ungeduldig. »Da du es so befiehlst, Herr König«, antwortete Don Jehuda, »beauftrage ich meinen Ibn Omar, dir die rechten Leute zu verschreiben. Er ist ein geschickter Mann.« – »Schön«, sagte der König. »Sieh zu, daß alles rasch vonstatten geht.« Und: »Wir brechen auf, Herren!« befahl er.

An Doña Raquel hatte er weder während des Rundgangs noch während des Mahles das Wort gerichtet.

Sechstes Kapitel

Don Alfonso sehnte sich immer heftiger nach der sänftigenden Gegenwart Leonors. Überdies machte ihr die Schwangerschaft Beschwer, die Entbindung war in sechs bis sieben Wochen zu erwarten, er durfte sie nicht länger allein lassen. Er schickte ihr Nachricht, er werde nach Burgos kommen.

Doña Leonor hatte es ihm nicht übelgenommen, daß er sich so lange von ihr fernhielt. Sie fühlte ihm die Qual der erzwungenen Untätigkeit nach, sie begriff, daß er's vermeiden wollte, an ihrem Hofe mit Männern zusammenzutreffen, die auf der Fahrt ins Heilige Land waren, sie rechnete es ihm hoch an, daß er nun doch kam.

Sie zeigte ihm, wie tief sie ihn verstand. Sosehr es sie schmerzte, sie erkannte, daß Kastilien neutral bleiben mußte. Hatte sie doch selber gesehen, wie tief die Kränkung an Don Pedro fraß. Sie wußte: selbst wenn wider Erwarten eine notdürftige Allianz mit Aragon zustande kam, das bittere Vergeltungsgefühl des jungen Königs mußte zu stetem, verderblichem Hader über den Oberbefehl führen, die Niederlage war von vornherein gewiß.

In guten Worten versicherte sie Alfonso, seine Selbstüberwindung sei tapferer als jede noch so kühne Waffentat. Auch verstehe man überall die unselige Konstellation, die ihn in seine Untätigkeit hineinzwinge. »Du bist nach wie vor der Erste Ritter und Held Hispaniens, mein Alfonso«, sagte sie, »und die ganze Christenheit weiß es.«

Ihm wurde, wenn sie so sprach, das Herz warm. Sie war seine Dame und Königin. Wie hatte er's ohne ihren Trost, ihren Rat, ihre Sorge so lange in Toledo aushalten können?

Er mühte sich, sie seinesteils besser zu begreifen. Bisher hatte er's als eine freundlich damenhafte Laune hingenommen, daß sie ihr Burgos seinem Toledo vorzog; jetzt verstand er, daß es in ihrem Wesen begründet war. Aufgewachsen an den Höfen ihres Vaters Heinrich von Engelland und ihrer Mutter Ellinor de Guienne, wo man Bildung und feinste Sitte pflegte, mußte sie sich verloren vorkommen in seinem abgelegenen Toledo. Von ihrem Burgos aus, das an der großen Pilgerstraße nach Santiago de Compostela lag, war leicht Verbindung zu halten mit den verfeinerten Höfen der Christenheit; es kamen denn auch ständig zu Besuch Ritter und Dichter vom Hofe ihres Vaters und von dem ihrer Halbschwester, der damenhaftesten Dame der christlichen Welt, der Prinzessin Marie von Troyes.

Burgos selber beschaute Alfonso jetzt mit besser wissenden Augen. Er sah die strenge, strebende Schönheit der uralten Stadt, die das arabische Wesen abgetan hatte und nun dastand hehr, ragend, spröd, christlich. Er war ein Narr, daß er sich sein edles, ritterliches Burgos einen Augenblick lang hatte verleiden lassen von dem Geschwätz eines törichten Mädchens.

Er ärgerte sich, daß er Auftrag gegeben hatte, die Galiana in ihrer moslemischen Pracht wiederaufzubauen, und erzählte Leonor nichts davon. Ursprünglich hatte er gedacht, wenn das schöne, kühl gelegene Schloß wiederhergestellt sei, könne er sie überreden, auch einmal ein paar Sommerwochen in Toledo zuzubringen. Jetzt wußte er, La Galiana wird ihr mißfallen; sie liebte das Gehaltene, Feste, Ernsthafte, nicht das weichlich Üppige, Verspielte, Verfließende.

Er bestrebte sich in diesen Wochen, es Doña Leonor recht zu machen. Da ihr Zustand Reit- und Jagdausflüge verbot, versagte auch er sich dieses Vergnügen und blieb die meiste Zeit in der Burg. Auch beschäftigte er sich mehr als früher mit seinen Kindern, vor allem mit der Infantin Berengaria. Sie war ein hochaufgeschossenes Mädchen mit nicht schönem, doch kühnem Gesicht. Von ihrer Mutter hatte sie die Neugier an Welt und Menschen geerbt, auch den Ehrgeiz, sie las und lernte viel. Es machte ihr sichtlich Freude, daß sich ihr Vater jetzt mehr mit ihr abgab, doch blieb sie einsilbig und zugesperrt. Alfonso kam seiner Tochter nicht näher.

Doña Leonor hatte sich damit abgefunden, keinen männlichen Erben zu gebären. Aber es werde, meinte sie lächelnd, auch sein Gutes haben, wenn sie ein viertes Mal mit einer Tochter niederkomme. Denn dann habe der künftige Gemahl ihrer Berengaria so gut wie sichere Aussichten auf die Krone Kastiliens und werde also diesem Reiche ein ehrlicher Bundesgenosse sein. Sie hatte die Hoffnung nicht aufgegeben, Don Pedro trotz allem für eine aufrichtige Allianz zu gewinnen, und sie beabsichtigte, gleich nach ihrer Entbindung nach Saragossa zu fahren, um das Verlöbnis von neuem zu betreiben. Auch in diesem Dritten Kreuzzug vollzog sich der Aufmarsch der christlichen Heere sehr langsam, die große Fahrt nach dem Osten war bisher nur bis Sizilien gekommen, so daß, wenn nur die Versöhnung mit Aragon zustande kam, gute Aussicht war, daß Alfonso noch am Heiligen Krieg werde teilnehmen können.

Fürs erste sann Doña Leonor allerlei Geschäftigkeit aus, ihm die träge Zeit des Wartens schneller fließen zu machen.

Da war etwa der Calatrava-Orden. Diese Kerntruppe Kastiliens unterstand dem König nur in Kriegszeiten; im Frieden war der Großmeister so gut wie unabhängig. Der Heilige Krieg gab Don Alfonso gute Gründe, auf Änderung zu drängen. Doña Leonor schlug vor, Alfonso solle nach Calatrava reisen, dem Orden für den Ausbau der Wälle und für die Ausrüstung der Ritter eine Stiftung machen und sich mit dem Großmeister, Don Nuño Perez, einem mönchischen, doch sehr kriegskundigen Herrn, über die Umgestaltung der Regel und Zucht verständigen.

Dann waren da die Gefangenen, die Sultan Saladin bei dem Kampf um die Heilige Stadt in die Hände gefallen waren. Der Papst mahnte und drängte alle Christenheit, sie auszulösen. Aber der Heilige Krieg verschlang riesige Beträge, man zögerte und vertröstete, die Frist lief ab. Der Sultan hatte ein Lösegeld von zehn Goldkronen für den Mann, fünf für die Frau, eine für das Kind festgesetzt, das war hoch, doch nicht unangemessen. Doña Leonor riet, Alfonso solle Gefangene in sehr großer Zahl auslösen. Auf solche Art könne er der Welt zeigen, daß er an heiligem Eifer den andern nicht nachstehe.

Das waren Projekte, die Alfonso einleuchteten. Aber wenn er sie unternahm, brauchte er Geld.

Er entbot Jehuda nach Burgos.

Dieser Don Jehuda mittlerweile war in Toledo gesessen in seinem schönen Castillo Ibn Esra. Und während überall in der Welt Krieg war, erfreute sich sein Sepharad des Friedens, und die Geschäfte des Landes und seine eigenen blühten.

Aber eine neue, schwere Sorge schlich ihn an, Sorge um die Judenheit Toledos und ganz Kastiliens.

Nach dem unzweideutigen Edikt des Papstes hatten *alle* jene, die nicht an dem Kreuzzug teilnahmen, den Saladins-Zehnten zu entrichten, also auch die Juden. Erzbischof Don Martín machte sich diesen Erlaß zunutze und forderte die Aljama auf, ihm diese Abgabe zu zahlen.

Don Ephraim brachte Jehuda das Schreiben des Erzbischofs. Es war scharf, drohend. Jehuda las; er hatte die Forderung Don Martíns seit langem erwartet.

»Die Aljama«, sagte mit dünner Stimme Don Ephraim, »wird zusammenbrechen, wenn sie zu den andern Steuern auch noch den Saladins-Zehnten zahlen soll.«

»Wenn ihr euch von der Zahlung drücken wollt«, antwortete unverblümt Jehuda, »rechnet nicht mit meiner Hilfe.«

Das Gesicht des Gemeindevorstehers wurde böse und entsetzt. Diesen Jehuda, dachte er bitter, kümmert es keinen Daumenbreit, was wir andern zahlen. Er streicht seine Kommission ein, der Wucherer: uns läßt er verderben.

Don Jehuda erriet genau die Gedanken des andern. »Winsele mir nicht um das Geld, mein Herr und Lehrer Ephraim«, wies er ihn zurecht. »Ihr verdient genug an der kastilischen Neutralität. Ich hätte euch den Saladins-Zehnten schon lange abfordern sollen. Es geht nicht um das Geld. Es geht um Wichtigeres.«

Dem Párnas Ephraim war vor der ungeheuren Höhe des Betrags, den da seine Aljama zahlen sollte, jede andere Sorge verdämmert; nun Jehuda ihn so unsanft weckte, konnte er sich nicht länger blind stellen vor der sehr viel schlimmeren Gefahr. Der Saladins-Zehnte war eine Steuer, die der Kirche zustand, nicht dem König. Schon als es darum ging, die Steuern von den Christen zu erheben, hatte der Erzbischof die Eintreibung als sein Recht beansprucht, und die Krone hatte ihm mancherlei Zugeständnisse machen müssen. Den Juden gegenüber wird Don Martín auf diesem seinem Privileg noch viel schroffer bestehen; wenn er aber durchdrang, dann war es mit der Unabhängigkeit der Aljama zu Ende.

Das machte jetzt Don Jehuda dem andern in brutalen Worten klar. »Du weißt doch so genau wie ich, worum es geht«, sagte er. »Kein Zwischenglied darf eingeschoben werden zwischen uns und den König. Unabhängig müssen wir bleiben, wie es niedergelegt ist in den alten Büchern. Unsere eigene Verwaltung und Gerichtsbarkeit müssen wir beibehalten, so wie die Granden. Der König muß das Recht bekommen, ich muß das Recht bekommen, diese Steuer einzuziehen, nicht Don Martín. Darauf werde ich hinarbeiten, nur darauf. Und wenn es mir gelingt, und wenn es euch nichts weiter kostet als das Geld, dann singt Halleluja!«

Don Ephraim, so hart angepackt, gab in seinem Innern Jehuda recht. Ja, er bewunderte, wie rasch und klar dieser erfaßte, worum es ging. Aber er wollte seinen widerwilligen Respekt nicht zeigen. Zu tief traf ihn der Kummer um das Geld. Er saß da, unbehaglich, fröstelnd, rieb sich die Fläche der einen Hand mit den Nägeln der andern und maulte weiter: »Dein Vetter Don Joseph hat erwirkt, daß die Juden Saragossas nur die Hälfte des Zehnten zu zahlen haben.« – »Vielleicht ist mein Vetter geschickter als ich«, entgegnete trocken Jehuda. »Sicher ist, daß er keinen Erzbischof Don Martín zum Gegner hat.« Er erhitzte sich. »Willst du denn immer noch nicht sehen? Ich werde zufrieden sein, wenn uns dieses Mal der Erzbischof nicht unters Joch kriegt. Dafür zahle ich gern den vollen Zehnten an den König, und es wird ein fetter Zehnter sein, Don Ephraim, verlaß dich drauf. Die Autonomie der Aljama ist mir das wert.« Er sprach unerwartet heftig, ja, er verhaspelte sich und lispelte.

»Ich weiß, daß du unser Freund bist«, beeilte sich Don Ephraim zu erwidern. »Aber du bist ein strenger Freund.«

Der Erzbischof, auf eine ehrerbietig ablehnende Antwort Don Ephraims, schickte keine zweite Mahnung. Wohl aber reiste er nach Burgos, offenbar um den König zu bestürmen, er möge ihm Vollmachten gegen die Juden erteilen.

Jehuda befürchtete, es könnte ihm gelingen. Alfonso und Leonor waren fromm, die kastilische Neutralität bedrückte ihr Gewissen, Don Martín konnte sich auf ein unzweideutiges Edikt des Papstes berufen und sie mahnen, nicht Sünde auf Sünde zu häufen. Jehuda fragte sich, ob er nicht selber nach Burgos fahren solle. Aber das Bedenken des alten Musa, er könnte gerade durch »Tun« alles verderben, hielt ihn ab.

Es war ihm ein Zeichen des Himmels, als ihn der König nach Burgos befahl.

In der Tat setzte der Erzbischof dem König hart zu. Er berief sich auf eine ganze Reihe von Erlassen des Heiligen Stuhles und auf Schriften höchster kirchlicher Autoritäten. Hatten nicht die Juden dem Pilatus erwidert: »Das Blut Christi komme über uns und unsere Kinder«, und so sich selber verurteilt? Damals hatte sie Gott zu ewiger Knechtschaft bestimmt, und Pflicht der christlichen Fürsten war es, die Nacken der Verfluchten gebeugt zu halten. »Du aber, Don Alfonso«, rief er ihn an, »hast während deiner ganzen Regierung die Juden verhätschelt und verwöhnt, und in dieser schweren Zeit, da das Grab des Heilands dem beschnittenen Antichrist von neuem in die Hände gefallen ist und da das päpstliche Edikt alle, also auch die Juden, eindeutig zum Saladins-Zehnten verpflichtet, weigerst du dich, es durchzuführen, und privilegierst die Ungläubigen vor deinen rechtgläubigen Untertanen.«

Die Ermahnungen des Erzbischofs machten den König mürb. Er versprach: »Gut, Don Martín. Auch meine Juden werden den Saladins-Zehnten zahlen.«

Don Martín jubelte: »Sofort schreib ich die Steuer aus.«

So hatte es Alfonso nicht gemeint. Der Papst konnte verlangen, daß er, der König, den Zehnten einfordere, auch daß er ihn für Zwecke des Krieges verwende; aber das Geld einzutreiben und über die Einzelheiten der Verwendung zu bestimmen, blieb seine, des Königs, Befugnis. Es war das ein alter Streit, er war wieder aufgelebt schon bei der ersten Ausschreibung des Saladins-Zehnten, und sosehr Alfonso den Erzbischof als treuen, ritterlichen Freund schätzte, er war nicht gewillt, ihm nachzugeben. »Verzeih, Don Martín«, sagte er, »das ist nicht deines Amtes.« Und da der Erzbischof auffuhr, begütigte er: »Du gierst nicht nach Geld, und ich giere nicht danach. Wir sind christliche Ritter. Wir machen Beute vom Feind, aber wir streiten uns nicht mit dem Freund um Gelddinge. Lassen wir auch dieses Mal die Juristen und Repositarii entscheiden.«

»Heißt das«, fragte argwöhnisch und streitbar Don Martín, »du willst deinen Juden bestimmen lassen über das Edikt des Heiligen Vaters?« – »Es trifft sich gut«, erwiderte Alfonso, »daß Don Jehuda auf dem Weg hierher ist. Gewiß werde ich auch von ihm ein Gutachten einholen.« Nun aber brach der Erzbischof los: »Den zwiefach Ungläubigen willst du befragen? Den Sendling des Teufels? Glaubst du, er wird dir tauglichen Rat erteilen gegen seinen Freund, den Emir von Sevilla? Wer bürgt dir dafür, daß er nicht heute noch mit ihm konspiriert? Schon Pharao hat gesagt: ›Wenn uns ein Krieg trifft, werden sich die Juden zu unsern Feinden halten.‹«

Don Alfonso mühte sich, ruhig zu bleiben. »Dieser Escrivano hat mir guten Dienst getan«, sagte er, »besseren als je einer vor ihm. Es herrscht mehr Ordnung in der Wirtschaft meines Reiches und weniger Unterdrückung. Du tust dem Manne unrecht, Don Martín.« Die Wärme, mit welcher der König für den Hebräer eintrat, erschreckte den Erzbischof. »Jetzt zeigt es sich«, sagte er, nun eher bekümmert als zornig, »der Heilige Vater hat guten Grund gehabt, die christlichen Fürsten vor jüdischen Ratgebern zu warnen.« Er zitierte das Sendschreiben des Papstes: »Hütet euch, ihr Fürsten der Christenheit. Wenn ihr die Juden mitleidig in zu nahe Nähe aufnehmt, dann danken sie es euch wie im Sprichwort: mus in pera, serpens in gremio et ignis in sinu – wie die Maus im Beutel, die Schlange im Wams, der Zunder im Ärmel.« Und er schloß betrübt: »Dieser Mensch ist dir furchtbar nahegekommen, Don Alfonso, er hat sich dir ins Herz gewurmt.«

Den König rührte die Trauer des Freundes. »Glaube nicht«, sagte er, »ich will der Kirche vorenthalten, was ihr zukommt. Ich werde deine Gründe abwägen und die seinen, und wenn er nicht sehr Gewichtiges, Triftiges, Uneigennütziges vorbringt, dann folge ich dir.«

Der Erzbischof blieb finster und bekümmert: »War es nicht genug«, mahnte er, »daß der Herr dich um deiner Sünden willen verdammt hat, auf dem Lotterbett zu liegen, während die ganze Christenheit kämpft? Häufe nicht neue Sünde zur alten! Laß nicht, ich beschwöre dich, in deinen Reichen die Ungläubigen Schindluder treiben mit dem Edikt des Heiligen Vaters!« Don Alfonso nahm seine Hand. »Ich danke dir für deine Mahnung«, sagte er. »Ich werde daran denken, wenn der andere mich beschwatzen will.«

Während all der Zeit, da er auf Jehuda wartete, gingen ihm die Worte Don Martíns nicht aus dem Kopf. Der Erzbischof hatte recht: er hatte sich mit dem Juden zu tief eingelassen. Er hatte ihn nicht wie einen Menschen gehalten, mit dem man notgedrungen Geschäfte macht, sondern wie einen Freund. Hatte ihn in seinem Hause aufgesucht, seinen Sohn zum Edelknaben genommen, mit seiner Tochter scharmutziert und sich vom Spott und Hochmut des Mädchens verlocken lassen, das islamische Lustschloß aufzubauen. Wenn man die Schlange in den Schoß nahm, dann biß sie. Vielleicht hatte sie schon gebissen.

Der Jude soll ihn nicht länger berücken. Er soll sich verantworten, daß er der Aljama den Saladins-Zehnten noch nicht abverlangt hat. Und wenn er keine Gegengründe weiß, die schlagen und treffen, dann wird Alfonso die Juden dem Don Martín überantworten. Sie sollen ihm nicht den Kopf zu dreist in die Höhe strecken, die Ungläubigen!

Aber darf er sein Besitzrecht an den Juden, dieses Patrimonio Real, der Kirche überschreiben? Keiner seiner Vorfahren hat daran tasten lassen.

Er nahm die Berichte vor über die Finanzlage des Reiches. Sie waren günstig, mehr als günstig. Der Mann hatte ihn gut bedient, das war nicht zu leugnen. Aber er wird die Mahnung des Erzbischofs im Herzen tragen; niemand soll ihn übertölpeln.

Zunächst einmal wird er dem Juden für Calatrava und für den Freikauf der Gefangenen eine ungeheure Summe abverlangen. Schon die Antwort des Juden wird zeigen, ob er die Interessen der Krone und des Reiches voranstellt oder seine eigenen und die seiner Judenheit.

Er empfing Jehuda erwartungsvoll.

Jehuda selber war voll unruhiger Spannung. Unendlich vieles hing ab von dieser Aussprache mit dem König, er mußte vorsichtig sein.

Zunächst berichtete er ausführlich über den Stand der Wirtschaft. Erzählte von ansehnlichen Erfolgen und vergaß nicht kleinere Errungenschaften, die geeignet schienen, dem König Vergnügen zu machen. Da war etwa das große Gestüt; sechzig edle Pferde aus dem moslemischen Andalús und aus Afrika waren auf dem Transport nach Kastilien, drei Pferdezüchter von hohem Sachverstand waren angeworben worden. Dann war da die kastilische Münze; Goldmaravedí wurden in immer größerer Anzahl geprägt, und wiewohl das Bildnis Alfonsos wie jedes Bildnis den Anhängern des Propheten ein Ärgernis war, verbreiteten sich auch in den islamischen Ländern die Goldmünzen, die Don Alfonsos Antlitz und das Wappen seiner Macht zeigten. Und der Frau Königin wird es vielleicht Freude machen, daß sie in nicht allzu ferner Zeit Gewänder wird tragen können, die aus kastilischer Seide gewebt sind.

Der König hörte gut zu und schien befriedigt. Aber er erinnerte sich seines Vorsatzes, den Juden nicht übermütig werden zu lassen. »Das klingt ja erfreulich«, meinte er, um mit bösartiger Freundlichkeit fortzufahren: »Und nun haben wir wohl auch endlich das Geld, um gegen unsere Moslems loszuschlagen.« Don Jehuda war enttäuscht über den geringen Dank, doch antwortete er ruhig: »Wir nähern uns diesem Ziele schneller, als ich hoffte. Und je länger du Frieden hältst, Herr König, um so besser sind deine Aussichten, ein Heer aufzustellen, groß und stark genug, dir den Sieg zu verbürgen.«

Don Alfonso, mit der gleichen, hinterhältigen Freundlichkeit, fragte weiter: »Wenn du glaubst, mir den Heiligen Krieg noch immer verbieten zu müssen, bewilligst du mir wenigstens Geld, der Christenheit meinen guten Willen zu zeigen?« – »Habe die Gnade, Herr König«, erwiderte Don Jehuda, »deinem unverständigen Diener deine Meinung deutlicher zu machen.« – »Ich und Doña Leonor haben beschlossen«, eröffnete ihm Alfonso, »Gefangene des Saladin loszukaufen, viele Gefangene«, und er nannte eine noch höhere Zahl, als er hatte verlangen wollen: »tausend Männer, tausend Frauen, tausend Kinder.«

Jehuda schien betroffen, und Alfonso dachte bereits: Da hab ich ihn ertappt; jetzt zeigt er sein wahres Gesicht, der Fuchs. Da aber antwortete Jehuda: »Sechzehntausend Goldmaravedí sind sehr viel Geld. Kein anderer Fürst dieser Halbinsel könnte für einen uneigennützig frommen Zweck eine so hohe Summe spenden. Du kannst es, Herr König.«

Alfonso, nicht wissend, ob er sich freuen oder ärgern sollte, fuhr fort: »Des weiteren möchte ich dem Calatrava-Orden eine Stiftung machen, und sie soll nicht schäbig sein.«

Nun war Jehuda ernstlich bestürzt. Aber sogleich sagte er sich, der König wolle vermutlich dem Himmel Verzeihung abkaufen für seine Neutralität im Heiligen Krieg, und besser tat er's auf solche Art als dadurch, daß er den Saladins-Zehnten dem Erzbischof überließ. »An welche Summe hast du gedacht, Herr König?« fragte er. »Ich möchte deine Meinung hören«, verlangte Alfonso. Jehuda schlug vor: »Wenn du Calatrava den gleichen Betrag anwiesest wie Alarcos: viertausend Goldmaravedí?« – »Du scherzest, mein Lieber«, sagte freundlich der König. »Ich werde doch meine besten Ritter nicht wie Bettler abspeisen. Stell die Schenkung aus auf achttausend Maravedí.«

Dieses Mal konnte Don Jehuda sein Gesicht nicht verhindern, zu zucken. Doch verneigte er sich ohne Widerrede und sagte: »Du hast in dieser Stunde vierundzwanzigtausend Goldmaravedí für heilige Zwecke verschenkt, Herr König. Bestimmt wird Gott dir's lohnen.« Und munter, schon hatte er sich gefaßt, sprach er weiter: »Ich hatte ohnedies erwartet, daß die Gnade Gottes mit dir sein werde, und ich habe Vorsorge getroffen.« Der König schaute verwundert. »Ich habe«, erläuterte Jehuda, »damit rechnend, daß Gott dir nach Verdienst einen Thronerben bescheren wird, meine Repositarii angewiesen, das Register der Taufgeschenke zu revidieren.« Es war nämlich in den alten Büchern festgelegt, daß anläßlich der Geburt eines ersten Sohnes der König das Recht haben sollte, von jedem Vasallen eine Beisteuer zur würdigen Aufziehung des Thronerben einzufordern, und es ging um hohe Beträge.

Don Alfonso hatte wie Doña Leonor die Hoffnung auf einen Thronerben aufgegeben, und daß sein Escrivano auf sein Glück baute, freute ihn. Belebt, mit einem kleinen, verlegenen Lächeln meinte er: »Du bist wirklich ein vorsorglicher Mann«, und schon wollte er, da der Jude ihm die verlangte Summe ohne Zögern zur Verfügung stellte, seinem Vorsatz gemäß ihn und nicht Don Martín mit der Eintreibung des Zehnten betrauen.

Aber hatte sich nicht der Jude herumgedrückt um den Saladins-Zehnten der Aljama und ihn mit keinem kleinsten Wort erwähnt? »Wie ist das eigentlich mit eurem Saladins-Zehnten?« fuhr er ihn an, ohne Übergang. »Man sagt mir, ihr wollt die Kirche darum betrügen. Das dulde ich nicht, da seid ihr bei mir an den Falschen geraten.«

Der jähe, gereizte Angriff warf Jehuda aus dem Gleichgewicht. Aber er überlegte, daß jetzt das Schicksal der sephardischen Juden auf seiner Zunge lag, er riß sich zusammen, er befahl sich kühles Wägen und Geduld. »Man hat uns verleumdet, Herr König«, antwortete er. »Ich habe den Saladins-Zehnten der Aljama längst in meine Rechnung eingestellt; sonst wäre das Geld nicht da, das du heute verlangt hast. Aber natürlich wollen deine jüdischen Untertanen auch diese Steuer nur dir entrichten, Herr König, und nicht irgendwem sonst, der sie fordern könnte oder gefordert hat.«

Don Alfonso, wiewohl befriedigt, daß der Jude die Beschuldigung Don Martíns so mühelos widerlegte, wies ihn zurecht: »Werde mir nicht zu dreist, Don Jehuda! Der ›Irgendwer‹, von dem du sprichst, ist der Erzbischof von Toledo.«

»Das Statut«, antwortete Jehuda, »welches deine Väter der Aljama gewährt und welches deine Majestät bestätigt hat, sieht vor, daß die Gemeinde Steuern nur dir zu entrichten hat und niemand sonst. Wenn du es befiehlst, dann wird der Zehnte selbstverständlich an den Herrn Erzbischof gezahlt werden. Allein es wird der Zehnte sein und kein Sueldo mehr, ein sehr magerer Zehnter; denn es ist schwierig, einen widerspenstigen Bock zu scheren. Wenn aber der Zehnte deiner Majestät gehört, wird es ein fetter, reicher Zehnter sein; denn dich, Herr König, liebt und verehrt die Aljama von Toledo.« Und leise, eindringlich fuhr er fort: »Was ich dir jetzt sage, sollte ich vielleicht besser in meinem Busen bewahren. Aber ich bin dein ehrlicher Diener und kann dir's nicht verschweigen. Es wäre schlimm für uns und drückte unser Gewissen, wenn wir Geld beisteuern sollten zur Eroberung einer Stadt, die uns heilig ist seit Urzeiten und die Gott *uns* zum Erbteil bestimmt hat. Du, Herr König, wirst unser Geld nicht für den Krieg im Osten verwenden, sondern für die Mehrung der Würde und Macht deines Kastiliens, das uns schützt und uns Blüte und Sicherheit gibt. Wir wissen, du brauchst das Geld zu unserem Wohl. Wofür es der Herr Erzbischof braucht, wissen wir nicht.«

Der König glaubte, was der Jude sagte. Der Jude, aus welchen unheimlichen Gründen immer, ging den gleichen Weg wie er, er war sein Freund, Alfonso spürte es. Aber gerade das durfte nicht sein. Die Maus im Beutel, die Schlange im Wams, der Zunder im Ärmel, klangen ihm die Worte des Heiligen Vaters nach. Er durfte sich den Juden nicht zu nahekommen lassen; es war Sünde, es war zwiefache Sünde jetzt im Heiligen Krieg.

»Nimm uns nicht die Rechte, die wir seit hundert Jahren haben«, beschwor ihn Jehuda. »Gib nicht deine treuesten Untertanen in die Hand ihres Feindes. Wir sind *dein* Eigentum, nicht des Erzbischofs. Laß *mich* deinen Saladins-Zehnten eintreiben, Herr König!«

Die Worte Jehudas rührten Alfonso an. Aber der sie sprach, war ein Ungläubiger, und hinter dem, der ihn gewarnt hatte, stand die Kirche. »Ich werde deine Gründe erwägen, Don Jehuda«, sagte er schwunglos.

Jehudas Gesicht erlosch. Wenn er den Mann jetzt nicht überzeugt hatte, wird er's niemals vermögen. Gott hatte seinen Worten die Gnade versagt. Er, Jehuda, hatte versagt.

Alfonso sah die ungeheure Enttäuschung des Juden. Dieser Ibn Esra hatte ihm Dienste geleistet wie kein zweiter. Es war ihm leid, daß er ihn gekränkt hatte.

»Glaube nicht«, sagte er, »daß ich deine Dienste unterschätze. Du hast meinen Auftrag wohl erfüllt, Don Jehuda.« Und, mit Wärme, fügte er hinzu: »Ich werde meine Herren einladen, mit anzuschauen, wie du mir den Handschuh zurückgibst zum Zeichen wohlerfüllten Auftrags.«

Auch Doña Leonor war unsicher, ob man die Eintreibung des Saladins-Zehnten der Juden dem Erzbischof überlassen solle. Als Königin wollte sie das wichtige Kronrecht nicht preisgeben. Als Christin fühlte sie sich in Sünde, da sie aus der fragwürdigen Neutralität des Reiches Vorteil zog, und wollte die Mahnung des Erzbischofs nicht mißachten. Ihre peinvolle Schwangerschaft vermehrte ihre Zweifel. Sie konnte ihrem Alfonso keinen Rat geben.

Er suchte nach einem Fingerzeig Gottes. Beschloß, die Entbindung Doña Leonors abzuwarten. Sollte sie ihm einen

Knaben gebären, so war das ein Zeichen. Er wird dann den Saladins-Zehnten für den Kronschatz einziehen lassen; denn er war nicht berechtigt, das Erbe seines Sohnes zu verkürzen.

Vorläufig ehrte er seinen Escrivano, wie er's versprochen hatte. In großer Versammlung durfte ihm Jehuda den Handschuh des ritterlichen Auftrags zurückgeben, und Alfonso nahm mit nackter Hand die nackte Hand seines Vasallen, dankte ihm mit gnädigen Worten, umarmte ihn und küßte ihn auf die Wangen.

Der Erzbischof war heiß erzürnt. Seine priesterliche Warnung hatte die Luft erschüttert, der Sendling des Antichrists umgarnte den König enger und enger. Allein Don Martín war gewillt, sich dieses Mal den Sieg der Kirche über die Synagoge nicht entreißen zu lassen. Er beschloß, auch vor widerwärtigen Mitteln nicht zurückzuscheuen und List mit List zu bekämpfen.

Nichts liege ihm ferner, stellte er dem König vor, als mit ihm um Geld zu hadern. Des zum Beweis mache er ihm einen Vorschlag, den er vor dem Heiligen Stuhl nur mit schwerer Mühe verteidigen könne. Darauf bauend, daß Don Alfonso den Saladins-Zehnten lediglich für die Rüstung verwenden werde, überlasse er ihm die Verfügung über die Gelder. Sich selber und der Kirche behalte er nur das Recht vor, den Zehnten einzutreiben; die einkommenden Beträge werde er sogleich dem Kronschatz überweisen.

Don Alfonso sah dem treuherzig schlauen Gesichte des Freundes an, wie schwer ihm ein solches Kompromiß fiel. Er selber war sich klar darüber, daß es um das Prinzip ging, und er erwiderte: »Ich weiß, daß du mein Bestes willst. Aber mir scheint, auch mein Escrivano ist ehrlich, wenn er mich mahnt, ein wichtiges Recht meiner Krone nicht aufzugeben.«

Don Martín grollte: »Wieder der Ungläubige! Der Verräter!«

»Er ist kein Verräter«, verteidigte Alfonso seinen Minister. »Er wird aus seinen Juden den Zehnten bis zum letzten Sueldo herausholen. Er hat mir bereits aus diesem Zehnten für unsern Kreuzzug eine riesige Summe versprochen: vierundzwanzigtausend Goldmaravedí.«

Der Erzbischof war beeindruckt von der Ziffer. Aber er wollte es nicht sein und höhnte: »Er hat immer viel versprochen.«

»Er hat noch jedes Versprechen gehalten«, antwortete Don Alfonso.

In Don Martíns Innerem klangen Sätze auf aus päpstlichen Rundschreiben und Verfügungen: die Juden, da sie die Schuld der Kreuzigung auf sich geladen hätten, seien zu ewiger Sklaverei bestimmt, das Zeichen des Kain sei ihnen aufgebrannt, wie er sollten sie unstet und flüchtig herumirren. Und da stand Don Alfonso, ein christlicher Fürst, ein großer Ritter und Held, und statt die Juden aufs Haupt zu schlagen, daß sie es endlich beugten, hatte er nichts als Worte der Achtung und Freundschaft für diesen Teufel, der sich ihm ins Herz gewurmt hatte. Don Martín war entschlossen gewesen, listig zu sein und christliche Milde und Mäßigung zu wahren. Nun aber zähmte er sich nicht länger. »Siehst du denn nicht, du von der Hölle Verblendeter«, eiferte er, »wohin er dich verleitet? Er hat dein Land blühen machen, sagst du: siehst du denn nicht, daß diese Blüte vergiftet ist? Sie sprießt aus der Sünde. Du mästest dich an dem Frevel deiner Neutralität. Während die christlichen Fürsten, um das Heilige Grab zu befreien, Entbehrung, Gefahr, Tod auf sich nehmen, baust du dir ein üppiges, heidnisches Lustschloß! Und der Kirche mißgönnst du den Zehnten, den ihr der Heilige Vater zugewiesen hat!«

Gerade weil Alfonso selber den Wiederaufbau der Galiana bereute, ertrug er nicht den frechen Tadel des Priesters. »Ich verbiete dir solche Sprache!« schmetterte er zurück. Mit Anstrengung zwang er sich zur Ruhe. »Du bist ein großer Kirchenfürst, Don Martín«, sagte er, »ein guter Soldat und ein treuer Freund. Dächte ich nicht daran, dann müßte ich dich jetzt auffordern, mir einen Monat lang aus den Augen zu bleiben.«

Noch am gleichen Tage beschied er Jehuda vor sich. »Ich

überlasse die Juden nicht der Kirche«, verfügte er. »Ich behalte sie als mein Eigentum. Sie sollen *mir* ihren Zehnten zahlen, und du treibst ihn ein. Und laß es einen fetten Zehnten sein, wie du versprochen hast.«

Wenige Tage später genas Doña Leonor eines Knaben.

Maßlos war die Freude Don Alfonsos. Glorreich bestätigte ihn der Segen Gottes. Er hatte recht getan, als er, seiner innern Stimme folgend, der Kirche keines seiner Kronrechte abtrat. Und auch damals hatte er recht getan, als er den jungen Pedro zum Handkuß der Vasallenschaft zwang. Hätte er zugewartet, hätte er vorher dem Knaben von Aragon die junge Infantin verlobt, dann wäre diesem jetzt das verhoffte Erbe weggeschwommen, und viel schlimmerer Zwist wäre ausgebrochen.

In der Kapelle seiner Burg kniete Alfonso, voll seligen Dankes, daß nun Kastilien einen Erben seines Blutes hatte. Er wird seinen großen Krieg führen, trotz allem und allem, und Sevilla und Córdova und Granada schlagen, zur Ehre Gottes. Das Reich mehren wird er, seine Grenzen gewaltig nach dem Süden verschieben. Und wenn nicht er die ganze Halbinsel zurückerobert, dann wird Gott seinen Sohn begnaden, daß er die Arbeit vollende.

Auch Don Jehuda war tief beglückt. Trotz seiner äußeren Zuversicht war er voll Sorge gewesen, die Königin werde wiederum eine Tochter gebären; dann hätte sie schließlich doch Don Pedro durch ein Verlöbnis mit der Infantin Berengaria beschwichtigt, und Allianz und großer Krieg waren da. Jetzt war diese Gefahr beseitigt.

Don Jehuda erwartete, jedermann werde seine Freude teilen, vor allem der freundwillige, staatskluge Don Manrique. Der aber wies ihn hart zurecht: »Denk daran, daß du zu einem christlichen Ritter sprichst! Ich freue mich, daß der König Unser Herr einen Erben hat, aber der größere Teil meiner Freude ist hin, weil nun unser guter Krieg vielleicht für immer verzögert ist. Glaubst du, ich will in die Grube fahren, ohne daß ich noch einmal gegen die Ungläubigen zu Felde gezogen bin? Glaubst du, ein kastilischer Ritter sieht gerne seinen König am Ofen hocken, während die ganze Christenheit im Heiligen Krieg ist? Deine Rede hat mich gekränkt, Jude.«

Jehuda ging weg, beschämt. Aber dankbar erkannte er, aus welch ungeheurer Gefahr der Allmächtige die Halbinsel Sepharad und sein Volk Israel durch die Geburt dieses Infanten gerettet hatte.

Alfonso rüstete großartig die Taufe seines Sohnes und lud seinen ganzen Hofstaat nach Burgos. Nicht aber lud er Doña Raquel.

Dafür zeigte er seinem Pagen Don Alazar besondere Teilnahme. Er rief ihn häufig in seine Nähe und bevorzugte ihn sichtlich vor den andern Edelknaben. Einmal fiel ihm auf, wie wenig Ähnlichkeit das frische, hübsche Gesicht Alazars zeigte mit dem Gesicht der Schwester. Er wunderte sich, daß ihm das auffiel, er scheuchte den Gedanken fort.

Jehuda, anläßlich der Taufe, schickte dem König und Doña Leonor erlesene Geschenke, auch die Infantin Berengaria bedachte er. Er hatte bemerkt, daß sie enttäuscht und bekümmert war. Sie hatte wohl die Hoffnung nicht aufgegeben, dem Don Pedro vermählt zu werden, sie hatte vor sich die Krone Kastiliens und Aragons gesehen, des geeinten Hispaniens. Nun war sie versunken.

Der Infant wurde unter viel Gepränge auf den Namen Fernán Enrique getauft.

Dann kehrte Don Jehuda nach Toledo zurück.

Siebentes Kapitel

Schon im ersten Kreuzzug hatten die christlichen Krieger zunächst die Ungläubigen in der Heimat angegriffen, die Juden.

Die Führer der Bewegung hatten das nicht gewollt; ihr Ziel war, das Heilige Land aus dem Joch der Ungläubigen zu erlösen, und nichts sonst. Aber es hatten sich den Kreuzfahrern viele angeschlossen, die nicht nur von religiösen Trieben bewegt waren; Gottesbegeisterung mischte sich mit Abenteuerlust und Eigennutz. Ritter, deren Tatendrang in der Heimat durch Gesetz gebändigt war, erwarteten, in den islamischen Ländern Beute und Kriegsruhm zu finden. Hörige Bauern nahmen das Kreuz, um den Druck der Leibeigenschaft und der Abgaben loszuwerden. »Zahlloses Gesindel«, berichtet der gottesfürchtige zeitgenössische Chronist Albertus Aquentis, »schloß sich dem Kreuzheere an, mehr um Sünden zu begehen, als um Sünden zu büßen.«

Ein gewisser Guillaume le Carpentier aus der Gegend von Troyes, ein wilder Redner und Raufbold, sammelte eine große Schar streitbarer Pilger und zog mit ihnen dem Rheine zu. Immer mehr Menschen stießen zu ihm, Franken und Deutsche, bald waren es ihrer an die hunderttausend. »Wallbrüder« wurde in den Rheinlanden diese dunkle Gefolgschaft der Kreuzfahrer genannt.

»Es erhob sich«, berichtet ein jüdischer zeitgenössischer Chronist, »ein wüstes, ungestümes, grausames Volk, ein Gemisch von Franken und Deutschen, und machte sich auf, nach der Heiligen Stadt zu ziehen, um die Söhne Ismaels von dort zu vertreiben. Jeder der Frevler nähte an sein Kleid das Zeichen des Kreuzes, und sie versammelten sich in großen Haufen, Männer, Weiber und Kinder. Und einer, Wilhelm der Zimmerer – der Name des Frevlers sei verflucht –, hetzte sie auf und sprach: ›Da ziehen wir aus, um an den Söhnen Ismaels Rache zu nehmen. Aber sitzen nicht schon hier diese Juden, deren Väter unsern Gott gekreuzigt haben? Rächen wir uns zuerst an diesen. Ausgetilgt werden soll der Name Judas, wenn sie sich noch weiter sperren, den Jesus Messias anzuerkennen.‹ Und sie hörten auf ihn und sprachen einer zum andern: ›Lasset uns tun nach seinen Worten‹, und sie fielen her über das Volk des Heiligen Bundes.«

Zunächst, am sechsten Ijar, einem Sabbat, erschlugen sie die Juden der Stadt Speyer. Drei Tage später die der Stadt

Worms. Dann brachen sie auf nach Köln. Hier suchte Bischof Hermann seine Juden zu schützen. »Allein die Tore der Barmherzigkeit waren verschlossen«, berichtet der Chronist, »die Frevler schlugen die Kriegsknechte und hatten Gewalt über die Juden. Viele, eh daß sie das Wasser der Taufe annahmen, Männer, Frauen und Kinder, stürzten sich in den Rhein, sich mit Steinen beschwerend und rufend: ›Höre, Israel, Adonai unser Gott ist einzig.‹«

Ähnliches ereignete sich in Trier, ähnliches in Mainz.

Über die Geschehnisse in Mainz berichtet der Chronist: »Am dritten Tage des Siwan, von dem einstmals Unser Lehrer Mose gesprochen hatte: seid bereit für den dritten Tag, da ich vom Sinai zurückkommen werde, an diesem dritten Siwan, um Mittag, rückte Emicho von Leiningen – der Name des Frevlers sei verflucht – mit seiner ganzen Schar an, und die Bürger öffneten ihm die Tore. Und die Frevler sprachen einer zum andern: ›Jetzt nehmet Rache für das Blut des Gekreuzigten.‹ Die Söhne des Heiligen Bundes hatten Waffen angelegt, sich zu verteidigen; doch konnten sie, geschwächt von Kummer und langem Fasten, dem Feind nicht widerstehen. In der Bischofsburg hielten sie eine geraume Weile das starke Tor des innersten Hofes gegen die Banditen; aber unserer vielen Sünden wegen waren sie ihnen nicht gewachsen. Wie sie nun sahen, daß ihr Los besiegelt war, redeten sie einander Mut zu und sprachen: ›Jetzt werden uns gleich die Feinde erschlagen, aber unsere Seelen werden unversehrt in den hellen Garten Eden eingehen. Selig ist, wer um des Namens des einzigen Gottes willen den Tod erleidet‹, und sie beschlossen: ›Lasset uns das Opfer bringen zu Ehren Gottes.‹ Da die Feinde in den Hof eindrangen, sahen sie die Männer, in ihre Gebetmäntel gehüllt, unbeweglich sitzen. Die Frevler glaubten, es sei eine List. Sie bewarfen sie mit Steinen und beschossen sie mit Pfeilen. Die in den Gebetmänteln rührten sich nicht. Da erschlugen sie sie mit ihren Schwertern. Die sich aber ins Innere der Burg geflüchtet hatten, töteten sich, einer den andern. Wahrlich, es bestanden an diesem dritten Siwan die Juden von Mainz jene Prüfung, die einstmals Gott unserm Erzvater Abraham auferlegt hatte. So wie dieser sagte: Hier bin ich, und bereit war, seinen Sohn Isaak zu opfern, so brachten sie ihre Kinder und Nächsten als Opfer dar. Es opferte der Vater den Sohn, der Bruder die Schwester, der Bräutigam die Braut, der Nachbar den Nachbarn. Ward je eine solche Opferung gesehen an einem einzigen Tage? Mehr als elfhundert ließen sich hinschlachten oder schlachteten sich selber hin für die Heiligung des Einen, Erhabenen, Furchtbaren Namens.«

In Regensburg erschlugen die Wallbrüder siebenhundertvierundneunzig Juden, ihre Namen sind verzeichnet in den Büchern der Märtyrer. Einhundertundacht waren bereit, die Taufe zu nehmen. Die Wallbrüder trieben sie in die Donau, ließen auf den Wassern ein großes Kreuz schwimmen, tauchten die Juden unter und lachten und schrien: »Jetzt seid ihr Christen, und laßt euch nicht mehr betreffen bei eurem jüdischen Aberglauben.« Sie verbrannten die Synagoge, und aus dem Pergament der hebräischen Rollen der Heiligen Schrift schnitten sie Einlagen für ihre Schuhe.

Es kamen aber in den Rheinlanden während der Monate Ijar, Siwan und Tamus zwölftausend Juden um, und viertausend im Schwäbischen und im Bayrischen.

Die meisten weltlichen und geistlichen Fürsten mißbilligten die Greueltaten der Wallbrüder und die Zwangstaufen. Der deutsche Kaiser Heinrich der Vierte sprach in feierlicher Rede seinen Abscheu über die Metzeleien aus und erlaubte den gewaltsam Getauften die Rückkehr ins Judentum. Auch leitete er gegen den Erzbischof von Mainz ein Verfahren ein, weil dieser seine Juden nicht genügend geschützt und sich an ihren Gütern bereichert hatte. Der Erzbischof mußte fliehen, der Kaiser zog seine Einkünfte ein und entschädigte die Juden.

Die Wallbrüder selber fanden zumeist, noch bevor sie ins Heilige Land kamen, ein klägliches Ende. Viele Tausende wurden von den Ungarn erschlagen, die Führer, Guillaume le Carpentier und Emicho von Leiningen, kehrten schmählich mit zerlumpten Resten ihrer Schar zurück. Guillaume, berichtet der Chronist, habe, bevor er auszog, den Rabbi von Troyes befragt, wie seine Fahrt enden werde. Antwortete der Rabbi: »Du wirst eine Weile in Glanz leben, dann aber besiegt und flüchtig mit drei Rossen hierher zurückkehren.« Guillaume drohte: »Wenn ich nur mit einem Rosse mehr zurückkehre, dann bringe ich dich um, und alle andern Juden Franciens dazu.« Als er zurückkehrte, hatte er drei berittene Begleiter, somit vier Rosse, und freute sich darauf, den Rabbi zu erschlagen. Als er indes durchs Tor einritt, löste sich ein Stein und erschlug von den Begleitern einen mitsamt seinem Roß. Daraufhin stand Guillaume von seinem Vorhaben ab und ging ins Kloster.

Der Leiden, die damals ihre Väter hatten erdulden müssen und die aufgezeichnet sind in dem Buch »Tal der Tränen«, gedachten die Juden, als nun ein neuer Kreuzzug ausbrach, und sie waren voll Furcht.

Bald auch geschah ihnen wie früher. Doch waren es dieses Mal vor allem die Fürsten, die sie bedrängten.

Herzog Wratislaw von Böhmen zwang seine Juden zur Taufe, und als sie dann auswandern wollten, wohl um zum Judentum zurückzukehren, erklärte er ihren ganzen Besitz für verfallen. Sein Kämmerer, ein gebildeter Herr, hielt den Auswanderern im Auftrage des Herzogs eine Ansprache in lateinischen Hexametern: »Nichts von Jerusalems Schätzen brachtet ihr nach meinem Böhmen. / Nackende Bettler kamt ihr ins Land, nackt möget ihr ausziehn.«

Am meisten zu leiden hatten die Juden des Königreichs Francien. Dort hatten im vorigen Kreuzzug Ludwig der Siebente und Ellinor de Guienne sich ihrer angenommen. Der König aber, der jetzt in Francien regierte, Philipp August, stellte sich selber an die Spitze derer, die »das verfluchte Geschlecht« schlugen und ausraubten. »Die Juden haben«, erklärte er, »durch verbrecherische List die Mehrzahl der Häuser meiner Hauptstadt Paris an sich gebracht. Sie haben uns ausgeplündert wie ihre Vorväter die Ägypter.« Diesen Raub zu rächen, ließ er an einem Sabbat die Synagoge von Paris und die von Orléans von Kriegsknechten umstellen und gab die Juden nicht frei, ehe er ihre Häuser ausgeraubt hatte. Auch ihre Sabbatkleider mußten sie ausziehen und halbnackt in ihre nackten Häuser zurückkehren. Dann gab er Befehl, sie hätten mit Zurücklassung ihrer Habe sein Reich binnen drei Monaten zu verlassen.

Die meisten der Vertriebenen flüchteten in die benachbarten Grafschaften, die dem Namen nach Vasallenländer des Königs, in der Tat selbständig waren.

Allein die Hand König Philipp Augusts erreichte sie auch dort.

Da war etwa die Markgräfin der Champagne, Blanche, eine ältere Dame freien Geistes und freundlichen Herzens. Sie hatte viele der Auswanderer aufgenommen. Nun war es lange Zeit auf fränkischem Gebiet Sitte gewesen, in der Karwoche einen Vertreter der Juden, den Gemeindevorstand oder den Rabbiner, zum Andenken an die Marter Christi auf öffentlichem Platze zu ohrfeigen. Die Markgräfin hatte ihren Juden gestattet, diese Naturalleistung durch eine Zahlung an die Kirche abzulösen. König Philipp August, gereizt, weil seine Auswanderer bei der Markgräfin Blanche Zuflucht gefunden hatten, verlangte von seiner Vasallin, sie solle ihre Verfügung zurücknehmen. Er berief sich auf den Heiligen Krieg, sie mußte nachgeben.

Allein das Schicksal ersparte den Juden den Schimpf, freilich auf eine klägliche, ja, tragische Weise. Bevor nämlich die Karwoche herankam, erschlug ein Kreuzfahrer, ein Untertan König Philipp Augusts, auf dem Gebiete der Markgräfin, in der Stadt Bray-sur-Seine, einen Juden. Die Gräfin verurteilte den Mörder zum Tode und ließ die Hinrichtung vollziehen am Tage des Purimfestes, dem Tage, da die Juden den Sturz ihres Feindes Haman durch die Königin Esther und ihren Pflegevater Mardochai feiern. Die Juden der Stadt Bray wohnten der

Exekution des Mörders bei, vermutlich nicht ohne Genugtuung. Dem König Philipp August wurde gemeldet, sie hätten dem Mörder, seinem Untertan, die Hände gebunden und ihm eine Dornenkrone aufs Haupt gesetzt, die Passion des Heilands verspottend. Der königliche Bösewicht, wie der Chronist ihn nennt, verlangte daraufhin von der Markgräfin, sie solle alle Juden der Stadt Bray festnehmen lassen. Sie weigerte sich. Der König schickte Soldaten nach Bray, die Juden wurden gefangengenommen und vor die Wahl gestellt zwischen Taufe und Tod. Vier ließen sich taufen, neunzehn Kinder unter dreizehn Jahren wurden ins Kloster verbracht, alle übrigen Juden wurden verbrannt, auf siebenundzwanzig Scheiterhaufen. Der Markgräfin Blanche sagte Philipp August: »Jetzt sind deine Juden ihrer Karfreitags-Ohrfeige ledig, Dame.« Dann zog er in den Heiligen Krieg.

Die Juden des gesamten nördlichen Frankreichs aber fühlten sich nicht mehr sicher und schickten Sendboten an ihre Brüder in glücklicheren Ländern, in der Provence und in Hispanien, sie um Hilfe zu bitten.

Ihre stärkste Hoffnung setzten sie auf die mächtige Gemeinde von Toledo. Dorthin schickten sie den Mann, der als der größte und frömmste unter den Juden Frankreichs galt, Rabbi Tobia Ben Simon.

Kaum war Don Jehuda zurückgekehrt, so suchte Rabbi Tobia ihn auf.

Unser Herr und Lehrer Tobia Ben Simon, genannt Ha-Chasid, der Fromme, der Episcopus Judaerum Francorum, das Oberhaupt der Juden Franciens, war ein Gottesgelehrter, berühmt und umstritten in Israel. Er war von unansehnlichem Äußern und bescheidenem Gehabe. Er entstammte einer alten Familie gelehrter Juden, die vor einem kleinen Jahrhundert vor den Wallbrüdern aus Deutschland ins nördliche Frankreich geflüchtet waren.

Er sprach in dem langsamen, unreinen Hebräisch der deutschen Juden, der Aschkenasi; es klang sehr anders als das edle, klassische Hebräisch, an welches Don Jehuda gewöhnt war. Doch bald vergaß er die Aussprache Rabbi Tobias über dem, was er zu erzählen hatte. Es erzählte aber der Rabbi von den zahllosen, fein ausgeklügelten, grausamen Schikanen des Königs Philipp August und von den greulichen, blutigen Ereignissen in Paris, in Orléans, in Bray-sur-Seine, in Nemours und in der Stadt Sens. Er erzählte schwerfällig, und er erzählte von den geringfügigen Qualen, welche die Verfolger den Juden angetan hatten, ebenso genau und ausführlich wie von den ungeheuerlichen Metzeleien, und das Kleine erschien groß, und das Große war ein Glied in einer endlosen Kette. Und wieder und wieder kam der Refrain: »Und sie schrien: ›Höre, Israel, unser Gott ist einzig‹, und wurden umgebracht.«

Es war seltsam, den unscheinbaren Rabbi in dem stillen, prächtigen, geschützten Haus erzählen zu hören von den wilden Geschehnissen. Rabbi Tobia sprach lange und eindringlich. Aber Don Jehuda hörte mit ungeteilter Aufmerksamkeit zu. Seine lebendige Vorstellungskraft sah leibhaft die Dinge, von denen der Rabbi berichtete. Eigene, grimmige Erinnerungen wurden ihm wach. Damals, vor anderthalb Menschenaltern, hatten es die Moslems in seinem Sevilla genauso getrieben wie jetzt die Christen in Francien. Auch sie waren zuerst über die nächsten »Ungläubigen« hergefallen, über die Juden, und hatten sie vor die Wahl gestellt, zu ihrem Glauben überzutreten oder zu sterben. Jehuda wußte genau, wie es in denen aussah, über die sie jetzt herfielen.

»Vorläufig«, sagte Rabbi Tobia, »helfen uns noch die Gaugrafen und Barone der unabhängigen Gebiete. Aber der gesalbte Frevler bedrängt sie, und sie werden ihm nicht lange widerstehen. Ihre Herzen sind nicht böse, doch auch nicht gut, und sie werden nicht Krieg führen gegen den König von Francien um der Gerechtigkeit und um der Juden willen. Nicht ferne ist die Zeit, da werden wir weiterwandern müssen, und es wird nicht leicht sein; denn wir haben nichts gerettet als unsere Haut und einige Thora-Rollen.«

Friede war, Pracht und Stille in dem schönen Haus. Es plätscherten die freundlichen Wasser; golden, blau und rot leuchteten von den Wänden die Buchstaben der erhabenen Verse. Die dünnen, blassen Lippen in dem wunderlich erstorbenen Gesicht des Rabbis entließen gleichmäßig die Worte. Don Jehuda aber sah vor sich die vielen, vielen Juden, wie sie wanderten mit müden Füßen, und wie sie am Wegrand rasteten, ängstlich äugend, welch neue Gefahr sie bedrohen mochte, und wie sie zu den langen Stäben langten, die sie von irgendeinem Baum gebrochen hatten, und weiterwanderten.

Die Sorge um die Juden Franciens hatte Don Jehuda schon in Burgos beschäftigt, und sein schneller Geist hatte manches Hilfsprojekt erwogen. Nun aber, während er auf Rabbi Tobias Bericht hörte, formte sich ihm ein neuer Plan; die Aktion wird kühn sein, schwierig. Aber es gab keine andere, die in Wahrheit half. Der Anblick des unscheinbaren Rabbis, der nicht bat und nicht einmal mahnte oder verlangte, spornte Jehuda.

Als andern Tages Ephraim Bar Abba ins Castillo Ibn Esra kam, war Don Jehuda entschlossen. Don Ephraim, bewegt von der Erzählung Rabbi Tobias, wollte einen Fonds von zehntausend Goldmaravedí aufbringen für die Verfolgten in Francien, er selber gedachte tausend Maravedí zu spenden, und er bat Don Jehuda um einen Beitrag.

Der aber antwortete: »Es wird den Vertriebenen nicht viel helfen, wenn wir sie mit Geld speisen für die Notdurft einiger Monate oder auch eines Jahres. Die Grafen und Barone, in deren Städten sie jetzt sitzen, werden dem König nachgeben und sie von neuem vertreiben, und sie werden ziellos weitergejagt werden über die Erde, immer neuen Feinden in die Hände fallend, zur schließlichen Vernichtung bestimmt. Es gibt nur *eine* Hilfe: sie anzusiedeln an einer sichern Stätte, wo sie bleiben können.«

Der Párnas der Aljama war peinlich überrascht. Wenn man jetzt im Heiligen Krieg Scharen armer Juden ins Land zog, mußte das üble Folgen haben. Der Erzbischof wird neue

Hetze predigen, und das ganze Land wird ihm recht geben. Die Juden Toledos waren gebildet, wohlhabend, zivilisiert, sie hatten sich die Achtung der andern erworben; ließ man jetzt Hunderte, vielleicht Tausende französischer Juden herein, die bettelhaft waren und nicht vertraut mit der Sprache und den Sitten des Landes, die auffallen mußten durch ihre Kleidung und ihre fremdartigen, schlechten Manieren, so half man ihnen nicht, man gefährdete nur sich selber.

Solche Einwände indes, fürchtete Ephraim, würden den tollkühnen Ibn Esra in seinem Vorhaben eher bestärken. Er ersetzte sie durch andere. »Werden sich denn«, meinte er, »diese Juden aus Francien hier jemals zu Hause fühlen? Es sind kleine Leute. Sie haben Weinhandel getrieben und ängstliche Geldgeschäfte, sie kennen nur den armseligen Kleinkram ihres Franciens, ihre Denkart ist eng, von großen Unternehmungen wissen sie nichts. Ich tadle sie nicht darum; es war ihnen ein enges, hartes Leben auferlegt, viele sind die Söhne solcher, die aus deutschen Ländern fliehen mußten, oder haben die Verfolgungen in Deutschland noch selber miterlebt. Ich sehe nicht, wie sich diese trüben, verschreckten Menschen in unserer Welt zurechtfinden sollten.« Don Jehuda schwieg; dem Párnas schien, als lächelte er ganz leise. Dringlicher fuhr Don Ephraim fort: »Unser großer Gast selber, er ist ein frommer Mann, ein mit Recht berühmter Gelehrter. Aber so Tiefes und Großartiges in seinen Büchern steht, vieles hat mich befremdet. Ich denke über Moral und Einhaltung der Gebote strenger als du, Don Jehuda, aber dieser Unser Herr und Lehrer Tobia macht aus dem Leben eine einzige Bußübung. Seine Maßstäbe und die seiner Anhänger sind nicht die unsern. Ich glaube, unsere Brüder aus Francien würden nicht gut auskommen mit uns und wir nicht mit ihnen.«

Was Don Ephraim nicht sagte, was er aber diesem Don Jehuda, dem Meschummad, dem Abtrünnigen, ins Gedächtnis rufen wollte, war, daß Rabbi Tobia die härtesten Worte der Verdammnis hatte gerade für seinesgleichen, für diejenigen, die vom Glauben abgefallen waren. Er kannte Milde nicht einmal für die Anussim, für die, welche sich durch Todesdrohungen zur Taufe hatten zwingen lassen, selbst wenn sie später ins Judentum zurückkehrten. Don Jehuda, der freien Willens und ohne Gefahr so lange dem fremden Gott gedient hatte, mußte wissen, daß er in den Augen dieses Rabbi Tobia und seiner Anhänger schuldig war der Strafe der Ausrottung, so daß seine Seele vernichtet wurde mit seinem Leibe. Wollte er Menschen, die so über ihn dachten, der Aljama und sich selber auf den Nacken setzen?

»Gewiß«, sagte der erstaunliche Don Jehuda, »dieser große Mann ist anders als wir. Leute unserer Art mögen ihm in der Seele fremd sein, Leute meiner Art vielleicht sogar ein Abscheu. Und nicht wenige seiner Anhänger mögen so finster denken wie er. Aber auch jene verfolgten Brüder, welche damals mein Oheim, Don Jehuda Ibn Esra Ha-Nassi, der Fürst, ins Land ließ, waren sehr anders, und es war höchst ungewiß, ob sie sich hier einleben würden. Sie haben sich eingelebt. Sie blühen und gedeihen. Ich glaube, wir werden das Wesen unserer fränkischen Brüder hinnehmen, wenn wir uns ernstlich darum bemühen.«

Schmächtig in seinen umfangreichen Kleidern saß Don Ephraim, rechnend, tief besorgt. »Ich war stolz darauf«, sagte er, »zehntausend Goldmaravedí auszuwerfen für die fränkischen Flüchtlinge. Wenn wir sie hierherbringen in eine Umgebung, in der sie ihren Unterhalt nicht erwerben können, dann werden wir für sie sorgen müssen, auf Jahre, vielleicht für immer. Zehntausend Goldmaravedí reichen da nicht lange. Wir haben weiter den Saladins-Zehnten zu zahlen. Dann ist da der Fonds für die Auslösung der Gefangenen. Er ist sehr dünn geworden und wird mehr beansprucht als je. Überall in der Welt gibt der Heilige Krieg den Söhnen Edoms und den Söhnen Hagars bequemen Vorwand, Juden gefangenzusetzen, um hohes Lösegeld zu erpressen. Die Schrift befiehlt, die Gefangenen zu befreien. Es scheint mir vordringlich, dieses heilige Gebot zu befolgen. Deine Tausende von fränkischen Armen hierherzubringen, scheint mir weniger wichtig. Es wäre barmherzig, aber es wäre, verzeih mir das offene Wort, fahrlässig, verantwortungslos.«

Don Jehuda schien nicht gekränkt. »Ich bin kein Schriftgelehrter«, erwiderte er, »aber mir ist im Ohr und im Herzen das Gebot Unseres Lehrers Mose: ›Wenn dein Bruder verarmt und abnimmt neben dir, so sollst du ihn aufnehmen, daß er lebe neben dir.‹ Im übrigen glaube ich, daß wir's uns leisten können, die eine Verpflichtung zu erfüllen und die andere nicht zu versäumen. Solang es mir gelingt« – und er sprach ebenso liebenswürdig wie hochfahrend –, »diesem Lande Kastilien den Krieg fernzuhalten, so lange wird die Aljama von Toledo so üppig verdienen, daß sie ihren Auslösungsfonds nicht wird antasten müssen, um den paar tausend fränkischen Juden Brot und Unterkunft zu geben.«

Immer drückendere Angst packte Don Ephraim. Dieser übermütige Mensch wollte nicht sehen, wie verfänglich sein Unternehmen war, vielleicht sah er's wirklich nicht. Ephraim konnte sich nicht länger zähmen, er mußte seine tiefe Herzensangst aussprechen. »Hast du auch bedacht, mein Bruder und Herr Don Jehuda«, sagte er, »welch starke Waffe dein Vorhaben dem Erzbischof in die Hand gibt? Er wird die Mächte der Hölle bewegen, ehe er's zuläßt, daß deine fränkischen Juden ins Land kommen. Er wird sich an den Sündenkönig in Francien wenden. Er wird sich an den Papst wenden. Er wird predigen und das Volk aufhetzen, daß wir Scharen von Bettlern und Ungläubigen nach Kastilien ziehen inmitten des Heiligen Krieges. Du stehst hoch in der Gunst des Königs Unseres Herrn. Aber auch der Erzbischof hat das Ohr Don Alfonsos, und die Zeit, der Heilige Krieg, ist für ihn und gegen uns. Du hast dir ewiges Verdienst erworben, Don Jehuda, da du unsere Fueros und Freiheiten gegen den Feind verteidigt hast. Aber wird es dir ein zweites Mal gelingen?«

Ephraims Worte trafen Don Jehuda, und wieder vor ihm auf stieg die ganze Schwierigkeit seines Unternehmens. Vielleicht hatte er sich überhoben. Allein er verbarg seine Zweifel, er setzte, wie es Don Ephraim erwartet hatte, seine hochfahrende Miene auf und sagte trocken: »Ich sehe, mein Vorschlag hat nicht deinen Beifall. Laß uns ein Abkommen treffen. Sammle du deine zehntausend Goldmaravedí. Ich will vom König die Zulassung der Verfolgten erwirken und die Gewährung der Rechte und Freiheiten, die sie brauchen. Ich will es in aller Stille tun, ohne Unterstützung von seiten der Aljama, ohne Bittgottesdienste in den Synagogen, ohne Klagegeschrei, ohne feierliche Delegation an den König. Laß alles meine Sorge sein und nur meine.« Er sah, wie bedrückt der andere dasaß; so hatte er's nicht gewollt. Mit Wärme fuhr er fort: »Aber wenn es mir glückt, wenn der König mir ja sagt, dann, das versprich mir, gib auch du dein Widerstreben auf, gib es in der Seele auf, und hilf mir mein Werk durchführen mit der ganzen Kraft der Vernunft, die Gott dir verliehen hat«, und er streckte ihm die Hand hin.

Don Ephraim, gegen seinen Willen hingerissen, doch immer noch zögernd, nahm die Hand und antwortete: »So sei es.«

Der König mittlerweile, in Burgos, im Dunstkreis Doña Leonors, vergaß Toledo und was damit zusammenhing. Er genoß die Ruhe und Zuversicht, von der sein Kastell in Burgos erfüllt war. Er hatte den Sohn und Erben. Er war tief befriedigt.

Schließlich aber, da er seiner Hauptstadt Wochen und Monate ferngeblieben war, drängten seine Räte, er müsse zurückkehren.

Und kaum hatte er die Mauern von Burgos hinter sich, war die frühere Unrast wieder da und peinigte ihn der Fluch, der auf ihm lag: daß er warten und warten mußte, und daß es ihm verwehrt war, sein Reich zu mehren. Der Sechste und der Siebente Alfonso hatten die Kaiserkrone getragen, von ihren großen Taten sangen die Sänger; von dem, was er erreicht hatte, plärrten ein paar schäbige Romanzen.

Als der Felsen, auf dem Toledo lag, in Sicht kam, überfiel ihn seine Ungeduld mit ganzer Wut, und schon am ersten

Tage befahl er seinen Escrivano vor sich, diesen Menschen, mit dem er darum feilschen mußte, daß er seine ritterliche Pflicht tun und in den Krieg reiten dürfe.

Jehuda seinesteils hatte begierig auf die Rückkehr des Königs gewartet. Sobald es irgend anging, wollte er ihm sein großes Projekt vortragen und ein Edikt erwirken, das fränkische Juden in Kastilien zuließ. Er hatte sich gute Gründe zurechtgelegt. Überall im Lande regte sich's und wuchs es, man brauchte neue Hände, man mußte wie in den Zeiten des Sechsten und des Siebenten Alfonso neue Menschen ansiedeln.

Da stand er endlich vor dem König und hielt Vortrag. Er hatte wiederum von großen Erfolgen zu erzählen, von erfreulich hohen Einkünften, von weiteren drei Städten, die widerspenstigen Granden entrissen und unter Alfonsos Botmäßigkeit gebracht worden waren. Neue, vielversprechende Unternehmungen waren überall im Lande entstanden, auch in Toledo selbst und in der unmittelbaren Umgebung. Da war die Glashütte, die große Lederwerkstätte, die Töpferwerkstatt, die Papierfabrik, ganz zu schweigen von der Erweiterung der Münze und des königlichen Gestüts.

Während Jehuda so in fliegender Rede berichtete, überlegte er, ob er schon in dieser ersten Stunde dem König mit seinem großen Anliegen kommen solle. Allein Don Alfonso schwieg, und seiner Miene war nichts abzulesen.

Jehuda sprach weiter. Ehrerbietig fragte er, ob der Herr König auf der Rückreise in der Gegend von Avila die großen Herden bemerkt habe; es sei ja jetzt die Viehzucht einheitlich geregelt, so daß das Weideland vernünftig ausgenützt werden könne. Und ob Don Alfonso auf der Rückreise Zeit gefunden habe, die neuen Maulbeerpflanzungen zu besichtigen für die Seidenmanufaktur.

Endlich tat der König den Mund auf. Ja, sagte er, er habe die Maulbeerpflanzungen gesehen, und auch die Herden, und mancherlei mehr, was von der Emsigkeit seines Escrivanos Zeugnis ablege. »Also langweile mich nicht länger damit«, sagte er unwirsch, mit jähem Übergang. »Deine Dienste sind bekannt und anerkannt. Mich interessiert jetzt nur eines: wann werde ich endlich die Schande abtun und eintreten können in den Heiligen Krieg?«

Daß die Gnade des Königs so schnell wieder in Feindseligkeit umschlagen werde, hatte Jehuda nicht vermutet. Bitter und bekümmert sah er, daß er die Unterredung über die Ansiedlung der vertriebenen Juden aufschieben müsse. Doch nicht versagen konnte er sich's, Alfonsos törichten Vorwurf zurückzuweisen. »Der Zeitpunkt, da du in den Krieg eintreten kannst, Herr König«, sagte er, »hängt nicht allein von den Finanzen deines Landes ab. Die sind in Ordnung.« Und streitbar erklärte er: »Sowie die andern Fürsten Hispaniens, insbesondere Aragon, willens sind, in Gemeinschaft mit dir gegen den Kalifen ein einheitlich geleitetes Heer aufzustellen, wirst du, Herr König, mehr als deinen Anteil beisteuern können. Und wenn das schon morgen sein sollte. Des sei du sicher.«

Alfonso furchte die Stirn. Immer speiste der Jude ihn mit einem frechen, höhnischen Wenn ab. Er ließ ihn stehen, ging auf und nieder.

Dann, unvermittelt, über die Schulter, fragte er: »Sage, wie steht es eigentlich um die Galiana? Der Umbau sollte jetzt bald fertig sein.« – »Er ist fertig«, antwortete stolz Jehuda, »und es ist erstaunlich, was mein Ibn Omar aus dem alten Gebäu gemacht hat. Wenn du willst, Herr König, kannst du in zehn Tagen oder spätestens in drei Wochen dort wohnen.«

»Vielleicht werde ich wollen«, sagte leichthin Alfonso. »Auf alle Fälle möchte ich mir anschauen, was ihr gemacht habt. Donnerstag will ich mir's anschauen, vielleicht noch früher. Ich werde dir Bescheid sagen lassen. Und du begleitest mich und erklärst mir. Und bring auch wieder Doña Raquel mit«, schloß er mit erzwungener Beiläufigkeit.

Jehuda erschrak ins Innerste. Ihn bedrängten Besorgnisse wie damals nach der ungewöhnlichen Einladung Don Alfonsos.

»Wie du befiehlst, Herr König«, sagte er.

Zur festgesetzten Stunde erwarteten Jehuda und Raquel den König am Tor der Huerta del Rey. Don Alfonso kam pünktlich. Er neigte sich tief und förmlich vor Raquel und begrüßte freundlich den Escrivano. »Also zeig mir, was ihr gemacht habt«, sagte er mit etwas künstlicher Munterkeit.

Langsam gingen sie durch den Park. Da waren nun keine Gemüsebeete mehr, sondern bunte Zierpflanzen, Bäume und Boskette, anmutig geordnet. Einen kleinen Wald hatte man gelassen, wie er war. Dem stillen Teich aber hatte man einen Abfluß geschaffen, so daß jetzt, mehrmals von Brücken überspannt, ein schmaler Bach zum Flusse Tajo führte. Orangenbäume waren da, auch Bäume, die kunstvoll gezüchtete, übergroße Zitronen trugen, die man bisher in den Ländern der Christen nicht gekannt hatte. Nicht ohne Stolz wies Jehuda dem König diese Früchte; »Früchte Adams« nannten sie die Moslems, denn um von dieser Frucht zu kosten, hatte Adam das Verbot des Herrn übertreten.

Auf breitem Kiesweg gingen sie dem Schlosse zu. Auch hier grüßte es vom Tor in arabischen Lettern: Alafia, Heil, Segen. Sie beschauten das Innere. Diwans liefen die Wände entlang, Gobelins hingen von kleineren Galerien, schöne Teppiche deckten die Böden, überall sorgten fließende Wasser für Kühle. Die Mosaikarbeiten der Friese und Decken waren noch nicht fertig. »Wir wagten es nicht«, erläuterte Don Jehuda, »Verse und Sprüche ohne deine Weisung zu wählen. Wir erwarten deine Befehle, Herr König.«

Don Alfonso, obwohl sichtlich beeindruckt, war einsilbig. Gemeinhin kümmerte er sich nicht viel um das Aussehen einer Burg oder eines Hauses. Dieses Mal sah er mit besser wissendem Blick. Die Jüdin hatte recht: sein Kastell von Burgos war grimmig finster, die neue Galiana schön und bequem. Trotzdem sagte ihm das Kastell von Burgos besser zu; er fühlte sich nicht wohl inmitten dieses weichen Prunkes. Er sprach höflich anerkennende, gezwungene Sätze, seine Gedanken wanderten, seine Worte wurden spärlicher. Auch Doña Raquel sprach wenig, und allmählich wurde auch Don Jehuda schweigsam.

Der Patio war mehr Garten als Hof. Auch hier war ein großes Wasserbassin mit einem Springbrunnen. Arkaden liefen ringsum, matte Spiegel machten, daß sich der Garten ins endlos Weite dehnte. Mit unwilliger Anerkennung bestaunte der König, was diese Leute in so kurzer Frist zustande gebracht hatten.

»Bist du nie hier gewesen, Dame«, wandte er sich mit einemmal an Raquel, »während man hier baute?« – »Nein, Herr König«, antwortete das Mädchen. »Das war nicht freundlich«, meinte Alfonso, »da ich um deinen Rat gebeten hatte.« – »Mein Vater und Ibn Omar«, entgegnete Raquel, »verstehen sehr viel mehr als ich von der Kunst des Bauens und Einrichtens.« – »Und gefällt dir die Galiana, so wie sie jetzt dasteht?« fragte Don Alfonso. »Sie haben dir ein herrliches Schloß gebaut«, antwortete voll ehrlichen Entzückens Raquel. »Es steht da wie einer der zauberhaften Paläste aus unsern Märchen.« Aus *unsern* Märchen, sagt sie, dachte der König. Immer ist sie die Fremde, und immer gibt sie mir zu verstehen, daß, wo sie ist, ich der Fremde bin. »Und ist alles so, wie du dir's gedacht hast?« fragte er. »Dies oder jenes wirst du doch wohl auszusetzen haben. Willst du mir gar keinen Rat geben, nicht den kleinsten?« Leicht verwundert, doch unverlegen beschaute Raquel den ungeduldigen Mann. »Da du es befiehlst, Herr König«, sagte sie, »spreche ich. Mir gefallen die Spiegel nicht in diesen Wandelgängen. Es ist mir nicht lieb, mein Bild zu sehen und immer wieder mein Bild, und es ist ein wenig unheimlich, dich und den Vater und die Bäume und den Springbrunnen wirklich zu sehen und gleichzeitig im Bilde.« – »Nehmen wir also die Spiegel weg«, entschied der König. Ein etwas unbehagliches Schweigen war.

Sie saßen auf einer Steinbank. Don Alfonso schaute Raquel nicht an, aber er sah sie im Spiegelwerk der Arkaden. Er sah und prüfte. Er sah sie das erstemal. Sie war keck und nachdenklich, wissend und naiv, viel jünger als er und viel älter. Wenn man ihn vor zwei Wochen gefragt hätte, ob er während all der Zeit in Burgos an sie gedacht habe, hätte er's ehrlichen

Gewissens verneint. Es wäre eine Lüge gewesen; sein Inneres hatte sich nicht von ihr befreit.

Sein Blick prüfte sie weiter im Spiegel. Ihr fleischloses Gesicht mit den großen, blaugrauen Augen unter dem schwarzen Haar sah freimütig aus, kindlich, aber sicher ging hinter der nicht hohen Stirn allerlei Verfängliches vor. Es war nicht gut, daß seine Seele nicht einmal in Burgos frei von ihr geblieben war. Alafia, Heil, Segen, grüßte es vom Tor seines neuen Schlosses, aber es war nicht gut, daß er dieses Schloß hatte errichten lassen. Don Martín hatte ihn zu Recht getadelt: die moslemische Pracht stand einem christlichen Ritter nicht an, schon gar nicht in dieser Zeit des Kreuzzugs.

Don Martín hatte ihm einmal erklärt, es sei eine läßliche Sünde, mit einem Weibsbild vom Troß zu liegen, weniger läßlich mit einer moslemischen Gefangenen, wieder weniger läßlich mit einer Dame von Adel. Mit einer Jüdin zu liegen, war sicherlich schwerste Sünde.

Doña Raquel, um das ungute Schweigen zu brechen, sagte, und sie versuchte, munter zu sein: »Ich bin neugierig, Herr König, welche Verse du für die Friese bestimmst. Sie erst werden dem Haus den rechten Sinn geben. Und wirst du lateinische Lettern befehlen oder arabische?«

Don Alfonso dachte: Wie frech und unverlegen sie ist, diese da, hochmütig, stolz auf ihre Klugheit und ihren Geschmack. Aber ich werde sie übermannen. Mag Don Martín sagen, was er will. Ich werde zuletzt ja doch in den Heiligen Krieg ziehen, und meine Sünden werden vergeben sein.

Er sagte: »Ich glaube, ich werde keine Verse auswählen, Dame, und werde nicht bestimmen, ob es lateinische Lettern sein sollen oder arabische oder hebräische.« Er wandte sich an Jehuda: »Laß mich zu dir so ehrlich sein, mein Escrivano, wie es Doña Raquel zu mir in Burgos gewesen ist. Was ihr da gemacht habt, ist sehr schön, und die Künstler und Kenner werden es loben. Aber mir gefällt es nicht. Das soll kein Vorwurf sein, beileibe nicht. Im Gegenteil, ich staune, wie gut und schnell ihr alles gemacht habt. Und wenn du mir vorhältst: so hast du mir's aufgetragen, ich habe nur gehorcht, dann bist du im Recht. Ich sage es dir, wie es ist: damals, als ich dir die Weisung gab, stand mir der Sinn nach genau diesem. Aber inzwischen bin ich in Burgos gewesen, in meinem alten, strengen Schloß, in dem sich unsere Doña Raquel so unbehaglich fühlt. Nun, jetzt fühle ich mich hier unbehaglich, und ich glaube: auch wenn die Spiegel weg sind und wenn die schönsten Verse von den Wänden leuchten, werde ich mich nicht behaglich fühlen.«

»Das tut mir leid, Herr König«, sagte mit künstlichem Gleichmut Don Jehuda. »Es steckt viel Mühe und viel Geld in diesem Bau, und es bekümmert mich, daß ein gedankenloses Wort meiner Tochter dich verleitet hat, ein Haus zu bauen, welches dir mißfällt.«

Es war eine Anmaßung, dachte der König, daß Don Martín mir verbieten wollte, ein islamisches Schloß zu bauen. Und er soll mir's auch nicht verbieten, mit der Jüdin zu schlafen.

»Du bist schnell gekränkt, Don Jehuda Ibn Esra«, sagte er, »du bist ein stolzer Mann, bestreit es nicht. Als ich dir damals das Castillo de Castro zum Alboroque geben wollte, hast du mir's abgeschlagen. Und unser Handel war doch ein großer Handel und verlangte eine große Zugabe. Du hast etwas gutzumachen, mein Escrivano. Dieses Schloß – die Schuld liegt bei mir allein, ich sagte es schon – ist für mich nicht das Rechte, es ist zu bequem für einen Soldaten. Aber euch gefällt es. Erlaube mir, daß ich's euch schenke.«

Jehuda war erblaßt, noch tiefer erblaßt war Doña Raquel. »Ich weiß schon«, fuhr der König fort, »du hast ein Haus, wie du dir's besser nicht wünschen kannst. Aber vielleicht ist dieses hier für deine Tochter geeignet. War nicht La Galiana seinerzeit der Palacio einer moslemischen Prinzessin? Hier wird sich deine Tochter wohl fühlen, es ist das rechte Haus für sie.« Die Worte klangen höflich, aber sie kamen aus einem finstern Gesicht; die Stirn war tief verfurcht, die strahlendhellen Augen schauten geradezu feindselig auf Doña Raquel.

Er riß den Blick von ihr weg, trat ganz nahe an Don Jehuda

heran und sagte ihm ins Gesicht, leise, doch hart und jedes Wort betonend, so daß Raquel es hören mußte: »Verstehe mich, ich *will*, daß deine Tochter hier wohnt.«

Don Jehuda stand vor ihm, höflich, demütig, aber er senkte nicht die Augen vor ihm, und es waren Augen voll von Zorn, Stolz und Haß. Es war Alfonso nicht gegeben, tiefe Blicke in die Seele eines andern zu tun. Dieses Mal aber, da er Aug in Aug mit seinem Escrivano stand, ahnte er, wie wild es in dessen innerer Landschaft aussah, und für den Bruchteil einer Sekunde bereute er's, daß er den Mann herausgefordert hatte.

Ein tiefes Schweigen war, die drei fast leibhaft umschließend. Dann, mit Anstrengung, sagte Jehuda: »Du hast mir viel Gnade erwiesen, Herr König. Begrabe mich nicht in zu viel Gnade.« – »Ich habe dir's damals verziehen«, antwortete Don Alfonso, »daß du mein Alboroque zurückgewiesen hast. Ärgere mich nicht ein zweites Mal. Ich will dir und deiner Tochter dieses Schloß schenken. Sic volo«, sagte er hart, die Worte trennend, und kastilisch wiederholte er's: »Ich will es!« Und jäh, mit herausfordernder Höflichkeit, wandte er sich an das Mädchen: »Sagst du mir nicht danke, Doña Raquel?«

Raquel erwiderte: »Hier steht Don Jehuda Ibn Esra. Er ist dein treuer Diener, und er ist mein Vater. Erlaube mir, daß ich *ihn* bitte, dir zu antworten.«

Der König, wild, hilflos und drängend, schaute von Jehuda auf Doña Raquel, von Doña Raquel auf Jehuda. Was erdreisteten sich diese beiden? Stand er nicht hier wie ein lästig Bittender?

Aber da sagte schon Don Jehuda: »Vergönne uns Zeit, Herr König, daß wir die Worte finden für gebührende Antwort und ehrerbietigen Dank.«

Raquel, auf dem Heimweg, war in der Sänfte, Jehuda ritt neben ihr. Sie wartete darauf, daß der Vater ihr ausdeute, was sie erlebt hatten. Was er sagt und beschließt, wird das Rechte sein.

Es hatte sie damals im Castillo Ibn Esra verstört, als der König sie auf so »ungewöhnliche« Art einlud. Es hatte sie beruhigt, daß dann nichts weiter geschah; ein wenig freilich auch enttäuscht. Die neue Einladung Don Alfonsos hatte sie mit neuer Erwartung erfüllt, mit einer nicht unangenehmen Beklemmung. Was sich aber jetzt ereignete, seine dreiste, ungestüme, herrische Forderung, kam ihr als ein Schlag. Da war nichts mehr von Courtoisie. Dieser Mann wollte sie umarmen, sie mit seinem frechen, nackten Munde küssen, ihr beiliegen. Und er bat nicht, er herrschte sie an: sic volo!

In Sevilla hatten des öfteren moslemische Ritter und Dichter mit Raquel galante Gespräche geführt; sowie sich aber die Worte ins Verfängliche wagten, war Raquel scheu geworden und hatte sich zugesperrt. Auch wenn die Damen unter sich von den Arten der Liebe und der Wollust schwatzten, hatte sie nur verlegen und mit Unlust zugehört; sogar mit ihrer Freundin Layla hatte sie von solchen Dingen nur in halben Worten geredet. Anders war es, wenn Verse der Dichter davon kündeten, wie Männer und Frauen durch die Leidenschaft der Liebe ihres Verstandes beraubt wurden, oder wenn Märchenerzähler geschlossenen Auges und verzückter Miene davon erzählten; dann wohl hatte Raquel in ihrem Innern brennende, verwirrende Bilder gesehen.

Auch die christlichen Ritter sprachen viel von der Liebe, von der »Minne«. Aber das waren leere, übertriebene Reden, es war Courtoisie, und ihre Liebesverse hatten etwas Steifes, Gefrorenes, Unwirkliches. Manchmal kam ihr wohl die Vorstellung, wie es wäre, wenn einer dieser in Eisen oder in schweren Brokat gekleideten Herren die Umhüllung abwürfe und einen umarmte. Es war eine Vorstellung, die ihr das Atmen schwer machte, aber gleich wieder erschien ihr alles lächerlich, und in diesem Lächerlichen verschwand das kitzelnd Verfängliche.

Und da war nun dieser König. Sie sah seinen nackten, rasierten Mund inmitten des rotblonden Bartes, sie sah seine hellen, wilden Augen. Sie hörte, wie er sagte, nicht laut und trotzdem so, daß einem Ohr und Herz dröhnten: Ich will es! Sie war nicht feig, doch seine Stimme hatte ihr Furcht gemacht. Aber nicht nur Furcht. Sie ging einem durch und durch, seine Stimme. Er befahl, und das war seine Art von Courtoisie, und wenn es keine zarte, edle Art war, so war sie doch sehr männlich und bestimmt nicht lächerlich.

Und nun hatte er ihr befohlen: Liebe mich, und sie war erschüttert bis ins Herz ihres Herzens. Sie war der Dritte Bruder, da er vor der Höhle stand und nicht wußte, ob er aus dem hellen, sichern Tag in das mattgoldene Dämmer gehen sollte; in der Höhle war der Fürst der guten Geister, aber es war dort auch der Tod, der Vernichter aller Dinge, und wen wird der Dritte Bruder dort finden?

Ihr Vater ritt neben ihr, gelassenen Gesichtes. Wie gut, daß sie ihren Vater hatte. Das Wort des Königs machte, daß sie nun ihr Leben ein zweites Mal von Grund auf wird ändern müssen. Der zu entscheiden hatte, war der Vater. Seine körperliche Nähe, sein freundlich aufmerksames Auge gab ihr Sicherheit.

Don Jehuda aber, trotz seines ruhigen Gesichtes, war selber in einem Wirbel streitender Gedanken und Spürungen.

Raquel, seine Raquel, seine Tochter Raquel, die zarte, kluge, blumenhafte, die sollte er diesem Menschen preisgeben!

Don Jehuda war in islamischem Land groß geworden, wo Brauch und Gesetz es dem Manne gestatteten, mehrere Frauen zu haben. Die Nebenfrau genoß viele Rechte, eines großen Herrn Nebenfrau genoß wohl auch Ansehen. Aber niemand wäre auf den Einfall gekommen, ein Mann vom Range des Kaufmanns Ibrahim könnte seine Tochter irgendwem zur Nebenfrau geben, und sei es dem Emir.

Don Jehuda selber hatte niemals eine Frau geliebt außer Raquels Mutter, die ein Unglücksfall, ein dummer Zufall, getötet hatte, sehr bald nachdem sie den Knaben Alazar gebar. Aber Don Jehuda war ein begehrlicher Mann, er hatte noch zu ihren Lebzeiten andere Frauen gehabt, und nach ihrem Tode viele; Raquel indes und Alazar hatte er diesen Frauen ferngehalten. Er hatte sich ergötzt mit Tänzerinnen aus Kairo und aus Bagdad, mit Huren aus Cádiz, die berühmt waren um ihrer Künste willen; oft aber hernach hatte er Überdruß gespürt, und immer hatte er in fließendem Wasser gebadet, ehe er wieder vor das reine Gesicht seiner Tochter trat. Er konnte seine Raquel nicht dem rohen, rothaarigen Barbaren ausliefern, daß er sie beschlafe.

Der Ruhm der Ibn Esras war, daß sie mehr zum Heil ihres Volkes getan hatten als irgendein anderes Geschlecht der sephardischen Juden, und wenn es um das Heil Israels ging, dann hatten diese Stolzen auch Demütigungen auf sich genommen. Aber es war ein anderes, sich selber, ein anderes, die Tochter zu erniedrigen.

Jehuda wußte, dieser Alfonso duldete keinen Widerspruch. Er hatte nur die Wahl, ihm seine Tochter auszuliefern oder zu fliehen. Sehr weit fort zu fliehen, fort aus allen Ländern der Christenheit; denn überall würde die Leidenschaft des Alfonso ihn und sein Kind erreichen. Er mußte in ein fernes, östliches, moslemisches Land gehen, wo unterm Schutz des Saladin die Juden noch sicher saßen. Er mußte seine Kinder nehmen und fliehen, nackt und bloß, überdeckt nur mit Schulden; denn was er besaß, war festgelegt in den Ländern des Alfonso. Flüchtig und elend, so wie dieser Rabbi Tobia zu ihm kam, wird dann er nach Kassr-esch-Schama kommen, zu den reichen und mächtigen Juden Kairos.

Aber selbst wenn er seinen Stolz aus dem Herzen riß und sein Inneres bereitete, Zusammenbruch, Armut und Exil auf sich zu nehmen: durfte er's? Wenn er sein Kind vor der schimpflichen Vermischung rettete, dann wird sich Alfonsos Zorn gegen alle Juden kehren. Die Juden von Toledo werden den Brüdern in Francien nicht, sie werden sich selber nicht helfen können. Alfonso wird den Saladins-Zehnten dem Erzbischof übertragen und der Aljama ihre Rechte nehmen. Und sie werden sprechen: »Jehuda, dieser Meschummad, hat uns zugrunde gerichtet.« Und sie werden sprechen: »Ein Ibn Esra hat uns errettet, dieser Ibn Esra hat uns zugrunde gerichtet.«

Was sollte er tun?

Und Raquel wartete. Er spürte leibhaft, wie das Mädchen in der Sänfte neben ihm wartete. In seinem Herzen betete er das Gebet des großen Elends: O Allah, ich suche deine Hilfe in

Not und Verzweiflung. Errette mich aus meiner Schwäche und Unschlüssigkeit. Hilf mir aus meiner eigenen Feigheit und Gemeinheit. Hilf mir aus der Unterdrückung der Menschen.

Dann sagte er: »Es ist uns eine schwere Entscheidung auferlegt, meine Tochter. Ich muß mit mir selber beraten, bevor ich mit dir rede.«

Raquel antwortete: »Wie du befiehlst, mein Vater.« Und in ihrem Innern sagte sie: Es wird gut sein, wenn du beschließest zu gehen, und es wird gut sein, wenn du beschließest zu bleiben.

In früher Nacht saß Don Jehuda allein in seiner Bibliothek im milden Lampenlicht und las in der Heiligen Schrift.

Las die Geschichte von der Opferung Isaaks. Gott rief: Abraham, und er antwortete: Hier bin ich, und bereitete sich, seinen einzigen geliebten Sohn zum Opfer zu schlachten.

Jehuda bedachte, wie ihm sein Sohn Alazar mehr und mehr entfremdet wurde. Diesen nämlich zog das ritterliche Wesen in der Königsburg übermächtig an, und er wandte sich ab von jüdischer und arabischer Weisheit und Sitte. Wohl ließen die andern Edelknaben den Judenjungen spüren, daß er ein Eindringling sei; doch es schien, als ob sein Verlangen, sich ihnen anzugleichen, durch ihren Widerstand nur wachse, und er fühlte sich gestützt durch die offenbare Gunst des Königs.

Es war genug, daß dieser Mann Alfonso ihm den Sohn wegnahm. Er sollte ihm nicht auch die Tochter wegnehmen. Jehuda konnte sich sein Haus nicht vorstellen ohne die kluge, heitere Gegenwart Raquels.

Und er rollte ein anderes Buch der Schrift auf und las von Jefta, welcher der Sohn eines Buhlweibes war und ein Räuber, den aber in ihrer Not die Kinder Israels zu ihrem Obersten und Richter machten. Und bevor er auszog gegen die Feinde, die Söhne Ammons, tat er ein Gelübde und sprach: Wenn du die Söhne Ammons in meine Hand gibst, Adonai, so soll dasjenige, was mir aus den Türen meines Hauses entgegenkommt, wenn ich heil zurückkehre, dir gehören, und ich will es darbringen als Opfer. Und als er gesiegt hatte über die Söhne Ammons, kam er zurück in sein Haus, und siehe, seine Tochter kam heraus ihm entgegen mit Pauken und im Reigen, und er hatte außer ihr keinen Sohn noch Tochter. Und es geschah, wie er sie sah, zerriß er seine Kleider und sprach: Ach meine Tochter, wie beugst du mich ins Unglück und bist unter meinen Verderbern. Und er tat nach seinem Gelübde, das er gelobt hatte.

Und Jehuda sah vor sich das dünne, blasse, düstere, erloschene Gesicht des Rabbi Tobia, und er hörte seine marklose und doch so eindringliche Stimme erzählen, wie da in fränkischen Gemeinden Vater den Sohn und Bräutigam die Braut geopfert hatte um des erhabenen Namens willen.

Was von ihm verlangt wurde, war ein anderes. Es war leichter und es war schwerer, die Tochter der Wollust dieses Christenkönigs preiszugeben.

Am nächsten Morgen ging Don Jehuda zu seinem Freunde Musa und sagte ihm ohne Umschweife: »Dieser Christenkönig will meine Tochter haben, um mit ihr zu schlafen. Er möchte ihr das Lustschloß La Galiana schenken, das er sich von mir hat bauen lassen. Ich muß fliehen, oder ich muß sie ihm ausliefern. Wenn ich fliehe, bedrängt er alle Juden, die in seiner Macht sind, und verloren ist die Zuflucht der vielen, die da verfolgt werden in den Ländern des Königs von Francien.«

Musa sah das Gesicht des andern und sah, daß er verstört war; denn vor seinem Freunde ließ Jehuda die Maske fallen. Und Musa sagte sich: Er hat recht. Wenn er sich nicht fügt, dann sind nicht nur er und sein Kind bedroht, auch ich bin es, und die Juden von Toledo sind es, und dieser fromme und weise und merkwürdig närrische Rabbi Tobia ist es, und alle diejenigen sind es, für welche Tobia spricht, und es sind sehr viele. Auch wird wohl wirklich, wenn Jehuda nicht mehr unter den Räten des Königs ist, der große Krieg früher ausbrechen.

Und Musa sagte sich: Er liebt seine Tochter und möchte ihr keinen Rat geben, der ihr nicht zum Heil ist, und schon gar nicht möchte er sie zwingen. Aber er will, daß sie bleibt und sich dem Manne fügt. Er macht sich vor, er stehe vor einer schweren Wahl, aber er hat sich längst entschieden, er will bleiben, er will nicht hinaus in Armut und Elend. Wenn er nicht bleiben wollte, dann hätte er sogleich gesagt: Wir müssen fliehen. Auch ich möchte bleiben, auch ich möchte sehr ungern ein zweites Mal hinaus in Armut und Exil.

Musa teilte die Anschauungen der Moslems über Liebe und Lust. Die verfeinerte, vergeistigte »Minne« der christlichen Ritter und Sänger schien ihm Einbildung, Wahn; die Liebe der arabischen Dichter war greifbar, wesenhaft. Auch ihre jungen Männer starben vor Liebe, und ihre Mädchen schwanden hin vor Sehnsucht nach dem Geliebten; aber es war kein Unglück, wenn der Mann auch eine andere Frau beschlief. Liebe war eine Angelegenheit der Sinne, nicht des Geistes. Groß waren die Freuden der Liebe, aber es waren dumpfe Freuden, nicht vergleichbar der hellen Seligkeit der Forschung und Erkenntnis.

In seinem Innersten wußte wohl auch sein Freund Jehuda, daß das Opfer, welches von Raquel verlangt wurde, so ungeheuerlich nicht war. Aber wenn Musa ihm nicht klug zuredete, dann wird er, um vor sich selber und vor den andern mit seiner Seele und seiner Sendung zu prahlen, schließlich doch das Falsche tun und sich aus Toledo fortmachen zum »Heil« seiner Tochter. Wahrscheinlich aber ihr keineswegs zum Heil. Denn was erwartete sie, wenn sie nicht dieses Königs Nebenfrau wird? Wenn es gut ging, verheiratete sie Jehuda dem Sohn irgendeines Steuerpächters oder reichen Mannes. War es da nicht besser, sie hatte starke Freuden und Schmerzen, ein großes Schicksal statt eines mittelmäßig blassen? Von der Wand mahnte der arabische Spruch: »Such nicht das Abenteuer, doch geh ihm nicht aus dem Wege.« Raquel war ihres Vaters Kind; wenn sie zu wählen hatte zwischen einem braven, blassen Schicksal und einem ungewissen, verfänglichen, leuchtenden, dann wählte sie das verfängliche.

Er sagte: »Frage sie, Jehuda. Frage dein Kind.« Jehuda sagte ungläubig: »Ich soll die Entscheidung dem Mädchen zuschieben? Sie ist klug, aber was weiß sie von der Welt? Und sie soll entscheiden über das Schicksal von Tausenden und aber Tausenden?«

Musa antwortete klar und sachlich: »Frage sie, ob ihr dieser Mann ein Abscheu ist. Wenn nicht, dann bleibe. Du selber hast gesagt, wenn du mit ihr fliehst, dann kommt Böses über sehr viele.«

Jehuda, zornig und finster, erwiderte: »Und ich soll die Wohlfahrt der vielen bezahlen mit der Hurerei meiner Tochter?«

Musa sagte sich: Da steht er, ehrlich entrüstet, und will, daß ich ihm seine Entrüstung ausrede und seine Moral widerlege. In der Seele ist er entschlossen, zu bleiben. Er muß tun, es treibt ihn, zu tun, es ist ihm nicht wohl, wenn er nicht tut. Und sich regen, so wie er's will, kann er nur, wenn er Macht hat. Und Macht hat er nur, wenn er bleibt. Vielleicht sogar, aber er gesteht sich's nicht ein, hält er's für ein Glück, daß dieser König das Mädchen begehrt, und träumt schon davon, wie er aus der Geilheit des Mannes großen Segen zieht und Blüte für Kastilien und für seine Juden und Macht für sich selber. Musa betrachtete den Freund bitter amüsiert.

»Wie du stürmst«, antwortete er. »Von Hurerei sprichst du. Wenn dieser König unsere Raquel zu seiner Hure machen wollte, käme er heimlich mit ihr zusammen. Statt dessen setzt er sie nach La Galiana, er, der christliche König, die Jüdin, jetzt, im Heiligen Krieg.«

Die Worte des Freundes rührten Jehuda an. Als er Aug in Aug mit dem König gestanden war, hatte er Haß und Zorn gespürt vor der Wildheit und Roheit des Mannes, aber auch eine feindselige Achtung vor seinem Stolz und seinem riesenstarken Willen. Musa hatte recht: solch erschreckend starker Wille war mehr als geiles Gelüst.

»Nebenfrauen zu haben, ist in diesem Lande nicht der Brauch«, sagte ohne Schwung Jehuda.

»So wird der König den Brauch eben einführen«, antwortete Musa.

»Meine Tochter soll keines Mannes Nebenfrau sein, auch nicht eines Königs«, sagte Jehuda.

Musa gab zu bedenken: »Nebenfrauen der Urväter wurden zu Müttern eurer Stämme. Und wie ist es mit Hagar, der Nebenfrau Abrahams? Sie gebar einen Sohn, der zum Stammvater des mächtigsten Volkes der Welt wurde, und sein Name war Ismael.« Und da Jehuda schwieg, riet er nochmals und dringlich: »Frage dein Kind, ob ihr dieser Mann ein Abscheu ist.«

Jehuda dankte dem Freund und verließ ihn.

Und ging hin und rief seine Tochter und sprach: »Prüfe dein Herz, mein Kind, und rede offen zu mir. Wird dir dieser König, wenn er in La Galiana zu dir kommt, ein Abscheu sein? Wenn du sagst: ›Dieser Mann ist mir ein Abscheu‹, dann nehme ich dich bei der Hand und rufe deinen Bruder Alazar, und wir machen uns fort und ziehen über die nördlichen Berge ins Land des Grafen von Toulouse und von da weiter durch viele Länder in das Reich des Sultans Saladin. Mag dann der Mann hier wüten, und mag dann Unglück kommen über Tausende.«

Raquel fühlte in ihrem Innern stolze Demut und wilde Neugier. Sie war glücklich, auserwählt zu sein wie ihr Vater, ein Instrument Allahs, und sie war voll von einer fast unerträglichen Erwartung.

Sie sagte: »Dieser König ist mir kein Abscheu, mein Vater.«

Jehuda mahnte: »Bedenke es gut, meine Tochter. Vielleicht kommt viel Dunkles auf dein Haupt aus deinen Worten.« Doña Raquel aber wiederholte: »Nein, mein Vater, dieser König ist mir kein Abscheu.« Nachdem sie aber so gesprochen hatte, fiel sie um, in Ohnmacht.

Jehuda erschrak tief. Er sagte ihr Koranverse ins Ohr, er rief die Amme Sa'ad und die Zofe Fátima, sie ins Bett zu bringen, er rief Musa, den Arzt.

Als aber Musa kam, sie zu betreuen, lag sie in stillem, tiefem, sichtlich gesundem Schlaf.

Nachdem der Entschluß einmal gefaßt war, wichen die Zweifel von Jehuda, und er verspürte Zuversicht, er werde nun alle seine Pläne durchführen können. Eine so heitere Kühnheit strahlte von seinem Gesicht, daß Rabbi Tobia mit Augen des Vorwurfs und Kummers auf ihn sah. Wie konnte ein Sohn Israels so fröhlich sein in dieser Zeit des Leidens! Jehuda aber sagte zu ihm: »Stärke dein Herz, mein Lehrer und Herr, es wird nicht mehr lange dauern, und ich werde dir frohe Botschaft sagen für unsere Brüder.«

Doña Raquel ihresteils ging herum bald leuchtenden Gesichtes, bald tief nachdenklich und zugesperrt, immer in Erwartung. Die Amme Sa'ad drängte in sie, ihr zu sagen, was es gebe, aber sie sagte ihr nichts, und die Alte war gekränkt. Raquel schlief gut in dieser Zeit, doch dauerte es lange, ehe sie einschlafen konnte, und wenn sie auf den Schlaf wartete, dann hörte sie wohl ihre Freundin Layla, wie sie sagte: Du Arme, und sie hörte Don Alfonso, wie er befahl: Ich will es. Aber Layla war ein dummes kleines Mädchen, und Don Alfonso war ein weitberühmter Fürst und Herr.

Am dritten Tage sagte Don Jehuda: »Ich werde jetzt dem König unsere Antwort melden, meine Tochter.« – »Darf ich meinem Vater einen Wunsch aussprechen?« fragte Raquel. »Sage deinen Wunsch«, erwiderte Don Jehuda. »Dann wünsche ich mir«, sagte Raquel, »daß, bevor ich nach La Galiana gehe, an den Wänden Inschriften angebracht werden, die mich zur rechten Zeit an das Rechte mahnen. Und ich bitte dich, mein Vater, die Inschriften auszuwählen.« Raquels Wunsch bewegte Jehuda. »Aber«, gab er zu bedenken, »es wird einen Monat dauern, ehe die Friese mit den Inschriften fertig sind.« Doña Raquel, mit einem trüb und fröhlichen Lächeln, antwortete: »Gerade das habe ich bedacht, mein Vater. Gönne mir, bitte, diese Zeit, noch bei dir zu bleiben.«

Don Jehuda nahm sie in die Arme, er drückte ihr Gesicht an seine Brust, daß er's von oben sehen konnte, und siehe, es war voll von der gleichen verzweifelten und beglückten Spannung, die ihn selber füllte.

Ein feierlicher Zug, geführt von Don Jehudas Sekretär Ibn Omar, verließ das Castillo Ibn Esra. Männer und Maultiere trugen Schätze aller Art, wunderbare Teppiche, kostbare Vasen, herrlich gearbeitete Schwerter und Dolche, edelstes Gewürz; auch zwei Vollblutpferde waren in dem Zug, und drei Krüge wurden mitgeführt, gefüllt mit Goldmaravedí. Der Zug ging über den Marktplatz, den Zocodovér, hinauf zur Königsburg. Die Leute gafften und begriffen: es war eine Geschenk-Karawane.

In der Burg meldete der diensttuende Kämmerer dem König: »Die Sendung ist da.« Alfonso, verblüfft, fragte: »Was für eine Sendung?« Fast töricht vor Staunen schaute er zu, wie die Schätze ins Innere getragen wurden. Die Geschenke des Ibn Esra sollten offenbar die Antwort auf sein Verlangen sein; der Jude gab sie ihm, wie die Ungläubigen es liebten, in einem Gleichnis. Aber der Jude blieb dunkel wie so oft, sein Gleichnis war zu fein, Don Alfonso verstand es nicht.

Er ließ den Ibn Esra rufen. »Wozu schickst du mir den goldenen Plunder?« herrschte er ihn an. »Willst du mich bestechen für deine Beschnittenen? Willst du mir den Heiligen Krieg abkaufen? Oder was sonst für einen tückischen Verrat mutest du mir zu? Es ist eine höllische Frechheit!«

»Verzeih deinem Diener, Don Alfonso«, antwortete unbewegt Jehuda, »wenn er deinen Zorn nicht begreift. Du hast mir Unwürdigem und meiner Tochter ein überreiches Geschenk geboten. Es ist bei uns Sitte, Gabe mit Gabe zu erwidern. Ich habe mich bemüht, aus meinem Besitz das Schönste auszusuchen, daß es Gnade finde vor deinen Augen.« Alfonso erwiderte ungeduldig: »Warum sprichst du so umwegig, Mensch? Sag es so, daß ein Christ und Ritter es versteht: Kommt deine Tochter nach La Galiana?«

Er stand dem Juden ganz nahe und warf ihm seine Worte ins Gesicht. Würgend lag um Jehuda die Schmach. Aussprechen soll ich es auch noch, dachte er, mit dürren Worten zustimmen soll ich, daß sich mein Kind zu diesem Menschen ins Bett legt, während seine Königin fern und unerreichbar hoch in ihrem kalten Burgos wohnt. Mit eigenen Lippen soll ich die Worte des Schmutzes und der Erniedrigung heraussagen, ich, Jehuda Ibn Esra. Aber er soll's mir zahlen, dieser Zügellose. Mit guten Werken gegen seinen Willen soll er's zahlen!

In Alfonso dachte es: Ich brenne. Ich vergehe. Wann wird er endlich sprechen, der Hund? Wie er mich anschaut! Man könnte Angst bekommen, wie er einen anschaut.

Da neigte sich schon Jehuda. Er neigte sich tief, er berührte mit einer Hand den Boden und sagte: »Meine Tochter wird in La Galiana wohnen, Herr König, da du es so wünschest.«

Don Alfonso vergaß alle Wut. Ein großes, jungenhaftes Entzücken ging über sein breites Gesicht und machte es ganz hell. »Das ist herrlich, Don Jehuda!« rief er. »Das ist ein wunderbarer Tag!« So kindhaft aufrichtig war seine Freude, daß sie Jehuda fast versöhnte.

Er sagte: »Nur *eine* Bitte hat meine Tochter: daß die Friese des Hauses La Galiana die rechten Inschriften tragen, bevor sie es von neuem betritt.«

Don Alfonso, sogleich wieder mißtrauisch, fragte: »Was soll das nun wieder? Wollt ihr mich betrügen mit schlauen Vorwänden?«

Don Jehuda dachte bitter an den Stammvater Jakob, der sieben Jahre um Rahel hatte dienen müssen, und nochmals sieben Jahre, und dieser Mensch wollte keine sieben Wochen warten. Er sagte ehrlich und voll Schmerz: »Listen und Ränke sind meinem Kinde fern, Don Alfonso. Wolle es, bitte, begreifen, daß Doña Raquel danach verlangt, noch eine kleine Weile in der Hut ihres Vaters zu bleiben, ehe sie die neue Straße geht. Wolle es, bitte, begreifen, daß sie danach verlangt, Worte vertrauter Weisheit zu finden an der neuen, nicht unverfänglichen Stätte.«

Alfonso, mit heiserer Stimme, fragte: »Wie lange wird das dauern mit den Inschriften?« Jehuda antwortete: »In weniger als zwei Monaten wird meine Tochter in La Galiana sein.«

Zweiter Teil

Und er schloß sich mit der Jüdin fast volle sieben Jahre ein und gedachte nicht seiner selbst, noch seines Reiches, noch kümmerte er sich um sonst etwas.

Alfonso el Sabio, Crónica General
Um 1270

Sieben Jahre blieb der König
Eingeschlossen mit der Jüdin,
So daß sie sich niemals trennten,
Und es liebte sie der König
Dergestalt, daß seines Reiches
Er vergaß und seiner selber.

Aus der Romanze des Sepúlveda

Erstes Kapitel

Alfonso schlug die Augen auf und war sogleich hell wach. Er brauchte nirgends und niemals einen Übergang aus Schlaf und Traum in die Wirklichkeit. Er fand sich auch jetzt in dem ungewohnten arabischen Zimmer, in welches durch den dunkeln Vorhang des kleinen Fensters nur gedämpftes Morgenlicht drang, sofort zurecht.

Nackt, schlank, weißhäutig, rotblond lag er auf dem üppigen Bett, faul, tief zufrieden.

Er hatte allein geschlafen. Raquel hatte ihn nach wenigen Stunden weggeschickt; so hatte sie's auch in den drei Nächten vorher gehalten. Sie wollte allein aufwachen. Sie pflegte des Abends und des Morgens, ehe sie sich zeigte, lange Vorbereitungen zu treffen, sie badete in Rosenwasser und zog sich sorgfältig an.

Er stand auf, räkelte sich, ging nackt hin und her in dem nicht großen, mit Teppichen belegten Raum. Er summte vor sich hin, und da ringsum alles so leise und gedämpft war, summte er lauter, sang, sang lauter, ein kriegerisches Lied, schmetterte es aus voller, vergnügter Brust.

Er hatte, seitdem er in der Galiana war, außer dem Gärtner Belardo keine Christenseele gesehen; nicht einmal seinen Freund Garcerán, der jeden Morgen kam, nach seinen Wünschen und Befehlen zu fragen, hatte er vorgelassen. Früher war jede Stunde gefüllt mit Menschen und mit Tätigkeit oder doch mit Geschäftigkeit und Rede; jetzt zum erstenmal war er müßig und allein. Versunken waren Toledo, Burgos, der Heilige Krieg, das ganze Hispanien, nichts war da, nur er und Raquel. Erstaunt genoß er dieses völlig Neue. Wie er hier lebte, das war Leben; alles vorher war Halbschlaf gewesen.

Er hörte auf zu singen, dehnte sich, gähnte mächtig, lachte ohne Grund.

Dann war er mit Raquel zusammen. Sie frühstückten, er Hühnerbrühe mit Fleischpastete, sie ein Ei, Konfekt, Obst; er trank stark gewässerten Würzwein, sie Zitronensaft mit viel Zucker. Er beschaute sie stolz und froh. Sie war eingehüllt in ein Kleid von leichter Seide; auch einen kleinen Halbschleier trug sie, wie sich das für eine verheiratete Frau ziemte. Aber mochte sie sich nach Belieben verhüllen und verstecken, er kannte jeden Zoll an ihr.

Sie schwatzten angeregt. Sie mußte erklären und erzählen; so vieles, was sie anging, war ihm fremd, und alles wollte er wissen, und er verstand sie, ob sie arabisch sprach, lateinisch oder kastilisch. Auch ihm selber fiel immer Neues ein, was sie sicher interessierte und was er ihr sogleich mitteilen mußte. Jedes Wort, das einer von ihnen sagte, war wichtig, und wenn es noch so bedeutungslos und verspielt klang, und waren sie dann allein, so riefen sie sich einer des andern Worte zurück und bedachten sie und lächelten. Herrlich war es, daß man einander so gut verstand, wiewohl doch der eine vom andern so verschieden war. Im innersten Gefühl war man gleich, da spürte man genau, was der andere spürte: ein uferloses Glück.

O der Seligkeit, wenn man ineinander verschwamm. Man spürte dieses Verschwimmen herannahen, es war ganz nahe. Nun dauerte es nur mehr den kürzesten Teil eines Augenblicks und es war da, und man sehnte sich danach und man suchte es hinauszuzögern, denn die Sehnsucht war so herrlich wie die Erfüllung.

La Galiana hatte einen großen Park. Innerhalb der Mauern, die ihn weiß und streng umschlossen, gab es immer Neues zu entdecken, und an alles, an den kleinen Wald, an den Kiosk, an den Teich, an das Haus selber, knüpften sich merkwürdige Geschichten und Erinnerungen. Da waren etwa die zwei halbzerstörten Zisternen, man hatte sie belassen, wie sie waren – jene uralte Zeitmessungsmaschine des Rabbi Chanan.

Raquel erzählte Alfonso vom Leben und Tode des Rabbis, Alfonso hörte zu, konnte nicht viel damit anfangen, sagte nichts.

Beide kannten sie und beredeten gerne die Geschichte jener Prinzessin Galiana, deren Namen die Besitzung trug. Ihr Vater, König Galafré von Toledo, hatte ihr das Schloß gebaut. Angelockt vom Rufe ihrer Schönheit kamen viele Freier, darunter Bradamante, König des benachbarten Guadalajara, ein Mann von riesenhafter Gestalt, und König Galafré versprach ihm die Tochter. Aber auch der fränkische König Karl der Große hatte von der Schönheit der Prinzessin Galiana gehört, er kam nach Toledo unter dem angenommenen Namen Mainét, nahm Dienst bei Galafré und besiegte des Königs mächtigsten Feind, den Kalifen von Córdova. Galiana verliebte sich in den heldischen Karl, und der dankbare König Galafré sagte nun ihm ihre Hand zu. Da aber überzog der getäuschte Freier, der riesenhafte Bradamante, Toledo mit Krieg und forderte Mainét-Karl zum Zweikampf. Der nahm an und besiegte und tötete den Riesen. Allein Karls rascher Aufstieg hatte ihm viele zu Feinden gemacht, sie redeten König Galafré ein, daß Mainét nach seiner Krone strebe, und Galafré beschloß, ihn ermorden zu lassen. Die Prinzessin Galiana indes warnte ihren Liebsten, entfloh mit ihm in seine Stadt Aachen und wurde Christin und seine Königin.

Raquel war bereit zu glauben, daß sich Galiana in den Frankenkönig verliebt hatte und mit ihm geflohen war. Aber daß Karl den Riesen besiegt habe, glaubte sie nicht, und schon gar nicht, daß Galiana Christin geworden sei. Alfonso meinte: »So hat es Don Rodrigue in den alten Büchern gefunden, und er ist ein sehr gelehrter Mann.« – »Ich werde einmal Onkel Musa fragen«, beschloß Raquel.

Alfonso, ein wenig gereizt, sagte: »Der Palacio der Galiana wurde zerstört, als mein Urgroßvater Toledo nahm. Man hatte ihn nicht wiederhergestellt, weil damals Toledo unmittelbar an der Grenze lag. Jetzt aber habe ich Calatrava und Alarcos fest in der Hand, und Toledo liegt gesichert. Ich konnte dir also La Galiana ohne Gefahr wieder aufbauen.« Ganz leise lächelte Raquel. Er hätte ihr nicht erst zu sagen brauchen, was für ein Held, Ritter und großer König er war; jedermann wußte es.

Alfonso ließ sich von Raquel die Spruchbänder an den Wänden erklären; mehrmals waren altertümliche, kufische Buchstaben verwandt, Raquel las sie ohne Mühe. Sie erzählte ihm, wie sie schreiben und lesen gelernt hatte. Einfache Koranverse zuerst und die neunundneunzig Namen Allahs, in der üblichen neuen, der Neschi-Schrift, dann später hatte sie die alte kufische Schrift gelernt, und zuletzt, von Onkel Musa, die hebräische. Alfonso verzieh ihr das viele überflüssige Wissen, weil sie Raquel war.

Unter den Sprüchen an der Wand war jener uralte arabische, den Onkel Musa so liebte: »Ein Federgewicht Frieden ist besser als ein Eisengewicht Sieg.« Sie las ihm den Spruch; voll, dunkel und groß kamen die seltsamen Worte von ihren kindlichen Lippen. Da er nicht verstand, übersetzte sie ins geläufigere Latein: »Eine Unze Frieden ist mehr wert als eine Tonne Sieg.« – »Das ist Unsinn«, erklärte Alfonso herrisch. »Das ist was für Bauern und Bürger, nicht für Ritter.« Da er aber Raquel nicht verletzen wollte, begütigte er: »Im Munde einer Dame mag es angehen.«

»Ich habe auch einmal einen Lehrspruch gedichtet«, erzählte er später. »Das war, als ich Alarcos nahm. Ich hatte den Gebirgskamm südlich des Nahr el Abiad besetzt und durch eine starke Wache gesichert, die ich einem gewissen Diego unterstellte, einem Lehensmann meiner Barone de Haro. Der Mann ließ seinen Posten überrumpeln, fast hätte mich das Alarcos gekostet. Er hatte geschlafen, dieser Diego. Ich ließ ihn binden, verwahrte ihn am Pflock eines Zeltes. Dann dichtete ich meinen Lehrspruch. Laß sehen, ob ich ihn noch zusammenbringe. ›Wachen muß, wer haben will des Feindes Haupt und des Feindes Schild. Der Wolf, der schläft, der tut keinen Fang. Der Mann, der schläft, der siegt keinen Sieg.‹ Das ließ ich in sehr großen Buchstaben aufschreiben, und der

Diego mußte es lesen am ersten Morgen, und am zweiten, und am dritten. Erst dann ließ ich die Augen ausstechen, die nichts gesehen hatten. Dann nahm ich Alarcos.«

Raquel blieb einsilbig an diesem Tage.

Die heißen Stunden verbrachte Raquel gewöhnlich in der stillen Dunkelheit ihres Zimmers, dessen wassergetränkter Filzbelag Kühlung schuf. Don Alfonso legte sich dann wohl im Park in den Schatten eines Baumes, gern in der Nähe des Gärtners Belardo, der auch in der heißen Zeit fleißig war oder doch so tat. Das erstemal hatte sich Belardo fortmachen wollen, doch Alfonso rief ihn heran, er liebte es, mit den Unteren zu sprechen. Er sprach ihre Sprache, er sprach sie in ihrem Tonfall, so daß sie ihm vertrauten und ihm bei aller Ehrerbietung die Wahrheit sagten. Das runde, fette, schlaue Gesicht des Belardo und seine biedere, verschmitzte Art machten dem König Spaß. Er winkte ihn oft heran und unterhielt sich mit ihm.

Belardo hatte eine angenehme Stimme, Alfonso ließ sich von ihm vorsingen, am liebsten Romanzen. Da war etwa die Romanze von der Dame Florinda, auch genannt La Cava. Florinda, hieß es da, und ihre Fräulein, sich unbeobachtet glaubend, entblößten ihre zarten Beine und maßen deren Umfang mittels eines gelben Seidenbandes. Und die weißesten und schönsten Beine hatte Florinda. Verborgen aber hinterm Vorhang eines Fensters schaute König Rodrigo dem Spiele zu, und heimliches Feuer verbrannte ihm das Herz. Er rief Florinda zu sich und sagte: »Florinda, Blühende, ich bin blind und krank vor Liebe. Heile mein Übel, und ich dank es dir mit meinem Zepter und mit meiner Krone.« Es heißt, daß sie zuerst nicht antwortete, ja, daß sie gekränkt war. Aber am Ende geschah es, wie er es wollte, und Florinda, die Blühende, verlor ihre Blüte. Bald hatte der König seine böse Lust zu büßen, und mit ihm das ganze Hispanien. Und wenn man fragt: wer von den beiden war der Schuldigere? dann sagen die Männer: Florinda, und die Frauen sagen: Rodrigo.

So sang der Gärtner Belardo, und Alfonso hörte zu, und

für einen Augenblick argwöhnte er, der Mann habe ihn mit frecher Absicht an das Schicksal dieses Rodrigo, des letzten Gotenkönigs, gemahnt. Denn der Vater der verführten Florinda, Graf Julian, hatte sich, wie andere Romanzen erzählen, mit den Arabern verbündet, um sich an König Rodrigo zu rächen, er hatte die Araber nach Spanien geführt, und so war an der sündhaften Leidenschaft des Königs Rodrigo das Reich der christlichen Goten zugrunde gegangen. Aber der Gärtner Belardo machte ein dumm-unschuldiges, gerührtes Gesicht; er hatte sich nichts Böses gedacht.

Des Nachmittags pflegte Raquel im Teiche zu baden. Sie forderte Alfonso auf, mit ihr zu schwimmen. Er zog sich nur mit Scheu vor ihr aus und fand es unziemlich, daß sie sich vor ihm auszog. Alte Vorurteile sprangen ihn an. Mohammed hatte seinen Gläubigen drei, ja fünf tägliche Waschungen vorgeschrieben, auch den Juden war strenge Reinlichkeit religiöses Gebot, und so sah die Kirche mit Abneigung auf denjenigen, der sich zu häufig wusch.

Mit einem kleinen, lustvollen Schrei setzte Raquel den Fuß ins Wasser, dann ließ sie sich rasch und entschlossen fallen und schwamm. Er folgte, er hatte Spaß am Schwimmen und Tauchen.

Sie saßen nackt am Rande des Wassers und ließen sich von der Sonne trocknen. Es war heiß, die Luft flirrte, schwerer Duft kam von den Blumenbeeten und von den Orangenbäumen, Grillen zirpten und sägten. Er fragte unvermittelt: »Kennst du die Geschichte von Rodrigo und Florinda?« Raquel kannte sie. »Aber«, erklärte sie altklug, »daß an ihrer Liebe das Gotenreich zugrunde ging, das ist ein Märchen. Onkel Musa hat es mir genau erklärt. Der christliche Staat war alt geworden, die gotischen Könige und Soldaten waren verweichlicht. So kam es, daß die Unsern sie in schnellem Kampf überwältigten und mit kleiner Heeresmacht.«

Es verdroß Alfonso, daß sie sagte: »Die Unsern.« Aber die Deutung dieses verdächtigen Musa gefiel ihm. »Da mag dein alter Uhu Musa einmal recht haben«, meinte er. »König Rodrigo war ein schlechter Soldat, darum ließ er sich besiegen. Wir haben aber Kriegskunst gelernt mittlerweile«, sagte er und richtete sich höher, »und wer jetzt verweichlicht ist, das sind deine Moslems mit all ihren Teppichen und ihren Versen und den neunundneunzig Gottesnamen, die sie dir beigebracht haben. Wir werden ihre Mauern und Türme niederbrechen und ihre Fürsten in den Staub treten und ihre Städte dem Boden gleichmachen und Salz darüber streuen. Wir werden deine Moslems ins Meer werfen, Dame. Du wirst es erleben.« Er war aufgestanden. Nackt, trotzig, fröhlich stand er in der Sonne.

Sie kauerte sich zusammen, überkommen vom Gefühl ihrer Fremdheit. Er war wunderbar, dieser ihr Alfonso, wie er dastand, stark, lustig, stolz, männlich, sehr wert, daß sie ihn liebte. Und er war gescheiter, als er sich gab. Er war herrlich, in Wahrheit herr-lich, der geborene Herrscher Kastiliens und vielleicht des ganzen, meerumspülten Andalús. Aber das Beste, was es unter dem Himmel und im Himmel gab, war ihm verschlossen. Das Wichtigste wußte er nicht, nichts wußte er vom Geiste. Sie aber wußte darum, weil sie ihren Vater hatte und Musa, und weil sie zu denen gehörte, deren Erbteil das Große Buch war.

Er spürte, was in ihr vorging. Er wußte, daß sie ihn mit ganzer Seele liebte, alles an ihm, seine Tugend und seine Kraft mit ihrem Überschwang, der vielleicht ein Fehler war. Aber das Beste an ihm, sein Rittertum, konnte sie höchstens lieben, verstehen konnte sie es nicht. Was ein Ritter war, und was gar ein König, das konnte ihr niemand begreiflich machen. Meine Hunde verstehen mehr davon, dachte er grob, und in diesem Augenblick bedauerte er, daß er seine großen Hunde nicht mit in die Galiana genommen hatte. Ganz dunkel aber spürte er gleichzeitig, daß es in der Seele dieser Raquel Räume gab, die wiederum ihm versperrt waren. Da war das Arabische, das Jüdische, das Urfremde, er konnte es niemals ganz begreifen, er konnte es höchstens vernichten. Und noch dunkler und noch weniger ausdrückbar spürte er für einen Augenaufschlag, daß es ihm mit dem ganzen Lande Hispanien so ging. Das Land gehörte ihm, er besaß es, Gott hatte es ihm gegeben, er war der König, er liebte es. Aber in diesem Hispanien gab es einen weiten, weiten Teil, das Arabische, das Jüdische, und dieser Teil war ihm untertänig und dennoch versperrt.

Da aber sah er Raquel, wie sie zusammengekauert dasaß, ganz ihm gehörig, ihm preisgegeben, eine Dame in Not, und er erinnerte sich seiner ritterlichen Pflicht. »Es wird nicht morgen sein und nicht übermorgen, daß ich deine Moslems ins Meer werfe«, tröstete er sie, »und ganz bestimmt nicht wollte ich dich kränken.«

Schon nach wenigen Tagen war ihnen, als wären sie zeit ihres Lebens hier gewesen. Trotzdem spürten sie nichts von Ermüdung und Einförmigkeit, die Tage waren zu kurz, und die Nächte waren zu kurz, und immer Neues war zu sagen, und immer neue Unterhaltungen boten sich an.

Raquel saß am Springbrunnen des Patio, die Märchenerzählerin, und das Wasser des Springbrunns hob sich und fiel, und sie erzählte, zwanzig Geschichten, hundert Geschichten, sie gingen ineinander über wie die Inschriften an den Wänden. Sie erzählte ihm die Geschichte von dem Schlangenbeschwörer und seiner Frau und die von dem Freigebigen Hund und die vom Tode des Liebenden aus dem Stamme Usra und die von dem Betrübten Schulmeister. Und sie erzählte die Geschichte von Einzahn und Zweizahn und die von dem Vornehmen Herrn, der schwanger wurde. Und sie erzählte das Märchen vom Ei des Vogels Rock und das Märchen von der Orange, die sich auftat, als der Dichter sie essen wollte, und er schritt in die Orange hinein, und sie war eine große Stadt, und es begegneten ihm die wunderbarsten Abenteuer.

Sie saß auf dem Rande des Springbrunns, den Kopf in die Hand gestützt, und erzählte, und oft schloß sie die Augen, um deutlicher zu sehen, was sie erzählte. Sie erzählte auf die gegenständliche arabische Art, etwa: »Am andern Morgen – guten

Morgen, lieber Hörer und König – ging aber unsere Witwe zu dem Kaufmann ...«, oder sie unterbrach sich und fragte: »Und nun, lieber Hörer und König, was hättest du an Stelle des Arztes getan?«

Er hörte zu, und hörend, von was für wunderlichen Dingen die Welt voll war, erfaßte er plötzlich, wie wunderlich seine eigene Geschichte war, die er bisher als etwas Selbstverständliches hingenommen hatte. Denn nicht weniger bunt als ihre Märchen war, was er selber erlebt hatte: wie er als Dreijähriger König wurde, und wie sich die Granden um seine Vormundschaft stritten und ihn herumschleppten von Feldlager zu Feldlager und von Stadt zu Stadt, bis er, ein Vierzehnjähriger, mit einer Stimme, die noch in die Höhe rutschte, in Toledo vom Turm der Kirche San Roman herunter die Bürger aufrief, für ihren König einzustehen und ihn aus der Hand seiner Barone zu retten. Und wie er, immer noch sehr jung, die englische Prinzessin freite, die selbst noch ein Kind war, und wie sie Umwege machen mußte, weil man mit León im Kriege lag, bis endlich die Hochzeit ausgerichtet werden konnte. Und wie er sein ganzes junges Leben hindurch weiter Krieg führte und sich herumschlug, mit den Ungläubigen, mit den rebellischen Granden, mit dem König von Aragon, dem von León, dem von Navarra, dem von Portugal und auch, in aller Frömmigkeit, mit dem Heiligen Vater. Und wie er Kirchen baute und Klöster und Festungen und zuletzt dieses Lustschloß La Galiana. Und wie er jetzt hier saß und den Sinn seines Lebens gefunden hatte: diese Frau und diese Märchen, von denen sein eigenes Leben eines war.

Sie erfand neue Spiele. Zeigte sich ihm in der Knabentracht, die sie auf Reisen zu tragen pflegte. Auch den Degen hatte sie umgegürtet; so stolzierte sie herum, zärtlich, hübsch und ungeschickt. Sie schenkte ihm einen reichbestickten Schlafrock aus schwerer Seide, dazu perlbestickte Pantoffeln. Er tat den Schlafrock aber nur widerstrebend um, und als sie wollte, daß er sich mit gekreuzten Beinen auf die Erde hocke, weigerte er sich unwirsch.

Die Kränkung gutzumachen, daß er ihr Geschenk nicht achtete, zeigte er sich ihr in der Rüstung. Es war aber nur die leichte, silberne Rüstung, die er bei Festlichkeiten trug. Sie war ehrlich entzückt, wie schlank, kühn und elegant er aussah, und sie erzählte ihm, wie sie um ihn gezittert hatte damals, als er den Stier bekämpfte. Aber als sie ihn bat, er möge sich ihr in der richtigen Rüstung zeigen, in der, welche er in der Schlacht trage, wich er aus, und auch als sie ihn nach seinem berühmten Schwert Fulmen Dei, Gottes Blitz, fragte, gab er nur vage Antwort.

Sie rühmte ihn vor der Amme Sa'ad. Da diese mürrisch schwieg, sagte sie ihr auf den Kopf zu: »Du magst ihn nicht, du kannst ihn nicht leiden.« – »Wie sollte ich etwas nicht leiden können, was meinem Lämmchen gefällt!« widersprach Sa'ad. Aber dann gab sie zu: »Mich verdrießt, daß er dich nicht zu seiner Sultanin macht. Noch für seine Sultanin wärest du zu gut.« Die Amme blieb besorgt und unglücklich, und eines Tages holte sie aus ihrem mächtigen Busen das Beste, was sie hatte, ein silbernes Amulett mit fünf Strahlen gleich den Fingern einer Hand. Es war eine »Hand der Fátima«, ein Amulett, das verboten, doch sehr wirksam war, und sie beschwor Raquel, es zu tragen, und Raquel war bewegt und nahm es.

Wenn die Amme Sa'ad Dinge aus der Stadt benötigte, mußte sie sich an Belardo wenden. Sie verstanden einander nur mit Mühe, und der feiste Ungläubige war ihr so widerwärtig wie sie ihm. Beide aber hatten sie das Bedürfnis zu schwatzen. Da saßen sie zusammen auf einer Bank im Schatten eines Baumes, sie tief verschleiert, und schimpften. Sie, annehmend, er werde sie nicht verstehen, äußerte in kehligem, geschwindem Arabisch sehr abschätzige Urteile über den König Unsern Herrn; er rügte und beklagte in derbem Kastilisch das abscheuliche Verbrechen des christlichen Königs, der in der Zeit des Heiligen Krieges mit einer Jüdin schlief. Sie verstanden einander nicht und nickten sich Zustimmung.

Mittlerweile hatte Don Alfonso seine Hunde kommen lassen, große Hunde, Raquel mochte sie nicht. Er tummelte sich mit den Tieren herum, warf ihnen beim Essen Stücke Fleisches hin. Das stieß Raquel ab, die an stille, genaue Eßsitten gewohnt war. Er merkte ihre Verstimmung, gab es auf, die Hunde zu necken und zu füttern, begann von neuem. Sie spielten Schach. Sie spielte gut und beteiligt und dachte lange nach, bevor sie zog. Das machte ihn ungeduldig, er forderte sie auf, endlich weiterzuspielen. Sie sah verwundert hoch, eine solche Aufforderung war in islamischen Ländern nicht üblich. Er selber, überschnell, wollte einmal einen Zug zurücknehmen. Sie war befremdet; hatte man eine Figur angerührt, dann mußte man mit ihr ziehen. Freundlich machte sie ihn auf die Regel aufmerksam. Er sagte: »Bei uns ist es nicht so«, und nahm den Zug zurück. Für den Rest des Spieles blieb sie schweigsam und legte es darauf an, sich schlagen zu lassen.

Sie angelten. Sie machten Kahnfahrten auf dem Flusse Tajo. Sie bat ihn, sie auf Fehler in ihrem Latein und Kastilisch aufmerksam zu machen, und versuchte ihresteils, sein Arabisch zu verbessern. Er faßte rasch auf, aber er legte kein Gewicht auf derlei Dinge.

Es gab Sanduhren in der Galiana, Sonnenuhren und Wasseruhren; Raquel warf keinen Blick darauf. Ihre einzige Uhr waren die Blumen. Da waren die Rosen von Schiras, sie öffneten sich des Mittags, da waren die Tulpen von Konja, sie gingen erst spät am Nachmittag auf, da war der Jasmin, er sandte seinen rechten Duft nur um Mitternacht.

Allein es kam ein Morgen, da drang Garcerán zu Alfonso vor und meldete: »Mein Vater ist da.« Don Alfonsos breite, klare Stirn furchte sich gefährlich. »Ich will niemand sehen«, rief er, »ich will nicht!« Garcerán schwieg eine kleine Weile, dann antwortete er: »Mein Vater, dein Erster Minister, läßt dir sagen, er habe so viele Botschaften wie graue Haare auf dem Kopf.« Alfonso, in seinen Hausschuhen, ging auf und ab. Garcerán folgte ihm mit dem Blick, fast hatte er Mitleid mit dem Freund. Schließlich, böse, sagte Alfonso: »Bitte deinen Vater, er möge sich eine kleine Weile gedulden. Ich werde ihn sehen.«

Don Manrique hatte kein Wort des Vorwurfs, er sprach von den Geschäften, als hätte er den König gestern verlassen. Der Ordensmeister von Calatrava verlangte in dringlicher Angelegenheit Audienz. Der Bischof von Cuenca war in Toledo und bat, dem König die Sache seiner Stadt selber vortragen zu dürfen. Die gleiche Bitte hatte eine Delegation der Stadt Logroño, auch eine Deputation von Villanueva. Man war beunruhigt, daß sich der König nicht sprechen ließ. Alfonso erwiderte heftig: »Muß ich immer dasitzen und warten, ob irgendwer eine unverschämte Bitte hat? Es sind noch keine zwei Monate, daß ich dem Bischof von Cuenca tausend Maravedí anwies. Ich will seine fromme, gierige Fresse nicht sehen.« Don Manrique, als hätte Alfonso nichts gesagt, fuhr fort: »Villanueva hat Versprechungen und wartet. Die Privilegien für Logroño brauchen deine Unterschrift. Die Sache mit Lope de Haro muß entschieden werden, Bescheid ist seit langer Zeit versprochen. Der Ordensmeister kann ohne deine Entschließung den Ausbau von Calatrava nicht weiterführen. Bürger deiner Stadt Cuenca warten in den Verliesen des Castro.« Alfonso, finster, doch ohne Schwung, sagte: »Ich selber habe viel warten müssen, du weißt es, Don Manrique«, und: »Ich werde morgen in Toledo sein«, schloß er jäh.

Er ging zu Raquel. Brüsk – Schmerz und Ärger machten ihn ungeschickt – teilte er Raquel mit: »Ich muß morgen nach Toledo.« Sie wurde tödlich blaß. »Morgen?« fragte sie sinnlos. »Aber ich bleibe nur kurz«, versicherte er eilig, »am dritten Tage bin ich zurück.« – »Am dritten Tage«, sagte sie ihm nach, und wieder klang es kläglich sinnlos, als begreife sie nicht. Und: »Geh noch nicht«, bat sie, und nochmals und nochmals: »Geh noch nicht.«

Er verritt früh am Morgen, und Raquel war allein.

Der Morgen war endlos, und es wird ein anderer Morgen sein und ein dritter, ehe er wieder da ist.

Sie ging in den Garten, sie ging an den Tajo, ging zurück ins Haus, ging wieder in den Garten, schaute auf die finstere Stadt

Toledo, und die Rose von Schiras war immer noch geschlossen, und es war noch immer nicht Mittag. Und nachdem die Rose aufgegangen war, schlichen die Stunden noch langsamer. Raquel, am frühen Nachmittag, lag im Schatten ihres Zimmers, es war sehr heiß, und wurde es denn niemals Abend? Und sie ging von neuem in den Garten, aber die Tulpen waren noch geschlossen, und die Schatten waren kaum länger geworden. Endlich war es dunkel, aber da wurde es nur quälender.

Nach einer ewigen Nacht dämmerte ein schwärzlichgrauer Morgen, wurde heller grau, filterte weißlich durch die Vorhänge. Sie stand auf, ließ sich baden, salben und ankleiden und säumte und zögerte. Man brachte ihr das Frühstück, doch die Früchte waren ihr nicht saftig, die erlesenen Süßigkeiten nicht süß. Mit ihrem innern Aug sah sie den Alfonso, der nicht da war, wie er achtlos und gierig aß und trank. Sie sprach zu ihm, sagte seinem Luftbild verliebte Worte, rühmte sein mageres, männliches Gesicht, die rotblonden Haare, die nicht großen, scharfen Zähne. Ihre Hände glitten seine Weichen und seine Hüften hinab, sie sagte ihm schamlose Worte, die sie dem Alfonso aus Fleisch und Blut nicht hätte sagen können, und sie errötete und sie lachte.

Sie erzählte sich selber Märchen. Da waren Riesen, Untiere, die alles ringsum totschlugen und das Mark fressen wollten aus den Knochen ihrer Feinde. Sie äußerten Sätze, die Alfonso geäußert hatte, doch verstärkt ins Ungeheuerliche. Alfonso war einer dieser wüsten Gesellen, aber sie konnte nicht entdecken, welcher. Auch war es eigentlich nicht er, es war ein verwandelter, verzauberter Alfonso, der auf die Geliebte wartete, die ihn erlösen sollte aus der Gestalt, die er hatte annehmen müssen. Und sie wird ihn erlösen.

Sie dachte daran, wie sie das erstemal zu ihm gesprochen hatte in Burgos und ihm gesagt, daß ihr sein finsteres Kastell nicht gefalle. Und sie dachte an seine Sultanin Doña Leonor, wie sie sie mit gnädig kaltem Blick geprüft und abgeschätzt hatte. Ein leises Unbehagen war in ihr, sie schüttelte es ab.

Sie schrieb Alfonso einen Brief, nicht daß er ihn je lese,

aber sie mußte bekennen, wie sehr und warum sie ihn liebte. Und sie schrieb mit aller Kraft ihres Herzens: »Du bist herrlich, Du bist der größte Ritter und Held in Hispanien, Du setzest Dein Leben ein für törichte Dinge, weil ein Ritter so tun soll, und das ist sinnlos und hinreißend, und darum liebe ich Dich. Mein Lieber, Ungeduldiger, Kriegerischer, Du bist laut, stürmisch, ungebärdig wie ein wilder Vogel, und ich möchte Dich in meinem Schoße haben.« Sie las, was sie geschrieben hatte, und sie nickte ernsten, wilden Gesichtes.

Sie hatte, um die Sprache zu studieren, ein kleines Buch fränkischer Verse gelesen; ein Gedicht hatte ihr besonders gefallen. Sie suchte das Buch her und lernte das Gedicht auswendig. »Sagte die Dame: ›Jedes Gelübde will ich tun für dich, mein Freund und wahrer Herzenswunsch – mon ami et mon vrai désir.‹ Sagte der Ritter: ›Wie hab ich es verdient, Dame, daß du mich so liebst?‹ Sagte die Dame: ›Weil du ganz so bist, wie ich es mir träumte, mon ami et mon vrai désir.‹«

Sie ging in den Park. Der Gärtner Belardo pflückte Pfirsiche, und sie bat ihn, er möge – wie man das in Sevilla tat – ein paar Früchte stehenlassen, damit der Baum nicht traurig sei. Belardo hörte sogleich mit dem Pflücken auf, aber sie spürte Feindschaft hinter seiner Bereitwilligkeit.

Sie saß am Ufer des Tajo und schaute nach Toledo und träumte. Sie dachte an Alfonso in seiner silbernen Rüstung. Sie wird ihm eine Rüstung schenken, wie der Waffenschmied Abdullah in Córdova sie fertigte, schwärzlichblau, mit vielen beweglichen Teilen, sehr elegant und dennoch ein besserer Schutz als die Panzerhemden der Christen. Der Vater mußte ihr die Rüstung besorgen.

Mit einemmal fiel ihr aufs Herz, daß sie dem Vater versprochen hatte, jeweils am Vorabend des Sabbats zu ihm zu kommen, um den ganzen heiligen Tag mit ihm zu verbringen. Er hatte es nicht von ihr verlangt, sie hatte es ihm angeboten, und nun hatte sie es all die Zeit her vergessen! Bestürzt erkannte sie, wie weit der Vater aus ihrem Leben zurückgewichen war.

Diesen Freitag wird sie zu ihm gehen. Nein, da kam Alfonso zurück. Aber den Freitag darauf wird sie zu ihm gehen, und nichts soll sie halten.

In Toledo hatte keiner der Räte ein Wort des Vorwurfs oder auch nur der Verwunderung für Alfonso, doch spürte er ihre Mißbilligung. Er kümmerte sich nicht darum. Eines einzigen Mannes Anblick wäre ihm peinlich gewesen, Jehudas. Aber der kam nicht.

Geschäfte füllten Alfonsos Tag, Empfänge, Beratungen, das Studium von Urkunden. Er sprach, debattierte, wog Gründe und Gegengründe, entschied, unterschrieb. Er mühte sich, Menschen und Dinge in der notwendigen harten Helle zu sehen, aber immer von neuem nebelte Verzauberung ein, die Verzauberung der Galiana, und während er redete und arbeitete und unterzeichnete, dachte er: Was tut sie jetzt? Und ist sie auf dem Mirador oder im Patio? Und trägt sie wohl das grüne Kleid?

Des Nachts brannte er vor Begier. Er wollte an den Aufriß der Festung Calatrava denken und an seinen Hader mit dem Bischof von Cuenca. Statt dessen kamen ihm arabische Verse in den Sinn, die Raquel ihm vorgesprochen hatte, und er versuchte, das ganze Gedicht zu konstruieren, aber trotz seines guten Gedächtnisses konnte er nicht alle Reime zusammenfinden, und das ärgerte ihn. Er sah deutlich Raquels Lippen, aus denen die Verse kamen, und er verstand sie nicht, und sie suchte ihm zu helfen, und sie tat die Arme auf und erwartete ihn. Und neue Hitze überrieselte ihn, und seine Pulse klopften, und er konnte nicht länger liegen.

Endlich war die Ewigkeit dieser drei Tage vorbei, und er war wieder in der Galiana, und der gleiche, grenzenlose, brustsprengende, zum Himmel reißende Jubel füllte sie beide.

Sie gab ihm, was immer er begehrte, doch genügte es nicht. Keine Berührung genügte, kein Kuß, keine Umarmung, keine Vermischung. Er begehrte sie tiefer und war rasend, daß es keine Sättigung gab für seine Begierde.

Er war eins mit ihr, mehr eins als mit sich selber. Ihr konnte er Dinge sagen, die er noch keinem gesagt hatte, auch sich selber nicht, stolze, kindische, königliche, alberne Dinge; und wenn er glaubte, er habe ihr sein Geheimstes enthüllt, dann ließ ihn ihre Nähe ein noch Geheimeres entdecken, das dahinter war. Es war ihm lieb, wenn Raquel antwortete; denn fast immer antwortete sie ein Unerwartetes, das er trotzdem sogleich verstand. Aber auch wenn sie schwieg, war es ihm lieb; denn wer sonst konnte so beredt schweigen, zustimmen, ablehnen, jubeln, klagen, tadeln?

Und wieder gab es um sie beide keine Zeit, kein Gestern und kein Morgen, nur ein erfülltes Heute.

Da aber, jäh, zerschnitt Raquel die zeitlose Seligkeit. »Heute nachmittag«, erklärte sie, »gehe ich nach Toledo zu meinem Vater.«

Er schaute sie an, verstört. War sie wahnsinnig? War er's? Das konnte sie nicht gesagt haben. Er hatte sie mißverstanden. Er fragte, stammelte. Sie bestand: »Heute nachmittag geh ich zu meinem Vater. Sonntag morgen komme ich zurück.«

Raserei stieg in ihm hoch. »Du liebst mich nicht!« empörte er sich. »Noch kennen wir uns kaum, und schon treibt es dich fort. Das ist tödliche Kränkung. Du liebst mich nicht!«

Sie, während er ihr herbe Worte sagte, und immer herbere, dachte: Er ist furchtbar allein, der stolze König. Er hat niemand außer mir. Und ich habe ihn *und* den Vater.

Doch all ihr Triumph half ihr nicht weg über den geradezu leibhaften Schmerz, den sie jetzt schon spürte bei dem Gedanken, daß sie fort von ihm sein wird heute abend und heute nacht und nochmals einen ganzen, langen Tag und eine ganze, lange Nacht.

Zweites Kapitel

Don Jehuda entbehrte Raquel noch bitterer, als er erwartet hatte. Zuweilen spürte er würgende Eifersucht auf Alfonso. Dann wieder stellte er sich vor, wie ihm der Verhaßte in unberechenbarer Laune Raquel zurückschicken werde, vernichtet und vertan.

Auch Alazar schuf ihm Kummer. Die zweideutige Lage Raquels, die ruhmvolle Schmach der Schwester und des Vaters machte dem Knaben das Leben in der Burg immer schwerer. Aber er suchte nicht Rates bei dem Vater, wie der fürchtete und hoffte; vielmehr versperrte er sich, er zeigte sich immer seltener, und bei seinen seltenen Besuchen saß er einsilbig und bedrückt herum.

Der erste Sabbat nach Raquels Fortgang kam heran.

Der Sabbat war von jeher, schon in Sevilla, ein großer Tag für Jehuda gewesen. Diesen siebenten, den Ruhe-Tag, hatte Gott seinem Volke geschenkt, auf daß sich Israel an ihm auch in Zeiten der Bedrängnis frei und erhaben über die Völker fühle. Den Sabbat pflegte der tätige Jehuda in Wahrheit zu feiern, er schloß die Welt der Geschäfte aus und freute sich der Auserwähltheit seines Volkes und seiner eigenen.

Gegen alle Vernunft hatte er gehofft, Raquel werde schon am ersten Sabbat kommen. Als sie nicht kam, siegte seine Vernunft über seine Enttäuschung. Am zweiten Sabbat konnten keine Vernunft und kein angestrengter Wille mehr seinem fressenden Kummer Einhalt tun. Er suchte sich die hundert Gründe zusammen, die Raquel verhindert haben mochten; aber das fruchtlose Grübeln: Was ist es mit meinem Kind? Warum verläßt mich mein Kind? bohrte weiter.

Dann kam Alfonso nach Toledo. Es lockte Jehuda, ihn aufzusuchen, er hatte den guten Vorwand dringlicher Geschäfte. Aber ihm bangte vor sich selber und vor seinem Herzen, er ging nicht zu Alfonso. Er wartete darauf, daß Alfonso ihn rufe, er wartete den ersten Tag und den zweiten und den dritten und war froh, daß der König ihn nicht rief, und raste, als der König Toledo verließ und hatte ihn nicht gerufen.

Und es kam der dritte Sabbat ohne Raquel. Sie hatten sich vereinigt, der Christ, der Soldat, der Mann ohne Geist und Gewissen, und seine ehemals so liebenswerte, so liebevolle Tochter, sie hatten sich zusammengetan, ihn durch Schweigen zu peinigen, ihm das Herz aus der Brust zu reißen. Er hatte Raquel verloren.

Aber dann kam ihre Botschaft. Und dann, vor dem Sabbateingang, kam sie.

Jehuda hatte Scheu vor leiblicher Berührung, aber er faßte Raquel beinahe gewalttätig, umarmte sie, beugte ihren Kopf zurück, saugte ihren Anblick ein. Sie ruhte aus in seiner Umarmung, sie hatte die Augen geschlossen, er konnte nicht erkennen, was sie erlebt hatte. Soviel war gewiß: verstört war sie nicht, sie war seine Raquel, und sie war noch schöner geworden.

Er bat sie, die Lichter anzuzünden, wie es nach altem Brauch das Vorrecht der Frauen war, sie leuchteten hinein in die sich senkende Sabbatnacht, es war ein guter Abend. Er sang das Sabbatlied des Jehuda Halevi: »Komm, Geliebter, komm, Sabbat, entgegen der Braut«, und er sprach, seinen Jubel mitjubelnd, den Psalm Davids: »Freuet euch, ihr Himmel! Frohlocke, Erde! Rausche auf, Meer! Bäume und Wälder, jauchzet dem Herrn!«

Sie setzten sich zum Mahle, mit ihnen Musa. Raquel schien in sich gekehrt, doch fröhlich. Musa, gegen seine Gewohnheit, streichelte ihre Hand, und er sagte: »Wie schön du bist, meine Tochter.« Man sprach während des Mahles von mancherlei, aber nicht von dem, woran alle dachten.

Raquel schlief gut und tief in dieser Nacht. Jehuda war noch voll von Zweifeln, und vielleicht auch war er eifersüchtig, doch die Qual war fort, die er alle die Zeit her gespürt hatte.

Am andern Tage dann, als Raquel allein mit dem Vater im Patio an der großen Fontäne saß, sahen sie einander lächelnd an, mit halben Blicken, mit ganzen Blicken, und schließlich beantwortete Raquel die ungefragte Frage. »Es ist alles gut, mein Vater«, sagte sie. »Ich bin nicht unglücklich.« Und: »Ich bin glücklich«, gestand sie, und aufrichtig: »Ich bin sehr glücklich.« Jehuda, sonst um Worte nicht verlegen, wußte nichts zu sagen. Eine große Last war von ihm abgefallen, das war gewiß, aber ob er sich freute, wußte er nicht.

In der Galiana war Raquel mehr und mehr ins Moslemische zurückgeglitten. Jetzt erinnerte sie sich ihres Judentums. An den Türen des Castillo Ibn Esra waren wie an jedem jüdischen Haus Bekenntniszeichen angebracht, kleine Röhren, welche Pergamentrollen einschlossen mit dem Bekenntnis zu dem Ein und Einzigen Gotte Israels und mit dem Gelöbnis unbegrenzter Hingabe. Raquel beschloß, eine solche Mesusa auch in der Galiana anzubringen.

Die Nacht kam und mit ihr die Hawdala, die Scheidung, die holde und bittere Zeremonie, die den Sabbat von den Tagen der Woche schied, das Heilige vom Gemeinen. Die brennende Kerze war da, der gefüllte Becher Weines, das Gewürz, verwahrt in kostbarer Büchse, und Jehuda segnete den Wein und trank von ihm, segnete das Gewürz und atmete ein letztes Mal seinen sabbatlichen Duft, segnete das Licht und löschte die Kerze im Wein.

Sie sagten einander gute Nacht, geteilten Gefühles, da nun eine ganze Woche vergehen sollte, ehe sie sich wiedersahen. Aber noch war Raquel nicht eingeschlafen, als nichts mehr in ihr war außer der Erwartung des Morgens, da sie in die Galiana zurückkehren wird.

Der Domherr Don Rodrigue hatte ein menschenfreundliches Herz, der Domherr Don Rodrigue bestrebte sich, die christliche Pflicht des Gehorsams zu üben, und manches Mal geriet seine Menschenfreundlichkeit in Zwiespalt mit dem Gebot des Gehorsams. Der Heilige Vater hatte den Kreuzzug verkündet, und es war Pflicht Hispaniens, daran teilzunehmen; aber wenn der Domherr daran dachte, daß nun wieder ein großer Krieg in der Welt war und die Menschen einander quälten und zerfleischten, dann freute er sich, daß bis jetzt wenigstens seine Halbinsel verschont war. Das war indes eine sündige Freude, und des Nachts, wenn er daran dachte, daß, während so viele gute Christen um des Heiligen Landes willen tausend Strapazen und Tode duldeten, er und seine Spanier in Wohlbehagen lebten, dann überfiel ihn zuweilen so heiße Scham, daß er sein Bett verließ und auf der nackten Erde schlief.

Seine Trübsal um das allgemeine Unglück wurde vermehrt durch den Kummer um Don Alfonso, sein Beichtkind. Der Domherr liebte Alfonso wie einen jüngeren Bruder. Der strahlende Ritter und König hatte es ihm angetan. Seitdem Rodrigue seine Chronik begonnen hatte, freute er sich darauf, sie zu beschließen mit der Darstellung der Regierung dieses seines lieben Schülers und Beichtkindes; ja, er hatte bereits die Worte gefunden, das Wesen des Achten Alfonso zu kennzeichnen: vultu vivax, memoria tenax, intellectu capax – lebhaft von Angesicht, zäh von Gedächtnis, stark von Verstand. Und nun hatte dieser sein Alfonso sich ungeheuer und gefährlich verloren, er hatte sich in schwerste Sünde verstrickt, in eine Wurzel- und Hauptsünde, in die dritte der Todsünden!

Ihm, Rodrigue, oblag es, Alfonso zu tätiger Reue zu bewegen, die allein ihn vor dem geistigen Tode retten konnte. Doch Rodrigue war ein guter Menschenkenner, er sah, der Sünder war betäubt vom wilden Geruch seiner Sünde, jede Mahnung wäre eitel gewesen. Rodrigue mußte sich darauf beschränken, für Alfonso zu beten. Manchmal auch, wenn er sich kasteite, war ihm, als büße er einen Teil der Schuld Alfonsos ab. Freilich durfte der Mensch sich nicht anmaßen, dem Heiland gleich die Sünden anderer auf sich zu nehmen, des war sich der Domherr bewußt; trotzdem schlich sich ein wenig solcher Ketzerei wohltuend in seine Kasteiungen ein.

Vermochten Don Rodrigues Pönitenzen ihm gemeinhin nichts weiter zu verschaffen als das Gefühl erfüllter Pflicht, so verhalfen sie ihm in Stunden der Gnade zu einer süßen, heiligen Leichtigkeit. Es versank dann sein Leib, das Irdische zerlöste sich, und er ging ein in eine strenge Seligkeit, in welcher nichts war als Geist und Gott.

Er hatte schon die Hoffnung aufgegeben, dem König aus seiner innern Not helfen zu können, als in einer solchen Stunde der Verzückung alle seine Zweifel sich zerstreuten. Er fühlte es, er war erhört. Aus den Urgründen seines Wesens wuchs ihm die Gewißheit, Gott werde ihm zur rechten Zeit die rechten Worte auf die Zunge legen.

Es focht ihn nicht an, als in diesen Tagen seiner Zuversicht der Erzbischof ihn zur Rede stellte. »Wie lange willst du noch untätig zuschauen«, herrschte Don Martín ihn an, »wie dein Beichtkind Alfonso im Schlamme versinkt?« Und noch bevor der andere erwidern konnte, fuhr er fort: »Denke an Pinehas, den Sohnessohn des Aaron, wie er eiferte gegen den Mann, der mit der Midianitin hurte.« Der Domherr richtete nachdenkliche Augen auf ihn und antwortete still, fast lächelnd: »Ich kann mir nicht vorstellen, daß es Gott wohlgefällig sein sollte, wenn ich dem König Unserm Herrn und Doña Raquel den Spieß in den Leib rennte.« – »Du weißt, daß ich nur bildlich gesprochen habe«, grollte der Erzbischof. »Aber soviel muß ich dir sagen: mehr Eifer wäre wohlgetan.« – »Ich traue auf Gott«, sagte Don Rodrigue. »Er wird mich zur rechten Zeit die rechten Worte finden lassen.«

Der Erzbischof erkannte, daß es sinnlos gewesen wäre, länger in Rodrigue zu dringen. Allein er hatte seit Wochen erwogen, ob er nicht selber die Pflicht habe, dem König sein ungeheuerliches Verbrechen vorzuhalten. Er hatte sich nur mit Überwindung entschlossen, dem frommen, milden, fast heiligen Rodrigue die Aufgabe zu überlassen, und daß er jetzt auf seine sanfte Mahnung nichts zu hören bekam als fromm unverbindliches Gerede, verdroß ihn. Er suchte nach einem Vorwand, seinem Sekretär sein Mißvergnügen zu zeigen.

Nun gab es da eine alte Streitfrage zwischen ihnen. Während das ganze christliche Abendland nach dem Vorbild des römischen Abtes Dionysius Exiguus seine Ära vom Jahre der Geburt Christi an zählte, begannen die hispanischen Fürsten die ihre achtunddreißig Jahre früher, mit dem Jahr, in welchem der Kaiser Augustus die Halbinsel zu einem einheitlichen Staatsgebilde gemacht hat. Da diese Verschiedenheit der Datierung zu Mißhelligkeiten in der Korrespondenz mit dem Ausland führte, versuchte Don Rodrigue die Briefausfertigung der erzbischöflichen Kanzlei der des Auslands anzupassen. In guten Stunden ließ sich der Erzbischof diese Verirrung seines neuerungssüchtigen Sekretärs gefallen. War er aber übler Laune, dann griff er ein. Heute also, unvermittelt, sagte er streng: »Ich sehe mit Bedauern, mein lieber Herr und Bruder, daß du wieder anfängst, unsere Briefe mit der Jahreszahl der päpstlichen Kanzlei zu datieren. Ich habe dir des öftern meinen Willen kundgetan, der hispanischen Kirche ihre Eigenart zu wahren. Ich lehne es ab, Rechte aufzugeben, die älter sind als die Rechte des Papstes. Schließlich ist auch mein Vorgänger hier in Toledo von dem Apostel Petrus eingesetzt worden.«

Don Rodrigue wußte, warum sein Vorgesetzter den alten Streit über die Zeitrechnung so gewalttätig erneuerte. Er ließ sich auf keine Debatte ein, sondern sagte versöhnlich: »Habe Vertrauen, mein hochwürdiger Vater. Gottes Gnade wird es mir vergönnen, die Seele des Königs Unseres Herrn zu retten.«

Alfonso stand vor der Mesusa, der Bekenntnisrolle, welche Raquel an dem Türpfosten ihres Wohnraums in der Galiana angebracht hatte. »Wie ist das«, fragte er mit dünnem, nicht unfreundlichem Spott, »wirst du hier im Hause noch viele Änderungen vornehmen?« – »Aber gewiß«, antwortete sie fröhlich. »Wenn das Haus fertig ist, kommt der Tod«, zitierte sie den arabischen Spruch. »Nun ja«, meinte Alfonso, »ein Amulett kann nie schaden.«

Raquel antwortete nicht. Sie verzieh es ihm, daß er in dem Zeichen ihres Bekenntnisses nichts weiter sah als ein Amulett. Was verstand er, der vor den Bildnissen dreier Götter kniete, von dem ein und unteilbaren, unsichtbaren Gotte Israels? Er war nichts als Ritter und Soldat, keine Ehrfurcht vor dem Höchsten schauerte ihn an, sie wußte es längst. Aber seltsamerweise wurde er ihr dadurch nicht kleiner. Sein Heldentum, so gottlos und verderblich es war, wärmte ihr das Herz.

Alfonso seinesteils legte sich jetzt Rechenschaft ab über Dinge, die er bisher nur dunkel geahnt hatte. Vielleicht war sein Leben hier in der Galiana unritterlich, vielleicht verriet er seine Königspflicht: er war bereit, sein Glück mit solchem Verrat zu bezahlen. Mit Raquel zu leben, war der Sinn seines Daseins. Er litt, wenn er sie auch nur auf Minuten entbehren mußte. Er wird sie niemals entbehren können, er spürte es, er wußte es, und das war furchtbar, und das war Seligkeit.

Und so wie er war Raquel ausgefüllt von ihrem Glück. Sie lebte hier nicht um einer »Sendung« willen. Sie lebte hier, weil sie es so wollte, weil es sie glücklich machte. Und Alfonso, der Christ, der Ritter, der Barbar, war ihr recht, genau wie er war. Er war König, er unterstand einem einzigen Gesetz, seiner innern, königlichen Stimme, und diese Stimme hatte recht, auch wenn sie ihn hieß den Mann blenden, der auf der Wache geschlafen hatte, oder die feindliche Stadt dem Erdboden gleichmachen und Salz auf sie streuen.

Mit ihm, für ihn war sie stolz auf Dinge, die sie früher belächelt hätte. Er erzählte ihr von den wilden gotischen und normannischen Königen, die seine Väter waren, und sie bewunderte sie mit ihm. Er rühmte die derbe Kraft seines niedrigen Lateins, seines Kastilisch, und sie mühte sich eifrig, es zu lernen.

Er freute sich knabenhaft, wenn sie Worte und Wendungen seiner kastilischen Soldatensprache gebrauchte. Zum Dank warf er dann wohl den arabischen Mantel über, wenn sie ihm am Brunnen ihre Märchen erzählte. Als sie ihn freilich bat, sich den Bart abnehmen zu lassen, da sie sein Gesicht nackt sehen wolle, lehnte er's barsch ab. »Das tun nur Joglares, Gaukler«, empörte er sich. Sie nahm es ihm nicht übel, sie lachte. Es war keine Fremdheit zwischen ihnen, sie waren eins wie in ihrer ersten Zeit.

Doch dann kam der Freitag, und sie schickte sich an, zu ihrem Vater zu gehen. Alfonso suchte sie dieses Mal nicht zu halten; aber er saß bösen Gesichtes da, ein gekränktes Kind.

Raquel verließ ihn so widerstrebend wie das erstemal. Allein schon auf dem Wege zum Castillo Ibn Esra verspürte sie ein tiefes Verlangen nach dem Vater; ihr war, als müsse sie sich bei ihm Hilfe und Stärkung holen.

Sie *wurde* stärker in seiner Nähe. In der Galiana war sie nur ein Teil Alfonsos gewesen, nicht sie selber; sie hatte Alfonsos Ganzheit bewundert und sich selber unterlegen gefühlt, weil sie zwiespältig war. In Gegenwart des Vaters wußte sie: ihre Zwiespältigkeit war Tugend, war ein, freilich verfängliches, Glück.

Alfonso ging dieses Mal nicht nach Toledo; er wollte nicht wieder die stummen, mißbilligenden Gesichter seiner Herren um sich haben. Lieber ertrug er die Qual, in der Galiana auf Raquel zu warten.

Nun sie aber nicht da war, bedrückte ihn die Fremdheit des Hauses. Die üppigen Polster, die farbigen Schnörkel und Ornamente, die plätschernden Springbrunnen machten ihn beklommen.

Er stand vor einem der hebräischen Spruchbänder. Mit seinem guten Gedächtnis erinnerte er sich genau der Worte, die ihm Raquel übersetzt hatte. Da versicherte der jüdische Gott sein auserwähltes Volk seiner ewigen Gnade und des Triumphes über alle andern Völker. Alfonso sehnte sich brennend nach Raquel, und gleichzeitig, vor der ärgerlichen, anmaßenden Inschrift, sagte er sich: es ging nicht mit rechten Dingen zu, daß er so um sie litt. Die Juden waren nun einmal Geschöpfe, auf die es mit Bewilligung Gottes der Teufel besonders abgesehen hatte. Die Schlange im Wams, der Zunder im Ärmel, ging es ihm durch den Sinn. Auch Raquel, gegen ihren Willen, war eine Hexe, und er war besessen.

Er ging hinaus ins Freie, warf sich unter einen Baum.

Rief den Gärtner Belardo, um mit ihm zu schwatzen. Fragte ihn geradezu: »Wie denkst du eigentlich über mein Leben hier?« Belardos rundes, fleischiges Gesicht wurde ein einziges, dümmliches Staunen. »Wie ich darüber denke, Herr König«, antwortete er schließlich, »das ziemt mir nicht zu sagen und auch nicht zu denken.« – »Dann sag es schon«, befahl ungeduldig Alfonso. »Wenn ich es also sagen muß«, erwiderte Belardo, »dann sage ich: eine so ungeheuer große

Sünde ziemt sich nur für einen ungeheuer großen Herrn.« – »Sprich weiter!« forderte Alfonso ihn auf. »Und es ist auch schade«, fuhr vertraulich der Gärtner Belardo fort, »daß wir alle und vielleicht auch du selber, Herr König, dadurch um die Freude unseres Herzens und den Hauptspaß unseres Lebens kommen.« – »Sprich ruhig weiter«, ermunterte ihn der König. »Ich muß in diesen letzten Monaten«, schwatzte der Gärtner Belardo, »immer an meinen seligen Großvater denken. Der hat, wenn er guter Laune war, von seinem großen, heiligen Feldzug erzählt. Siehst du, Herr König, das war so. Als damals der griechische Kaiser Alexius den Heiligen Vater um Hilfe bat fürs Heilige Land, schrieb er ihm, was für eine große Schmach die Christenheit dort erdulden muß und wie die heiligen Bilder des Heilands überall an Nase und Ohr, an Arm und Bein verstümmelt sind, und wie die heidnischen Machummetaner immerfort argen Frevel gegen christliche Töchter üben, wozu die Mütter singen müssen, und dann wieder gegen die Mütter, wobei den Töchtern schnöde Romanzen zugemutet werden. Außerdem schrieb der griechische Kaiser, daß, ganz abgesehen von der Heiligkeit eines solchen Krieges, von den Heiden großer Goldschatz zu holen wäre und daß auch die Weiber im Morgenland unvergleichlich schöner wären als die im Abendland. Alle Christenheit war gerührt und erzürnt durch diesen Brief, und auch mein seliger Großvater. Er hat sich ein Kreuz angenäht und ein altes Lederkoller gekauft und eine Lederhaube und ist mit gnädiger Erlaubnis deines hochseligen Herrn Großvaters den langen Weg gezogen. Ich kann mir's gar nicht denken, wie er's geschafft hat, der alte Mann; damals freilich ist er viel jünger gewesen. Wie er endlich hinkam, haben die andern schon alles erobert gehabt, die Schätze und die Weiber, und viele sind auch tot gewesen. Er ist also gar nicht zum Kampf gekommen, und er hat auch nichts mit nach Hause gebracht. Aber es war doch das Beste, was er im Leben gehabt hat, weil er gebetet hat an dem Stein, auf welchem der Heiland selber gesessen hat, und getrunken aus dem Wasser, aus dem der Heiland selber getrunken hat, und den Leib getaucht in den heiligen Fluß Jordan. Und wenn mein Großvater guter Laune war, hat er davon erzählt, und dabei hat er ganz heilige Augen gehabt.« Belardo verstummte in Erinnerung. »Und?« fragte Alfonso. »Es wäre halt schön«, meinte Belardo, und seine Augen schauten dumm-schwärmerisch, »wenn auch unsereiner einen so heiligen Spaß erlebte. Was kann uns schon passieren im Krieg gegen die abscheulichen Machummetaner? Wenn es gut geht, dann erbeuten wir Geld und Weiber, und wenn es schlecht geht, dann gehen wir selig ins Paradies ein.« – »Kurz«, resümierte Don Alfonso, »du findest es lästerlich, daß ich hier auf dem Lotterbett liege.« – »Schütze mich Gott vor einem so greulichen Gedanken gegen deine Majestät!« verwahrte sich Belardo.

Das Gerede seines pfiffigen Gärtners, so albern es war, beschäftigte Alfonso. Alle spürten es, daß er seine Ritter- und Königspflichten verabsäumte, daß er sich »verlag«, so wie es unter den Alten die Helden Herkules und Antonius getan hatten und auch der hebräische Ritter Simson mit seiner Delila. Er hielt es im Schlosse nicht aus, er verbrachte alle Zeit im Garten, er schlief sogar im Freien, und sein Schlaf war nicht gut.

Sowie aber Raquel zurück war, kam der alte Zauber über ihn. Nicht mehr stieß das arabische Wesen ihn ab. Das Leben in der Galiana war gut, kein besseres hatte er je geführt. Er lachte jungenhaft erstaunt, wie glücklich er war. Ein fröhlicher Trotz war in ihm. Wenn er sich verlag, dann war es ihm recht so, er war damit einverstanden, und keiner sollte kommen und ihm schwatzen von Schuld und Reue. Ein so hohes Glück, wie es von Raquel ausging, das konnte nicht vom Satan stammen. Vielmehr hatte Gott ihn, weil er ein König war, in seine besondere Gnade genommen, und diese Liebesseligkeit war ein neuer Beweis seiner Gnade. Er war Don Alfonso, Alfonsus Rex, der Achte seines Namens. Er stand ein für das, was er tat. Er lebte mit Raquel, weil es göttliche Eingebung und sein königlicher Wille war.

Als sie am nächsten Freitag zu ihrem Vater ging, sagte er: »Ich will nicht, daß du dich in meine Hauptstadt hineinschleichst. Ich will nicht, daß die Dame, welche König Alfonso auserwählt hat, sich versteckt.«

Sie ließ sich in offener Sänfte nach Toledo tragen. Er selber befahl Gefolge nach La Galiana und ritt großartig hinauf in die Stadt und in seine Burg.

Der Page Alazar hatte eine Bitte an den König. Der Schildknappe Sancho hatte ihn verhöhnt wegen seines Minnedienstes für Doña Juana, und er wollte den Sancho zum Zweikampf fordern. Er bat den Herrn König ehrerbietig um die Gnade, ihn zum Écuyer zu erhöhen, damit er imstande sei, die Ausforderung zu machen.

Das Anliegen des Knaben war berechtigt; er hatte nun länger als üblich ohne Fehl gedient und durfte erwarten, daß der König ihm den erbetenen Rang verleihe. Aber man konnte nicht wohl einen Juden zum Schildknappen machen. »Du hast, mein Alazar«, erwiderte nach kurzem Nachdenken freundlich der König, »alle guten Eigenschaften, die ein Ritter benötigt. Doch kennen wir hierzulande nun einmal nur christliche Ritter.« Der Knabe errötete. »Das ist mir bewußt«, sagte er. »Ich habe auch, bevor ich deine Majestät um die Gunst bat, mein Gewissen gründlich erforscht und alles Für und Wider geprüft. Ich bin willens, ein christlicher Ritter zu werden.«

Alfonso war überrascht, verwirrt. Tausende von Juden, Zehntausende hatten sich erschlagen lassen, bevor sie ihre Religion aufgaben, und da kam dieser Knabe, von keinem genötigt oder auch nur aufgefordert, und wollte seinen Glauben abschwören. »Hast du mit deinem Vater gesprochen?« fragte er unbehaglich. »Nein«, erwiderte ohne Zögern Alazar, und trotzig fügte er hinzu: »Keiner hat mir zugeredet, und keiner soll mir abreden.«

Alfonsos Verwirrung klärte sich. Es war das Leben am Hofe von Kastilien, an seinem Hofe, welches diesen jungen

Menschen das Licht hatte sehen machen. Und plötzlich stieg dem König ein Gedanke auf, den zu denken er bisher nie gewagt hatte, die Vorstellung, daß auch seine liebe Liebste erleuchtet werden könnte. Hatte sie nicht schon Sinn und Spürung bekommen für das Ritterliche in ihm, das Kriegerische, das früher ihrem Herzen so durchaus fremd gewesen war? Der bloße Gedanke aber, es könnte ihm vergönnt sein, Raquel dem rechten Glauben zu gewinnen, gab seiner Verstrickung mit ihr neuen, hellen Sinn und nahm seiner Leidenschaft das Sündhafte. So ungestüm war seine Freude, daß er Mühe hatte, Alazar ruhig zu antworten. »Was du mir mitteilst, mein Junge«, sagte er, »ist mir große Genugtuung. Aber ich bin kein Gottesgelehrter und weiß nicht, was alles zu tun ist, bevor sie dich zum Sakrament zulassen. Ich will mit Don Rodrigue reden.«

Von Gott auf so freundliche Art gemahnt, beschloß er, sich mit dem Priester endlich auch über seine eigenen Dinge auszusprechen. Freimütig, noch bevor er auf Alazars Angelegenheit zu reden kam, gestand er Rodrigue, wie eng verknüpft er mit Raquel war. Und: »Sage mir nicht, mein hochwürdiger Vater«, schwärmte er weiter, noch ehe der Domherr mahnen und raten konnte, »sage mir nicht, diese Leidenschaft sei Sünde. Wenn es eine ist, dann ist es eine gute, selige Sünde, und ich bereue sie nicht.« Und inbrünstig schloß er: »Ich liebe diese liebste Frau über alles, und der Herrgott, der es so gefügt hat, wird es mir zugute halten.«

Don Rodrigue war, als Alfonso zu reden begann, erfüllt gewesen von frommer Dankbarkeit, daß Gott das Herz des Sünders gerührt hatte. Schnell aber war seine Freude in Entsetzen umgeschlagen, als er wahrnehmen mußte, wie verwildert der König war. »Du sprichst vieles«, sagte er traurig, als Alfonso zu Ende gesprochen hatte, »und du willst mir zuvorkommen und mich hindern, daß ich dir die rechten strengen Worte sage. Aber in deinem Innern weißt du alles, was ich dir zu sagen habe, und du weißt es seit langem und besser, als ich's dir sagen könnte.«

Alfonso sah sein bekümmertes Gesicht und fragte leise: »Hab ich die Gnade verloren, mein Vater? Bin ich bestimmt zu ewiger Verdammnis?« Da aber der Domherr nur ein bedrücktes Schweigen zur Antwort hatte, schlug Alfonsos Gefühl um. »Gut«, sagte er leichtsinnig. »Dann *will* ich in die Verdammnis eingehen.« Und: »Wo sind die Urväter meiner Urväter«, fragte er herausfordernd weiter, »die Könige, die Christi Lehre noch nicht angenommen hatten? Ich weiß, wo sie sind. Soll mich Gott zu ihnen schicken!«

Mild in aller Verzweiflung mahnte Rodrigue: »Versündige dich nicht noch tiefer, mein Sohn, durch so lästerliche Scherze! Im Herzen deines Herzens glaubst du kein Jota von dem heidnischen Gerede. Laß uns lieber in Demut nachdenken, was wir für deine Seele tun können.«

Der König, ein jungenhaftes Lächeln um den Mund, bat: »Sei nicht allzu betrübt, mein lieber, hochwürdiger Vater und Freund. Gott ist gnädig und hat es nicht so schlimm vor mit mir armem Sünder. Glaube mir's. Gott hat mir ein Zeichen geschickt.« Und er erzählte von Alazar.

Der Domherr hörte mit dichter Aufmerksamkeit zu, und seine Trübsal wurde leichter. Er wußte, wie verhärtet in ihrem hochmütigen Wissen und Irren die Bewohner des Castillo Ibn Esra waren, er selber hätte es nie versucht, das Herz eines Ibn Esra schmelzen zu machen, und dieser Don Alfonso, in Wahrheit ein Gesegneter des Herrn, brauchte den Knaben nur in seine Burg aufzunehmen, und schon hatte er ihn zu dem milden Heiland bekehrt! Solches Verdienst machte vielen Frevel gut.

Alfonso sah, wie bewegt Don Rodrigue war, und mit liebenswürdiger Zutraulichkeit öffnete er ihm die letzte Kammer seines stolzen Herzens. »Der König wie der Priester«, sagte er, »ist von Gott mit einem geheimen Wissen begabt, das andern versagt ist. Ich weiß es: Gott hat mir diese wunderbare Frau geschickt, damit ich sie erwecke und ihre Seele erlöse.«

Sosehr den Domherrn Alfonsos Hochmut betrübte, ein Korn Wahrheit stak in seinen Worten. Gottes Wege waren nicht unsere Wege. Vielleicht sproß wirklich aus der Leidenschaft, in welche sich der König verstrickt hatte, nicht Unheil, sondern Segen.

Mochte dem sein wie immer, vorläufig sah sich Don Rodrigue vor einer schweren Aufgabe. Alfonsos ehrliches Vorhaben, Doña Raquels Seele zu retten, befreite den Domherrn nicht von der Verpflichtung, ihm die fleischliche Verbindung mit ihr zu untersagen. Er wußte aber, daß sich der König an ein solches Verbot nicht kehren werde.

»Es ist ein guter Vorsatz, Herr König, mein Sohn«, sagte er, »daß du Doña Raquel der Kirche gewinnen willst, doch kann ich dich so leichten Kaufes nicht entlassen.« – »Was soll ich denn noch tun?« fragte mit leiser Ungeduld Alfonso. Rodrigue, sich im Innern zürnend ob seiner Schwäche, riet ihm: »Halte dich eine Zeitlang, zwei Wochen oder doch eine Woche, allem weltlichen Umgang fern. Zieh dich zurück in eine der geistlichen Zufluchtsstätten deines Landes, halte Einkehr in dich selbst und warte, daß die Stimme Gottes dir spreche.« – »Du legst mir viel auf«, sagte Don Alfonso. »Ich lege dir weniger auf, als ich sollte«, antwortete Don Rodrigue. »Es fällt mir schwer, von meinem geliebten Sohn das ganze Maß zu verlangen.«

Rabbi Tobia, der im Hause Don Ephraims wohnte, hielt sich die meiste Zeit allein in seinem Raum, fastend, betend, sich versenkend in die Heilige Schrift. Jeder Augenblick, lehrte er, der anders verwendet werde als zur Versenkung in den Herrn und seine Offenbarung, sei eitel und vertan.

Der Rabbi war streng und fanatisch geworden in den vielen Nöten, die er und seine Gemeinde hatten erleiden müssen. Am härtesten geprüft hatte ihn dieses letzte Jahr. Er war, als König Philipp August die Juden aus Paris verbannte, mit Mitgliedern seiner Gemeinde nach Bray-sur-Seine geflohen. Als dann die Markgräfin Blanche jenes Edikt erneuerte, daß sich am Karfreitag zur Buße für die Folterung Christi ein Repräsentant der Juden öffentlich müsse ohrfeigen lassen, hatte die Gemeinde darauf bestanden, daß sich Rabbi Tobia beizeiten entferne, da vermutlich die Behörden ihn für diese Demütigung ausersehen würden. Während seiner Abwesenheit dann hatte der König jene kurze, furchtbare Strafexpedition gegen die Juden von Bray unternommen, die Frau des Rabbi Tobia war verbrannt worden, seine Kinder ins Kloster gesteckt. Rabbi Tobia hatte hier in Toledo immer nur von den Leiden aller gesprochen, niemals von seinen eigenen, er hatte auch denen, die um sein Schicksal wußten, verboten, davon zu sprechen, und so erfuhren die Juden von Toledo erst allmählich von dem, was ihm widerfahren war.

In der Einsamkeit seines Zimmers freilich überdachte der Rabbi oftmals die Ereignisse von Bray, und immer neue Zweifel kamen ihn an, ob er recht daran getan habe, dem Drängen der Gemeinde nachzugeben und die Stadt zu verlassen. Wäre er geblieben, bereit, die Demütigung auf sich zu nehmen, dann wäre es ihm vergönnt gewesen, gemeinsam mit seiner Frau und seinen Kindern sein Leben hinzugeben zur Heiligung des göttlichen Namens.

Buße und Kasteiung waren Rabbi Tobia von jeher als hohes Gnadengeschenk Gottes erschienen; keine bessere Krönung des irdischen Daseins konnte er sich denken als das Martyrium, die Opferung, die »Akeda«. Er erklärte es als eine Todsünde, beim Herannahen von Kreuzfahrern ein Kreuz vor dem Haus anzubringen oder sich ein Kreuz aufs Gewand zu nähen. »Wenn die Banditen«, lehrte er, »verlangen, daß ihr ihnen einen Mann ausliefert, ihn zu erschlagen, oder eine Frau, sie zu schänden, dann sollt ihr euch alle niedermachen lassen, ehe ihr willfahrt. Und verdammt ist derjenige, der sich, um sein Leben zu retten, zum Götzendienst bekennt, und er bleibt verdammt in Ewigkeit auch dann, wenn er schon nach einer Woche in den Bund Israels zurückkehrt.«

»Die prächtigste Krone«, lehrte er, »ist die Demut, das erlesenste Opfer das zerknirschte Herz, die höchste Tugend die Ergebung. Der Fromme, wird er verlacht und öffentlich gegeißelt, dankt dem Allmächtigen für die Strafe und gelobt

Besserung in seinem Herzen. Er lehnt sich nicht auf gegen diejenigen, die ihm Böses tun, er vergibt seinen Quälern. Er denkt unverwandt an den Tag seines Todes. Wird ihm sein Teuerstes genommen, Weib und Kind, dann beugt er sich in Demut vor der Gerechtigkeit der Vorsehung. Wollen ihn die Feinde zur Verleugnung seines Glaubens zwingen, dann opfert er in froher Frommheit sein Leben. Murret nicht beim Anblick der Wohlfahrt und des Übermutes der Heiden; die Wege Gottes sind gnadenreich, auch wenn ihr Ziel auf Jahrzehnte und Jahrhunderte verborgen bleibt.«

Solche Ergebung fiel Rabbi Tobia nicht immer leicht, er hatte ein heftiges Herz. Nicht wenige der Juden hatten ihren Haß gegen die Verfolger ausströmen lassen in wilden Versen der Schelte und des Zornes auf die »Vagabunden und Steppenwölfe«, auf ihren »Gehenkten Götzen«, auf das »Abwasser der Taufe«. Und maßlos war die Klage, schreiend das Gebet um Rache. »Gott der Gerechtigkeit«, gellten diese Verse, »vergiß nicht des vergossenen Blutes! Dulde nicht, daß es zugedeckt bleibe von der Erde! Übe an meinen Feinden das Gericht, das deine Propheten verkünden! Hinunter in das Tal Josaphat schmettere deine Hand meine Widersacher!« Auch gegen den Herrn selber schrien diese Dichter ihre Anklagen: »Wer bist du, Gott, daß du dich nicht vernehmen lässest? Warum duldest du, daß Edom von neuem frevelt und frohlockt? Die Heiden brachen in deinen Tempel, und du schweigst! Esau verhöhnt deine Kinder, und du bleibst stumm! Zeige dich, steh auf, laß deine Stimme erschallen, du Stummster unter den Stummen!« Wenn Rabbi Tobia solche Verse las, konnte auch er sein Herz nicht verhindern, sich zu empören. Doch sogleich bereute er. »Darf der Lehm dem Töpfer sagen: Was tust du?« beschimpfte er sich, und seine Zerknirschung wurde noch fanatischer.

Die Gläubigen sahen in ihm einen Propheten. Auch wurde ihm, wenn er sich in der Einsamkeit seines Zimmers in das Große Buch versenkte, zuweilen wunderbare Schau zuteil und die Gabe, seine Gesichte in Worten zu formen. Da schaute er dann wohl die Frommen, die Bekenner, sitzen, im Garten Eden, bestrahlt vom Lichte Gottes, und er sah die Frevler brennen in den Öfen des Gehinnom, der Hölle, und er befragte sie, und die im Fünften, grauenvollsten Ringe antworteten: »So geschieht uns, weil wir im irdischen Leben Adonai verleugnet und den Gehenkten angebetet haben«, und sie erzählten ihm, sie müßten nun zwölf Monate brennen, bis ihre Seele vernichtet sei wie ihr Leib; dann werde die Hölle ihre Asche ausspeien und der Wind sie unter die Fußsohlen der Gerechten wehen. Und er sah sich des Mitternachts in der Synagoge, und da waren versammelt die Toten der letzten sieben Jahre; unter ihnen aber waren, schattenhaft, auch diejenigen, die im Laufe des nächsten Jahres sterben sollten. Und während er geschlossenen Auges über den heiligen Büchern saß, ging er umher in den Straßen der Stadt Paris und in den Straßen der Stadt Toledo, und er sah Menschen, die er kannte, und er sah, daß sie keinen Schatten warfen, und er wußte: Ihnen war ein nahes, furchtbares Ende bestimmt. Nicht ohne Genugtuung sah er, daß unter diesen Schattenlosen auch jener Jehuda Ibn Esra war, der Meschummad, der seine Tochter der Buhlerei mit dem heidnischen König hingab.

Es war mittlerweile neue, schlimme Botschaft der fränkischen Juden eingetroffen. Wie Rabbi Tobia vorhergesehen hatte, folgten manche der großen Grafen und Herren dem Beispiele ihres Königs, plünderten ihre Juden und jagten sie dann aus ihren Grenzen. Rabbi Tobia hörte und las, und er machte sich auf und stellte sich vor den Párnas Ephraim.

So fremd und bedenklich diesem Unser Herr und Lehrer Tobia schien, so konnte er sich doch der Magie nicht entziehen, die von dem grauen, blassen, von innen her glühenden Wesen des Mannes ausging, und als nun dieser wider seine Gewohnheit ihn aufsuchte, wartete er furchtsam und gleichwohl gierig auf das, was er ihm zu sagen hatte.

Es erklärte ihm aber Rabbi Tobia in seiner stillen Art, er wolle Toledo verlassen und zu seinen Juden zurückkehren.

Die Bedrohung mehre sich, und er glaube nicht, daß den Bedrohten von Toledo aus geholfen werde. Die Flüchtlinge könnten auf fränkischem Gebiete nicht mehr lange bleiben, und da ihnen die sephardische Grenze versperrt sei, wolle er sie nach Deutschland führen, von wo ihre Väter gekommen seien.

Mannigfaltige, widerspruchsvolle Gedanken und Gefühle waren in Ephraim. Der Hilferufenden wurden immer mehr, und es war ein Segen für die Aljama, wenn sie frei blieb von diesen Gästen, deren Gefährlichkeit mit ihrer Zahl wuchs. Aber es war eine nebeldunkle Zukunft, die in Deutschland auf die Flüchtlinge wartete. Kaiser Friedrich würde ihnen wohl Einlaß gewähren; aber nirgendwo waren bisher die Juden grausamer verfolgt worden als in deutschen Landen, und der Kaiser war nach dem Osten gezogen, und genügte sein Name, sie zu schützen? Das alles wußte Rabbi Tobia so gut wie er. Aber der wilde Glaubenseifer des Rabbi ersehnte wohl eher, als daß er sie scheute, Qualen und Prüfungen für seine Brüder. Mußte er dem Rabbi nicht abraten?

Da er dieses schweigend bedachte, fuhr Tobia fort: »Ich sag es dir offen, es ist mir lieb, daß der Mann Jehuda Ibn Esra uns die Hilfe nicht bringt, die er versprach. Es hat mich bedrückt, daß uns Hilfe kommen sollte von einem Meschummad, der die Scham seiner Tochter dem Götzendiener preisgibt. Ich will sein Geld und seine Hilfe nicht. ›Du sollst den Lohn einer Hure nicht in das Haus Gottes bringen‹, steht geschrieben.«

Die stille, gleichmäßige Art, wie Rabbi Tobia sprach, machte den Haß und die Verachtung seiner Worte nur lauter. Don Ephraim fühlte nicht ohne Genugtuung den eigenen Widerwillen vor Jehuda bestätigt durch die Empfindungen des Frommen, aber er war gerecht, er verteidigte den Ibn Esra. »Wenn in der westlichen Welt«, antwortete er, »unter unsern Brüdern einer die Macht hat, euch zu helfen, dann ist es Don Jehuda, und sein bester Wille steht außer Zweifel. Warte noch eine kurze Weile, mein Herr und Lehrer. Verwehre nicht durch

Ungeduld und Strenge den verfolgten Brüdern die Zuflucht des linden Kastiliens.«

Rabbi Tobia bereute, daß er den Zorn hatte Macht gewinnen lassen über sich. Er sagte zu, sich noch ein weniges zu gedulden.

Don Jehuda war bedrückt. Ihn quälte die Vorstellung, was die Juden Toledos von ihm und von Raquel hielten. Mußten sie nicht Abscheu spüren?

Auch der Kummer um Alazar quälte ihn. Zwar hatte der Knabe ihm nicht gesprochen von seiner Absicht, zum Christentum überzutreten, aber Jehuda war sich bewußt, daß der Sohn den Wahrheiten jüdischer Lehre und arabischer Weisheit für immer verloren war. Und *er* war schuld daran. Statt den Sohn von dem gefährlichen Hof dieses Ritters und Soldaten zurückzuhalten, hatte er ihn hingetrieben.

Schuld, Schuld! Er hatte schwere Schuld auf sich geladen!

Er hatte sich gebrüstet mit seiner Sendung. Er hatte sich vorgemacht, er habe die Tochter geopfert, Gott zu Ehren. Aber Gott verwarf sein Opfer, das wurde klarer mit jedem Tag. Er hatte erwartet, die Verbindung Raquels mit Alfonso werde es ihm erleichtern, die fränkischen Flüchtlinge in Kastilien anzusiedeln; statt dessen verzögerte diese Verknüpfung das Rettungswerk, vereitelte es vielleicht vollends. Der König wich ihm aus, er hatte ihn seit ewiger Zeit nicht zu sehen bekommen, er konnte ihm das Anliegen, das ihm auf der Seele brannte, nicht einmal vortragen.

Solchen Mutes war Don Jehuda, als der Párnas Ephraim ihn aufsuchte. Er hielt es für seine Pflicht, ihn von dem Vorhaben des Rabbi Tobia zu unterrichten.

Don Jehuda war tief aufgerührt. Dieser Ephraim Bar Abba hatte ihn immer angezweifelt, und nun durfte er triumphieren und ihm dürr ins Gesicht sagen, daß auch Rabbi Tobia sein Versprechen, dem verfolgten Israel eine Heimstätte in Kastilien zu schaffen, für leeres Geschwätz hielt. Lieber, als länger auf ihn warten, wollte der Rabbi seine fränkischen Juden in das gefährliche Deutschland führen. Und er kam nicht einmal selber, ihm das zu sagen. Der Fromme mied seine verpestete Nähe.

»Ich weiß«, sagte er bitter und voll heißer Scham, »Rabbi Tobia verachtet mich mit seinem ganzen, strengen, frommen, einfältigen Herzen.«

»Du hast Unsern Herrn und Lehrer Tobia sehr lange warten lassen«, antwortete Don Ephraim. »Es ist verständlich, wenn er nun versuchen will, anderorts Rettung zu finden. Ich weiß, dein Versprechen war aufrichtig, aber ich fürchte, in dieser Sache ist der Segen des Herrn nicht mit dir.«

Daß ihm Ephraim seine Überheblichkeit so offen vorwarf, brachte Jehuda auf. Und der Zorn half ihm zu einem Einfall. »Ich brauche länger, das Privileg zu erwirken«, sagte er, »als ich erwartete, und ich begreife deinen Kleinmut. Aber vergiß nicht, wie schnell und übel sich die Zeit verändert hat. Als ich meinen Vorschlag machte, ging es um fünfzehnhundert oder höchstens zweitausend Verfolgte. Jetzt sind es ihrer fünf- oder sechstausend. Ich verstehe deine Zweifel, man kann nicht so viele Bettler ins Land lassen.« Er unterbrach sich eine ganz kleine Weile, schaute Ephraim ins Gesicht und fuhr fort: »Aber ich habe, glaube ich, die Lösung gefunden. Die Flüchtlinge dürfen eben keine Bettler sein, wenn sie die Grenze überschreiten. Wir müssen sie von Anfang an mit Geld ausstatten. Ich denke, etwa vier Goldmaravedí für einen jeden werden genügen.«

Ephraim starrte fassungslos. »Du sprachst von sechstausend Flüchtlingen!« brach er aus mit seiner dünnen Stimme. »Woher willst du das Geld nehmen?«

Jehuda antwortete freundlich: »Ich allein könnte es nicht schaffen, da hast du recht. Die Hälfte des Betrages, etwa zwölftausend Goldmaravedí, stelle ich zur Verfügung. Für das übrige brauche ich deine Hilfe, mein Herr und Lehrer Ephraim.«

Ephraim saß da, klein, zusammengesunken in seinen vielen warmen Gewändern. Das freche Dichten und Planen Jehudas füllte ihn mit einer unwillentlichen Bewunderung, und es war ihm Genugtuung, daß der Stolze seinen Beistand anrief. Doch wie konnte er ihm helfen? Zwölftausend Maravedí! Nach den ungeheuern Summen, welche die Aljama für die Unterstützung der Verfolgten gespendet hatte, konnte sie nicht noch diesen riesigen Betrag aufbringen. Rabbi Tobia wird also fromm und wahnsinnig seine fränkischen Flüchtlinge nach Deutschland und in ihren Untergang führen.

Aber das ging nicht! Das durfte Don Ephraim nicht geschehen lassen! Er hätte keine glückliche Stunde mehr. Er *mußte* dem Ibn Esra helfen! Mußte das Geld aus der Aljama herausquetschen!

Vielleicht übrigens – eine kleine, sündige Hoffnung regte sich in Ephraim –, vielleicht wird Jehudas Plan schließlich doch noch scheitern. Er bildete sich ein, der Gaukler, Verbrecher und Prophet, er könne von dem heidnischen König alles erlangen, weil er ihm seine Tochter zur Unzucht hingab. Aber er kannte die Christen schlecht und ihre Könige, der Größenwahnsinnige.

Sachlich, mit kaum merkbarem Hohn, präzisierte Don Ephraim: »Wenn die Aljama für die geforderte Restsumme gutsteht, dann verbürgst du dich also, das Niederlassungsprivileg für sechstausend fränkische Juden zu erwirken. Habe ich dich recht verstanden?« Jehuda, ebenso geschäftlich, bestätigte: »Es soll für sechstausend flüchtige fränkische Juden ein Betrag von je vier Goldmaravedí beschafft werden. Ich meinesteils werde zwölftausend Maravedí bereitstellen. Bürgt die Aljama für den Rest, dann verpflichte ich mich, ein königliches Edikt zu erwirken, welches den Flüchtlingen die Niederlassung in Kastilien erlaubt.«

Don Ephraim, hart und unnachsichtig, fragte weiter: »Und binnen welcher Frist, mein Herr und Lehrer Don Jehuda, verpflichtest du dich, das Edikt zu erwirken?«

Jehuda sah ihn wilden Blickes an. Er war frech, dieser Ephraim Bar Abba. Es war das erstemal, daß Jehuda keinen Erfolg hatte, und schon wurden die andern frech. Doch schnell sagte er sich, die Aljama behandle ihn zu Recht wie einen schlechten Schuldner; er hatte versprochen und nicht gehalten.

Aber noch war er nicht bankrott. Vielleicht, wenn er sich spornte zu einer letzten, ungeheuern Anspannung, nahm Gott sein Opfer an und brach des Königs bösen Willen.

Mit plötzlichem Entschluß stand er auf, winkte Ephraim, sitzen zu bleiben, ging in die Bibliothek, holte aus dem Schrein eine Rolle der Heiligen Schrift, rollte sie auf, suchte, legte die Hand auf die gesuchten Verse und sagte leise, doch wild: »Hier in deiner Gegenwart, mein Herr und Lehrer Ephraim Bar Abba, gelobe ich: Bevor das Laubhüttenfest um ist, werde ich von König Alfonso, dem Achten seines Namens, ein Privileg erwirken, welches sechstausend fränkische Juden ermächtigt, sich niederzulassen hier in diesem Lande Sepharad.«

Ephraim, tief bestürzt, war aufgestanden. Jehuda, immer mit der gleichen Wildheit, verlangte: »Und nun, Herr Zeuge, nimm du zur Kenntnis, was ich gelobt habe, und lies die Sätze der Lehre, wie es der Zeuge soll!« Ephraim aber neigte sich über die Rolle und las und sprach mit blassen Lippen: »Wenn du ein Gelübde tust, so sollst du es zu halten nicht verziehen; denn der Herr dein Gott wird es von dir fordern, und es wird dir Sünde sein. Was zu deinen Lippen ausgegangen ist, sollst du halten und danach tun, wie du gelobt hast.« Und Jehuda sagte: »Amen, so sei es. Und wenn ich nicht erwirke, was ich gelobt habe, dann wirst du gegen mich den Großen Bann verkünden.« Und Ephraim sagte: »Amen, so sei es.«

Alfonso verbrachte die Zeit der Einkehr im Pönitenzhaus von Calatrava. Er versuchte, sich das Verwerfliche seines Treibens in der Galiana vorzuhalten, versuchte zu bereuen. Aber er bereute nicht, er freute sich dessen, was er getan hatte, und wußte, er werde es nicht lassen. Die stillen Tage klösterlicher Zurückgezogenheit verstärkten nur den jungenhaft fröhlichen Trotz, den er dem Kummer Don Rodrigues entgegengestellt hatte. Es war nicht Höllenfeuer, wenn er jetzt vor Sehnsucht nach Raquel brannte, es war Gnade Gottes. Und er wird ihre Seele retten, dessen war er sicher.

So gestimmt, kehrte er nach Toledo zurück. In einer wunderlich büßerischen Regung indes, als ob er dadurch nachholen könnte, was er im Kloster versäumt hatte, legte er sich auf, noch diesen Tag in Toledo zu bleiben und erst am Abend des nächsten in die Galiana zurückzukehren.

Er warf sich in die Geschäfte, froh, daß sie seine ungeteilte Aufmerksamkeit erforderten.

Don Pedro von Aragon hatte eine ansehnliche Truppenmacht gesammelt, um in allernächster Zeit ins moslemische Gebiet, ins Valencianische, vorzustoßen. Es war der Erzbischof, der Don Alfonso das mitteilte. Don Martín hatte mit Genugtuung erfahren, daß es dem Domherrn geglückt war, den König zu stiller, klösterlicher Zwiesprache mit Gott zu bewegen, und Don Alfonso hatte jetzt wohl ein gutes Ohr für geistliche Mahnung. In kräftigen Worten also stellte der Erzbischof ihm vor, welch brennende Schande vor der ganzen Christenheit es wäre, wenn, während Aragon in den Heiligen Krieg eingreife, der größte König der Halbinsel untätig bliebe.

Dann, unvermittelt und zum Erstaunen Don Alfonsos, stimmte er ein Loblied an auf den Joglar Juán Velázquez. Gewöhnlich hatte die Kirche nur Worte des Tadels für die zweideutige Kunst dieser volkstümlichen Sänger. Juán Velázquez aber hatte das Herz des Erzbischofs gewonnen dergestalt, daß er ihn in seinem Palacio hatte singen und spielen lassen. Er meinte, auch Don Alfonso werde seine Freude daran haben, wie Juán Velázquez in seinem kräftigen Kastilisch von den Taten des Roland und des Cid singe, ganz zu schweigen von den akrobatischen Kunststücken des Spielmannes.

Don Alfonso ließ den Joglar kommen. Ja, Don Martín hatte recht gehabt: die einfachen, starken Romanzen rührten ihm ans Herz.

Er durfte das Schwert nicht länger rosten lassen. Er sprach seinem alten, aufrichtigen Don Manrique davon, daß er nun endlich losschlagen wolle.

Der erwiderte, seine Ungeduld sei nicht geringer als die des Herrn Königs. Aber angesichts der Kosten, die er sich von dem Herrn Escrivano habe zusammenstellen lassen, sei ihm die Hoffnung auf den Feldzug vergangen. Don Jehuda habe arabische Ziffern verwandt, und er, Manrique, gewöhnt an die römischen, könne nun einmal die arabischen, die ja auch die Kirche verpöne, nur schwer lesen. Leider aber seien die Summen, mit denen man hantieren müsse, so hoch, daß man ohne arabische Ziffern nicht auskomme. »Du solltest es selber mit deinem Escrivano durchsprechen, Herr König«, rief Don Manrique, »was ein Krieg gegen den Kalifen kostet.«

Alfonso hatte sich die ganze Zeit hindurch gescheut, mit dem Vater Raquels zusammenzukommen, und dennoch ein leises, kitzelndes Verlangen danach verspürt. Nun Don Manrique Jehuda nannte, entschloß er sich, ihn zu rufen.

Zur gleichen Zeit, da er den Herold ins Castillo Ibn Esra schickte, sandte er Botschaft auch in die Galiana an Doña Raquel, eine sehr kurze Botschaft, arabisch, lateinisch und kastilisch: »Auf morgen, auf morgen, auf morgen.«

Jehuda, als er den Ruf des Königs erhielt, atmete tief. Was immer die Zusammenkunft bringen mochte, es war besser als das Warten.

Sie standen sich gegenüber, und ein jeder entdeckte Neues in dem Gesicht des andern. Jehuda suchte und fand im Gesicht des Barbaren Züge, welche seine Raquel anziehen mochten, und der König sah befangen im Antlitz des Juden Züge, die denen seiner Liebsten glichen.

»Mir scheint, mein Escrivano«, begann mit etwas erkrampfter Munterkeit Don Alfonso, »wir sitzen fein in der Wolle dank deiner Umsicht, und es ist keine Ziegenwolle. Ich will also endlich meinen Krieg unternehmen. Du hast geschätzt, zweihunderttausend Maravedí seien nötig. Kann ich sie haben?«

Jehuda war darauf gefaßt gewesen, daß er allerlei törichtes Geschwätz werde anhören und widerlegen müssen, ehe er von seiner großen Sache reden durfte. Er antwortete also ruhig: »Du kannst sie haben, Herr König. Aber damals ging es um einen Feldzug nicht gegen den Kalifen, sondern gegen Aragon.« Vielleicht, ohne daß er sich's zugestand, war dem König der Einwand seines Ministers willkommen. Doch er beharrte: »Wenn Aragon den Feldzug wagt, soll ich's nicht können?« Jehuda hielt ihm entgegen: »Dein erlauchter Vetter von Aragon hat keinen Waffenstillstand mit dem Emir von Valencia.« Alfonso erwiderte finster: »Ein Mann, der so viel dazu beigetragen hat, mir diesen unseligen Stillstand aufzubürden, täte besser, mich nicht daran zu erinnern.« Jehudas Gesicht blieb ausdruckslos. »Die Tatsachen«, sagte er, »bleiben, ob wir sie aussprechen oder nicht. Im übrigen halte ich es nicht für wahrscheinlich, daß Don Pedro losschlägt. Mein Vetter Don Joseph Ibn Esra ist mutig genug, seinem König auch unliebe Dinge zu sagen. Er wird ihn daran erinnern, daß der Kalif im Begriff ist, aus dem Osten in seine Hauptstadt zurückzukehren, und daß er wahrscheinlich ins Andalús übersetzen wird, wenn Aragon losschlägt. Aragon kann, solange es allein ist, einen Feldzug nicht unternehmen. Und ebensowenig kann es Kastilien.«

Don Alfonso saß da, die Lippen verpreßt, die Stirn tief verfurcht. Es war immer der gleiche Einwand, gegen den er anrannte. Der Krieg war nicht möglich, solange nicht der Fant von Aragon versöhnt war.

»Ich weiß, Herr König«, sagte mit dringlicher Stimme Jehuda, »daß dein Herz an dem Feldzug hängt. Möge mir deine Majestät doch glauben, daß mein Vetter Don Joseph und ich unablässig darüber nachsinnen, wie ein wahrer Friede zwischen unsern erlauchten Fürsten herbeigeführt werden könnte.«

Des Königs Unmut vertiefte sich. Versöhnung mit Aragon zustande bringen konnte kein Ibn Esra. Das wußte der Jude so genau wie er selber. Verhöhnte er ihn?

Jehuda nahm den Unmut des Königs wahr. Es war keine gute Stunde, ihn um die Zulassung der Flüchtlinge zu bitten. Aber er hatte sein Gelübde, vor ihm stand hoch und finster der Große Bann, die Frist war kurz. Und wer mochte wissen, wann er den König ein zweites Mal zu sehen bekam? Er mußte sprechen.

Er sprach.

Alfonso hörte grimmig zu. Jetzt zeigte der Fuchs sein Gesicht. »Hast du mir nicht gerade versichert«, sagte er, »du wolltest mir helfen, meinen Heiligen Krieg endlich zu beginnen? Und da verlangst du, daß ich deine Juden ins Land lasse? Ich sag es dir in dein schlaues Gesicht: du willst meinen Krieg hintertreiben. Du tust alles, ihn zu hintertreiben. Du willst es hintertreiben, daß ich mich mit dem Fant von Aragon einige. Du hetzest mich gegen Aragon, und dein Herr Vetter hetzt Aragon gegen mich. Ihr schleicht und lügt und schwindelt, echte Bänker und Händler und Juden, die ihr seid.« Der König schmetterte nicht, er sprach leise, das machte seine Rede noch gefährlicher.

Ich hätte doch nicht sprechen sollen, dachte Jehuda. Aber ich mußte sprechen. Ich hab meinen Eid im Himmel, ich kann nicht zurück. Er sagte verwegen: »Du kränkst mich zu Unrecht, Herr König, und auch meinen Vetter. Wir tun unser Bestes. Aber freilich vermögen wir nicht viel.« Und noch kühner fuhr er fort: »Ich weiß jemand, der mehr erreichen kann: deine Frau Königin. Sie ist klüger als wir alle. Geh zu ihr. Bitte sie, daß sie es unternehme, den erlauchten Don Pedro zu versöhnen.«

Der König ging auf und ab. »Du bist sehr frech, Herr Escrivano«, warf er ihm hin, die unterdrückte Stimme verbarg kaum die Wut.

Jehuda indes, tollkühn, er hatte nichts mehr zu verlieren, sprach weiter: »Aber selbst deine Frau Königin, und wenn sie die Versöhnung zustande bringt, wird Monate brauchen. Verzeih meinem platten Kaufmannsverstand, wenn er nicht einsieht, warum wir nicht diese Monate nützen sollen, jene

Flüchtlinge ins Land zu ziehen. Sie haben Hände und Köpfe, die wir gut gebrauchen können. Deine Länder, Herr König, sind noch immer entblößt durch die vielen Kriege. Du solltest dir diese sehr nützlichen Ansiedler sichern. Ich bitte dich sehr, Herr König, wische nicht meine guten Gründe mit schneller Hand fort. Wäge sie. Bedenke sie.«

Don Alfonso spürte Lust, das widerwärtige Gespräch zu beenden. Vielleicht hatte der Jude recht, wahrscheinlich hatte er recht, und schon wollte der König nachgeben. Aber dann überlegte er: was den Juden so frech machte, war nicht das gute Gewicht seiner Argumente, es war ein sehr anderes. »Deine Gründe mögen gut sein«, sagte er gereizt, »aber es gibt auch gute Gegengründe, und du kennst sie.« Jehuda schickte sich an, zu erwidern. Allein Alfonso, ungestüm, kam ihm zuvor. »Ich will nicht länger davon hören«, schmetterte er.

Da aber sah er das blasse, verstörte Gesicht des Juden, er dachte an die Tochter des Mannes mit diesem Gesicht, und: »Laß es gut sein«, fügte er schnell hinzu, »ich werde alles bedenken, nicht nur die Gegengründe, auch deine Gründe.« Und mit der früheren, erzwungenen Lustigkeit schloß er: »Und ich werde auch die Wolle nicht vergessen, in die du mich gesetzt hast.«

Sie trennten sich, der König voll Gnade, der Jude voll gespielter Demut und gespielter Zuversicht, beide voll Mißtrauen.

Drittes Kapitel

Raquel hatte sich all die Zeit her zergrübelt, was es bedeutete, daß Alfonso sie eine ganze Woche lang und länger allein ließ. Nebelhafte Ängste suchten sie heim. Ihr ahnte, daß sein Gott einzugreifen drohte.

Dann kam der Brief, in welchem er ihr in den drei Sprachen seines Landes zujubelte: Morgen, morgen, morgen. Und dann war er da.

Sowie sie einander sahen, tauchten ihnen die Tage der Trennung hinunter. Sie hatten geatmet diese endlose Woche hindurch, nicht gelebt. Jetzt lebten sie. Es gab für sie kein Leben außerhalb der Galiana. Sie hatten sich eine Sondersprache ausgedacht, gemischt aus Latein und Arabisch und voll von kleinen, geheimen Regeln, und sie brauchten keine andere Sprache als diese; aber vielleicht noch besser verstanden sie sich, wenn sie schwiegen.

Trotzdem hatte sich ihnen vieles verändert. Sie waren wissender einer um den andern. Alfonso gewahrte manchmal in Raquels Mienen und Worten jenes verfängliche Etwas, welches sie mit ihrem von Gott verdammten Volke verband, und voll frommer, leise hämischer Freude dachte er an seinen Entschluß, diese Züge ihres Wesens auszumerzen. Sie ihresteils verbarg nicht das Mißfallen, welches ihr seine Liebe zu den großen Hunden einflößte. Einmal geschah es, daß sie mit Widerwillen vor den Tieren zurückwich, die sie gutmütig täppisch ansprangen. Da erzählte er ihr fröhlich und böse: »Wir hispanischen Fürsten lieben unsere Tiere. Meine Väter, die alten Gotenkönige, waren sicher, in ihrem Paradies auch ihre Hunde wiederzufinden. Es wäre sonst kein Paradies gewesen. Sie glaubten offenbar an die Weisheit deines vielgeliebten Musa, daß die Seele des Viehes an den gleichen Ort fährt wie die des Menschen.« Er sah, wie sein Scherz ihr mißfiel, und bereute stürmisch: »Verzeih, Liebste. Du magst meine Hunde nicht, sie machen dir Angst, ich schicke sie weg.« Und da sie abwehrte, steigerte sich sein Eifer, sie zu versöhnen. »Auch meinen Belardo magst du nicht, gib es zu. Auch ihn schicke ich fort.« Er ließ sich nur schwer von seinem Vorhaben abbringen.

Manchmal fiel ihm aufs Herz, er müsse nun darangehen, sie zum wahren Glauben zu bekehren. Aber in ihrer atmenden Nähe erkannte er, daß dieses Unternehmen heikler war, als er sich's vorgestellt hatte. Sie hatte ja noch nicht einmal begriffen, was ein Ritter war, was er selber war. Das zuerst, die Glorie des Rittertums, mußte er sie spüren machen.

Er bestellte jenen Joglar Juán Velázquez in die Galiana.

Raquel, da sie die einfältig grobe Guitarre des Christen hörte, dachte an die delikaten Harfen, Lauten und Flöten der Araber, an ihre Mismár, Schahrúd und Barbút. Aber ihr schnelles, feines Ohr und ihr offener Sinn machten sie empfänglich für das, was in des Joglars einfachem Dichten und Singen lebendig war. Sie verstand nicht immer die genaue Meinung seines niedrigen Lateins, doch ließ sie sich packen von der heldisch ritterlichen Freude seines Liedes.

Es sang aber Juán Velázquez von den Taten und von dem Sterben des Markgrafen Roland von der Bretagne: wie er im Tale von Ronceval mit einer hoffnungslos kleinen Schar einem Meer von Heiden gegenübersteht, und wie sein Freund Olivier ihm rät, sein mächtiges Horn Olifant zu blasen und das Heer König Karls, des großen Kaisers, zurückzurufen. Wie Roland sich weigert, wie seine Ritter Taten unglaubhafter Tapferkeit verrichten, und wie sie einer nach dem andern erschlagen werden. Und wie Roland, selber verwundet, übers Schlachtfeld geht, seine toten Paladine zu sammeln, um sie dem Erzbischof Turpin zuzutragen zur letzten Einsegnung. Und wie Roland zuletzt, zu spät, in sein wunderbares Horn stößt und Berge und Täler weit erklingen. Und wie er ein zweites Mal verwundet wird, dieses Mal schwer, und wie er, aus langer Ohnmacht aufwachend, sich auf dem weiten Leichenfeld als einzigen noch Lebenden findet. Er merkt, wie ihn der Tod ankommt, vom Haupt steigt er ihm hinunter ins Herz. Da schleppt er sich mit eilender Mühe unter einen Fichtenbaum, legt sich nieder in das grüne Kraut, das Haupt nach Süden gerichtet, nach Spanien, dem Feinde zu, und hebt den rechten Handschuh empor zu Gott. Und der Engel Sankt Gabriel nimmt ihm den Handschuh aus der Hand.

Hingerissen hörte, kindlich staunend, Raquel zu. Dann freilich dachte sie nach und meinte, eines sei ihr unverständlich: warum nämlich der Held Roland nicht rechtzeitig ins Horn stoße; dann hätten doch er und seine Ritter den Feind heil und lebendig besiegt. Den König verdroß der kahle Einwand. Aber da bat Raquel den Sänger, ihr die Verse vom Tode Rolands zu wiederholen, ihre Augen strahlten Ergriffenheit, Begeisterung, und Alfonso war sicher, ihre Seele hatte sich der Größe des Rittertums aufgetan.

Daß es so war, zeigte sich, als sie ihm das Geschenk anschleppte, von dem sie ihm schon andeutend gesprochen hatte: eine arabische Rüstung.

Sie war aus herrlichem, bläulichschwarzem Stahl und mit ihren vielen beweglichen Teilen leicht und elegant, ein wunderbares Gebilde. Alfonsos helle Augen strahlten. Sie half ihm die Rüstung anlegen. Das war ein männliches Geschäft, und es gefiel ihm nicht, daß sie ihm half. Aber er brachte es nicht über sich, sie zurückzuweisen.

So rüstete sie ihn denn, unter Scherzreden, doch begeistert. Er stand da, schwarzbläulich und heldisch, beweglich schmiegten sich die Maschen des Eisenhemdes um die kräftige, atmende Brust, hell schauten die Augen aus den Schlitzen des Visiers. Sie klatschte in die Hände und rief kindisch entzückt: »O mein Liebster, du bist ein Wunder der großen Wunder Gottes!« Und sie ging auf und ab, ging um ihn herum, tänzerisch, im Singsang sprach sie arabische Verse: »O ihr Helden! Ihr tragt das blanke Schwert, ihr schwingt den schlanken Speer. Auf die Feinde einreitet ihr, stürmisch, gewaltig. Welche Freude ist es, euch durchs Lied zu begeistern!«

Lächelnd, tief erfreut hörte er ihr zu. Niemals noch hatte sie ihm kriegerische Verse gesungen. Jetzt war es an dem. Jetzt spürte sie, was ein Krieger war. Jetzt konnte er ihr von dem Großen, von dem Heiligen reden, das sie ihm für immer verbinden wird.

Er fragte sie geradezu, ob sie nicht zusammen mit ihm die Messe hören wolle.

Sie schaute auf. Sie verstand nicht. Vielleicht war das einer seiner wunderlichen Späße. Sie lächelte unsicher. Ihr Lächeln erbitterte ihn. Aber er nahm sich zusammen und sagte kindlich ernst: »Siehst du, liebste Frau, wenn du die Taufe nimmst, dann erlösest du nicht nur deine Seele, du befreist auch mich von schwerer Sünde, und wir können sündenlos und reuelos vereinigt bleiben für immer.« Er sagte das aber so gläubig unschuldigen Gesichtes, daß es sie anrührte.

Dann aber kam ihr die ganze finstere Meinung seiner Worte ins Bewußtsein, und sie war heiß gekränkt. Er war nicht zufrieden mit dem, was sie ihm gab, er wollte ihr kriegerisch dumm und unersättlich ihr unsterbliches Erbteil nehmen. Genügte es ihm nicht, daß sie schon dadurch den Zorn Gottes erregte, daß sie mit dem Ungläubigen sprach und aß und badete und schlief? Ihr lebendiges Gesicht zeigte ihren Kummer und ihre Kränkung.

Alfonso versuchte ungeschickt, ihr zuzureden. Ihr Widerstand war still, einsilbig und entschieden.

Aber sie wußte, er war ein zäher Kämpfer, er wird nicht ablassen, und wiewohl ihres Glaubens sicher, suchte sie Stärkung bei den Ihren, bei dem Vater und bei Musa.

Sie teilte dem Vater mit, Alfonso dringe darauf, daß sie die Taufe nehme. Don Jehuda erblaßte tief. Sie sagte still: »Ich bitte dich, mein Vater, kränke mich nicht durch Angst. Du hast mich gelehrt, daß ich eine Ibn Esra bin und Anteil habe an dem Großen Buch. Ich habe es begriffen.«

Mit Musa sprach sie ohne Rückhalt. Ihm sagte sie, daß sie Furcht habe vor dem zähen Kampf, der bevorstand.

Musa hielt ihre Hand und erzählte ihr von den jüdischen Frauen des Propheten Mohammed. Zuerst hatte der Prophet die Juden in Güte für seine Offenbarung gewinnen wollen. Da sie sich sträubten, bekämpfte er sie mit dem Schwert und tötete ihrer viele. Auf einem seiner Feldzüge kam in sein Lager ein jüdisches Mädchen namens Zainab, deren Vater und deren Brüder von den moslemischen Kriegern erschlagen worden waren. Zainab erklärte, sie habe erkannt, daß kein Gott sei außer Allah, sie schmeichelte dem Propheten mit Worten und mit Gesten, sie zeigte sich verliebt in ihn, und er hatte Wohlgefallen an ihr, er schlief mit ihr, brachte sie in seinen Harem und bevorzugte sie vor den andern Weibern. Und Zainab fragte ihn, was er am liebsten esse, und er antwortete: »Von der Schulter des jungen Lammes.« Da briet sie ein Lamm für ihn und seine Freunde, und sie aßen; die Schulter des Lammes aber hatte sie mit einem Saft starken Giftes berieben. Einer der Freunde aß davon und starb. Der Prophet selber spie schon den ersten Bissen aus; doch erkrankte auch er. Die Jüdin Zainab sagte, sie habe dem Propheten Gelegenheit geben wollen, zu beweisen, daß er der Liebling Allahs sei. Einem solchen könne kein Gift etwas anhaben; wär er's aber nicht, dann hätte er verdient zu sterben. Einige sagen, der Prophet habe ihr verziehen, andere, sie sei hingerichtet worden.

Die Stadt Kaibar, die fast ausschließlich von Juden bewohnt war, widerstand Mohammed mit besonderer Hartnäckigkeit. Die meisten Männer von Kaibar kamen im Kampfe um; die übrigen, ihrer sechshundert, ließ der Prophet nach der Einnahme der Stadt enthaupten. Unter den erbeuteten Frauen war eine gewisse Safia; ihr Mann war gefallen, ihr Vater hingerichtet worden. Safia war noch nicht siebzehn Jahre alt und so schön, daß Mohammed sie in seinen Harem aufnahm, wiewohl bereits ein Mann sie erkannt hatte. Er liebte sie sehr, er beugte das Knie, damit sie leichter das Kamel besteigen könne, er überhäufte sie mit Schätzen, er wurde ihrer nicht satt bis zu seinem Tode; sie überlebte ihn aber um fünfundvierzig Jahre.

So erzählte Musa. »Sind also diese Frauen von Adonai abgefallen?« fragte Raquel. »Wenn die Lehre Mohammeds das Mädchen Zainab begeistert hätte«, antwortete Musa, »dürfte sie kaum versucht haben, ihn zu vergiften. Und was Safia anlangt, so hinterließ sie ihren Reichtum Verwandten, die Juden geblieben waren.«

Später fragte Raquel: »Du sprichst oft ohne Ehrfurcht von dem Propheten. Warum bleibst du im Islam, Onkel Musa?« – »Ich bin ein Gläubiger der drei Religionen«, antwortete Musa. »Eine jede hat ihr Gutes, und eine jede lehrt Dinge, welche zu glauben die Vernunft sich sträubt.« Er war an sein Schreibpult getreten, er kritzelte Kreise und Arabesken, und er sagte über die Schulter: »Solange ich überzeugt bin, daß der Glaube meines Volkes nicht schlechter ist als der eines andern, ekelte es mir vor mir selber, wenn ich die Gemeinschaft verließe, in die ich hineingeboren bin.« Er sprach ruhig mit gleichmäßiger Stimme, und seine Worte senkten sich tief in Raquel ein.

Als Musa allein war, wollte er an seiner »Geschichte der Moslems« arbeiten. Aber er bedachte, was er Raquel gesagt hatte, er wunderte sich über die starken Worte, die er gebraucht hatte, er konnte seine Gedanken nicht auf sein Werk richten.

Statt dessen schrieb er Verse: »So voll ist die Zeit von Waffen und Rittern und Eisen und Getöse, daß selbst die Worte des Weisen klirren, statt still zu sein wie das Rauschen des abendlichen Windes in den Wipfeln der Bäume.«

Don Rodrigue sprach nicht gern von der Gnade, die ihm zuteil geworden war, von seinen Verzückungen, den Früchten seiner Askese. Lieber gab er sich als Forscher, als Gelehrter. Er war aufrichtig. Denn in all seiner Frommheit war er besessen von der Lust an scharfem, zweiflerischem Denken. Ihn ergötzten die wunderbaren Spiele des Verstandes, und es schuf ihm hohes Vergnügen, in der Diskussion mit sich selber und mit anderen das Für und Wider einer These abzuwägen. Unter den Gottesgelehrten seines Jahrhunderts liebte er am meisten den Abaelard. Dessen Lehre, daß von der Philosophie der großen Heiden ein kürzerer Weg zum Evangelium führe als vom Alten Testament, ließ ihn nicht los, und immer von neuem vertiefte er sich in des Abaelard kühnes Werk: Sic et Non, Ja und Nein, worin aus der Heiligen Schrift Sätze, die sich widersprechen, einander gegenübergestellt waren; dem Leser aber blieb es überlassen, mit den Widersprüchen fertig zu werden.

Don Rodrigue wußte, er durfte sich bis an die fernsten Grenzen dieses gefährlichen Gebietes wagen. Gab es doch in seiner Seele jenen Raum, wohin kein Zweifel des vorwitzigen Verstandes drang; dort fand er Schutz vor allen Anfechtungen.

Diese stille, unzerstörbare Sicherheit im Glauben erlaubte ihm auch, nach wie vor ins Castillo Ibn Esra zu gehen und mit dem Ketzer Musa freundschaftliches Streitgespräch zu pflegen.

Musa seinesteils wußte, mit dem Domherrn konnte er Verfängliches ohne Rückhalt bereden, und er trug keine Scheu, sich vor ihm auch über Geschehnisse auszulassen wie etwa den Liebeshandel des Königs. »Unser Freund Jehuda«, meinte er, »hatte gehofft, Raquels Zucht und sanfte Sitte werde das ungestüme Soldatentum Don Alfonsos bändigen. Statt dessen ist sie sichtlich bezaubert von seinem kriegerhaften Wesen. Ich fürchte, eher wird das Leben in der Galiana unsere Raquel zum Geist des Rittertums bekehren als den König zur Botschaft des Friedens.«

»Du kannst schwerlich verlangen«, antwortete Rodrigue, »daß Don Alfonso in währendem Kreuzzug für Friedensgesänge ein offenes Ohr hat.« Musa hockte behaglich, etwas vornübergeneigt, in einer Ecke und meditierte: »Eure Kreuzzüge! Es will mir nicht in den Kopf, daß ihr euern Heiland Fürsten des Friedens nennt und fromm und gläubig in seinem Namen zum Kriege aufruft.« – »Habt nicht *ihr* den Heiligen Krieg in die Welt gebracht, mein lieber und verehrter Musa?« erkundigte sich milde der Domherr. »War es nicht Mohammed, der die Lehre von Dschihád verkündigte? Unser Bellum Sacrum ist nur Verteidigung gegen euern Dschihád.« – »Aber der Prophet«, meinte nachdenklich Musa, »schreibt den Heiligen Krieg nur demjenigen vor, der des Sieges sicher ist.«

Er nahm wahr, daß dieser Einwand seinen Gast verstimmte, und lenkte höflich auf anderes über. »Das Schicksal macht seltsame Umwege«, führte er aus, »um unserer Halbinsel den Krieg zu ersparen. Wir haben wohl alle gefürchtet, die jähe Leidenschaft des Königs Unseres Herrn werde zum Unheil ausschlagen. Statt dessen bringt sie Segen. Denn solange unsere Raquel den König festhält, wird er wohl kaum gegen den Kalifen marschieren. Wie willkürlich ist doch, wie kindisch verspielt jene Macht, die ich mit Kadar bezeichne, und die du, mein hochwürdiger Freund, Vorsehung nennst.«

Der Domherr, so herausgefordert, wies den lästernden Greis zurecht: »Wenn du die Gottheit blind schiltst und sinnlos unberechenbar, dann erkläre mir, bitte, wozu strebst du nach Weisheit? Was nützt dann alle Weisheit?« – »Viel Nutzen«, gab bereitwillig Musa zu, »bringt es wohl nicht, die Zweideutigkeit der Geschehnisse und ihren innern Widerspruch zu erkennen. Aber mir wärmt nun einmal Erkenntnis das Herz. Und gesteh es, mein hochwürdiger Freund, sie ergötzt auch dich.«

Nach solchen Gesprächen machte sich Don Rodrigue wohl Vorwürfe über die Freude, die er an dem Umgang mit dem Gottlosen hatte, und er nahm sich vor, seine Besuche im Castillo Ibn Esra einzustellen oder doch einzuschränken.

Da aber gab ihm der Himmel selber einen Fingerzeig. Der König nämlich, der erkannt hatte, es werde ihm allein nie gelingen, die Kruste des Unglaubens um Raquels Herz zu brechen, bat ihn um seinen Beistand, er konnte das fromme Verlangen nicht wohl abschlagen und sah sich gezwungen, die Besuche im Castillo fortzusetzen.

Da waren sie denn wieder zusammen in der Rundhalle wie früher, Musa, Raquel, der Domherr und auch der junge Don Benjamín; Rodrigue brachte ihn mit, damit seine Absicht, Raquel zu bekehren, nicht allzu deutlich werde.

Es fiel dem jungen Don Benjamín nicht leicht, seine Unbefangenheit vor Raquel zu wahren. Er hatte in diesen Wochen unablässig nachgedacht über das Schicksal, das ihr auferlegt war, dieses schwere und gefährliche Glück. Erst seitdem sie in die Galiana entrückt war, hatte er erkannt, was sie ihm bedeutete, und Begierde, gemengt mit bitterer Resignation, färbte jetzt und vertiefte wunderlich seine Freundschaft.

Er hatte erwartet, eine sehr veränderte Raquel zu finden. Aber da saß sie und war die frühere. Er war enttäuscht und beglückt und konnte, der sonst so methodische junge Gelehrte, seine Gedanken nicht ordnen. Verstohlen, immer von neuem, prüfte er ihr Gesicht, hörte nur halb hin auf das, was die andern sprachen, und schwieg.

Don Rodrigue seinesteils wartete auf die Gelegenheit, sein Bekehrungswerk zu beginnen. Er war kein Eiferer, jegliche Plumpheit war ihm verhaßt, er wartete auf das rechte Wort, an das er anknüpfen könnte. Seine Minute kam, als Musa sich wieder einmal über sein Lieblingsthema ausließ, daß nämlich allen Völkern ihre Blüte und ihr Altern vom Schicksal vorgeschrieben sei.

Das stimme wohl, meinte der Domherr, aber wie wenige Nationen wollten einsehen, wann ihre Zeit abgelaufen sei. »Da haben wir das Volk der Juden«, dozierte er. »Daß sie sich nach dem Erscheinen des Heilands noch ein Jahrhundert lang oder zwei Jahrhunderte vorgemacht haben, die Heilsverkündigungen ihres Großen Buches seien weiter in Geltung und ihr Reich werde wieder erstehen, das ist schließlich zu begreifen. Nun aber leben sie doch schon über ein Jahrtausend im Elend, und noch immer nicht wollen sie einsehen, daß die Segnungen des Jesaja erfüllt sind eben durch die Ankunft des Heilands. Sie wollen die Zeit überlisten und beharren gegen allen Augenschein in ihrem Irrtum.«

Er schaute weder Raquel an noch Benjamín, er predigte nicht, er unterhielt sich mit Musa, ein Philosoph mit einem andern. Aber Benjamín merkte gut, wohin er zielte, wie er unschuldig fromm und grausam Raquel ihr Judentum verleiden wollte, und Benjamín riß sich los aus seinem Geträume und wurde beredt. »Aber keineswegs wollen wir die Zeit überlisten, hochwürdiger Vater«, verteidigte er seinen und Raquels Glauben, »vielmehr wissen wir: die Zeit ist nicht gegen, sie ist mit uns. Wir deuten die Siegesverheißungen unseres Buches nicht plump wörtlich. Es sind nicht Siege des Schwertes, welche die Propheten uns versprochen haben, und nicht solche Siege sehnen wir herbei. Wir halten nicht viel von Rittern und Kriegsknechten und Belagerungsmaschinen. Deren Erfolge haben keinen Bestand. Unser Erbteil ist das Große Buch. Wir haben uns durch zweitausend Jahre mit ihm befaßt, es hat uns zusammengehalten im Elend und in der Zerstreuung ebenso wie in unserm Glanz, wir allein verstehen es richtig zu deuten. Was es uns verheißt, sind Siege des Geistes, und diese Siege raubt uns kein Kreuzzug und kein Dschihád.«

»Ja«, sagte spöttisch und betrübt Don Rodrigue, »eritis sicut dii, scientes bonum et malum; noch immer glaubt ihr das Wort der Paradiesesschlange. Und weil ihr, ich geb es zu, vor andern mit Verstande gesegnet seid, haltet ihr euch für allwissend. Aber gerade dieser Dünkel macht euch blind und hindert euch, das Handgreifliche zu begreifen. Der Messias ist längst gekommen, die Zeit ist erfüllt, die Segnungen sind da. Alle sehen es, nur ihr wollt es nicht sehen.«

»Ist sie da, die Zeit des Messias?« antwortete bitter Don Benjamín. »Ich sehe nichts davon. Ich sehe nicht, daß ihr eure Schwerter zu Pflügen umschmiedet und eure Speere zu Winzermessern. Ich sehe nicht, daß Alfonso mit dem Kalifen weidet. *Unser* Messias wird der Welt in Wahrheit den Frieden bringen. Was wißt denn ihr vom Frieden! Frieden, Schalom: ihr versteht ja nicht einmal das Wort! Ihr könnt ja nicht einmal das Wort übersetzen in eure armen Sprachen!«

»Du trittst sehr kriegerisch für den Frieden ein, mein lieber Don Benjamín«, versuchte Musa ihn zu beruhigen.

Benjamín aber hörte nicht auf ihn. Befeuert von der Nähe Doña Raquels, brach er los: »Was ist denn eure armselige Pax, eure Treuga Dei, eure armselige Eirene! Schalom, das ist die Vollendung, das ist die Glückseligkeit, und alles, was nicht Schalom ist, ist böse. Unserm König David war es nicht vergönnt, den Tempel zu bauen, weil er nichts war als ein Eroberer und großer König. Erst Salomo, der Friedenskönig, durfte ihn bauen, weil unter ihm ein jeder in Sicherheit wohnte unter seinem Weinstock und Feigenbaum. Der Altar, über dem eine Waffe geschwungen wird, ist entweiht, er ist Gottes nicht würdig, das ist unsere Lehre. Ihr aber ehrt euern Messias, indem ihr seine Stadt, Jerusalem, die Stadt des Friedens, berennt und zerstört. Wir sind arm und bloß, aber die Narren seid ihr mit all euerm Glanz und Waffenschmuck. *Uns* ist das Land verheißen, *uns* gehört es. Und weil es so geschrieben steht, führt ihr Krieg darum, ihr und die Moslems. Es wäre zum Lachen, wenn es nicht so herzzerreißend wäre.«

Die Heftigkeit des jungen Menschen machte den Domherrn nur milder. »Du sprichst von Glückseligkeit, mein Sohn«, sagte er, »und du nennst sie Schalom, und du sagst, sie sei euer Erbteil. Aber auch wir kennen Glückseligkeit. Wir nennen sie anders, doch ist es nicht gleichgültig, welchen Namen wir ihr geben? Ihr heißt sie Schalom, wir heißen sie Glauben, wir heißen sie Gnade.« Und nun mußte der Schamhafte heraussagen, was er sonst still im Busen hielt, er mußte bekennen. »Die Gnade, mein Sohn«, sagte er, »ist nicht eine Verheißung ferner Zukunft, sie ist in der Welt. Ich bin nicht so beredt wie du, ich kann die Gnade nicht erklären. Sie kann nicht durch Anstrengung der Vernunft erlangt oder auch nur gesichtet werden. Sie ist das höchste Geschenk Gottes. Wir können nichts tun als darum beten.« Und stark und aus dem Herzen heraus schloß er: »Ich weiß, daß es die Gnade gibt. Ich bin selig im Glauben. Und ich bete zu Gott, daß er die Gnade auch andern verleihe.«

Von solchen Gesprächen, welcher Glaube der beste sei, war das ganze Abendland voll. Um diese Streitfrage, um den Vorrang des Christentums, wurde der Krieg geführt. Und Leidenschaft brannte durch die Disputationen.

Auch in der stillen Rundhalle des Musa debattierten der Domherr und Don Benjamín noch mehrere Male um den Glauben. Doch zähmte jetzt Benjamín seine Heftigkeit; er wollte seinen verehrten Lehrer Rodrigue nicht nochmals durch wüsten Angriff kränken. Doña Raquel aber bedurfte sichtlich keiner Stärkung im Glauben; Benjamín hatte bei jenem ersten Ausbruch freudig wahrgenommen, mit welcher Teilnahme sie ihm zuhörte. In diesen späteren Diskussionen begnügte er sich also, auf die innere Vernünftigkeit des Judentums hinzuweisen, dessen Gott von seinen Gläubigen kein Opfer des Verstandes verlange. Mit wissenschaftlicher Gelassenheit zitierte er Sätze aus des Dichters Jehuda Halevi schönem Buche »Zur Verteidigung des Gedemütigten Glaubens«, oder er berief sich auf Beweisgründe aus den Werken des großen Mose Ben Maimon, der jetzt in Kairo blühte. Der Domherr aber stellte ihm ebenso gelassen Argumente aus dem Augustin entgegen oder aus dem Abaelard. Raquel sprach selten und stellte selten Fragen. Doch hörte sie hingegeben zu und prägte sich Benjamíns Sätze gut ein. Sie und Benjamín kamen einander wieder sehr nahe.

Benjamín verhehlte sich nicht, daß er sie liebte. Aber er ließ davon nichts merken, er gab sich als Freund. Sie fühlten sich, Raquel und er, jung vor den älteren Männern, sie waren gute Kameraden.

Musa, als er einmal mit Rodrigue allein war, fragte ihn, warum eigentlich er Raquel in ihrem Glauben unsicher machen wolle; auch der von Rodrigue verehrte Abaelard lehre doch, man müsse dem fremden Glauben Duldsamkeit entgegenbringen, solange er den Geboten der natürlichen Vernunft und Sittlichkeit nicht zuwiderlaufe. »Bringe ich dir nicht genug Duldsamkeit entgegen, mein verehrter Musa?« fragte der Domherr. »Ich kann dir nicht sagen, welch tiefe Freude es mir wäre, wenn eine mens regalis wie die deine, ein so königlicher Geist, gekrönt würde durch die Gnade. Aber ich bin nicht so überheblich, anzunehmen, daß es mir vergönnt sein sollte, dich zu erleuchten. Es ist mir nicht gegeben, zu eifern, und es liegt mir nicht, den andern zu bestürmen; du weißt es. Wenn ich indes in das sanfte, bildsame, unschuldige Gesicht unserer Raquel blicke, dann spüre ich den Auftrag, um ihre Seele zu kämpfen. Da ich die gute Botschaft weiß, wäre ich ein Sünder, wenn ich sie verschwiege.«

Den König machte es ungeduldig, daß seine und Rodrigues Bemühungen um die Seele Raquels eitel blieben.

Er stand mit Raquel vor einem ihrer hebräischen Spruchbänder. Es war Wochen her, daß sie ihm die Sätze vorgelesen und übertragen hatte, aber sein gutes Gedächtnis hatte sie aufbewahrt, daß er sie ihr fast Wort um Wort wiederholen konnte: »Ich bereite deine Straße aus Edelsteinen und deine Häuser aus Kristall. Keiner Waffe, die wider dich gerichtet ist, soll es gelingen, und alle Zunge, so sich wider dich setzet, soll verdammt sein.« Spöttische Verwunderung war in seiner Stimme, die schmalen Lippen hatte er zu einem bösen Lächeln verzogen. »Ich begreife nicht recht«, sagte er, »warum du gerade diesen Spruch hierhergesetzt hast. Willst auch du dich künstlich blind machen? Wo sind sie, eure Straßen aus Edelsteinen? Jetzt seid ihr elend und ohnmächtig schon länger als tausend Jahre und lebt von unserm Mitleid. Wie lange noch wollt ihr eure traurige Nacktheit mit solchen bunten, leer gewordenen Verheißungen aufputzen? Es ist mir leid, daß auch du so verstockt bist.«

Es war das erstemal, daß er so plump auf sie einschalt. Ach, sie hätte auf das falsche und bösartige Gerede gut erwidern können; aber sie wollte keinen Streit. Sie sagte ruhig: »Euer großer Doktor Abaelardus lehrt, es stehe dem Christen an, Duldung zu üben gegen jede vernünftige Religion.« – »Die eure ist aber nicht vernünftig«, schmetterte feindselig der König, »das ist es doch eben.«

Es tat Raquel weh, daß dieser liebste Mensch das Beste, was sie hatte, beschimpfte. Sie hörte im Geist, wie Benjamín den jüdischen Glauben gerade mit Beweisen seiner Vernünftigkeit verteidigte. Aber wenn der kluge, beredte Benjamín den milden Rodrigue nicht hatte überzeugen können, wie sollte sie es vermögen, dem gewalttätigen Alfonso die rechte Deutung des Großen Buches klarzumachen? Und noch dazu in seinem traurigen Latein. Sie schaute ihm ins Gesicht, nachdenklich, mit den großen, blaugrauen Augen. Ja, wahrhaftig, er *glaubte*, was er da den andern nachredete. Da hatten diese Christen tausend mal tausend Ritter und Knechte hingeschickt in das Heilige Land und hatten es nicht gewinnen können. Und begriffen immer noch nicht, daß das Land ihnen eben nicht bestimmt war. Und da stand auch er, ihr Alfonso, und verhöhnte die Heilsversprechungen derjenigen, denen das Land gehörte. Und sie schaute ihn an, und plötzlich mußte sie lachen über die Blindheit der Menschen, und insbesondere ihres Alfonso.

Hatte schon ihr Schweigen und Schauen ihn aufgebracht, so erregte ihr Lachen seinen vollen Zorn. Unter der gefurchten Stirn leuchteten gefährlich hell seine Augen. »Lache nicht!« herrschte er sie an. »Schweig! Lästere nicht unsern Heiligen Krieg, du Ungläubige!«

Stumm verließ sie das Zimmer.

Zwei Stunden später suchte er sie überall, im Haus und im Garten, und auch sie suchte ihn. Als sie sich fanden, lächelte er verlegen wie ein Junge, auch sie lächelte, sie küßten sich.

Und aus dem Kuß heraus sagte sie: »›Wofern ihr einem grollet, ihr sollet nicht meiden seine Nähe. Aufsuchet ihn und grüßet ihn und sprechet aus euch sänftiglich und ohne scharfer Rede Dorn in jeglichem, was euch an ihm verdrießet. Das ist erneuter Liebe Born. Der Beßre sein wird der von euch, der als der Erste kommt und grüßt.‹ So heißt es im Koran. Wir sind beide gekommen. Keiner ist der Bessere.«

Jehuda hatte seit Monaten erlebt, wie sein Sohn in die Gemeinschaft der andern abglitt. Aber als sich Alazar wirklich taufen ließ, packte ihn Schreck wie über ein Unerwartetes.

Jetzt erst übersah er das volle Maß seiner Schuld. Er hatte Alazar nicht genug geliebt, er hatte ihn nicht so geliebt wie Raquel. Alazar hatte seine ganze Kindheit als Moslem unter Moslems verlebt, und er selber hatte ihn, noch ehe er recht verstand, was Judentum war, an den lockenden Hof des Christenkönigs geschickt. Jetzt war sein Sohn zum Verräter geworden, er hatte seine Auserwähltheit verkauft um das Linsengericht der Ritterschaft, er war verloren und hin, ausgetilgt für immer, ausgestrichen aus dem Buche derer, die auferstehen werden beim Jüngsten Gericht.

Jehuda trauerte um ihn als um einen Toten. Sieben Tage hockte er auf der Erde zerrissenen Kleides.

Don Ephraim Bar Abba kam, ihn zu trösten. Dem Párnas graute vor Don Jehuda und seinem maßlosen Schicksal. Keine schrecklichere Heimsuchung hätte ihn treffen können als der Abfall des einzigen Sohnes. Die Abtrünnigen waren von jeher zu den grausamsten Feinden der Juden geworden, und nun war dieser junge Sohn des Jehuda ein solcher Abtrünniger. Aber die Pflicht gebot, den Trauernden zu trösten. Don Ephraim hatte Widerwillen und Schauder überwunden, er war gekommen, er neigte sich hinunter zu Don Jehuda und sprach die Formel: »Gelobt seist du, Adonai Unser Gott, gerechter Richter«, und er sandte die zehn besten Männer der Aljama, daß sie die vorgeschriebenen Gebete sprachen.

Nicht nur die Trauer um den Sohn, es drückte Jehuda auch jenes vermessene Gelübde, daß er den fränkischen Flüchtlingen die Grenzen Kastiliens öffnen werde. Die Frist, die er sich bei Strafe des Großen Bannes gesetzt hatte, lief ab. Und er kam nicht mehr an den König heran. Der wird, nun er ihm die beiden Kinder gestohlen hat, das Mädchen erst und jetzt den Sohn, seine Gegenwart noch beflissener vermeiden.

Die Neujahrstage kamen, die dunkel feierlichen Tage des Rosch Haschana, bestimmt zur Gewissensprüfung.

Raquel verbrachte das Fest bei ihrem Vater. Er sprach nicht von dem Abfall Alazars; doch sah sie, wie tief er daran litt. Sie selber hatte die Erschütterung über die Taufe des Bruders nur verhärtet in dem heiligen Willen, ihren Anteil an Gott festzuhalten.

Jehuda bestellte einen Kundigen in sein Haus, daß der das Widderhorn blase, das Schofar, dessen mahnenden Schall an diesem Bußfeste zu hören jeder Jude verpflichtet ist. Denn dies ist der Tag, da Gott alles Geschaffenen gedenkt, da er Gericht hält und die Lose der Menschen bestimmt. Der gellende, schneidende Klang des Hornes erfüllte Raquel mit frommem Schauder, und in ihrer Märchengläubigkeit sah sie, wie die Namen der Gerechten von einer unsichtbaren Hand in das Buch des Lebens und Wohlergehens eingeschrieben wurden und die der Bösen gelöscht. Die Entscheidung aber über diejenigen, die nicht gut noch böse waren, über die weitaus meisten also, blieb aufgeschoben bis zum Versöhnungsfest, damit sie die zehn Tage noch nützten, Buße zu tun.

Am Nachmittag gingen Jehuda und Raquel, wie es der Brauch verlangte, an ein fließendes Wasser. Sie gingen vor die Stadt zum Flusse Tajo. Warfen Brotkrumen in den Fluß, warfen ihre Sünden in den Fluß, daß er sie zum Meer trage, und sprachen die Verse des Propheten: »Wo ist ein Gott, wie du bist, der die Sünde vergibt und die Untreue erläßt, der seinen Zorn nicht ewiglich festhält, denn er hat Lust daran, barmherzig zu sein. Er erbarmet sich unser, er tilgt aus unsere Schuld, er versenkt unsere Sünde in die Tiefe des Meeres.«

Es dämmerte bereits, als sie wieder zu Hause ankamen. Der Diener brachte Licht. Doch Jehuda winkte ihm, es wieder wegzunehmen, so daß Raquel des Vaters Gesicht nur undeutlich sah, als er zu sprechen anhub. »Die Grabsteine der frühen Ibn Esras«, sagte er, »beweisen, daß wir aus dem Geschlechte König Davids sind. Und nun hat mein Sohn, dein Bruder Alazar, sein königliches Erbteil verraten und vertan. Dein Vater ist nicht ohne Schuld an dem Furchtbaren. Es ist schwere Schuld, ich bereue sie, und ob auch Gottes Gnade tief ist wie das Meer, ich fühle mich nicht entsühnt.« Es war aber das erstemal, daß der Vater ihr von Schuld, Reue und Sühne sprach, und Raquel war gewürgt von Mitleid. Er habe denn auch, fuhr Jehuda fort, Buße auf sich genommen, keine leichte Buße, und er erzählte ihr von seinem Plan, die fränkischen Juden in Kastilien anzusiedeln.

Raquel hörte aufmerksam zu, aber sie antwortete nicht und fragte auch nicht. So sprach denn, nicht ohne Überwindung, er weiter. »Ich habe«, sagte er, »dem König Unserm Herrn meinen Plan vorgetragen, er hat nicht nein gesagt und nicht ja. Und ich habe ein Gelübde getan, und die Zeit drängt.«

Es war, seitdem sie in der Galiana lebte, das erstemal, daß er von Alfonso sprach, und es traf Raquel wie ein Schlag, daß er ihn den König Unsern Herrn nannte. Alles, was der Vater sagte, brach über sie herein wie eiskaltes Wasser, erschreckend, aufrührend. Sie spürte die Mahnung, sie wehrte sich dagegen. Es war nicht recht von ihm, ihr aufzuladen, was zu tragen er übernommen hatte.

Er sprach nicht weiter, er drang nicht in sie. Er ließ Licht bringen, und das Besondere, Unheimliche verschwand. Er sah ihr Antlitz in dem sanften Schein der Kerzen und Öllampen. Er sagte, und zum erstenmal an diesem Tage lächelte er: »Du bist in Wahrheit eine Prinzessin aus dem Hause David, mein Kind.«

Bevor Raquel, des Morgens, in die Galiana zurückkehrte, sagte sie zu ihrem Vater: »Ich werde mit dem König Unserm Herrn über die fränkischen Juden sprechen.«

Als Raquel dem König erklärt hatte, sie werde das Neujahrsfest im Castillo Ibn Esra verbringen, hatte er seinen tiefen Unmut nicht laut werden lassen. Er blieb die Tage über in der Galiana. Es schien ihm unerträglich, in Toledo zu sein, Raquel nahe und grenzenlos fern. Er war zornig auf Raquel, auf Jehuda, auf Jehudas Gott und seine Feste.

Es waren wunderbare helle Herbsttage, aber er hatte keine Freude an ihnen. Er jagte, aber hatte keine Freude an der Jagd und an seinen Hunden. Vor ihm stand finster und prächtig der Umriß seiner Stadt Toledo, er hatte keine Freude an dem Anblick. Er hatte keine Freude an dem Fluß Tajo und keine an dem Gespräch mit seinem Untertan Belardo. Er dachte an das, was ihm Raquel über ihr Neujahrsfest erzählt hatte, und wie sie nun wohl zu ihrem Gott betete und winselte, daß er ihr das Verbrechen verzeihe, Lust und Liebe mit ihrem König geteilt zu haben.

Sie kam zurück, und aller böse Druck fiel von ihm ab. Allein bald, obwohl auch sie des Wiedersehens innig froh schien, mußte er merken, daß eine andere Raquel zurückgekommen war; es lag jetzt über ihrem Gesicht eine sonderbare, nachdenkliche Befriedigung. Er konnte sich nicht enthalten, freundlich hämisch zu fragen, ob sie, wie sie's vorgehabt, die

Rechnung mit ihrem Gott beglichen habe. Sie schien ihm den Hohn nicht zu verdenken, vielleicht bemerkte sie ihn nicht, sie schaute ihn nur stumm an, versunken in sich selber. Ihr Schweigen brachte ihn mehr auf als jede Widerrede. *Er* durfte es nicht wagen, zu beichten, kein Priester könnte ihm Absolution erteilen; sie indes hatte sich mit ihrem Gotte ausgesöhnt. Er besann sich, was er ihr Böses, Kränkendes sagen könnte.

Da, unerwartet, hub sie zu sprechen an. Ja, sagte sie mit seltsam ernster Leichtigkeit, jetzt hätten die erhabenen Tage begonnen, da sich der Sünder, der in Wahrheit Buße tue, retten könne. Denn am Tage des Gedenkens, am Neujahrstage, schreibe zwar Gott das Urteil ein, aber erst zehn Tage später, am Versöhnungstag, drücke er das Siegel auf, und Gebet und gute Werke und wahre Einkehr hätten Kraft, das Urteil zu wenden. Und mit plötzlichem Entschluß fuhr sie fort: »Wenn du's nur willst, mein Alfonso, dann könntest du mir helfen, volle Gnade in den Augen Gottes zu finden. Du weißt von der Not meines Volkes in Francien. Willst du nicht diesen meinen Brüdern die Grenzen öffnen?«

Eine Welle Wut schlug über Alfonso zusammen. Das also war die Buße, die ihre Priester ihr auferlegt hatten. Sie sollte ihn dahin kriegen, mitten im Heiligen Krieg sein Land mit Ungläubigen zu überschwemmen, sie sollte ihn mit seinem Volk und seinem Gott entzweien: dafür gewährte dann ihr Adonai ihr die Versöhnung. Es war eine Verschwörung zwischen ihr, ihrem Vater und ihren Priestern. Es war der übelste, schmutzigste Handel, der ihm je zugemutet worden war. Er sollte betrogen werden wie der dümmste Dummkopf, er sollte zahlen für ihre Liebe und ihren Leib mit seiner Seele. Aber er wird ihnen nicht hereinfallen, den Betrügern, er wird sich nicht hereinlegen lassen, er wird sich nichts abpressen lassen, er nicht.

Mit verbissener Anstrengung zwang er die wilden, pöbelhaften Worte zurück, die sich ihm auf die Zunge drängten. Statt dessen, mit harter, verzerrter Miene und mit heller Kommandostimme, als spräche er zu einer Versammlung feindlicher Granden, warf er ihr gemessene lateinische Worte ins Gesicht. »Ich wünsche nicht, Staatsgeschäfte in der Galiana zu besprechen. Ich wünsche nicht, Staatsgeschäfte mit dir zu besprechen.« Er drehte ihr brüsk den Rücken und ging.

Als er des Nachts zu ihr kommen wollte, erklärte sie, es sei Sitte jüdischer Frauen, in den Nächten dieser Bußzeit allein zu schlafen. Nun riß sein Zorn alle Dämme nieder. Was, er sollte Rücksicht nehmen auf ihren dummen Aberglauben? Oder war es ein neuer, abgefeimter Trick, ihm das Edikt für ihre Juden abzupressen? Verweigerte sie sich nur deshalb? Verwilderten Blickes, gefährlich leise, sagte er: »Du stellst mir Bedingungen, was? Ich soll deine Betteljuden ins Land lassen, und dann läßt du mich zu dir heut nacht, was? Das verbitte ich mir. Ich bin der Herr hier im Haus und hier im Reich!«

Sie schaute ihn an aus weiten, grauen Augen, aus klagenden, vorwurfschweren Augen, entsetzt und doch furchtlos. Das brachte ihn vollends außer sich. Er stürzte sich auf sie, warf sie aufs Lager, packte sie mit rohen Händen wie den Feind. Sie wehrte sich, keuchend. Er zwang sie nieder, und nochmals, hielt sie nieder, selber hart atmend, riß ihr die Kleider in Fetzen, nahm sie, dumpf, böse, gewalttätig, ohne Genuß.

Noch in der Nacht verließ sie die Galiana. Ging ins Castillo Ibn Esra.

Alfonso hörte, wie sie das Haus verließ mit der Amme Sa'ad. Der Weg den Felsen von Toledo hinauf war kurz, doch bei Nacht nicht ungefährlich. Er zögerte, dann schickte er ihr einen Bewaffneten nach, sie zu begleiten. Der holte sie nicht ein. Soll sie es haben, wie sie es will, dachte er rachsüchtig. Sie hat es herausgefordert. Es ist gut so, wie es gekommen ist. Es ist der Himmel, der es so gefügt hat. Jetzt soll nichts mehr mich halten. Jetzt zieh ich gegen die Moslems. Sie allein ist schuld, daß ich die Unehre so lange auf mich genommen habe. Der Fant von Aragon hat sich verrechnet. Es wird nicht so kommen, daß ich auf dem Lotterbett liege, wenn er gegen die Moslems losschlägt.

Als es Morgen wurde, beschloß er, großzügig zu sein und noch einen Tag in der Galiana zu verziehen. Vielleicht kam sie zurück. Er wollte sich trotz seines berechtigten Zornes in Freundschaft von ihr trennen. Eine Zeit, die viel Schönes gebracht hatte, sollte nicht so dumm und häßlich zu Ende gehen.

Er strich in Haus und Park herum voll etwas krampfhafter Fröhlichkeit. Delila hatte ihn den Philistern ausliefern wollen, aber er war kein blöder Simson, er hatte sich seine Kraft nicht stehlen lassen. Das schöne Leben hier hatte sich als ein Espejismo erwiesen, als ein Trugbild, ein Spiegelbild der Wüste, aber jetzt hatte ein frischer Wind es zerweht, und um ihn war die gute Wirklichkeit.

Er stand vor der Mesusa, die sie hatte anbringen lassen. Es war eine kostbare Metallröhre, aus der verglasten Öffnung schaute drohend das Wort Schaddai. Es verlangte ihn, das heidnische Zeug abzureißen, aber er fürchtete, er werde den Zorn ihres Gottes auf sich herabziehen, und begnügte sich, mit der Faust das Glas zu zerschlagen. Die Splitter verletzten ihm die Hand, sie blutete stark, er wischte sie ab, sie blutete weiter, er beschaute sie, grimmig lachend. Die geglaubt haben, er werde sich verliegen, sollen Augen machen. Er wird kämpfen jetzt. Er wird dreinhauen mit seinem guten Schwert Fulmen Dei. Er wird sich die ganzen dummen Gedanken von der Seele wegkämpfen in frommem, gottgesegnetem Männerkampf, er wird sich die Sünden, die Zweifel, all das schwere, erschlaffende, heidnische Geträume aus dem Blut kämpfen.

Dem Belardo sagte er künstlich fröhlich: »Vielleicht wird es nicht mehr lange dauern, mein Guter, und deine schönsten Hoffnungen erfüllen sich. Such das Lederkoller deines Großvaters hervor und seine Lederkappe. Ich werde dir Gelegenheit geben, sie auszulüften.« Der Gärtner Belardo schien mehr bestürzt als erfreut. »Ich diene deiner Majestät mit allem, was ich habe«, sagte er, »auch mit dem Lederkoller meines Großvaters. Aber einige müssen wohl bleiben und hier weiterarbeiten mit dem Spaten. Willst du deinen Garten verkommen lassen, Herr König?« Das Zaudern des Gärtners gab Alfonso zu denken. »Morgen zieh ich ja noch nicht los«, antwortete er bösen Gesichtes. Und unversehens – man war nahe den verfallenen Zisternen, der zerstörten Zeitmessungsmaschine des Rabbi Chanan – befahl er: »Vorläufig schütten wir das da zu. Sonst fällt uns noch einer hinein des Nachts.«

Da Raquel auch am folgenden Tage nicht zurückkam, ritt er nach Toledo. Man schien in der Burg bereits zu wissen, daß er sich mit Raquel entzweit hatte, die Mienen waren fröhlich entspannt.

Er stürzte sich in die Arbeit.

Es war so, wie der Jude es vorhergesagt hatte: ein großes Blühen war im Land, Kastiliens Schatz war gefüllt. Vielleicht freilich hatte er auch damit recht, daß das Geld noch immer nicht genügte, Krieg zu führen gegen den Kalifen. Aber er irrte sich, der Jude, wenn er glaubte, er könne ihn durch solche Einwände noch länger von seiner heiligen Pflicht abhalten. Die Juden hatten sich lange genug gemästet am Fett des Landes; er brauchte ihnen nur wie sein Vetter Philipp August von Francien ihr Geld wieder abzunehmen, und er hatte seinen Kriegsschatz gegen den Kalifen.

Er sagte zu Manrique: »Ich halte es nicht mehr aus, hier der eques ad fornacem zu sein, der Ritter Ofenhocker, während die ganze Christenheit Krieg führt. Ich habe gerechnet und überlegt, und ich schätze: ich kann es wagen.« Don Manrique erwiderte: »Dein Escrivano, der ein guter Rechner ist, schätzt anders.« – »Unser Jude«, gab hochfahrend Alfonso zurück, »hat aus seiner Rechnung einen Posten ausgelassen: die Ehre. Was Ehre ist, davon versteht er so viel wie ich von seinem Talmud.« Manrique war besorgt. »Schließlich hast du ihn zum Hüter deiner Wirtschaft bestellt«, antwortete er, »und also ist es seine Pflicht, für deine Wirtschaft zu reden. Laß dich von Don Martíns Eifer nicht verleiten, Don Alfonso«, bat er. »Die Versuchung des Feldzugs ist groß, und es ist eine fromme Versuchung. Aber wenn wir nicht genug Geld haben, zwei Jahre durchzuhalten, dann kann das Reich zugrunde gehen in einem solchen Feldzug.«

Alfonso in seinem Innern mißtraute der Schätzung des Ibn Esra. Der suchte nach Gründen, den Heiligen Krieg zu verhindern, weil er nur im Frieden seine fränkischen Juden ins Land ziehen konnte. Aber einen so frechen Plan auch nur zu fassen, dazu hatte allein seine, des Königs, unheilige Leidenschaft den Juden ermutigt, und deshalb schämte sich Alfonso, dem alten Freunde Manrique von seinem Verdacht zu sprechen. Statt dessen grollte er: »Ihr unkt und unkt, und wer sich von der ganzen Christenheit am Barte zupfen lassen muß, bin ich.«

»Verhandle mit Aragon, Don Alfonso«, riet trocken und empfindlich Manrique. »Sprich dich aus mit Don Pedro. Schließ ein ehrliches Bündnis.«

Verdrossen entließ der König den Freund und Berater. Immer wieder riß an ihm die alte Kette. Natürlich hatte Manrique recht, natürlich war der Krieg nur möglich nach einer aufrichtigen Aussprache mit Aragon. Ein klares Abkommen mußte getroffen, ein Bündnis geschlossen werden. Aber nur *ein* Mensch konnte das zustande bringen, Leonor.

Er wird nach Burgos gehen.

Wie lange war er nicht mit Leonor zusammen gewesen? Eine Ewigkeit. Sie hatte kurze, höfliche Briefe geschrieben, er hatte, immer in langen Abständen, kurz und höflich erwidert. Er konnte sich gut vorstellen, wie es sein wird, wenn sie sich wiedersehen. Er wird den Muntern spielen, sie ihm ein freundliches, etwas verzerrtes Lächeln zurückgeben. Es wird kein erfreuliches Wiedersehen sein.

Er wird sich bemühen, ihr zu erklären, was geschehen ist. Aber wo sind die Worte, einem andern klarzumachen, wie herrlich und grauenhaft es ist, wenn eine solche ungeheure Welle über einen herbricht und einen hinunterreißt und wieder hoch und wieder hinunter?

Damals, vor Rodrigue, hat er sich stolz und trotzig zu Raquel und seiner Leidenschaft bekannt, und der Priester in all seiner Frommheit hatte ihn verstanden. Aber Leonor kann ihn nicht verstehen, sie, die Ruhige, Freundliche, Damenhafte.

Vor ihr wird er stammeln, und was immer er sagt, wird armselig klingen wie der Versuch eines dummen Knaben, sich zu rechtfertigen. Es wird die schlimmste Erniedrigung seines Lebens sein.

Es gibt niemand in der Welt, vor dem sich ein König so erniedrigen darf. Es gibt nichts in der Welt, das eine solche Erniedrigung wert wäre.

Doch. Eines gibt es. Ein Herrliches, das jede Erniedrigung wert ist und die ewige Verdammnis dazu.

Und mit einemmal ist alles wieder da, die Galiana und all ihr unchristliches Leuchten. Er spürt, wie sich Raquel an ihn schmiegt, er spürt ihre Haut, weich, unendlich wohltuend, er spürt ihr Blut, ihr schlagendes Herz. Seine Finger gleiten durch ihre Haare, zerren ihr die Haare, bis sie lachend sagt: »Nicht, Alfonso, es tut weh, Alfonso.« Wer kann so fremdartig komisch und dringlich »Alfonso« sagen wie sie, daß es einen lächert und einem ins Blut geht? Er sieht ihre taubenfarbigen Augen, sieht sie verlöschen, sieht die Lider sich darüber senken, langsam, schwer, und sich wieder auftun.

Arabische Verse kamen ihm in den Sinn, die zu lesen sie ihm einmal gegeben hatte: »Oft hörte ich Pfeile um meinen Kopf schwirren und zuckte nicht; aber wenn ich ihr Kleid rascheln höre, zittere ich am ganzen Leib. Oft hörte ich Trompeten des anrückenden Feindes, und Herz und Haut blieben mir kalt; aber wenn ich ihre Stimme höre, überrieselt mich Hitze.« Die Verse hatten ihn geärgert; so knechtisch durfte sich ein Ritter nicht verlieren. Aber sie waren wahr, die süßen und knechtischen Verse, wahr wie das Evangelium. Ihn überrieselte Hitze, auch wenn er sich Raquel nur vorstellte. Wie hatte er daran denken können, sie aufzugeben, diese Raquel, seine Raquel, den herrlichen, frevelhaften Sinn seines Lebens?

Er mußte Raquel wieder haben, er mußte sie versöhnen.

Da war nur *ein* Weg. Er atmete hart. Aber es war nur dieser eine Weg.

Er schickte nach Jehuda.

Don Jehuda, einen mutigen Mann, hatte Angst gepackt, als mitten in der Nacht eine verstörte Raquel zu ihm kam. Sie sagte: »Er hat mich beschimpft, wie niemals eine Frau beschimpft worden ist.« Es drängte Jehuda, Einzelheiten zu erfragen. Er unterließ es. Weckte Musa, bat ihn, ihr einen starken Beruhigungstrank zu mischen, sagte: »Ruh aus, meine Tochter, und schlaf dich gesund.«

Allein, überlegte er fieberisch, was vorgefallen sein mochte. Sicher hatte sie den Mann gebeten, die fränkischen Juden aufzunehmen. Jehuda wußte aus Erfahrung, wie tückisch und brutal der Mann Menschen erniedrigte, wenn er aufgebracht war. Und nun hatte Raquel das nicht ertragen, sie war ihm entlaufen, und der Mann war rachsüchtig, er wird seine Bosheit an ihm auslassen und an der ganzen Judenheit. Raquels und sein eigenes Opfer war umsonst gebracht.

Er suchte sich zur Ruhe zu zwingen, aber er fand keinen Schlaf. Es durfte nicht sein, daß alles hin war, irgend etwas mußte es geben, woran eine Hoffnung ranken konnte. Er suchte und grübelte. Dieser Christenkönig, wiewohl er immerzu von Ehre sprach, kannte keine Würde. Zweimal, nachdem er ihn, Jehuda, beschimpft und bespien, hatte er eingesehen, daß er ihn brauchte, und sich von neuem an ihn herangemacht. Er liebte Raquel, er konnte ohne sie nicht leben, er wird sich auch an sie wieder heranmachen, er wird betteln, sie möge zurückkehren.

Es war der Morgen des fünften Tischri. In weniger als drei Wochen war die Frist seines Gelübdes um. Jehuda, in dieser ersten schlaflosen Nacht, wußte, er wird noch viele schlaflose Nächte haben, er wird noch oft in Verzweiflung stürzen und wieder hochklettern an Hoffnungen und Geklügel.

So stand es um Jehuda Ibn Esra. Wie aber steht es um dich, Raquel? Blaß, wortkarg schleichst du umher, vergeblich wartend auf eine Botschaft. Du spürst die besorgten, zärtlichen Blicke des Vaters, aber sie geben dir nicht Wärme noch Trost. Du hörst das ängstliche Geplapper der Amme – ach, ihr Geschenk, die »Hand der Fátima«, war ohne Kraft – und ihr

Geschwatz gleitet von dir ab. Du rufst dir Gesicht, Gestalt und Gebärde des Mannes zurück, wie er war in jenen guten, glühenden Stunden, da sich Seelen und Leiber mischten. Aber das Bild wird dir weggewischt durch jenes andere, das des wüsten, gierigen, gewalttätigen Gesichtes. Schaut so die Ritterschaft aus, die ihn begeistert? Und trotzdem sehnst du dich nach ihm und weißt, er braucht nur zu rufen, und du gehst zurück, du rennst zurück zu ihm.

Die Tage vergingen. Don Alfonso war in Toledo, aber er schickte nicht nach Raquel noch nach Jehuda. Nur Don Manrique kam, um Auskünfte in Staatsgeschäften einzuholen.

Der heiligste Tag der Juden war da, der Versöhnungstag, der Jom Kippur. Jehuda, der merkwürdige, vielschalige Mann, war ein anderer Jehuda an diesem Tage. Er tat allen kleinen Ehrgeiz ab, er gestand sich ein, daß seine »Sendung« nur eine Verkleidung seiner Machtgier war, er war in Wahrheit zerknirscht, ein elendes, sündiges Nichts vor Gott, und war er früher hochmütiger gewesen als die andern, so war er nun demütiger. Er schlug sich die Brust und betete mit heißer Scham: »Ich habe gesündigt mit meinem Kopfe, den ich frech und stolz erhob. Ich habe gesündigt mit meinen Augen, die dreist und hochfahrend blickten. Ich habe gesündigt mit meinem Herzen, das überheblich schwoll. Ich erkenne, ich bekenne, ich bereue. Verzeih mir, mein Gott, und gewähre mir Sühne.«

Er war jetzt nicht nur mit dem Verstand, sondern mit seinem ganzen Wesen bereit, hinzunehmen, was immer kommen wird.

Als zwei Tage später der König ihn vor sich rief, hoffte er nichts und fürchtete er nichts. »Willkommen, Gut und Bös«, sagte er auf dem Weg zur Burg vor sich hin, und so dachte er.

Alfonso war hochmütig und verlegen. Er sprach lang und breit von geringfügigen Geschäften, von den Schwierigkeiten etwa, welche die Barone de Arenas machten, und daß er nicht gesonnen sei, noch länger zuzuwarten. Vielmehr solle Jehuda den Arenas eine viel kürzere Frist setzen, als er vorgeschlagen habe, und wenn die Herren dann nicht zahlten, werde er, Alfonso, das strittige Dorf mit Gewalt nehmen. Jehuda verneigte sich und sagte: »Ich werde tun, wie deine Majestät befiehlt.«

Alfonso legte sich auf sein Spannbett, verschränkte die Hände hinterm Nacken und sagte: »Und wie ist das mit meinem Krieg? Hast du noch immer nicht genug Geld gescheffelt?« Jehuda antwortete sachlich: »Einige dich mit Aragon, Herr König, und du kannst losschlagen.« – »Immer das gleiche«, knurrte Alfonso. Er richtete sich hoch und fragte ohne Übergang: »Und wie ist das mit den Juden, die du mir ins Land setzen willst? Versuche, ehrlich zu sein, und sprich nicht als ihr Bruder, sondern als mein Ratgeber. Werden nicht alle meine Untertanen mir vorwerfen: In währendem Heiligem Krieg läßt dieser König Tausende von jüdischen Bettlern ins Land?«

Im Nu schlug Jehudas trübe, entsagende Gefaßtheit um in wilde Freude. »Niemand wird dergleichen sagen, Herr König«, antwortete er, nun ganz der alte Jehuda, ehrerbietig, seiner Sache sicher, voll inneren Übermutes. »Ich hätte es nicht gewagt, dich um die Zulassung von *Bettlern* zu bitten. Ich möchte dir vielmehr untertänig vorschlagen, von jedem der Flüchtlinge beim Grenzübergang den Nachweis eines gewissen Vermögens zu verlangen, sagen wir von nicht weniger als vier Goldmaravedí. Die neuen Siedler werden keine Bettler sein, sondern gesetzte Leute, erfahren in Handwerk und Geschäft, und fette Steuern zahlen.«

Alfonso, fest gewillt, sich überzeugen zu lassen, fragte: »Glaubst du, man kann das meinen Granden und meinem Volke klarmachen?« Jehuda erwiderte: »Deinen Granden vielleicht nicht, deinem Volke bestimmt. Deine Kastilier werden den Zufluß daran merken, daß sie behaglicher leben.« Der König lachte. »Du übertreibst, wie ich's an dir gewöhnt bin«, sagte er. Dann, immer beiläufig, befahl er: »Also laß das Edikt ausarbeiten.« Jehuda neigte sich tief und berührte mit einer Hand die Erde.

Noch ehe er sich wieder hochgerichtet hatte, fuhr der König fort: »Schick mir die Dokumente in die Galiana. Ich gehe heute dorthin zurück. Und sage, bitte, deiner Tochter: Wenn sie der Unterzeichnung beiwohnen will, wird es mir eine Freude sein.«

Am fünften Tag vor Ablauf der Frist, die er sich gesetzt hatte, teilte Don Jehuda dem Párnas Ephraim mit, der König Unser Herr habe die Ansiedlung von sechstausend fränkischen Juden genehmigt. Und: »Nun kann ich dir's ersparen«, meinte er schalkhaft und stolz bescheiden, »den Bann über mich auszusprechen. Die zwölftausend Maravedí für unsere fränkischen Juden kann ich dir freilich nicht ersparen.« Und großmütig fügte er hinzu: »Es bleibt dein Verdienst, wenn sie ins Land kommen. Ohne die Zusage deiner Hilfe hätte ich's nicht durchgesetzt.« Don Ephraim sagte mit blassen Lippen den Segensspruch, der bei Erhalt einer Glücksnachricht zu sprechen war: »Gelobt seist du, Adonai Unser Gott, der du gut bist und Gutes gewährst.« Nun aber brach Jehudas ganzer Triumph durch: »Naphtule elohim niphtalti – Die Siege Gottes habe ich gesiegt«, jubelte er.

Er ging umher, strahlenden Gesichtes, den Schritt beschwingt, als spürte er die Erde nicht. War das der gleiche Mann, der vor kaum zwei Wochen noch zermahlen worden war von dem Bewußtsein seiner Nichtigkeit? Seine Hoffart wuchs in den Himmel. Seine Brust war voll von Gelächter über die andern, die Narren, die ihren Heiligen Krieg führen wollten um das Land, das ihnen nie gehören wird. Den echten Heiligen Krieg, den Krieg Gottes, führte er, Jehuda. Während die andern schlugen und wüsteten, siedelte er sechstausend Gerettete im Frieden an. Er sah sie, wie sie mit geschickten Köpfen und geschickten Händen arbeiteten, Werkstätten errichteten, Wein anbauten, nützliche Dinge erzeugten und austauschten.

Mit seinem Freunde Musa feierte er seinen Triumph. Mit ihm, der Leckerbissen und gute Weine zu schätzen wußte, hielt er ein Dununisches Mahl, ein Festmahl auf die Art der Brüder Dunun, der berühmtesten Schlemmer der moslemischen Welt. Vor Musa freute er sich seines Glückes. War er nicht ein Liebling Gottes? Wenn ihm Gott zuweilen Unglück sandte, dann nur, damit er sein Glück um so besser schmecken könne.

»Ich weiß, mein Freund«, antwortete liebevoll spöttisch Musa, »du bist der Nachfahr König Davids, und Gott trägt dich auf der Fläche seiner Hand über alle Fährnisse weg. Und darum brauchst du auch nicht immer deine gute Vernunft zu Rate zu ziehen, sondern darfst ›tun‹ und drauflosschlagen nach dem Behagen deines ungestümen Herzens, genau wie jene Ritter, die du so abgründig verachtest. Dein Verstand durchschaut sie, aber in deinen Geschäften handelst du nach ihrem Leitspruch: Nur nicht stillesitzen, immer was tun, und besser was Falsches als gar nichts.«

Sie tranken von den köstlichen Weinen, und Jehuda seinesteils hänselte freundschaftlich seinen Musa: »Ja, der Weise muß gleichmütig sein in jeder Lebenslage und sich eher totschlagen lassen, als daß er selber dreinschlüge. Du hast es so gehalten, ich kann es bezeugen. Und wenn nicht ich mich darum gekümmert hätte, dann wärst du jetzt zwei- oder dreimal totgeschlagen worden und könntest nicht diesen Wein vom Flusse Rhone trinken.« Und sie tranken.

»Ich bin froh«, sagte Musa, »daß du wenigstens für heute abend deinem Ibn Omar verboten hast, dir den schnellen Entwurf eines Staatsvertrags abzuverlangen oder die Order für die Ausfahrt einer Handelsflotte. Schade, daß die Stunden, da ich deine Freundschaft in Ruhe genießen kann, so selten sind. Du preisest immerzu den Frieden, aber dir selber gönnst du davon wenig.« – »Gönnte ich mir mehr«, antwortete Jehuda, »dann hätten die andern keinen.«

Musa, mit stillen, lächelnden, prüfenden Augen, beschaute den Freund. »Du läufst schnell, mein Jehuda«, meinte er, »und du läufst immerzu. Ich fürchte, du läufst deiner Seele davon, sie kann dich nicht einholen. Oft bist du mit deinem

Gerenne ans Ziel gelangt, aber vergiß nicht, manchmal auch ist dir der Atem ausgegangen.« Und später sagte er: »Nur wenige begreifen: wir leben nicht, wir werden gelebt. Ich habe längst gelernt, daß ich nicht die Hand bin, die den Würfel wirft, sondern der Würfel. Du, fürchte ich, wirst das nie begreifen. Aber gerade darum liebe ich dich und bin dein Freund.«

Lange saßen sie zusammen, aßen, schwatzten, tranken. Dann freuten sie sich der Tänzerinnen, die Jehuda hatte kommen lassen.

Wenn in den folgenden Wochen Don Jehuda die Reden seines Musa bedachte, lächelte er freundlich überlegen. Alles fügte sich, wie er's wollte. Zwei riesige Warentransporte, die er auf gut Glück aus dem Fernen Osten herbeordert hatte, waren durch die Gefahren des Meeres und des Krieges gegangen und im sichern Hafen. Ein schwieriger Vertrag mit den Behörden des Sultans Saladin war mitten im Heiligen Krieg unterzeichnet worden, Jehuda und dem Lande Kastilien zum Vorteil. Mit innigem Erstaunen sah Jehuda, wie die Wirklichkeit Toledos den Traum wahrmachte, den er damals geträumt hatte an der verfallenen Fontäne. Sein Stolz umschien ihn wie eine mattleuchtende Wolke.

Er ließ sich ein Wappen entwerfen und vom König genehmigen. Da war die Menora, der siebenarmige Leuchter des Jahve-Tempels, und ringsum lief eine hebräische Inschrift, die Jehudas Namen aussagte und sein Amt. Er ließ sich ein Siegel schneiden mit diesem seinem Wappen, und dieses Siegel trug er auf der Brust, wie es Sitte gewesen war bei seinen Vorvätern, den Männern, von denen das Große Buch erzählte.

Der Saladins-Zehnte, den die Aljama zahlte, war außerordentlich hoch, und so war die Kommission, welche Jehuda daraus bezog. Er wollte dieses Geld nicht behalten. Nun hatten die Juden von Paris bei ihrer Vertreibung eine Thora-Rolle retten können, die als die älteste vorhandene Niederschrift der Fünf Bücher Mose galt, das Sefer Hillali. Jehuda erwarb das Buch für dreitausend Maravedí; es gab keinen andern, der den Flüchtlingen auf so vornehme Art eine so ungeheure Summe gespendet hätte.

Er saß mit Musa vor der kostbaren, gebrechlichen Pergamentrolle, welche das Wort Gottes und das edle, erhabene Schrifttum des jüdischen Volkes weitergegeben hatte von Geschlecht zu Geschlecht. Sie beschauten mit gierigen und ehrfürchtigen Augen, sie betasteten mit behutsamen Händen das wunderbare Buch.

Jehuda hatte daran gedacht, die Pergamentrolle der Aljama zu übergeben. Aber von jeher hatte es ihn verdrossen, daß die Synagogen Toledos so unscheinbar waren. Er wird den rechten Rahmen um sein wunderbares Buch bauen, ein Tempelhaus, welches dieser kostbaren Handschrift würdig ist, welches Israels würdig ist und der uralten Aljama von Toledo und auch seiner selbst, Jehuda Ibn Esras.

Musa gab zu bedenken: »Wirst du nicht den Zorn des Erzbischofs und der Barone noch mehr steigern?« Jehuda hatte dafür nur ein abschätziges Lächeln. »Ich werde dem Gotte Israels ein würdiges Haus bauen«, sagte er. Musa, freundlich, doch vielleicht ein wenig ernster als sonst, mahnte: »Zäume dein Roß nicht zu prächtig auf, Jehuda, mein Freund. Sonst hast du am Ende nur das Geschirr und die Schabracke, und das Pferd ist davon.«

Jehuda klopfte ihm freundschaftlich die Schulter und ging seinen vermessenen Weg weiter.

Viertes Kapitel

Doña Leonor, in Burgos, hatte die ersten Gerüchte über Alfonsos Liebeshandel nicht ernst genommen. Noch als feststand, daß Alfonso lange Wochen mit der Jüdin allein in La Galiana lebte, machte sie sich vor, es sei ein vorübergehendes

Abenteuer. Wohl hatte Alfonso in den fünfzehn Jahren ihrer Ehe dann und wann eine Liebelei gehabt, doch immer war er sehr bald voll jungenhafter Befangenheit zu ihr zurückgekehrt. Sie konnte sich nicht vorstellen, daß er sich ernsthaft sollte verliebt haben – und gar in diese Jüdin! Als er sie das erstemal sah, hatte er sich kaum um sie gekümmert, sie selber hatte ihn ermahnen müssen, ihr ein paar Höflichkeiten zu sagen. Vorwitzig war sie auch, die Jüdin, und sie kleidete sich fremdartig und übertrieben, lauter Dinge, die Alfonso abstoßen mußten.

Nein, Doña Leonor war nicht eifersüchtig. Drohend stand vor ihr die Geschichte ihrer Mutter Ellinor de Guienne, die den Vater, den engelländischen Heinrich, gequält hatte mit wilder Eifersucht und nun seit Jahren von ihm gefangengehalten wurde. Sie wird es ihr nicht nachtun. Alfonsos Liebschaft mit der Jüdin wird vorbeigehen wie seine früheren Abenteuer.

Wochen vergingen, Monate vergingen, Alfonso hielt fest an dieser Doña Raquel. Und mit einemmal nützte Leonor kein Klügeln und Vernünfteln mehr. Da hatte sie immer geglaubt, die schönen Versromane, welche ihre Schwester von Troyes ihr schickte und welche die fränkischen Ritter und Sänger ihr vortrugen, seien Phantasien. Sie hatte sich selber hineingeträumt in jene schönen, geistvollen Frauen, in diese Genièvre und Ysault, um derentwillen die herrlichsten Ritter, ein Lanzelot, ein Tristan, Ehre und Leben preisgaben. Und nun waren diese wilden, wahnsinnigen Geschichten nicht Einbildungen von Versemachern, sondern das Leben um sie herum. Waren die furchtbare Wirklichkeit ihres Mannes, ihres Ritters, ihres Liebsten, ihres Alfonso!

Zorn faßte sie gegen diesen Alfonso, der ihre Liebe, ihren damenhaft heitern Gleichmut, die Geburt des Infanten auf solche Art vergalt, und ein maßloser Haß gegen das Mädchen, die Jüdin, die Hure, die ihr den Mann, der durch eine christliche Ehe von fünfzehn Jahren ihr gehörte, auf gemeine Art wegbuhlte und wegstahl.

Doch sie durfte sich nicht hinreißen lassen wie die Mutter. Sie mußte klug sein, sie hatte zum Gegner den gescheitesten Mann des Reiches, den Ibn Esra, den sie selber, sie Närrin, sie unselige, hergerufen hatte.

Sie *war* klug. Sie zwang den Zorn nieder. Sie nahm nicht zur Kenntnis, was da geschah, verleugnete es, sogar vor ihren Vertrautesten. Der Erzbischof von Burgos, ein naher und ehrlicher Freund, kam bekümmert und hub an, von dem Übel zu reden. Sie setzte ihr Königinnengesicht auf und schaute ihn fremd, verständnislos an; der fromme Herr mußte ablassen.

Nein, Doña Leonor wußte nichts von der Galiana, sie unternahm nichts gegen Alfonso, nichts gegen seine Liebste, sie beklagte sich vor niemand.

Wohl aber wechselte sie ihre Politik. Zur Verblüffung der Herren ihres Hofes erklärte sie plötzlich die Neutralität Kastiliens für ruchlos und töricht. Jedermann sah, daß das Reich jetzt die Mittel hatte, teilzunehmen an dem Heiligen Krieg. Man mußte endlich den Feldzug beginnen.

Sie wußte: Alfonso wird aus seiner Besessenheit erwachen, sowie er zu Felde zieht; das war sicher wie das Amen in der Kirche.

Und sie wird es erreichen, daß er zu Felde zieht. Sie wird die Allianz mit Aragon erreichen. Sie lächelte tief und böse. Diesen Vorteil wenigstens brachte die närrische Leidenschaft Alfonsos, daß man Don Pedro wird umstimmen können. Der mußte jetzt einsehen, daß Alfonso von jähen, verrückten Anwandlungen heimgesucht wurde; mußte jene unselige Kränkung als Handlung eines zeitweise Wahnsinnigen vergessen und vergeben.

Sie schickte Don Pedro ein vertrauliches Schreiben und gab ihm in damenhaften und dennoch zärtlichen Wendungen zu verstehen, sie sehne sich nach seinem Besuch. Den Brief ließ sie durch Don Luís bestellen, den Sekretär ihres Freundes, des Erzbischofs von Burgos.

Den jungen König hatte das Liebesabenteuer Alfonsos erschüttert. Bei all seinem Haß sah er in ihm noch immer den

Spiegel des Rittertums, und Alfonsos rücksichtslose Leidenschaft schien ihm dafür ein neuer Beweis. Wie ein Lanzelot, ein Tristan alles für ihre Dame opferten, so setzte dieser Alfonso seinen Ritter- und Königsnamen aufs Spiel um der Frau willen, für die er entflammte. Daß diese Frau eine Jüdin war, gab dem Abenteuer sein besonderes, dunkles Geleuchte. Viele wilde Erzählungen gingen um von Rittern, die sich im Morgenland in moslemische Frauen verliebt hatten. Don Pedro spürte Schauder vor dem königlichen Vetter, der sein Christentum verleugnete und seine Seele verspielte, und gleichzeitig Bewunderung vor seinem Wagemut.

Von solchen Gefühlen hin und her gerissen, las er Doña Leonors Schreiben. Im Geist hörte er ihre Stimme, er sah die liebenswerte Dame vor sich, er fühlte tiefes Mitleid mit der edeln Frau, die gekettet war an den mit Tollheit geschlagenen, vom Teufel besessenen Alfonso. Sie war die Dame in Not, es war seine Pflicht, ihr beizustehen.

Überdies hatte auch ihn von Beginn des Kreuzzuges an seine Untätigkeit heiß gequält. Er hatte gerüstet, um über das moslemische Valencia herzufallen; ja, er hatte dem Emir von Valencia Gesandte geschickt, die, sich auf alte Verträge berufend, auf freche Art Tribut von ihm forderten, und Don Joseph Ibn Esra hatte schwere Mühe gehabt, die Beziehungen zu dem Emir wieder einzulenken. Der Minister mußte immer neue Listen anwenden, seinen ungebärdigen Herrn in dem »schimpflichen« Frieden festzuhalten.

Die Botschaft Doña Leonors fand also einen bereitwilligen Don Pedro. Aber er brachte es nicht über sich, nach Burgos zu kommen und als erster um Versöhnung zu bitten. In Burgos hatte man das vorhergesehen, und Doña Leonors Gesandter, der fromme und listenreiche Sekretär Don Luís, schlug einen Ausweg vor. Stand es in dieser schweren Zeit einem christlichen König nicht an, zum Santiago de Compostela zu wallfahren? Wenn Don Pedro auf einer solchen Pilgerfahrt über Burgos reist, wird Doña Leonor glücklich sein.

Don Pedro reiste über Burgos.

Befriedigt sah Doña Leonor, daß der junge Herr sie noch ebenso ritterlich verschwärmt bewunderte wie früher. Er sprach ein paar ungeschickte Worte über ihre Not. Sie wollte ihn nicht verstehen, verbarg aber nicht ihren Kummer. Ihn bedeutsam anschauend, meinte sie, wenn er durch eine Allianz mit Kastilien den hispanischen Reichen den Kreuzzug ermögliche, erweise er nicht nur aller Christenheit einen Dienst, sondern auch ihr, Leonor, persönlich; denn er befreie dadurch einen großen Fürsten und Herrn, dem sie sehr nahestehe, aus den Klauen der bösen Geister und helfe ihm, sein früheres, edles Selbst zu werden. Er saß befangen da, spielte mit seinem Handschuh, wußte nichts zu sagen. Sie begreife es, fuhr sie fort, wenn Don Pedro Bedenken trage, mit einem Manne, von dem er sich beleidigt glaube, ein Bündnis einzugehen. Aber vielleicht lasse sich Alfonso bewegen, Pedros Mißtrauen durch Taten zu zerstreuen.

Wie sie erwartete, fragte Don Pedro, was für Taten denn das sein könnten. Sie hatte sich aber einen Plan ausgedacht. Alfonso, meinte sie, könnte etwa die Lehenshoheit Aragons über den Baron de Castro anerkennen und, um seinen guten Willen zu beweisen, dem regierenden Baron Gutierre de Castro hohe Buße zahlen für den getöteten Bruder; vielleicht sogar ließe Alfonso sich dazu bewegen, dem Baron Gutierre das Castillo in Toledo zurückzugeben.

Sie rechnete damit, daß Alfonso unmöglich den Kreuzzug an der Verweigerung einer solchen Buße werde scheitern lassen; nahm er aber dem Jehuda das Castillo wieder fort, dann war bei der maßlosen Arroganz des Juden ein Bruch mit den Ibn Esras unvermeidlich.

Don Pedro war verwirrt. Ein solches Zugeständnis würde in der Tat viel Unrecht gutmachen. Er spürte auf sich die flehenden Augen der edeln Frau. Tief in ihn eingesenkt hatte sich ihre Andeutung, er tue ihr einen Ritter- und Minnedienst, wenn er Alfonso aus den Klauen der Teufelin befreie. Der Ernst und die Milde der süß und traurigen Königin bewegten ihn mächtig. Er küßte ihre Hand und sagte, er werde ihren Vorschlag in Freundschaft bedenken; kein schöneres Los könne er sich wünschen, als zu Felde zu ziehen für Christus und für sie, Doña Leonor.

Nun Raquel in die Galiana zurückgekehrt war, liebte Don Alfonso sie mehr als je. Manchmal, wenn er ihr edles Gesicht sah, schämte er sich, daß er sie so gemein angefallen hatte; sie war eine Dame, sie war die Dame seines Herzens, und er hatte ihr Gewalt und Unehre angetan. Dann wieder verschaffte ihm gerade die Erinnerung, wie er sie damals gegen ihr verzweifeltes Wehren übermannt hatte, eine böse Lust. Er verspürte eine wüste Sehnsucht, sie von neuem zu demütigen, und wenn sie sich in der Umarmung tiefer vergaß als er, war ihm das ein grimmiger Sieg.

Bei alledem war er ihr dankbar, daß sie jener schlimmen Stunde mit keinem Wort und mit keiner kleinsten Geste gedachte. Gleich nach ihrer Rückkehr hatte sie ihn ängstlich gefragt, was das für eine Wunde an seiner Hand sei; denn die Narben der Risse und Schnitte, welche ihm das splitternde Glas der Mesusa beigebracht hatte, verheilten nur langsam. Er hatte ausweichend geantwortet, und es war ihm eine Erleichterung, daß sie nicht weitergefragt hatte; sie fragte auch nicht, warum die Zisternen des Rabbi Chanan zugeschüttet waren.

Es war nicht so, daß sie jene Stunde wirklich vergessen hätte. Aber wie sie es ersehnt und gefürchtet hatte, war es gekommen: der Schimpf war nicht mehr schimpflich, das Gemeine nicht mehr gemein in seiner leibhaften Gegenwart. Zuweilen sogar, in seiner Umarmung, sehnte sie sich nach dem verwilderten Gesicht, das der Alfonso jener wüsten Minuten getragen hatte.

Ihr Bestreben, ihn zu ändern, ihn aus einem Ritter zum Menschen zu machen, war eitel gewesen wie Wellenschlag gegen einen Felsen. Sie grämte sich nicht darum: sie liebte den Ritter. Sein sinnloses Heldentum, sein mageres, knochiges, holzgeschnittenes, männliches Gesicht, die Mischung von Eleganz und Brutalität erregte sie immer neu.

Von allen Büchern des Großen Buches liebte sie jetzt am meisten das Hohelied. Verse daraus ließ sie an der Wand ihres Schlafzimmers anbringen. »Unbesieglich wie der Tod ist die Liebe. Sie hält fest wie das Grab. Ihre Gluten sind wildes Feuer gleich Blitzen Jahves. Fluten löschen sie nicht, Ströme ersticken sie nicht.« Sie übersetzte Alfonso die Verse, er hörte zu, ernsten Gesichtes. Sie mußte ihm die Verse wiederholen, mußte ihm die hebräischen Worte sagen. »Das klingt nicht schlecht«, meinte er, »das ist gut.«

Seitdem sie ihm die arabische Rüstung geschenkt hatte, wußte er, daß sie den Krieger Alfonso liebte. Aber seine Eifersucht auf ihren Vater und den alten Musa ließ ihn spüren, daß ihr Verstand nach wie vor nicht anerkennen wollte, was an ihm gut und heldisch war. Beflissen, fast leidenschaftlich suchte er sich ihr zu erklären. Krieg war göttliches Gebot, der Ruhm des Kriegers das Höchste, was ein Mann erringen konnte. Erst im Kriege kam heraus, was an einem Manne, was an einem Volke gut war. Hatten nicht auch die Juden ihre Simson und Gideon gehabt, ihre David und Juda Makkabäus? Und wie sollte ein König herrschen ohne Krieg? Ein König brauchte treue Gefolgsmänner, sie erwarteten Lohn von ihm, und mit Recht. Er mußte also immer neues Land haben, um ihre Treue zu belohnen, und wo sollte er dieses Land hernehmen, wenn nicht vom Feind? Ein König ist von Gott eingesetzt, um Beute zu machen und sein Land zu mehren. Er, Alfonso, war maßvoll, er war nicht habgierig wie sein Schwiegervater Heinrich von Engelland oder der römische Kaiser Friedrich, er wollte nicht die ganze Welt erobern. Was jenseits der Pyrenäen lag, darauf verzichtete er. Er wollte nur Hispanien, aber das wollte er ganz, das christliche und das moslemische.

Verwegen und verhängnisvoll schien er Raquel. Lockung ging aus und ungeheure Drohung von diesem Abkömmling fränkischer und gotischer Barbaren, der überzeugt war, ihm habe und ihm allein Gott die Herrschaft über die Halbinsel bestimmt.

Er erzählte ihr von der großen, edeln Kunst der Kriegführung. Er hatte sie gründlich und genau erlernt, und wenn er auch bis jetzt kein Alexander oder Cäsar war, zum Feldherrn war er geboren. Er hatte es im Blut, wann man die leichten Reiter einsetzen mußte und wann die schweren, er konnte den Wert des Geländes mit dem ersten Blick abschätzen, er konnte wie kein Zweiter den rechten Hinterhalt finden, dem Gegner aufzulauern. Wenn er nicht immer gesiegt hatte, dann nur, weil ihm *eine* langweilige Feldherrntugend fehlte: die Geduld.

Wenn er ihr so erzählte, wie viele blutige Gefechte er durchgekämpft hatte und wie viele Feinde er hatte in die Erde beißen machen, dann antwortete sie selten so, wie er's erwartete. Vielmehr fragte sie etwa: »Wie viele, sagst du? Dreitausend von den andern und zweitausend von den deinen?« Es lag in ihrer Frage nicht eben ein Vorwurf, eher Befremdung, ein schmerzhaftes Staunen. Dann wieder sperrte sie sich zu und versank in eine Einsamkeit, der er sie nicht zu entreißen vermochte. Am schlimmsten war es, wenn sie ihn nur anschaute und schwieg. Es war ein beredtes Schweigen, es kratzte ihn übler als zorniger Widerspruch.

Einmal, da sie so schwieg, sagte er plötzlich feindselig: »Weißt du, wer das Glas deines Amuletts, deiner Mesusa, zerschlagen hat? Ich. Hier mit dieser Hand. Auch die Zisternen deines Rabbi Chanan hab ich zuschütten lassen. Gerade.« Sie erwiderte nichts. Er atmete stark, stand auf, ging ein paar Schritte, kam zurück, setzte sich wieder zu ihr, sprach von anderm. Unterbrach sich. Wollte sich entschuldigen. Sie legte ihm sacht die Hand auf den Mund.

Sosehr Alfonso das Fremde an ihr haßte, er wußte, er war ihr verhaftet, und für immer. »Et nunc et semper et in saecula saeculorum, amen«, sagte er vor sich hin, lästerlich. Er hatte das Heil seiner Seele verspielt; denn er war sich jetzt klar, daß er sie niemals werde bekehren können. Er war es zufrieden. Er gab es auf, aus dem Kreise auszubrechen, in den er sich selber gebannt hatte, er sperrte sich trotzig in seine Sünde ein.

Der Domherr Don Rodrigue sprach nicht mehr mit ihm über die Galiana. Es hätte keinen Sinn gehabt; sie hatten einander gesagt, was ein Mensch einem andern über dergleichen Dinge sagen konnte. Allein wenn auch Alfonso seine Sünde als ein königliches Privileg betrachtete, das kein Priester ihm abstreiten durfte, so bedrückte ihn doch die stumme Trauer des Mannes, der sein Freund war, und er dachte nach, wie er ihm ein Zeichen seiner Liebe und seines Dankes geben könnte.

Über den Kopf des Erzbischofs hinweg erließ er ein Edikt, welches für seine Länder die hispanische Zeitrechnung abschaffte und die römische des übrigen Abendlandes an ihre Stelle setzte.

Don Rodrigue, dankbar und vergnügt inmitten seiner vorwurfsvollen Trübsal, anerkannte: »Das hast du gut gemacht, Don Alfonso.«

Der Erzbischof, da er's nicht wagte, dem König wegen seines verworfenen Wandels ins Gewissen zu reden, rügte mit um so heftigeren Worten das Edikt über die Briefausfertigung. Er hielt Alfonso vor, er habe ohne Not, lediglich um ein paar Ausländern ein wenig Nachdenken zu sparen, eines der wichtigsten Privilegien der hispanischen Kirche preisgegeben. Keiner seiner Vorfahren hätte ein so edles Gut so leichter Hand weggeworfen. Alfonso wußte, es war nicht das Edikt; es war die Galiana, welche den Erzbischof so heiß eifern machte, und er wies den Tadler streng zurück. Nachdem er, Alfonso, manche unbillige Forderung des Papstes habe ablehnen müssen, freue er sich, wenn er dem Heiligen Vater in einer geringfügigen Sache entgegenkommen könne. Überdies habe Rom recht. Es sei in Wahrheit unchristlicher Stolz, wenn die Spanier die Zeit nach dem größten Ereignis ihrer eigenen Geschichte berechneten; so wichtig es gewesen sei, daß der Kaiser Augustus ihnen das Bürgerrecht verliehen habe, man müsse zugeben, die Geburt Christi sei für die Welt und also auch für die Halbinsel noch bedeutsamer gewesen.

Die Freude Alfonsos über die Genugtuung, die er dem bekümmerten Rodrigue verschafft hatte, hielt nicht lange vor. Die eingesperrte Sünde kratzte. Eines Tages nach der Frühmesse fragte er den überraschten Kaplan der Königsburg: »Sage mir, hochwürdiger Bruder, was ist denn nun eigentlich Sünde?« Der Priester, ein jüngerer Herr, durch die außergewöhnliche Frage Don Alfonsos geschmeichelt, erwiderte: »Erlaube mir, Herr König, dir die Meinung des Heiligen Augustin zu zitieren. Sünde, sagt er, ist das Begehen von Handlungen, von denen der Mensch weiß, daß sie verboten sind, und deren sich zu enthalten ihm frei steht.« – »Ich danke dir, hochwürdiger Bruder«, antwortete der König. Er bedachte lange den Ausspruch des großen Kirchenvaters, dann zuckte er die Achseln und sagte sich, daß er zuletzt ja doch durch den Kreuzzug seiner Sünde ledig sein werde, wenn sie eine Sünde sein sollte.

Wiewohl man den König nicht öffentlich zu beschimpfen wagte, so ging doch viel böses Gerede um. Der Gärtner Belardo erzählte Alfonso, schlechte Leute hießen Unsere Herrin Doña Raquel eine Teufelin und erklärten, sie habe den Herrn König behext.

Das Gerede versteifte nur Alfonsos Willen, für seine Liebe zu Doña Raquel einzustehen. Nun gerade hielt er darauf, daß sie den kurzen Weg von der Galiana ins Castillo Ibn Esra in offener Sänfte zurücklegte. Etliche dann grinsten ihr frech ins Gesicht, und der oder jener rief ihr wohl auch zu: »Du Teufelin, du Hexe.« Aber Raquel sah keineswegs aus wie ein Sendling der Hölle; sie war jetzt weniger knabenhaft, es eignete ihr eine neue, wissende, schicksalsvolle Schönheit, welche alles Volk wahrnahm. Die Schmäher blieben vereinzelt; die meisten fanden es nicht verwunderlich, daß sich der König diese ausnehmend Schöne zur Freundin erlesen hatte, sie fanden es richtig. »Ah, du Schöne«, riefen sie ihr zu, sie hatten ihre Freude an ihr, sie nannten sie nicht anders als La Fermosa, die Schöne, und sie sangen freundliche, gefühlvolle, bewundernde Romanzen über ihre und des Königs Liebe.

Alfonso ließ es sich nicht nehmen, Raquel zuweilen in die Stadt zu begleiten. Er ritt neben ihrer Sänfte, und es mischten sich die Rufe: »Es lebe Alfonso der Edle!« und: »Es lebe die Schöne!«

Gerade die Hochrufe des Volkes machten Raquel bewußt, daß sie die Barragana des Königs war, sein Kebsweib. Sie schämte sich dessen nicht.

Alfonso spann sich immer tiefer in das Leben in der Galiana ein. Er war überzeugt, Gott habe ihn in seine besondere Hut genommen, und jeder Umweg, den die Vorsehung ihn machen lasse, werde ihn zuletzt zum rechten Ziele führen.

Er scheute sich nun nicht mehr, Staatsgeschäfte in der Galiana zu erledigen. Die meisten seiner Granden hielten es für einen Gnadenbeweis und für eine Auszeichnung, wenn er sie in die Galiana berief. Es kam wohl vor, daß einer leise befremdet vor der Mesusa stehenblieb. Alfonso gab dann lächelnd Bescheid: »Das ist ein gutes Amulett. Es hilft gegen den bösen Blick und verhindert, daß man mich übers Ohr haut.«

Etliche der Herren erfanden aber eine durchsichtige Ausrede und blieben der Galiana fern. Alfonso merkte sich ihre Namen.

In einem sachlich freundlichen Schreiben teilte Doña Leonor dem König mit, Don Pedro habe sie besucht, und sie glaube, daß allen Hindernissen zum Trotz eine Allianz mit Aragon und also der Feldzug gegen die Ungläubigen möglich sei. Sie käme gerne selber nach Toledo, mit Alfonso zu beraten; doch verbiete ihr eine Erkrankung des Infanten Enrique ihre Entfernung von Burgos. Sie bitte deshalb Alfonso, unverzüglich zu ihr zu kommen.

Der König erkannte sogleich, daß nun die Begegnung mit Doña Leonor nicht länger aufgeschoben werden konnte. Doch tröstete er sich damit, daß vor so wichtigen Staatsgeschäften persönliche Zwistigkeiten ihre Bedeutung verlören, so also, daß das Wiedersehen mit Leonor weniger peinlich sein werde.

Er teilte Don Jehuda mit, er werde in zwei Tagen nach Burgos reiten.

Er war jetzt oft mit seinem Escrivano zusammen, die beiden fühlten sich seltsam verknüpft. Der König brauchte die Schlauheit seines Juden. Er sehnte sich danach, seinen Heiligen Krieg zu beginnen, doch wollte er sich nicht zu neuen Voreiligkeiten verleiten lassen und hörte gerne die Einwände seines Juden. Jehuda seinesteils kannte den König besser als dieser sich selber. Er wußte, Alfonso konnte sich nicht losreißen von der Galiana und hieß es in seinem Innern wissentlich unwissentlich willkommen, wenn Jehuda das Bündnis mit Aragon und den Feldzug vereitelte. Er, Jehuda, war, seitdem er von Alfonso die Zulassung der fränkischen Flüchtlinge erreicht hatte, gewiß, ihn fest in der Hand zu halten, und freute sich seiner Macht, diesem barbarischen Fürsten Atem und Sinn einzublasen wie Gott dem Adam.

Es überraschte ihn nicht, als er jetzt von der bevorstehenden Abreise Alfonsos hörte. Er war von seinem Vetter Don Joseph unterrichtet über die Verhandlungen der Königin mit Aragon. Die Dame war klug, aber er fühlte sich ihr gewachsen und hatte Gegenzüge vorbereitet.

Er fürchte, antwortete er Alfonso, die Frau Königin könnte, verführt von ihren Wünschen, die Schwierigkeiten der Allianz mit Aragon unterschätzen. Es möge deshalb der Herr König den edeln Don Manrique und ihn selber mit nach Burgos nehmen, so daß sie mit ihren bescheidenen Kräften die Bestrebungen Doña Leonors unterstützen könnten.

Alfonso war verwirrt. Die Begleitung seiner Herren war ihm willkommen. Wenn er mit Räten und großem Gefolge in Burgos erschien, verlor die Zusammenkunft mit Doña Leonor vollends den Charakter einer ehelichen Auseinandersetzung; auch war es ihm lieb, ihre Ansichten an den Meinungen seiner Räte prüfen zu können. Aber wie wird Leonor es aufnehmen, wenn er den Vater seiner Liebsten mitbringt?

»Sollen wir Doña Raquel ganz allein hier lassen?« fragte er ungeschickt. Diese Rücksicht erfreute Jehuda und brachte ihm den König viel näher. Doña Raquel, erwiderte er mit ehrerbietiger Vertraulichkeit, könne die Zeit im Castillo Ibn

Esra verbringen. Dort habe sie die Gesellschaft des weisen Musa Ibn Da'ud; auch dürfte wohl der ehrwürdige Don Rodrigue mehrmals vorsprechen.

Doña Leonor empfing den König so freundlich unbefangen, als hätte er sich gestern von ihr verabschiedet. Er umarmte und küßte sie, wie die Courtoisie es verlangte. Er begrüßte seine Kinder. Streichelte den blassen, kleinen Infanten, an dessen Krankheit er nicht glaubte. Sprach munter zärtlich mit der zurückhaltenden Prinzessin Berengaria, die offenbar um sein Leben in der Galiana wußte und es mißbilligte. Sie gab sich stolz und zeremoniös. Der Besuch Don Pedros hatte neue Hoffnungen in ihr angefacht, wiewohl sie wußte, daß sie ohne Anwartschaft auf die Krone Kastiliens keine begehrenswerte Königin Aragons war.

Doña Leonor hatte auch Don Pedro nach Burgos eingeladen. Aber der junge König konnte seine Erbitterung gegen Alfonso nicht besiegen; statt selber zu kommen, hatte er seinen Minister Don Joseph Ibn Esra geschickt.

Die beiden Ibn Esras trafen sich noch vor dem Kronrat, der bei Doña Leonor stattfinden sollte. Don Josephs Abneigung gegen den überheblichen Verwandten war gewachsen. Er hatte Zorn und Trauer verspürt, als dieser Don Jehuda die Tochter preisgab, um sich den König enger zu verknüpfen. Er selber hatte gottesfürchtig und mildtätig einer kleinen Anzahl fränkischer Juden Zulaß in seinem Aragon verschafft; sie in Massen im Sepharad anzusiedeln, wie Don Jehuda es wollte, hielt er aus den gleichen Gründen wie Don Ephraim für bedenklich, und daß Jehuda die Neigung Alfonsos zu seiner Tochter benutzte, um die Geschicke des Landes und der Judenheit zu lenken, schien ihm ein vermessenes, gotteslästerliches Spiel. Nach wie vor aber einigte ihn mit Jehuda das Bestreben, der Halbinsel und ihren Juden den Krieg fernzuhalten. Darum hatte er den Vetter vor den Kabalen Doña Leonors gewarnt, und darum kam er jetzt mit ihm zusammen.

»Laß mich dir auch mündlich danken, Don Joseph«, begann Jehuda, »für deine Briefe. Ich habe daraus ersehen, daß ihr eine Formel gefunden habt, die Allianz und einen einheitlichen Oberbefehl zu ermöglichen.« – »Ja«, antwortete Don Joseph trocken, »der Krieg gegen die Moslems ist in furchtbar nahe Nähe gerückt. Deine Doña Leonor hat erstaunlich viel List und Energie aufgewandt, um meinem jungen Herrn ihre Versöhnungsvorschläge schmackhaft zu machen.« Er sah ihm streng ins Gesicht und fuhr mit Bedeutung fort: »Es ist wohl nicht die Lust am Krieg allein, Don Jehuda, welche deine Königin zu so großmütigen Angeboten treibt.« Und nun, nicht ohne Genugtuung, eröffnete er ihm, was er ihm brieflich nicht mitgeteilt hatte: »Doña Leonor will dem Castro zur Buße für die Tötung seines Bruders dein Castillo zurückgeben.«

Jehuda konnte nicht verhindern, daß er erblaßte. Die Vorstellung, daß er das Haus der Väter wieder sollte verlassen müssen, zerdrückte ihm das Herz. Aber sogleich tröstete er sich stolz; er hatte sich in Toledo ein schöneres, stärkeres, freilich unsichtbares Schloß errichtet, als irgendein noch so prächtiger Bau aus Stein es war. Ruhig erwiderte er: »Ich verzichte nicht gerne auf dieses Haus aus Gründen, die du kennst, Don Joseph. Aber wenn meine Königin es Aragon zugesagt hat, dann soll an meinem Widerspruch das Bündnis nicht scheitern.«

Don Joseph war überrascht; Jehuda war offenbar gewiß, daß er das Castillo nicht werde hergeben müssen, sonst spräche er nicht mit solcher Gelassenheit.

Jehuda hatte denn auch sein ganzes Selbstvertrauen wiedergefunden, jenes Gefühl frecher Sicherheit, welches ihn alle diese Tage her erfüllt hatte. Gerade jetzt, während er sprach, hatte er einen Einfall, der List Doña Leonors mit besserer List zu begegnen. Noch sah er seinen Plan nur in vagen Umrissen, aber er war überzeugt, daß er zur rechten Zeit feste Form haben werde.

Sogleich legte er das Fundament. Sachlich, mit der Bedenklichkeit des Geschäftsmannes, meinte er: »Ich hoffe nur, daß eure Einigungsformel auch einer scharfen Prüfung standhält, wie wir, du und ich, sie wohl vornehmen müssen. Ich sehe da, offen gestanden, noch manche Schwierigkeiten«, und er zählte die vielen wirtschaftlichen Fragen auf, über welche sich Aragon und Kastilien seit Jahrzehnten nicht hatten einigen können. Da waren strittige Steuerrechte an gewissen Städten, strittige Einfuhr- und Ausfuhrzölle, strittige Marktgerechtsame. »Wenn ich dir in allen diesen Fragen nachgeben soll, Don Joseph«, sagte er schlau und jovial, »dann würde ja dein Aragon mein Kastilien in kürzester Zeit überflügeln.«

Don Joseph begriff sofort, wohinaus Jehuda wollte. Die wirtschaftlichen Streitfragen waren unübersichtlich; an ihnen konnte man mit einigem Geschick die Allianz scheitern lassen. Nicht ohne innere Anerkennung der Schlauheit Jehudas ging er auf seine Absicht ein und erklärte mit der gleichen geschäftsmännisch zwinkernden Munterkeit: »Nachdem mein König die Kränkung vergessen will, die ihr ihm damals angetan habt, könntet ihr ihm eigentlich in Fragen der Wirtschaft entgegenkommen.« – »Du würdest also auf allen euern Forderungen bestehen?« stellte Jehuda fest. »Das müßte ich doch wohl«, entgegnete Don Joseph, und: »Gewiß werde ich das«, erklärte er mit gespielter Festigkeit. Don Jehuda, ernst und betrübt, gab zurück: »Mein König wünscht sicherlich nicht weniger herzlich als der deine, den Krieg gegen die Moslems zu beginnen, aber wenn ihr so unnachgiebig seid, dann, fürchte ich, wird aus der Allianz nichts werden.«

»Es täte mir leid, Don Jehuda«, sagte Joseph, »wenn wir uns wirklich nicht sollten einigen können.« Und die beiden Herren schauten einander an, ohne zu lächeln.

Die Curia, in welcher über die Allianz mit Aragon beraten werden sollte, fand in dem großen Empfangssaal der Burg statt. Der Saal war geschmückt mit den Fahnen Kastiliens und Toledos, Wachen standen am Eingang, erhöhte Stühle waren bereit für Don Alfonso und Doña Leonor. Der Erzbischof hatte sich's nicht nehmen lassen, aus Toledo herzukommen. Von den Mitgliedern der Curia fehlte nur Don Rodrigue.

Königlich in ihrem schweren, prunkenden Staatskleid und dennoch anmutig saß Doña Leonor auf dem erhöhten Stuhl. Freundlich, damenhaft gelassen schaute sie über den Kreis der Herren. Sie war voll inneren Triumphes. Alle, die hier saßen, waren fest entschlossen, Don Alfonso aus der verpesteten Galiana in die freie Luft des Heiligen Krieges zu retten. Alfonso selber wollte es. Der einzige Feind war der Jude. Es war eine Unverschämtheit gewesen, daß er Alfonso seine Begleitung aufgedrängt hatte; aber sie hatte sich vorgesehen, er wird nicht gegen sie aufkommen.

Don Manrique berichtete. Die Verhandlungen waren weit gediehen, sogar der Heilige Vater wußte darum, und ein Legat, Kardinal Gregor von Sant' Angelo, war unterwegs, damit er helfe, den Zwist der Könige beizulegen. »Wer hat den Papst von den Verhandlungen unterrichtet?« fragte finster Don Alfonso. »Don Pedro?« – »*Ich* habe ihn benachrichtigt«, sagte freundlich Doña Leonor.

Don Manrique legte die Klauseln des Pakt-Entwurfes dar. Die Armeen der beiden Länder sollten einer einheitlichen Führung unterstellt werden. Kastilische Ritter sollten in den Stab des aragonischen Heeres eingereiht werden, aragonische in den Stab des kastilischen. Don Pedro verpflichtete sich, den Rat Don Alfonsos mit der Aufmerksamkeit anzuhören, die der jüngere Ritter dem älteren schulde. »Anzuhören?« fragte Don Alfonso. »Anzuhören«, bestätigte Don Manrique. »Eine deutlichere Formulierung habt ihr nicht durchsetzen können?« fragte Alfonso. »Nein«, antwortete Doña Leonor.

Niemand sprach. »Welche weiteren Klauseln sieht der Vertrag vor?« fragte der König. Aragon stelle, erklärte Don Manrique, drei Hauptbedingungen. Zum ersten solle Kastilien auf die Lehnsherrschaft über Aragon verzichten. Wiewohl Alfonso von dieser Bedingung wußte, konnte er einen Laut des Unmuts nicht unterdrücken. »Zum zweiten«, fuhr Manrique fort, »verlangt Aragon, daß die Ansprüche seines Vasallen

Gutierre de Castro auf Wiedergutmachung erfüllt werden.« Von dieser Forderung hatte man Alfonso nicht gesprochen. Er richtete sich halb hoch und schaute von Manrique auf Leonor. »Ich soll dem Castro Buße zahlen?« fragte er leise, gefährlich. »Von Buße ist nicht die Rede«, beschwichtigte Manrique. »Das Wort Buße ist vermieden.« – »Er weiß meine Notlage auszunützen, dieser Fant Pedro«, sagte bitter der König. »Er steckt sich hinter den Castro, um mich zu demütigen. Und Rom schickt seinen Kardinal, daß er Zeuge meiner Schande sei.« – »Es ist keine Schande«, sagte freundlich mit ihrer hellen Stimme Doña Leonor, »Opfer zu bringen, um den Heiligen Krieg zu ermöglichen. Eine Schande wäre es, wenn wir den Kardinal unverrichteterdinge zurückschickten. Dann würde, und mit Recht, die ganze Christenheit dem tatenlosen Don Alfonso ihr Hui und Pfui nachrufen.«

Die Herren saßen erschreckt. Schlaff hingen von ihren Stangen die Banner Kastiliens und Toledos. Blaß, voll maßlosen Zornes, starrte Alfonso auf Doña Leonor. Mit keinem Worte hatte sie ihm, solange sie mit ihm allein war, die Galiana vorgeworfen; kalt und rechenhaft hatte sie bis zu diesem Kronrat gewartet, um ihm hier vor seinen Räten, vor seinen nächsten Freunden, vor seinen Fahnen ins Gesicht zu schmeißen, was sie Schimpfliches von ihm dachte, hier, jetzt, ausgeklügelt rachsüchtig, in Wahrheit ihrer wilden Mutter Kind.

Aber Doña Leonor senkte nicht die großen, grünen Augen vor dem gewittrigen Schein, der von ihm ausging, nicht einmal das leise, unbestimmte Lächeln wich von ihrem stillen Gesicht. Mit Mühe zwang er seinen Zorn nieder. Er konnte nicht vor seinen Herren mit ihr hadern, und er wußte, da war niemand, der ihm recht gab – nicht einmal der Jude.

»Welche Buße verlangt der Castro von mir?« fragte er heiser. An Stelle Manriques antwortete Doña Leonor. »Die Forderungen sind peinlich«, sagte sie, »doch im Grunde nicht unbillig. Wir sollen ihm das verlangte Lösegeld zahlen für die Gefangenen von Cuenca, und wir sollen ihm sein Castillo in

Toledo zurückgeben.« Wiederum war tiefes Schweigen, man hörte nur das starke Atmen Don Alfonsos. Es war vielleicht nicht ziemlich, aber alle schauten, gierig fast, auf Don Jehuda.

Der Erzbischof – er saß dem Juden so fern wie möglich und hatte ihn auch nicht begrüßt – nahm jetzt das Wort, seine Stimme hallte in dem weiten Raum wider. »Er tritt deiner Ehre sehr nahe, Herr König«, sagte er, »aber der Heilige Krieg wird viele Erniedrigungen fortwischen.«

Doña Leonor wandte sich freundlich an Jehuda. »Was ist dein Rat, Herr Escrivano?« fragte sie. »Mich dünkt«, antwortete Jehuda, »der rebellische Baron mutet der Majestät des Königs sehr viel zu. Aber ich bin nicht bewandert in Dingen der Ehre, und der hochwürdige Herr Erzbischof versichert, daß das große Ziel des Heiligen Krieges die Demütigung wert ist. Was mich selber anlangt, so verliere ich nur mit Schmerz das Haus meiner Väter, das ich durch die Gnade Gottes und die des Herrn Königs und um einen zureichenden Preis zurückerwarb und das meinem Herzen große Freude ist. Aber meine eigenen Wünsche und Eitelkeiten und meine Würde müssen wohl zurückstehen, wenn es um das hohe Ziel des Königs Unseres Herrn geht. Bereitwillig, Herr König, gebe ich, wenn dadurch die Allianz und der Kreuzzug ermöglicht wird, das Castillo Ibn Esra in deine Hände zurück mit allem, was ich zugebaut und eingebaut habe, und zur Hälfte des Preises, den ich deinem Schatze zahlte.« Er hatte diese Rede gut vorbereitet, doch konnte er ein leises Lispeln nicht verhindern.

Keiner hatte erwartet, daß der Mann seinen kostbarsten Besitz so kurzerhand aufgeben werde. Alfonso schaute erstaunt auf seinen Escrivano, selbst Doña Leonor konnte die freundlich damenhafte Miene nur schwer festhalten. Welche Tücke verbarg der Mensch hinter so viel Verzicht?

Der junge Garcerán de Lara riß sich als erster aus der Verblüffung. »Nun also«, sagte er fröhlich, »dann können wir ja übermorgen zu Felde ziehen.«

Aber: »Sprachst du nicht noch von einer dritten Bedingung Aragons, edler Don Manrique?« fragte bescheiden Jehuda. »Ja«, antwortete Manrique, »doch ist das wohl ein Punkt ohne viel Belang. Aragon wünscht noch Konzessionen in jenen alten Streitigkeiten um die gewissen Zölle, Marktrechte, verpfändeten Städte und ähnlichen Kleinkram.«

Jehuda hatte mit innerem Jubel wahrgenommen, welch tiefe Wirkung sein schneller Verzicht auf das Castillo getan hatte. Da saßen sie rings um ihn, die Feinde, die ihren Krieg haben und alles niederreißen wollten, was er mit so viel Klugheit und mit dem Segen Gottes aufgebaut hatte. Aber sie werden ihren Krieg nicht haben, diese da, die Ritter, die Dummköpfe, und er wird sein Castillo behalten. Er hatte seinen Plan mittlerweile gut ausgebaut in allen Einzelheiten, er fühlte sich sicher, Glück war eine Eigenschaft, und ihm hatte Gott diese Eigenschaft verliehen. Wie ein Jäger, der seine Hunde neckt, fühlte er sich den andern überlegen.

»Hast du ein Verzeichnis der verlangten Konzessionen, Don Manrique?« fragte er. Manrique reichte ihm das Schriftstück, Jehuda überflog es. »So harmlos, wie sie ausschauen«, meinte er, »sind sie wohl nicht, diese neunzehn Punkte. Da sollen wir zum Beispiel auf die Einkünfte der Stadt Logroño verzichten. Logroño ist zum Zentrum unseres Weinhandels geworden, wir haben der Stadt Logroño und der Landschaft Rioja die Steuern von drei Jahren erlassen, um diesen Weinhandel zu fördern.« – »Wenn ich den Juden recht verstehe«, sagte verächtlich der Erzbischof, »dann jammert er, daß während des Heiligen Krieges die Einnahmen des Kronschatzes vielleicht etwas magerer ausfallen. Wahrscheinlich hat er damit recht. Aber wer das Gelobte Land erobern will, darf die Wanderung durch die Wüste nicht scheuen und darf nicht jammern nach den Fleischtöpfen Ägyptens.«

Jehuda erwiderte nichts. Er wandte sich an den König: »Deine Wirtschaft, Herr König, hat in diesen letzten Jahren die Wirtschaft Aragons eingeholt. Viele der Unternehmungen, die wir in dieser Zeit gegründet haben, versprechen höchste Blüte. Die Nutznießung gerade dieser Unternehmungen aber spricht der schlaue Pakt, den die Räte des erlauchten Don Pedro ausgeheckt haben, dem Königreich Aragon zu. Es ist ein gefährlicher Handel, den man dir vorschlägt, Herr König. Gibst du in diesen neunzehn Punkten nach, dann wird in wenigen Jahren Aragon einen entscheidenden Vorsprung vor Kastilien haben. König Pedro hat einen sehr fähigen Schatzmeister. Wir werden Aragon auf die Dauer nicht gewachsen sein, wenn du diese Bedingungen annimmst.«

Keiner wußte was Rechtes zu erwidern. Don Martín grollte: »Sollen wir wegen des Weinhandels von Logroño Christus verraten?« – »Don Pedro ist nicht geldgierig«, sagte Doña Leonor. »Da wir ihm die Forderungen zugestanden haben, die ihm am Herzen liegen, wird er nicht um kleinen Gewinn feilschen.« – »Verzeih, Frau Königin«, antwortete ehrerbietig Don Jehuda, »es geht nicht um kleinen Gewinn, es geht um die Vormacht auf dieser Halbinsel. Die beiden Länder haben sich nicht aus purer Zanksucht Jahrzehnte hindurch um diese Rechte gestritten. Ich fürchte, man wird sich nicht von heute auf morgen mit Aragon verständigen können.«

Hilflos saßen die Herren. Die Streitfragen, um die es ging, waren undurchsichtig, vielleicht wollte man in der Tat Kastilien um bedeutsame Privilegien bringen; mehr wahrscheinlich war, daß die beiden jüdischen Minister zettelten, um den guten Krieg zu hintertreiben.

Alfonso war ebenso überrascht und verwirrt wie die andern. Es war ihm lieb, daß er einen Grund hatte, den Demütigungen auszuweichen, die Doña Leonor und der Fant Pedro ihm aufzwingen wollten. Und beglückend war die Aussicht, noch eine lange Zeit mit Raquel zusammenzubleiben. Vermutlich auch hatte der Jude recht, und er gäbe, wenn er dem Fant Pedro diese Zölle und das andere läppische Zeug zugestand, wirklich die Vormacht in Hispanien preis, das Erbe seines Sohnes. Aber in seinem Heimlichsten argwöhnte er wie die andern, Jehuda wolle ihn um seinen Krieg betrügen.

Da sich ihm Freude und Schuldgefühl so wunderlich mischten, fuhr er Jehuda barsch an: »Sollen wir weitere Monate, vielleicht Jahre verhandeln, weil ihr euch nicht einigen könnt, du und dein Vetter?« Und: »Was schlägst du vor?« fragte er grob.

Jehuda, der die Antwort auf eine solche Frage durchgedacht hatte, erwiderte. »Der Handel ist schwierig und eine billige Lösung hart zu finden. Wie wäre es, wenn man einen unparteiischen Schiedsrichter von unbestreitbarem Ansehen anriefe?« Niemand wußte, wohinaus der Jude wollte. Der Erzbischof indes rief plötzlich begeistert: »Ja! Wenden wir uns an den Heiligen Vater! Der Kardinallegat ist ohnehin auf dem Wege.« – »In diesen sehr weltlichen Fragen«, wandte bescheiden der Jude ein, »sollte vielleicht eine weltliche Autorität entscheiden. Die Fürsten könnten den erlauchten Vater der Frau Königin um einen Schiedsspruch angehen. Es ist eine heikle Aufgabe, aber der Herr König von Engelland wird in Ansehung des Heiligen Krieges und des Gottesfriedens schwerlich ablehnen.«

Der Vorschlag Jehudas schien Hand und Fuß zu haben. König Heinrich war verwandt mit dem Hause Aragon und mit dem Hause Kastilien, er kannte genau die Verhältnisse, er war berühmt um seiner Staatsklugheit willen, von ihm war ein billiges Urteil zu erwarten. Trotzdem waren, da der Vorschlag von Jehuda kam, alle mißtrauisch.

Doña Leonor war sicher: was der Jude da vorbrachte, hatte mit seinen wahren, verzwickten und tückischen Überlegungen so wenig zu tun wie die gekräuselte Oberfläche des Meeres mit seinem ewig stillen Grund. Schnell und argwöhnisch versuchte sie, seine wirkliche Absicht zu entdecken. Ihr Vater Heinrich, der seine eigene Teilnahme am Kreuzzug immer weiter hinausschob, begriff bestimmt die Vorteile, die Hispanien aus der Neutralität zog. Auch erwog er bestimmt, daß die spanischen Könige, wenn sie den frommen Krieg gegen ihre Moslems begännen, ihn um militärische Hilfe angehen würden, und er war kein Mann, der gerne gab. König Heinrich hatte also keine Ursache, eine Versöhnung Kastiliens mit Aragon zu beschleunigen, er wird sich vielmehr lang und länger bedenken und seinen Schiedsspruch schließlich so halten, daß er niemand befriedigt. Es war eine böse List, die sich der Jude ausgedacht hatte. In rasender Schnelligkeit überlegte sie, wie sie seinen Plan vereiteln könnte. Sie wird nach Saragossa reisen und Don Pedro bereden, sich von seinem Juden nicht beschwatzen zu lassen. Sie wird ihrem Vater in einem vertraulichen Schreiben ihre ganze Not dartun und ihn anflehen, seinen Spruch zu beschleunigen. Aber ach, die Majestät von Engelland hatte ja selber so manche unheilige Leidenschaft gespürt und genossen; wenn irgend jemand, dann hatte ihr Vater Heinrich Verständnis für die wüsten Freuden und Sorgen Alfonsos. Voll von Bitterkeit sah Leonor ein, daß sie gegen die Schlauheit des Ibn Esra nicht aufkam.

Auch Alfonso mit seiner raschen Vernunft durchschaute seinen Don Jehuda. Es war so, wie er's von Anfang an geargwöhnt hatte: der Jude wollte den Heiligen Krieg hintertreiben, schon um der Flüchtlinge willen, die er ins Land zog. Aber er soll sich verrechnet haben, dachte Alfonso. Ich werde nicht mit Pedro um den Kleinkram herumfeilschen. Ich werde nicht Vater Heinrich anrufen, daß er mir zuzwinkert: Gönnen wir dem Jungen sein Bettspiel und Vergnügen. Ich werde mich von dem Juden nicht hereinlegen lassen. Ich werde nicht die Liebe Raquels bezahlen mit faulem Verhandeln und Verhindern.

So fühlte und dachte Alfonso in der kurzen Stummheit, die der Rede des Juden folgte.

Dann, vor sich selber erschauernd, hörte er sich sagen: »Was meinst du, Doña Leonor, und ihr, Herren? Mir scheint, da hat unser Escrivano einen guten Ausweg gefunden. Schwerlich gibt es in aller Christenheit für einen so verflochtenen Handel einen besseren Richter als den weisen und erlauchten Vater Unserer Königin. Ich denke, Don Jehuda, wir werden es machen, wie du es vorschlägst.«

Um sicherzugehen, setzte Jehuda seinem Geschäftsfreund Aaron von Lincoln, dem Finanzberater König Heinrichs von Engelland, in einem vertraulichen Schreiben auseinander, worum es sich bei den Zwistigkeiten der beiden hispanischen Könige handelte, und bat ihn um seine Hilfe.

Dann, vor seiner Rückkehr nach Toledo, schickte er, wie es guter Anstand erforderte, der Königin Geschenke. Unverschämt kostbare Geschenke, edle Parfums, einen großen, elfenbeinernen Toilettekasten mit Kämmen, Haarfibeln und Schminken, dazu eine wunderbar gearbeitete Truhe mit Broschen, Ringen, Agraffen, Edelsteinen; auch Schuhe, auf denen kleine Spiegel angebracht waren, so daß die Trägerin jederzeit ihr Aussehen nachprüfen konnte. Doña Leonor war empört über die Dreistigkeit des Menschen, der ihr zum Trost für die Niederlage, die er ihr bereitet hatte, so kostbaren Tand übersandte; sie hatte Lust, die Geschenke zurückzuschicken. Aber sie hatte sich bis jetzt damenhaft bewährt, sie wird auch weiter Dame bleiben. Überdies gefielen ihr die Geschenke. Sie behielt sie und schrieb einen Dankbrief.

Mittlerweile waren in Kastilien die ersten jüdischen Flüchtlinge aus Francien angekommen, und wie es Don Ephraim vorausgesagt hatte, bot ihre Ankunft dem Erzbischof und den feindlichen Granden willkommenen Anlaß zu neuen Hetzreden. Der Jude, erklärten sie, rüste mit den Erträgnissen des Saladins-Zehnten nicht den Heiligen Krieg, er verwende die Gelder, neue Scharen von Ungläubigen und Betrügern im Lande anzusiedeln.

Die Schmähreden verfingen nicht. Konnte man doch die Erfolge der neuen Verwaltung mit Händen greifen. Der Reichtum des Landes wuchs und kam einem jeden zugute. Man hatte mehr Geld als vorher, Waren strömten ein, die man bisher nicht gekannt hatte; neue Pflanzungen, Werkstätten, Kaufläden entstanden. Was Jehuda anrührte, gedieh.

Um diese Zeit kam zu ihm ein Gelehrter aus der navarresischen Stadt Tudela, ein gewisser Rabbi Benjamín, ein Mann von hohem Ansehen. Dieser Benjamín von Tudela hatte sein Leben der Wissenschaft gewidmet, der Länderkunde und Erdbeschreibung. Er hatte soeben erst eine zweite große Forschungsreise beendet, die ihn aus diesem westlichsten Teil der Welt bis an ihre östliche Grenze geführt hatte, bis nach China und Tibet. Er hatte vor allem die Verhältnisse der Juden in ihrer Zerstreuung studiert, doch hatte er darüber hinaus nützliche Kenntnisse aller Art gesammelt und war überall mit den führenden Männern zusammengekommen, auch mit Sultan Saladin und mit dem Papst. Nun hatte er sich darangemacht, die Ergebnisse seiner Reisen in einem Buch niederzulegen. Masseot Benjamín, die Reisen des Benjamín, sollte das Buch heißen, und mehrere junge Gelehrte aus der Akademie des Don Rodrigue hatten ihm zugesagt, es auch ins Lateinische und ins Arabische zu übersetzen.

Nun also machte dieser Benjamín von Tudela Unserm Herrn und Lehrer Jehuda Ibn Esra seine Aufwartung; er wollte es nicht versäumen, den Mann kennenzulernen, der in den Jahren seiner Abwesenheit das Gesicht der Halbinsel so segensreich verändert hatte. Jehuda erwies dem berühmten Forscher viel Ehre. Er zeigte ihm die Bibliothek mit ihren kostbaren Büchern und Rollen, er zeigte ihm die Synagoge, die im Bau war, und führte ihn in Fabriken, die er gegründet hatte. Rabbi Benjamín sah und hörte mit kennerischer Teilnahme.

Bei Tische, in Gegenwart Musas, berichtete Rabbi Benjamín von seinen Reisen. Auf Fragen Don Jehudas erzählte er von den Juden des Ostens. Im griechischen Kaiserreich und im Heiligen Land hatten die Juden unter den Kreuzzügen zu leiden, aber in Kairo und in Bagdad lebten sie in Frieden und hohem Wohlstand. Er erzählte von dem Resch-Galuta, dem Exilarchen, dem Fürsten der östlichen Judenheit. Er residierte in Bagdad und war von dem Kalifen anerkannt als Führer der Juden. Er war befugt, seine Glaubensbrüder »mit Stock und Geißel« zu regieren, er hatte Steuerhoheit, Gerichtsbarkeit und jegliche Macht über die Juden von Babel, Persien, Jemen, Armenien, über die Juden des Zwischenstromlandes und des Kaukasus; bis zur Grenze von Tibet und Indien hatte er Macht. Als der Kalif den jetzt regierenden Resch-Galuta, Unsern Herrn und Lehrer Daniel Ben Chasdai, in sein Amt einsetzte, hatte er vor allem Volk mit lauter Stimme erklärt: »Ich bin Nachfolger des Propheten Mohammed, dieser mein großer Freund ist Nachfolger des Königs David.« Der Resch-Galuta genoß höchstes Ansehen auch unter den Moslems. Wenn er ausfuhr, riefen Läufer vor ihm her: »Macht Platz Unserm Herrn, dem Sohne Davids!«, und alles Volk warf sich nieder wie vor dem Kalifen selber.

Die farbige Schilderung machte Jehuda Eindruck. Benjamín aber fuhr fort: »Der Resch-Galuta hat übrigens auch von dir gesprochen, Don Jehuda. Man weiß auch im Osten, daß du deine hohe Stellung in Sevilla aufgegeben hast, um von Toledo aus deinen Brüdern zu helfen.« Und er schloß: »Da reise ich dreizehn Jahre durch die ganze Welt, und zurückgekehrt finde ich ihre beste Sehenswürdigkeit in nächster Nähe.« Und diese Worte Rabbi Benjamíns, der unabhängig war und keine Ursache hatte zu schmeicheln, durchrieselten Jehuda warm, und daß sie in Gegenwart seines Freundes Musa gesprochen wurden, erhöhte seine Freude.

Er fühlte sich jetzt als ein Oker Harim, als ein Mann, der Berge entwurzeln konnte, und scheute sich nicht, seine Macht bedenkenlos zu gebrauchen. Er traf, da der König länger in Burgos blieb, als man erwartet hatte, selbstherrlich gefährliche Verfügungen. Zum Ärger der feindlichen Prälaten und Barone betraute er mehrere der fränkischen Flüchtlinge mit einträglichen Posten; einen gewissen Nathan aus Nemours, der früher schon Kastilien bereist hatte, ernannte er zum Baile, zum Vogt von Zurita.

Das Purimfest kam heran, der Tag, an welchem die Juden die Errettung aus schwerster Not durch die Königin Esther feierten. Es hatte nämlich der Bösewicht Haman, der Günstling des Königs Ahasver, sämtliche Juden der Stadt Susa und des persischen Reiches ausrotten wollen, weil der Jude Mardochai seine Eitelkeit verletzt hatte. Des Mardochai Nichte und Mündel aber, das Mädchen Hadassa, genannt Esther, hatte Gnade gefunden in den Augen des Königs, er hatte sie zu seiner Königin gemacht, und angeleitet von ihrem Oheim Mardochai, unternahm sie es, die Pläne des Haman zu vereiteln. Wiewohl bei Strafe des Todes niemand ungerufen vor das Angesicht des Herrschers treten durfte, trat sie vor Ahasver hin und bat für ihr Volk. Und der König, gerührt von ihrer Schönheit und Klugheit, senkte das Zepter, begnadigte sie und ihr Volk und gab den Bösewicht Haman in die Hand der Juden. Die aber hängten ihn an eben den Galgen, an den er Mardochai hatte hängen wollen, sie hängten auch seine zehn Söhne und erschlugen alle ihre Feinde in den hundertsiebenundzwanzig Ländern, welche dem König Ahasver untertan waren.

Es gibt im jüdischen Festkalender Tage, die an größere Ereignisse erinnern, aber keinen feiern die rechtgläubigen Juden mit so ausgelassener Freude wie diesen Gedächtnistag. Sie halten üppige Festmähler, schicken einander Geschenke, spenden reichlich den Armen, veranstalten Schaustellungen, Tänze und Glücksspiele. Vor allem aber verlesen sie mit Gesten des Triumphs und mit lustigem Lärm das Buch, in welchem die Ereignisse dieser wunderbaren Errettung aufgezeichnet sind, das Buch Esther.

Auch Don Jehuda, der festfreudige, versammelte in diesen Tagen in seinem Castillo viele Gäste, um mit ihnen die farbige Geschichte des Buches Esther zu hören, mit ihnen zu essen und zu trinken, Spiele anzuschauen und sich an gescheiten und närrischen Reden zu ergötzen.

Stattgefunden haben mochten die märchenhaften Ereignisse, von denen das Buch Esther berichtet, um 3400 nach Erschaffung der Welt, man zählte jetzt das Jahr 4950, und Jahr um Jahr hatten sich Zehntausende, Hunderttausende von Juden an der Geschichte erbaut. Aber in all dieser Zeit hatten wohl nur wenige eine so stolze Freude daran gehabt wie jetzt Don Jehuda. Die Prüfungen und die Siege Mardochais und Esthers waren die seinen und die seiner Raquel. Wer konnte so innig wie er mitspüren den Mut und die Todesnot der Esther, da sie vor den König tritt? Wer wie er mitgenießen den Herzensjubel des Mardochai, da ihn der Feind Haman auf dem Rosse des Königs durch die Stadt führen muß, ausrufend: »So geschieht dem Manne, den der König ehren will!«? Und als man am Ende des Buches angelangt war, da der König den Mardochai zu seinem Siegelbewahrer macht, spürte Jehuda voll von Triumph das Wappensiegel auf seiner Brust und schaute befriedigt auf die drei fränkischen Flüchtlinge, die er zur Feier dieses Tages in sein Haus geladen hatte.

Die Studenten der Jeschiwa, der Bibel- und Talmudschule, unter ihnen Don Benjamín Bar Abba, parodierten jetzt, wie es der Brauch dieses Tages war, ihre Lehrer und fragten einander allerlei spitzfindige Fragen.

Der junge Don Benjamín fand, Mardochai und Esther hätten bei all ihren Verdiensten zwei Sünden auf sich geladen. Zum ersten waren sie ohne Mitleid. »Am Passah-Feste«, sagte er, »nehmen wir aus dem Becher der Freude zehn Tropfen Weines fort, weil wir der Qualen unserer Feinde gedenken. Mardochai und Esther aber hängten mit ungeschmälertem Jubel den Haman und seine Söhne und erschlugen mit ungemischtem Triumph alle ihre Gegner.« Die andern widersprachen heftig. Haman war von so abgründiger Bosheit, daß es auch dem Frömmsten ungeteilte Herzenslust sein mußte, ihn und die Seinen von der Erde zu tilgen. Überliefert war, daß Mardochai ihn vorher einmal aus Todesnot gerettet hatte, Haman aber hatte es ihm mit schwärzestem Undank gelohnt. So höllisch war seine Bosheit, daß die unschuldigen Bäume der Erde vor Gottes Thron wetteiferten um die Auszeichnung, das Holz für seinen Galgen zu liefern. Doch ausersehen wurde das Holz der Arche Noah; es war schon am Tage der Weltschöpfung für diesen Zweck bestimmt worden.

Don Jehuda fragte sich, ob er selber wohl grausam sei. Er

war es und war stolz darauf. Er gäbe die zweiundzwanzig Schiffe seiner Flotte um die Lust, den Erzbischof vom Ast eines hohen Baumes hängen zu sehen. Er gäbe seine Anteile an den Unternehmungen in der Provence und in Flandern, wenn er zuschauen könnte, wie man den Castro, der ihn einen schmutzigen Hund genannt hatte, geißelte und vierteilte. Ein Mann mußte so fühlen, es sei denn, er wäre ein Weiser wie Musa oder ein Prophet. Er, Jehuda, war das nicht und wollte es nicht sein.

Aus seinem Denken und Wägen rissen ihn Worte des Don Benjamín. Der nämlich sprach jetzt von der zweiten Sünde des Mardochai, von seinem Stolz. »Seht ihn doch«, ereiferte er sich, »wie er prunkend durch die Stadt Susa reitet, von Haman geführt! Und warum, da es nun einmal der Befehl des Königs war, hat er nicht das Knie vor Haman gebeugt? Die Gesetze des Landes sind eure Gesetze, lehren die Doktoren. Es ist diese seine Weigerung, es ist Mardochais Stolz, der das ganze Unheil über die Juden herabgerufen hat. So steht es ausdrücklich im Buche. Mardochai kannte die Menschen, er kannte Haman, er wußte, welche Folgen seine Weigerung haben werde: warum überwand er nicht seinen Stolz und wahrte sein Volk vor der Gefahr?«

Es fiel Jehuda schwer, sein Gesicht ausdruckslos zu halten. Er wußte, er selber galt als hochfahrend, und keinem seiner Gäste konnte entgangen sein, wie bedeutsam sein und Doña Raquels Geschick dem des Mardochai und der Esther ähnelte. Sicher maßen sie ihn an Mardochai. Und während Don Benjamín auf Mardochais Stolz schalt, überkam Jehuda ein bitterer Verdacht. Es war ihm vergönnt gewesen, den Juden Toledos Segen zu bringen. Aber schauten sie nicht vielleicht trotzdem noch immer mit den Augen des Rabbi Tobia auf ihn, voll Abscheu? Dem Mardochai verdachte es keiner, daß er die Pflegetochter dem heidnischen König in seine Burg und ins Bett schickte. Aber Mardochai hatte vor vielen hundert Jahren gelebt in der Stadt Susa, die fern war. Er, Jehuda, lebte heute, und die Galiana war keine zwei Meilen entfernt. Argwöhnisch prüfte er die Gesichter seiner Gäste, argwöhnisch vor allem den jungen Don Benjamín. Er konnte ihn nicht leiden; seine Blicke waren kühl und wagend und ohne die Ehrerbietung, auf die ein Jehuda Ibn Esra Anspruch hatte.

Aber nein, sie hatten keine bösen Nebengedanken, seine Gäste. Mit welcher Hitze führten sie den jungen Benjamín ab. Sie verteidigten ihn, Jehuda, wenn sie Mardochai verteidigten. Mit Genugtuung nahm er wahr: sie verübelten es ihm nicht, daß er ihnen Segen brachte.

Es waren in der Tat feurige Argumente, mit denen sie ihren Mardochai in Schutz nahmen. Wenn Mardochai stolz gewesen wäre, hätte er dann verheimlicht, daß er der Pflegevater und Oheim der Königin war? Und hätte ein stolzer Mann demütig wie ein Bettler vor dem Königsschloß herumgehockt? Und er hatte auch Esther zu jeglicher Demut erzogen. Nicht voll falscher Zuversicht trat sie den schweren Gang vor den König an, der ihr Todesgang werden konnte, sondern in tiefster Demut. Im Wortlaut überliefert war ihr Gebet: »Du weißt es, o Herr, ich habe den Glanz dieses Königsschlosses nicht begehrt. Nein und nochmals nein. So wie sich die Frau vor dem Kleide ekelt, welches sie in den Tagen ihrer Unreinheit trägt, so ekelt es mich vor meinen Prunkgewändern und vor der Krone, die ich tragen muß. Keine Freude habe ich, seitdem ich hier bin, als allein die Freude an dir, mein Gott. Und nun, o Herr, Tröster der Beladenen, steh mir bei in meinem Elend und lasse mich Gnade finden vor diesem heidnischen König, vor dem ich mich fürchte wie das Lamm vor dem Wolfe.«

Jehudas Mißtrauen war verweht. Die Juden von Toledo wollten ihm nicht übel. Sie sahen in ihm einen Mann wie Mardochai, einen Mann, der groß war unter den Juden und angenehm unter der Menge seiner Brüder, der bedacht war auf das Beste seines Volkes und der das Heil suchte für sein ganzes Geschlecht.

Musa sagte zu ihm: »Schwillt dir das Herz, lieber Jehuda?

Kommst du dir so recht als ein Mardochai vor?« Jehuda antwortete halb im Scherz, halb im Ernst: »Du sagst es.«

Er war glücklich und müde, als er zu Bett ging.

Sein Geist aber arbeitete weiter, als er schlief, und als er des andern Morgens erwachte, war dem merkwürdigen, vielfältigen Mann aus den Eindrücken und Spürungen des vergangenen Tages eine Idee für seine Geschäfte aufgestiegen.

Haman hatte das Los geworfen, um den rechten Tag für die Vernichtung der Juden zu erlosen, aber er hatte den Tag ihrer Rettung und Erhöhung erlost, und Los-Fest, Purim, nannten die Juden das Esther-Fest. Lose werfen, das Glück herausfordern, herausfinden, wem Gott gnädig war und wem nicht, das machte den Menschen Spaß. Wie wäre es, wenn er, Jehuda, diese Neigung ausnützte? Er wird im Namen des Königs ein großes Spiel ausschreiben, er wird einen ungeheuren Glückstopf aufstellen, aus dem ein jeder für billiges Geld ein Los ziehen kann. Wenn auch das einzelne Los dem Schatz des Königs nur kleinen Gewinn bringt, so wird doch der breite Umsatz riesigen Nutzen abwerfen.

Noch am gleichen Tag machte sich Jehuda an die Berechnungen für den großen kastilischen Glückstopf.

Nachdem sich in jenem Kronrat herausgestellt hatte, die Verhandlungen mit Aragon würden noch lange Monate erfordern, drängte es Alfonso, nach Toledo zurückzukehren. Aber er wußte, Doña Leonor hatte sein unehrliches Spiel durchschaut. Wohl war sie von gelassener Freundlichkeit wie immer, aber er konnte nicht und wird niemals vergessen können, wie sie ihm ins Gesicht gesagt hatte: Die ganze Christenheit wird dir ihr Hui und Pfui nachrufen. Er las auf ihrem klaren Antlitz ihre Verachtung, er wollte nicht davonlaufen. Er verbrachte peinvolle Wochen in Burgos, er sehnte sich heiß nach Raquel und der Galiana. Aber er blieb.

Zu Beginn des dritten Monats sagte er sich, nun habe er seiner Pflicht genügt, und rüstete zur Abreise.

Er wurde auf bittere Art zurückgehalten.

Es war richtig gewesen, was ihm Leonor damals mitgeteilt hatte: der kleine Infant Enrique kränkelte. Nun, sehr plötzlich, verschlimmerte sich die Krankheit. Die Ärzte waren hilflos.

Der verzweifelte Alfonso sah in diesem Unglück die Strafe Gottes. Er erinnerte sich, wie er einmal den Rodrigue böse gehänselt hatte, Gott scheine mit ihm, Alfonso, zufrieden; er lasse ihn alles, was er anfasse, glücklich hinausführen. Rodrigue aber hatte erwidert, in solchen Fällen sei die Strafe des Sünders im Jenseits um so schrecklicher; Gnade sei es, wenn Gott schon in diesem Leben strafe. Wenn es Gnade war, dann war es furchtbare Gnade. Aber Alfonso hatte die Strafe verdient. Er hatte geheuchelt im Kronrat, er hatte die falschen, listigen Argumente des Juden gelten lassen und sich feige vor seiner heiligsten Pflicht gedrückt, vor dem Kriege. Daß ihm Gott den Erben niederwarf, zeigte, wie furchtbar er gesündigt hatte.

Auch Doña Leonor machte sich abergläubische Vorwürfe. Sie hatte die Schwächlichkeit des Infanten zu einer Krankheit umgelogen, um Alfonso von der Jüdin fort nach Burgos zu locken. Jetzt machte ein rächender Himmel ihre selbstische Lüge zur Wahrheit. Hilflos und verzweifelt saß sie an der Seite des fieberheißen, um Atem ringenden Kindes.

Da traf aus Toledo der alte Musa Ibn Da'ud ein, den Ärzten in Burgos seine Hilfe anzubieten.

Don Jehuda war, als er von der Erkrankung des Kindes erfuhr, tief erschrocken. Wenn dem Infanten etwas zustieß, dann wird Doña Leonor das Verlöbnis der Prinzessin Berengaria mit Don Pedro durchsetzen, dann konnte kein noch so fein ausgeklügelter Plan die Allianz und den Krieg länger aufhalten. Don Jehuda hatte sogleich die Aljama aufgefordert, Gottesdienste für die Gesundung des Infanten zu veranstalten; die toledanischen Juden beteten mit Inbrunst, sie wußten, worum es ging. Und sogleich auch hatte Jehuda Musa gebeten, nach Burgos zu reisen. Der alte Arzt hatte sich gesträubt. Er hatte erklärt, er wolle erst den Ruf des Königs abwarten. Jehuda indes hatte auf seinem sofortigen Aufbruch bestanden.

Da war er nun. Der König, trotz seines Widerwillens gegen

den alten Uhu, atmete auf und teilte Leonor erfreut mit, nun sei der beste Arzt der Halbinsel zur Stelle, dieser Musa Ibn Da'ud, und er werde das Kind bestimmt retten können.

Da aber verzerrte sich Doña Leonors klares, stilles Gesicht, all ihr Wesen veränderte sich erschreckend, und ausbrach ihr ganzer Haß. »Habt ihr noch nicht genug Unheil angerichtet, du und deine Jüdin?« fuhr sie auf ihn los, ihre sonst so hübsche Stimme klang häßlich und schrill. »Wollt ihr auch noch meinen Sohn aus der Welt schaffen?« Sie fiel zurück in das Französisch ihrer Kindheit. »Bei den Augen Gottes!« schwur sie den Lieblingsfluch ihres Vaters. »Eher bring ich diesen Menschen mit meinen eigenen Händen um, eh daß ich ihn an mein Kind heranlasse!«

Alfonso wich zurück. Das war eine andere Leonor als die, welche er die fünfzehn Jahre hindurch gekannt hatte. Sogar in jenem Kronrat, als sie ihn demütigte, hatte sie sich in Ton und Geste gezähmt; jetzt zum erstenmal schlug aus ihr heraus jene Leidenschaft, die ihren Vater und ihre Mutter in so maßlose Taten getrieben hatte. Und er, Alfonso, war schuld, er hatte aus der Dame und Königin diese Rasende gemacht.

Der Infant Enrique starb unter Qualen.

Stumm und verhärtet saß Leonor. Aber mitten aus ihrem grenzenlosen Elend wuchs wild und bitter-lustig die Erkenntnis, daß gerade ihr Verlust sie zum Ziele brachte. Jetzt, nach dem Tode des Infanten, war Berengaria wieder die Erbin Kastiliens, jetzt war ihr Verlöbnis mit Don Pedro Verpflichtung vor der ganzen Christenheit. Jetzt konnte kein Jud und Teufel mehr den Krieg verhindern. Jetzt mußte Don Alfonso ins Feld ziehen, seine Trennung von der Jüdin war besiegelt. Noch während sie aber voll grimmigen Selbstspottes den Gewinn bedachte, für den sie den ungeheuren Preis gezahlt hatte, sah sie Alfonso vor sich, gerüstet, um ins Feld zu reiten; er neigte sich vom Pferd zu ihr herunter voll fröhlicher, ritterlicher Zuversicht. Und während sie alle die Monate hindurch nichts gespürt hatte als unbändige Lust, ihn zu strafen, schlug mit einemmal die alte Liebe über ihr zusammen.

Alfonso selber war zerstört. Er hockte da, grauen Gesichtes, das Haar versträhnt, die Augen stier, erloschen. Wüste Reue plagte ihn. Da hatte er sich vorgemacht, er könne Raquel bekehren, und hatte doch von Anfang an gewußt, daß er's nicht konnte. Die Frau war ihm angeflogen wie eine Krankheit, er hat es gewußt, aber er hat es nicht wissen wollen. Er hat die Augen zugemacht und sich blind gestellt. Jetzt aber hat ihm Gott die Augen in ein furchtbares Licht aufgerissen.

In dieser Nacht, während, umweht von Weihrauch, umleuchtet von Kerzen, umsummt von Gebeten Wache haltender Priester, der tote Infant aufgebahrt in der Kapelle der Burg lag, sprachen Alfonso und Leonor sich aus. Ohne Umschweife fragte er, wie lange sie wohl brauchen werde, um das Verlöbnis Berengarias mit Don Pedro zustande zu bringen. Sie antwortete, die Verträge könnten wohl schon in wenigen Wochen unterzeichnet sein. »Dann werde ich also in zwei Monaten ins Feld ziehen«, erklärte Don Alfonso. »Und das ist gut so«, brach er aus.

Sie saß gefaßt da, sanft, traurig und würdevoll. Sie dachte daran, wieviel Not über sie beide hatte kommen müssen, ehe er sich aus dem Schlamme riß. Ein Wort klang in ihr auf, das ihre Mutter aus ihrem Gefängnis an den Heiligen Vater geschrieben hatte: »Von Gottes Zorne Königin von Engelland«; sie tauschte vernünftige, gleichmütige Worte mit Alfonso, doch in ihr klang es: in ira dei regina Castiliae.

Gelassen mit ihrer hellen Stimme sagte sie, er werde gut tun, sich, bevor er in den Krieg ziehe, von aller Schuld zu lösen. Er verstand sogleich. In ihm brannte die Erinnerung, wie sie ihm vor den andern seinen Schimpf ins Gesicht geworfen hatte und wie noch vor zwei Tagen ihr Haß in Fluch und Schwur ausgebrochen war. Aber jetzt war sie ruhig von Gesicht und Stimme, es war fast, als ob sie Mitleid mit ihm habe, es war keine Zürnende, Strafende, es war eine Liebende, die zu ihm sprach.

»Ich werde sie wegschicken!« gelobte er stürmisch.

Als der König auf das Tor der Galiana zuritt, als ihn die Inschrift Alafia, Heil, Segen, begrüßte, noch als er die Mesusa erblickte, deren Glas er zerschlagen hatte, freute er sich trotzig darauf, Raquel zu sagen: »Ich geh in den Krieg, wir trennen uns, Gott will es.« Und nachdem er ihr das gesagt hat, sogleich, wird er nach Toledo zurückkehren.

Aber dann stand sie vor ihm, ihre blaugrauen Augen leuchteten, ihr ganzes Gesicht leuchtete, und seine Entschlossenheit war hin. Wohl trachtete er noch, sein Gelöbnis nicht aus dem Sinn zu verlieren. Er wird es auch halten, er wird ihr von der Trennung sprechen. Aber nicht jetzt, nicht heute.

Er umarmte sie, er aß mit ihr, er schwatzte mit ihr, sie gingen durch den Garten. Sie war ganz anders, diese Frau, als er sie in der Erinnerung hatte, viel schöner, und wie hatte er sich einbilden können, an ihr sei ein Hexenhaftes?

Die Dämmerung kam, vergessen war der Tod des Infanten, vergessen der Heilige Krieg. Die Nacht fiel ein, es war eine selige Nacht.

Sie frühstückten zusammen, wie sie es früher getan hatten. Aber jetzt war er einsilbig. Er mußte sprechen, er durfte es nicht länger hinausschieben, jede Minute Aufschub war töricht, war sündhaft.

Sie schwatzte unbefangen von kleinen Ereignissen der Zwischenzeit. Da hatte Onkel Musa ein langes und ein breites von den Baulichkeiten in Burgos gesprochen. Er hatte erklärt, er fühle sich in moslemischen Städten und Häusern wohl: aber Stil habe auch die simple, ragende Kahlheit der christlichen Städte und Burgen. Sie habe Größe.

Was Raquel da und wie sie es sagte, verdroß Alfonso. Wach wurde ihm die Erinnerung an Burgos, an die Krankheit des Kindes und an die Raserei Doña Leonors; auch an sein erstes Gespräch mit Raquel mußte er denken, wie sie ihm sein Schloß in Burgos schlechtgemacht hatte. Es überkam ihn die trotzige Stimmung seiner Ankunft, und rauh und böse sagte er: »Da ist ihm eine Wahrheit aufgegangen, deinem Musa. Man wird der moslemischen Pracht schnell überdrüssig.

Auch ich habe die Galiana satt. In ein paar Wochen bin ich im Feld. Die Galiana betrete ich nicht wieder.«

Sie sah ihn an, als habe sie ihn nicht verstanden. Dann fiel sie ohnmächtig hintenüber. Er hockte da, blöde. Er war darauf gefaßt gewesen, ihren Jammer abzuweisen und ihr in derben, kräftigen Worten auseinanderzusetzen, daß es so sein mußte. Jetzt kam er sich wie ein Lümmel vor, nicht wie ein Ritter. Er hatte Freunde sterben sehen und ein Vaterunser gebetet und weitergekämpft; vor dieser Ohnmächtigen stand er hilflos. Er nahm sie in die Arme, streichelte sie, drückte sie sacht, feuchtete ihr die Stirn.

Nach einer Ewigkeit schlug sie die Augen auf. Fand sich nicht zurecht. Fand sich zurecht. »Verzeih, daß ich so schwach bin«, sagte sie. »Ich habe ja gewußt, daß es nicht ewig dauern kann, und man hat mir gesagt, was in Burgos geschehen ist, die Amme Sa'ad hat's mir gesagt, und ich hätte es wissen sollen, und ich hätte dich nicht an Burgos erinnern sollen. Verzeih, daß es mich umgeworfen hat. Aber ich bin jetzt empfindlich, weil ich schwanger bin.«

Er starrte sie an, den Mund töricht halb offen. Dann lachte er, eine ungeheure, schmetternde, glückliche Lache. »Das ist ja großartig!« jubelte er. »Ich bin wahrhaftig ein Sohn des Glücks.« Er lief herum, stampfte, machte Tanzschritte, nahm sie in die Arme, drückte sie wild. »Nur gut«, sagte er, »daß ich nicht in Rüstung bin. Sonst würde ich deine arme Brust ganz wund reiben.«

Er dachte: Da bin ich dieser holdesten Frau rauh und grob gekommen wie ein Bauer. Und hab doch gewußt, daß ich lüge, noch während ich sprach. Diese verlassen!

Dergleichen sagte er auch. Er hielt sie und redete auf sie ein, er stammelte kastilisch und arabisch durcheinander, er klagte sich stürmisch an, schwatzte Wirres, sinnlos Verliebtes.

Er dachte: Ich bin wahrhaftig ein Lieblingskind Gottes. Er spielt mit mir wie ein Vater mit seinem kleinen Sohn. Er neckt mich mit schalkhafter Bosheit und bereitet mir dann um so größere Freude. Er hat mir damals den dümmsten Krieg auf den Hals geschickt – und dann den alten Onkel Raimundez aufs Herz geschlagen. Er hat mir den kleinen Enrique genommen – und gibt mir jetzt einen Sohn von dieser Frau, der sehr geliebten, der einzig geliebten. Ich hab es für Strafe gehalten, und es war Gnade.

Er mußte sich zurückhalten, Raquel nicht auch das zu sagen. So glücklich stolze Dinge durfte ein König denken, aber sie sagen durfte auch ein König nicht.

Er dachte an das Versprechen, das er Doña Leonor gegeben hatte. Es galt nicht mehr. Unter diesen Umständen galt es nicht. Daß ihm Raquel jetzt einen Sohn gebären wird, bedeutete, daß Gott ihm verziehen hatte und mit ihm einverstanden war. Er dachte: Der König hat die innere Stimme, und nur auf die darf er hören. Gott will nicht, daß ich jetzt schon ins Feld soll, das spür ich deutlich. Ich werde ins Feld ziehen, aber ich muß warten, bis Gott mir die rechte Zeit sagt.

Er dachte: Diese verlassen! Eher sterb ich tausend Tode! Er war ungeheuer beglückt. Und ungeheuer beglückt war sie.

Und das Leben in der Galiana ging weiter wie vorher.

Kardinal Gregor von Sant' Angelo, der Sondergesandte, überbrachte dem König ein Handschreiben des Heiligen Vaters. Der Papst erinnerte seinen lieben Sohn, den König von Kastilien, an jenen Beschluß des Lateranischen Konzils, der es den Fürsten der Christenheit verbot, Juden Macht über Christen anzuvertrauen, und ermahnte ihn mit väterlicher Strenge, den berüchtigten Ibn Esra endlich seines Amtes zu entkleiden. Wenn nicht der Satan die erlauchten Fürsten Hispaniens, schrieb der Papst, durch die Ränke ihrer jüdischen Minister immer neu entzweite, dann hätten sie sich längst geeinigt.

Alfonso argwöhnte, daß hinter diesem Schreiben Doña Leonor stecke oder der Erzbischof. Aber er wurde nicht zornig, er fühlte sich leicht und überlegen. Er hatte seine innere

Stimme, und sie befahl ihm: »Schick den Juden noch nicht weg. Vielleicht später einmal.«

Ehrerbietig antwortete er dem Kardinal, es bedrücke ihn, daß er sich so lange eines Ratgebers bediene, der dem Heiligen Vater mißfällig sei. Aber erst die Hilfe dieses Ibn Esra habe ihn instand gesetzt, den Kreuzzug gegen die Moslems zu rüsten. Sowie er Siege errungen habe und also die Künste des Juden nicht mehr benötige, werde er, wie es einem treuen Sohne zieme, dem Willen des Heiligen Vaters gehorchen.

Kardinal Gregor, ein großer Redner, predigte in der Kathedrale. Vor Jahrhunderten schon, lange vor der übrigen Christenheit, hätten die Bewohner dieser Halbinsel den Krieg gegen die Moslems aufgenommen. Der Satan aber habe Zwist gesät zwischen die Könige, so daß sie ihre Schwerter gegeneinander brauchten statt gegen den gemeinen Feind der Christenheit. Nun aber habe der Allmächtige ihre Herzen erschüttert, und nun werde Hispanien seinen alten Kampf gegen die Ungläubigen mit neuer Inbrunst aufnehmen. Gott will es!

Die Kastilier, durch den Tod des kleinen Infanten darauf vorbereitet, daß der Krieg nun endlich beginnen werde, ließen sich die Predigt des Kardinals ins Innere dringen. Die erhabene Allgegenwart der Kirche hatte ihnen von Kindheit an die Vergänglichkeit des Diesseits ins Bewußtsein getrieben; jetzt verlor das Irdische vollends seinen Wert vor der Seligkeit des Ewigen, das sich so nah und wirklich vor ihnen auftat. Denn wer an dem Feldzug teilnahm, war aller Sünde ledig; er wird entweder rein wie ein Kind zurückkehren oder, selbst wenn ihm Gefangenschaft oder Tod bestimmt sein sollten, sichern Lohn im Himmel finden. Auch diejenigen, welche die Fülle und Behaglichkeit der guten letzten Jahre genossen und gewürdigt hatten, trauerten nicht um den bevorstehenden Verlust dieser Güter, sondern suchten sich das Unvermeidliche schmackhaft zu machen, indem sie sich die größeren Freuden des Paradieses vorstellten.

Waffenfähige Männer suchten ihren Besitz loszuwerden;

man konnte kleine Güter, Werkstätten und dergleichen billig erstehen. Dafür stieg im Preis, was immer man für einen Kriegszug benötigte; Waffenschmiede, Lederhändler, Reliquienhändler hatten gute Zeit. Der Gärtner Belardo holte das Koller und die Kappe seines Großvaters hervor und rieb das Leder mit Öl und Fett ein.

Den Erzbischof Don Martín belebte die greifbare Nähe des Krieges. Ständig nun unter dem geistlichen Gewand trug er sichtbar die Rüstung. Er vergaß seinen Zorn gegen Alfonso und die Galiana, er pries Gott, der den Sünder mit so kräftiger Hand auf den Weg ritterlicher Tugend zurückgeholt hatte.

Da er sah, daß sein Rodrigue an dem Enthusiasmus der andern nicht teilzunehmen schien, redete er ihm freundschaftlich zu. Der Domherr gestand, daß sich in seine Lust an dem frommen Unternehmen immer wieder, wie ein Tropfen Blutes in einen Becher Wein, der Gedanke mische an die vielen Toten, welche der Krieg nun auch der Halbinsel abfordern werde. Don Martín hielt ihm entgegen, Gott habe den Menschen nun einmal zu Streit und Kampf geschaffen. »Wohl hat er ihm«, führte er aus, »die Herrschaft verliehen über alles Getier, er hat es aber so gefügt, daß sich der Mensch diese Herrschaft erst hat erkämpfen müssen. Oder glaubst du, daß sich der wilde Stier ohne Kampf vor den Pflug hat spannen lassen? Sicher hat Gott noch heute Wohlgefallen an dem Ritter, der den Stier bekämpft. Mir ist, ich bekenne es gerne, von allen Sätzen, die der Heiland sprach, am liebsten jener, den Matthäus überliefert: ›Wähnet nicht, daß ich gekommen sei, Frieden zu bringen auf die Erde. Ich bin nicht gekommen, Frieden zu bringen, sondern das Schwert.‹« Er wiederholte den Vers im Urtext. »Allà máchairan!« rief er fröhlich, und die griechischen Worte des Evangeliums klangen viel heller und streitbarer als die gewohnten lateinischen: sed gladium.

Die schmetternde Botschaft vom Schwert drang Don Rodrigue schmerzhaft ins Innere, und es bekümmerte ihn, daß sich der nicht eben gelehrte Erzbischof aus dem Urtext gerade dieser Worte erinnerte. Es wäre dem Domherrn ein leichtes gewesen, dem einen Satze, in dem das Evangelium den Krieg rühmte, viele andere entgegenzustellen, in welchen es mild und herrlich den Frieden pries. Aber Gott hatte nun einmal dem Erzbischof Eisen ums Herz gelegt, so daß er nur hören konnte, was er hören wollte. Don Rodrigue schwieg kummervoll.

Don Martín redete ihm weiter zu: »Wenn der Frühling kommt, dann ziehen die Könige in den Krieg. So heißt es im Zweiten Buche Samuel. So ist es bestimmt. Lies nach, lieber Bruder! Lies auch in den Richtern nach und in den Königen über die Kriege des Herrn! Tu dein Jeremia-Gesicht ab und lies, wie Gott teilnimmt am Kriege und wie der Krieg die Frommen einigt und das Reich einigt und die Ungläubigen vernichtet! Sie zogen ins Feld, die gottesfürchtigen Hebräer, sie stießen ihr Kriegsgeschrei aus und machten ihre Feinde nieder. Sie hatten ihren Kriegsruf: Hedád, du selber hast ihn mir gesagt. Hedád! das klingt hell und gut. Aber unser: Deus vult – Gott will es, klingt auch nicht schlecht, und es läßt sich kräftig dazu dreinschlagen. Stimm ein, lieber Bruder! Reiß dich heraus aus deiner Trübsal und erhebe dein Herz!«

Vertraulich, da der Domherr in seinem unglücklichen Schweigen verharrte, fügte er hinzu: »Und vergiß nicht jene andern Segnungen des Feldzugs, daß er nun endlich unsern teuern Alfonso aus dem faulen Frieden und aus dem Pfuhle reißt.«

Allein Don Rodrigue war nicht so zuversichtlich wie der Erzbischof. Ein leiser Zweifel war in ihm, ob der Tod des Kindes den König wirklich aus seinem Sündenschlaf geweckt habe, eine leise Furcht, Alfonso werde auch weiter einen Mittelweg suchen zwischen seiner Sünde und seiner Pflicht.

Er überwand sich und faßte sein Beichtkind hart an. »Nun du in den Krieg ziehst, mein Sohn und König«, mahnte er, »sei dir bewußt: es genügt nicht, mit dem Schwerte dreinzuschlagen. Vergebung deiner Sünden wird dir auch im Kriege nur, wenn du sie ehrlichen Herzens und tätig bereust. Hör auf mich, mein Sohn Alfonso, und lüge nicht weiter, wie du bisher dich und mich und die andern belogen hast. Es ist uns nicht bestimmt, die Seele dieser Frau zu retten, du weißt es. Deiner liebenden Mühe ist es nicht geglückt, in ihr Gemüt zu dringen, und auch meinem Worte hat der Herr die Kraft versagt. Es ist dir nicht erlaubt, mit ihr zu leben. Reiß die Sünde aus deiner Brust. Zieh nicht in Sünde in den Krieg. Gott hat deinen Sohn erschlagen, wie er den Sohn des Pharao schlug, da dieser sich nicht von seiner Sünde trennen wollte. Achte die Mahnung. Scheide dich von dieser Frau. Jetzt. Sogleich.«

Alfonso unterbrach den Domherrn nicht. Er fühlte sich leicht und schwebend, die bösen Worte erzürnten ihn nicht. Heiter beinahe antwortete er: »Ich muß dir was sagen, mein Vater und Freund, ich hätte es dir vielleicht schon früher sagen sollen: Raquel ist schwanger.« Er ließ die Worte in den andern einsinken und fuhr fort, freudig, vertraulich: »Ja, Gott hat mich abermals begnadet. Wenn er's mir bisher versagt hat, Raquels Seele zu retten, so war das wiederum nur einer seiner Umwege, eine kleine, gnädige Schalkheit.« Und: »Ich werde nicht nur *eine* Seele dem Christentum gewinnen!« jubelte er heraus. »Ich werde ein Kind von Raquel haben, und zweifelst du, daß die Mutter folgen wird, wenn wir dieses Kind taufen? Ich bin sehr glücklich, mein Vater und Freund Don Rodrigue.«

Der Domherr war tief angerührt. Da hatte er sich überwunden und hart zu seinem lieben Sohne gesprochen, und der hatte bereits das Licht gesehen. »Meine Gedanken sind nicht die euern, und meine Wege sind nicht die euern«, spricht der Herr; das hatte Alfonso besser begriffen als er selber.

Der König mittlerweile sprach weiter: »Jetzt wirst du nicht mehr verlangen, daß ich mich von ihr scheiden soll.« Er lächelte, sein ganzes Gesicht strahlte. Er bat und schmeichelte: »Lassen wir es, wie es ist, bis ich ins Feld ziehe. Oder willst du, daß ich die Mutter meines Kindes wegschicke? Gott hat mir manche Schuld verziehen. Nun ich für ihn streite, wird er mir's nachsehen, wenn ich nicht grausam bin zu dieser liebsten Frau.«

Später tadelte sich Rodrigue, daß er sich gefügt hatte. Aber ach, er hatte Don Alfonso so gut verstanden. Alfonso liebte Raquel, und sang nicht Virgil, der Frömmste unter den Heiden, der dem Christentum Nächste, von der Magie der Liebe? Wie sie Sinne und Seele verzaubert, die Freiheit der Entschließung raubt und den Menschen mit übermenschlicher Kunst bindet? Und Doña Raquel war der Liebe wert, sie war schön, das Volk hatte recht, sie war La Fermosa, ihre Schönheit rührte sogar ihn, Rodrigue, und weckte ein frommes Gefühl in ihm. Er wollte den König nicht verteidigen, auch vor sich selber nicht. Aber wenn Gott diese Frau diesem Manne in den Weg schickte, dann vielleicht nur, um ihn härter zu prüfen als andere und strahlender zu erlösen.

Wenn Alfonso an die Unterredung mit seinem Beichtvater dachte, spürte er Scham und Reue. In der gleichen Stunde, da der väterliche Priester und Freund ihm seine Lügen vorhielt, hatte er ihn neu und stärker belogen. Er hatte getan, als stehe der Feldzug unmittelbar bevor, und daraus das Recht hergeleitet, noch die kurze Zeit zu sündigen. Und er wußte doch, der Feldzug stand nicht unmittelbar bevor. Er selbst half mit, ihn hinauszuschieben.

Die gleichen wirtschaftlichen Streitfragen nämlich, die der Allianz im Wege gestanden hatten, behinderten jetzt den Vertrag über das Heiratsgut der Infantin Berengaria und damit den Abschluß der Allianz. Don Joseph in Saragossa hatte immer neue Fragen und Rückfragen, ebenso König Heinrich von Engelland, und bald war dies nicht geklärt, bald jenes nicht. Alfonso wußte genau, es war Jehuda, der alle Schwierigkeiten heraufbeschwor, und er spielte den Zornigen und Ungeduldigen, aber er wollte, daß Jehuda Einwände erhob, er forderte sie heraus. Sie durchschauten einander, jeder der beiden wußte um des andern geheime Wünsche, aber sie gestanden sich's nicht ein, sie spielten ein umständliches, augenzwinkerndes Spiel, eine stumme Verschwörung war zwischen ihnen, sie wurden Spießgesellen, der König und sein Escrivano.

Dabei war Don Alfonso eifersüchtig auf den Juden, weil Raquel an ihm hing, und Jehuda eifersüchtig auf Alfonso, weil Raquel ihn liebte. Und Jehuda spähte in den Zügen Raquels und freute sich, daß sie Ähnlichkeit hatten mit den seinen, und Alfonso spähte in den Zügen Raquels und entdeckte mit Grimm Züge ihres Vaters. Aber beide spielten ihr seltsames Spiel weiter, beflissen, nicht ohne einen kleinen, grimmigen Spaß. Beide, selbst unter vier Augen, taten, als betrieben sie eifrigst das Verlöbnis und die Allianz, und beide machten sie immer wieder zunichte, was sie geschäftig aufbauten.

Als Don Martín gewahr wurde, wie der König nach wie vor einen großen Teil seiner Zeit in der Galiana verbrachte und wie er mittels verächtlicher Mätzchen den Heiligen Krieg abermals hinausschob, brach seine Empörung offen aus. Er predigte gegen den König, der auf den Rat jüdischer Betrüger höre, der Christen dem Urteil und Gutdünken von Beschnittenen unterstelle und auf diese Art Gottes Kirche bedrücke und des Satans Synagoge fördere. Ein großer, tugendhafter Schriftsteller der Alten habe gesagt: »Sicut titulis primi fuere, sic et vitiis – Wie die Ersten an Rang, so waren sie es auch an Lastern.« So geschehe es jetzt in dem betrübten Kastilien. Und er predigte von dem König Salomo, der sich von seinen Huren zur Abgötterei hatte verführen lassen.

Überall im Land taten es die Geistlichen dem Erzbischof nach. Öffentlich erklärten sie, der Jude habe, ein rechter Botschafter der Hölle, aus dem Saladins-Zehnten das Zauberschloß La Galiana gebaut und seine Tochter hineingesetzt, damit die den König behexe. Einen Sturmvogel des Satans nannten sie Raquel.

Die Kastilier fühlten sich genarrt. Ihr König hatte sie um die Segnungen des Heiligen Krieges betrogen. Die Studenten sangen Spottlieder auf Don Alfonso, nannten ihn den equitem ad fornacem – den Ritter Ofenhocker, fragten, wann er sich wohl werde beschneiden lassen. Das Land war bestürzt, empört.

Trotz des heiligen Zornes aber waren manche froh, daß es mit dem Krieg nun doch seine Weile haben werde. »Ein gekochtes Ei im Frieden ist besser als ein gebratener Ochs im Krieg«, führten sie wohl das alte Sprichwort an. Allein Kastilien war ein gottesfürchtiges Land, und das Verharren im Frieden war nicht wohlgefällig in den Augen Gottes, und auch diejenigen, die damit im Grunde einverstanden waren, zeigten ihre Genugtuung nur in der Sicherheit ihrer Wände. Auf der Straße und in den Schenken ersehnten sie nach wie vor den Heiligen Krieg und wünschten, daß Gott den verblendeten Don Alfonso erleuchten möge. Das ganze Land nahm teil an dem Heuchelspiel des Königs und seines Juden.

Der Pfarrer eines kleinen Ortes kam zu Don Rodrigue und fragte ihn um Rat. Einer aus seiner Gemeinde, ein Seiler, ein tüchtiger, frommer Mann, hatte ihn gefragt: »In diesem letzten Jahr hat der Herr mein Geschäft fett gemacht und gesegnet, und ich habe beinahe zwei Goldmaravedí zurückgelegt; warum schickt er mich gerade jetzt gegen die Ungläubigen ins Feld und macht mir meine gute Werkstatt wieder hin?«

Der Domherr hatte die ganze Verlogenheit Don Alfonsos durchschaut, aber in all seiner Entrüstung war er froh, daß der Friede erhalten blieb; er war also genauso sündig wie der Seiler. Diese Einsicht brachte ihn um seinen Gleichmut, und er antwortete dem Pfarrer, wie es geistreich leichtfertiger sein Freund Musa nicht hätte tun können. Er erzählte ihm eine Geschichte von dem heiligen Augustin. Den fragte einmal einer: »Womit hat sich Gott wohl beschäftigt, bevor er Himmel und Erde schuf?« Augustin aber erwiderte: »Da hat er die Hölle erschaffen, um Leute hinzuschicken, die solche Fragen stellen.«

Die Kunde von Raquels Schwangerschaft steigerte die Empörung der feindseligen Granden und Prälaten. Das Volk aber nahm die Nachricht gutmütig auf. Die Leute hatten sich damit abgefunden, daß vorläufig Friede blieb, es war ihnen recht, daß der Friede jetzt nun sicher bis zur Entbindung der Barragana, des Kebsweibes, dauern würde und daß sie sich nicht von neuem umstellen mußten. Sie sprachen gerührt und zärtlich von der schwangeren Raquel und hatten jetzt auch schmunzelndes Verständnis für die menschlichen Schwächen Don Alfonsos. Sie gönnten dem ritterlichen König einen Sohn von der Schönen, sie sahen in Raquels Schwangerschaft ein freundliches Zeichen Gottes, der dem gesalbten Herrscher, bevor er in den Krieg zog, Ersatz schenken wollte für den toten Sohn.

Das hatte die Schöne gut gemacht. Die Amulette, welche sie an den Toren der Galiana hatte anbringen lassen, waren offenbar ein kräftiger Zauber. Und manch einer suchte sich ein solches Amulett, eine Mesusa, zu verschaffen.

Prälaten und Barone waren ergrimmt über so viel sündige Torheit. Gerüchte kamen auf von übeln Vorzeichen. Es hieß, Raquel habe, als sie mit dem König im Tajo angelte, einen Totenkopf gefischt; man wollte das vom Gärtner der Galiana gehört haben.

Aber auch dieses Gerede verfing nicht und beeinträchtigte nicht die zärtliche Anteilnahme der Kastilier an dem von Gott gesegneten Liebeshandel des edeln Alfonso und der Fermosa. Den Bemühungen des Erzbischofs zum Trotz wurde Doña Raquel nicht der »Sturmvogel des Satans«, sie blieb »Die Schöne«.

Sechstes Kapitel

Alfonsos schwieriges Geschäft, die Allianz zu fördern und gleichzeitig zu sabotieren, zwang ihn, viel Zeit in Toledo zu verbringen, und Doña Raquel war oft allein. Aber sie ahnte, daß es ihrethalb geschah, wenn Alfonso in seiner Burg mit ihrem Vater verwickelte Pläne spann, und ihre Einsamkeit war frei von jener brennenden Sehnsucht, die sie früher gequält hatte.

Oft ging sie ins Castillo Ibn Esra. Dort setzte sie sich gern in einen Winkel im Arbeitszimmer des Musa, bat ihn, sie nicht zu beachten, und schaute zu, wie er, mit seinen Gedanken beschäftigt, hin und her ging oder an seinem Pulte schrieb oder in seinen Büchern las.

Wenn in diesen letzten Wochen der Domherr die Gegenwart Raquels mied, so stellte sich um so häufiger der junge Don Benjamín ein. Daß die Frau, die ihm teuer war, diese Ibn Esra, Prinzessin aus dem Hause David, dem König von Kastilien ein Kind trug, gab ihm viel zu denken und erregte ihn. Er hatte Angst um sie, er sah die Kämpfe voraus, die um sie und um ihr Kind geführt werden würden, und es trieb ihn, sie für diesen Kampf zu stärken.

Wenn er aber jetzt von der Erhabenheit des jüdischen Glaubens sprach, dann zwang er sich nicht mehr – wie damals in der Gegenwart des Domherrn – zu wissenschaftlicher Gelassenheit; vielmehr durchwärmte er mit eigenem Gefühl die Sätze, mit welchen die jüdischen Gelehrten und Dichter zu erweisen suchten, daß die Weltanschauung Israels der Weisheit der Heiden und der Botschaft des Jesus von Nazareth überlegen sei. Während nämlich die Erkenntnis des großen Heiden Aristoteles nur den Verstand nähre, befriedige die Lehre Israels nicht nur die Bedürfnisse der Vernunft, sondern auch die des Gefühls, sie lenke nicht nur das Denken des Menschen in die rechte Bahn, sondern auch sein Handeln. Und wenn der Stifter des Christentums verkünde, daß Leiden die höchste Tugend und heiligste Bestimmung des Menschen sei, dann habe mehr als jede andere Nation das Volk Israel diese Lehre in Leben und Wirklichkeit umgesetzt; Israel trage die edle Krone des Leidens nun durch so viele Jahrhunderte, ein Vorbild der Menschheit.

Don Benjamín schwärmte Raquel vor von dem Manne, der – es waren noch keine fünfzig Jahre her – diese Lehren in edeln Sätzen verkündet hatte, von dem letzten großen Propheten Israels, Jehuda Halevi. Er erzählte ihr ausführlich von Jehudas Apologie des Judentums, und er sprach ihr vor aus seinen Zions-Liedern: »O Zion, du königliches Heim. Hätte ich Flügel, ich flöge zu dir. Ehrfürchtig und beglückt küßte ich deinen Staub; denn noch dein Staub duftet wie Balsam. Wie kann ich leben, da Hunde deine toten Löwen zerreißen? Du glorreiche Wohnung des Herrn, wie macht sich jetzt sklavisches Gesindel breit auf deinem Prunksessel!« Und er war, Jehuda Halevi, gegen Ende seines Lebens gebrechlich und unter Mühsalen ins Heilige Land gezogen und angesichts der Heiligen Stadt erschlagen worden von einem moslemischen Ritter.

Wenn sich Benjamín von seinem schwärmenden Gefühl hatte hinreißen lassen, dann wurde er wohl verlegen und versuchte, mit einem halben Scherz in den Alltag zurückzukehren. Oder er nahm sein Merkbuch heraus und bat Raquel, ob er sie zeichnen dürfe. Lächelnd meinte sie: »Wie fromm du bist – und wie ketzerisch.« Drei Zeichnungen machte er von ihr. Sie bat ihn, sie ihr zu schenken; sie hatte Angst, es könnte, wer ein Bild von ihr zu eigen habe, Gewalt haben über sie selber.

Einmal, da er sich ihr besonders nahe fühlte, offenbarte er ihr seine letzte, heimliche Erkenntnis. »Wir sehnen uns nach dem Heiligen Land«, sagte er, »wir beten um die Ankunft des Messias: aber« – und er sprach so leise, daß sie ihn kaum verstand – »in Wahrheit wollen wir gar nicht, daß der Messias kommt. Er würde unsere unmittelbare Verknüpfung mit Gott stören, er würde uns einen Teil Gottes wegnehmen. Die andern haben Staat und Land und Gott, und alles das verehren sie, und alles das ist ihnen vermischt, und Gott ist nur ein Teil dessen, was sie verehren. Wir Juden haben nur Gott, und dadurch haben wir ihn rein und ganz. Wir sind nicht arm im Geiste, wir brauchen keinen Mittler zwischen Gott und uns, keinen Christus und keinen Mohammed, wir wagen es, Gott ohne Mittler zu schauen und zu verehren. Auf Zion zu hoffen, ist besser und macht das Leben reicher, als Zion zu haben. Daß der Messias einmal kommen wird, ist uns ein Ansporn, die Erde für ihn bereitzumachen, es ist ein Traum, keine Wirklichkeit, und das ist gut so. Wir wollen nicht träg und faul werden im Besitz des Guten, wir wollen das Streben, wir wollen den Kampf um das Gute.«

So hohe Achtung Raquel vor dem Wissen und dem Geiste Don Benjamíns hatte, das, was er da vom Messias sagte, gefiel ihr nicht. So weit durfte die Ketzerei nicht gehen. Daß es keinen Messias gebe, daß er nicht so bald oder überhaupt nicht kommen werde, das zu glauben sträubte sie sich, das glaubte sie nicht.

Das wußte sie besser.

Es waren viele Voraussagungen gemacht worden über die Zeit, wann der Messias kommen sollte. Tausend Jahre, hatte es geheißen, werde das Leiden Israels dauern, Exil und Zerstreuung. Die tausend Jahre waren lange um. Von neuem zogen die Feinde gegen Jerusalem, die Zeit war da, zu der, wie der Prophet Jesaja es verhieß, das junge Weib den Sohn gebären werde, Immanuel, den Messias. Es wurden denn auch in diesen Jahrzehnten jüdische Frauen während ihrer Schwangerschaft mit besonderer Achtung angesehen; denn es konnte nach den Worten der Doktoren eine jede auserwählt sein, den Immanuel zu gebären.

Raquels höchst merkwürdiges Schicksal machte sie glauben, sie trage den Messias. Aus dem Hause David sollte er kommen, und war nicht sie, die Ibn Esra, eine Prinzessin aus dem Hause David? Und das große, gefährliche Glück, daß der christliche König sie zu seiner Gefährtin erlesen hatte, deutete nicht auch das auf eine außergewöhnliche Bestimmung? Sie betastete ihren Leib, sie horchte in sich hinein, sie lächelte tief, immer mehr festigte sich ihr der Glaube, sie trage den Fürsten des Friedens, den Messias. Doch sprach sie niemand davon.

Die Amme Sa'ad betreute sie und sagte ihr, was sie essen dürfe und was nicht, und wann sie ruhen müsse und wann sich bewegen. Raquel machte ein freundliches Gesicht, aber sie hörte kaum hin. Sie merkte, daß der höchst servile Belardo ihren Rücken mit bösartigen Blicken betrachtete, doch fürchtete sie nicht seinen bösen Blick. Sie war geborgen in der Ruhe ihres Glückes. Sie dachte an ihre Freundin Layla in Sevilla, die gesagt hatte: »Du Arme«, und sie lachte hellauf.

Sie las in den Psalmen. Da war ein Lied, das ihr mehr ans Herz ging als die andern; sie verstand nicht alle die großen, verschollenen Worte, aber sie reimte sich den Sinn zusammen. »Laß den König Lust an deiner Schönheit haben«, hieß es da, »er ist ja dein Herr. Tyrus wird dir Gaben senden, große Völker dir huldigen. Prächtig einher geht des Königs Braut, in Korallen, Edelgestein und Gold. Du Glückliche! Deine Söhne werden Fürsten im Lande sein, deinen Namen kündet Geschlecht auf Geschlecht, Nationen preisen dich in Ewigkeit.«

Und Raquel war stolz wie ihr Vater.

Oft, wenn Alfonso Raquel beschaute, überkam ihn eine fast schmerzhafte Zärtlichkeit. Ihr Gesicht war wieder hagerer geworden, es schien ihm kindlicher und dennoch wissender, ihre Bewegungen waren seltsam weich; die weiten Kleider verbargen die Rundung ihres Leibes. Sichtlich war sie frei von jeder Angst; zuweilen schien ihm, es strahle ein wildes Glück von ihr aus.

Es war ihm leid, daß seine Geschäfte ihn immer wieder von ihr fortrissen. Einmal sagte er ihr: daß er sie viel allein lasse, geschehe nicht, weil er sie zuwenig liebe. »Im Gegenteil«, versicherte er.

Auf dem Weg in die Königsburg dachte er nach, was er mit diesem »im Gegenteil« habe sagen wollen. Ganz klar mit einemmal wurde ihm, daß er, um länger seiner Sünde zu frönen, heimlich immer von neuem das heilige Werk zunichte machte, das er geschäftig vor der Welt betrieb. Sehr deutlich sah er das üble Komplott, welches er mit Jehuda zettelte. Der Papst hatte recht. Er hatte ein Bündnis mit dem Satan geschlossen, um den Heiligen Krieg zu verhindern. Er spürte, wie seine Seele verrottete.

Er kannte das Heilmittel. Er wird Raquel zum wahren Glauben bekehren. Wenn es sein muß, mit Gewalt. Jetzt, sogleich, vor ihrer Entbindung. Sie soll Christin sein, wenn sie ihm sein Kind gebiert. Er will es.

Als er indes in der Galiana zurück war, sah er, wie zart die schwangere Frau war und daß nur die Sicherheit ihres Glückes ihr Stärke gab, und er brachte es nicht über sich, ein Gespräch zu führen, das sie gefährden konnte.

Unverrichteterdinge kehrte er zurück in die Trägheit seines Glückes.

Wie früher waren sie den ganzen Tag müßig und den ganzen Tag beschäftigt. Wieder erzählte ihm Raquel Märchen, und er staunte, wie leicht ihr die Worte zuflossen und wie sich ihr die Geschichten ineinanderschlangen und wie sie fabulierte und an ihre Fabeln glaubte und ihn daran glauben machte.

Ja, Raquel war beredt. Sie vermochte Worte zu finden für alles, was sie bewegte.

Nicht für alles. Sie konnte Alfonso nicht sagen, wie sehr sie ihn liebte, niemand konnte das, nur die alten Lieder des Großen Buches. Und sie sprach ihm vor die klingenden, jauchzenden, brünstigen Verse des Hohenliedes. Sie versuchte, sie ihm zu übersetzen in ihr Arabisch und in sein niedriges Latein und in ihrer beider Geheimsprache. So konnte sie ihm sagen, wie sehr sie ihn liebte. Auch die dunklen Verse jenes Psalms sprach sie ihm vor, welche die Schönheit der Königsbraut und den Glanz und die Glorie des Königs überschwenglich verkündeten. Er aber war hoch verwundert, daß diese alten hebräischen Könige noch stolzer waren als die ritterlichen der Christenheit.

Dann, eines Morgens, in einer jähen Anwandlung, nahm er sich ein Herz und bat sie, endlich doch die letzte Schranke einzureißen, die sie von ihm trenne, und den wahren Glauben anzunehmen, so daß sie ihm als Christin einen christlichen Sohn gebäre. Raquel schaute ihn groß an, mehr verwundert als klagend oder empört. Still, doch entschieden sagte sie: »Ich werde das nicht tun, Alfonso, und sprich mir nicht wieder davon.«

Den Tag darauf zeigte sie Alfonso die drei Bilder, welche Don Benjamín von ihr gemacht hatte. Er schaute die Zeichnungen an, lange, bemüht. Raquel erzählte ihm, es habe Mut dazu gehört, daß Don Benjamín sie gezeichnet habe; Bilder zu machen, verstoße gegen das Gebot des Mose ebenso wie gegen das Gebot des Mohammed. Nun sah es Alfonso nicht gern, daß sich Raquel mit diesem Don Benjamín abgab, er nahm an, Benjamín bestärke sie in ihrer Verstocktheit. »Wenn ihm das Zeichnen verboten ist«, sagte er unwirsch, »dann soll er's doch lassen. Ich mag keine Ketzer. Meine Untertanen sollen die Gesetze ihrer Religion halten.« Raquel war verblüfft. Verlangte er nicht von ihr die schlimmste Ketzerei? Daß sie ihren Glauben abschwöre? Er merkte ihr Staunen. »Es muß Leute geben«, setzte er ihr auseinander, »welche die Gesetze machen; das sind die Könige und die Priester. Die Untern haben nicht an den Gesetzen herumzudeuteln, sie haben sie zu befolgen.«

Aber als sie die Zeichnungen zurücknehmen wollte, bat er: »Laß sie mir noch.« Und als er allein war, beschaute er die Bilder von neuem, lange, kopfschüttelnd. Was er sah, war seine Raquel und trotzdem eine andere. Er entdeckte an ihr Züge, die er nie gesehen hatte; dabei kannte er sie doch besser, als irgendwer sonst sie kennen konnte. Aber sie war unerschöpflich an Schönheit und vielfältig von Wesen wie Wolken am Himmel und die Wellen des Tajo.

Moslemische Musikanten waren nach Toledo gekommen. Man hatte Bedenken getragen, sie jetzt in währendem Kreuzzug ins Land zu lassen, doch Alfonso hatte leichtsinnig erklärt, das werde ja nun vor dem großen Krieg das letztemal sein, daß man sich an der Kunst moslemischer Sänger erfreuen könne. Da waren sie also, und diejenigen, die auf Bildung und verfeinerte Sitten hielten, ließen sie in ihren Häusern singen und spielen.

Alfonso ließ sie in die Galiana kommen. Es waren zwei Männer und zwei junge Mädchen; die Männer, wie die meisten Musikanten, waren blind, weil die Frauen in der Langeweile des Harems Musik nicht entbehren wollten und sich im

Harem vor Männern nicht zeigen durften. Die Spielleute hatten Guitarre, Flöte, Laute und eine Art Klavier, das Kánun. Sie sangen und spielten, langsame, eintönige und dennoch aufreizende Weisen. Zuerst sangen sie Heldenlieder, darunter jenes uralte vom Cid Compeador; der im moslemischen Andalús lebende Jude Aben-Alfanche hatte es gedichtet zum Lob des feindlichen Ritters. Später sangen sie die neuen Weisen, die jetzt in Granada, Córdova und Sevilla umgingen. Sie sangen von der Schönheit dieser Städte, von ihren Gärten, ihren Brunnen, ihren Mädchen, ihren Rittern. Die Amme Sa'ad konnte sich nicht halten, sie weinte. Auch Raquel verspürte Sehnsucht nach Sevilla; doch war es eine linde Sehnsucht, sie störte nicht das Glück der Galiana, sie erhöhte es.

Zuletzt sangen die blinden Sänger noch Romanzen und Balladen, welche von Geschehnissen des Gestern und des Heute erzählten; sie hatten aber die Farbe des Märchens, genommen war ihnen der genaue Umriß der Zeit, sie hätten sich vor fünfhundert Jahren so gut ereignen können wie jetzt. Sie sangen auch eine Romanze, die handelte von einem ungläubigen König, einem Christen, der sich in eine andere Ungläubige verliebt, eine Jüdin indes, und der in seinem Schlosse Tage, Monate, Jahre mit ihr verlebt, er in seinem Unglauben und sie in dem ihren, und wird Allah es fügen, daß das glücklich ausgeht? Die Blinden sangen mit Gefühl, das eine Mädchen rührte ihre Laute, das andere schlug ihr Kánun. Raquel hörte zu, sie lächelte, sie war gewiß, Allah wird es zum guten Ende führen. Alfonso spürte eine leise Befangenheit, aber er lachte sie fort.

Die jüdischen Flüchtlinge aus Francien waren nun, fast alle die sechstausend, angesiedelt und fügten sich ein in das Leben und Weben des Landes. Die Haßreden der Prälaten und Barone verklangen in dem fröhlichen Lärm des allgemeinen Wohlstandes.

Dieser allgemeine Wohlstand machte auch Jehudas »Glückstopf«, die Lotterie, deren Plan ihm das Buch Esther eingegeben hatte, zu einem märchenhaften Erfolg. Man kaufte ein Los für wenige Sueldos und konnte zehn Goldmaravedí gewinnen. Alle spielten, die Granden, die Bürger, die hörigen Bauersleute. Sie freuten sich und hielten es für ihr persönliches Verdienst, wenn sie gewannen; und wenn sie verloren, hatten sie wochenlang in einer glücklichen Spannung gelebt und hofften auf das nächste Mal.

Auch Jehudas Geschäfte mit dem Ausland blühten, wie er sich's schöner nicht wünschen konnte, und sein Name hatte Klang von London bis Bagdad.

Erschien also Jehuda der Welt und sich selber als ein Oker Harim, als ein Mann, der Berge versetzen konnte, so kam ihn doch manchmal des Nachts Angst an: wie lange noch wird mein Glück dauern? Er hatte die abgründige Verzweiflung nicht vergessen, die ihn packte, als er die Nachricht vom Tode des Infanten erhalten hatte. Er war damals überzeugt gewesen, Alfonso werde sogleich zu Feld ziehen, und sein und seiner Raquel Glück werde zerbrechen. Dann hatte er erleben dürfen, wie Raquels Schwangerschaft den König noch enger an sie knüpfte, und er hatte sich geschämt, daß er an seinem Glück irre geworden war. Ganz los aber ließ ihn die Erinnerung an jene Stunden der Verzweiflung nicht mehr, und des Nachts vor allem stellte seine starke Phantasie Bilder der Angst vor ihn hin. Einmal, all seinen Künsten zum Trotz, wird der Krieg kommen, es wird ein langer und harter Krieg sein, es wird Rückschläge geben, und die Schuld der ersten Niederlage wird man ihm, Jehuda, und der Aljama von Toledo zuschreiben. Großes Leid wird die Judenheit Kastiliens heimsuchen, und die volle Wut Edoms wird ihn treffen und seine Tochter.

Auch die nähere Zukunft war unsicher. Was wird werden, wenn Raquel ihr Kind zur Welt bringt? Manchmal hatte Jehuda freche, irrsinnige Träume von dem Glanz, der um dieses sein Enkelkind sein wird. Die Barragana, das Kebsweib, die Uxor inferioris conditionis, genoß viele Rechte auch in der christlichen Gesellschaft, und das Kind, das sie gebar, stand rechtlich den legitimen Kindern kaum hintan. Hispanische Könige hatten ihre Bastarde zu großen Herren gemacht. Der Traum, ein Enkel von ihm könnte Prinz von Kastilien werden, umtanzte den Jehuda.

Allein sein guter Verstand zerriß schnell den Traum und zeigte ihm die Gefahr, welche die Geburt dieses Enkelkindes ihm und Raquel bringen mußte. Don Alfonso wird es für selbstverständlich halten, daß sein Kind getauft wird; es war aberwitzig, dem König von Kastilien vorschreiben zu wollen, er solle sein Kind »im Unglauben« heranwachsen lassen. Und doch mußte Jehuda dieses Aberwitzige von ihm verlangen.

Gott narrte ihn, Adonai narrte ihn. Gott hatte es ihm nicht vergessen, daß er so lange Meschummad geblieben war. Gott hatte ihn geprüft, und er hatte versagt und seinen Sohn Alazar verloren. Nun sollte er ein zweites Mal geprüft werden.

Nicht nur der enge, strenge Rabbi Tobia, auch der freieste jüdische Denker, der heute lebte, Unser Herr und Lehrer Mose Ben Maimon, stellte die Forderung, selbst in der äußersten Not müsse der Jude fest bleiben und dürfe sein Kind nicht dem Untergang im Christentum preisgeben. Zum zehntenmal las Jehuda das »Sendschreiben über den Abfall«. Wer sich unter Todesdrohung zum Propheten Mohammed bekenne, lehrte da Ben Maimon, sei noch nicht verloren. Verloren aber sei, wer sein Haupt dem Wasser der Taufe darbiete; denn das Bekenntnis zur Dreifaltigkeit sei schlechthin und eindeutig Götzendienst, Verstoß gegen das Zweite Gebot. Und Ben Maimon führte an die Verse der Schrift: »Welcher eines seiner Kinder den Götzen gibt, der soll des Todes sterben. Und wo das Volk im Lande durch die Finger sehen sollte, daß es ihn nicht tötet, so will doch ich mein Antlitz wider denselben Menschen setzen und wider sein Geschlecht und will ihn und alle ausrotten aus ihrem Volke.«

Jehuda eröffnete sich seinem Freunde Musa. Musa konnte es verstehen, daß Jehuda die Taufe seines Enkelkindes unter keinen Umständen dulden wollte. »Aber wie willst du«, fragte er, »den König von Toledo und Kastilien verhindern, sein

Kind zum Christen zu machen?« Jehuda meinte schwunglos, er könne mit Raquel fliehen, ehe das Kind zur Welt komme. Musa ging darauf nicht ein. Jehuda, leidenschaftlich, beschwor ihn: »Du mußt mich verstehen. Du selber in all deiner Abgeklärtheit läßt nicht von deinem Islam. Du weißt, daß ich schwach war und meinen Sohn Alazar nicht gehalten habe und schuld bin an seinem geistigen Untergang. Ich könnte es nicht ertragen, wenn dieser König mir den Enkel mit dem Wasser seiner Götter bespülte.«

Musa, beinahe lächelnd, antwortete: »Du sagst ›den Enkel‹, und damit sagst du heraus, daß du immer nur an einen Knaben denkst. Vielleicht aber ist das Kind ein Mädchen. Und wenn du zusiehst, wie Alfonso deine Tochter christlich erzieht, dünkt dir auch das eine Sünde, die deine Seele verkümmern macht?« Jehuda grollte: »Ich laß ihm das Kind nicht. Unter keinen Umständen lasse ich es ihm.« Doch schien es ihm in der Tat eine geringere Schuld, wenn er's unterlassen sollte, sich für die geistige Rettung eines Mädchens aufzuopfern.

Vorläufig, um seine Sorgen zu übertäuben, wurde er in seinem Spiel mit dem König immer kühner. Voll bösartigen Ergötzens prüfte er, wie weit seine Macht über Alfonso ging.

Der Bau der Synagoge, die er der Aljama gestiftet hatte, war vollendet. Jehuda wollte sie prunkvoll einweihen. Don Ephraim widersprach; er fand, eine solche Feier in dieser Zeit müsse als Herausforderung wirken. Jehuda bestand. »Fürchte dich nicht, mein Herr und Lehrer Ephraim«, sagte er, und er verbürgte sich: »Ich werde machen, daß unsere Feinde, die Frevler, ihre Zunge verschlucken.«

Schon am nächsten Tag ging er daran, sein Versprechen zu erfüllen. Er bat den König, das neue Bethaus durch seinen Besuch zu ehren. Don Alfonso war verblüfft über die Unverschämtheit. Sein Zögern im Heiligen Krieg wurde überall auf der Halbinsel mißbilligt; wenn er jetzt auch noch das Haus des jüdischen Gottes besuchte, würden das die Prälaten bestimmt als dreiste Provokation auffassen. Er überlegte, ob er die Bitte seines Escrivanos mit einer zornigen Ablehnung oder einem hochmütigen Spaß abtun sollte. Jehuda stand in demütiger und frech vertraulicher Haltung vor ihm. »Deine Vorväter haben mehrmals Tempel ihrer Juden mit ihrem Besuch begnadet«, gab er zu bedenken. »Aber nicht, während die Christenheit einen Heiligen Krieg führte«, antwortete Don Alfonso, und da Jehuda schwieg, fuhr er fort: »Es wird sicherlich böses Blut machen.« – »Einige deiner Untertanen«, erwiderte Jehuda, »sind so geartet, daß sie alles bemäkeln, was deine Majestät zu tun geruht.«

Der König kam.

Meister Meïr Abdelí, ein Schüler der großen moslemischen und griechischen Architekten, hatte das Haus in edeln Maßen gehalten, Arkaden und Balkone gliederten mit weiser Kunst den Raum, organisch ging die Erfahrung der byzantinischen und die der arabischen Meister ineinander. Und alles lenkte hin auf den Schrein, den zu rahmen und den zu wahren das Haus gebaut war, auf die Heilige Lade, den Schrein mit den Thora-Rollen. Aus mattglänzendem Silber war er geschmiedet. Öffnete man ihn, dann zeigte sich ein schwerer, brokatener Vorhang; zog man diesen zurück, dann gleißte heraus der Schmuck der heiligen Rollen, der Thora-Rollen. Nicht viele barg der Schrein, aber unter ihnen war jene uralte Handschrift des Fünf-Buches, die älteste, die noch auf der Welt war, das Sefer Hillali. Gekleidet in einen bestickten Mantel aus erlesenem Stoff stand die gebrechliche Pergamentrolle, geschmückt war sie mit einer juwelenbesetzten, goldenen Platte; die Holzstege aber, an denen ihr Pergament befestigt war, trugen eine goldene Krone.

Die Wände der Synagoge waren bedeckt mit Friesen. Inschriften mischten sich da, Arabesken und Ornamente. Wieder und wieder kehrte der Pinienzapfen, das Symbol der ewigen Fruchtbarkeit, der Unsterblichkeit, und der Schild mit den drei Türmen – war es das Wappen Kastiliens oder das Siegel Don Jehudas? Eine verwirrende Fülle hebräischer Spruchbänder deckte die Wände. Es waren Sprüche, die Gott rühmten, Israel, Kastilien, den König und Jehuda Ibn Esra; junge Gelehrte und Dichter hatten sie mit kluger Kunst ausgesucht und verbunden. Gereimte Prosa war mit Versen aus der Bibel untermischt dergestalt, daß man manchmal nicht recht erkannte, ob das Spruchband bestimmt war, den König zu rühmen oder seinen Minister. Da wurde etwa berichtet von dem Pharao, der den Joseph erhöhte, und es verkündeten die Worte der Schrift: »Ohne deinen Willen soll niemand seine Hand oder seinen Fuß regen im ganzen Reich, und du sollst mein heimlicher Rat sein.«

Dieses Haus, welches Jehuda zu Gottes und seiner Ehre errichtet hatte, zu besichtigen, kam also nun Don Alfonso, König von Toledo und Kastilien.

Ehrfürchtig am Tore begrüßten ihn der Párnas Ephraim und die angesehensten Männer der Aljama. Dann führten sie ihn ins Innere. Aufrecht standen die jüdischen Männer, bedeckten Hauptes, und sie sprachen den Segensspruch, den zu sprechen das Gesetz vorschrieb beim Anblick eines Fürsten dieser Erde: »Gelobt seist du, Adonai, Unser Gott, der du von deiner Glorie abgibst an Fleisch und Blut.«

Bewegt, stolz hörte Don Jehuda die Worte. Bewegt, angeschauert hörte sie Don Alfonso. Er verstand nicht den Sinn, doch klangen ihm die Laute vertraut, da er viele solche Laute gehört hatte aus dem Munde seiner lieben Liebsten.

Nach der Lehre der Moslems nimmt das Geschöpf, das im Leib der Mutter heranwächst, am einhundertunddreißigsten Tage nach der Empfängnis eigenes Wesen an. Raquel, als diese Zeit gekommen war, fragte Musa, ob das Geschöpf in ihrem Leib nun in der Tat ein richtiger Mensch sei. Musa erwiderte: »›So oder doch so ähnlich verhält es sich‹, pflegte mein großer Lehrer Hippokrates dergleichen Fragen zu beantworten.«

Als die Entbindung herannahte, mehrten sich die Ratschläge und Vorbereitungen derer, die sie betreuten. Die Amme Sa'ad wollte, daß während des ganzen letzten Monats das Schlafzimmer Raquels durch Räucherwerk vor gewissen

Dschinns, bösen Geistern, geschützt werde, und war gekränkt, als Musa es untersagte. Jehuda ließ eine Thora-Rolle in Raquels Zimmer bringen und an den Wänden gewisse Amulette befestigen, »Kindbettbriefe«, um der Hexe und Verführerin Lilith, Adams erster Frau, und ihrer bösen Gefolgschaft den Eintritt ins Haus zu verwehren. Don Alfonso sah es mit Unmut und ließ seinesteils, auf Anraten Belardos, allerlei Heiligenbilder und Reliquien in die Galiana schaffen. Auch bat er, eine kleine Verlegenheit überwindend, den Kaplan der Königsburg, Doña Raquel in sein Gebet einzuschließen. Don Jehuda wiederum ließ täglich von zehn Männern Gebete sprechen für die glückliche Entbindung seiner Tochter.

Er hatte die Galiana nicht betreten, seitdem Raquel dort lebte. Er versagte sich's auch jetzt in der entscheidenden Stunde, sosehr es ihn drängte, Raquel nahe zu sein. Wohl aber schickte er Musa, und Alfonso war froh, Raquel in der Sorge des alten Arztes zu wissen.

Die Wehen waren langwierig, und es entstanden Zwistigkeiten zwischen Musa und der Amme Sa'ad über die Maßnahmen, die man treffen sollte. Dann aber kam das Kind glücklich ans Licht. Die Amme bemächtigte sich seiner sogleich, rief ihm ins rechte Ohr den Aufruf zum Gebet, ins linke das Bekenntnis: »Allah ist Allah und Mohammed sein Prophet« und wußte nun triumphierend, das Kind gehörte dem Islam.

Jehuda in diesen Stunden wartete im Castillo und schwankte, was er hoffen sollte und was fürchten, daß das Kind ein Knabe oder daß es ein Mädchen sei. Neue Zweifel stiegen ihm auf, ob nicht das lange Verharren im falschen Glauben ihm die Seele vergiftet habe, ob er die Kraft haben werde, das Rechte zu tun, ob er ein wahrer Jude geworden, ob er nicht in seinem Heimlichsten ein Meschummad geblieben sei.

Mose Ben Maimon hatte das Grundbekenntnis der Judenheit in dreizehn Glaubenssätze zusammengefaßt. Peinlich erforschte sich Jehuda, ob er in Wahrheit und von innen her diese Sätze glaube. In der Fassung, die ihm vorlag, begann ein jeder Glaubensartikel mit den Worten: »Ich glaube mit ungeteiltem Glauben.« Langsam sprach Jehuda die Sätze vor sich hin: »Ich glaube mit ungeteiltem Glauben, daß es Recht ist, den Schöpfer, gepriesen sei sein Name, anzubeten, ihn allein, und Unrecht, irgendein anderes anzubeten. Ich glaube mit ungeteiltem Glauben, daß die Offenbarung des Mose Unseres Lehrers, Friede sei mit ihm, die reine Wahrheit ist, daß er der Vater der Propheten ist, derer vor ihm und derer nach ihm.« Ja, er glaubte das, er wußte das, es war so, und keines Christus und keines Mohammed Lehre verlöschte die Offenbarung Unseres Lehrers Mose. Mit Inbrunst betete Jehuda die Schlußworte des Bekenntnisses: »Auf deine Hilfe hoffe ich, Adonai. Ich hoffe, Adonai, auf deine Hilfe. Adonai, auf deine Hilfe hoffe ich.« Er betete, er bekannte, er war bereit, für diesen seinen Glauben und für dieses sein Wissen den Tod zu erleiden.

Aber alle Hingabe und Sammlung verhinderte nicht, daß seine Gedanken in die Galiana wanderten. Er wartete, wog, fürchtete, hoffte.

Endlich kam der Bote, und noch vor dem Gruß rief er Jehuda die glückhafte Formel zu: »Ein Knabe kam zur Welt, Segen kam in die Welt.«

Jubel ohne Maß war in Jehuda. Gott hatte ihn begnadet, Gott hatte ihm Ersatz gesandt für Alazar. Ein Knabe war zur Welt gekommen, ein neuer Ibn Esra, ein Nachfahr König Davids, sein, Jehuda Ibn Esras, Enkel.

Noch im gleichen Augenblick indes verschattete Angst seinen Jubel. Ein Nachfahr König Davids – doch auch ein Nachfahr der Herzöge von Burgund und Grafen von Kastilien. Don Alfonso hatte den gleichen Anspruch wie er selber, Don Alfonso konnte für sein Recht die ganze Macht der Christenheit einsetzen, und er, Jehuda, stand allein. Aber: »Ich glaube mit ungeteiltem Glauben«, glaubte er, und: »Ich will mit ungeteiltem Willen«, wollte er, und: »Es soll dem ungläubigen König nicht gelingen«, beschloß er. »Ich werde es schaffen mit der Hilfe Gottes und meines guten Verstandes.«

In der Galiana mittlerweile beschaute und betastete zärtlich Doña Raquel ihren Sohn. Unhörbar schmeichelte sie ihm und koste ihn und nannte ihn Immanuel und immer wieder Immanuel, mit dem Namen des Messias.

Alfonso aber – so verlangten die Courtoisie und sein Herz – ließ sich vor Raquel auf ein Knie nieder und küßte der unendlich Schwachen die Hand.

Entsetzt sah es die Amme Sa'ad. Raquel war unrein, die Wöchnerin war unrein auf lange Zeit, und nun berührte sie dieser Mann, der Dummkopf, der Herrscher der Ungläubigen, und rief alle bösen Geister auf gegen sie und gegen sich selber und gegen das Kind. Und schnell legte sie das Kind zurück in die Wiege, schnitt ein paar Härchen von seinem Kopf, sie zu opfern, und stellte um die Wiege Zucker, damit das Kind süß und gut, Gold, damit es reich, Brot, damit es langlebig werde.

Alfonso war glücklich. Gott hatte ihm den Lohn seines Feldzugs im voraus gegeben, hatte ihm einen andern Sohn geschenkt an Stelle des verlorenen. Er beschloß, das Kind solle am dritten Tag getauft werden, und Sancho solle es heißen; Sancho der Ersehnte war der Name seines Vaters gewesen. Er wollte Raquel das sagen, aber sie war sehr schwach, besser schob er's auf für morgen oder für übermorgen.

Er mußte seine Freude mit andern teilen. Er ritt nach Toledo. Ließ seine Räte kommen und diejenigen der Barone, die er für Freunde hielt. Strahlte. Teilte Gnaden aus.

Er hatte auch Don Jehuda in die Burg beschieden, und er hielt ihn zurück, als die andern Urlaub nahmen. Beiläufig sagte er ihm: »Ich werde den Knaben Sancho heißen nach meinem Vater. Die Taufe soll Donnerstag sein. Du hast meine Galiana nicht gern, ich weiß es; aber vielleicht überwindest du dich und machst mir die Freude, an diesem Tage dort mein Gast zu sein.«

Jehuda, nun die Minute der Entscheidung da war, wurde ganz ruhig. Es wäre ihm lieb gewesen, er hätte Raquel sehen können vor dieser seiner Auseinandersetzung mit Don

Alfonso. Sie liebte den Mann, es wird ihr schwer sein, dem Gewalttätigen nein zu sagen und immer wieder nein. Aber er wußte, sie war fest im Glauben, sie war seine Tochter, sie wird es können.

Er sagte nicht ohne Ehrerbietung: »Ich glaube, Herr König, du tätest besser, die Entscheidung aufzuschieben. Ich glaube, meine Tochter Raquel wird wünschen, daß ihr Sohn heranwachse nach den Gesetzen Israels und erzogen werde in den Bräuchen und Sitten der Ibn Esras.«

Die Idee, daß Raquel oder selbst der Alte dergleichen auch nur denken könnten, war dem König nicht gekommen. Er wollte auch jetzt nicht glauben, daß der Jude es ernst meinte. Es war ein närrischer Scherz, ein sehr unziemlicher Scherz. Er ging nah an Jehuda heran, spielte mit seiner Brustplatte. »Das wäre was, wie?« sagte er. »Ich schlage mich mit den Moslems, und mein Sohn läuft hier herum als Beschnittener!« Er lachte. Jehuda sagte still: »Ich bitte dich in Ehrfurcht, Herr König, nicht zu lachen. Oder hast du mit Doña Raquel gesprochen?« Alfonso zuckte die Achseln, unwirsch. Der Scherz ging zu weit. Aber er wollte sich den Tag nicht verderben lassen. Er lachte weiter, schallend. Jehuda sagte: »In Demut und ein zweites Mal bitte ich dich, nicht zu lachen. Du könntest uns aus dem Lande hinauslachen, wenn du uns verlachst.«

Alfonso wurde ungeduldig. »Du bist verrückt!« sagte er kurz. Jehuda, mit seiner sanften, eindringlichen Stimme, fuhr fort: »Ich war nicht in der Galiana, du weißt es, ich habe nicht mit Raquel gesprochen, und ich werde wohl auch in den nächsten Tagen nicht mit ihr sprechen. Aber ich sage dir: so gewiß heute abend die Sonne untergeht, so gewiß wird Raquel die Galiana und das Land verlassen, ehe sie den Kopf ihres Sohnes dem Wasser deines Glaubens preisgibt.« Und immer noch leise, doch wütig schloß er: »Viele von uns haben ihre Kinder umgebracht, ehe sie das Wasser des Unglaubens über ihre Köpfe haben gießen lassen.« Er lispelte.

Alfonso wollte etwas Stolzes, Verächtliches entgegnen. Aber die stillen, wilden Worte Jehudas waren noch im Raum, sie klangen nach, Jehudas Wille war im Raum und war so stark wie sein eigener Wille. Alfonso erkannte: Jehuda hatte recht. Er wird Raquel verlieren, wenn er den Sohn taufen läßt. Er stand vor der Wahl: Sollte er das Kind preisgeben oder Raquel?

Voll hilflosen Zornes, höhnisch, warf er dem Jehuda hin: »Und dein Alazar?« Jehuda, sehr blaß, sagte: »Das Kind soll nicht den Weg deines Schildknappen Alazar gehen.«

Der König schwieg. In ihm dachte es: Die Schlange im Wams, der Zunder im Ärmel. Er fürchtete, im nächsten Augenblick werde er den Juden niederschlagen. Brüsk ging er aus dem Saal.

Jehuda wartete lange. Alfonso kam nicht zurück. Schließlich verließ Jehuda die Burg.

Der König, nun er keinen innern Vorwand mehr hatte, den Kreuzzug weiter aufzuschieben, beschloß, nach Burgos zu reisen, die Allianz abzuschließen – und vorher natürlich das Kind zu taufen. Nur schwankte er noch, wann er aufbrechen sollte, in einer Woche oder in zweien oder längstens doch in der dritten.

Da erreichte ihn eine Nachricht, die sein Schwanken jäh beendete: König Heinrich von Engelland war gestorben in seiner festen Burg Chinon, noch nicht alt, ein Mann von sechsundfünfzig Jahren.

Alfonso sah ihn vor sich, den Vater seiner Doña Leonor, den mittelgroßen, untersetzten, ziemlich festen Mann mit seinem Stiernacken, seinen breiten Schultern, seinen krummen Reiterbeinen. Strotzend in Kraft war er vor ihm gestanden, den Falken auf der nackten Hand, so daß er sich in die Haut einkrallte. Alles, was dieser Heinrich begehrte, hatte er gepackt mit seinen nackten, roten, gewaltigen Händen, Länder und Frauen. Lachend hatte er Alfonso gesagt: »Bei den Augen Gottes, mein Sohn, für einen Fürsten, der Kopf und Faust hat, ist die ganze Welt recht klein.« Er hatte Kopf und Faust gehabt, dieser König von Engelland, Herzog von der Normandie, Herzog von Aquitanien, Graf von Anjou, Graf von Poitou, Herr von Tours, Herr von Berry, der mächtigste Fürst des westlichen Europa. Alfonso betrauerte ihn ehrlich, als er den Handschuh auszog und sich bekreuzte.

Aber schon während er den Handschuh wieder anzog, überdachte er mit seinem schnellen Verstand die Folgen, welche das Absterben dieses Mannes für ihn, Alfonso, und sein Land hatte. Nur dank der klugen Hilfe dieses Toten waren Allianz und Feldzug bisher verhindert worden. Heinrichs Sohn und Nachfolger Richard war kein Staatsmann, er war Ritter und Soldat, begierig, sich mit jedem Feinde zu schlagen. Er wird nicht wie Heinrich sich dem Kreuzzug unter Vorwänden fernhalten, er wird sogleich mit einem Heere ins Heilige Land aufbrechen und darauf drängen, daß auch die hispanischen Fürsten, seine Verwandten, endlich und sofort ihre Moslems bekämpften. Der Krieg war da.

Es war Alfonso recht. Er streckte sich, er lächelte, er lachte. »Ave, bellum – Sei gegrüßt, Krieg!« sagte er vor sich hin, laut, fröhlich, in den leeren Saal.

Er diktierte einen Brief an Doña Leonor. Sprach ihr seinen Schmerz aus über den Tod ihres Vaters. Teilte ihr mit, er werde sofort nach Burgos kommen, und schloß frech und unschuldig, nun, da kein Verbot König Heinrichs mehr im Wege stehe, könne man ja ohne Verzug den Ehevertrag Berengarias und das Bündnis mit Don Pedro unterschreiben und siegeln.

Ein Geschäft aber hatte er, bevor er reiste, noch zu erledigen. Wiewohl er sicher war, in der Hut Gottes zu stehen, so wollte er doch Vorsorge treffen für den Fall seines Ausgangs aus der Welt. Er wird Doña Raquel mit reichem Gut ausstatten und dem Kinde Sancho, seinem lieben, kleinen Bastard, die geziemenden Titel und Würden verleihen.

Er befahl Jehuda in die Burg. »Da hast du es, mein Freund«, begrüßte er ihn mit fröhlichem Spott. »Jetzt ist es aus mit deinen Mätzchen und Schlichen. Jetzt hab ich ihn, meinen Krieg!« Jehuda sagte: »Die Aljama von Toledo wird allen Segen des Himmels auf deine Majestät herabflehen. Und dir eine Streitmacht stellen, deren du dich vor der Christenheit nicht zu schämen haben wirst.« – »In längstens drei Tagen«, verkündete Alfonso, »reite ich nach Burgos. Ich werde dort wenig Zeit haben und gar keine auf meiner Rückkehr. Ich möchte jetzt schon Verfügungen treffen für den Fall, daß mich trotz eurer Gebete und eurer Soldaten der Herr in währender Schlacht einen christlichen Tod sterben läßt. Bereite du die Dokumente vor, so daß ich sie nur zu unterschreiben brauche.« – »Ich höre, Herr König«, sagte Jehuda. »Ich will«, verkündete der König, »Doña Raquel Güter verschreiben, welche ihr Jahreseinkünfte von mindestens dreitausend Goldmaravedí gewährleisten. Und die Titel und Rechte der frei gewordenen Grafschaft und Stadt Olmedo will ich unserem kleinen Sancho überschreiben.«

Jehuda verpreßte die Lippen, mühte sich um ruhigen Atem. Die Geste Don Alfonsos war kühn und königlich. Jehuda sah seinen Enkel heranwachsen als Grafen von Olmedo, sah, wie ihm der König andere Würden und Herrschaften übertrug, vielleicht den Titel eines Infanten von Kastilien. Absurd und großartig tanzte vor Jehuda der Traum, wie sein Enkel, ein Prinz aus dem Hause Ibn Esra, König von Kastilien sein wird.

Der Traum zerrann. Er hatte gewußt, von der Minute an, da er vom Tode König Heinrichs erfuhr, hatte er gewußt, jetzt erst stand vor ihm der schwerste Kampf. Er sagte: »Deine Großmut ist wahrhaft eines Königs Großmut. Aber das Gesetz verbietet, einen Nichtchristen zum Lehnsherrn der Grafschaft zu machen.« Alfonso erwiderte leichthin: »Hast du geglaubt, ich werde mit der Taufe meines Sohnes warten, bis ich aus dem Krieg zurück bin? Ich werde Sancho morgen taufen lassen.«

Jehuda dachte an die Vorschrift des Rabbi Tobia: »Eh daß ihr einen einzigen preisgebt, müßt ihr alle den Tod auf euch nehmen.« Er dachte an den Vers der Schrift: »Welcher eines seiner Kinder dem Götzen gibt, der soll des Todes sterben.«

Er sagte: »Hast du mit Doña Raquel gesprochen, Herr König?« – »Ich werde es ihr heute sagen«, antwortete Alfonso.

»Wenn du's aber vorziehst, kannst du es ihr sagen.« Jehuda, in seinem Innersten, betete: Auf deine Hilfe hoffe ich, Adonai. Ich hoffe, Adonai, auf deine Hilfe. Er sagte: »Du bist ein Nachfahr burgundischer Herzöge und gotischer Könige, Don Alfonso, aber Doña Raquel ist eine Ibn Esra und aus dem Hause König Davids.« Alfonso stampfte. »Hör auf mit dem Affengeschwätz!« herrschte er ihn an. »Du weißt so gut wie ich, daß ich keinen Juden zum Sohn haben kann.« – »Auch Christus ist Jude gewesen, Herr König«, antwortete still und verbissen Jehuda.

Alfonso schluckte. Es hatte keinen Sinn, mit Jehuda über den Glauben zu disputieren. Er wird Raquel selber mitteilen, daß das Kind morgen getauft wird. Aber sie war noch hinfällig, und wenn auch Jehuda ihren innern Widerstand übertreibt, es wird sie sehr mitnehmen, es wird sie vielleicht gefährden, wenn ihr der Sohn getauft wird. »Laß die Urkunden ausstellen, wie ich dir's angegeben habe«, befahl er. »Und sei gewiß: mein Sohn wird getauft, bevor ich zu Feld ziehe. Du wirst gut daran tun, deine Vernunft zu gebrauchen und Doña Raquel vorzubereiten.«

Aufatmete Jehuda. Vorläufig ging der König nach Burgos. Zeit war gewonnen, Wochen waren gewonnen. Es wird eine Zeit der Qual sein. Er wußte jetzt, daß es dem König furchtbar ernst war, daß er nicht in den Krieg ziehen wird, ohne das Kind zu taufen. Aber Zeit war gewonnen, und der Gott, der ihm so viele Gnaden erwiesen hatte, wird ihm auch dieses Mal den Ausweg zeigen.

Als hätte Alfonso ihn erraten, sagte er: »Und daß du dir nicht einfallen läßt, mir einen deiner schwarzen Streiche zu spielen, während ich in Burgos bin. Ich will Raquel nicht aufregen in ihrer Schwäche. Aber auch du sollst ihr nicht zusetzen mit Reden und Drohungen und Versprechungen. Mein Sohn soll, bis ich zurückkomme, bleiben, was er ist: noch kein Christ, aber bestimmt kein Jude.« – »Es sei, wie du sagst, Herr König«, sagte Jehuda.

Sie standen sich gegenüber und maßen sich feindselig, argwöhnisch. »Ich trau dir nicht, mein Jehuda«, sagte ihm Alfonso ins Gesicht. »Du mußt mir einen Eid schwören.« – »Ich bin bereit, Herr König«, sagte Jehuda. »Aber es muß ein harter Eid sein«, fuhr Don Alfonso fort, »sonst bindet er dich nicht.«

Er hatte einen grimmigen Einfall. Es gab da einen alten Eid, welchen zu der Zeit, da er noch ein Knabe war, die Juden hatten schwören müssen, eine närrische und finstere Formel, mittels deren sie alles Böse auf sich herabschworen für den Fall des Wortbruchs. Später, auf Bitten der Juden und auf Betreiben Don Manriques, hatte er die Formel abgeschafft. Er erinnerte sich nicht des Wortlauts, aber daran, daß es ein abstoßender, furchterregender und gleichzeitig läppischer Eid gewesen war. »Es gibt solch einen harten Eid, ich weiß es«, erklärte er jetzt dem Jehuda. »Ihr habt ihn früher oft schwören müssen, und vielleicht war ich zu milde, als ich ihn euch erließ. Dir erlaß ich ihn nicht.«

Jehuda erblaßte. Er hatte gehört von dem schweren Kampf, den damals die Aljama hatte führen müssen, um von der demütigenden Zeremonie entbunden zu werden; sie hatte dafür viel Geld bezahlt. Es brannte ihn bitter, daß nun er so erniedrigt werden sollte. »Laß mich diesen Eid nicht schwören, Herr König«, bat er.

Der Widerstand des Juden überzeugte den König, daß er das rechte Mittel gefunden hatte, den Listigen zu binden. »Willst du wieder feilschen und dich drehen?« herrschte er ihn an. »Du schwörst mir den Eid, oder ich taufe das Kind noch heute.«

Die alte Formel wurde beschafft. Nicht ganz leicht war es, den rechten Mann zu finden, der Jehuda den Eid abnehmen könnte. Er mußte des Hebräischen kundig sein und zuverlässig, daß er nicht schwatze. Alfonso wandte sich an den Kaplan der Burg, jenen Priester, den er damals gefragt hatte: »Was ist Sünde?«

Der noch junge Herr, beglückt durch das Vertrauen des Königs, befangen durch die Lächerlichkeit und Schauerlichkeit der Zeremonie, nahm also in Gegenwart Alfonsos dem Minister den Eid ab.

Don Jehuda Ibn Esra mußte geloben, daß er bis zur Rückkehr des Herrn Königs das Kind seiner Tochter Doña Raquel in seinem jetzigen Stande belassen werde, weder gläubig noch ungläubig, weder Christ noch Jude. Jehuda mußte das beschwören bei dem Gotte, der mit seinem Finger seine Gesetze in Steintafeln geschrieben hatte, der einstmals Sodom und Gomorrha zerstörte, der der Erde befahl, die Rotte Korah zu verschlingen, der Pharao ersäufte mit Mann und Roß und Wagen. Und der Priester, gemäß der Formel, befahl ihm: »Und nun flehe Gott an, daß er, wenn du deinen Schwur brichst, auf dich herabsende alle die Plagen, die über die Ägypter kamen, und alle die Tochechot, die Flüche, die Gott über diejenigen verhängt hat, die seinen Namen und seine Gebote mißachten.« Und Jehuda mußte seine Hand legen auf die Schrift, auf das achtundzwanzigste Kapitel des Fünften Buches Mose, und der christliche Priester sprach ihm die Flüche vor. Satz um Satz sprach er sie ihm vor, hebräisch, und Jehuda mußte sie wiederholen, Satz um Satz, und der König folgte lustvoll und begierig dem lateinischen Text, Satz um Satz.

Und Jehuda flehte alle die wüsten Flüche herab auf sein Haupt. Und der König und der Priester sprachen: Amen.

Dritter Teil

Darauf beschlossen die Granden, die Jüdin zu töten. Sie begaben sich dorthin, wo sie verweilte, und brachten sie um auf der Estrade ihres Gemaches und ebenso alle, die mit ihr waren.

Alfonso el Sabio, Crónica General
Um 1270

Es beschlossen nun die Seinen,
Dieses Treiben zu beenden,
Das dem König Schande machte.
Sie begaben sich zum Orte,
Wo die Jüdin war, und fanden
Sie auf prächtiger Estrade,
Und sie töteten die Jüdin
Und die um sie waren, alle.

Aus der Romanze des Sepúlveda

Dritter Teil

Erstes Kapitel

Vom Norden her, den Pyrenäen zu, durch ihre ausgedehnten fränkischen Länder zog mit großem Gefolge die alte Königin Ellinor.

Am gleichen Tage noch, da sich in Engelland Nachricht verbreitet hatte vom Absterben König Heinrichs, ihres Mannes, war sie aus den Toren des Turmes von Salisbury, ihres Gefängnisses, herausgetreten mit der alten Gewalt, niemand hatte ihr zu wehren gewagt, und hatte die Herrschaft in ihre Hände genommen für ihren Lieblingssohn Richard, der nun König war. Dieser selber, der ungestüme Soldat, die Staatsgeschäfte gerne der klugen, energischen Mutter überlassend, hatte sich bald nach der Krönung eingeschifft zur Kriegsfahrt ins Morgenland. Sie aber durchzog ihr großes Reich, Engelland und die riesigen Besitzungen im Fränkischen, zwang störrische Barone nieder, trieb von widerwilligen Grafen, Prälaten, Städten große Gelder ein, hielt Gau- und Gerichtstage ab, ordnete mit schneller Hand die verworrenen Geschäfte.

Verließ die Grafschaften und Herzogtümer des Nordens, die ihr durch die Heirat mit Heinrich zugefallen waren, zog ein in ihre Erblande, das Poitou, die Guienne, die Gascogne. Hörte die vertrauten Laute der Sprache ihrer Jugend, des Provençalischen, der klingenden Langue d'Oc, atmete die milde Luft der Heimat. Im Norden hatte sich dem unterwürfigen Willkomm, den man ihr bot, viel Angst beigemengt; hier begrüßten die Leute, welche die Straße säumten, die alte Fürstin mit unverstellter Freude. Ihnen war sie mehr als die berühmte Königin des Nordens und Erste Dame der Christenheit, ihnen war sie Ellinor de Guienne, die angestammte Herrin ihres Landes, die rechte Erbin.

Fast neunundsechzig Jahre alt war sie jetzt, und die letzten fünfzehn Jahre hatte sie in Gefangenschaft verbracht; aber stattlich saß sie zu Pferde, sorgfältig gekleidet, kunstvoll geschminkt, das Haar gut frisiert und gefärbt. Vielleicht machte es ihr manchmal Mühe, sich aufrecht zu halten, diese ganze Reise in die noch verschneiten Berge hinein und über die Pässe war Strapaze und Wagnis, aber die alte Frau schrak nicht zurück vor Mühe und Gefahr. Sie spürte, die fünfzehn Jahre Haft hatten sie nicht gelähmt, und das Bewußtsein, daß sie, die vor kurzem noch hilflos zornig im Turm von Salisbury gesessen hatte, jetzt wieder mit festen, geschickten Händen ihr Pferd und ihre Länder lenken konnte, mehrte ihre Kraft. Hell schauten ihre blauen, etwas harten Augen in das vertraute Land. Sie drängte voran, sie befahl lange Tagesreisen und verschmähte es, ihr Pferd gegen Sänfte oder Tragsessel zu tauschen, auch wenn es gegen Abend ging und alle müde waren.

Sie war auf dem Weg nach Kastilien, nach Burgos, um Doña Leonor zu besuchen, ihre Tochter, der Vermählung ihrer Enkelin Berengaria beizuwohnen und das Verlöbnis einer zweiten Enkelin in die Wege zu leiten.

Je tiefer nach dem Süden sie vorstieß, um so größer wurde ihr Gefolge, ihre »Mesnie«. Als man in die Pyrenäen hineintauchte, waren es an die fünfhundert Ritter und zweihundert Frauen und Fräuleins, preux chevaliers et dames choisies, stolze Ritter und erlesene Damen, Prälaten und Barone aus allen ihren Ländern, dazu eine Leibwache von ausgesuchten Routiers, erprobten Söldnern, Brabançons und Cottereaux, die begleitet waren von wohlabgerichteten, scharfen Wachhunden. Ein Troß von mehr als tausend Wagen folgte, Gepäck, notwendigster Hausrat und Proviant, dazu Geschenke für die Bevölkerung. Reitknechte und Wärter führten Pferde und Jagdhunde der Königin und ihrer großen Herren, Falkeniere trugen ihre Lieblingsfalken. So wand sich der Zug bunt und langsam durch die hier und dort noch verschneiten Berge.

An der kastilischen Grenze holten Alfonso und Leonor, Don Pedro von Aragon und die Infantin Berengaria die alte

Königin ein. Vor den Toren von Burgos kamen ihr die angesehensten Prälaten und Höflinge der beiden Könige entgegen. Feierlich zog sie in Burgos ein, überall wehten Fahnen, von den Fenstern und Balkonen hingen Gobelins und Tücher, alle Glocken der kirchenreichen Stadt läuteten, die Wege waren bedeckt mit Zweigen und Blumen, die Duft verströmten unter den Hufen der Pferde und den Schuhen der Schreitenden.

Sie war, die wilde und glänzende Ellinor, Jahrzehnte hindurch die am meisten bewunderte und gescholtene Frau Europas gewesen, und nun man sie in der alten Herrlichkeit einherziehen sah, lebten die zahllosen Geschichten auf von ihren Abenteuern im Kriege, in der Staatskunst und in der Liebe. Wie sie der Sporn und das Herz des Zweiten Kreuzzugs gewesen war, einherreitend an der Spitze der Kreuzfahrer, kriegerisch und prächtig gleich der Penthesilea, der Führerin der Amazonen. Wie in der glorreichen Stadt Antiochien König Raymond, ihr jugendlicher Onkel, in uferlose Liebesleidenschaft gefallen war. Wie er und ihr Mann, der König von Francien, der Siebente Louis, sich um sie stritten, bis schließlich ihr Mann sie dem andern mit Gewalt zurück übers Meer entführte. Wie sie diese Gewalt nicht duldete und den Papst bewog, sie von dem König von Francien zu scheiden. Wie sogleich der junge Graf von Anjou zur Stelle war und um sie warb, eben der spätere König Heinrich von Engelland. Wie sie und er das gewaltige Reich schmiedeten. Wie sie Gelehrte an ihren Hof zog, Doktoren und Magister der sieben Wissenschaften und Künste, und Troubadours, Trouvères und Conteurs ohne Zahl. Und wie sie wohl auch dem oder jenem dieser Dichter ihre Gunst schenkte, dem Bernard von Ventadour etwa, obschon er nur der Sohn eines Ofenheizers war. Wie seinesteils Heinrich seine Königin hinterging mit vielen, vor allem aber mit einer, und wie Ellinor ihm diese seine schöne Geliebte Rosamund umbrachte. Wie er dann Ellinor einsperrte und wie sich ihre Söhne für sie erhoben und den Vater bekämpften. Und viele von den Liedern klangen wieder auf, fränkische, provençalische, katalanische, die ihren Hof rühmten, wo edelste Dichtkunst und zierlichste Sitte ihre Stätte hatten. Da sang der Dichter Philipp von Thaün: »Die süße junge Königin zieht alle Gedanken auf sich, wie die Sirene den sinnberaubten Fischer zur Klippe lockt.« Da sang Benoît de Sainte-Maure: »Du Hochgeborene, Erlesene, du Stolze und Kühne, der keine andere Fürstin gleicht, des größten Königs größere, freigebigere Gattin.« Und selbst ein rauher Deutscher hatte gedichtet: »Wär die Welt alle mein / Von dem Meer bis an den Rhein / Ich wollte ihrer darben / Wenn nur die Königin von Engelland / Läge in meinen Armen.«

Diese Lieder und Berichte und Romanzen der Bewunderer, vermischt mit den wilden, von Verwünschungen erfüllten Versen und Erzählungen der Feinde, hatten den meisten aus Ellinor de Guienne etwas Unwirkliches gemacht, eine Gestalt der fernsten Ferne oder eines andern Zeitalters, und sogar jetzt, da sie höchst wirklich in die Stadt Burgos einzog, leibhaft, in Fleisch und Blut, umgeben von ihren Rittern, Damen, Söldnern, Pferden, Hunden, Falken und Schätzen, war es vielen der kastilischen und aragonischen Herren, als ritte sie in einer goldenen Wolke einher. Wie schal und schäbig erschien ihnen ihr Heute, maßen sie es an dem Damals dieser großen Frau. Leuchtend bei ihrem Anblick stieg ihnen empor, was sie vom Zweiten Kreuzzug gehört hatten, der in Wahrheit Königin Ellinors Kreuzzug gewesen war. Damals verließen sich Ritter und Könige nicht krämerhaft auf die Übermacht, es stak nicht Geldgier und schlaue Berechnung hinter dem Kampf, vielmehr kämpfte man nach genauen, edlen Regeln, aus schierer Lust am Kampf, und die Schlacht war nichts anderes als das Tournier, ein edles Spiel auf Leben und Tod. Vierzig Tage lang war der Vasall seinem Herrn verpflichtet, vierzig Tage kämpfte er, und war eine Burg am vierzigsten Tage nicht erobert, dann zog der Ritter ab, auch wenn Gewißheit bestand, sie am einundvierzigsten zu nehmen. Damals gab es keine Routiers, keine gemieteten Söldner aus dem Pöbel, die ohne feine Lebensart nur für den Sieg kämpften. Damals bezeigte man auch dem Feind Courtoisie, selbst wenn dieser dem fremden Gott anhing. Der belagernde Kalif schickte der belagerten christlichen Königin Urraca höflich seinen Leibarzt, damit er ihr in ihrer Krankheit beistehe. Und Krieg fand statt nur von Montag bis Donnerstag; Freitag, Sonnabend und Sonntag war Waffenstillstand, damit ein jeder, Moslem, Jud und Christ, ungestört seinen Ruhetag feiern konnte.

Jetzt werde, glaubten die aragonischen und kastilischen Herren, eine ähnliche große Zeit anbrechen. Im Geist der Dame Ellinor war damals der Zweite Kreuzzug geführt worden; in ihrem Geist wird jetzt hier auf der Halbinsel der Heilige Krieg geführt werden, und sie, die hispanischen Edelleute, werden Gelegenheit haben, sich als wahre Erben der Ritter des Artus und des Charlemagne zu betätigen.

Der junge König Don Pedro ging umher wie schwebend. Welche Gnade Gottes, daß er eine Enkelin dieser glorreichen Fürstin zu seiner Königin machen durfte. Voll der Seligkeit des christlichen Ritters wird er in den Krieg ziehen, ledig der Bosheit und Rachsucht gegen Don Alfonso.

Auch der Schildknappe Alazar verfiel dem Zauber der berühmten alten Königin. In Toledo hatte er manches Mal hämische Blicke in seinem Rücken zu spüren geglaubt, und als der König ihn nach Burgos mitnahm, hatte er gefürchtet, Doña Leonor werde ihn seine verfängliche Verwandtschaft entgelten lassen. Aber sie war von höchster Milde und Freundlichkeit, der König behandelte ihn wie einen jüngeren Bruder, und in Gegenwart der großen Frau Ellinor schmolzen ihm die letzten Zweifel. Die edeln Damen fanden ihn wert, des Königs Don Alfonso Schildknappe zu sein, er war aufgenommen in die christlich ritterliche Welt.

Die ganze Stadt Burgos feierte den Besuch der alten Königin; Tausende waren gekommen, an der Feier teilzunehmen oder aus der festlichen Ansammlung Nutzen zu ziehen. Wirte machten fliegende Schenken auf, Händler boten kostbare Weine und Gewürze an. Die offenen Bogen und Gewölbe, die Fenestrae, in welchen die Kaufleute ihre Waren feilhielten, zeigten Putz und Schmuck aus flämischen, levantinischen, moslemischen Ländern. Pferdehändler und Waffenschmiede machten Geschäfte. Bänker und Wechsler waren da, die Güter der Ritter, die in den Krieg zogen, zu kaufen oder zu beleihen. Und ein Meer von Zirkusvolk war da, Amuletthändler, Huren, Taschendiebe. Das alles lärmte, feilschte, liebelte und liebte, lief in die Kirchen und in die Schenken, war fromm, frech, gutartig, brutal, spreizte sich bunt fröhlich, stank, machte Kinder, sang Hymnen und Sauflieder, freute sich des Lebens, verfluchte den Kalifen und den Sultan und rühmte die glorreiche Königin Ellinor.

Auch bei Hofe hatten die Kämmerer schwere Arbeit, die Gäste geziemend unterzubringen und zu verköstigen, die von überallher aus Kastilien und Aragon kamen, der Vermählung Don Pedros und der Infantin beizuwohnen und der alten Fürstin ihre Aufwartung zu machen. Viele dieser Prälaten, Barone, hohen Räte brachten Bediente mit, Jäger, Stallmeister. Dazu stellten sich wie bei jedem solchen Fest abenteuernde Ritter ein, arme, junge Edelleute, die sich von den Tournieren Geld und Ehre erhofften. Auch an Troubadours fehlte es nicht, an Trouvères, Conteurs; sie wußten, sie waren Doña Leonor und der Dame Ellinor stets willkommen.

Die alte Königin erholte sich nicht erst lange von den Mühsalen der Reise, sie hielt schon am zweiten Tage Hof im großen Saale der Burg. Im Lichte vieler Kerzen saß sie auf der Estrade, auf erhöhtem Stuhl, aufrecht, damenhaft. Etwas dicklich war sie geworden, manchmal fiel ihr das Atmen schwer, sie mußte ein Hüsteln unterdrücken, und unter der Schminke, die im Lauf der Stunden abbröckelte, zeigte sich ein altes Gesicht; aber die sehr blauen, hellen Augen schauten hart und klar, und mit kräftigen, wohlüberlegten, freundlichen Worten nahm sie unermüdlich teil an der Unterhaltung.

Der alte aragonische Graf Ramón Barbastro, der damals mit in Ellinors Heiligen Krieg gezogen war, sprach sehnsüchtig von jenen herrlichen Jahren, und klagte über die traurige Kahlheit der neuen Zeit. Der Krieg hatte seinen Adel verloren, er wurde im Rate vorbereitet und wurde mehr mit der Feder geführt als mit dem Schwert. Nicht die Tapferkeit der Ritter entschied die Schlacht, sondern die Anzahl der Routiers.

Auch zu der Zeit, da sie und der edle Don Ramón jung gewesen seien, antwortete Ellinor, sei der Krieg nicht immer nur Glanz und prächtiges Spiel gewesen. »Wenn ich's recht überlege«, meinte sie, »dann waren die großen, herzwärmenden Schlachten und Feiern die Ausnahme, die Regel waren die kleinen Leiden: die Märsche durch das endlose, weglose, unbekannte, gefährliche Gelände, die wunden Füße, das überhitzte Blut, der schreckliche Durst, die schlaflosen Nächte mit den giftigen Stechmücken, den juckenden Flöhen und Läusen. Und das Schlimmste: die Acedia, die grauenvolle Langeweile, die endlose Seefahrt, die wochenlangen Märsche ins Unbekannte, das quälende Warten auf die Abteilungen, die morgen kommen sollten oder übermorgen und nach einer Woche noch nicht da waren.« Sie sah die Enttäuschung ihrer Hörer und übermalte lächelnd und kundig das trübe Bild. »Freilich«, sagte sie, »war dann der Lohn um so reicher: die wilde Lust der Schlacht, die Feier in einer eroberten Stadt.« Und sie erzählte von den Festen des Morgenlandes, wie sich da christliche mit moslemischer Pracht gemischt und Gesänge der Troubadours abgewechselt hatten mit Künsten arabischer Tänzerinnen. Die Worte strömten ihr willig zu, aber noch beredter waren ihre Augen. Lächelnd dachte der alte Graf an die beiden Männer, die damals in Antiochien um ihre Gunst gekämpft hatten, der christliche König Raymond und Prinz Saladin, der Neffe und Gesandte des Sultans. »Was diesen Festen ihre Lust gab«, schloß voll sehnsüchtiger Erinnerung die alte Königin, »war, daß wir sie zwischen Schlachten feierten. Gestern war man einem seligen Tode entgangen, morgen vielleicht wird man diesen seligen Tod sterben.«

Erzbischof Don Martín genoß mit ganzem Herzen den Anblick und die Reden der Dame Ellinor. Er war in den Monaten des langen Wartens mürrisch herumgegangen, voll hilflosen Zornes, jetzt, da diese Debora, diese Jaël, die letzten Hindernisse niederriß, die dem guten Krieg noch im Wege standen, blühte er fromm und fröhlich auf. Beschwingt ging er einher; die Rüstung, die er jetzt ständig unter seinem Priestergewand sehen ließ, drückte ihn nicht. Er nahm alle seine Courtoisie zusammen und sagte mit ungelenker, schallender Höflichkeit: »Das Heilige Land hat herrliche Taten gesehen, erhabene Frau, als du dort hinkamst, die Heiden zu zertreten, und wieder stehen ihm gute Zeiten bevor, nun dein strahlender Sohn auf dem Weg ist. Schon füllt der Ruhm deines Richard, sich mit dem deinen mengend, die Moslems mit Entsetzen. Ich habe zuverlässige Nachricht von einem Freunde, dem Bischof von Tyrus. Schon drohen arabische Mütter, wenn ihre Kinder nicht folgen wollen: ›Sei still, du Fratz, sonst kommt der König Richard, der Melek Rik, und holt dich.‹«

Ellinor verbarg nicht ihre Freude an dem Lob ihres Lieblings Richard. »Ja, er ist ein großer Soldat«, stimmte sie bei, »ein rechter Miles Christianus. Aber leicht wird er's im Morgenland nicht haben«, erzählte sie mit jenem Freimut, den nur sie sich erlaubte. »Ich denke da nicht an den Feind, an den Sultan, ich denke an den Bundesgenossen meines Richard, an unsern lieben Verwandten, den Allerchristlichsten König von Francien. Glanz und Freude sind dessen Sache nicht, er möchte den Krieg so billig wie möglich haben, unser guter Philipp August, er ist ein wenig schäbig, rundheraus. Jetzt möchte er dem Kreuzheer die Damen und Troubadours verbieten. Aber da wird er kein Glück haben bei meinem Richard. Der liebt nun einmal Buntheit und Lärm, das hat er vom Vater, vielleicht ein wenig auch von der Mutter. Wie soll man denn einen Kreuzzug führen ohne Damen und ohne Troubadours? Eines habt ihr uns voraus hier auf der Halbinsel«, wandte sie sich an Alfonso und Pedro. »Ihr müßt nicht wie wir, bevor ihr an den Feind herankommt, die lange, langweilige Meerfahrt überstehen, ihr müßt nicht hundert krumme Verhandlungen führen mit tückischen Griechen und anderm christlichen Gesindel. Der Feind und die Beute liegen greifbar nahe vor euch: Córdova, Sevilla, Granada.«

Lockend vor den Augen aller stieg das Bild der wunderbaren Städte auf, der prächtigen Beute. Und im Geiste des Erzbischofs Don Martín klangen jubelnd ineinander die Namen der moslemischen Städte: Córdova, Sevilla, Granada, und die Worte des Evangeliums: »Ich bringe nicht den Frieden, sondern das Schwert. Allà máchairan.«

Doña Leonor war dem Himmel aus tiefstem Herzen dankbar für den Besuch Ellinors. Sie hatte des Vaters Staatsklugheit bewundert, sein kriegerisches Genie, sie hatte ihn wohl auch ein wenig beneidet um der Bedenkenlosigkeit willen, mit der er seinen Leidenschaften frönte. Die Mutter aber liebte sie über alle Bewunderung hinaus, und die Vorstellung, wie die überaus lebendige, immer nach neuen Taten gierige Frau in Mauern eingeschlossen lag, hatte sie oft und bitter gequält. Als gar diese wüste Liebesverwirrung über Alfonso gekommen war, hatte sie sich brennend danach gesehnt, Ellinor ihren Jammer zu klagen, die Tochter der Mutter, die Königin der Königin, die Gekränkte der Gekränkten, und sich Rats bei ihr zu holen. Nun war Alfonso zwar zu ihr zurückgekehrt, ausgefüllt, wie es schien, von Begeisterung für den Feldzug, und hatte wohl die Jüdin vergessen. Aber wenn auch Leonor ehrlich gewillt war, Alfonsos Betrug und Wortbruch zu verzeihen, so hatten sich ihr doch Erfahrung, Erkenntnis, Enttäuschung zu tief eingebrannt, als daß sie der neuen Verbundenheit getraut hätte, und sie war beglückt, daß sie nun mit der Mutter ihre Hoffnungen und Ängste bereden konnte.

Als Ellinor vom Pferde stieg, als Leonor ihr die Hand küßte, als die alten Lippen der Mutter ihre eigenen jungen berührten, spürte sie leibhaft die tiefe Gemeinschaft. Scharf und hart mit einemmal stand vor ihr lang Versunkenes, Menschen und Begebenheiten, welche sie als Kind gesehen und erlebt hatte in Domfront oder an dem üppigen Hof ihrer Mutter in Poitiers oder auch im Kloster Fontevrault, wo sie heiter und sehr weltlich erzogen worden war. Da war ihre Hofmeisterin, die Dame Agnes von Fronsac. Leonor hatte sie bedrängt, ihr von den Geliebten ihres Vaters Heinrich zu erzählen, und schließlich hatte die Dame Agnes willfahrt;

und dann hatte das Kind Leonor verlangt, man solle diese Dame Agnes wegschicken, sie habe ihr, der Prinzessin Leonor, nicht genügend Ehrerbietung bezeigt. Und überaus deutlich vor sich sah sie jene hölzerne Statue des heiligen Georg im Schlosse Domfront. Wenn die Abendsonne auf ihn schien, schaute er besonders drohend aus, und Leonor hatte sich oft vor ihm gefürchtet. Aber mehr noch hatte sie ihn geliebt; es war gut, sich von einem so starken Heiligen beschützt zu wissen, vor allem, da ihr Vater so selten da war. Sie hatte diesen heiligen Georg lebendig gemacht, hatte ihn sich gerettet aus dem Lande ihrer Jugend, da stand er neben ihr und hieß Alfonso. Sie hatten ihn ihr stehlen wollen, die Juden, der Satan oder wer immer. Aber sie hatte sich ihn nicht stehlen lassen. Noch war sie nicht sicher, noch waren die Feinde am Werk, aber hier hatte sie ihn, hier an ihrer Seite, und auch ihre Mutter hatte sie hier, und mit deren Hilfe wird sie die Jüdin für immer vertreiben.

Allein es dauerte eine Weile, ehe sie mit der Mutter reden konnte. Die Geschäfte der Ankunft und der Einrichtung, der Hofhaltung und Repräsentation nahmen die ganzen beiden ersten Tage in Anspruch. Endlich, am dritten Tage, inmitten einer großen Versammlung, sagte unvermittelt Königin Ellinor, nun wolle sie einmal ihre Tochter eine Weile für sich haben, und schickte ohne Umschweife alle andern hinaus.

Als sie allein waren, hieß sie Doña Leonor sich ihr gegenüber setzen, ins volle Licht der Sonne, und musterte sie. Ruhig tauchten ihre harten, sehr blauen Augen in die grünen, prüfenden der Tochter. In der prallen Sonne schien Leonor die Mutter älter und schärfer von Zügen als bisher, doch auch fürstlicher, so recht die Mutter ihres Geschlechts. Im Geiste beugte sie sich vor ihr, liebend, ehrfürchtig, und beschloß, ihr blindlings zu gehorchen.

Die Alte, nach einer Weile, sagte anerkennend zu der Jungen: »Du hast dich gut erhalten.«

Dann, sogleich, begann sie, von den Staats- und Familiengeschäften zu reden. Sie war hier, nicht nur um ihre Tochter zu sehen, sondern vor allem auch, um eine zweite ihrer kastilischen Enkelinnen zu vermählen. »Über den Platz, den ich für sie ausgesucht habe«, sagte sie, »wirst du nicht zu klagen haben. Der Erbprinz dieses Philipp August ist ein netter Junge, dem Vater auf erfreuliche Art unähnlich. Es war kein Osterfest, mit diesem fränkischen König den Heiratsvertrag auszuhandeln, das darf ich wohl sagen. Er hält sich für einen großen Herrscher, er träumt davon, der zweite Charlemagne zu werden, aber er hat keine Größe, er versteht sich nur auf Advokatenmätzchen; damit schmiedet man kein Reich. Immerhin hat er mir viel zu schaffen gemacht, er ist schlau und krumm wie ein Jud. Ich hab ihm schließlich die Grafschaft Evreux ablassen müssen und das Vexin, das ist ein schöner Teil meiner Normandie, dazu dreißigtausend Dukaten. Das alles geht aus meiner Tasche, Kind, du brauchst nichts zu zahlen und hast nur den Vorteil. Du wirst Schwiegermutter des künftigen Königs von Francien, dein Bruder Richard ist Herr in den Ländern, die zwischen deinem Spanien und dem Francien deiner Tochter liegen; eine Zeit wird kommen, da du, wenn du's nur willst, deine Hand spielen lassen kannst über einen guten Teil der Welt.«

Doña Leonor hörte verhaltenen Atems zu, wie die Mutter mit beiläufigen Worten Pläne vor ihr ausbreitete, die in solche Weite und in solche Zukunft griffen. Es war Leonor klar, daß die Mutter, als sie die normannischen Grafschaften abtrat, vor allem ihr eigenes Reich sichern wollte vor dem Zugriff des gefährlichen Philipp August für die Zeit, da ihr Lieblingssohn Richard auf seiner Kriegsfahrt war. Aber welche Gründe immer hinter diesem Ehevertrag standen, sie, Leonor – damit hatte die Mutter recht –, hatte den Vorteil davon: diese Heirat öffnete ihr einen lockenden Weg zur Macht.

Da hatte sie sich für eine große Regentin gehalten, ihrem Alfonso weit überlegen, weil sie hartnäckig daran arbeitete, Kastilien und Aragon zu vereinigen. Aber über die Pyrenäen hinaus waren ihre Träume nie gegangen. Wie karg und armselig waren ihre Strebungen, maß sie sie an dem staatsmännischen

Spiel ihrer Mutter. Die setzte Länder ein vom Westen der Welt bis weit in den Osten, Irland und Schottland und Navarra und Sizilien und das Königreich Jerusalem. Ihr Spielbrett war die Welt.

»Ich habe mir deine Töchter angeschaut, meine Liebe«, sagte jetzt Ellinor. »Sie scheinen gut geraten, sowohl die ältere mit dem häßlichen Namen, heißt sie nicht Urraca?, als auch die jüngere. Ich habe mich noch nicht entschieden, welche wir wählen. Du wirst mir an einem der nächsten Tage beide vorstellen in großer Zeremonie. Wir müssen da wohl auch den Bischof von Beauvais zuziehen als Vertreter Philipp Augusts und seines Erben; aber das ist reine Formalität.«

Was die Mutter sagte, bewegte Leonor. Doch tiefer in ihr war die heiße Erwartung, was ihr die Mutter über Alfonso und die Jüdin sagen werde.

Und nun, endlich, sagte sie: »Ich hörte in meinem Turm von Salisbury allerlei über das, was du mit deinem Alfonso durchzumachen hattest. Es war nichts Genaues, und eins widersprach dem andern, aber ich konnte es mir zusammenreimen; du weißt, ich bin selber nicht ohne Erfahrung in diesen Dingen.« Sie nahm die eine Hand Leonors zwischen ihre beiden, und nun, wohl zum erstenmal, faßte sie in Worte, was sie fühlte. »Dir kann ich es ja sagen«, vertraute sie der Tochter an, »natürlich bin ich froh, daß mein Heinrich in der Erde liegt unter seiner schönen Grabschrift« – und genießerisch zitierte sie:

»König Heinrich war ich von Engelland,
Über ein groß Stück Welt hielt ich die Hand.
Bedenke, der du dieses liest,
Wie klein zuletzt der Größte ist.
Ich kriegte der Erde nie genug,
Jetzt hab ich hier zweimal sieben Schuch.

Er liegt gut dort in seinen zweimal sieben Schuch. Trotzdem wünsche ich, die Erde möge ihm leicht sein. Es ist mir leid um ihn. Ich hab ihm nach dem Leben getrachtet, mehrere Male; einmal wär es mir um ein Haar geglückt, und er wäre hingewesen. Er hat recht gehabt, als er mich einsperrte; ich hätte es an seiner Stelle ebenso gemacht. Ich habe ihn sehr geliebt. Er war der einzige Mann, den ich liebte. Außer einem. Außer zweien. Er war der gescheiteste Mann der Christenheit. Er hatte Vernunft genug, seine Leidenschaft manchmal durchgehen zu lassen. Denn wie soll man sonst leben?« meinte sie duldsam und weise. »Andernteils hat freilich auch meine Freundin recht, die Äbtissin Konstanze: die irdische Liebe ist ein Honiglecken an Dornen.«

Doña Leonor, unvermittelt, sagte: »Mutter, was soll ich mit der Jüdin tun?« Die alte Königin schaute hoch. Lächelnd, fast gemütlich riet sie: »Warte ab, bis die Zeit reif ist, kleine Tochter, ehe du sie aus dem Weg schaffst. Ich habe viel leiden müssen, weil ich nicht warten konnte. Wahrscheinlich wird er sie ohnehin vergessen im Krieg.«

Doña Leonor sagte: »Er hat ein Kind von ihr, einen Sohn.« Sie sprach leise, hilflos.

Die alte Königin überlegte sachlich: »Dem Kind würde ich nichts tun an deiner Stelle. Sie hängen an ihren Bastarden, mehr als an den Müttern. Sogar mein Richard, dem weiß Gott nichts liegt an seinen Weibern, seine Bastarde hat er gern. Heinrich muß ihrer eine Menge gehabt haben. Zwei kenne ich, einen William und einen Geoffrey. Dieser Geoffrey ist ehrgeizig und schielt nach dem Thron. Ich muß ihn an der Leine halten, solang Richard außer Landes ist. Aber er ist ein netter Mensch und tüchtig. Ich hab ihn zum Bischof von York gemacht.«

Leonor sagte: »Ich habe sehr gelitten. Ich hoffe, du hast recht und der Krieg spült sie vollends aus seinem Blut. Aber wer will das wissen? Er hat mir bei seiner Seele geschworen, er werde sie lassen, und kaum hatte er Burgos hinter sich, lief er zu ihr zurück.«

Ellinor sagte: »Kein Feind hat's mir so schwer gemacht wie dein Vater Heinrich, und er hat mich doch geliebt und ich ihn. Und dein Vater hat seine Söhne geliebt, und sie haben ihn gehaßt, weil er größer war als sie, und er hat sie verzogen, und sie haben ihm mehr Leid zugefügt als er mir, und sicherlich mehr als dir dein Alfonso. Und er hat ihnen verziehen wieder und wieder, und sie haben ihn verlacht und sich von neuem gegen ihn empört. Er hat, als ich noch mit ihm lebte, in Manchester drei Wände unseres Schlafzimmers mit Fresken bemalen lassen, die vierte blieb leer. Als ich jetzt Manchester wiedersah, war auch die vierte Wand bemalt. Da ist zu sehen ein großer, alter Adler mit vier Jungen. Zwei reißen mit ihren Schnäbeln Wunden in seine Flügel, der dritte schlägt ihm die Krallen in die Brust, der vierte hockt ihm auf dem Hals und haut nach seinen Augen.«

Sie hustete, vor Leonor unterdrückte sie den Husten nicht, der sie in den letzten Jahren quälte. Sie schloß die Augen, sie war auf einmal eine alte Frau. Mit geschlossenen Augen und seltsam gleichmäßiger Stimme, als leierte sie ein Gebet, meditierte sie: »Mit Louis habe ich nur Töchter gehabt, das schien mir ein Unglück. Mit Heinrich hatte ich Söhne, aber ob es ein Glück war, weiß ich nicht. Söhne machen Sorgen, wenn sie gut und wenn sie schlecht geraten. Keine Mutter möchte sie sanft haben, ich möchte keinen Heiligen zum Sohn. Doch wenn sie Helden sind, dann schlagen sie um sich, und die andern schlagen nach ihnen, und so soll es wohl auch sein, und sie kommen einem um. Die ersten zweie sind mir umgekommen, und mein dritter Nestling, dein Bruder Richard, macht mir das Herz schwer. Er ist ein lieber Sohn, aber er haust wild, und es ist keine Nacht mehr, da ich nicht schlaflos liege, weil ich Sorgen um ihn habe.«

Sie riß sich zusammen. »Komm näher«, sagte sie, »ganz nahe!« Und mit wilder Vertraulichkeit, leise, befahl sie: »Auf keinen Fall darfst du etwas tun, bevor Alfonso tief verstrickt in seinen Krieg ist. Sowie er im Feld steht, tu, was naheliegt. Geh nach Toledo, übernimm die Regentschaft. Die Moslems sind zähe Feinde, dein Alfonso wird nicht nur Siege erleben. Jedes Unglück hat sein Glück, jede Niederlage bietet Möglichkeiten. Da beschuldigt der General den Minister, der Bischof den General, der Christ den Juden, jeder ist jedem ein

Verräter, vielen wird dein jüdischer Escrivano der Schuldige und Verräter sein. Du wirst ihn natürlich verteidigen. Du wirst dich decken vor Alfonso und vor der Welt. Du wirst dich mühen, dem Zorn des Volkes Einhalt zu tun. Aber wer kann das? In solchen Tagen läßt es sich nicht verhüten, daß da und dort Gewalt über das Gesetz siegt, und viele kommen um, Verdächtige und die einem Verdächtigen nahestehen.«

Doña Leonor trank jedes der leisen, harten Worte ein. »Warten«, sagte sie vor sich hin, »warten«, und es war nicht klar, ob sie klagte oder ob sie sich einen Befehl gab. »Ja, warten!« befahl scharf die Mutter. Und: »Geh nach Toledo!« befahl sie. »Das ist eine gute Stadt, und die weiß, wie man mit Feinden umgeht. Schon die alten Könige von Toledo haben es verstanden, die rechte Nacht abzuwarten, bevor sie die Köpfe springen ließen. Una Noche Toledana, eine Toledanische Nacht, sagen sie auch bei uns. Warte ab, und decke dich gut.«

Sie hustete, das leise, scharfe Sprechen strengte sie an. Sie lächelte, schlug um, die kalte Leidenschaft der wilden Greisin wandelte sich in die Courtoisie der Dame, und hatte sie bis jetzt provençalisch gesprochen, so ging sie jetzt ins Lateinische über. »Vielleicht«, meinte sie leichthin, »solltest du den Liebeshandel deines Alfonso einmal auch von seiner andern Seite betrachten. Er hat nämlich auch sein Gutes. Dieser dein Alfonsus Rex Castiliae ist ein großer Ritter, ein wahrer Miles Christianus, aber in der Liebe scheint er mir – nimm mir's nicht übel – ein wenig verschlafen. Da ist es wohl ein Glück auch für dich, daß er in seinen Mannesjahren noch aufgewacht ist. Ich habe zu meiner Freude gesehen, daß du Funken geben kannst. Ich denke, was du erlebt hast, wird nicht so bald wieder Asche werden.«

Don Alfonso fühlte sich wohl in der Hauptstadt seiner Väter, in der alten, strengen, verwinkelten Burg. Er fühlte sich eins mit Doña Leonor, er hatte vergessen, daß jemals zwischen ihnen Streit gewesen war. Er wurde zum früheren Alfonso, liebenswürdig, generös, strotzend jung.

Die Galiana lag hinter ihm in Vergangenheit und Dunst. Er begriff nicht mehr, wie er es so lange in ihrem faulen, üppigen Frieden hatte aushalten können. Er dachte nur mehr an den gesegneten Krieg, den er jetzt führen wird. Wie es ihn wohl auf der Jagd, an einem heißen Tage, nach einem Bad verlangte, so jetzt sehnte er sich nach diesem Krieg. Für den Krieg war er geboren, der Krieg war sein Geschäft. Der Ruhm seines Schwagers, des Königs Richard, des Melek Rik, spornte ihn an. Ihm, Alfonso, war schon aus den kleinen Feldzügen, die er hatte führen dürfen, Ruhm entsprungen; jetzt wird, im großen Krieg, aus diesem jungen, zarten Schößling seines Ruhmes ein starker Baum werden.

Enthusiastisch, vor dem Erzbischof, erging er sich in Entwürfen seines Krieges. Sie waren wieder vertraute Freunde, Don Martín und er – hatten sie jemals Zerwürfnisse gehabt? Er berief die kriegskundigen Barone Vivar und Gomaz; seine Begeisterung machte sie erfindungsreich. Und ständig gingen Boten hin und her zwischen ihm und Nuño Perez, dem Großmeister von Calatrava, seinem vorzüglichsten General.

Ein Jammer nur, daß er nicht seinen ganzen Tag den Vorbereitungen des Krieges widmen konnte, sondern lange Stunden hindurch ödes Gewäsch anhören mußte über Wirtschaft, Werkstätten, Bürger, Bauern, Zölle, Pfänder, Stadtrechte, Darlehen. Denn leider hatten die beiden Ibn Esras recht gehabt: die vielen Händel Kastiliens mit Aragon waren in der Tat schier unlöslich verfilzt. Gewiß, über das Heiratsgut der Infantin Berengaria hatte man sich rasch geeinigt, so daß die Vermählung stattfinden konnte; aber die Abmachungen, die dem Abschluß der Allianz vorangehen mußten, bereiteten immer neue Schwierigkeiten.

Da war ihm denn der Besuch der Dame Ellinor sehr willkommen. Er hoffte, sie, die erfahrene, staatskluge, tatkräftige Fürstin, werde die Schwierigkeiten in kürzester Zeit lösen.

Freilich schuf ihm ihre Gegenwart auch einiges Mißbehagen. Ihr Gefolge ärgerte ihn, die Mesnie, die sie mitführte, dieses Pack geckenhafter Hofleute. Ließ er den Damen das gezierte Wesen zur Not noch durchgehen, so waren ihm unverständlich und höchst widerwärtig diese Ritter, die, auf ihrem Weg in den Kreuzzug, sich die meiste Zeit in modische, überfeine Tracht kleideten; dazu trugen sie die Gesichter glatt rasiert, als wären sie Joglares, Seiltänzer.

Allein er verzieh, was immer ihn am Wesen der Dame Ellinor verdrießen mochte, über der Umsicht, mit welcher sie die Hindernisse aus dem Weg räumte, die der Allianz entgegenstanden. Souverän beurteilte und entschied sie das Ganze und die Einzelheiten. Sie hatte recht, wenn sie auch heute noch verlangte, als Haupt der Familie angesehen zu werden.

Alfonso war denn auch nur wenig überrascht, als sie ihn eines Tages ohne Federlesens fragte: »Und nun, mein Sohn, erzähl mir einmal, was für eine Art Frau ist sie eigentlich, deine Jüdin, die Schöne?« Gewiß war der König von Kastilien befugt, sich solche Neugier sogar von der Dame Ellinor zu verbitten. Andernteils hatte sie das Recht zu ihrer Frage. Überdies war die Galiana Vergangenheit, er konnte aufrichtig, ruhig und sachlich von Raquel erzählen.

Aber als er sich dazu anschickte, merkte er erstaunt: er wußte nichts von Doña Raquels Wesen und Art; was er wußte, war ungenau, locker, spärlich, es ergab kein Bild. Er, der so stolz war auf sein gutes Gedächtnis, konnte sich seiner Liebsten nur mehr undeutlich erinnern.

»Sie ist in Wahrheit sehr schön«, sagte er endlich. »Es ist keine Schmeichelei, wenn alle sie ›Die Schöne‹ nennen. Sie ist zauberhaft und hat mich eine ganze Weile lang bezaubert«, gab er offen zu. »Aber das ist aus«, fuhr er fort. »Abest, sie ist fort. Sie ist fort aus meinem Geblüt«, schloß er entschieden, endgültig.

Ellinor antwortete freundlich: »Ich hatte gehofft, du würdest sie mir deutlicher schildern können. Liebesgeschichten haben mich von jeher interessiert. Aber ich sehe, zum Troubadour oder zum Conteur eignest du dich wenig. *Eines* kannst du mir vielleicht klarer beantworten: Wie bist du mit deinem Söhnchen zufrieden? Ist es ein erfreulicher kleiner Bastard?«

Alfonso sagte stolz: »Ja, da muß ich ihr und dem Himmel dankbar sein. Einen wohlgeratenen Sohn hat sie mir geboren, schön und fest und groß, wiewohl sie selber eher zart und klein ist. Und klug scheint das Söhnchen; ungewöhnlich lebendige, gescheite Augen hatte es schon vom ersten Tage an.« – »Kein Wunder«, meinte Ellinor, »da ja die Mutter eine Jüdin ist. Wie heißt er übrigens, dein Bastard?« – »Sancho«, sagte Don Alfonso, »und ich will ihm die Grafschaft Olmedo geben.« Vollkommen vergessen hatte er, daß das Söhnchen noch nicht getauft war. »Findest du es richtig, Dame und Mutter«, fragte er, »daß ich ihm die Grafschaft gebe?« – »Hat sie viel Landgut, diese Grafschaft«, erkundigte sich Ellinor, »oder nur eine schöne Burg und ein paar hundert Bauern?« – »Es ist eine sehr reiche Grafschaft, soweit ich unterrichtet bin«, antwortete Alfonso. Ellinor erläuterte: »Es macht nämlich jetzt einen Mann stärker, ertragreiches Landgut zu besitzen als eine turmreiche Burg. Ich habe viele meiner Burgen gegen Landgüter vertauscht. Und wenn dein Bastard groß geworden ist, werden Schlösser noch weniger und Landgüter noch mehr wert sein.« – »Du hast also nichts dagegen einzuwenden, Dame und Königin«, vergewisserte sich Alfonso, »daß ich das Söhnchen zum Grafen von Olmedo mache?« – »Wenn dein Sancho ein erfreulicher Bastard ist«, antwortete bedächtig und entschieden die Königin Ellinor, »dann gehört es sich, daß du ihn gut hältst.«

Zwei Tage später wurden in feierlicher Zeremonie die beiden Prinzessinnen, deren eine die künftige Königin von Francien sein sollte, der alten Ellinor vorgeführt.

Die Versammlung war groß und glänzend. Anwesend waren die Granden und Prälaten Kastiliens und Aragons, dazu die Barone der Königin Ellinor und der Sondergesandte Philipp Augusts von Francien, der Bischof von Beauvais.

Wochenlang hatten beflissene Hände an den Kleidern der beiden Infantinnen gewirkt, genäht und gewoben. So traten sie schön geschmückt vor die edle, wählerische Versammlung, nette Mädchen mit hübschen, weiß und rosigen, fleischigen Kindergesichtern, wohlgeraten, ausgezeichnet erzogen. Sie legten das damenhaft gelassene Betragen an den Tag, das die Courtoisie erforderte und das sie mit viel Mühe erlernt hatten. Innerlich waren sie voll von Befangenheit und dem Bewußtsein ihrer Wichtigkeit; nicht nur ihr eigenes Schicksal, auch das vieler Christenmenschen in manchen Ländern hing vom Ausgang dieser Prüfung ab.

Berengaria, Infantin von Kastilien, Königin von Aragon, auf bevorzugtem Platz auf der Estrade sitzend, betrachtete herablassend die Schwestern. Eine wird also Königin von Francien sein. Was ist das schon? Sie selber, Berengaria, wird einmal Kastilien mit ihrem Aragon vereinigen, vielleicht, wahrscheinlich wird es ihr glücken, León dazuzuschlagen, vielleicht auch Navarra, ja, vielleicht wird ihr Don Pedro, wenn sie ihn anfeuert, ein Gutteil des moslemischen Andalús dazu erobern. Das Gebiet des Königs von Francien ist eingeschnürt, rings an seinen Grenzen sitzt ihr großer Onkel Richard, der sein Engelland hat und einen sehr viel größeren Teil des fränkischen Gebiets als dieser arme König von Francien. Nein, ihre Schwester von Francien wird nicht viel Staat machen können neben ihr selber.

Don Alfonso freute sich seiner schönen Töchter. Er war der alten Königin Ellinor dankbar, daß sie diese Verschwägerung mit Francien in die Wege geleitet hatte; es war gut, daß in dieser Zeit des großen Krieges die Verbundenheit der christlichen Fürsten gefestigt wurde. Er sah das nicht schöne, doch kühne und gescheite Gesicht seiner Ältesten, seiner Berengaria, sah mit einer kleinen Heiterkeit, doch auch mit leisem Ärger den unbändigen Hochmut darauf. Sie verschloß sich jetzt vor ihm noch strenger als früher. Sie verdachte es ihm, daß er »sich verlegen« hatte, sie fühlte sich sichtlich schon als Königin von Aragon und sah in ihrem Vater einen Mann, der ihr Erbe sträflich schlecht verwaltete.

Doña Leonor trug ein rotes Gewand aus schwerem Damast mit einem silbernen Saum, in den Löwen eingewirkt waren; sie wußte, dieses Kleid stand ihr nicht gut, aber heute legte sie's darauf an, sich von ihren Töchtern überstrahlen zu lassen. Sie war stolz auf diese Töchter, von denen nun zweie auf hohen Thronen Europas sitzen werden. Die Welt wurde klein ohne die Länder, über welche sie, ihre Mutter, ihr Bruder, ihre Töchter Gewalt hatten.

Die alte Ellinor betrachtete mit harten, hellen Augen, die sich nichts vormachen ließen, ihre beiden Enkelinnen. Im stillen hatte sie bereits ein neues Projekt ausgedacht. Diejenige, die sie nicht nach Francien vergibt, wird sie auf den Thron von Portugal setzen; Portugal, infolge seiner guten Häfen, war wichtig für Engelland. Sie wog also: welche paßt besser nach Paris, welche nach Lissabon? Sie prüfte die beiden Mädchen mit fast ungeschliffener Gründlichkeit. Richtete unverblümte Fragen an sie, hieß sie näher kommen, um ihren Gang zu beobachten, hieß sie ein weniges singen, fragte sie aus lateinisch und provençalisch. »Nette Mädchen«, sagte sie schließlich zu Doña Leonor, doch so laut, daß jeder es hören konnte, »erfreuliche Prinzessinnen. Sie haben einiges von Alfonsos kastilischen Vätern, mehr von meinen Vätern von Poitou und merkwürdig wenig von den Plantagenets.« Dann wandte sie sich nochmals an die Infantinnen und fragte die ältere: »Wie heißt du doch, Prinzessin?« – »Urraca, Frau Großmutter und Königin«, erwiderte sie, und die andere sagte: »Ich bin Doña Blanca, Frau Königin.«

Später waren Ellinor, Alfonso und Leonor allein mit dem Bischof von Beauvais, dem Sondergesandten des Königs von Francien. »Welche hat dir besser gefallen, Hochwürdigster?« fragte Ellinor den Bischof. Höflich und vorsichtig antwortete der Prälat: »Jede verdient, Königin zu sein.« – »Das finde ich auch«, sagte Ellinor. »Aber da ist eines zu erwägen. In Francien wird man Schwierigkeiten haben, den Namen Urraca auszusprechen. Das mindert die Popularität dieser Infantin. Ich denke, wir geben deinem Erbprinzen Louis unsere Doña Blanca.«

So wurde entschieden.

Kaum ein Tag verging, ohne daß der Hof von Burgos ein Fest zu Ehren der Dame Ellinor und der Neuvermählten gab. Die alte Königin zog sich besser an und richtete sich geschickter her als viele Damen, welche ihre letzten Jahre nicht im Gefängnis verbracht hatten, sondern in Kreisen, welche Stoffe, Kleider, Schmuck und Schminke gründlich studierten und diskutierten. Sie schritt im Tanz kundig und geschmeidig wie eine Junge. Sie hatte kennerische Freude an Speisen und Weinen. Sie saß gut zu Pferde und bewährte sich auf der Jagd. Auch wenn sie auf der Tribüne den Kampfspielen zuschaute, bezeigte sie Sachverständnis. Und unbestritten war ihr Urteil, wenn die Damen die Dichtungen der Troubadours und Conteurs zu werten hatten.

So viel Kraft sie brauchte für Jagd und Tanz und Fest und Lied, die Aufmerksamkeit und Energie, mit der sie den Anschluß der Allianz betrieb, wurde dadurch nicht geringer. Sie ging methodisch vor. Erst einmal hatten sich Don Alfonso und Don Pedro feierlich durch Unterschrift und Siegel verpflichten müssen, sich ihrem, Ellinor de Guiennes, Schiedsspruch zu fügen; sie hatte sich eine solche Erklärung auch von Doña Leonor und vorsichtshalber sogar von Doña Berengaria ausstellen lassen. Dann beschied sie die vornehmsten Räte der beiden Könige zu sich, jeden zunächst einzeln, stellte ihnen kurze, gescheite Fragen, konfrontierte die Minister, deren Aussagen und Meinungen einander widersprachen, erkundete, was immer zur Sache gehörte.

Berief einen Kronrat ein, alle Minister der Länder Aragon und Kastilien. Es fehlten nur Don Jehuda und Don Rodrigue; sie wurden in Toledo festgehalten durch die Verwaltung des Reiches.

»Ich gebe jetzt mein Arbitrium bekannt«, erklärte Ellinor. Sie nahm vor jenes alte, ehrwürdige Schriftstück, welches die Lehenshoheit Kastiliens über Aragon festsetzte, und entfaltete das nun gebrechliche, vergilbte Pergament, von welchem groß die beiden Siegel hingen und das alle sogleich erkannten. »Zuerst einmal«, verkündete sie, »erkläre ich das hier für ungültig. Non valet, deleatur«, und mit festen Händen zerriß sie das Pergament in zwei Fetzen. »Deletum est«, stellte sie fest.

Don Alfonso hatte seinerzeit, als Jehuda den König Heinrich zum Schiedsrichter vorschlug, dessen Urteil mit schlechtem Gewissen angerufen; Ellinor hingegen war ihm als die von Gott geschickte Richterin erschienen. Nun aber, da er sah, wie das teure Pergament, das ihm Macht gab über den Fant, vernichtet wurde, dieses berühmte, verhängnisvolle Schriftstück, um welches so viele Ritter und Pferde hatten sterben müssen, war ihm, als rissen die Hände dieser alten Frau an seinem lebendigen Leib.

Ellinor ging jetzt ein auf jene neunzehn wirtschaftlichen Streitfragen, von denen damals Jehuda erklärt hatte, ihre Entscheidung bestimme, welchem der beiden Länder die Vorherrschaft auf der Halbinsel zufallen werde. Auf den Sueldo genau grenzte sie Rechte und Pflichten Kastiliens und Aragons ab. Kastilien und Aragon hörten zu, bald zufrieden, bald unmutig.

Zuletzt verkündete die alte Fürstin ihr Urteil über die Ansprüche des Gutierre de Castro. Don Alfonso solle ihm eine Buße – sie vermied nicht das harte Wort – von zweitausend Goldmaravedi zahlen. Das war eine außerordentlich hohe Buße, die Hörer verbargen kaum ihre Erregung. »Anderenteils«, fuhr Ellinor beiläufig fort, »bleibt jenes Castillo in Toledo, auf welches der Castro Rechte zu haben glaubt, Eigentum Don Alfonsos, beziehungsweise des Mannes, der es mittels gültigen Kaufvertrags erworben hat. Es bleibt Castillo Ibn Esra.« Doña Leonor konnte nicht verhindern, daß ihr Gesicht blaß wurde vor Empörung. Alfonso aber, der diesen Bescheid nicht zu erhoffen gewagt hatte, atmete erleichtert auf; es wäre ihm eine sehr unwillkommene Verpflichtung gewesen, dem Juden gerade jetzt das Castillo wegzunehmen.

»Ich denke, wir sind zu Ende«, sagte die Dame Ellinor. »Ich habe die einzelnen Schriftstücke ausarbeiten lassen und bitte die zuständigen Herren, sie ihren Königen zur Unterzeichnung vorzulegen. Es ist aber, was darin verfügt wird, durch meine Unterschrift unter dem Schiedsspruch schon heute Gesetz.«

Später – sie hatte die zornige Überraschung Doña Leonors sehr wohl bemerkt – erklärte sie ihr: »Du bist immer noch nicht klug geworden, kleine Tochter. Dir schwemmt noch immer Leidenschaft die Vernunft weg. Versuche doch zu begreifen, daß es der Gipfel der Torheit wäre, wenn wir, du und ich, dem Juden Krieg ansagten. Und wünschest du etwa, daß der Castro versöhnt werde? Sieh lieber zu, daß er auch in Zukunft dem Juden an den frech herausgestreckten Hals will.«

Sie wartete, bis sich ihre Worte in Leonor eingesenkt hatten. »Mach dir's zum Grundsatz, Tochter von Kastilien«, mahnte sie dann, »einem Fordernden niemals alles zu geben, was er verlangt. So hab ich's von der Mutter meines Heinrich gelernt, der hochseligen Kaiserin Mathilde. Sie hat mir's eingeprägt: ›Wer von seinem Falken guten Dienst haben will, darf ihm den Fraß nicht geben, er muß den Fraß vor ihm baumeln lassen.‹ Laß das Castillo vor dem Castro baumeln, Doña Leonor.«

Eine Weile später sagte sie: »Sei nicht böse, wenn ich dich manchmal hart anfasse und dich schelte. Ich weiß genau, was du gut gemacht hast und daß du viel Hindernis hast aus dem Weg räumen müssen, ehe diese Heirat und diese Allianz zustande kam. Du hast Talent zur Politik. Es ist wohl das letztemal, daß ich dich sehe, und ich möchte gerne deine Lust an der Politik höher schüren. Lust an der Macht ist unter den Leidenschaften die haltbarste.« Sie schloß die Augen und sprach aus ihrem Innern: »Es ist ein gewaltiger Spaß, Menschen hierhin jagen und dorthin, Städte bauen, Länder zusammenschmieden und wieder auseinanderreißen. Was aufrichten, ist Freude, und was zerstören, ist Freude. Ein rechter Sieg ist Freude, aber ich möchte auch meine Niederlagen nicht missen. Sag es nicht weiter: ich habe sogar an der Exkommunikation meinen Spaß gehabt. Wenn da der Bannfluch kommt mit Buch, Glocke und Kerze, wenn die Altäre dunkel werden und die Bilder verhängt und die Glocken verstummen, dann wächst einem ein reißender Wille, die Kerzen wieder anzuzünden und die Glocken wieder zu läuten, ein unbändiger Wille, der den Witz schärft. Alle Mittel und Wege überlegt man: soll man's mit dem Papst halten, der ist, und ihn schlau sänftigen? Oder soll man einen Gegenpapst einsetzen, der dem andern die Kerzen löscht und die Glocken stumm macht?«

Doña Leonor trank hingegeben die leisen Worte ein. Sie war der Mutter dankbar, daß sie sie in ihr Vertrauen einließ. Sie wird sich bewähren.

Ellinor öffnete die Augen und schaute der Tochter voll ins Gesicht. »Ein großes Herz«, sagte sie, »hat notwendig viele leere Stellen. Da nistet sich leicht die Langeweile ein, die Melancholie, die große Feindin, die Acedia. Man braucht eine gute Menge Leidenschaft, die leeren Stellen zu füllen. Nach Macht jagen, nach mehr Macht, ist ein großes, gutes, haltbares Feuer. Glaub es mir, Tochter, Politik kann einem das Blut hitzen wie die schönste Liebesnacht.«

Zweites Kapitel

Es hatte sich am Hofe von Burgos auch der Clerc Godefroi de Leigni eingefunden, um als Vertreter der Prinzessin Marie von Troyes an der Vermählungsfeier der Infantin Berengaria teilzunehmen. Godefroi war ein enger Freund des vor kurzem verstorbenen Chrétien de Troyes, des berühmtesten unter den Conteurs, und wo immer Godefroi sich zeigte, lagen die Ritter und Damen ihm an, aus den Verserzählungen seines toten Freundes vorzutragen.

Nun hatte der große Dichter Chrétien de Troyes eine ganze Reihe von schönen, wunderlichen und vieldeutigen Versromanen geschrieben. Er hatte erzählt von den bunten, märchenhaften und dennoch sinnvollen Schicksalen des Guillaume d'Angleterre, von der dunkeln, herrlichen Liebesverzauberung des Tristan und der Ysault, von den wunderbaren Abenteuern des Ritters Yvain in geheimnisvollen Schlössern, von den Fahrten und Grübeleien des treuherzigen, ahnungsvollen Knaben Perceval. Lieber aber als diese Geschichten hörten die Damen und Herren aus des Chrétien Erzählung von dem Ritter Lanzelot auf dem Karren. Vergebens wies Godefroi darauf hin, daß Chrétien diese Dichtung für nicht recht geglückt gehalten und sie auch nicht vollendet habe; der »Lanzelot« war nun einmal das populärste seiner Werke, und die Ritter und Damen wollten immer wieder gerade daraus hören.

Was sich aber in der Erzählung »Lanzelot auf dem Karren« zuträgt, ist dies: Lanzelot, der beste Ritter der Christenheit, liebt die Dame Genièvre, und da sie in Bedrängnis gerät, zieht er aus, sie zu befreien. Er verliert sein Pferd und verzweifelt daran, den Entführer der Dame weiter zu verfolgen. Da kommt ein Karren vorbei, ein Schinderkarren, und der Besitzer, ein scheußlicher Zwerg, lädt Lanzelot unter vielen höflichen, lächerlichen Verbeugungen ein, das Gefährt zu besteigen; keinen schlimmeren Schimpf aber gibt es für einen Ritter, als auf einem solchen Karren gesehen zu werden. Lanzelot zögert zwei Augenblicke; dann besteigt er den Karren und zieht auf ihm weiter, von den Bürgern verhöhnt. Er befreit seine Dame. Sie jedoch läßt ihn nicht vor sich, sondern trägt ihm auf, im nächsten Tournier seine Kraft und Geschicklichkeit zu verbergen und sich besiegen zu lassen. Er tut es und nimmt auch mancherlei weiteren Schimpf auf sich, weil es seine Dame so befiehlt. Sie aber bleibt ungnädig und läßt ihm zuletzt auch den Grund nennen: er wisse nicht, was wahre Liebe sei; er habe, bevor er den Karren bestieg, zwei Augenblicke gezögert.

Da Königin Ellinor und Doña Leonor den Vorträgen der Troubadours und Conteurs selten fernblieben, verlangte die Courtoisie, daß sich auch Don Alfonso manchmal einfand. Da hörte er denn eines Tages den Clerc Godefroi aus dem »Lanzelot« vorlesen.

Gemeinhin langweilten den Alfonso die Versromane. Die Abenteuer dieser erfundenen Ritter schienen ihm blödsinnig, ihr Liebesgegirr und -gestöhne affektiert. Diese Geschichte aber, gegen seinen Willen, fing ihn ein. Das Verhalten des Lanzelot, so aberwitzig es war, ging ihn an, es kratzte ihn, zwang ihn, nachzudenken, sich damit auseinanderzusetzen.

Noch als er spät nachts auf seinem Bette lag, dachte er nach. Mit geschlossenen Augen lag er, zu müde, um wach zu sein, zu wach, um einzuschlafen, und er sah den Ritter Lanzelot auf seinem Karren. Plötzlich aber war Lanzelot nicht mehr auf dem Karren, er saß hier, auf seinem, Alfonsos, Bett.

»Was suchst du hier?« fragte Alfonso streitbar. »Willst du vielleicht behaupten, wir gehören zusammen?« Lanzelot nickte heftig. »Das verbitte ich mir«, herrschte Alfonso ihn an. »Ich bin nicht dein Bruder und Kamerad.« Lanzelot erwiderte nichts, aber er schaute Alfonso immerzu an, und der wußte, was der Stumme sagte. »Gewiß bist du mein Bruder und Kamerad«, sagte er, »eques ad fornacem, Ritter Ofenhocker.« Alfonso wollte kräftig erwidern, alle die zwingenden militärischen und politischen Gründe anführen, aus denen er dem Kreuzzug so lange ferngeblieben war. Mit einem Male aber wurde ihm schmerzhaft klar: das war alles Schein und falsch. Es gab einen einzigen wahren Grund, weshalb er nicht gekämpft hatte – er hatte bei Raquel bleiben wollen. Er *war* der Bruder und Kamerad des Lanzelot, er *hatte* Schimpf auf sich geladen, er *hatte* »sich verlegen«.

Er spürte heiße Scham.

Bald indes, mit einem süßen Schreck, merkte er, wie sich diese Hitze in eine andere wandelte, in eine sehr vertraute, verfluchte und willkommene Schwüle. Leibhaft roch er den schweren Duft der Gärten der Galiana, seine Adern klopften, kitzelnd rieselte es ihm durchs Geblüt, in ihm arbeitete süß und fein das liebe Gift Raquel.

Er suchte sich loszureißen. Atmete heftig, stieß kindisch gewalttätig den nackten Fuß gegen die Bettdecke. Dieser Lanzelot soll sich nicht mehr lange lustig machen über ihn.

Der Krieg ist da, und sowie er erst im Felde ist, liegt Raquel hinter ihm und für immer. Absit! Absit! beschloß er. Es soll aus sein mit ihr! Sowie er nach Toledo zurückkommt, wird das erste sein, daß er das Söhnchen taufen läßt, und dann geht er an seine Südgrenze, nach Calatrava und nach Alarcos, und es ist aus mit Raquel.

»Dann habe ich nichts mehr mit dir zu tun, Weiberknecht, trauriger«, erklärte er heftig dem Lanzelot, »und überhaupt bist du lächerlich mit deiner kriechenden Liebe.« Aber Lanzelot war bereits verschwunden.

Sowenig Gunst Don Alfonso den Troubadours und Conteurs bezeigte, einer war unter ihnen, der ihm gefiel, ein Baron aus dem Limousinischen, Bertran de Born.

Dieser Bertran war, wiewohl er sich Vizegraf von Hautefort nannte, nicht eigentlich ein großer Herr, es unterstanden ihm nur wenige hundert Mann. Aber er war berühmt um seiner wilden Verse willen, er war hinreißend von Wesen, er hatte von frühester Jugend an Menschen bezaubert und durcheinandergewirbelt. Es hieß, er habe sich seinerzeit, ein halber Knabe noch, der Gunst der blühenden Königin Ellinor erfreut. Später dann, als Herr seiner beiden Burgen, hatte er mit Wort und Schwert an jeder Fehde teilgenommen, nicht lange prüfend, welche Sache die bessere sei, und es immer verstanden, seiner Sache viele Menschen zu gewinnen. Er war streitbar und jähzornig. Mit seinem Bruder hatte er sich über die Teilung des Erbes entzweit und ihn, obgleich des Bruders Forderungen mäßig waren, mit Versen und Waffen bekämpft. König Heinrich, der Lehnsherr, hatte eingegriffen und dem Bruder zu seinem Recht verholfen. Bertran hatte darauf durch seine Verse den jungen König Heinrich gegen den Vater aufgehetzt, bis dieser junge König vor einem Schloß Bertrans durch einen Bolzen den Tod fand. Auch weiterhin hatte Bertran die Barone des Limousin angespornt, Krieg gegen ihren König zu führen, den alten Heinrich, und Krieg auch untereinander; seine Hand war gegen alle, die Hand aller gegen ihn. Schließlich hatte der junge Richard die Schlösser Bertrans niedergebrannt und ihn gefangengenommen. Bald aber hatten sie sich wieder ausgesöhnt, und jetzt war Bertran im Begriff, nach Sizilien zu fahren und sich dem Kreuzheer Richards anzuschließen.

Die Kunde von Bertran de Born war auch über die Pyrenäen gedrungen. Man wußte in Hispanien vor allem von seinen politischen Liedern, seinen Sirventés. Wo immer eine Fehde oder ein Krieg heranzog, sang man seine wilden Verse. Seine Devise: »Den Frieden halt ich ungeehrt. / Mir gilt ein einzig Recht, mein Schwert«, war bekannt wie die Bitten des Vaterunsers.

Bertran war jetzt wohl schon um die sechzig Jahre alt, doch ritterlich und höfisch wie kaum ein zweiter. Er hatte Alfonso sogleich gefallen, und wiewohl der König manchmal Mühe hatte, Bertrans Provençalisch zu verstehen, spürte er, diese wilden Streitlieder waren aus sehr anderm Stoff als die lahmen Verse der hispanischen Sänger; sie waren elegant und gefährlich wie scharfe córdovanische Degen.

Don Alfonso zeichnete Bertran aus, schickte ihm reiche Geschenke, verwöhnte ihn, nahm ihn in sein Jagdgefolge auf, pflegte mit ihm vertrautes Gespräch.

Bertran hatte die Gabe, Menschen und Geschehnisse rund und leuchtend zu machen, daß man sie leibhaft vor sich sah.

Da erzählte er etwa von dem alten König Heinrich. Mit seinem Wort malte er den toten König, die grauen, blutunterlaufenen Augen, die hohen Backenknochen, das mächtige Kinn mit dem kleinen Spitzbart, den wilden, gierigen Mund. Er war fast ein Held, König Heinrich, aber doch kein ganzer Held. Es fehlte ihm an der wahren Largesse, an der Generosität, er knauserte. Bertran war dem König zuletzt als Gefangener gegenübergestanden, er hatte keine Waffe, nichts als sein Wort, aber mit diesem seinem Wort hatte er den Sieger besiegt, daß er ihn freiließ und ihm die verbrannte Burg wieder aufbaute. Aber auch da hatte er gespart. Er war eben kein rechter König, so königlich er sich gab. Er eroberte nichts aus bloßer Lust am Erobern, sondern um zu haben und zu halten. Immer wieder konnte man ihm an kleinen Zügen und Gesten absehen, daß er gierig war, ein Krämer. Seine Finger etwa verrieten ihn, gierige Finger, die er nicht ruhig halten konnte, er bog und streckte sie, daß sie seine Würde Lügen straften, oder aber er skribbelte und zeichnete. Er versprach vieles, er hielt auch, aber immer nur zum Teil; »Ja und Nein« hatte Bertran ihn genannt, und dieser Name wird ihm bleiben. Don Alfonso, da Bertran so erzählte, sah den Vater seiner Frau vor sich, sah ihn deutlicher, als da er ihn mit leiblichen Augen gesehen hatte.

»Da war mein junger König Heinrich ein anderer«, erzählte Bertran weiter. »›Rassa‹ hieß ich ihn, und Rassa war er. Er lebte aus dem vollen, er verschwendete, was er hatte, die Schätze von Chinon, seine Ritter und Routiers, sich selber. Herrlich war er, Rassa war er, und darum war es eine doppelte Niedertracht des alten Königs, ihn so knappzuhalten. Warum hatte er ihn zum König gemacht, wenn er's ihm verwehrte, wie ein König zu leben? Ja, ich hab ihn gehetzt gegen den Vater, und als er sich mit ihm versöhnte, hab ich ihn von neuem gehetzt. Er ist daran gestorben, sagen sie. Ich habe nie geglaubt, daß ein Mensch einen so höllischen Schmerz spüren kann wie ich, als mein junger König starb. Und vielleicht ist er wirklich an meinen Versen gestorben. Ich bereu es trotzdem nicht.« Er fuhr fort, leise, wild, und jetzt sprach er wohl mehr für sich: »Ich habe viele Frauen geliebt und viele verloren, und ich war wohl auch traurig, wenn ich diese verlor oder jene. Aber wirklich getrauert hab ich nur um den jungen König. Nur ihn hab ich geliebt.« Und er begann, halb singend, die Verse vor sich hin zu sprechen, die er beim Tod des jungen Königs gedichtet hatte, jenes Klagelied, von dem es hieß, nie sei einem Helden ein schöneres gesungen worden, seitdem David geklagt hatte um Jonathan. »Si tuit li dol e'lh plor e'lh marrimen«, sang er.

»Wär'n alle Qualen, Tränen, Herzeleid,
Der Kummer, der Verlust, die ärgste Pein,

Die man gefühlt in dieser Zeitlichkeit,
In *eins* gesammelt, schienen sie noch klein
Vorm Tod des jungen Herrn von Engelland.«

Don Alfonso schaute auf Bertran, wie der vor sich hin sprach, wild, versunken; über der dünnen, stark gekrümmten Nase, einer richtigen Habichtsnase, leuchteten stark die weiten, heftigen, grauen Augen. So tief aus der Brust heraus holte der Mann die klagenden Verse, daß es Alfonso war, als entstünden sie jetzt, und es bewegte den König, daß Bertran vor ihm auf solche Art sein Herz nach außen kehrte. Es trieb ihn, sein Vertrauen zu erwidern. Bertran, dieser wahre Ritter, hatte die Gabe, auszusagen, was einem Manne wirr, unausgesprochen und schier unaussprechlich durch die Brust ging; wenn einer, dann wird er Verständnis haben für die Dunkelheiten, die Alfonso bedrängten.

»Du sagst«, fragte er, gegen seine Art zaghaft, »du habest niemals eine Frau wirklich geliebt?« Bertran schaute hoch. »So bündig möchte ich es nicht fassen«, antwortete er lächelnd, »doch ist eine Spur Wahrheit in deinem Satz.« – »Aber du hast doch herrliche Verse auf Frauen gedichtet«, wandte Alfonso ein. »Gewiß hab ich das«, erwiderte Bertran. »Ein Mann muß einer Frau schöne Dinge sagen, das verlangt die Courtoisie und manchmal auch das Herz. Ich hab den Frauen das Blaue vom Himmel herunter geschworen. Aber die Schwüre einer Liebesnacht gelten nur bis zum Morgen. Sie zu brechen, ist läßliche Sünde, das hat mir sogar mein Beichtvater zugegeben. Schließlich war es die Frau, die uns verführt hat mit dem Apfel.«

Alfonso lachte, forschte aber sogleich weiter: »Und du bist immer weggekommen über die Liebe? Über die Liebe zu jeder Frau bist du weggekommen?« Der alte Ritter merkte die Gespanntheit des andern, er sah, daß Alfonso an seinen Liebeshandel mit der Jüdin dachte, er spürte eine fast väterliche Neigung für den jungen König, der auf so naive, kindlich verkleidete Art von ihm Trost verlangte. »Ja, ich bin darüber weggekommen«, antwortete er. Er schaute ihn an, lustig freundlich, und: »Weiber!« fuhr er fort mit hochmütiger, leichtsinniger Handbewegung, »sie mögen unserm Blute nahekommen, unserer Seele bleiben sie fern. Ich sag dir was, Alfonso: das Leben eines Ritters ist ein reißender Fluß, er fließt und fließt und zerreibt alles nicht ganz Feste, alles, was nicht in die Seele gegangen ist. Jene Frauen meiner Verse, sie sind längst zerrieben, leere Erinnerungen, im Nebel verschwommen. Das ist was anderes mit einer guten Schlacht. Ihre Spürung dauert, ihre Erinnerung macht einem heiß und stark. Die Schlachten, in denen ich kämpfte, haben mir den Sinn jung gehalten.« Er lachte scherzhaft, übermütig. »Und wohl auch den Leib. Du wirst gleich sehen, was ich meine«, sagte er fröhlich und geheimnisvoll.

Er rief seinen Schildknappen heran, Papiol, der kaum jünger war, sich aber nicht minder stramm hielt als er selber, und den König aus seinen heftigen, tiefliegenden Augen lustig anfunkelnd, befahl er: »Los, Papiol, mein Knabe! Sing uns das Lied von alt und jung!«

Und Papiol, sich auf der kleinen Harfe begleitend, sang das freche, kecke Lied: »Joves es om que lo seu be engatge,

Jung ist, wer seine Burg und sein Hab verpfändet
Und glänzend auszieht zum Tournier.
Jung ist, wer ohne Geld die reichsten Gaben spendet,
Und wen die Schar der Gläubiger nicht verdrießt.
Jung ist, wer sich beim Spiel ausgibt und in den Fehden,
Und jung ist, wer sich in der Lieb nicht schont.

Alt ist, wer seine Burg niemals und nie sein Land
belastet,
Wer Korn aufspeichert, Wein und Speck.
Wer, wenn er satt, sich nicht mehr traut, zu essen,
Und wenn es regnet, zag zum Mantel greift.
Alt ist, wen's lüstet, einen Rasttag einzulegen,
Alt, wer das Spiel aufgibt, eh er's gewann.«

Nun hatte die Wildheit seines Lebens an Bertran gezehrt, und wenn er sich auch stattlich und hochfahrend gab und fast immer in der Rüstung einherklirrte, so konnte er's doch kaum verbergen, daß in dieser Rüstung ein etwas wackeliger Körper stak, und der und jener hätte vielleicht gelächelt über den alternden Ritter und seinen alternden Schildknappen und ihre Verse. Alfonso lächelte nicht. Er hörte und spürte den federnden Elan der Verse, die Herausforderung an die fließende Zeit, das rinnende Leben. »Dank dir, Bertran«, sagte er entzückt. »Das ist Ritterschaft, das ist Kunst!«

Das Entzücken des jungen Königs tat dem alten Bertran wohl. Hätte irgendwer auch nur mit einem Blick oder einer Geste seine Rüstigkeit bezweifelt, so hätte er ihn ausgefordert. Aber dieser Alfonso war ein Freund, ein Bruder, ihm gestand er: »Leider sind auch die kühnsten Verse kein Schutz vor dem Verfall des Leibes. Dir, Herr König, sag ich's: der Krieg, in den ich jetzt gehe, ist mein letzter. Ich mache mir nichts vor, ich weiß: noch ein Jahr oder zweie, dann versagt mir der dumme Leib, und ein gebrechlicher Ritter ist ein Kinderspott. Ich habe schon mit dem Abt von Dalon gesprochen; wenn ich aus diesem Kriege heil zurückkomme, geh ich ins Kloster.«

Es machte den König stolz, daß ihm Bertran sein Inneres aufschloß, und es kam ihm eine Eingebung und ein Entschluß: Dieser gute Ritter und Dichter soll seine letzten Taten nicht als Kriegsmann König Richards tun. Mein Schwager Richard soll mir nicht auch diesen wegnehmen. Bertran soll an meiner Seite sein und meinen Krieg singen.

Der Domherr Don Rodrigue kam nach Burgos.

Er war voll trüber Erregung. Don Alfonso hatte offenbar seinem Söhnchen die Taufe, die Aufnahme in die christliche Gemeinschaft, vorenthalten, er hatte tödliche Schuld auf sich geladen, und er war, als er Toledo verließ, einer Aussprache ausgewichen. Er selber aber, Rodrigue, war froh darüber gewesen, er selber verspürte schimpfliche Scheu vor der Aussprache, er drückte sich von seiner Pflicht. Erst jetzt, nach Wochen, hatte er sich aufgerafft, den König aufzusuchen.

Doch auch hier, in Burgos, mußte er's erleben, daß Alfonso ein Zwiegespräch vermied. Und wiederum fügte er sich.

Um sich von seinen Sorgen, seiner Reue und Scham abzulenken, trieb er mit in dem höfischen Leben von Burgos. Beobachtete mit Interesse, wie sehr sich die höfischen Manieren des Nordens verfeinert hatten. Eifrig jetzt studierten die Damen und Herren die Regeln der Courtoisie, sie debattierten die spitzfindigen Gesetze der Minne und bezeigten der Kunst der Dichter sachverständige Teilnahme.

Bald indes erkannte er, daß das anmutig höfische Getue nichts war als leeres, verlogenes Spiel. Was die Damen und Herren in Wahrheit beschäftigte, was sie ganz ausfüllte, war der bevorstehende Krieg. Auf ihn warteten sie mit taumeliger, rauschhafter Ungeduld.

Don Rodrigue sah es mit Trauer. Er verwies sich den Kummer. Der Krieg, den sie ersehnten, war heilig, ihre Begeisterung fromm; an ihr teilzunehmen, war Pflicht, sie zu mißbilligen, Sünde.

Aber er konnte die fromme Entzückung nicht teilen. In ihm lebten die wunderbaren Lobpreisungen des Friedens aus dem Jesaja, aus dem Evangelium, die fanatischen Friedensreden seines Schülers Don Benjamín. Er dachte nur mit Trübsal und Schauder an den Krieg und das Elend, das er der Halbinsel bringen mußte. Er fühlte sich grausam allein inmitten des lauten, frohen Treibens, der blutdürstende Enthusiasmus dieser gepflegten, gebildeten Menschen stieß ihn ab, rief ihm ins Gedächtnis die Betrachtungen seines Freundes Musa über den Jezer Hara, den bösen Trieb.

Vor den andern widerwärtig war ihm der Mann, dem es gegeben war, ihrer wilden, gewalttätigen Freude Stimme zu leihen, dieser Bertran de Born. Beim ersten Anblick war er ein nicht eben ansehnlicher, alternder Herr wie viele andere. Aber Don Rodrigue wußte Bescheid um sein Dichten, Trachten, Tun, und sah man näher zu, dann konnte man auch dem Gesicht des Ritters mit den wilden Augen unter den dichten Brauen ablesen, was er wirklich war: der leibgewordene Krieg. Ein klein wenig lächerlich mochte der Ritter sein, wenn er mit bemühter Strammheit schritt und ritt und stolzierte; aber das Entsetzen, das von dem Manne ausging, erstickte die Spottlust des Domherrn. Da war nichts zu lächeln. Dies war der böse Gott Mars in seiner ganzen Furchtbarkeit. So wie dieser mußten die Reiter ausgeschaut haben, die der Evangelist Johannes erblickt hatte, als ihm die letzten Dinge geoffenbart wurden.

Dabei konnte Don Rodrigue selber sich dem Zauber der stürmischen Verse dieses Bertran kaum entziehen, der Kenner Rodrigue mußte ihm zugestehen, daß seine Kriegslieder herrlich waren, hinreißend, ziervoll in all ihrer Wildheit. Voll Trauer und Zorn nahm Rodrigue wahr, mit wieviel Kunst Gott diesen wüsten Menschen begabt hatte. Sein Zorn wuchs, als er mitansehen mußte, wie sein geliebter Alfonso ihm, Rodrigue, auswich, während er den greulichen, unbändigen Ritter nicht von der Seite ließ. Der eifersüchtige Rodrigue spürte schmerzhaft die innere Verwandtschaft der beiden, und immer blasser wurde seine Hoffnung, den König auf den rechten Weg zurückzuführen.

Eine Freude blieb dem Domherrn inmitten seines Kummers: der Umgang mit dem Clerc Godefroi. Don Rodrigue liebte und bewunderte die Erzählungen des Chrétien de Troyes, und das Wesen des Godefroi schien ihm die seltsame, innige Frömmigkeit widerzuspiegeln, welche Chrétien seinen Geschichten einzudichten verstand. Häufig denn auch, dem Domherrn zuliebe, wählte Godefroi, wenn er aus den Werken des Chrétien vorlas, stille, abseitige Kapitel, welche die einmalige, wunderliche, dem irdisch Gemeinen abgekehrte Art des Chrétien erkennen ließen.

So las er einmal vor vielen Hörern das Abenteuer des Ritters Yvain mit den Pauvres Pucelles, den Armen Fräuleins.

Da gerät der Ritter Yvain in die Behausung der Pauvres

Pucelles, da sieht er sie, diese Armen Fräuleins. Sie nähen und weben Fäden von Gold und Seide zu Kleidern; sie selber aber sind überaus schäbig anzuschauen, Latz und Kleid löcherig, zerfetzt, die Hemden voll Schweiß und Schmutz, grobhäutig der Hals, das Gesicht blaß von Hunger und Elend. Yvain sieht sie, und sie sehen ihn, und sie senken voller Scham das Gesicht zur Erde und weinen.

Und erheben ihre Klage:

»Wir nähen Seide, Brokat und Putz,
Sind aber selber halbnackt und verschmutzt.
Das kommt: unser Lohn ist nicht genug,
Er kauft uns weder Fleisch noch Tuch.
Einteilen wir genau und voll Angst
Unser täglich Brot, aber niemals langt's,
Des Morgens zuwenig, noch weniger zur Nacht.
Wer von uns in der Woch zwanzig Sous macht,
Dünkt sich eine Gräfin und Herzogin,
Und zwanzig Sous langt nicht her und nicht hin.
Dabei wird, wer den elenden Lohn uns bereit't,
Reich von unserer Arebeit,
Und treibt uns trotzdem und hetzt immerzu
Und läßt uns auch des Nachts keine Ruh.
Wenn eine von uns todmüd eindöst,
Gleich ist er da und schlägt und stößt.
Wir haben das Elend, wir haben die Hölle,
Wir Armen Fräuleins, wir Pauvres Pucelles.«

Es war dem Don Rodrigue Genugtuung, daß der Dichter Chrétien de Troyes über dem Glanz und der Glorie der Ritter und Damen die Finsternis und das Elend derer nicht vergaß, die sich in der Tiefe abmühten. Die andern Hörer aber, die preux chevaliers und dames choisies, welche die Kleider trugen, die jene Pauvres Pucelles gefertigt hatten, waren erstaunt und unwillig. Was für eine närrische Anwandlung hatte da dieser tote Conteur gehabt? Wie konnte einer, der so süß und edel von erlesener Minne und heldischen Abenteuern gesungen hatte, seinen Mund derart verunreinigen? Wie konnte er Vers und Reim haben für diese armseligen Schneidermädchen? Die einen machten die Kleider, die andern trugen sie; die einen schmiedeten die Schwerter, die andern schlugen damit zu; die einen bauten die Burgen, die andern bewohnten sie: das war nun einmal so, das hatte Gott in seiner Weisheit so eingerichtet. Wenn sich diese traurigen Geschöpfe, die Pauvres Pucelles, dagegen auflehnten, dann mochte ihr Herr ihnen gut und gern die Glieder brechen.

Wiederum war es Bertran de Born, der den Gefühlen aller Stimme gab. Die Sprache des Nordens, die Langue d'Oïl, in welcher dieser Chrétien dichtete, schien ihm ohnehin plumpes Gelalle, das milchherzige Reimgeklingel gar, das er soeben hatte hören müssen, dünkte ihm reine Tollheit. Er hatte denn auch schon während des Vortrags mehrmals hell auflachen müssen, und nun Godefroi zu Ende war, meinte er: »Ihr Herren im Norden habt ja erstaunlich viel übrig für den Pöbel und seinen Gestank. Willst du wissen, guter Meister Godefroi, wie wir hier im Süden darüber denken?« Die Damen und Herren, sich freuend auf die männliche Antwort, die Bertran dem Gewinsel des toten Chrétien sicher geben wird, baten: »Laß hören, edler Bertran!« Und: »Laß uns nicht warten! Laß hören!« drängten sie. Und: »Sing uns den Sirventés vom Vilain, mein Knabe Papiol«, befahl lachend und grimmig Bertran seinem Spielmann.

Dieser trat vor, kühn und jugendlich, klimperte auf der kleinen Harfe und sang das Lied vom Vilain, vom Lumpigen Bürger und Bauern. Er sang:

»Das Bürger-, Händler-, Bauernpack
Ist nicht nach meinem Strich und Schmack,
Ich mag es gar nicht leiden.
Sie haben sich auf Schweinesart,
Und ihre Art und feine Art,
Das will sich übel reimen.
Kriegt so ein Lump erst Geld und Gut,

Dann packt ihn gar der Übermut
Und macht sein Hirn verbrennen.
Drum haltet ihm den Trog fein leer,
Und zieht ihm ab das Hemde.
Der Regen gerb sein schäbig Fell.
Wer das Gelump nicht mager hält,
Mehrt nur die Pöbelei der Welt.
Drum wenn sich solch ein Bauernschuft,
Ein Bürgerschuft, ein Händlerschuft
Erdreistet und euch seinen Schein
Vor Augen hält, brecht ihm das Bein
Ja, brecht ihm alle Knochen!
Dann ist die Schmach gerochen.
Sperrt das Geziefer ins Verlies,
In eure tiefsten Grotten,
Und laßt sie dort verrotten!
Laßt euch ihr Schrein nicht dauern!
Verderben über das Geschmeiß
Der Wuchrer, Bürger, Bauern!«

Stürmischen Beifall riefen die Hörer dem Ritter. Das Gesindel in der Tiefe wurde wirklich zu übermütig. Die Herren, die im Begriff waren, in den Heiligen Krieg zu ziehen, dachten an die Händler und Bänker, die ihnen ihre Güter weit unterm Preis abhandelten; sie mußten darauf eingehen, weil sie aus ihren Bauern nicht genug herausgeholt hatten. Wer dem Geschmeiß auf kräftige Art die Wahrheit sagte, sprach ihnen aus dem Herzen.

Don Rodrigue sah, wie die verbrecherisch hochfahrenden Verse des Bertran das unheilige Feuer der preux chevaliers noch höher schürten. Was der Mann da in gottlosem Übermut gesungen hatte, erfüllte den sanften Domherrn mit reißendem Kummer. Inmitten all seiner heiligen Betrübnis aber bedachte der Gelehrte Rodrigue, wie sich da wieder einmal die Sprache lasterhaft den bösen Trieben der Sprechenden anschmiegte und langsam aus dem sachlichen »Vilain«, aus dem Dorf- und Städtebewohner, den Lumpen und Schuft machte.

Don Alfonsos Gesicht war überstrahlt von glückhafter Erregung; die stolzen, klirrenden Verse waren ihm aus dem Herzen gesprochen. Aus diesen Versen klang der Groll des rechten Ritters gegen das Gelump der Händler und Bänker, die Wut, die er selber, Alfonso, oft gespürt hatte, wenn er mit seinem Jehuda hatte herumfeilschen und seine gute, kostbare Königszeit hatte vertun müssen. Dieser Bertran war sein Bruder.

»Höre, edler Bertran«, sagte er, »willst du nicht den Krieg an meiner Seite mitmachen? Ich gebe dir den Handschuh, und du sollst guten Teil an meiner Beute haben.« Bertran lachte sein lustiges, grimmiges Lachen. »Wie du die paar Verse belohntest, die ich dir gemacht habe«, antwortete er, »hat mir deine Großherzigkeit gezeigt, Herr König. Ich hatte vor, einen rechten Sirventés für dich zu dichten.« – »Kommst du also mit mir, Bertran?« fragte der König. »Ich bin Lehnsmann König Richards und ihm versprochen«, erwiderte Bertran. »Aber ich will die Dame Ellinor fragen.«

Er fragte. »Gehst du wieder einmal zu einem andern Herrn über?« sagte Ellinor. Sie schauten einander an mit heitern Augen, die alte Fürstin und der alte Ritter, und sie sagte: »Bleib also bei Alfonso. Ich will's bei meinem Richard vertreten.«

Ellinor wollte Burgos nicht verlassen, bevor in einem gründlichen Kriegsplan Rechte und Pflichten der beiden Könige genau abgegrenzt waren.

Mehrmals lagen Alfonso und Pedro ihr an, ihnen ein paar Fähnlein ihrer bewährten Routiers abzugeben, ihrer Brabançons und Cottereaux. Aber Ellinor wollte davon nichts hören. »Ihr habt genug, ihr beiden Knaben«, wehrte sie ab. »Glaubt ihr, ich würde mir meine teuern Routiers halten, wenn ich sie nicht dringlich gegen meine rebellischen Barone bräuchte? Manchmal kann ich nicht schlafen, weil ich nicht weiß, wovon ich sie zahlen soll.« – »Aber ›In Chinon ist Geld‹ heißt es doch in der ganzen Christenheit«, wandte Don Alfonso ein. »Dieses dumme Sprichwort«, wies ihn Ellinor zurück, »haben die Juden meines seligen Heinrich in die Welt gesetzt, um seinen Kredit zu heben. Ich jedenfalls habe kein Geld in Chinon vorgefunden. Ich habe Schwierigkeiten gehabt, die Rechnung zu zahlen für die Beerdigung meines Heinrich. Nichts da, meine Lieben! Ein paar Soldaten müßt ihr einer alten Frau schon lassen, ihre Haut zu schützen.«

Der Kriegsplan gründete sich auf die Annahme, man könne unter Umständen den Kalifen Jakúb Almansúr dem Krieg fernhalten. Mächtige Stammeshäuptlinge an seiner Ostgrenze rebellierten; auch hieß es, es stehe nicht gut um seine Gesundheit. Zu vermuten war, er werde jeden halbwegs guten Vorwand benutzen, seine Emire im Andalús sich selber zu überlassen. Nun war da eines: der Kalif nahm, genau wie Sultan Saladin, Vertragsbruch unter keinen Umständen hin, und da war dieser lästige Waffenstillstand Alfonsos mit Sevilla. Kastilien mußte also für die erste Zeit neutral bleiben. Dagegen sollte Aragon, das durch keinen Vertrag gebunden war, schon in allernächster Zeit unter Vorwänden ins moslemische Valencia einfallen und sehr bald die Waffenhilfe Kastiliens anrufen. Griff daraufhin der Krieg schließlich auch nach Córdova und Sevilla über, dann würde man den Kalifen wahrscheinlich überzeugen können, es handle sich nicht um einen bösartigen Bruch des Waffenstillstands.

Alfonso murrte, daß dem jungen Don Pedro der Ruhm des ersten Vorstoßes zufallen sollte, wich indes den guten Gründen der alten Königin und verpflichtete sich, unter keinen Umständen gegen Córdova und Sevilla vorzugehen, ehe Aragon Waffenhilfe verlangte. Don Pedro seinesteils versprach, solche Waffenhilfe binnen längstens eines halben Jahres zu fordern und dann seine ansehnliche Heeresmacht dem Oberbefehl Don Alfonsos zu unterstellen.

Die Dame Ellinor gab sich so schnell nicht zufrieden. Sie fürchtete, Eifersucht oder falsch verstandene Ritterpflicht könne Alfonso oder Pedro verleiten, sich über den Vertrag hinwegzusetzen; ein solcher Pakt war schließlich nur Tinte auf Tierhaut, das Blut, das durchs menschliche Herz floß, war stärker. So berief sie denn die beiden Könige und deren Frauen vor sich und erläuterte an Hand des umständlich aufgezeichneten Kriegsplanes in einer kurzen, herzhaften Ansprache, was Alfonso und was Pedro tun und was sie lassen müßten. Dann fiel sie aus dem Feierlichen ins Gemütliche und meinte, schelmisch mit dem Finger drohend: »Ich weiß schon, ihr gönnt einer dem andern immer noch allerlei Ungemach. Aber solche Launen könnt ihr euch nicht leisten in diesem großen und wichtigen Krieg. Wenn er aus ist, dann ärgert einander wieder nach Herzenslust. Vorläufig ärgert mir die Moslems.« Und, wieder sehr königlich, schloß sie: »Ich beschwöre euch, reißet allen Groll aus euren Herzen mit der Wurzel, so wie der Stier das Gras mit der Wurzel ausrauft.«

Alfonso stand verlegenen, grimmigen Gesichtes; auch Don Pedro schien befangen. Plötzlich aber, in die Stille hinein, sagte mit ihrer harten, noch kindlichen Stimme Berengaria: »Wir verstehen dich, Frau Großmutter und Königin. Entweder sind die beiden Fürsten, mein Herr Vater und mein Herr Gemahl, völlig und von Herzen einig, oder sie werden von den Heiden geschlagen. Tertium non datur – Ein Drittes gibt es nicht.«

»Du hast es begriffen, kleine Enkelin«, sagte Ellinor. »Und jetzt«, wandte sie sich an die Könige, »in Gegenwart von uns drei Frauen, küsset euch brüderlich und schwört auf das Evangelium, daß ihr es halten werdet, wie ihr's unterschrieben und gesiegelt habt.«

Am Tage, bevor die Versammlung auseinandergehen und ein jeder seine Straße ziehen sollte, feierte man Abschied im Castillo von Burgos.

An diesem Tage erfüllte Bertran de Born eine Bitte, die er bisher geflissentlich überhört hatte. Er sang selber sein Lied zum Preise des Krieges, das Lied vom Sterben in der Schlacht, das berühmte Lied: »Be'm platz lo gais temps de Pascor.«

Er sang:

»Der süße Lenz gefällt mir wohl,
Wenn Blatt und Blüte neu entspringt;
Es freut mich, höre ich den Chor
Der Vögel, deren Lied verjüngt
Erschallet in den Wäldern.
Mehr aber freut's mich, seh ich weit
Gezelte an Gezelt gereiht
Und ringsum auf den Feldern
Ritter und Roß zum nahen Streit
Bewaffnet stehen und bereit.
Mich freut's auch, wenn die Plänkler nahn
Und furchtsam Mensch und Herde flieht
Und dann statt ihrer auf den Plan
Ein rauschend Heer von Kriegern zieht.«

Die alte Königin Ellinor, der Bertran einmal nahegestanden war, hörte mit heiterer Rührung zu, wie der alte Mann die wilden, grimmig fröhlichen Verse sang. Schon damals, da er sich, ein halber Knabe noch, ungestüm an sie heranmachte, hatte er sie fast ebenso erheitert wie gerührt. Er war der gleiche geblieben, der liebe Bertran, eine einmalige Mischung von Mut, Frechheit und Dichtergabe. Er hatte sein Leben lang nein gesagt zu jeder Niederlage und war sichtlich noch jetzt entschlossen, zu kämpfen und zu singen und nicht aufzugeben, eh ihm der Tod die Schulter klopfte – genauso wie sie selber nicht aufgeben wird.

Sang Bertran:

»Es ist mir Augenweide,
Wenn man ein festes Schloß berennt,
Die Mauer klafft, das Pfahlwerk brennt.
Auch hab ich meine Freude dran,
Wenn auf der weiten Heide
Die wackern Reiter sprengen an.

Es rinnt das Blut, es bricht der Speer,
Und Lanz und Schwert sind Splitter.
Die Rosse rennen wild umher,
Gefallen sind die Ritter.
Macht kein Gewese davon her.
Solch Sterben ist nicht bitter
Besser, wer tot vorm Feinde liegt,
Als wer entläuft und lebt, besiegt.«

Das rote Gesicht des Erzbischofs Don Martín rötete sich noch tiefer, er atmete stark, er bewegte die Lippen, die Verse leise mitsprechend. Der junge Alazar starrte verzückt auf den Sänger, seine Augen rissen Bertran jedes Wort von den Lippen. Bisher hatte Alazar von der Herrlichkeit des Krieges nur geträumt: jetzt sah er, hörte er, fühlte er sie mit jeder Faser. Dieser Ritter Bertran sprach aus, was Alazar durch die Brust ging, seitdem er in Kastilien war. Aus dem Munde dieses Mannes klirrte der Krieg. Was dieser Ritter Bertran sang, dafür lebte er, Alazar.

Sang Bertran:

»Nicht Speis noch Trank, nicht Schlaf noch Weib
Ist mir solch süßer Zeitvertreib,
Als wenn ich's höre schallen:
A lor! A lor! Schlagt drauf! Haut ein!
Und große Herrn und Knechte klein
Todwund zur Erde fallen.
Die Pferde wiehern reiterleer.
Getroffne schrein: Aidatz! Hilf! Her!
Von allen Seiten übers Feld
Das herrlich wilde Schreien gellt,
Geschrei des Siegs, Geschrei der Not.
Das grüne Gras ist rot von Tod.
Ein Leichenhauf die Erde deckt,
Und in so mancher Brust noch steckt,
Dieweil der Leib weit offen klafft,
Bewimpelt bunt der Lanzenschaft.«

Hingerissen hörten die Versammelten zu. A lor! Aidatz! Schlagt drauf! Hilf! Her! Die ganze alte Burg klang wider von der blutigen Begeisterung des Ritters Bertran, von der Lust des Tötens.

Mehr noch als die andern schätzte und schmeckte der Domherr Don Rodrigue die federnde Kraft der klingenden provençalischen Verse. Aber nicht Enthusiasmus erregten sie ihm, sie erregten ihm Schauder. Mit Entsetzen sah er das Gesicht des Königs, den er liebte wie einen Sohn. Ja, »vultu vivax« war Don Alfonso, da hatte Rodrigue die rechten Worte gefunden: das Gesicht spiegelte die Seele erschreckend treu wider. Was es aber jetzt spiegelte, das war schiere Lust am Dreinhaun, am Zerstören, jener Jezer Hara, der böse Trieb, von dem Musa immer wieder redete.

Don Rodrigue schloß die Augen; er konnte die Gesichter dieser Ritter und Damen nicht länger sehen. Bestürzt erkannte er: er hätte seinen Alfonso lieber noch Monate und Jahre hindurch in der sündigen Gemeinschaft der verstockten Jüdin gesehen als in der fromm und blutig begeisterten Verbundenheit mit den Kriegern Gottes.

Der Domherr hatte im Gefolge des Königs nach Toledo zurückreisen wollen. Er hatte sich vorgenommen, auf dieser Reise endlich seine Pflicht zu tun, den König zu mahnen. Jetzt gab er's auf.

Noch in der gleichen Nacht, in Hast, machte er sich auf den Weg und ritt zurück nach Toledo, noch tiefer bedrückt, als er gekommen war, schuldhaft infectis rebus, unverrichteterdinge.

Drittes Kapitel

Seitdem Don Jehuda Ibn Esra Nachricht vom Tode König Heinrichs erhalten hatte, wußte er: nun wird binnen Wochen, vielleicht binnen Tagen der große Krieg mit den Moslems ausbrechen, den zu verhindern er Sevilla und sein altes

Leben aufgegeben hatte. Jetzt rollte das ungeheure Rad heran, unaufhaltsam. Der Kalif wird seine Heere ins Andalús führen, Niederlagen Alfonsos waren unausbleiblich, und die Bürger Toledos werden die Schuld daran nicht dem König, sie werden sie ihm, Jehuda, und den Juden zuschreiben. Was er als Knabe in Sevilla hat mitansehen müssen, wird sich hier wiederholen. Und die volle Wut Edoms wird die sechstausend fränkischen Flüchtlinge treffen, die er ins Land gezogen hat. Wie hatte er triumphiert, als er das Privileg für sie erlistete; wie ein Oker Harim, ein Mann, der Berge versetzen kann, war er sich vorgekommen. Und nun werden seine Siedler hier Schlimmeres erleiden, als sie es je in Deutschland hätten erdulden müssen. Auf sich gerichtet sah er die frommen, besessenen, verachtungsvollen Augen des Rabbi Tobia.

Meldungen aus Engelland mehrten seine Angst. Anläßlich der Krönung Richards hatte auch eine jüdische Delegation unter Führung des Aaron von Lincoln und des Baruch von York dem König im Dome von Westminster Geschenke überreichen und ihn um Bestätigung der alten Privilegien bitten wollen. Es war aber den Juden der Einlaß in die Kirche verwehrt worden, und das Gerücht hatte sich verbreitet, der König gebe ihr Leben und ihre Habe dem guten Volk von London preis. Geführt von Kreuzfahrern, hatte die Menge die Häuser der Juden geplündert, sie mißhandelt, viele in die Kirchen geschleppt, sie zu taufen, und solche, die widerstrebten, getötet. Ähnliches war in Norwich geschehen, in Lynn und Stamford, in Lincoln und York. Aaron von Lincoln war es geglückt, heil aus London zu fliehen, doch nur um bei den Unruhen in Lincoln umzukommen. Baruch von York hatte sich der Taufe gefügt. Den Tag darauf hatte König Richard ihn gefragt, ob er denn nun auch im Herzen Christ sei. Baruch hatte erwidert, er habe nur sein Leben retten wollen, im Herzen sei er Jude geblieben. »Was fangen wir mit dem Manne an?« hatte Richard den Erzbischof von Canterbury gefragt. »Wenn er Gott nicht dienen will«, hatte mürrisch der Prälat geantwortet, »mag er in Gottes Namen im Dienst des Teufels bleiben.«

So war denn Baruch als Jude nach York zurückgekehrt; dort war er mitsamt seiner Familie erschlagen worden.

Wenn sich, erwog Jehuda, solche Dinge in dem vernünftigen Engelland hatten ereignen können, was wird, wenn das Volk nach einer Niederlage aufgehetzt ist, hier in Kastilien geschehen?

Don Ephraim stellte sich bei Jehuda ein. Berichtete, der Graf de Alcalá habe sich an ihn gewandt um ein Darlehen auf seine Güter, er habe ihn aber abgewiesen. »Er ist verschuldet«, führte Ephraim aus, »er verschwendet, vermutlich wird ihn der Krieg vollends aufzehren, und die Güter werden dem Gläubiger billig zufallen. Trotzdem habe ich's abgelehnt, Alcalá zu beleihen; denn ein Jude, der aus den Nöten eines Kreuzfahrers Vorteil zieht, schafft sich und aller Judenheit Feinde. Ich nehme an, der Graf wird sich jetzt an dich wenden.« – »Ich danke dir für Mitteilung und Rat«, sagte unverbindlich Jehuda.

Eine zweite, wichtigere Mitteilung hatte Don Ephraim. Die Aljama hatte beschlossen, dem König ein Hilfskorps von dreitausend Mann zu stellen.

Jehuda fühlte sich grausam gedemütigt. So nackt und verloren war er schon, daß die Aljama in dieser dringlichsten Not Entschlüsse traf, ohne ihn zu befragen. »Glaubst du, so könnt ihr euch retten?« höhnte er. »Denk an das, was in Engelland geschehen ist.« – »Wir betrauern es, und wir haben es bedacht«, antwortete Don Ephraim. »Gerade darum wollen wir tun, was in unserer Macht steht, König Alfonso – Gott schütze ihn – zum Sieg zu verhelfen. Überdies hatten wir immer geplant, und du selber hast es dem König versprochen, ihm ein Hilfskorps zu stellen.« – »Ich an eurer Stelle«, erwiderte Don Jehuda, »hätte Geld gegeben, Routiers zu werben. Vielleicht auch, zum Zeichen eures guten Willens, hättet ihr zwei- oder dreihundert Mann aus den eigenen Reihen stellen können. Aber die Masse der kräftigen, waffengeübten Männer der Aljama hättet ihr besser zurückbehalten. Ich fürchte, ihr werdet sie nötig haben«, schloß er voll Bitterkeit.

»Ich begreife, daß du so denkst«, entgegnete ruhig Ephraim. »Aber deine Lage, Don Jehuda, ist anders als die unsere, und auch ein so kluger Mann wie du hat es schwer, unter deinen Umständen unsere Situation unbefangen zu beurteilen.« Da er sah, wie schmerzhaft seine Worte den andern trafen, fuhr er nicht ohne Wärme fort: »Ich bin nicht dein Feind, Don Jehuda. Ich vergesse nicht, was alles du für uns getan hast in der Großheit deines Herzens. Wenn jetzt Tage kommen, da du unsere Hilfe brauchst, glaub es mir, wir sind bereit.« Jehuda, trocken, grimmig, antwortete: »Ich danke euch.«

Er ging, nachdem ihn Ephraim verlassen hatte, prüfend durch sein Haus. Beschaute die Kunstwerke, die Bücher, die Schriftrollen, nahm die eine, die andere heraus, betastete die Urschrift der Lebensdarstellung des Avicenna. Ging in den Saal seiner Schreiber. Nahm Briefe heraus, überlas sie. Man bot ihm in ehrerbietigen Wendungen Verträge an, Geschäfte, fragte um Rat; sichtlich hielt man ihn nach wie vor für den mächtigsten Mann der Halbinsel. Er überschlug die Aufstellungen seiner Repositarii, um zu errechnen, wie groß sein Vermögen sei. Die Kriegsrüstungen, die vielen Verkäufe und Beleihungen, die Gewinne aus neu ausgegebenem Geld hatten seinen Reichtum vermehrt. Er rechnete, überprüfte, rechnete von neuem. Es waren an die dreihundertfünfzigtausend Goldmaravedí, die er besaß. Er sprach die ungeheure Summe vor sich hin, langsam, arabisch, beinahe ungläubig. Aus seiner großen Schmucktruhe suchte er hervor die Brustplatte des Familiars, betastete sie. Schüttelte lächelnd den Kopf. Da stand er, ertrinkend in Schätzen, Ehren, Macht – es war die Tünche eines Grabes.

Mit heftiger Bewegung tat er das dunkle Geträume ab. Don Ephraim sollte ihn nicht zaghaft machen.

Er belieh die Güter des Grafen de Alcalá.

Allein die Worte des Párnas hatten sich tief in ihn eingesenkt. Es war so, wie Don Ephraim nüchtern festgestellt hatte: er, Jehuda Ibn Esra, war mehr bedroht als jeder andere. Wenn er vernünftig war, machte er sich so schnell wie möglich fort und rettete sich, Raquel und den Enkel in den Bereich der östlichen Moslems, den Bereich des Sultans Saladin, der den Juden freund war.

Raquel wird widerstreben, wird bei Alfonso bleiben wollen. Und wenn es ihm gelingen sollte, sie zu überreden, dann wird ihn Alfonso verfolgen lassen. Und wie sollten sich so auffällige Flüchtlinge durch die ganze feindliche, christliche Welt in den Osten durchschlagen?

Und durfte er auch nur den Versuch machen, sich und die Seinen zu retten? Durfte er die fränkischen Siedler hilflos in der Gefahr zurücklassen? Helfen freilich konnte er ihnen nicht; im Gegenteil, sein Bleiben gefährdete sie nur, sie und alle Judenheit. Aber das werden sie nicht wahrhaben wollen. Sie werden, wenn er sich fortmachte, jeden Schimpf auf seinen Namen häufen. Der Mann der großen Sendung, werden sie höhnen, der Wohltäter Israels, Jehuda Ibn Esra, sei davongelaufen, als er einstehen sollte für sein Wort und sein Werk. Und er wird als Feigling und Verräter dastehen für alle Zukunft.

In den Sinn kam ihm ein Satz des Mose Ben Maimon: in jedem Juden sei etwas von einem Propheten, und dieses Prophetische in der Seele zu fördern, sei Pflicht. In ihm haftengeblieben, ihm schmeichelnd, waren die Worte des Ephraim, er habe viel für die Juden getan in Großheit des Herzens. Nein, er wird das Prophetische in seinem Herzen nicht ersticken, er wird nicht trachten, seiner Sendung davonzulaufen. Er wird in Toledo bleiben.

Er mühte sich, aufrichtig zu ergründen, was ihn denn nun, gegen die Vernunft, am Orte der Gefahr zurückhielt. War es Angst vor den Gefahren der Flucht? War es Liebe zu Raquel, welche die Trennung von Alfonso nicht überstehen würde? War es Ehrgeiz und Hoffart, weil er den Namen Ibn Esra nicht beflecken wollte? War es Treue zu seiner Sendung? Alles das war in ihm, er konnte seine Gründe nicht auseinanderflechten.

Inmitten der Zweifel und Sorgen wuchs ihm ein Entschluß. Sich selber helfen konnte er nicht, auch Raquel konnte er nicht helfen. Wohl aber dem Enkelsohn.

Er hat geschworen, den Enkel nicht zum Juden zu machen, und er wird den wahnwitzigen, abscheulichen Schwur halten. Doch kein Gelübde zwingt ihn, das Kind hier in Toledo zu lassen. Nun er ins Feld zieht, wird Alfonso darauf bestehen, den Knaben vorher zu taufen; die Rücksicht auf Raquel wird ihn nicht länger abhalten. Er, Jehuda, mußte das Kind fortschaffen, bevor der König in Toledo zurück war.

Raquel verbrachte die meiste Zeit in der Galiana.

Es war ihr bekannt, daß in den nächsten Wochen der große, furchtbare Krieg ausbrechen mußte, aber sie fürchtete sich nicht. Seitdem Gott ihr das glückhafte Geschenk ihres Immanuel gemacht hatte, war sie voll einer tiefen Sicherheit, warm und geschützt in der Hand Adonais oder, wie Onkel Musa es nannte, im Mantel des Schicksals.

Sie sehnte sich nach Alfonso, doch nicht mit der fieberigen, aus Jubel in Verzweiflung und wieder in Jubel umschlagenden Sehnsucht wie früher. Vielmehr war sie aus eben jenem tiefen Vertrauen heraus gewiß, daß er aus seiner Ritterwelt immer wieder zu ihr zurückkehren werde. Was ihn rief, war nicht nur die ungemessene Lust, die sie einander gaben, es war noch ein anderes: er liebte die Mutter seines Sohnes, sein Sancho wurde auch ihm zum Immanuel, sie wuchsen, Raquel und Alfonso, einander zu.

Oftmals schaute sie minutenlang reglos, selig hingegeben, in das zarte, längliche Gesicht ihres Söhnchens, ihres Immanuel, des Messias. Sie hatte nur ein vages Bild des Messias, eine undeutliche Vorstellung von etwas Hohem, Hellem, und sie hatte keine leise Ahnung, auf welche Art dieser ihr kleiner Sohn der Welt das Heil bringen sollte; aber sie wußte: er wird es bringen. Doch hielt sie dieses Wissen auch weiter in ihrer Brust; es erschien ihr lästerlich, davon zu reden.

Nicht einmal mit Don Benjamín sprach sie davon, wiewohl sich ihre Freundschaft vertieft hatte. Es war eine Freundschaft ohne viele Worte. Er las ihr aus einem Buch vor, oder sie gingen still die Wege des Gartens entlang.

Den Sabbat verbrachte Raquel nach wie vor bei ihrem Vater im Castillo.

Einmal nach dem Ausgang eines solchen Sabbats – der Geruch der Gewürze und der im Wein gelöschten Kerze war noch in der Luft – fragte Jehuda die Tochter: »Wie geht es deinem Sohn, meinem Enkel?« Er hatte den Enkel nie gesehen, die Galiana nie betreten. Raquel wußte, wie sehr er sich nach dem Anblick des Knaben sehnte, aber sie hatte Scheu, Immanuel aus der Galiana wegzubringen. Wiewohl er ihr gehörte, wäre sie Alfonso zu nahe getreten, wenn sie das Kind, und sei es nur auf eine Stunde, ohne seine Zustimmung weggebracht hätte.

Leise, behutsam, doch nicht ohne glücklichen Stolz, denn sie fürchtete und hoffte, der Vater werde sie nach ihrem heimlichsten Wissen fragen, antwortete sie: »Immanuel ist gesund und gedeiht herrlich in der Gnade Gottes.« Jehuda, mühsam, er mußte alle Kraft zusammennehmen für diese Unterredung, sagte: »Er wird der Gnade Gottes sehr bedürfen, dein Sohn, mein Enkel, in der nächsten Zeit.« Und da Raquel verwundert hochsah, setzte er ihr auseinander: »Wäre er nur Alfonsos Sohn, dann wäre er nicht gefährdet, und er wäre nicht gefährdet, wäre er nur dein Sohn. Ihn gefährdet, daß er dein und Alfonsos Sohn ist. Als Sohn Alfonsos ist er zu Großem bestimmt; das wissen alle, und sie billigen es. Doch viele sehen es nicht gern, daß ein Sohn von dir zu Großem bestimmt ist. Im Castillo von Burgos sind jetzt zahlreiche versammelt, die es nicht gerne sehen. Wir haben diesen Mächtigen nichts entgegenzustellen als das Vertrauen auf Gott.«

Raquel wurde aus den Worten des Vaters nicht klug. Er sprach wohl von Alfonsos Absicht, den Knaben taufen zu lassen, und nahm an, Alfonso werde auf ihre Wünsche keine Rücksicht mehr nehmen, schon um das Kind vor den Nachstellungen der Gegner zu schützen. Ja, einen Atemzug lang wünschte sie's. Sogleich aber kam ihr die ganze Sündhaftigkeit des Wunsches zu Bewußtsein; es war nicht denkbar, daß Immanuel entweiht werden sollte durch das Wasser des Götzendienstes. Und der Vater kannte ihren Alfonso nicht. Alfonso liebte sie, Alfonso wuchs ihr zu, niemals wird er sie derart in die Seele hinein kränken. Sie sagte fast bittend: »Alfonso hat mir nur ein einziges Mal davon gesprochen, daß er unsern Immanuel taufen lassen wolle. Dann nie mehr. Ich bin gewiß, er hat verzichtet.« Jehuda wollte ihr den Glauben nicht nehmen, er ging darauf nicht ein. Er sagte: »Don Alfonso hat Papiere vorbereitet, die deinen Sohn zum Grafen von Olmedo machen. Ich kann mir nicht denken, daß eine gewisse Dame, die dem König nur Töchter geboren hat, das hinnehmen wird. Don Alfonso ist ein mutiger Mann und ohne Arg und Vorsicht. Er ist nicht geneigt, einer so großen und ihm nahestehenden Dame ein Verbrechen zuzutrauen. Ich fürchte, er irrt sich.«

Raquel war erblaßt. Sie dachte an die vielerlei Geschichten von bösen, eifersüchtigen Frauen, welche die Lieblingssklavin des Mannes quälten und umbrachten. Und hatte nicht sogar die Stammesmutter Sara, die eine große, fromme Frau war, aus Neid und Eifersucht das Kebsweib Hagar mit dem kleinen Ismael in die Wüste getrieben, auf daß sie verdursten sollten? Raquel schwieg lange, eine volle Minute lang. Dann fragte sie: »Was rätst du, mein Vater?« Der antwortete: »Wir könnten versuchen, zu fliehen, du, ich und das Kind. Aber es wäre gefährlich. Wir sind auffällige Leute, wir können uns schwer verbergen, und das Volk ist erregt, es denkt an den Krieg, es sieht Feinde in allen Fremden.«

Raquel, mit blassen Lippen, fragte: »Ich soll vor Alfonso fliehen?« – »Nicht doch«, beruhigte sie Jehuda. »Sagte ich nicht, es wäre gefährlich? Besser ist es, das Kind allein wegzubringen in sichere Hut.« Raquel sagte, und ihr ganzer Leib war Abwehr: »Ich soll das Kind vor Alfonso verstecken?« Jehuda, vorsichtig, beschwichtigend, antwortete: »Dein Alfonso weiß es nicht, aber er kann den Knaben nicht schützen. Der Knabe ist sicher nur in Alfonsos Gegenwart, und er zieht in den Krieg und kann das Kind nicht mitnehmen. Niemand kann das Kind schützen hier in Kastilien. Du rettest das Leben unseres Immanuel, wenn du dich für die Dauer des Krieges von ihm trennst.« Da sie schwieg, fuhr er fort: »Ich hätte das Kind wegbringen lassen können, ohne dich zu fragen, und dir hinterher erklären, warum es so sein mußte, und ich weiß, du hättest mich verstanden und mir verziehen. Aber du bist eine Ibn Esra. Ich will keine Heimlichkeiten haben vor dir, ich will dir keine Verantwortung abnehmen. Ich bitte dich, alles gut zu bedenken, und dann sag mir: So geschehe es, oder: So geschehe es nicht.«

Raquel, in ungeheurer Not, sagte: »Du willst das Kind aus Kastilien fortbringen?« Und nochmals: »Du willst Immanuel aus Kastilien fortbringen?« Jehuda sah ihre Not, Erbarmen schnürte ihm die Brust, er sagte zärtlich und konnte nicht verhindern, daß er ein wenig lispelte: »Hab keine Angst, Raquel, meine Tochter. Vertraue mir. Ich lasse das Kind wegbringen durch einen geschickten und sichern Mann, den sichersten, den ich kenne, und den treuesten. Niemand soll wissen, wo das Kind ist, nur dieser Getreue. Niemand soll hier in Toledo sein, der dem König sagen könnte, wo das Kind ist. Wenn er dir droht, wenn er eine Antwort erzwingen will, dann sollst du erwidern: ›Ich weiß es nicht‹, und es soll die Wahrheit sein.« Und da Raquel hilflos und verlöscht dasaß, sagte er: »Auf solche Art ist das Kind nicht gefährdet, und du bist es nicht, meine Raquel. Der einzige, der sich gefährdet, bin ich. Ich will diesen Knaben retten, deinen Sohn, meinen Enkel. Wenn der Krieg vorbei ist, wenn das Land wieder ruhig ist, wenn Alfonso ruhig geworden ist, dann holen wir Immanuel zurück.« Er wartete lange. Dann sagte er: »Ich will nicht, meine Tochter, daß du in dieser Sache irgend etwas tust. Du sollst nichts davon wissen, wie diese Tat geschieht. Ich bitte dich nur: sag nicht nein. Alles andere falle auf mein Haupt.«

Für eine ganz kurze Weile stellte sich Raquel vor, was es bedeutete, daß der Vater den Zorn Alfonsos auf sich zu ziehen bereit war. Sie wußte, wie furchtbar Alfonso in seinem Zorn war; es war sehr wohl möglich, daß er den Vater tötete in seiner Wut. Dies alles nahm der Vater auf sich, um Immanuel zu retten. Dabei hatte er sich's aus geheimnisvollen Gründen versagt, den Knaben auch nur zu sehen. Er war tapfer. Er ließ immer die hohe Vernunft, die Gott ihm gegeben hatte, siegen über seine Gefühle. Sie konnte das nicht. Nicht einmal ihrem Gefühl konnte sie vertrauen. War sie nicht vor einer halben Stunde noch ihres Glückes sicher gewesen, geborgen im Mantel des Schicksals? Und jetzt hatte sie Angst um das Kind und um den Mann. Wenn sie sich jetzt weigerte, Immanuel fortzugeben, gefährdete sie dann nicht sein Leben? Und wenn sie ihn fortgab, verlor sie dann nicht die Liebe des Mannes? Laut plötzlich, als würden sie hier und jetzt gesprochen, hörte sie die Worte ihrer Freundin Layla: »Du Arme.«

Sie versuchte, die Trümmer der früheren seligen Gewißheit zusammenzustücken. Die Trennung von Immanuel wird nur kurze Zeit dauern. Und Alfonso mußte sie verstehen, Alfonso wuchs ihr zu.

Nach einer ewigen Minute sagte sie: »Es geschehe, wie du es für recht hältst, mein Vater.«

Dann aber fiel sie um, in Ohnmacht. Der Vater, um sie bemüht, dachte: So war sie umgefallen, damals, als ich sie beredete, zu diesem König zu gehen. Er spürte grenzenloses Mitleid mit der Ohnmächtigen, und er beneidete sie. Ihm war es versagt, in solche Ohnmacht zu flüchten, er mußte sein Elend in Bewußtsein zu Ende kosten.

Alfonso war auf dem Weg von Burgos nach Toledo. In seiner Begleitung waren der Erzbischof Don Martín, der Ritter Bertran de Born, der Schildknappe Alazar.

Das Land, durch welches sie ritten, rüstete zum Feldzug. Auf allen Straßen zogen junge Männer den Burgen ihrer Lehnsherren zu, überall waren kleine Gruppen Bewaffneter auf dem Weg nach dem Süden. Alfonso und seine Begleiter musterten sie sachkundig, muntere Zurufe, Scherze flogen hin und her zwischen den Herren und ihren künftigen Soldaten.

Der König war fröhlich wie ein Fohlen. Er freute sich auf den Krieg, er freute sich darauf, das Söhnchen wiederzusehen, den lieben Bastard Sancho, das Gräflein von Olmedo. Er spürte für das Söhnchen eine fröhliche, kräftige, väterliche Liebe, der kleine Sancho sollte sie zu spüren bekommen. Er selber war ohne Vater aufgewachsen; er war mit drei Jahren König geworden, und niemand hatte gewagt, den Knaben, der König war, ernstlich zurechtzuweisen. Das Kind sollte kein Muttersöhnchen werden, es sollte die Hand des Vaters spüren. Sowie er zurück ist, wird er die Hand auf den Sohn legen. Sogleich, schon am ersten Tag, wird er Sancho taufen lassen. Raquel wird ihn verstehen. Er wird auch sie der Gnade zuführen, wenn es sein muß, mit Strenge, und sie wird ihm dankbar sein.

Er ritt ein in Toledo, säuberte sich, zog sich um, ritt zu Raquel. Alafia, Heil, Segen, grüßte es vom Tor der Besitzung. Im Eingang des Hauses stand Raquel. Ungestüm, stolz und zärtlich riß er sie an sich. Sie spürte nichts als strömendes Glück, daß er wieder da war. Sie gingen ins Haus, er den Arm fest um ihre Schulter. Er ließ sie los, stellte sie vor sich hin, schaute sie an von Kopf zu Fuß, lachend, glücklich.

Dann sagte er: »Und jetzt zu dem kleinen Sancho.«

Raquel sagte: »Er ist nicht da.«

Alfonso trat einen kleinen Schritt zurück, er begriff nicht, er starrte sie an, beinah dumm vor Staunen. Fragte: »Wo ist er denn?« Ein böser Verdacht stieg ihm auf. War das Kind im Castillo?

Sie nahm allen Mut zusammen und sagte tapfer und der Wahrheit gemäß: »Ich weiß es nicht.« Seine Augen wurden hell von jenem Zorn, den sie kannte. »Du weißt nicht, wo mein Kind ist?« fragte er leise, wild. Raquel sagte: »In Sicherheit. Unser Sohn ist in Sicherheit, das ist alles, was ich weiß. Mein Vater hat ihn in Sicherheit gebracht.«

Alfonso packte sie am Arm, so fest, daß sie einen kleinen Schrei nicht unterdrücken konnte. Packte sie an den Schultern, schüttelte sie. Das Gesicht ganz nah an dem ihren, bewarf er sie mit wütigen Worten: »Du hast meinen Sohn, meinen Sohn Sancho hast du deinem Vater überlassen? Er hat seinen heiligen Eid gebrochen, der Hund, und du hast es geduldet? Hast ihm noch geholfen, was?«

Raquel, mit Mühe, sagte: »Ich habe nicht geholfen, ich habe meinem Vater das Kind nicht übergeben. Aber ich weiß, und ich sag es dir: mein Vater hat recht.«

Alfonsos Hirn war überschwemmt mit Schelt- und Schimpfreden aus den Sendschreiben des Papstes gegen die Juden, aus den Haßpredigten der Geistlichen: Das Gezücht der Hölle, der Sturmvogel des Satans. Es riß ihm die Hand zur Faust zusammen, auf sie einzuschlagen.

Da sah er sie.

Sie hatte Brust und Kopf zurückgebogen und die eine Hand leicht gehoben, in Abwehr, nicht in Furcht. Aus dem blaßbräunlichen Gesicht schauten ihm noch größer als sonst die blaugrauen Augen entgegen. In ihnen war Staunen, Schreck, Enttäuschung, Erschütterung, Zürnen, Trauer, Liebe; alles, was ihre Lippen nicht sagten, vielleicht nicht sagen konnten, das sagten Blick und Gebärde mit solcher Gewalt, daß er, der Welt und Menschen mit den Augen begriff, es wider Willen sogleich spürte, erkannte.

Er ließ die Hand sinken. Schnaubte, ein kleines, verächtliches, böswilliges Schnauben. »Ihr habt mir also das Kind gestohlen, ihr Juden«, sagte er. »Ich hätte mir's denken sollen.« Er lachte. Ein helles, zerhacktes, häßliches Lachen, das Raquel in den Kopf drang wie ein Messer.

Er drehte sich unvermittelt um, verließ das Haus, ritt zurück nach Toledo.

Befahl Jehuda in die Burg. »Du hast also deinen Eid gebrochen«, stellte er sachlich fest. Jehuda antwortete: »Das hab ich nicht, Herr König. Es fiel mir nicht leicht, den übeln Eid zu halten, aber ich hab ihn gehalten. Ich habe meinen Enkel nicht zum Juden gemacht, Gott verzeih mir das Verbrechen.«

Alfonso brach aus: »Du hast meinen Sohn gestohlen, du Hund! Du hältst ihn als Geisel. Du willst mich zwingen, meinen Feldzug aufzugeben, deine Moslems zu schonen. Hund! Verräter! Ich lasse dich hängen!«

Jehuda erwiderte still: »Niemand hält deinen Sohn als Geisel, Herr König. Das Kind ist in Sicherheit vor dem Krieg, vor den Christen und vor den Moslems, das ist alles. Hier in Toledo ist das Kind gefährdet, wenn deine Majestät nicht da ist. Überdenk es in Ruhe, Herr König, und du wirst das gleiche finden. Jetzt ist der Knabe in zuverlässigen Händen. Raquel weiß nicht, wo er ist. Das ist hart für sie. Auch ich weiß es nicht genau, und es ist hart auch für mich.« Mit der alten Überlegenheit und unterwürfigen Dreistigkeit fügte er hinzu: »Ich begreife, daß es dich verlangt, mich hängen zu lassen. Aber dadurch würdest du den Mund stumm machen, der dir einmal wird sagen können, wie es um deinen Sohn steht.« Und mit ehrerbietiger Vertraulichkeit schloß er: »Wenn der Krieg vorbei und keine Gefahr mehr ist, hole ich das Kind zurück. Sei du des gewiß, Herr König. Ich habe meinen Enkel nie gesehen; ich möchte ihn sehen, bevor ich hinuntergehe. Auch Raquel könnte es schwerlich tragen, das Kind zu verlieren.«

Würgend überfiel den Alfonso die Erkenntnis seiner Hilflosigkeit. Unlöslich verknüpft mit dem Juden war er. Der Jude hielt ihn an der Leine.

Ohne ein Wort, mit einer zornigen, herrischen Gebärde wies er ihn aus dem Raum.

Ruhiger geworden sagte er sich, daß ihm Jehuda den Sohn nicht aus reiner Bosheit gestohlen hatte. Raquel hatte nicht gelogen; sie wußte offenbar wirklich nicht, wo das Kind versteckt war, und sicherlich nicht hatte sie es dem Jehuda leichten Herzens überlassen.

Das Bild der stumm beredten Raquel, ihrer zürnenden, trauernden, klagenden, liebenden Gebärde wollte ihm nicht aus dem Sinn. Voll kindlichen Zornes suchte er's zu vertreiben. Rief sich zurück Gesten und Reden Raquels, die irgendwann sein Mißfallen erregt hatten, eine nach der andern, mit bösartiger Vollständigkeit. Wie unbehaglich ihr zumute gewesen war, als er sie vor sich aufs Pferd gehoben und mit ihr galoppiert hatte. Auch für seine Hunde, seine Falken hatte sie niemals Teilnahme gezeigt. »Wer die Tiere nicht liebt, und wen die Tiere nicht lieben, ist verflucht«, hieß es mit Recht. Sie hatte kein Aug und kein Herz für seine ritterlichen Tugenden, seine königlichen Gaben, eher waren sie ihr verdächtig. Sie haßte den Krieg. Sie gehörte zu den Schwachen, zu den Feigen, welche nur die Tapfern behindern auf ihrem von Gott vorgeschriebenen Weg. Eine Vilaine war sie von Wesen, Jüdin durch und durch. Sie vorenthielt seinem Sohne Taufe, Gnade, Seelenheil.

Er flüchtete in die Geschäfte. Besichtigte Soldaten, verhandelte mit Baronen, Feldhauptleuten. Aß und trank mit dem Erzbischof, mit Bertran.

Abend kam, Nacht. Er sehnte sich nach Raquel. Nicht nach ihrer Umarmung, das nicht: nach einer Auseinandersetzung. Er wollte ihr in das reine, unschuldige, verlogene Gesicht hinein sagen, was er von ihr dachte, was für eine sie war. Aber er verharrte in kindischem Trotz und blieb, wiewohl es ihn zog und riß, in seiner Burg.

So verlief auch der nächste Tag.

Als aber die zweite Nacht einfiel, ritt er in die Galiana. Übergab sein Pferd den Knechten, ließ sich nicht melden, ging durch den Garten. Lobte sich, daß er die Zisternen des Rabbi Chanan hatte zuschütten lassen. Sah befriedigt, daß das Glas der Mesusa fehlte.

Stand vor Raquel. Sie leuchtete auf. Er hatte sich all das Böse zurechtgelegt, das er ihr sagen wollte, lateinisch, einiges auch arabisch, damit sie es bestimmt verstehe. Er sagte es nicht, er gab sich nur mürrisch, einsilbig.

Später dann, im Bett, fiel er mit wütiger Lust über sie her. Haß, Liebe, Gier mischten sich ihm. Er wollte, daß sie das spüre. Sie spürte es wohl auch, und das machte ihm Freude.

Eine moslemische Gesandtschaft traf in Toledo ein, um dem König von Kastilien eine Botschaft des Kalifen zu überbringen. Es verlautete, die Gesandten sollten den König an seinen

Vertrag mit Sevilla erinnern. Man hatte also in Burgos richtig vermutet: der Kalif wollte dem Kriege fernbleiben, wenn nur Don Alfonso den Waffenstillstand mit Sevilla nicht offen verletzte.

Don Manrique de Lara und fast alle andern Berater des Königs freuten sich von Herzen, daß sich Kastilien und Aragon nicht mit der ganzen Macht des Kalifen würden messen müssen. Dem Domherrn Rodrigue gar war das Eintreffen der Delegierten ein großes Licht in seiner Trübsal. Wenn nur Don Alfonso sich zähmte und die Gesandten mit einigem Takt behandelte, dann wird sich der Krieg auf Schlachten und Scharmützel mit den Emiren von Córdova und Sevilla beschränken, er wird nicht die ganze Halbinsel in Blut und Elend tauchen.

Dem König selber war die Ankunft der Gesandten keineswegs willkommen. Er war ungeduldig und gereizt. Er wollte Toledo, wollte den Frieden hinter sich haben. Wollte auch die Galiana hinter sich haben. Wollte endlich, endlich! seinen Krieg beginnen. Und da kamen nun diese Beschnittenen, um von neuem zu schwatzen und zu verhandeln. Aber er hatte in Burgos Konzessionen genug gemacht, er war nicht gewillt, nun auch noch diesem Jakúb Almansúr demütigende Versicherungen abzugeben. Er dachte daran, die Gesandten grob abzufertigen oder sie gar nicht erst zu empfangen.

Der Erzbischof und Bertran bestärkten ihn in seinem Trotz. Don Manrique indes hatte mit dem Domherrn alle die hellen Aussichten erwogen, welche das Eintreffen der Gesandtschaft öffnete, und er stellte dem König in dringlichen Worten vor, das Wohl des Reiches und der ganzen Christenheit verlange, daß er auf das Spiel des Kalifen eingehe und dessen Warnung mit ernsten Beteuerungen erwidere. Wenn er sich weigere, wenn er Jakúb Almansúr herausfordere und kränke, statt ihn zu sänftigen, dann ziehe er die Heere des ganzen westlichen Islams ins Andalús, dann werfe er den Kriegsplan von vornherein über den Haufen und breche den Vertrag, den er in Burgos feierlich beschworen habe. Alfonso erwiderte störrisch, er widerstrebte lange und setzte erst auf unablässiges Zureden Don Manriques mürrisch eine Stunde fest, die Gesandtschaft zu empfangen.

Die moslemischen Herren wurden geführt von dem Prinzen Abul-Asbag, einem Verwandten des Kalifen, sie traten glänzend auf. Alfonso empfing sie, umgeben von seinen Räten und Granden, in dem mit Wandteppichen und Standarten geschmückten Großen Audienzsaal.

Es wurden unter mancherlei Zeremoniell die üblichen, umständlichen Einführungsreden ausgetauscht. Alfonso, fürstlich lässig auf seinem erhöhten Sitz, hörte das feierlich förmliche Geschwatze. Er sah das finstere Gesicht des Erzbischofs, das spöttische Bertrans, das sorgenvolle Don Rodrigues. Und immer wieder suchte sein Aug den Juden, der sich bescheiden in einer hinteren Reihe hielt. Dieser Jehuda war schuld daran, wenn er, Alfonso, früher der Erste Ritter der Christenheit, heute kläglich zurückstand hinter Richard von Engelland. Mit diesem, dem Melek Rik, drohten die moslemischen Weiber ihren Kindern; ihm, Alfonso, vermutlich infolge gewisser Ränke des Jehuda, schickten die Moslems einen Gesandten, um ihn zu verwarnen. Seine Räte, mit ihrer kläglichen Vernünftelei, hatten ihn beschwatzt, daß er das Gerede dieses Beschnittenen über sich ergehen ließ. Aber sie sollten seiner nicht zu sicher sein, der Jude nicht, und seine alten vorsichtigen Herren nicht. Sie werden seine innere Stimme nicht zum Schweigen bringen. Nur ihr wird er folgen.

Prinz Abul-Asbag, der Führer der Gesandtschaft, trat vor, verneigte sich tief, begann seine Botschaft. Der Prinz war ein gepflegter älterer Herr, der blaue Mantel des Gesandten stand ihm gut, die arabischen Worte kamen ruhig und tönend aus seinem Munde.

Der Beherrscher der westlichen Gläubigen, führte er aus, habe mit Besorgnis gehört von umfänglichen Rüstungen des Herrn Königs von Kastilien. Der Kalif nehme an, diese Rüstungen richteten sich nicht gegen den Emir von Sevilla, seinen Vasallen, der ja durch den Waffenstillstand geschützt sei.

Leider aber habe sich in letzter Zeit in den Ländern der Christen die verbrecherische, aberwitzige Lehre verbreitet, es sei ein Vertrag, wenn er gegen die Interessen der christlichen Priester verstoße, für Christen nicht bindend. Christliche Fürsten des Morgenlandes hätten frech nach diesen Lehren gehandelt, Sultan Saladin sei dadurch genötigt gewesen, den Heiligen Krieg auszurufen, Allah habe den Herrscher der östlichen Gläubigen glorreich bestätigt und ihm die Stadt Jerusalem wieder in die Hand gegeben, die christlichen Fürsten aber hätten den Eidbruch mit Verlust ihrer Länder und ihres Lebens büßen müssen.

Don Alfonso, in lockerer Haltung und doch sehr königlich, hörte der ernsten, strengen Rede zu. Sein mageres, wie aus Holz geschnittenes Gesicht blieb so ruhig, daß man zweifeln mochte, ob er die arabischen Worte verstehe. Ein wenig vielleicht, inmitten des rotblonden, kurzen Vollbarts, zuckte der ausrasierte, lange, schmale Mund, und die tiefen Furchen der Stirn furchten sich tiefer. Die hellen Augen aber schauten von dem sprechenden Gesandten auf die Versammlung, und immer wieder suchten sie Don Rodrigue, und immer wieder Don Jehuda.

Rede du nur zu, Beschnittener, dachte er, und schwatze dich aus. Belle, Hund, belle zu, ich weiß, ihr beißt nicht, du und dein Herr, ihr bleibt in euerm sichern Afrika, jenseits des Meeres. Ich habe Geduld, ich hab mir's versprochen, ich laß mich nicht reizen, ich setze nicht auf dein Geprotze die Ohrfeige, die es verdient. Aber dann, wenn du erst zurück bist, dann fall ich her über Córdova und Sevilla, und dann werdet ihr gebellt haben, und ich habe den Knochen.

Der Gesandte sprach weiter. Der Beherrscher der westlichen Gläubigen, erklärte er, brauche den Herrn König von Kastilien, der ja als besonnener Mann bekannt sei, wohl nur darauf hinzuweisen, daß er, der Kalif, vieles vergeben könne, aber unter keinen Umständen einen Vertragsbruch. Der Herr König von Kastilien habe keine guten Erfahrungen gemacht, als er's nur mit dem Heere von Sevilla zu tun hatte; es werde ihm, falls er ein zweites Mal über Sevilla herfalle, die gesamte Macht des Kalifen gegenüberstehen. Kastilien werde, wenn es das Feuer anfache, viele Tränen weinen müssen, die Flammen zu löschen.

Don Alfonso, während er nach wie vor sehr genau zuhörte, nahm deutlich alles wahr, was im Saale vorging, er sah sehr gut, wie jene beiden, Rodrigue sowohl wie Jehuda, mit immer größerer Sorge auf ihn schauten, fast beschwörend. Ja, sogar das Amtszeichen des Jehuda nahm er wahr, die Brustplatte mit den drei Türmen, und während er sich wunderte, daß er jedes einzelne Wort des gewählten Arabisch dieses Beschnittenen verstand, dachte er an die Goldmünzen, die der Jude hatte schlagen lassen, ihm, Alfonso, zur Freude, und die sein Antlitz tief hinein in das Reich des Kalifen getragen hatten. Von ihrer ersten Begegnung an war er mit dem Juden verknüpft gewesen, manchmal zur Freude, manchmal zum Schmerz. Aber jetzt hatte er die Bindung satt, sie scheuerte ihn, sie sollte ein Ende haben. Er sah Jehudas Augen, diese dringlichen, mahnenden Augen, sie erinnerten an Raquels Augen. Aber: Das hilft dir nichts, dachte er, du sollst mich nicht länger an der Leine halten. Ich lasse mich nicht von deinem Prinzen Abul-Asbag am Barte zupfen. Ich zerreiße die Leine.

Tiefes Schweigen war, als der Prinz geendet hatte. In das Schweigen hinein klang die helle Stimme Bertran de Borns. »Hat er frech dahergeredet, dieser da?« fragte er lateinisch.

Der kastilische Sekretär näherte sich ehrerbietig dem Throne, um mit dem Vortrag der Übersetzung zu beginnen. Alfonso aber winkte ihm ab, und: »Es ist nicht nötig, daß du übersetzest«, sagte er. »Ich habe jedes Wort verstanden, und ich werde dem Herrn so antworten, daß auch er jedes Wort versteht.« Und in langsamem Arabisch – grimmig fröhlich dachte er, Don Rodrigue werde sich wundern, wie gut sein Arabisch in der Galiana geworden sei – erwiderte er: »Sage deinem Herrn, dem Kalifen, folgendes: Nach dem Gutachten meiner Gelehrten ist mein Vertrag mit Sevilla nicht mehr gültig, schon seitdem der Sultan das Grab unseres Erlösers geschändet und den Heiligen Vater gezwungen hat, den Heiligen Krieg auszurufen. Trotzdem habe ich den Waffenstillstand gehalten. Jetzt aber haben die frechen Worte deines Herrn das Siegel des Vertrags weggeschmolzen.«

Er stand auf. Jung, kühn, sehr fürstlich stand er da, und: »Bestelle dem Kalifen«, sagte er mit seiner hellen, unbekümmerten Stimme, »er soll herüberkommen ins Andalús auf seinen Schiffen und mit seinen Soldaten. Er wird auf dieser Halbinsel nicht gegen wilde Horden zu kämpfen haben wie gegen die Rebellen an seiner Ostgrenze. Die Männer, die ihm hier gegenüberstehen, sind geschulte Krieger des allmächtigen Gottes. Deus vult!« rief er, und der Erzbischof und die andern fielen mächtig ein.

Jetzt ging von Alfonsos hellen, grauen Augen jener gewitterige Schein aus, den viele fürchteten und den Doña Leonor so liebte. »Und nun mach dich fort!« schmetterte er den Prinzen Abul-Asbag an. »Das Recht des Gesandten schützt dich noch zwei Tage. Wenn du dann nicht über der Grenze bist, sieh dich vor. Sei froh, daß ich die Zunge nicht ausreißen lasse, die so dreiste Worte gesprochen hat!«

Der Gesandte war erbleicht, doch faßte er sich schnell. In würdigen Worten bat er, der Herr König möge geruhen, ihm seinen Bescheid schriftlich zu übergeben. Sonst würde der Beherrscher der Gläubigen annehmen, Allah habe ihm, dem Boten, den Sinn verwirrt. Alfonso, jungenhaft lachend, sagte: »Den Gefallen will ich dir tun.«

Er behielt aber, als die Versammlung sich auflöste, Don Jehuda zurück und befahl ihm: »Du schreibst den Brief, und in deinem besten Arabisch. Und daß du mir nichts sänftigst. Ich würde dir draufkommen. Du hast vielleicht gemerkt, mein Arabisch ist jetzt recht gut. Und du setzt dein Siegel neben das meine.«

Don Rodrigue lag auf seinem harten Bett in einer Mattigkeit und Trübsal, die ihm alle Kraft aus den Knochen sog. Er war schuld daran, daß Alfonso gleich einem ungebärdigen Kind alles zertrümmert hatte, was in Burgos mühevoll aufgebaut worden war. Wenn jetzt der Kalif mit ungeheurer Heeresmacht in Hispanien einfallen wird, war es seine, Rodrigues, Schuld. Er hätte es nicht Manrique allein überlassen dürfen, den König zur Vernunft zu mahnen, er hätte rechtzeitig alle Kraft zusammennehmen und selber sprechen müssen.

Es war nichts als Schwäche und Zagheit, was ihn gehindert hatte. Seitdem der Liebeshandel mit Raquel seinen Anfang nahm, hatte der Erzbischof ihm wieder und wieder vorgehalten, es fehle ihm jener wilde Unmut, jene saeva indignatio, die so oft aus den Worten der Propheten und der Kirchenväter töne. Don Martín tadelte ihn zu Recht. Sein, Rodrigues, Herz ließ sich beschwatzen von der ritterlichen, jugendlichen, königlichen Anmut Alfonsos; er hatte Verständnis, wo er nicht verstehen und verzeihen durfte. In den letzten Wochen gar hatte er noch tiefere Schuld auf sich geladen. Er hatte es in seinem Heimlichsten begrüßt, daß der König das Sündenleben in der Galiana wieder aufgenommen hatte; es werde sich dadurch, hatte er gehofft, der Beginn des Krieges trotz allem verzögern.

Mit heißer Inbrunst hatte er getrachtet, sich in jene Verzückung zu retten, die früher seine Zuflucht gewesen war. Hatte gefastet und sich kasteit. Hatte es sich verboten, ins Castillo Ibn Esra zu gehen, hatte sich die Gespräche mit dem weisen Freunde Musa versagt. Allein es war ihm keine Verzeihung geworden. Die Gnade blieb ihm versperrt. Die Tür in sein letztes Refugium war zugefallen.

Und jetzt, aus Schwäche, hatte er's zugelassen, daß das Reich hineintrieb in den sinnlosen Krieg. Denn nur aus Zagheit hatte er verabsäumt, den König zu besonnener Antwort an den Kalifen zu mahnen. In der Aussprache hätte er auch von der währenden Liebschaft mit Raquel reden müssen, und das auf sich zu nehmen, war er zu feig gewesen.

Niemals in seinem Leben hatte dem Domherrn Schuld so schmerzhaft die Seele zerfressen. In ihm klangen Worte des Abaelard: »Das waren die Tage, da ich erfahren habe, was es heißt: leiden, was es heißt: sich schämen, was es heißt: verzweifeln.«

Er erhob sich mit zerschlagenen Gliedern. Versuchte, sich abzulenken. Holte seine Chronik vor, um an ihr weiterzuarbeiten. Es war ein großer Haufen beschriebenen Pergaments. Er las dieses Blatt, jenes. Ach, was er da mit liebendem Eifer aufgezeichnet hatte, blieb kahl und leer; kein Sinn war zu finden in den Ereignissen, die er mit so viel Mühe zusammengetragen hatte. Wie grundverkehrt war seine Darstellung des Alfonso! Welche Vermessenheit, wenn einer, der nicht einmal dieses Nächste deutlich sehen konnte, den Finger Gottes sichtbar machen wollte in den großen Geschehnissen!

Er holte ein Buch her, das man ihm gerade aus Francien geschickt hatte und das dort viel Aufsehen erregte. Es hieß »L'Arbre des Batailles«, »Der Baum der Schlachten«, der Autor war Honoré Bonet, Prior des Klosters von Sellonet, und es befaßte sich mit dem Sinn des Krieges und mit seinen Rechten und Bräuchen.

Rodrigue las. Ach, dieser Prior von Sellonet war ein braver Mann, wohlmeinend, fest im Glauben. An Hand der Heiligen Schrift erörterte er und stellte mit Entschiedenheit fest, ob man an Feiertagen kämpfen durfte, in welchen Fällen man den Feind erschlagen, in welchen man sich damit begnügen sollte, ihn gefangenzunehmen, desgleichen, wie hoch das Lösegeld sein sollte, das ein Christ von einem andern guten Christen verlangen durfte.

Er drückte sich vor keinem Problem, der Prior Bonet. Wacker schlug er sich auch mit den schwierigsten Fragen herum und löste sie schlicht und platt und nüchtern.

Da war etwa seine Antwort auf die Fragen derer, die da zweifelten, ob nicht der Krieg nach dem Gesetze Gottes von vornherein verboten sei. »Viele schlichte Leute«, führte der Prior von Sellonet aus, »halten den Krieg für verwerflich, weil in ihm notwendigerweise viel Übel getan wird, und Übel zu tun, hat Gott verboten. Ich sage euch, das ist Unsinn. Krieg ist kein Übel, er ist gut und recht; denn Krieg sucht nur das

Unrecht zu Recht zu machen und Unfrieden in Frieden zu kehren, genau wie die Schrift es vorschreibt. Und wenn im Krieg viel Übel geschieht, so rührt das nicht vom Wesen des Krieges her, sondern von falscher Führung durch den einzelnen, als wenn zum Beispiel ein Krieger ein Weib hernimmt und ihr Gewalt antut oder eine Kirche niederbrennt. Dergleichen liegt nicht notwendig im Wesen des Krieges, sondern nur in falscher Führung durch einzelne. Ähnlich steht es zum Beispiel um die Gerechtigkeit, deren Wesen zufolge der Richter vernünftig urteilen soll, gemäß seiner Erleuchtung. Aber wenn nun ein Richter ungerecht urteilt, dürfen wir deshalb sagen: die Gerechtigkeit an sich ist ein Übel? Doch sicher nicht. Das Übel rührt nicht her vom Wesen der Gerechtigkeit, sondern von falschem Gebrauch und von schlechter Interpretierung und vom schlechten Richter.«

Der Domherr seufzte. Er machte sich's einfach, der Prior Bonet. Der Gelehrte Rodrigue wußte, daß sich nicht alle so schnell mit dem Problem abgefunden hatten. Die frühchristliche Sekte der Montanisten zum Beispiel hatte den Kriegsdienst für unvereinbar mit dem Christentum erklärt. Der Domherr schlug den Montanisten Tertullian auf: »Ein Christ wird nicht Soldat«, hieß es da, »und wenn ein Soldat Christ wird, tut er am besten, den Dienst zu verlassen.« Viele solcher Beispiele gab es. Der junge Maximilianus, da er sich in die Werbelisten eintragen lassen sollte, hatte dem Prokonsul erklärt: »Ich kann nicht dienen, ich kann das Böse nicht tun, ich bin Christ.« Der tapfere, in vielen Schlachten erprobte Soldat Typasius hatte sich nach seiner Bekehrung geweigert, weiterzudienen. Er sagte seinem Zenturio: »Ich bin Christ, ich kann unter deinem Befehl nicht weiterkämpfen.« Und hier, in diesem Hispanien, hatte der Zenturio Marcellus angesichts der Feldzeichen seiner Legion sein Schwert zu Boden geworfen und erklärt: »Ich diene nicht länger dem Kaiser. Von heut an dien ich Jesus Christus, dem König der Ewigkeit.« Und die Kirche hatte Maximilianus und hatte Marcellus heiliggesprochen.

Später freilich, unter dem Kaiser Konstantin, hatte das

Konzil von Arles diejenigen, die den Militärdienst verweigerten, exkommuniziert.

Der subtile, lockende, gefährliche Abaelard stellte in »Ja und Nein« zusammen, was die Schrift für und was sie gegen den Krieg sagte, und überließ es dem Leser, die Schlüsse zu ziehen. Aber wer war weise genug, sich da zurechtzufinden? Wie sollte man es anfangen, die Lehren der Bergpredigt zu befolgen, wie sollte man dem Übel nicht widerstreben – und dennoch Krieg führen? Wie sollte man den Feind lieben – und ihn totschlagen? Wie reimte sich der Aufruf zum Kreuzzug mit der Lehre des Erlösers: »Wer das Schwert zieht, soll durch das Schwert umkommen.«

Die Gedanken verschwammen Rodrigue, die Seiten der Bücher, in denen er las, wurden ihm groß und größer, die Schriftzeichen verwirrten sich. Wurden zum Gesichte Don Alfonsos. »Vultu vivax«, damit hatte er recht. Er hatte gesehen, wie sich, kaum hatte der moslemische Prinz zu sprechen begonnen, ein wildes Feuer hinter der herrscherhaften Maske Alfonsos entzündete, wie die Funken durch die Maske schlugen, wie die ganze Flamme durchschlug, wie zuletzt das Gesicht vollends verwilderte in Gewalttätigkeit, in der Lust, zu kränken, zuzuschlagen, zu zerstören. Noch bei der Erinnerung an dieses Gesicht faßte den Domherrn Entsetzen.

Aus diesem Entsetzen aber kam ihm Entschuldigung. In allen entscheidenden Stunden brach die Gewalttätigkeit dieses Mannes an den Tag. Niemand konnte dagegen aufkommen. Gott hatte Rodrigue eine unlösbare Aufgabe aufgeladen, als er ihm gebot, diesen König zu betreuen.

Allein er durfte nicht die eigene Schuld und Schwäche mit solchen Sophismen verschminken. Er durfte sich auch jetzt nicht etwa sagen, es sei doch alles verloren. Er hatte nun einmal den Auftrag, Alfonso zu mahnen, und mußte es Gott überlassen, ob ihm Erfolg beschieden war oder nicht. Er mußte Alfonso aufsuchen, noch heute, sogleich; denn zweifellos wird der König, nun er den Kalifen auf solche Art herausgefordert hatte, ohne Verzug nach dem Süden aufbrechen.

Er ging in die Burg.

Er fand einen fröhlichen, aufgeschlossenen Alfonso. Der fühlte sich, seitdem er den moslemischen Prinzen auf so königliche Art heimgeschickt hatte, leicht und frei. Er hatte seiner innern Stimme gehorcht, das Gewarte war zu Ende, sein Krieg war da; er war voll fürstlich heiterer Zuversicht.

Ein wenig freilich störten ihn die besorgten Mienen seiner Räte; sie erinnerten ihn an die Gesichter seiner Erzieher, wenn sie den königlichen Knaben Alfonso mißbilligt und nicht gewagt hatten, ihn zurechtzuweisen. Und der da kam, sein Freund Rodrigue, war offenbar auch nicht einverstanden mit der Antwort, die er dem Kalifen erteilt hatte.

Vielleicht aber war es gut, daß Rodrigue gerade jetzt kam. Die Aussprache ließ sich nicht vermeiden; auch über das, was in der Galiana geschehen war, hätte Alfonso mit dem väterlichen Freunde längst schon reden müssen, und keine bessere Stunde, ihm alles zu erklären und sich zu rechtfertigen, gab es als diese, da er so glücklich gelösten Mutes war.

Schnell entschlossen also, ohne lange Einleitung und Beschönigung, erzählte er, was sich zwischen ihm, Raquel und ihrem Vater zugetragen hatte, daß nämlich der Jude das Kind geflüchtet hatte, bevor er's hatte taufen können. »Ich habe Schuld auf mich geladen, mein Freund und Vater«, sagte er, »aber ich gestehe dir's offen, sie drückt nicht schwer. Morgen geh ich in den Kreuzzug, und es wird nicht lange dauern, dann kehr ich zurück, rein und entsühnt. Und dann werde ich nicht nur das Söhnchen taufen, ich werde auch Raquel auf den Weg der Gnade führen. Ich werde stark sein nach dem Sieg, ich weiß es.«

Rodrigue hatte gefürchtet, das Kind sei noch in der Galiana, in täglicher Atemnähe des Vaters, der ihm nach wie vor die Gnade der Taufe vorenthalte, und er atmete auf, weil dem nicht so war. Überdies war sich der König des Umfangs seiner Schuld offenbar nicht bewußt, und Rodrigue dachte an das tiefe und gefährliche Wort des Abaelard: Non est peccatum nisi contra conscientiam – Sündig ist nur, wer sich seiner

Sünde bewußt ist. Wiederum, gegen seinen Willen, fühlte er sich in den König ein und verstand ihn.

Aber wenn Alfonsos Bericht den Kummer des Domherrn über das Ärgernis in der Galiana linderte, so erzürnte ihn um so heißer die Leichtfertigkeit, mit welcher Alfonso von dem kommenden Kriege sprach. Dieser König, dem Gott hellen Verstand mitgegeben hatte, stellte sich blind, tat, als sei er eines schnellen, sichern Sieges gewiß, wollte nicht wahrhaben, welch ungeheure Gefahr er über das Land gebracht hatte. Ungewohnt hart und streng fuhr der Domherr ihn an: »Du betrügst dich, König Alfonso. Dieser Krieg wäscht dir keine Sünde fort. Es ist kein Heiliger Krieg. Du hast ihn von Anfang an befleckt durch verbrecherischen Jähzorn und Hochmut.«

Alfonso sah den schwächlichen Leib des Priesters, seine weißen, zarten Hände, die niemals ein Schwert gezogen, nie einen Bogen gespannt hatten. Gepanzert aber in sein herrscherhaftes Selbstvertrauen, war er mehr verwundert als zornig über den erregten Rodrigue. »Dinge des Krieges und des Rittertums sind deine Sache nicht, mein Vater«, antwortete er freundlich, und er belehrte ihn liebenswürdig überlegen: »Siehst du, ich durfte es dem Beschnittenen nicht hingehen lassen, daß er mich in meiner eigenen Burg am Bart zupfte. Es war meine innere Stimme, die mich hieß, ihn zurechtzuweisen.«

»Innere Stimme!« erwiderte nicht laut, doch heftig der Domherr; die freche Sicherheit des Königs hatte ihm endlich jenen wilden Unmut erweckt, dessen Mangel ihm Don Martín so oft vorgeworfen hatte. »Innere Stimme! Wann immer du deinem verbrecherischen Hochmut die Zügel läßt, berufst du dich auf deine innere Stimme! Mach die Augen auf, und sieh auf das, was du getan hast. Der Kalif hat dich merken lassen, daß er dem Krieg fernbleiben will. Er hat dir die Hand geboten, du hast ihm hineingespuckt. Du hast die Armeen Afrikas, die zahllos sind wie der Sand am Meer, ins Land gerufen, aus schierer Eitelkeit und Vermessenheit. Die vier Reiter der Apokalypse hast du ins Land gerufen. Du hast gehandelt, als wäre der Kreuzzug nichts als ritterliches Spiel und Tournier. Du hast deinen Vertrag mit Aragon gebrochen, kaum daß er geschlossen war. Du hast ganz Hispanien an den Rand des Abgrunds gerissen.« Der magere Mann stand aufgerichtet, drohend, die stillen Augen schauten wild und klägerisch auf Alfonso.

Den machte der heilige Zorn des Priesters betreten. Doch schon nach einem Atemzug fand er zurück ins Gehege seiner Sicherheit. Sein heller Blick wich nicht dem zürnenden des andern. Er lächelte, er lachte, ein lautes, häßliches Lachen. Er höhnte: »Wo bleibt dein Gottvertrauen, Priester? Seit Hunderten von Jahren haben die Ungläubigen die Übermacht, und trotzdem hat uns Gott mehr und mehr von unserm Land zurückgegeben. Du tust, als wären wir eine Herde Schafe. Ich habe meine guten Festungen im Süden, ich habe meine Calatrava-Ritter. An die vierzigtausend Ritter hab ich, ohne Aragon. Willst du mir's verbieten, den gleichen Mut zu zeigen wie meine Väter? Soll ich mich verstecken hinter Lügen und Listen, statt zu vertrauen auf mein gutes Schwert?«

Er stand da, frech, wild, ritterlich, und hinter seinem Gesicht sah der Domherr das des Bertran, der seine wüsten Lieder sang. »Lästere nicht!« rief er ihn an. »Du bist kein Ritter, der auf Abenteuer zieht, du bist der König von Kastilien. Deine Festungen! Bist du sicher, daß sie den Kriegsmaschinen des Kalifen standhalten? Deine vierzigtausend Ritter! Ich sage dir, ihrer die Mehrzahl wird erschlagen werden von den Horden der Moslems. Es wird Verwüstung sein, Brand und Gemetzel über deinem ganzen Land. Zusammenbruch wird sein. Und du bist der Schuldige. Du wirst Gott danken müssen, wenn er dir dein Toledo läßt.«

Die seherische Wildheit des Priesters schauerte Alfonso an. Er schwieg. Rodrigue aber fuhr fort: »Dein gutes Schwert! Vergiß nicht, daß es Gott ist, der den Königen ihr Schwert verleiht. Du tust, als wärest du der Herr über Krieg und Frieden. Vergiß nicht, daß dieser Krieg ausgerufen und erlaubt ist nur als ein Krieg Gottes. Du bist in diesem Krieg nichts Besseres als dein letzter Troßbub: ein Knecht Gottes.«

Alfonso hatte das unheimliche Gefühl abgeschüttelt. Mit der alten, kühlen, leichtfertigen Hoffart antwortete er: »Und vergiß du nicht, Priester, daß Gott mich mit den Reichen Kastilien und Toledo belohnt hat. Gott ist mein Lehnsherr. Ich bin nicht sein Knecht, ich bin sein Vasall.«

Es hielt den König nicht länger in Toledo, die besorgten Gesichter seiner Herren und das zornig fromme Gerede des Don Rodrigue verdarben ihm die Freude an seiner ritterlichen Haltung vor dem Kalifen. Er beschloß, schon andern Tages nach dem Süden aufzubrechen. Seine Ordensritter in den Festungen Calatrava und Alarcos werden mehr Sinn und Verständnis für ihn haben.

Die letzte Nacht vor der Abreise verbrachte er in der Galiana. Er war heiterster Laune, sehr gnädig, er trug Raquel nichts nach. Er stolzierte vor ihr auf und ab und rühmte sich seiner Antwort an den Kalifen.

Er dehnte sich, reckte die Arme. »Ich habe lange gefeiert«, sagte er, »aber ich bin nicht eingerostet. Jetzt endlich wirst du sehen, wer dein Alfonso ist. Es wird ein kurzer, glorreicher Feldzug sein, das spüre ich. Geh nicht erst nach Toledo, meine Raquel. Bleib hier in der Galiana, versprich mir das. Du wirst hier nicht lange auf mich zu warten haben.«

Raquel saß halb liegend auf ihren Polstern, den Kopf in die Hand gestützt, und schaute und hörte ihm zu, wie er auf und nieder lief und die Taten verkündete, die er zu tun gedachte.

»Wahrscheinlich übrigens«, sagte er jetzt, »werde ich dich, noch bevor ich zurückkehre, bitten, zu mir nach Sevilla zu kommen. Du mußt mich dann in deiner Heimatstadt herumführen. Und du mußt dir aus meiner Beute aussuchen, was dir am besten gefällt.«

Sie ließ den Arm sinken, der den Kopf gestützt hatte, richtete sich ein wenig hoch, angefrostet von seinen Reden. Da machte er gedankenlos grausam vor ihr aufsteigen das Bild ihrer Heimatstadt, die er berennen und niedertreten wollte, um dann sie über die Trümmer zu führen.

»Mein Sieg wird dich auch überzeugen«, fuhr er fröhlich fort, »wessen Gott der rechte ist. Bitte, antworte nicht, streite nicht heute. Es ist ein festlicher Tag, wir gehören an diesem Tage zusammen, du mußt teilhaben an meiner Freude.«

Sie hatte ihm jetzt die großen, blaugrauen Augen voll zugewandt; ihr lebendiges Gesicht und all ihre Gebärde gestaltete Staunen, Abwehr, Befremdung.

Er hielt inne, er spürte das Trennende, das zwischen ihnen aufgestanden war. Aus der Stummheit Raquels klang ihm fernher die Anklage Rodrigues. Er wandelte sich aus dem wild einherfahrenden Feldherrn in den großartig verzeihenden. »Glaub aber nun ja nicht«, redete er heiter auf sie ein, »daß etwa dein Alfonso hart sein wird zu den Besiegten. Meine neuen Untertanen werden einen milden Herrn haben. Ich werde es ihnen nicht verbieten, ihren Allah und ihren Mohammed anzubeten.« Ein weiterer großmütiger Einfall kam ihm. »Und von den moslemischen Rittern, die ich gefangennehme, werde ich tausend ohne Lösegeld freigeben – Alazar soll sie mir aussuchen, das wird ihm Freude machen. Und ich werde sie in Ehren mitkämpfen lassen in dem großen Tournier, das ich zur Siegesfeier gebe.«

Raquel konnte sich seinem Stürmen und Schimmern nicht entziehen. So war er, sinnlos tapfer, nur des Sieges denkend und keiner Gefahr, sehr jung, ganz Ritter, Krieger, König. Sie liebte ihn. Sie war ihm dankbar, daß er die letzte Nacht vor seinem Feldzug mit ihr teilte.

Es war alles wie früher. Sie aßen in hoher Fröhlichkeit zu Abend. Er, gemeinhin mäßig, trank dieses Mal ein wenig mehr als sonst. Er sang, was er sonst nur tat, wenn er allein war. Sang kriegerische Lieder. Sang jenes Lied des Bertran: »Es ist mir Augenweide, wenn man ein festes Schloß berennt.« Und: »Schade, daß du meinen Freund Bertran nicht hast sehen wollen«, meinte er. »Er ist ein guter Ritter, der beste, den ich kenne.«

Nach dem Essen zog sie sich zurück, wie sie es von jeher gehalten hatte. Sie wollte sich noch immer nicht vor seinen Augen auskleiden. Dann kam er zu ihr, und es war wie in der ersten Zeit, Ineinanderströmen, Erfüllung, Seligkeit.

Später, müde, glücklich, schwatzten sie noch. Er, doch jetzt nicht befehlerisch, eher bittend, sagte abermals: »Bleib hier in der Galiana in der Zeit meiner Abwesenheit. Geh zu deinem Vater, so oft du willst, aber zieh nicht zu ihm ins Castillo. Wohne hier. Hier ist dein Haus, unser Haus. Hodie et cras et in saecula saeculorum«, fügte er lästerlich hinzu.

Sie, lächelnd, halb schlafend schon, wiederholte: »Hier ist mein Haus, unser Haus, in saecula saeculorum.« Sie dachte noch: Wenn ich einschlafe, wird er gehen. Schade, daß ich es so gewollt habe. Aber am Morgen werde ich mit ihm frühstücken. Und dann reitet er fort in seinen Krieg. Und von seinem Pferd wird er sich noch einmal herunterbücken zu mir, und wo der Weg sich wendet, wird er sich nach mir umschauen. Sie lag mit geschlossenen Augen, sie dachte nichts mehr, sie schlief ein.

Alfonso, da sie eingeschlafen war, blieb eine kleine Weile liegen. Dann stand er auf, räkelte sich, gähnte. Nahm einen Schlafrock um. Sah auf die Frau, die dalag mit geschlossenen Augen, um den Mund ein kleines Lächeln. Betrachtete sie wie etwas Fremdes, einen Baum oder ein Tier. Schüttelte verwundert den Kopf. War nicht soeben noch, vor wenigen Minuten, von dieser ein Glück ausgeströmt, wie keine Frau es ihm je hatte schaffen können? Und jetzt spürte er Unbehagen, etwas wie Verlegenheit, daß er mit ihr in einem Raum war und die Nackte, Schlafende belauschte. Im Geist war er schon in Calatrava, bei seinen Rittern.

Bevor er mit ihr schlief, hatte er daran gedacht, in aller Frühe nach Toledo zu reiten, seine Rüstung anzulegen, die wirkliche, die er im Felde trug, in die Galiana zurückzukehren und sich von Raquel zu verabschieden, angetan mit dieser seiner Rüstung und gegürtet mit seinem guten Schwert Fulmen Dei. Er gab es auf.

Am nächsten Morgen wartete sie, daß er sich von ihr verabschiede. Sie war glücklichen Mutes, auch sie voll Zuversicht, alles werde gut werden.

Sie stellte sich vor, wie der Morgen verlaufen werde. Frühstücken wird er mit ihr im Hauskleid. Dann wird er die Rüstung anlegen. Und dann wird er fortreiten, und sie wird die große, selige, herzzerreißende Minute erleben, von der in den Liedern die Rede ist: der fortziehende Liebste wird sich vom Pferde neigen, sie küssen, ihr zuwinken.

Sie wartete, erst glücklich, dann mit leiser Angst, dann immer ängstlicher.

Endlich fragte sie nach Don Alfonso. »Der König Unser Herr ist schon vor Stunden fortgeritten«, antwortete der Gärtner Belardo.

Viertes Kapitel

Der Kalif Jakúb Almansúr war nicht mehr jung, er kränkelte, er hätte seine letzten Jahre gern im Frieden verbracht und hatte sich verpflichtet geglaubt, den König von Kastilien an den Vertrag zu mahnen. Doch hatte er, über die Natur des Königs wohl unterrichtet, von vornherein wenig Hoffnung gehabt, daß seine Botschaft fruchten werde. Eine so dummdreiste Antwort indes hatte er nicht erwartet. Die Frechheit des Unbeschnittenen schien dem tiefgläubigen Manne eine Mahnung Allahs, vor seinem Ende noch einmal das Schwert zu ziehen, die Ungläubigen zu züchtigen und den Islam weiterzuverbreiten.

Zunächst ließ er den Brief Alfonsos in zehntausend Abschriften kopieren und in seinem ganzen, weiten Reiche bekanntmachen. Die Mohaden, die Araber, die Kabilen, alle Völkerschaften, die ihm botmäßig waren, sollten wissen, wie gemein der christliche König den Herrscher der Gläubigen beschimpfte. Auf den Märkten wurde der Brief von öffentlichen Ausrufern verlesen, und im Anschluß daran die Worte des Korans: »So spricht Allah, der Allmächtige: Ich werde mich kehren wider sie und werde Staub und Verwüstung aus ihnen machen durch Heere, wie sie noch nie gesehen worden sind. Ich werde sie in den tiefsten Abgrund werfen und sie vernichten.«

Aufflammte Glaubenswut im ganzen westlichen Islam. Sogar die widerspenstigen Stämme im Tripolitanischen ließen ab von ihrer Fehde wider den Kalifen, um ihm beizustehen in diesem Heiligen Kriege.

Helle Begeisterung war im moslemischen Andalús, nun man der Hilfe des Kalifen gewiß war. Zudem übertrug dieser den Oberbefehl der gesamten Armee einem Andalusier, dem bewährten General Abdullah Ben Senanid.

In der neunzehnten Woche des Jahres 591 nach der Flucht des Propheten brach Jakúb Almansúr von seinem Hoflager in Fez auf, um sich zu der Armee zu begeben, die er an der Südküste der Meerenge versammelt hatte. In seiner Begleitung waren sein Kronprinz Cid Mohammed und zwei andere seiner Söhne, sein Großwesir und vier seiner Geheimen Räte, ferner seine beiden Leibärzte sowie sein Chronist Ibn Jachja.

Am zwanzigsten Tage des Monats Redsched befahl der Kalif die Überfahrt. Als erste setzten über die Meerenge die Araber, es folgten die Sebeten, die Masamuden, die Gomaras, die Kabilen, ihnen folgten die Bogenschützen, die Mohaden; den Beschluß bildeten die Leibregimenter des Kalifen. Mit der Gnade Allahs vollzog sich die Überfahrt binnen drei Tagen, und das riesige Heer lagerte weitum in der Gegend von Alchadra, von Cádiz bis Tarifa.

Und nun der Kalif auf dem Boden des Andalús stand, gab er ein großes Schauspiel. Seit urdenklichen Zeiten ragte vor Cádiz, im Westen der Meerenge, ein riesiger Säulenbau aus dem Wasser. Gekrönt war er von einer gewaltigen goldenen Statue, die auf viele Meilen hinaus über die See glänzte; sie stellte einen Mann dar, der seinen rechten Arm gegen die Meerenge ausstreckte, in der Hand hielt er einen Schlüssel. Römer und Goten hatten den Bau »Die Säulen des Herkules«, genannt, die Moslems nannten die Statue »Das Götzenbild von Cádiz«; alle hatten sie, die Jahrtausende hindurch, das drohende, glitzernde Wesen gescheut und geschont. Jetzt gab der Kalif Befehl, es zu zerstören. Furchtsam, mit angehaltenem Atem schauten die Zehntausende, als die ersten Schläge geführt wurden. Der Goldene, Drohende wehrte sich nicht, er stürzte, und voll ungeheuern Triumphes schrien sie: Allah ist groß und Mohammed ist sein Prophet.

Der Kalif zog nach Sevilla. Um diese Stadt zu ehren, welche der ungläubige König trotz des Waffenstillstandes so ruchlos bedrohte, hatte Jakúb Almansúr für ihre Hauptmoschee einen Gebetturm gestiftet. Der hochberühmte Architekt Dschabir hatte die Pläne entworfen. Gleichnishaft sollte der Turm den Sieg des Islams über den Unglauben darstellen. Bestimmt hatte der Kalif, daß alles, was sich noch finden lasse an Statuen und Reliefs aus den römischen und gotischen Zeiten des Landes, in diesen Turm hineingebaut werde. Verwendet werden sollte ferner außer der Golddecke jenes Götzenbildes von Cádiz das Gold und Silber der Kirchengeräte, die der Kalif in diesem Krieg erbeuten werde.

Er selber, Jakúb Almansúr, legte den Grund für das Minarett. Und wie ungezählte Tausende gejubelt hatten beim Sturz des Goldenen Mannes, so jubelten jetzt ungezählte Tausende, da der Grund ausgehoben wurde für den Turm, der zum Himmel steigen sollte in bisher nie gesehener Höhe und Schönheit zum Preise Allahs.

Don Alfonso, in Calatrava, war glücklich. Hier war eitel Jubel darüber, daß er dem unverschämten Kalifen Bescheid gesagt hatte, und unbändige Freude auf den Krieg. Das geistliche Wesen des Ritterordens verschwand hinter seinem kriegerischen. Die Ritter feierten Bertran de Born als ihren großen Bruder und Kameraden; »A lor, a lor – Schlagt drauf, haut ein«, schmetterte es durch ihre Träume.

Zwischen Alfonso und dem Erzbischof war wieder die alte, fröhliche Kameradschaft. Es hatte den tapferen Priester schwer bekümmert, daß er Alfonso nicht seine rechte, christliche, ritterliche Meinung hatte sagen dürfen über seine Liebschaft mit der Jüdin. Jetzt, mit der alten Aufrichtigkeit, eröffnete er ihm: »Dein Schwiegervater von Engelland ist wahrlich gerade noch zur rechten Zeit gestorben. Denn daß ich's dir nur sage, mein lieber Sohn und Freund: länger hätte ich dem Unwesen in der Galiana nicht mehr zugeschaut. Ich hätte, und wenn ich vor Kummer darüber gestorben wäre, vom Heiligen Vater verlangen müssen, daß er dich exkommuniziert. Ich war schon dabei, den Brief aufzusetzen. Jetzt liegt das alles so weit hinter uns wie die heidnische Vergangenheit unserer Väter. Man sieht's ja geradezu mit Augen, wie dir jetzt der Krieg die letzten Vapores aus der Brust treibt.« Er lachte schallend; Alfonso lachte mit, laut, jung, gutartig.

Späher berichteten von der Größe des moslemischen Heeres. Fünfhundert mal tausend Mann sollten es sein. Auch war viel Gemunkel von schrecklichen neuen Waffen, die der Kalif mitführe, von riesigen Angriffs-Türmen, Geschützen, die gewaltige Felsen weithin schleudern könnten, von verderblichem Griechischem Feuer. Die Ritter blieben zuversichtlich. Sie glaubten an ihre uneinnehmbaren Festungen, ihren Santiago, ihren König.

Alfonso hatte eine kühne Eingebung. Alle hielten es für selbstverständlich, daß man sich angesichts der Übermacht der Moslems auf die Verteidigung beschränke. Mußte man das wirklich? Warum nicht dem Feind eine Schlacht auf offenem Felde bieten? Das Unterfangen schien wahnwitzig, doch gerade darum konnte es Erfolg haben. Und war da nicht im Süden von Alarcos jenes Gelände, dessen Vorteile und Tücken er besser kannte als jeder andere, »Das Gebreite der Arroyos«? Warum sollte er nicht eine zweite Schlacht von Alarcos gewinnen?

Er sprach Bertran und dem Erzbischof von seinem Vorhaben. Don Martín, dem es sonst an raschen Worten nicht fehlte, starrte ihn an, offenen Mundes. Dann war er begeistert. »Das alte Israel«, sagte er, »war ein kleiner Haufen, gemessen an dem zahllosen Pack der Kanaaniter, Midianiter, Philister, und sie haben sie trotzdem geschlagen und ausgetilgt. Da wird ihnen wohl der Herr Schlachtfelder gezeigt haben, so günstig wie dein ›Gebreite der Arroyos‹.« Bertran seinesteils meinte fröhlich und sachverständig: »Diese Schlacht wird dich viele Tote kosten, Herr König – aber die Ungläubigen noch mehr.«

Die jüngeren Herren, wenn ihnen Alfonso von seinem Plan sprach, waren zuerst erstaunt, ja, betreten, dann entzückt. Den älteren Feldhauptleuten von seinem Vorhaben zu reden, unterließ der König.

Doña Leonor war länger in Burgos geblieben, als sie beabsichtigt hatte. Von hier aus war es leichter, den Granden des nördlichen Kastiliens und den Räten von Aragon zuzusetzen, daß sie Alfonso bald die nötigen Hilfskräfte stellten. Sie brannte danach, daß er seinen Feldzug beginne. Seitdem sie erkannt hatte, wie tief sich jenes geile Fieber für die Jüdin in ihn eingefressen hatte, war ihr Argwohn niemals völlig eingeschlafen. Ganz genesen von seiner höllischen Krankheit wird Alfonso erst durch den Krieg.

Dann hatte sie Nachricht erhalten – er selber hatte ihr's fröhlich mitgeteilt –, wie kühn er den frechen moslemischen Prinzen zu seinem Kalifen heimgeschickt hatte. Das erste, was sie spürte, war eine wilde Freude gewesen: nun war der Krieg da. Gleich darauf hatte sie die ganze Gefahr erkannt, die aus Alfonsos Kühnheit wachsen mußte. Niederlage, hatte sie gedacht, nun wird Niederlage sein. Vielleicht nicht *die* Niederlage, aber Niederlage. Das schuf ihr, neben Zorn und Sorge, finstere Genugtuung. In ihr festgehakt hatte sich, was die Mutter von den wohltätigen Folgen einer Niederlage gesagt hatte. Niederlage mehrte die Kraft, heizte die Energie, Niederlage öffnete zehn neue Möglichkeiten; es bereitete ihr einen wunderlichen Kitzel, an Niederlage zu denken.

Sie war sogleich nach Toledo aufgebrochen. »Geh nach Toledo«, hatte die Mutter befohlen. Die verbrecherische Unbesonnenheit, mit welcher Alfonso den moslemischen Gesandten herausgefordert hatte, mehrte nur ihre Liebe. Und immer mischte sich in ihre heiße Sehnsucht nach Alfonso jenes leise, dunkle Frohlocken: Jetzt kommt Niederlage. Jetzt ist es aus mit der andern. Actum est de ea – Es ist um sie geschehen.

Da sie den König in Toledo nicht mehr antraf, hatte sie einen Vorwand gefunden, ihm in den Süden nachzureisen. Don Pedro, der plangemäß ins Gebiet von Valencia eingefallen war und seinen Vormarsch gegen die Hauptstadt Valencia nicht aufgeben wollte, hatte gezögert, Alfonso vor der vertraglich festgesetzten Frist Hilfstruppen zu stellen. Sie aber hatte ihm nun ein bindendes Versprechen abgerungen: er wird binnen längstens sechs Wochen zehntausend Mann schicken, und achthundert Mann schon jetzt, um seinen guten Willen zu zeigen. Dem Alfonso diese glückliche Nachricht zu bringen, reiste sie selber nach Calatrava.

Er kam ihr entgegen, sie zu begrüßen. Sie verbarg nicht ihre helle Freude an seinem Anblick. Hier unter seinen Rittern in der strengen Luft der Festung Calatrava war er ganz der Alfonso, den sie sich wünschte.

Sie berichtete strahlend, wie sie den widerstrebenden Don Pedro dazu vermocht hatte, Verstärkungen schon in wenigen Wochen zu senden. Alfonso dankte ihr herzlich. Verschwieg ihr, daß ihm ihre Botschaft keineswegs willkommen war. Sein Vorhaben, sich dem Kalifen in offener Feldschlacht zu stellen, hatte sich gefestigt. Wenn nun bekannt wurde, daß aragonische Verstärkungen schon in naher Zukunft zu erwarten waren, werden seine Räte und Offiziere seinem Plan noch heftiger widerstreben.

Der betagte Ordensmeister Nuño Perez und Don Manrique de Lara suchten Doña Leonor auf. Der Plan des Königs war trotz seiner Zurückhaltung ruchbar geworden und machte den Umsichtigen unter seinen Freunden große Sorge. Die alten Herren stellten Doña Leonor vor, wie gefährlich das Unterfangen sei und wie wichtig es sei, die aragonischen Truppen abzuwarten. Sie baten die Königin, sie möge Don Alfonso bewegen, von seinem Vorhaben abzustehen.

Doña Leonor erschrak. Sie verstand nichts von Strategie, sie wollte nichts davon wissen, sie und Alfonso waren stillschweigend übereingekommen, daß sie teilhabe an den Staatsgeschäften, doch nicht an der Kriegführung. Dieses Mal aber, das begriff sie, ging es um den Bestand des Reiches. Sie erinnerte sich, wie Alfonso damals gegen die Warnung seiner Ratgeber Sevilla angegriffen hatte, sie ahnte, sie wußte, es war ihm Ernst mit diesem tollkühnen Projekt. Ihre Vernunft sagte ihr, sie müsse sich mit Alfonso aussprechen. Aber sie wollte sich ihm gerade jetzt nicht unlieb machen, sie wollte ihm nicht mit verhaßten Ratschlägen kommen; überdies flüsterte es kitzelnd tief in ihrem Innern: Niederlage.

Liebenswürdig und doch ganz Königin antwortete sie den besorgten Herren: sie verstehe nichts von Fragen der Strategie, sie habe alle die Jahre her niemals mit Alfonso über derlei Fragen gesprochen, sie bewundere seinen kriegerischen Genius, und es stünde der Königin von Kastilien schlecht an, den fürstlichen Mut und die fromme Zuversicht ihres Gemahls mit kleinmütigen Bedenken anzunagen.

Sie blieb zwei Tage und Nächte in der Festung. Es war ihr in aller Eile prächtiges Quartier bereitet worden; denn es ziemte sich nicht, daß sie mit Alfonso im gleichen Hause schlief. Die Kreuzfahrer, so wollte es die Sitte, enthielten sich der Frauen. Doch nahmen nur wenige der Ritter diesen Brauch ernst, und Leonor, nachdem Alfonso bei ihr zu Abend gegessen hatte, erwartete, er werde bleiben. Allein er sagte ihr auf herzliche Art gute Nacht, küßte ihr die Stirn und ging. Und so hielt er's am zweiten Abend.

Als sie zurückritt, begleitete er sie eine gute Stunde lang. Sie, als er sich verabschiedet hatte, beantwortete nur einsilbig das Gerede ihrer Begleiter. Bald auch, obwohl eine gute Reiterin, befahl sie ihre Sänfte.

Geschlossenen Auges saß sie in der Sänfte. Alfonso war erfüllt von seinem Krieg, auch war er kein Mann der schnellen, gelegentlichen Liebe. Sie brauchte sich nicht verschmäht zu fühlen. Und bestimmt nicht war es das Gedächtnis der Jüdin, das ihn ihr ferngehalten hatte.

In Toledo hatte sie sich viel mit der andern beschäftigt, mit der Jüdin. Die andere war dort sehr nahe, man mußte an sie denken. Sie saß da unten, die andere, kühn und dumm, sie war in Leonors Gewalt gegeben wie die Stadt und alles ringsum, Leonor brauchte nur zuzugreifen. Das hatte sie nicht eben gedacht, aber gespürt, und jetzt, in der Sänfte, auf dem Weg nach Toledo, dachte sie es. Jetzt auch, in der Sänfte, gegen ihren Willen, trachtete sie, sich die andere deutlich zurückzurufen, Gesicht, Gestalt, Bewegung. Stellte sich vor, wie Raquel nackt ausschauen mochte. Maß sich mit ihr. Sie, Leonor, hatte sich gut gehalten; das hatte sogar die Dame Ellinor anerkannt, die scharf und bös von Urteil war. Daß die andere zehn oder zwölf Jahre nach ihr aus ihrer Mutter Leib gekrochen war, das war es sicher nicht, was Alfonso von Leonor zu der andern gezogen hatte. Es war Hexerei gewesen, ein Fieber, eine böse Krankheit. Und sowie Alfonso wieder ganz er selber ist, nach seiner großen Schlacht, ob sie nun Sieg bringt oder Niederlage, wird er die andere vergessen haben. Sie wäre eine Närrin gewesen, wenn sie sich von den alten Herren hätte bereden lassen, Alfonso von seiner Schlacht abzuraten.

Sie war keine Närrin. Sie war klug, sie war jung, sie war schön, sie war ihrer Sache sicher.

Meldung kam, das moslemische Heer rücke in drei Säulen nach Nordosten vor. Alfonso konnte nicht länger warten, er mußte seinen Räten und Feldhauptleuten seinen Plan eröffnen.

Er berief den Kriegsrat. Enthusiastisch legte er den Plan dar. Er wolle den Moslems entgegenrücken, ins »Gebreite der Arroyos«. Dort, zwischen den tiefen Rissen der ausgetrockneten Bergbäche, habe er die Schlacht geschlagen, die ihm seinen ersten großen Erfolg und die Festung Alarcos gebracht habe. Niemand in Hispanien kenne dieses Gelände so gut wie er. In kühnen, überzeugten Worten stellte er dar, wie er den Kalifen nötigen werde, den tiefern Teil der langsam sich senkenden Ebene einzunehmen, wie er große Teile des feindlichen Heeres, gerade weil es so zahlreich sei, ins Unterholz und in den Wald hineinzwingen werde. Er zweifle nicht am Sieg. Und dann liege das ganze südliche Andalús offen vor ihnen, Córdova, Sevilla, Granada, und der Krieg sei zu Ende, kaum daß er begonnen habe.

Die jüngeren Herren stimmten begeistert zu.

Der alte Don Manrique aber warnte ehrerbietig und dringlich. Es sei mehr als gewagt, einem Heere von so ungeheurer Übermacht eine offene Feldschlacht anzubieten. Erringe man keinen entscheidenden Sieg, dann sei Toledo verloren. Der kriegskundige Baron Vivar pflichtete Manrique bei. »Deine Majestät«, führte er aus, »hat mit Mühe und Kunst die Festungen Calatrava und Alarcos zu den stärksten der Halbinsel gemacht. Im Schutz ihrer Mauern können wir in Ruhe die Ankunft unserer Verbündeten abwarten. Das moslemische Heer ist gerade infolge seiner riesigen Zahl schwer zu verproviantieren; die Belagerung wird es sehr vermindern. Treffen dann die Aragonier ein, so wird unsere Armee der des Kalifen an Stärke nicht mehr so verzweifelt unterlegen sein. Dann, Herr König, wenn Gott es dich heißt, schlage du deine Feldschlacht.«

Don Alfonsos gefurchte Stirn furchte sich noch tiefer. Sein Verstand gab zu: die Argumente des Manrique und des Vivar hatten Hand und Fuß. Aber es war unerträglich, faul hinter den Mauern der Festung zu hocken und abzuwarten, daß der Jüngere, der Fant, ihm Hilfe bringe. Er ließ sich nicht einen Teil seines Sieges wegstehlen. »Es ist mir nicht unbekannt«, antwortete er, »daß ein schlauer Feldherr eine Schlacht gegen eine dreifache oder fünffache Übermacht besser vermeidet. Aber ich kann nicht untätig zuschauen, wie sich der Feind im Land ausbreitet. Mir hitzt sich das Blut. Ein rechter Krieg ist kein Schachspiel, er ist ein Tournier, und den Ausschlag gibt nicht klügelnder Verstand, sondern das starke, fromme Herz. Ein rechter Feldherr riecht sein Schlachtfeld. Mein Schlachtfeld ist das ›Gebreite der Arroyos‹.«

Die Ritter stimmten stürmisch zu.

Nun aber warnte selbst der alte Maëstre Nuño Perez:

»Wenn die Armee der Ungläubigen so riesig ist, wie die Späher fest behaupten, dann kann ohne Hilfstruppen kein kastilisches Heer ihr standhalten. Warte auf Aragon, Herr König!«

Alfonso hatte es satt, sich von seinen alten Feldhauptleuten belehren zu lassen; die waren ja lahmherziger als sein Rodrigue. »Ich warte nicht, Don Nuño«, erklärte er. »Begreift mich doch! Ich lasse nicht mein Alarcos, dieses Alarcos, das ich dem Reiche zugefügt habe, umzingeln von den Beschnittenen. Ich werde mit ihnen fertig auch ohne Aragon.«

Allein Don Manrique ließ nicht ab. »Schicke wenigstens erst einen Kurier an Don Pedro!« bat er dringlich. »Wenn man deinen Vertrag mit Aragon engherzig auslegt, dann schreibt er dir vor, zu warten.«

»Ich bin aber nicht engherzig«, antwortete heftig Don Alfonso, »und auch der König von Aragon ist es nicht. Er ist ein christlicher Ritter. Ich brauch ihn nicht erst lange um Erlaubnis zu bitten!« Ruhiger fuhr er fort: »Ich ehre eure Bedenken, aber ich darf mich nicht darum kümmern. Mag der Kalif dreimal mehr Männer haben oder auch fünfmal, wir haben auf unserer Seite das Recht und den allmächtigen Gott. Wir schlagen uns auf dem ›Gebreite der Arroyos‹.«

Nun sich der König entschieden hatte, förderten auch die Zweifler treu und eifrig das Unterfangen. Das Lager wurde auf dem von Alfonso gewählten Gebreite aufgeschlagen. Die Zelte dehnten sich auf dem sanften Hang eines Berges, im Rücken geschützt durch eine immer steiler steigende Höhe, die Flanken gedeckt von den Arroyos, die der Gegend den Namen gaben, tiefen Erdrissen, den Betten reißender Bergbäche, die jetzt ausgetrocknet waren und weithin bedeckt mit weißem und rotem Oleander.

Die moslemische Armee rückte mittlerweile in guter Ordnung näher, in regelmäßigen, kurzen Tagemärschen. Als sie noch zwei Tagemärsche entfernt war, konnte ein jeder ausrechnen, daß die Entscheidungsschlacht am 19. Juli stattfinden werde, am 9. Schawan moslemischer Rechnung.

Es war aber der 9. Schawan ein Sabbat.

Das schuf den jüdischen Soldaten Don Alfonsos große Not. Die dreitausend hatten sich dem König nicht ohne Gewissensqualen zur Verfügung gestellt. Sie wußten, der Kriegsdienst werde sie zwingen, verbotene Speisen zu essen und am Sabbat verbotene Arbeit zu verrichten; in der großen Vorzeit aber hatten sich jüdische Soldaten lieber von Griechen und Römern erschlagen lassen, als daß sie am Sabbat gekämpft hätten. Nun hatten zwar, gemäß einer Jahrhunderte alten Verfügung des Synhedrions, die Doktoren der Aljama die jüdischen Freiwilligen durch den Akt des »Mutar Lach – Es sei dir erlassen« feierlich der Verpflichtung entbunden, die Sabbat- und Speisegesetze zu halten; diese Dispensation galt aber nur für den Fall äußerster Not, und war dieser Fall wirklich gegeben? Mußte sich der König gerade am Sabbat schlagen?

Sie sandten eine Delegation an Don Alfonso, die geführt war von Don Simeon Bar Abba, einem Verwandten des Ephraim. Wenn seine jüdischen Soldaten, setzte dieser dem König auseinander, anders als in äußerster Not heilige Verbote überträten, dann forderten sie Gottes Zorn heraus und beschworen Gefahr und Niederlage herunter auf sich und ihre christlichen Kameraden. Sie fragten die Majestät mit gebührender Ehrfurcht, ob nicht ein anderer Tag für die Schlacht gewählt werden könnte.

Alfonso klopfte dem Don Simeon die Schulter und meinte jovial: »Ich kenne euch als tapfere Soldaten und würde euch gern den Gefallen tun. Aber seht, länger als um einen Tag kann ich die Schlacht nicht verzögern. Ich müßte also am Sonntag kämpfen. Das wäre nun wieder euern christlichen Kameraden nicht recht, und die sind viel zahlreicher. Lassen wir's also beim Sabbat, und wir alle wollen beten, daß euer Gott euch die Sünde verzeihe.«

Der König, nachdenklich geworden durch die Frömmigkeit der Juden, beriet mit Don Martín, was er selber tun könne, um sich und seinem Heer die Gnade des Allmächtigen zu sichern. Nun hatte auch der Erzbischof jenen »Baum der Schlachten« des Priors Bonet gelesen. Dort war empfohlen, am Tag der Schlacht zu fasten, unter Hinweis darauf, daß der große Ritter und König Saul, ehe er gegen die Feinde focht, einen jeden, der vor Einfall der Nacht esse oder trinke, mit der Strafe des Todes bedroht hatte. Der Erzbischof schlug also vor, es sollten die christlichen Soldaten am Tage der Schlacht fasten; der König Unser Herr könne ihnen ja, um sie nicht zu schwächen, am Abend vorher ein reichliches Mahl vorsetzen. So verfügte denn auch Don Alfonso.

Don Martín seinesteils schickte Kuriere durchs ganze Land bis nach Toledo mit der Weisung, es sollten am Morgen des Schlachttages in Toledo und in allen Ortschaften zwischen Alarcos und Toledo die Glocken geläutet werden.

Am Abend des 18. Juli beschaute der König von der Höhe, von der aus er am nächsten Tage die Schlacht leiten wollte, das eigene Lager und das des Feindes. Dort, wo die Ebene abfiel, lagerte das Heer des Kalifen. Zelt an Zelt reihte sich endlos, und Alfonso und seine Herren wußten: wo der Wald die weitere Sicht verwehrte, bog das feindliche Lager nach dem Westen und weit in den Westen hinein. Lange schaute der König, die Augen mit der Hand beschattend, schweigend, in den Abend über das feindliche Lager.

Die Herren ritten zurück, von den Soldaten überall mit fröhlichem, ehrerbietigem Zuruf begrüßt. Die Soldaten freuten sich des reichen Mahles.

Dann setzten sich die Herren selber zu Tisch in dem Kriegszelt des Königs. Es glänzte prächtig rot und golden, mit Wimpeln und Standarten; auch das Innere war kostbar geschmückt mit Teppichen und Wandbehängen, dem Krieg zu Ehren, dem edelsten Geschäft des Ritters und Königs. Man war gehobenen Mutes, man aß und trank mit Genuß, Bertran sang seine wildesten Lieder.

Doch trennte man sich bald, um sich durch frühen Schlaf für den kommenden Tag zu stärken.

Den König begleiteten freundliche Bilder und Gedanken

in den Schlaf. Raquel war da, und er erläuterte ihr die Einzelheiten seines Schlachtplans. Bewies ihr, daß man ein auch an Zahl unterlegenes Heer so aufstellen könne, daß der Sieg gewiß sei. Setzte ihr auseinander, wie er sich den weitern Verlauf des Feldzugs dachte. Wenn er die Armee des Kalifen zerschlagen hat, wird er bis ans Meer vorstoßen. Dann wird er Frieden schließen. Die Küste und Granada wird er dem Kalifen lassen; aber Córdova und Sevilla muß der Beschnittene ihm herausgeben. Sevilla wird er zu einer Grafschaft machen, zur größten des Reiches, und zum Grafen von Sevilla ernennt er den lieben kleinen Bastard Sancho.

Er hörte die leisen Rufe der Wachen, die das nächtliche Lager abschritten. Seine innere Stimme sagte ihm: Das wird ein großer Tag werden, morgen, dieser 19. Juli – er suchte sich auf das Jahr zu besinnen, aber die hispanische Zeitrechnung und die der andern Christenheit gerieten ihm durcheinander, er fand das Jahr nicht und ärgerte sich, daß er dem Rodrigue recht gegeben hatte gegen seinen lieben Freund Don Martín. Aber in seinen Ärger hinein tönten Glocken und feierlicher Jubelgesang, sie sangen das Tedeum seines Sieges, und er schlief ein inmitten von Siegesgeläute.

Er wachte auf inmitten von Glockengeläute. Denn noch vor der Sonne hatten, wie der Erzbischof es befahl, alle Glocken im Lande zu läuten begonnen von Alarcos bis Toledo.

Gleich nach Sonnenaufgang wurde den Soldaten Messe gelesen. Sehr viele empfingen die heilige Kommunion. Feierlich dann wurden die Reliquien gezeigt, welche die einzelnen Abteilungen in die Schlacht begleiten sollten. Die kostbarste, kräftigste Reliquie hatten die Calatrava-Ritter, die Cruz de los Angeles, ein Kreuz, das dem Dritten Alfonso zwei überirdische Pilger auf geheimnisvolle Weise zugestellt hatten. Eine jede Abteilung, Ritter und Knechte, kniete und küßte ihre Reliquie.

Auch vom Lager der Moslems her tönten Gebete. Dort riefen Priester und Offiziere die Krieger an mit den Versen des Korans: »O ihr Gläubigen, fasset Herz! Seid frohen Mutes! Fürchtet niemand außer Allah! Er hilft euch. Er stärkt euch den Fuß, daß er feststeht. Er gibt euch den Sieg.« Und die moslemischen Soldaten warfen sich zur Erde, die Hunderttausende, in der Richtung gegen Mekka, und beteten gellend die Erste Sure des Korans, das Siebengebet: »Im Namen Allahs, des Allbarmherzigen. Preis sei Allah, dem Herrn der Welten, / Dem Wohltätigen, dem Allbarmherzigen, / Dem Richter am Tage des Gerichts. / Du allein bist Unser Gott, dich allein rufen wir um Hilfe an. / Zeig uns den rechten Weg, / Den Weg derer, denen du gnädig bist, / Und nicht den Weg derer, denen du zürnst und die in die Irre gehen.«

Die Schlacht begann.

Die Calatrava-Ritter hatten Befehl, als erste anzugreifen und das Zentrum des Feindes zu durchbrechen. In guter Ordnung hielten sie, ihrer achttausend, auf ihren erlesenen Pferden, weithin glänzend in ihren Rüstungen. Schallend sangen sie ihr Kriegsgebet, den sechzigsten Psalm Davids: »Wer führt mich in eine feste Stadt? Wer geleitet mich bis nach Edom? Mit Gott wollen wir Taten tun. Er wird unsere Feinde untertreten.«

Sie preschten los gegen das Zentrum des Feindes.

»Mit solcher Furie«, berichtet der Chronist Ibn Jachia, »stürmten die Verfluchten, daß ihre Pferde in die Spitzen der moslemischen Lanzen rannten. Zurückgeworfen, wichen sie nur eine kurze Strecke, dann stürmten sie von neuem. Wurden abermals zurückgeworfen. Ein drittes Mal ritten sie ihre schreckliche, wahnwitzige Attacke. ›Haltet aus, ihr Freunde!‹ rief Abu Hafas, der General, der das Zentrum kommandierte. ›Fasset Herz, ihr Gläubigen! Allah von seinem hohen Thron aus steht euch bei.‹ Allein die Verfluchten stürmten jetzt mit solcher Raserei, daß die Reihen der tapfern Moslems brachen. Abu Hafas selber, der General, hielt stand mit Löwenmut, starb kämpfend und erwarb die Märtyrerkrone. Die Verfluchten richteten ein fürchterliches Gemetzel an unter den Truppen des Zentrums; alle moslemischen Soldaten, die dort kämpften, waren von Allah erlesen für die Märtyrerkrone und gingen an diesem 9. Schawan ein in die zehntausend Freuden des Paradieses.«

Alfonso, von seiner Höhe aus, überschaute das Schlachtfeld. Sah, wie die Calatrava-Ritter stürmten, zurückgeworfen wurden, ein zweites Mal stürmten, ein zweites Mal wichen, dann aber die Reihen der Feinde brachen. Und nun drangen sie vor, seine Calatrava-Ritter, unaufhaltsam, und bald werden sie das rote Kriegszelt des Kalifen erreicht haben und den Siegesboten schicken, und dann wird er seinesteils vorstürmen und den Feind vollends aufreiben.

Da schauten sie also, der König und die Seinen, warteten, genossen die Schau. Dort unten, auf dem »Gebreite der Arroyos«, erfüllte sich der Traum des Sängers Bertran de Born; da waren die Stürmenden, die Fallenden und Gefallenen, da war jenes Geschrei: A lor, a lor!, und da hinein: Allah! und: Mohammed!, da war das Wiehern der reiterlosen, todwunden Pferde. Alazars Herz schwoll vor Lust. Er nahm in sich auf die herrliche Wirrnis von Tod, Ruhm, Sieg, Märtyrertum, und es war ihm nur leid, daß Staub und Dunst aufwölkte und ihm den Kampf verhüllte. Aber er sah um sich die wilden, glühenden, freudigen Gesichter des Königs und seiner Ritter, und sein Gesicht war freudig wie das ihre, und er wischte sich die tränenden Augen, nieste sich den Staub aus der Nase und lachte.

Da aber ereignete sich Unerwartetes. Staub und Dunst waren jetzt so dicht, daß man kaum mehr recht erkennen konnte, was geschah. Doch soviel war gewiß: Kampf war plötzlich schon ziemlich nahe an ihrer Höhe, weit also im Rücken der Calatrava-Ritter. Beturbante Reiter tauchten auf in naher Nähe des Lagers. Griffen die jüdischen Abteilungen an, die zur Verteidigung des Lagers bestellt waren. Ja, die Juden waren im Kampf, sie hielten sich wacker, man hörte deutlich ihren geilen, uralten, hebräischen Schlachtruf: »Hedad, hedad!«, sie gaben nicht Raum, sie hielten stand. Aber ihrer waren nur dreitausend, der Feind war sichtlich in der Überzahl, und dunkel, einen Augenblick lang, dachte Alfonso an die Vorhersage Don Simeons, es werde Unheil bringen, am Sabbat zu kämpfen.

Aber wie in aller Welt war es möglich, daß moslemische Reiter so weit vorgedrungen waren? Und in solcher Zahl? Und wo blieben die Calatrava-Ritter?

Der König ahnte, was geschehen war, aber er verbot sich, es zu glauben. Fünfhundert mal tausend Mann, hatten die Späher berichtet, zähle das Heer des Kalifen, und Alfonso hatte gelacht. Aber da wälzte es sich heran, endlos, und aus dem Staub kamen immer neue, beturbante Krieger, zu Fuß und zu Pferde. Alfonso lachte nicht mehr.

Was sich aber ereignet hatte, war dieses. Die Calatrava-Ritter, siegberauscht, waren weitergestürmt in das dichte Gewimmel. Sie achteten nicht der Hitze und des Staubes, der ihnen das Atmen schwer machte. Aus dem dumpfen Lärm, von dem das Schlachtfeld dröhnte, hörten sie nur ihr eigenes Geschrei und das Geschrei derer, die sie töteten. Benommen, halb irr von Kampfgier, wütig um sich hauend, drangen sie immer weiter vor in den sonnverhüllenden Dunst.

Der Oberkommandierende der Moslems, Abdullah Ben Senanid, der Andalusier, der Kriegskundige, Schlachtenkluge, hatte das vorhergesehen. Er ließ die Ritter vordringen, ja, er setzte ihnen dünneren Widerstand entgegen. Auf beiden Flanken aber ließ er mohadische Regimenter vorrücken und jene unheimlichen, weithin treffenden Schleudergeschütze in Stellung bringen. Die mohadischen Soldaten, berühmt als ausgezeichnete Armbrustschützen, schlossen sich, unbemerkt von den stürmenden Calatrava-Rittern, in ihrem Rücken und riegelten sie ab von ihrer Hauptmacht und von ihrem Lager. Und nun geschah hier vor Alarcos, was damals in der Schlacht von Al Hattin geschehen war. Die moslemischen Armbrustschützen beschossen die Pferde der christlichen Ritter, und sowie das Pferd fiel, war der Ritter in seiner schweren Rüstung hilflos. Jetzt auch schleuderten die Geschütze des Kalifen ihre gewaltigen Blöcke in die dichten Reihen der Christen. »Es begann«, berichtet der Chronist Ibn

Jachja, »ein fürchterliches Schlachten. Alle waren sie stahlbekleidet, die Ungläubigen, auch ihre Pferde trugen Rüstungen, und sie waren die Blüte ihres Heeres, aber es half ihnen zu nichts. Vor der Schlacht hatten sie ihre drei Götter angerufen und bei ihren Kreuzen geschworen, sie würden in diesem Kampfe nicht den Rücken kehren, solange unter ihnen noch einer am Leben sei. Jetzt, zum Segen der Gläubigen, fügte es Allah, daß sie ihr Gelübde auf den Buchstaben erfüllten.«

Und gleichzeitig, um das feindliche Heer vollends zu vernichten, hatte der moslemische Feldherr, seine ungeheure Übermacht nützend, im Rücken der kämpfenden Ritter seine eigene, erlesene, andalusische Reiterei vorgeschickt zu einem Angriff auf das Lager der Christen.

Das also, dieser Angriff auf das Lager, war es, was Alfonso von seiner Höhe wahrnahm. »Jetzt ist es wohl an uns«, erklärte er grimmig fröhlich. Sie sprengten hinunter, dem Lager zu. Sie waren zahlreich, aber doch zu wenig. Die Massen der Moslems schwollen und schluckten sie ein, sie mußten zurück, bevor sie das Lager erreichten, die Höhe wieder hinauf. Sie hielten indes ihre Reihen geschlossen und ließen es nicht zu, daß die Moslems sie überflügelten. Auch gelang es ihnen immer wieder, sich durch kleine Vorstöße Raum und Luft zu schaffen.

Don Alfonso war mitten im Getümmel. Er dachte nicht mehr an das Ganze der Schlacht, nur mehr an den Kampf in seiner nächsten Nähe. Er atmete nur mit Mühe in dem Staub und in der Hitze, und der mattleuchtende Dunst machte alles vor seinen Augen flirren. Er hörte das Gellen der Hörner, das Schlagen der Trommeln, das wüste Geschrei der Moslems und das: Haut ein! Hilf! Her! der Freunde und über dem allem den dunklen Lärm, der ständig von jeder Richtung her rollte und dröhnte. Er war erfüllt von einer dumpfen Wut, die nicht ohne Wohlgefühl war. Er genoß es, mit seinem guten Schwerte Fulmen Dei zuzuschlagen; er genoß es, wenn der Feind fiel, und auch wenn der Freund fiel, spürte er etwas wie Lust.

Langsam wurden sie zurückgedrängt bis zur Hälfte ihrer eigenen Höhe. Der König befahl einen neuen Vorstoß. Sie preschten – es mochten ihrer noch um die Achthundert sein – hinein in feindliches Fußvolk. Einer der Moslems, aus nächster Nähe, zielte mit dem Speer nach Alfonso. Ehe er werfen konnte, haute Alazar ihn nieder. Der Knabe lachte hell. »Das ist ihm nicht geglückt, Herr König«, rief er in den wüsten Lärm hinein. Aber in der Minute darauf stürzte er selber vom Pferd, getroffen, sein Fuß verfing sich im Steigbügel, er wurde eine kleine Strecke geschleift.

Die andern waren weiter vorgedrungen, vor sich her trieben sie das feindliche Fußvolk den Berg hinunter. Ein wenig Luft entstand um den König und die ihm Nächsten.

Er stieg vom Pferde, noch immer in wütiger Dumpfheit, fast ohne Willen und Bewußtsein. Er bemühte sich um Alazar. Er hob das Visier, er wußte kaum, warum, er nahm dem Knaben den Helm ab und wußte kaum, warum, auch nicht, ob der Knabe ihn noch erkannte. Er dachte vorwurfsvoll, daß Alazar ihm doch die tausend Ritter hätte aussuchen sollen, die er ohne Lösegeld freigeben wollte. Der Knabe atmete hart, sein sonst blaßbräunliches Gesicht sah gerötet und verschwollen aus und inmitten all des Schmutzes, des Blutes, der Hitze, der sichtlichen Qual sehr jung. Alfonso beugte sich tiefer über ihn, sah ihn, sah ihn nicht, sah ihn, sagte mit einer Stimme, die heiser vom vielen Schreien war: »Alazar, mein Junge, mein Treuer.« Alazar hob die Hand, mit Mühe, Alfonso verstand nicht, wozu; später deutete er sich's so, daß Alazar ihm hatte den Handschuh zurückgeben wollen, und es war ihm leid, daß er's nicht verstanden hatte. Alazar bewegte die Lippen, Alfonso wußte nicht, ob er sprach. Er glaubte zu hören: »Sag meinem Vater –«, aber er erinnerte sich erst viel später, daß er geglaubt habe, das zu hören; auch hätte er nicht sagen können, in welcher Sprache der Knabe diese Worte gesprochen hatte.

Es schwemmte aber, während er über Alazar gebeugt war, zum erstenmal an diesem Tage und auch jetzt nur sehr trüb inmitten des Geschreies und Geklirres der Gedanke herauf an Raquel, und sogleich auch der Gedanke an Manrique und Nuño Perez, die ihm geraten hatten, innerhalb der Mauern der Festung zu bleiben, und der Gedanke an den zornigen Don Rodrigue. Aber er verweilte nicht bei diesen Gedanken, es war keine Zeit. Auch war keine Zeit, sich länger mit dem Knaben zu befassen; nur schnell noch das Zeichen des Kreuzes über ihn machen konnte er.

Denn nun wälzte es sich abermals herauf durch den Staub und Dunst, und wieder in ungeheuern Massen. Stumpf, in finsterer Wut, schaute Don Alfonso dem Gewimmel entgegen. Endete das niemals? Fünfhundert mal tausend Mann, hatten die Späher gesagt, sie hatten nicht gelogen. »Bisher haben wir es nur mit der Vorhut zu tun gehabt«, scherzte böse der Erzbischof, »jetzt erst kommt der rechte Feind.« Und: »Gut«, sagte Bertran, »so mehr Mütter und Weiber werden um sie klagen.« Und: »Zurück, langsam zurück!« drängten alle. Bertran aber stimmte eines seiner Lieder an:

»Keiner von uns ist Sohn eines Manns,
Der feig im Bette starb.
Und wir selber wünschen nicht andern Tod
Als im Feld und durch kalten Stahl.«

So, langsam, die Gesichter dem Feinde zugekehrt, auf tänzelnden Pferden, wichen sie die Höhe hinauf.

Getümmel war, unübersichtlicher Kampf. Doch als sie am Fuß des letzten, steilsten Teils der Höhe angelangt waren, hatten sie sich von neuem Raum geschaffen, und hier konnte ihnen keiner in den Rücken kommen. Sie atmeten, schauten sich um, suchten, zählten. Es waren ihrer nun um die zweihundert. »Wo ist Don Martín?« fragte Alfonso. »Er ist getroffen«, sagte Garcerán. »Schwer, wie es scheint. Sie suchen ihn über die Höhe zu schaffen, ins Eichengehölz. Sie wollen ihn über den Arroyo bringen.« Und: »Du solltest zurück, Herr König«, bat er dringlich, »solang sie den Weg über den Arroyo noch nicht entdeckt haben.« Es führte nämlich unmittelbar jenseits der Höhe ein gedeckter Pfad ins Eichengehölz und zu einem Übergang über den nördlichen Teil des Arroyos. »Nach ihrem nächsten Sturm«, entschied Don Alfonso, da sich der Feind schon wieder, und dieses Mal sehr nahe, zum Angriff sammelte. Und: »Was ist mit dir, Herr Bertran?« fragte er. »Bist du verwundet?« – »Es sind nur ein paar Finger«, antwortete Bertran mit einer Stimme, die sich mühte, unbefangen zu klingen, und: »Wahrscheinlich werde ich dir nur ein Stück des Handschuhs zurückgeben können«, spaßte er. Dann war man wieder im Getümmel.

Hier, am Fuß der letzten Höhe, löste sich jetzt die Schlacht in verbissene Einzelkämpfe auf. Ein jeder schlug um sich, wild, sinnlos, keiner hielt Fühlung mit keinem. »Und Alfonso, der Verfluchte«, berichtet der Chronist Ibn Jachia, »hob seine Augen von dem Gemetzel und sah die weiße Fahne des Beherrschers der Gläubigen – Allah schütze ihn – schon in nächster Nähe, und er sah die goldenen Buchstaben darauf: ›Allah ist Allah, und Mohammed ist der Prophet Allahs.‹ Da erzitterte das Herz des Verfluchten in großer Angst, und er floh. Und alle die Seinen flohen, und die Moslems verfolgten sie. Der Verfluchte selber entkam über die Höhe, aber die Moslems töteten Unzählige aus seinem Volke und ließen nicht ihre Lanzen von den Hüften der Fliehenden und ihre Schwerter nicht von ihrem Nacken, ehe sie den Durst ihrer Waffen gestillt hatten im Blute der Ungläubigen und sie gezwungen, den bittern Becher des Todes bis zur Neige zu leeren.«

Auf der Höhe, für den Bruchteil eines Augenblicks, sah Alfonso zurück auf das »Gebreite der Arroyos«, sein Schlachtfeld. Staub lag darüber, in Staub war er selber und die Seinen, Staub war auf den Helmen, den Rüstungen. So dicht über dem ganzen Felde war der Staub, daß in ihm der wüste Lärm gedämpft klang, das Klirren und Schreien der Männer, das Stampfen, Trappeln und Wiehern der Pferde, das Schmettern der Trompeten. Auch der König von Kastilien mit seinen hellen Augen konnte in diesem grauen Gespinst von Hitze, Dunst und Staub nur mehr undeutlich unterscheiden, was vor sich ging. Aber er wußte, hier in diesem Staub und Geschrei verreckte sein Ruhm, verreckte Kastilien. Doch ehe er das in Worten ausdenken oder auch nur recht spüren konnte, rissen die Seinen ihn weiter.

Die Moslems mittlerweile plünderten das kastilische Lager. Sie erbeuteten Waffen, Schätze, Kriegswerkzeug, Vorräte jeder Art, auch mehrere hundert edle Jagdfalken, auch viel Kirchengerät, dazu die Galakleider, welche die Calatrava-Ritter bei der Siegesfeier hatten tragen wollen. »Die Zahl der Christen, welche von den Gläubigen erschlagen wurden«, berichtet der Chronist, »kann ich nicht nennen. Niemand konnte sie errechnen. Es waren der toten Christen so viele, daß nur Allah, der auch sie erschaffen hat, ihre Zahl weiß.«

Seit der Schlacht von Zallaka, seit einhundertundzwölf Jahren, hatten die Moslems keinen solchen Sieg auf der Halbinsel erfochten. So ungeheuer war der Schreck der Christen, daß er auch den Verteidigern von Alarcos das Herz lähmte. Schon nach wenigen Tagen übergaben sie diese stärkste Festung Kastiliens. Die Sieger aber, um den Schrecken weiterzuverbreiten, zerstörten mit ihren gewaltigen Kriegsmaschinen die Mauern und die Häuser der Stadt und Festung Alarcos bis in den Grund und bestreuten den Grund mit Salz.

Fünftes Kapitel

Wenige Tage vor der Schlacht von Alarcos waren in Toledo jene ersten achthundert Mann aragonischer Hilfstruppen angelangt, welche Don Pedro versprochen hatte. Ihr Befehlshaber meldete sich bei der Königin. Es war Gutierre de Castro.

Ja, der Castro hatte verlangt, als der erste nach Toledo geschickt zu werden. Die Castros, begründete er seine Forderung, hätten hervorragenden Anteil gehabt an der Eroberung Toledos, wovon heute noch ihr Castillo in dieser Stadt Zeugnis ablege, er wolle teilhaben auch an der Eroberung Córdovas und Sevillas. Der zögernde Don Pedro hatte dem mächtigen Vasallen die dringliche Bitte nicht abschlagen können. Da war er also in Toledo mit seinen ansehnlichen achthundert Mann und machte Doña Leonor seine Aufwartung.

Sie war tief und glücklich erstaunt. Mit fast abergläubischer Verehrung gedachte sie der weisen Mutter, die dem Castro seine Burg vorenthalten hatte, ihn zu reizen und zu locken. Sie begrüßte ihn strahlend liebenswürdig: »Ich freue mich, daß von unsern aragonischen Freunden du, Don Gutierre, der erste bist in Toledo.«

Don Gutierre stand vor ihr, gerüstet, in Haltung, wie alter Brauch es vorschrieb, mit gespreizten Beinen, beide Hände auf den Griff seines Schwertes gestützt. Der stämmige Herr rühmte sich, Abkömmling jener gotischen Fürsten zu sein, die, als die Moslems die ganze Halbinsel überschwemmten, in den Bergen Asturiens und Kantabriens ihre Unabhängigkeit bewahrt hatten. Es saß ihm denn auch auf überaus breiten Schultern der runde Schädel, wie ihn viele Bewohner jener Berge aufwiesen, die Sattelnase, die tiefliegenden Augen. So stand er und schaute nieder auf die sitzende Königin, schaute ihr unverlegen ins Gesicht, nachdenkend, was ihre Worte bedeuten mochten.

»Ich hoffe«, fuhr Doña Leonor fort, »die Entscheidung, welche die Könige in deiner Streitfrage mit Kastilien trafen, hat dich befriedigt.« Sie sah zu ihm auf, sie prüften einander mit den Augen, fast unziemlich lange. Schließlich, die Worte wägend, sagte mit seiner etwas quäkenden Stimme Don Gutierre: »Mein Bruder Fernán de Castro war ein großer Ritter und Held, meine Seele hing an ihm. Keine Buße ersetzt ihn mir, und schon gar nicht ersetzt ihn mir das Geld, das man mir zahlte. Als ich das Kreuz nahm, schwor ich, allen Haß aus meinem Herzen zu reißen, und so will ich's halten und will dem König von Kastilien gehorchen, nach dem Auftrag meines Herrn von Aragon. Aber ich sag's dir offen, Frau Königin, leicht fällt mir das nicht. Es kränkt mich, unter den ersten Dienern Don Alfonsos einen Mann zu wissen, der den

Speichel nicht wert ist, den ich ihm ins Gesicht spucken möchte, und der sich spreizt in der Burg meiner Väter.«

Doña Leonor, die grünen Augen immer voll auf ihm, erwiderte sanft, entschuldigend: »Die Könige haben reiflich beraten, ehe sie sich entschlossen, dem Manne das Castillo zu lassen.« Und sie erläuterte: »Kriege, edler Don Gutierre, können heute nicht mehr geführt werden wie in den Tagen der Väter. Ein Krieg erfordert viel Geld, es zu beschaffen viel List, manchmal böse List, und der Mann, von dem du sprichst, verfügt über solche List. Glaub mir, mein lieber, edler Don Gutierre, ich verstehe deine Gefühle, ich fühl es mit, wenn es dich kränkt, daß dieser Mann in deinem Castillo sitzt.« Sie sah seine aufmerksamen, erwartungsvollen Augen. Jetzt laß ich den Fraß vor dem Falken baumeln, dachte sie, und langsam schloß sie: »Wenn erst der Krieg recht im Gange ist, dann wird man den Mann und seine List kaum mehr nötig haben.«

Er fragte nach ihren Aufträgen. »Vorläufig wird es gut sein«, sagte sie, »wenn du mit deinen Leuten hier in Toledo bleibst. Ich werde dem König von deiner Ankunft berichten und seine Weisung einholen. Wenn es nach mir geht, dann bleibt ihr hier. Die Stadt ist von Truppen entblößt, und es wäre mir Beruhigung, gute Männer hier zu wissen, denen ich vertraue.« Don Gutierre verneigte sich tiefer, als er's gewohnt war. »Ich danke dir für deine gnädigen Worte, Dame«, sagte er.

Er verabschiedete sich voll Verehrung und hohen Mutes. Diese Doña Leonor war in Wahrheit eine große Königin.

Triumphierend ritt er durch die engen, steilen Gassen Toledos, ein geehrter Gast und Held in der Stadt, aus der er verbannt worden war, und oft in dieser heißen Sommerwoche, mit Augen des Hasses und der Hoffnung, ritt er vorbei am Castillo de Castro.

Es kam der Tag, da schon am frühen Morgen alle Glocken läuteten in Toledo, der Tag der großen Schlacht. Und es kam die Nacht, und noch in der Nacht finstere, verworrene Gerüchte, die Schlacht sei verloren. Und es kam der nächste Morgen und mit ihm erschreckte Flüchtlinge aus dem Süden, immer mehr, und aus den Teilen Toledos, die außerhalb der Mauern lagen, drängte es herein in die überfüllte Stadt, und es häuften sich die schauerlichen Nachrichten. Der Ordensmeister von Calatrava erschlagen, der Erzbischof schwer verletzt, achttausend Calatrava-Ritter erschlagen, über zehntausend andere Ritter, Fußvolk unzähliges.

Doña Leonor wahrte Ruhe. Die Gerüchte waren Wahnwitz. So konnte es nicht sein. So durfte es nicht sein. So hatte sie sich die Niederlage nicht gedacht.

Don Rodrigue, unter den Kronräten der einzige, der in Toledo geblieben war, kam zu ihr, das magere Gesicht verbissen in Leid und Wut. Sie mühte sich, ihn gelassen zu empfangen. »Man berichtet mir«, sagte sie, »der König Unser Herr habe bei seinem Ausfall aus der Festung Alarcos schwere Verluste erlitten. Hast du genauere Nachricht, Hochwürdiger?« – »Wach auf, Frau Königin!« rief Rodrigue sie an, zürnend. »Don Alfonso hat eine große Schlacht verloren. Der Feldzug ist verspielt, bevor er anfing. Die Blüte der kastilischen Ritterschaft ist hin. Der Großmeister von Calatrava ist tot, der Erzbischof von Toledo schwer verwundet, der weitaus größte Teil der Barone und Ritter liegt erschlagen auf dem ›Gebreite der Arroyos‹. Was die christlichen Könige dieser Halbinsel in hundert Jahren mit einem Meer von Schweiß und Blut erkämpft haben, wurde an einem einzigen Tage vertan um einer ritterlichen Laune willen.«

Die Königin war erblaßt. Mit einem Male erkannte sie: so war es. Aber sie wollte es vor diesem nicht wahrhaben; sie wurde Fürstin ganz und gar. »Du vergißt dich, Don Rodrigue«, wies sie ihn zurecht. »Aber ich begreife deinen Kummer und will nicht mit dir rechten. Sag mir lieber: was soll ich tun, was kann ich tun?«

Rodrigue sagte: »Die Kriegskundigen nehmen an, Don Alfonso werde Calatrava eine kleine Weile halten. Laß es deine Sorge sein, Frau Königin, in dieser Zeit Toledo vorzubereiten für die Belagerung. Du bist klug und bewährt in Dingen der Verwaltung. Halte die Stadt ruhig. Sie fließt über von Flüchtlingen und Verzweifelten. Sie wollen um sich schlagen, wollen totschlagen. Sie bedrohen die christlichen Araber. Sie bedrohen die Juden.«

In ihrem Innersten hatte Doña Leonor darauf gewartet, dergleichen zu hören, vielleicht hatte sie sich danach gesehnt. Sie antwortete: »Ich werde tun, was ich kann, Toledo ruhig zu halten.«

Don Ephraim, der Párnas der Aljama, saß in schwerer Sorge. Der Sieg von Alarcos öffnete dem Kalifen die Straßen der Halbinsel. Toledo lag den Moslems preisgegeben, die die Juden aus Córdova und Sevilla ausgetrieben hatten. Seit den Zeiten der Gotenkönige war kein solches Unheil über die Juden des Sepharad gekommen.

Und was wird die nächste Zukunft bringen? Wüste Gerüchte gingen um in Toledo. Niemals, hieß es, hätte das glänzende christliche Heer geschlagen werden können, wäre nicht Tücke und Verräterei am Werk gewesen. Der Jude, der Freund des Emirs von Sevilla, hatte mit den Moslems gezettelt, ihnen die Kriegspläne der Christen verraten, die Stärke der einzelnen Heeresgruppen, die Stellungen. Der König hatte sich nicht losgemacht aus den Schlingen der Jüdin, die eine Abgesandte des Teufels war, und nun hatte die Strafe des Himmels ihn erreicht, ihn und das Land.

In der Judería drückten sich die Menschen noch enger aneinander als sonst. Die Juden, die außerhalb lebten, drängten herein in den Schutz ihrer festen Mauern. Schwere Angst lag über der Aljama.

Don Ephraim bat die Königin um gnädiges Gehör. Die waffenfähigen Bürger waren aufgerufen worden, die Mauern der Stadt zu verteidigen. Don Ephraim bat, es möge der Aljama erlaubt sein, die fünfzehnhundert Mann, über die sie noch verfüge, zur Verteidigung der Judería zurückzuhalten. Er führte aus, die große Anzahl der jüdischen Soldaten, die in der Schlacht vor Alarcos gefallen seien, beweise die Bereitschaft der Juden von Toledo, das Leben für den König zu opfern.

Nun aber sei die Aljama bedroht von solchen, die sich durch unsinnige Gerüchte hätten aufhetzen lassen, und benötige dringend ihre Männer und ihre Waffen.

Hinter Doña Leonors hoher Stirn jagten sich die Gedanken. Der einmalige, ersehnte Tag war da; jetzt galt es, vorsichtig zu sein, anzudeuten, doch sich nicht preiszugeben.

Das Volk von Toledo, antwortete sie, erblicke in dem unseligen Ausgang der Schlacht eine Strafe Gottes und suche nach den Schuldigen. Niemand verdächtige die Männer der Aljama, die bekannt seien als treue Freunde des Königs. Nichts aber wisse man von den Fremden, von jenen fränkischen Flüchtlingen, welche der König Unser Herr in übergroßer Güte ins Land gelassen habe, und mit unguten Augen schaue man auf den Mann, der den schlechten Rat erteilt habe, auf den Escrivano Don Jehuda Ibn Esra. Überdies sei Don Jehuda bei all seinen Verdiensten ein stolzer, um nicht zu sagen hoffärtiger Herr, und sein Glanz in währendem Heiligem Krieg entfache den Zorn vieler einfacher Bürger. Das müsse ein so kluger Mann wie der Vorstand der Aljama verstehen.

Den Párnas verdroß es, daß die Königin den Mann verleugnete, der, von ihr selber gerufen, dem Lande Segen gebracht hatte. »Du rätst uns, Frau Königin«, fragte er behutsam, »uns loszusagen von Don Jehuda Ibn Esra?« – »Nicht doch, Don Ephraim«, antwortete schnell Doña Leonor. »Ich versuche nur, zu ergründen, gegen welche unter den Juden sich der Unmut des Volkes richtet.« – »Verzeih, Frau Königin, dem lästigen Frager«, bestand Don Ephraim, »aber ich möchte deine Majestät in dieser wichtigen Sache nicht mißverstehen. Geht deine Meinung dahin, daß wir uns trennen sollen von Don Jehuda?« Die Königin, frostig, unverbindlich, erwiderte: »Eure Gefahr scheint mir gering, und wäre nicht Don Jehuda, dann wäre auch nicht der Schatten einer Gefahr.« Und nach einem etwas peinlichen Schweigen, mit leiser Ungeduld, schloß sie: »Sei dem, wie ihm sei, Don Ephraim, verwende du deine waffenfähigen Männer zum

Schutz der Judería oder zum Schutze Toledos; ich überlasse es deinem Gutdünken.« Ephraim verneigte sich tief und ging.

Er ging zu Jehuda.

»Es tut mir leid, Don Jehuda«, begann er, »dich noch im Castillo Ibn Esra vorzufinden. Es gibt schwerlich einen Ort, der dir heute weniger Schutz böte.« Sie wollen mich aus den Mauern haben, dachte Jehuda bitter, sie wollen mich los sein, und mit spöttischer Höflichkeit erwiderte er: »Seit deiner ersten gütigen Warnung habe ich mehrmals bedacht, ob ich mich nicht mit meiner Tochter und meinem Freunde Musa aus dem Lande machen sollte. Aber der König Unser Herr ließe mich verfolgen. Glaubst du das nicht auch, Don Ephraim? Und ich sehe nicht, wie ich mich durch das riesige Gebiet der Christenheit heil in den Bereich des Sultans durchschlagen könnte. Ihr müßt meine Anwesenheit in Toledo verzeihen, du und die Aljama.«

Ephraim sagte: »Die Judería hat gute Mauern und fünfzehnhundert waffenfähige junge Männer, sie zu verteidigen. Sie scheint mir heute die rechte Stätte für dich, Don Jehuda.«

Jehuda verbarg nicht seine Überraschung; er erkannte sogleich die ganze Großmut dieses Angebots. »Vergib mir meinen törichten Spott«, sagte er mit ungewohnter Wärme. »Ich habe nicht viele Freunde gefunden in meinem Leben, ich hatte so viel Menschlichkeit nicht erwartet.« Erregt, der sonst so Beherrschte, ging er auf und ab. Blieb vor Ephraim stehen, redete auf ihn ein, und nun sprach er hebräisch: »Aber hast du auch bedacht, mein Herr und Lehrer Don Ephraim, wie viel von ihrer Sicherheit die Judería verliert, wenn sie mich beherbergt?« Ephraim antwortete: »Es sei ferne von uns, einem Manne, der uns so viel Gutes erwiesen hat, unsere Tore zu verschließen in den Tagen der Bedrängnis.«

Jehuda, voll von zwiespältigen Gefühlen, fragte: »Gilt diese Einladung auch für Doña Raquel?« Ephraim, nach einem winzigen Zögern, erwiderte: »Sie gilt auch für deine Tochter.« Er drängte: »Es geht um dein Leben, Don Jehuda;

du bist klug und weißt es so gut wie ich. Wir werden vielleicht für deine Rettung mit Blut zahlen müssen; du hast es gesagt, und ich widerspreche dir nicht. Aber wir sind überzeugt, das Opfer wird Gott wohlgefällig sein. Du hast dich zu uns bekannt freien Willens und als es hohen Einsatz kostete. Ich bitte dich, sei nicht stolz in dieser Stunde. Gib uns Gelegenheit, dir zu vergelten.«

Jehuda sagte. »Ihr seid opferwillige Leute, und ich bin versucht, eure Einladung anzunehmen. Denn mein Herz ist voll Angst, ich leugne es nicht. Aber etwas in mir hält mich zurück. Ich könnte mir und dir vormachen, ich möchte euch nicht gefährden; aber das ist der Grund nicht. Auch mein Stolz ist nicht der Grund; bitte, glaub es mir. Es ist ein Tieferes. Sieh, noch ganz zuletzt hat dieser König mich gezwungen, mein Siegel zu setzen neben das seine unter jenes freche Schreiben an den Kalifen. Da hab ich von neuem erkannt: mein Schicksal ist nun einmal verflochten mit dem dieses Königs von Edom. Ich habe ein hohes Spiel gespielt, aber ich will nicht davonlaufen am Tage der Rechenlegung.« – »Bedenk es noch einmal«, beschwor ihn Ephraim. »Du läufst Adonai nicht davon, wenn du untertauchst in seinem Volke, zu dem du dich bekannt hast unter Opfern. Es ist spät, Don Jehuda. Morgen wird vielleicht keine Zeit mehr sein, dieses Haus zu verlassen. Komm mit mir. Nimm deine Tochter und komm.«

Jehuda sagte: »Du bist ein mutiger, gütevoller Mann, Don Ephraim, und ich danke dir, Gott erhöhe deine Kraft. Aber ich kann mich jetzt nicht entscheiden. Ich weiß, die Stunde verrinnt. Aber ich kann nur meinem eigenen Herzen folgen, ich kann jetzt nicht mit dir gehen.«

Ephraim, in schwerer Trübsal, sagte: »Ich schicke dir später nochmals einen Boten, und ich hoffe, du besinnst dich anders und kommst zu uns, du und deine Tochter. Der Allmächtige lenke dein Herz zur rechten Entscheidung.«

Jehuda, sich überwindend, sagte: »Bevor du gehst, mein Herr und Lehrer Ephraim, laß mich dich noch um eines bitten. Mein Enkelkind ist in Sicherheit, doch weiß ich nicht, wie lange diese Sicherheit währt. Ich weiß nicht einmal genau, wo das Kind heute ist. Der einzige, der darum weiß, ist mein Ibn Omar, den du kennst. Du wirst ihn ausfindig machen, wenn die Läufte ruhiger sind. Ibn Omar ist ein verständiger Mann, er weiß um meine Absicht und um meinen Willen, er wird dir Rede stehen. Der König von Edom will sein Söhnchen, meinen Enkel, zum Grafen von Olmedo machen. Sieh zu, daß der Knabe vor ihm verborgen bleibt. Sieh zu, daß er kein Meschummad wird. Laß den Knaben nicht wissen, wes Vaters Sohn er ist. Schütze ihn vor Edom und dem Glauben Edoms.«

»Das werde ich tun, Don Jehuda«, versprach ihm Ephraim. »Und wenn die rechte Zeit kommt, werde ich den Knaben wissen lassen, daß er ein Ibn Esra ist.« Er wandte sich, zu gehen. »Der Herr sei mit dir, Jehuda«, sagte er. »Ich bin dir sehr freund. Wenn wieder einmal Hader zwischen uns sein sollte, dann denk an diese Stunde, und auch ich will daran denken. Und wenn wir uns nicht wiedersehen sollten, dann wisse, daß viele Tausende deines Volkes dein Andenken segnen. Sei Friede mit dir, Jehuda.« – »Mit dir sei Friede, Ephraim«, sagte Jehuda.

Jehuda, nachdem ihn Ephraim verlassen hatte, hockte lange wie ausgeleert. Er bereute es nicht, daß er Ephraims Angebot abgelehnt hatte, er war ein mutiger Mann. Aber er hatte viele Menschen sterben sehen und wußte genau, worum es ging. Er wußte: das arabische Wort, welches den Tod den Vernichter aller Dinge nannte, war mehr als hohler Schall, und schämte sich nicht, zu zittern, wenn er an die schwarze Leere dachte, in die er fallen sollte.

Es war ihm Erleichterung, daß Ephraim seine Antwort nicht als endgültig ansah. Immer neue Bedenken kamen ihm. Riß er nicht die Tochter mit in den Untergang? Er mußte sie fragen, bevor er endgültig wählte. Ihrer Entscheidung wird er sich fügen.

In dürren Worten sprach er ihr von dem Tod, der jetzt hier

in Toledo überall nach ihnen griff, und von dem Angebot Ephraims, sie in die Sicherheit der Judería aufzunehmen.

Raquel hatte von der Niederlage Alfonsos gewußt, aber erst jetzt, da der Vater sprach, erkannte sie ihren ganzen, furchtbaren Umfang. Sie spürte grauenvolle Angst für sich und den Vater, aber mehr noch Mitleid mit Alfonso. Dieser Mann, dieser König, der nichts war als Strahlen und Sieg, konnte er den Zusammenbruch überstehen? Und während sie spöttisch und zärtlich dachte: Nun wird er mir nicht mein Sevilla zeigen, der Arme, Unselige, sah sie vor sich sein Gesicht, trotzig, wütend, voll von fressendem Leid. Und gleichzeitig jubelte es in ihr: Nun wird er bald, sehr bald wird er in der Galiana zurück sein. Er hat es mir versprochen. Und kein Panzer und Eisen wird mehr um ihn sein, und meine Worte werden eingehen in seine Brust.

Ohne Zögern, sowie Jehuda zu Ende gesprochen hatte, antwortete sie: »Es ist mir nicht erlaubt, in die Judería zu gehen, mein Vater. Don Alfonso hat mir aufgetragen, in der Galiana auf ihn zu warten.«

Es traf den Jehuda ins Herz, daß sie an nichts anderes dachte als an den Wunsch Don Alfonsos. Er sagte: »Da es so dein Wille ist, meine Tochter, gehe auch ich nicht in die Judería.« Doch sprach er nicht mit der gewohnten Entschiedenheit, vielmehr schaute er ihr prüfend in das stille Gesicht. Noch war in ihm eine kleine Hoffnung, sie werde widersprechen: Nein, mein Vater, ich will nicht, daß du untergehst. Ich will, daß du lebst. Ich folge dir, wie immer du entscheidest. Aber sie sagte nichts, und er dachte bitter: Ich selber habe sie dem Manne übergeben. Ich habe sie dem Manne zugetrieben. Ich darf nicht klagen, wenn sie mich jetzt sterben läßt, ehe sie handelt gegen den Wunsch des Mannes.

Plötzlich, aufleuchtend, bat sie: »Komm doch du zu mir, mein Vater. Komm du zu mir in die Galiana.« Er ahnte, was in ihr vorging, ihr lebendiges Gesicht ließ es ihn wissen. Sie hatte begriffen, in welcher Gefahr sie beide waren, aber trotzdem glaubte sie, in der Galiana sei Sicherheit; sonst hätte Alfonso ihr nicht aufgetragen, dort zu bleiben. Er, Jehuda, wußte: dies war Traum und Wahn; er wußte: sie gefährdete ihn, er sie, keiner konnte keinem helfen. Aber es war eine tröstliche Vorstellung, zusammenzusein in der äußersten Stunde, und er zerstörte nicht ihren Traum.

Er willigte ein, noch in dieser Nacht mit ihr in die Galiana zu gehen.

Er forderte Musa auf, mitzukommen. Der fand es begreiflich, daß Raquel in der Galiana bleiben, und auch, daß Jehuda die Tochter begleiten wollte. Für ihn selber aber, meinte er, habe es keinen rechten Sinn, in solcher Lage den Ort zu wechseln. »Laß mich hier bei unsern Büchern«, bat er. »Es wäre ein Unrecht, sie ohne Hüter zu lassen. Vielleicht wäre es gut«, erwog er und belebte sich, »zwei oder drei der kostbarsten Manuskripte in die Judería zu schaffen. Wie gut, daß der Sefer Hillali schon dort ist.«

Jehuda und Musa saßen nach dem frühen Abendessen noch zusammen, redend, trinkend. Um sie war der Duft der vielen Jahre, die sie gemeinsam verbracht hatten. Sie sprachen von ihrer Bedrängnis mit der Sachlichkeit erfahrener Männer. Sie sprachen mit leiser, spöttischer Ehrerbietung vom Tode.

Musa stand an seinem Schreibtisch, kritzelte Kreise und Arabesken und meinte: »Es sind nicht Alfonsos Sterne, die ihn und uns in diese peinliche Situation gebracht haben: es ist sein Wesen, es ist sein Rittertum. Das Rittertum und die Pest sind die schlimmsten Geißeln, mit denen Gott seine Geschöpfe züchtigt.«

Jehuda konnte nicht anders, er mußte dem Freunde noch erzählen, mit welcher Wärme Don Ephraim seine Verdienste gerühmt hatte. »Nun haben es die Juden doch noch eingesehen«, sagte er bescheiden stolz, »daß es nicht Sucht nach Ehre, Reichtum und Glanz war, was mich ihnen helfen hieß.« Musa pflichtete wohlwollend bei: »Ich habe es miterlebt und weiß, daß du oft nicht nur aus Ehrsucht, sondern auch aus Großheit des Herzens gehandelt hast.« In seiner freundlich lehrhaften Art erläuterte er: »Gleich ihren Krankheiten, heißt es bei Hippokrates, haben auch die Handlungen der Menschen selten nur *einen* Grund, es hat vielmehr jede einzelne Handlung mannigfache Wurzeln.« Jehuda erwiderte lächelnd: »Verschwenderisch mit Lob bist du nicht, mein Freund Musa.«

Ihr Gespräch vertröpfelte. Sie, denen sonst das Wort so leicht vom Munde floß, wurden immer ärmer an Worten, je näher die Minute rückte, da Jehuda gehen mußte. Als er aufbrach, schwiegen sie vollends und drückten einander nur die Hand.

Dann aber, unversehens und ungeschickt, umarmte Musa den Jehuda; niemals hatte er dergleichen getan. Und als Jehuda gegangen war, stand er noch lange an derselben Stelle, mit hängenden Armen, vor sich hin zur Erde schauend.

Als Jehuda des andern Morgens in der Galiana erwachte, fand er sich einen Augenaufschlag lang nicht zurecht. Dann wußte er, wo er war und was gegen dieses Haus andrängte. Doch nun fürchtete er sich nicht mehr; in ihn eingekehrt war eine große Ruhe, er spürte jene Ergebung in das Schicksal, die Musa ihm so oft gepriesen hatte.

Er schloß die Augen und lag noch eine Weile still. Vom Patio her kamen Vogelstimmen, ein paar dünne Sonnenstrahlen kletterten durch die Ritzen der Fensterläden ihm übers Gesicht. Er lag, labte sich an der Stille. Bis jetzt hatte er immer geglaubt, rechnen und planen zu müssen, für sich und die andern; nun endlich, zum erstenmal, spürte der ruhende Mann, was Frieden ist, spürte es mit allen Gliedern, weidete sich daran.

Er stand auf, badete, machte sich zurecht, langsam, sorgfältig. Ging auf leisen Sohlen durch Haus und Garten. Nahm wahr die hebräischen und arabischen Spruchbänder an den Wänden. Nahm wahr, daß einer das Glas der Mesusa zerschlagen und die Zisternen des Rabbi Chanan zugeschüttet hatte. Für einen Augenblick war eine wilde, zornige Eifersucht in ihm. Sogleich aber schüttelte er den Kopf über sich selber, und aus seinem Unmut wurde wissende Freude, daß in den Tagen, die noch blieben, Raquel ihm gehörte, nicht dem andern.

Er saß am Rande des kleinen Teiches, halb liegend, wie er damals auf den Stufen der Fontäne gesessen war. Genoß es, daß er an keine Zukunft mehr denken, keine Entschlüsse mehr fassen mußte. Wog, was geschehen war, und in der Erinnerung war alles gut, das Frohe und das Üble. Er dachte an die frommen, besessenen, verachtungsvollen Augen des Rabbi Tobia, und der Gedanke erzürnte ihn nicht und beschämte ihn nicht.

Auch seines Sohnes Alazar dachte er. Bisher, mit hartem Willen, hatte er die Erinnerung nicht in sein Bewußtsein emporsteigen lassen. Unbewegten Gesichtes hatte er gehört, daß des Königs Schildknappe getötet worden war in der Schlacht von Alarcos, er hatte nicht weiter gefragt, ihm war der Knabe seit langem gestorben. Jetzt, sitzend am Rande des Teiches in der Galiana, gedachte er des Sohnes mit Trauer und ohne Groll.

Ein Diener kam, ihn zu Raquel zu rufen. Sie frühstückten unter gutem, gleichmäßigem Gespräch. Mit keinem Wort erwähnten sie ihre Gefahr. Hierher in die Galiana drang nicht die Unordnung der Stadt Toledo. Friede war um sie. Haus und Garten waren gepflegt, Speisen in reicher Auswahl standen bereit, lautlose Diener warteten auf Befehle.

Nach wenigen Stunden war ihnen, als hätten sie hier in wochenlanger Gemeinsamkeit gelebt. Sie ergingen sich im Garten, oder sie genossen die Kühle des Hauses, sie suchten einander und ließen sich wieder allein.

Sie hatten noch drei Tage zu leben, aber das wußten sie nicht. Sie sahen, wie die Sonnenuhr die Stunden zählte, wie die Schattenweiser vorrückten, und tief in seinem Innern wußte Jehuda: es waren ihre letzten Stunden, die da gezählt wurden; allein er ließ diese Wissenschaft ihre erfüllte Stille nicht beunruhigen.

Raquel ihresteils hatte jenes Gespräch mit ihrem Vater gut und mehrmals überdacht und wußte um ihre Bedrohtheit.

Aber sie glaubte nicht daran. Alfonso hatte gesagt: Warte auf mich. Alfonso wird kommen. Es konnte nicht sein, daß der Tod, der Zerstörer aller Dinge, sie anrührte, bevor Alfonso kam. Sie stieg hinauf zu dem Ausblick, von dem sie die Straße übersehen konnte, die von Toledo herunterführte. Sie wartete heiß und zuversichtlich.

Am zweiten Tag kam Don Benjamín in die Galiana, mit Gefahr des Lebens, als Bote Don Ephraims. In glühenden Worten beschwor er Jehuda und Raquel, sich in den festen Schutz der Judería zu begeben. Es quälte und beglückte Jehuda, daß sie ein letztes Mal versucht wurden. Aber Raquel sagte sanft und bestimmt: »Don Alfonso hat mir befohlen, hier zu bleiben. Ich bleibe. Du, mein Freund Don Benjamín, wirst mich begreifen.«

Benjamín, so scharf ihn ihre Worte peinigten, verstand sie. Ihre Seele blieb verbunden mit diesem Ritter, dem König von Edom, dem Manne des Krieges. Das Elend, das sein ruchlos verspieltes Heldentum über die Halbinsel gebracht hatte, trübte ihr nicht seinen Glanz. Sie liebte ihn weiter, sie glaubte weiter an ihn, sie lehnte, weil er ihr herrscherhaft ein paar freundliche Worte hingeworfen hatte, die Zuflucht der Judería ab. Mehr als das: Doña Raquel, diese Raquel, wie er sie sanft und stolz dastehen sah, schien ihm gar nicht mehr denkbar unter dem Volk der Judería. Neid, Bosheit, widerwillige Bewunderung, Schmähsucht, Neugier würde dort um sie herum sickern und sudeln. Nein, sie war nicht denkbar inmitten all des kleinen Unflats.

Er sagte: »Ich werde nicht weiter in dich drängen, Doña Raquel, und nicht in dich, Don Jehuda. Aber laßt mich hierbleiben bis zur Nacht. Dann will ich zurückkehren ohne euch.«

Er blieb und erwies sich als unaufdringlicher, einfühlsamer Gast. Er spürte es, wenn Jehuda mit Raquel allein sein wollte, und war zur rechten Zeit wieder da. Bald waren sie zu dreien, bald saß Jehuda mit Raquel in ihrem Zimmer, bald ging Benjamín mit ihr die Kieswege des Gartens entlang.

Raquel war einsilbig, aber ihre Stummheit schien Benjamín beredter als Worte. Er versuchte, sie zu zeichnen. Gab es auf. Es war Vermessenheit, mit Gott wetteifern zu wollen, der diese geschaffen hatte. Wer durfte, und wäre er der Meister der Meister, daran denken, Raquels innere Harmonie wiederzugeben, die tiefe Übereinstimmung von Gestalt, Gesicht, Bewegung? An ihr offenbarte sich die Lehre des Plato: »Die Schönheit steht nicht höher als die andern Ideen, aber sie leuchtet durch das Auge, den hellsten unserer Sinne, heller als alle andern Urbilder durch die Körperlichkeit.« Sie war ein Gleichnis, Raquel, ein Gleichnis dessen, was den Menschen beglückt und erhöht. Ein jeder, wenn er sie nur vorübergehen sah, mußte besser werden. Dieser rohe und ritterliche König war der einzige, der nicht besser geworden war durch sie – und darum der einzige, den Benjamín an diesem Tage haßte. Er spürte schmerzhaft, wie Raquel noch immer hoffte, den Un-Menschen zu vermenschlichen, und er liebte sie noch mehr um diesen ihren kindlichen, unzerstörbaren Glauben.

Am späten Nachmittag saßen Jehuda und Benjamín am Rande des Teiches. Es war sehr heiß, doch hier schien die Hitze weniger drückend; sie kühlten die Füße im Wasser und erfreuten sich der Kühlung. Es war dies aber am zweitletzten Tage vor Jehudas Tod.

Und Jehuda bat: »Sag mir doch, mein junger, der Schrift und vielen andern Wißtums kundiger Don Benjamín: wie denken deine Lehrer, und wie denkst du selber über das Fortleben nach dem Tode?«

Don Benjamín schaute zu, wie die Mücken über dem Teich tanzten, sah ein Blatt ins Wasser fallen, schwimmen, ein wenig treiben. Legte sich seine Antwort zurecht. Sagte: »Es lehrt Unser Herr und Lehrer Mose Ben Maimon: Anteil an der Unsterblichkeit hat nur ›der erkennende Teil‹ des Menschen. Nur ›der erworbene Verstand‹ überlebt den Körper, nur jener kleine, edelste Teil der menschlichen Seele, der sich ehrlich und mit Erfolg um die Erforschung der Wahrheit bemüht hat. So lehrt Mose Ben Maimon.«

Er schwieg eine Weile, dann fügte er hinzu: »Aber im Talmud heißt es: Um des Friedens willen darf sogar die Wahrheit geopfert werden.«

Der Abend fiel ein. Benjamín verzögerte den Abschied. Doch der blasse, dünne Mond färbte sich stärker, und nun mußte er wohl gehen.

Jehuda und Raquel begleiteten ihn zum Tor. »Sei Friede mit euch«, sagte er. An der Biegung des leise ansteigenden Weges wandte er sich um. Im unsichern Licht flirrte die Inschrift Alafia, Heil, Segen. Jehuda und Raquel waren nicht mehr da.

Immer heißer wurde die Gier des Volkes von Toledo, die Niederlage von Alarcos an den Schuldigen zu rächen. Nur wenige konnten sich dem heilig wilden Eifer entziehen, dessen die Luft voll war. Wo sich Juden außerhalb der festen Mauern der Judería sehen ließen, wurden sie mißhandelt; mehrere wurden erschlagen. Auch von den christlichen Arabern wurden einige übel zugerichtet. Strengere Schutzmaßnahmen waren geboten.

Die Königin berief Don Gutierre de Castro.

Sie habe Bedenken, eröffnete sie ihm süß und tückisch, die Sicherheit der vielen Bedrohten weiter kastilischen Offizieren anzuvertrauen; diese seien gereizt durch den Verlust von Brüdern und Söhnen und nicht geneigt, Menschen zu verteidigen, welche das Volk, zu Unrecht, für schuldig an dem Unglück halte. Es sei deshalb ein Aragonier wohl besser geeignet, Unruhen in der Stadt zu verhüten. »Tu du mir den Dienst, Don Gutierre!« verlangte sie. Sie schaute ihm mit den grünen Augen voll ins Gesicht und nestelte an ihrem Handschuh. »Ich weiß«, fuhr sie fort, »es ist keine leichte Aufgabe, und vielleicht wird es nicht möglich sein, unter den vielen Tausenden einen jeden zu schützen. Ich kann mir Fälle vorstellen, da man besser einen einzelnen preisgibt im Interesse der vielen Tausende.«

Der Castro dachte nach. Dann, auf seine langsame Art, antwortete er: »Ich glaube, ich verstehe dich, Dame. Ich will mein Bestes tun, mich deines Vertrauens würdig zu zeigen.« Er neigte sich tief und ehrerbietig und nahm, zärtlich geradezu, den Handschuh.

Kaum hatte der Castro die Königin verlassen, als ihr der Domherr gemeldet wurde. Jener wilde Unmut, der Don Rodrigue schon einmal zu ihr getrieben hatte, war nicht von ihm gewichen. Er sah mit Zorn und Schmerz, wie hilflos er war vor der wüsten Tollheit, welche die Stadt durchbrannte. Er mußte Doña Leonor von neuem mahnen und treiben.

In dringlichen Worten forderte er sie auf, die Unschuldigen zu schützen. Sie, mit fürstlich liebenswürdigem Vorwurf, erwiderte: »Glaubst du wirklich, mein sehr verehrter Vater und Freund, Gott habe eine so Unfähige auf den Thron von Kastilien gesetzt, daß sie einer solchen Mahnung bedarf? Was geschehen konnte, ist geschehen. Ich habe von der Aljama keinen einzigen Mann für die Stadtmauern verlangt, so daß die Juden ihre ganze starke Schutztruppe zur eigenen Verteidigung verwenden können. Im übrigen habe ich zu guter Vorsicht den Schutz aller Bedrohten den Aragoniern anvertraut, damit nicht etwa ein kastilischer Ritter mild und langsam gegen die Unruhestifter vorgehe. Hab ich dir's recht gemacht, Don Rodrigue?«

Der Domherr wußte, daß sich der Zorn der Leute von Toledo vor allem gegen Don Jehuda richtete, und er hätte gern auch nach ihm gefragt. Am liebsten wäre er ins Castillo gegangen und nicht nur aus Freundschaft für Jehuda; immer heißer verlangte es ihn, mit dem weisen Musa die wüsten Dinge zu bereden, die sich ringsum ereigneten. Aber hatte er nicht zur Kasteiung für jene Menschlichkeit, die ihm in dieser Zeit untersagt war, sich's auferlegt, das Castillo zu meiden? Und wenn er sich jetzt um Jehuda Sorgen machte, war dies nicht vielleicht nur ein Vorwand, ins Castillo zu gehen? Wenn einer, dann war der weltkundige Don Jehuda Manns genug, sich selber zu schützen. Überdies war es undenkbar, daß sich ein Kastilier vergreifen sollte an Leib und Habe eines Kronrats des Königs. Vor den fürstlichen, etwas spöttischen Augen Doña Leonors schien es ihm doppelt lächerlich, Angst um den Escrivano zu bezeigen. Er dankte der Königin für ihre Umsicht und ging.

Don Gutierre de Castro, sich seines Auftrages wachsam und genau befleißend, vergewisserte sich zunächst, wie es um die christlichen Araber stand. Sie lebten in ihren gesonderten Quartieren um ihre drei Kirchen herum, zumeist kleine Leute. Es konnte die Menge kaum reizen, sich mit ihnen abzugeben, man hatte denn auch von ihnen abgelassen. Immerhin, ihre Mauern und Tore waren schwach, der Castro legte zwei Fähnlein in ihre Quartiere. Sodann überzeugte er sich von der Festigkeit der Mauern und Tore der Judería. Sie waren fest, ungeordnete Massen konnten sich hier schwerlich Eingang erzwingen. Trotzdem fragte der Castro den Párnas, ob er ihm welche von seinen Bewaffneten abgeben solle; Don Ephraim lehnte höflich dankend ab.

Die Judenviertel vor dem Tor waren geräumt, nur ein paar Alte und Kinder waren geblieben. In vielen der leeren Häuser hatten sich christliche Flüchtlinge einquartiert. Die Häuser, aus denen es etwas zu holen gab, waren geplündert. In der Synagoge war alles kurz und klein geschlagen. Auf dem Almemor, der Estrade, von der am Sabbat die Heilige Schrift verlesen wurde, hatte ein Spaßvogel eine Puppe aufgestellt, die Spottfigur eines alten Juden; der Castro lachte herzlich.

Gab es hier wenig für ihn zu tun, so schien ihm der übernommene Auftrag verfänglicher, wenn er vor dem Castillo stand.

Er stand dort oft. Viele standen oft dort. Da sie in die Judería nicht hineinkonnten und es nicht der Mühe wert war, über die paar kläglichen Verdächtigen außerhalb der Mauern herzufallen, lockte es die Leute von Toledo immer stärker, ihren heiligen kastilischen Zorn an dem üppigen Haus und seinen märchenhaften Schätzen auszulassen. Man mußte das frech glänzende Castillo in Trümmer schlagen. Man mußte den Betrüger und Verräter, der, eine schwarze Spinne, darin saß, fangen und zertreten, mitsamt seiner Tochter, der Hexe, die den König behext hatte. Das war ein gottgefälliges Werk und die rechte Labe für Herz und Gemüt in diesen trübseligen Zeiten. Der Castro fand also, wann immer er an dem Haus vorbeikam, Haufen Volkes, die gierig und gelockt die Mauern anstarrten.

Langsam und plump wälzten sich in dem Castro die Gedanken. War der Jud frech genug und wohnte noch in dem Haus? Der Jud war ein Feigling, aber eingebildet auf seine Stellung und ein Prahler, es konnte sehr wohl möglich sein, daß er noch da war. Das Haus gehörte ihm, dem Castro, es war das Castillo de Castro, seine Väter hatten es erobert vor hundert Jahren, von den Moslems. Es war nach wie vor sein, des Castro, Haus, das hatte auch Doña Leonor gesagt. Wenn erst der Krieg recht im Gang sei, hatte sie gesagt, dann werde man den Juden hinauswerfen. Mehr im Gang sein als jetzt konnte der Krieg schwerlich, und wenn die Schlacht verloren worden war, dann durch die Übeltaten des Juden, und es war unerträglich, daß sich dieser weiter frech in dem Castillo spreizte. Alle andern Juden, viele Tausende, waren bedroht wegen dieses einen Lumpen und Erzverräters. Nicht als ob es schad um sie gewesen wäre, aber er hatte nun einmal den Auftrag übernommen, sie zu retten, und Doña Leonor hatte ihm ausdrücklich befohlen, lieber einen einzelnen preiszugeben, als die Tausende zu gefährden.

Wenn der Castro an dem Haus vorbeikam, verzog er wie die andern und wartete. Sie warteten, alle, warteten bedrohlich. Keiner wollte der erste sein, Hand zu legen an das Haus des mächtigen Escrivanos.

Immer öfter kam der Castro an dem Haus vorbei. Das Haus zog ihn. Er sah stets das gleiche: sie standen vor dem Haus, murrten dumpf, warteten.

Einmal aber hörte er schon von der Ferne helles, wüstes Geschrei. Er beeilte sich. Und siehe da, mehrere, ziemlich viele, schlugen gegen das riesige Tor. Auch mit dem mächtigen Klöppel schlugen sie gegen das Eisen, daß es ungestüm und herrisch durch das Geschrei klang. Doch kein Pförtner zeigte sich. Schließlich stieg einer auf die Schulter eines andern und kletterte die Mauer hinauf. Rasch, unter dem Jubel der vielen, war er oben. Er verschwand im Innern. Und da öffnete sich schon der Ausschnitt des Tores, in ihm erschien das lachende, triumphierende Gesicht des Eindringlings, und mit scherzhafter, höflicher Gebärde lud er die andern, einzutreten.

Der Castro stand und überlegte. Er hatte ein paar seiner Leute mit sich, er hätte ohne viel Mühe das Tor verteidigen und es halten können, bis Verstärkung herbeigerufen war. Aber lautete nicht sein Auftrag, den einen preiszugeben und die vielen zu retten? Er stand und tat nichts, und immer mehr drangen durch den kleinen Ausschnitt des Tores ins Innere.

Schließlich folgte er selber. Die Schreier waren still geworden, nun sie im ersten Hofe standen. Kein Mensch von den Inwohnern zeigte sich, keiner von den vielen Dienern, Schreibern, Hausbeamten. Das Volk schob sich verlegen die Wände entlang, öffnete zögernd ein zweites Tor, das ins Innere führte. Staunend, betreten, dümmlich lachend standen sie inmitten der schweigenden Pracht. Schoben sich weiter. Stießen versehentlich eine Vase um, eine zweite. Sie zerbrach. Einer nahm einen Pokal aus einer Nische, ein kunstvolles Glas, schmiß es zu Boden; es zerbrach nicht auf dem dicken Stoffbelag. Der Mensch, zornig jetzt, riß den Belag zurück, Steinboden zeigte sich, er schmetterte das Glas auf den Stein, es zersplitterte mit Lärm.

Ein erschreckter Diener kam zum Vorschein, ein Moslem. Er wollte etwas sagen, sänftigen, Vernunft zureden, vielleicht auch wollte er mitteilen, daß der Herr des Hauses nicht da sei. Man hörte ihn nicht in dem allgemeinen Geschrei, man wollte ihn nicht hören, man schlug ihm über den Mund, man stieß ihn, erst zaghaft, dann bösartiger. Da lag er, blutig, japsend. Die Menge freute sich. Wurde wild. Zerriß, zerschlug, zerschmiß, was sich zerreißen und zerschlagen ließ.

Der Castro schaute zu, wie benommen. Dies ist sein Haus. Der Krieg ist im Gang, und Doña Leonor hat gesagt, dies ist sein Haus. Der Jud, der sich hereingesetzt hatte, scheint nicht da zu sein; vielleicht auch hat er sich in einen Winkel verkrochen, das wird sich noch herausstellen. Es ist sein, des Castro, Haus, endlich. Und es ist ein sehr reiches Haus. Es ist ein lästerliches, heidnisches Haus. Was hat der Jud sich erdreistet! Was hat er aus seinem guten, ritterlichen, christlichen Castillo gemacht!

Der Castro, langsam, mit wuchtigen Schritten, klirrend, ging durch den Saal, stieg auf die kleine Estrade, stand in der Öffnung des Geländers, welches die Estrade abtrennte. Er stand, der stämmige Mann, in Haltung, wie alter Brauch sie vorschrieb, mit gespreizten Beinen, beide Hände auf sein Schwert gestützt, breit, wuchtig; aus den tiefliegenden Augen beschaute er genießerisch die Menschen, die sein Haus befreiten von dem Unrat, mit dem der Jud es besudelt hatte.

Inzwischen waren immer mehr eingedrungen; sie hatten das große Haupttor ganz geöffnet. Das weite, stille Haus, seine Säle und seine kleinen Zimmer, seine Höfe und seine Kammern waren mit einemmal voll von schreienden, wütigen Menschen. Einige steckten, was ihnen wertvoll schien, in ihre Taschen. Den meisten aber war daran nichts gelegen; ihre Lust ging dahin, zu zerschlagen, zu zerstören. Sie suchten nach dem Juden, doch der war nicht da, der Feigling, der hatte sich davongemacht. Nur ein paar armselige Diener fand man, auf die man losprügeln konnte. Aber wenigstens des Juden Habe war da, die kostbaren, verruchten Dinge, um derentwillen er das Land ausgeplündert und verraten hatte. Die Wut aller richtete sich gegen diese Dinge. Sie zerrissen, zerbrachen, zerschlugen, zertrümmerten, zornig, hingegeben, jubelnd.

Ihre Raserei griff auf den Castro über. Auch in ihm tobte es: Hin muß es sein, das da! Tot muß es sein! In Trümmern muß es sein, all das Feine, Üppige, Jüdische, Weibische, Heidnische! Und mit der Scheide seines Schwertes schlug er los auf das Gebrechliche, Liebliche, und: »A lor! A lor!« schrie er und haute ein auf die Inschriften an den Wänden, daß die zierlichen, farbigen Steine sich lösten.

Ein stiller, dünner Herr im Priestergewand kam auf ihn zu, rührte ihm den Arm: Don Rodrigue.

Gemeinhin machte der Domherr lieber einen Umweg, als daß er an dem Castillo vorbeiging; er fürchtete die Versuchung. Heute aber hatte er das helle, wüste Geschrei gehört, Angst hatte ihn herbeigezogen. Er hatte das weitoffene Tor gesehen, hatte gesehen, wie sich die Menschen hineinwälzten, wütig schreiend. War ihnen gefolgt. Sie hatten dem Priester Platz gemacht, und nun also fiel er diesem wohlgerüsteten Manne, der, obgleich sichtlich ein Ritter, an dem übeln Werke teilnahm, in den Arm.

Da der Mann ihm ein wildes, unwilliges Gesicht zukehrte, sagte er: »Ich bin Don Rodrigue, Mitglied des Kronrats.« Der Castro lächelte breit, herausfordernd: »Und ich, hochwürdigster Herr, bin Don Gutierre de Castro, Haupt des Geschlechtes, nach dem dieses Haus genannt ist.« Rodrigue erinnerte sich der Schutzmaßnahmen der Königin. Ein vager Verdacht stieg ihm auf. »Du läßt es zu, daß diese da plündern und zerstören?« fragte er. »Sollen gute Kastilier viel Federlesens machen«, fragte der Castro zurück, »wenn sie Verräter suchen? Nachdem die Blüte der christlichen Ritterschaft erschlagen ist, kommt es wohl auf ein paar jüdische Teppiche und Pergamentrollen nicht an.« Rodrigue fragte: »Bist nicht du es, der Weisung hat, die Bedrohten zu schützen?« Gutierre schaute dem Priester ruhig ins Gesicht. »Ja«, erwiderte er, »und ich werde der Frau Königin den Handschuh guten Gewissens zurückgeben können. Ich habe ihre Weisungen aufs Wort erfüllt. Ich habe den Zorn des Volkes sich austoben lassen gegen den einzelnen, Schuldigen, und der großen Masse jener geholfen, die man zu Unrecht verdächtigt.« Rodrigue, bestürzt, ungläubig, fragte: »Das wäre dein Auftrag?« – »So geht der Befehl der Königin«, sagte Gutierre.

Rodrigue, in jäher Angst, fragte: »Was ist es mit Don Jehuda? Ist dem Escrivano was geschehen?« Der Castro hob die Schultern, ausdrucksvoll, verächtlich. »Hier jedenfalls nicht«, antwortete er. »Der Hund hat sich verdrückt, scheint es.« Rodrigue atmete auf. Es war, wie er vermutet hatte: Don Jehuda hatte sich in Sicherheit gebracht.

Er raffte sich zusammen. »Du bist Kreuzritter«, sagte er. »Ich ermahne dich im Namen der Kirche, dem schändlichen Unfug Einhalt zu tun.« Der Castro schaute um sich und sah, daß nicht mehr viel da war, was hätte zerstört werden können. »Es steht dem Priester an, milde zu sein«, sagte er mit gutartigem Spott und gab seinen Leuten Befehl, die Gäste aus dem Haus zu treiben. Es geschah.

Don Gutierre verabschiedete sich höflich von dem Domherrn, beschaute noch einmal das getane Werk und ging, voll der freudigen Erwartung, diese Stätte heidnischer Üppigkeit ins Castillo de Castro zurückzuverwandeln.

Rodrigue blieb zurück in dem verwüsteten Haus. Er hörte, wie die letzten abzogen, wie das große Tor mit dumpfem Lärm geschlossen wurde. Fast quälend drang die plötzliche Stille auf ihn ein. Er hockte nieder inmitten der Trümmer und Scherben, voll schwerer, schmerzhafter Müdigkeit. Hockte lange. Stand auf, schleppte sich durch die vertrauten Räume. Risse, Löcher, Trümmer starrten ihn an, von allen Seiten. Er ging weiter herum in dem öden Haus; er mühte sich, leise aufzutreten, er wußte nicht, warum. Er klaubte Scherben vom Boden, Stücke von Möbeln, Stoffen, beschaute sie, schüttelte den Kopf. Verschmutzt, zerrissen lag da ein Buch. Er nahm es auf, versuchte die Blätter zu glätten, die zerrissenen Seiten zusammenzustücken, er las mechanisch, es war die »Ethik« des Aristoteles.

Er kam in die Rundhalle des Musa. Hier waren die Polster gewesen, in denen der Freund so oft behaglich zurückgelehnt gesessen hatte, mit ihm schwatzend, und was war aus Musa geworden? Da war das Schreibpult gestanden, von dem aus er so gerne über die Schulter seine klugen, milden, spöttischen Sätze gesprochen hatte. Es war zerhackt; einer mußte sich die Mühe gemacht haben, das feste, edle Holz mit der Axt zu zerhacken. Von den farbigen Buchstaben der Sprüche an den

Wänden waren viele zerschlagen und heruntergefallen. Mechanisch starrte er auf den Satz: »Nicht besser ist der Mensch als das Vieh.« Nahm wahr, daß von dem Worte »Habehemah – Das Vieh« die Buchstaben »Bet« und »Mem« ausgeschlagen waren, die drei Buchstaben »He« waren merkwürdigerweise stehengeblieben.

Rodrigue kauerte sich wieder auf den Boden, schloß die Augen. Von außen herein klang das gleichmäßige Plätschern der Fontäne.

Täuschte er sich da, oder schlurften vorsichtige Schritte durch den Garten? Er hörte recht. Und auf einmal war vor ihm ein liebes, häßliches, gescheites, wohlvertrautes Gesicht, über allem Kummer schon wieder leise spöttisch, und: »Es fügt sich trefflich«, sagte die ruhige, marklose Stimme des Musa, »daß nach so vielen lauten Besuchern nur du geblieben bist, mein stiller, hochwürdiger Freund.« Der beglückte Rodrigue war zu erregt, als daß er hätte sprechen können; er nahm die Hand des andern und tätschelte sie. »Ich bin zu spät gekommen«, sagte er schließlich. »Auch wäre ich wohl nicht geschickt genug gewesen, den Aufruhr zu stillen. Aber du lebst!« sagte er; niemals hätte Musa geglaubt, daß die Stimme des andern so warm klingen könnte. Noch immer hielt Rodrigue die Hand des Freundes, sie schauten einander an, lächelten, lachten.

Später fragte der Domherr nach Jehuda. Als Musa ihm mitteilte, er sei bei seiner Tochter in der Galiana, atmete Rodrigue auf. »Im Hause des Königs ist er wohl sicher«, meinte er. »Trotzdem, vorsichtshalber, geh ich noch heute zu Doña Leonor und verlange eine starke Wache für die Galiana. Und jetzt, mein Musa«, sagte er ungewöhnlich befehlerisch, »kommst du mit mir, und bis die Stadt sich beruhigt hat, lebst du in meinem Hause.« – »Ich hätte schon früher zu dir kommen sollen«, erwiderte Musa, »aber ich sagte mir: in dieser Zeit ist ein alter, ketzerischer Moslem kein bequemer Gast.« – »Entschuldige, mein weiser Freund«, entgegnete Rodrigue, »dieses ist die erste törichte Erwägung, die ich dich habe anstellen hören. Gehen wir«, forderte er ihn auf.

Doch Musa bat, noch eine kurze Weile zu verziehen. »Ich muß noch meine Chronik holen und ein paar Bücher«, erklärte er. Voll schlauen Triumphes teilte er dem andern mit, daß er die beiden kostbarsten Handschriften, den Avicenna und jene athenische Handschrift der »Republik« des Plato, in die Judería habe schaffen lassen. Dann schlurfte er hinunter in den Keller und kam zurück, fröhlich grinsend übers ganze Gesicht, unterm Arm das Manuskript seiner Chronik.

Diejenigen, die im Castillo gewüstet hatten, zögerten, sich zu zerstreuen. Sie waren enttäuscht, daß man den Verräter und die Hexe nicht hatte mitzerstören können. Sie zogen vor die Judería und verlangten, daß man ihnen Jehuda und Raquel herausgebe, aber verlässige Leute erklärten, die beiden seien nicht in der Judería.

Die Wut, daß sie entschlüpft waren, wuchs. Solange die beiden atmeten, ging Gift und Übel von ihnen aus; es war einfache Pflicht eines jeden guten Christen und Kastiliers, sie aus der Welt zu schaffen. Ihnen selber, den beiden, hatte Gott die Strafe bereits angekündigt. War nicht der Sohn, den die Jüdin dem König Unserm Herrn geboren hatte – man wußte das von dem Gärtner der Galiana, einem gewissen Belardo –, war nicht dieser Sohn auf rätselhafte Art verschwunden? Vermutlich hatte Gott auch ihn weggerafft zur Strafe für die Todsünde. Und hatte nicht die Jüdin schon vor Monaten einen Totenschädel aus dem Tajo gefischt?

Einer sagte, jener gleiche Gärtner Belardo habe verlauten lassen, die Hexe wohne nach wie vor in der Galiana, als ob nichts geschehen sei; ja, sie habe sich auch noch ihren Vater hingeholt. Die meisten wollten an so viel satanische Frechheit nicht glauben. Man könnte vielleicht einmal nachschauen, schlug einer vor. Man war verblüfft, gelockt. Aber man zögerte; das Castillo war das Haus des Juden gewesen, die Galiana war das Haus des Königs. Hingehen in die Galiana könnte man ja einmal, meinten einige; wenn man dort sei, werde man weitersehen. Der Vorschlag gefiel.

Schon machten sich die ersten auf den Weg hinunter zur Brücke. Sie gingen gemächlich, viele schlossen sich an, schon waren es Hunderte, vielleicht tausend.

Langsam in der Hitze, schlendernd, zogen sie über den Hauptplatz, den Zocodovér. Man fragte, was sie vorhätten, sie erzählten, man lachte zustimmend, erheitert. Am großen Haupttor der Stadt fragten die Wächter: »Wohin wollt ihr?« Sie antworteten: »Wir wollen nachschauen, wo sie sind, die Gewissen«; auch die Torwächter lachten. Von den Türmen der großen Brücke herunter fragten die Soldaten, wohin es gehe, und als man ihnen Bescheid gab, lachten auch sie.

So zogen die tausend hinunter in der schweren Hitze. Immer mehr schlossen sich an, sie mochten jetzt wohl an die zweitausend sein.

Der Castro hörte von dem Unternehmen. Mit einigen seiner Begleiter ritt er den Leuten nach, überholte sie, ließ sie wieder vorbei, überholte sie von neuem, ließ sie abermals vorbei. Langsam, nicht sehr deutlich gingen ihm die Gedanken. Ich muß das Eigentum des Königs schützen, erwog er, und: Wenn die Strafe des Herrn auf dem Weg ist, darf sich ihr ein christlicher Ritter nicht entgegenstellen, und: Ich werde handeln nach meinem Auftrag. Ich werde nicht den Verräter und die Hexe schützen und die hunderttausend Juden von Toledo gefährden. Aber das Eigentum des Königs werde ich schützen, beschloß er, das ist Pflicht.

Jehuda und Raquel hatten, nachdem Don Benjamín gegangen war, ihr feierlich heiteres Leben weitergeführt. Sie zogen sich sorgfältig an, hielten lange Mahlzeiten, ergingen sich, wenn die Sonne sank, im Garten, pflegten ruhiges Gespräch.

Es war die Amme Sa'ad, die, Schrecken über dem ganzen, dicken Gesicht, als erste die Nachricht brachte, daß die Ungläubigen – Allah verdamme sie – heranzögen, und was solle man tun? Jehuda sagte: »Stille sein und sich fügen in den Ratschluß.«

Sie gingen tiefer ins Haus, in Raquels Raum, ein nicht

großes Zimmer mit einer Estrade, wie sie dem Wohnraum einer Dame angemessen war. Jehuda hatte die Brustplatte umgelegt, das Zeichen seines Amtes. Der Raum war dämmerig, und der feuchte Filzbelag der Wand gab ihm Kühle. Hier saßen sie und erwarteten die Anziehenden.

Die waren angelangt vor der weißen Mauer, welche das Besitztum umgab. Im Ausschnitt des Tores zeigte sich ein Türhüter, auf sein Wams eingestickt war das Wappen des Königs, die drei Türme. Die Menge zögerte, wußte nicht, was tun. Alle schauten auf den Castro. Dieser, mit seinem breiten, schweren Schritt, trat vor, sagte: »Wir wollen nachschauen. Das ist es, was wir wollen. Wir wollen das Eigentum des Königs nicht schädigen. Ich habe meine Wache mit, auf daß niemand das Eigentum der Majestät schädigt und daß niemand die Beete des Gartens betritt.« Der Türhüter war unentschlossen. Inzwischen aber waren einige über die nicht hohe Mauer geklettert, sie zogen den Türhüter zur Seite, ohne Gewalt, der Castro ging durch das Tor, ihm nach seine Bewaffneten, ihnen nach die Menge.

Die Leute schoben sich langsam voran, die Gärten bewundernd, über die bekiesten Wege, dem Schlosse zu. Auf einmal war Belardo da. Er trug das Lederkoller, die Lederkappe und die Hellebarde des Großvaters. »Der edle Herr belieben, Doña Raquel sprechen zu wollen?« fragte er beflissen. »Unsere Herrin ist in ihrem Gemach auf der Estrade«, plapperte er. »Ist der edle Herr angemeldet? Soll ich ihn melden?« – »Führ uns zu ihr«, sagte der Castro.

Sie folgten Belardo ins Haus, der Castro, seine Soldaten, einige aus der Menge, nicht viele. Gelangten in den Raum Raquels. Mit einemmal lag die Hitze des Gartens, die blendende Weiße der Mauer, der Staub der Straße, die man schwitzend und lärmend gezogen war, meilenweit hinter ihnen, und um sie war die Stille des kühlen, dämmerigen, fremdartigen Raumes. Sie hielten sich in der Nähe des Eingangs, ernüchtert, leicht verwirrt.

Die Estrade, auf der Jehuda und Raquel saßen, war durch

ein niedriges, in der Mitte weit offenes Geländer von dem übrigen Raum getrennt. Jehuda, als sie kamen, erhob sich langsam; da stand er, eine Hand leicht auf das Geländer gestützt, und musterte die Eindringlinge, gelassen, fast spöttisch, wie es dem Castro schien. Raquel war nicht aufgestanden. Sie saß, die Stirne halb bedeckt von dem kleinen Schleier, auf ihrem Diwan und schaute, auch sie ruhigen Auges, auf den Castro und die Seinen. Vom Pátio her hörte man das leise Plätschern des Springbrunns und, sehr weit und gedämpft von der Straße her, den Lärm der Menge. Sie wiederholten immer das gleiche, die draußen, doch konnte man's nicht verstehen. Der Castro verstand; er wußte, sie schrien: »Gott will es!« Und: »Matad, matad! Schlagt tot!«

Jehuda sah die rohen Gesichter der Soldaten und ihres Führers, er sah den schlauen, furchtsamen, höflichen, dummen Gärtner Belardo und sogar auf dessen Gesicht die Gier, zu töten, er ahnte, was das Geschrei draußen bedeutete, er wußte, er hatte nicht mehr viele Minuten zu leben. Furcht würgte ihn. Er suchte sie zu vertreiben durch Denken. Zu einem jeden kommt der Zerstörer aller Dinge, und er selber hat es so gewollt, daß er hier und jetzt zu ihm komme. Er hat schon vor Tagen seine Rechnung abgeschlossen. Er hat viel Eitles getan, und manches Gute nur deshalb, weil er mehr hat sein wollen als die andern. Aber es war ihm erlaubt: er *war* mehr als die andern. Er sah die Spruchbänder ringsum, sie rühmten den Frieden. Er hat der Halbinsel Jahre hindurch Frieden und Blüte bewahrt. Und noch sein Sterben wird manchem zum Segen. Diese armen Mörder werden sehr bald bereuen, was sie tun; sie werden sich nicht an andere heranwagen, er wird gestorben sein zum Segen seiner fränkischen Flüchtlinge. Dann würgte von neuem eisige Furcht ihm das Denken ab. Sein Gesicht aber blieb die gleiche stille, leicht spöttische Maske.

Auch Raquels Gesicht blieb ruhig. Alfonso hatte ihr aufgetragen, in der Galiana zu bleiben, Alfonso war hier der Herr, was konnte dieser fremde Mensch ihr tun? Sie befahl sich, furchtlos zu sein, würdig Alfonsos; er wollte es, daß die Frau, die er liebte, furchtlos sei. Und er hatte ihr versprochen, zu kommen. Sie blieb reglos. Aber ihr Körper spürte den herannahenden Tod, und Angst schnürte ihr das Herz ab.

Die Eindringlinge standen noch immer an den Wänden und wußten nicht, was tun. Eine halbe Minute hindurch, eine Ewigkeit hindurch, tat keiner den Mund auf.

Da, mit einem Male, pludderte Belardo: »Der edle Herr wollte nicht gemeldet werden, Dame.«

Und jetzt sprach auch der Castro: »Stehst du nicht auf, Jüdin, wenn ein Ritter zu dir kommt?« sagte er mit seiner derben, quäkenden Stimme. Raquel antwortete ihm nicht. Plötzlich überkam ihn Zweifel. »Oder bist du Christin?« fragte er. Dann hätte er hier nicht eindringen dürfen. Aber Belardo beruhigte ihn. »Unsere Herrin Doña Raquel ist keine Christin«, sagte er.

Der Castro rötete sich. Es verdroß ihn, daß er sich von ihrer gespielten Vornehmheit hatte hereinlegen lassen. Raquel gewahrte seine aufsteigende Wut, und plötzlich war ihr, als stehe ihr der wütende Alfonso gegenüber – ja, das war das in maßloser Wut verzerrte Gesicht Alfonsos. Sofort aber verwehte es, und sie sah jenen Alfonso, der gegen den Stier gekämpft hatte, strahlend, wunderbar. Sie darf ihrem Alfonso keine Schande machen in dieser entscheidenden Stunde. Wenn sie ihm erzählen, wie der wüste Mensch dort auf sie losging, dann sollen sie ihm auch erzählen müssen: Aber Raquel hat keine Furcht gehabt.

Langsam, mit kindlicher und doch sehr damenhafter Bewegung, erhob sie sich.

Es war aber nicht der wüste Ritter, vor dem sie aufstand, es war der Tod.

Da stehst du, Doña Raquel Ibn Esra, du Schöne, La Fermosa, Sturmvogel des Satans, Kebsweib des Alfonso von Kastilien, selber aus dem Geschlechte David, Mutter des Immanuel. Dein herzförmiges Gesicht ist wissender als früher, und wenn es jetzt die Farbe der Angst haben sollte, so ist sie verborgen unter dem matten Braun deiner Haut. Deine blaugrauen Augen, noch größer als sonst, schauen ins Weite, vielleicht in ein schauerlich Leeres, vielleicht in ein sehr Helles, Hohes, Erwünschtes.

Der Castro trachtete, sich zurechtzufinden. Es war alles sehr anders, als er sich's vorgestellt hatte, und dies war das Haus des Königs, und die Frau, wenngleich eine Jüdin, war das Kebsweib des Königs und hatte ihm einen Bastard geboren.

Da aber sprach endlich Don Jehuda. Gelassen fragte er, und er sprach lateinisch: »Wer bist du? Und was wünschest du?«

Der Castro schaute auf den Mann, den Juden, der ihm sein Haus gestohlen und sich hineingesetzt hatte, und der schuld war am Untergang seines Bruders, und der auf der Brust die Platte mit dem Wappen Kastiliens trug, und der sich erdreistete, höflich, hochmütig und lateinisch zu ihm zu reden, als spräche ein Ritter zum Ritter. Er warf sich in die Brust und antwortete in einem Gemisch von Aragonisch und Kastilisch: »Ich bin der Castro, Jud, und damit weißt du alles.« Jehuda schaute ihn an mit ganz leisem Spott, wie es in seiner stolzesten Zeit seine Art gewesen war, und sagte freundlich: »So hab ich mir dich vorgestellt.«

Dann kehrte er sein Gesicht von dem Castro ab und vergaß ihn sogleich. Er sah auf seine Tochter, trank ihren Anblick ein, dachte an seinen Enkelsohn, den kleinen Immanuel. Alazar hatte er verloren, diese seine liebe Tochter verliert er in wenigen Minuten, nach wenigen Atemzügen wird er sterben: aber der Knabe Immanuel Ibn Esra lebt, den Feinden unerreichbar.

Auch Raquel dachte an ihren Sohn. Sie hatte Alfonso nicht verwandeln können, aber was an ihm gut war, lebte weiter. Wirr und von neuem, nicht in Worten, tauchte in ihr die Vorstellung des Messias auf, der das Wilde besiegt, den Stier, und der Frieden bringt über die Erde. Und sie sah den Blick ihres Vaters, und sie gab ihn zurück und sie sagte: »Du hast recht gehabt, mein Vater, da du Immanuel gerettet hast. Unser Immanuel wird leben. All mein Inneres ist voll Dank für dich.«

Eine Welle von Zärtlichkeit, Befriedigung, Stolz schwoll hoch in Jehuda. Allein sie brach sogleich. Und nun von neuem schnürte ihn die kalte Angst. Er fand noch Kraft, sich dem Osten zuzuwenden. Dann senkte er den Kopf, wehrte sich nicht länger und wartete darauf, den Schlag zu empfangen; er sehnte sich danach.

Der Castro hatte die hebräischen Worte Raquels nicht verstanden, aber er spürte: sie hatten keine Furcht vor ihm, diese da, sie verhöhnten ihn, und die Wut zerriß ihm die letzten Bedenken. »Will denn keiner ein Ende machen mit dem Gesindel?« schrie er. »Sind wir hergekommen, mit ihnen zu disputieren?« Er zog sein Schwert, stieß es aber sogleich zurück. »Ich will mein Schwert nicht beflecken mit dem hündischen Blut«, sagte er ungeheuer verächtlich. Gemessen, mit der flachen Scheide, schlug er dem abgewandten Jehuda den Schädel ein.

Raquel hatte all die Zeit her gewußt, daß sie und der Vater untergehen würden; ihr Verstand hatte es gewußt, ihr Körper hatte es gewußt, ihre schnelle Phantasie hatte aus hundert Märchen hundert Bilder des Untergangs zusammengetragen und verknüpft. Aber in ihrem Tiefsten hatte sie nicht an ihren Tod geglaubt. Noch als der Castro vor ihnen stand, hatte sie nicht daran geglaubt. Jetzt erst erkannte ihr Innerstes, daß kein Alfonso zu ihrer Rettung kommen, daß sie in den nächsten Minuten sterben werde, und es packte sie ein Grauen, grauenhaft über alle Namen. Sie erlosch, sie wurde zur leeren Hülle, in ihr war nichts als Angst. Es riß ihr den Mund auf, aber kein Schrei kam aus der erstickten Brust.

Alles, was sich in dem Zimmer mit der Estrade ereignet hatte, war ohne Lärm geschehen, dämmernd und seltsam gedämpft. Die finstern Begleiter des Castro waren, als er auf den Juden zuschritt, unwillkürlich noch weiter zurückgewichen, noch näher an die Wand. In das lautlose Sterben Jehudas hinein hörte man ihr starkes Atmen und, noch immer, das Plätschern des Springbrunns und den fernen Lärm derer an der weißen Mauer.

Da begann plötzlich die Amme Sa'ad zu schreien, schrill, sinnlos. Und nun, unversehens, hob der Gärtner Belardo die Waffe, und besessen, hingegeben, schlug er mit der heiligen Hellebarde seines Großvaters auf Raquel ein. Und nun drangen auch die andern vor, sie schlugen los auf Raquel, auf die Amme, auf Jehuda, schlugen noch, als sie sich längst nicht mehr regten, trampelten auf ihnen herum, keuchend.

»Genug!« befahl plötzlich der Castro. Sie verließen den Raum, sie warfen keinen Blick mehr zurück. Benommen, ein wenig taumelnd, dümmlich lachend, verließen sie das Haus. Einer der Soldaten des Castro, nicht ohne Mühe, löste die Mesusa von der Tür und steckte sie ein; er wußte noch nicht, ob er das Amulett zertreten oder zum eigenen Schutz behalten sollte. Sonst etwas im Hause des Königs anzutasten, wagte keiner.

Die draußen hatten gewartet in Hitze und Glast. Jetzt verkündete ihnen der Castro: »Es ist getan. Sie sind hin. Die Hexe und der Verräter sind hin.« Sie hörten es, wahrscheinlich mit Genugtuung. Aber sie zeigten diese Genugtuung nicht, sie schrien nicht, sie jubelten nicht. Eher waren auch sie betreten. »Ja«, brummelten sie, »nun ist also die Fermosa hin.«

Als sie die heiße, staubige Straße nach Toledo wieder hinaufstiegen, verflog ihnen Lust und Wut vollends. Die Torwächter fragten: »Nun, habt ihr nachgeschaut? Habt ihr sie gefunden?« Und: »Ja«, antworteten sie, »wir haben sie gefunden. Sie sind hin.« – »Recht so«, sagten die Torwächter. Aber ihr Vergnügen dauerte kurz, auch ihnen war die Wut verweht, sie waren für den Rest des Tages nachdenklich und eher verdrossen.

Niemand dachte mehr daran, den Juden etwas zuleide zu tun. Gutmütig verspottete man die in der Judería: »Warum verschanzt ihr euch denn so? Habt ihr Angst vor uns? Jedermann weiß doch, wie gut sich die Euern gehalten haben vor Alarcos. Wir gehören doch zusammen, wir und ihr, in dieser Not.«

Sechstes Kapitel

Don Alfonso hielt die Festung Calatrava unerwartet lange. Er war an der Schulter verwundet, nicht eben gefährlich, doch schmerzhaft, er fieberte häufig. Trotzdem lief und ritt er herum, kletterte in Rüstung die steilen Treppen der Wälle hinauf und hinunter, überwachte jede Einzelheit der Verteidigung. Die Offiziere beschworen ihn, er solle sich endlich nach seiner Hauptstadt durchschlagen; denn schon schwärmten die Moslems weit nach dem Norden vor, und die Straßen nach Toledo waren unterbrochen. Aber erst als es am Äußersten war, gab Alfonso die Festung auf, um sich mit dem größten Teil der Besatzung nach Toledo durchzukämpfen.

Das war ein Unternehmen, das Umsicht und Tapferkeit erforderte. Von seinen nahen Freunden war nur Estéban Illán bei ihm; den Erzbischof Don Martín und Bertran de Born, die beide verwundet waren, hatte man nach Toledo geschafft. Alfonso ließ sich nicht anmerken, wie verzweifelt er unter der Niederlage litt; er zeigte raschen Blick, Findigkeit, Entschlußkraft. Des Nachts aber, allein mit Estéban, stürmte und wütete er: »Hast du gesehen, wie sie alles verwüstet haben? Jetzt spür ich es: was da verheert und verbrannt ist, das bin ich selber; es ist ein Teil von mir wie mein Arm oder mein Fuß.«

Er stellte sich vor, wie es sein wird, wenn er jetzt nach Toledo kommt. Er dachte an das ruhige, hochmütige Gesicht Doña Leonors, und wieviel Widerwille und Verachtung wird hinter dieser klaren Stirn sein, wenn er nun nach seiner stolzen Ausfahrt so jämmerlich und mit Schande bedeckt vor sie hintritt. Er dachte hilflos rasend an die stille, spöttisch ehrerbietige Miene Jehudas. Er dachte an das beredte Gesicht Raquels. Hatte er nicht versprochen, ihr Sevilla zu schenken? Wo war Sevilla? Sie wird nicht danach fragen; zärtlich, demütig wird sie vor ihm stehen, ohne ein Wort des Vorwurfs, aber um sie werden matt und höhnisch ihre Inschriften vom Frieden glänzen.

Unversehens faßte ihn eine sinnlose Wut. Don Martín hatte recht, Raquel *war* eine Hexe, sie war es, die bewirkte, daß er dem Sohn die Taufe vorenthielt, sie hat seine innere Stimme in Lüge verwandelt. Aber sie soll ihn nicht länger behexen. Mag sie sich stumm winden und drehen und schmerzhafte Gesichter schneiden: er wird den Jehuda zwingen, den Sohn herbeizuschaffen, er wird den Knaben taufen, und wenn dann Raquel nicht länger in der Galiana bleiben will, die Tür steht weit offen, Alafia, Heil, Segen.

Während sich Alfonso auf solche Art mit Raquel auseinandersetzte, war Don Rodrigue auf dem Weg, ihm die finstere Botschaft zu bringen.

Es war nach dem Untergang des Jehuda und der Raquel eine sonderbare Lähmung über Rodrigue gekommen. Nun war ihm alles eingestürzt, woran er in dieser Welt hing, das Reich brach zusammen, die lieben Freunde waren grausig ermordet worden, und er selber, Rodrigue, trug mit die Schuld, weil er den König so lang auf dem übeln Weg hatte gehen lassen. Das Gefühl seines Versagens, seiner Nichtigkeit erdrückte ihn.

In seinem Innern überhäufte er Don Alfonso, dessen Leichtfertigkeit dem ganzen Lande Unheil brachte und Unheil einem jeden, der ihm nahekam, mit bitterer Schelte. Er wollte ihn nicht mehr sehen, wollte nichts mehr mit ihm zu tun haben. Aber er liebte den Unseligen noch immer, und Pflicht und Mitleid trieben ihn, die grausige Nachricht selber zu überbringen. Vielleicht wird das Übermaß des Unglücks den Mann lehren, was Reue ist, und Rodrigue wollte ihn nicht allein lassen in der Stunde der Verzweiflung.

Ein abgezehrter, fieberischer Alfonso trat ihm entgegen. Wies ihn, da er sich nach seiner Verwundung erkundigte, ungeduldig ab. Stand vor ihm, gereizt, finster, höhnisch, und forderte ihn heraus: »Du hast recht gehabt, mein weiser Vater und Freund. Mein Heer ist vernichtet, mein Reich eingestürzt. Ich *habe* die vier Reiter der Apokalypse übers Land gebracht, genau wie du mir's vorausgesagt hast. Das zu hören, bist du doch da. Nun also, ich geb dir's zu. Bist du zufrieden?«

Rodrigue, gegen seinen Willen, spürte ein heißes Erbarmen mit dem Mann, der ihm da krank, zerfetzt und zerlumpt an Seele und Ansehen gegenüberstand. Aber er durfte nicht schwach werden, er mußte rütteln an der Seele dieses Alfonso, der, Gottes hadernder, rebellischer Vasall, noch immer nicht wußte, was Schuld und was Reue war. Rodrigue sagte: »Es hat sich Schlimmes ereignet in Toledo. Dein Volk hat Unschuldige haftbar gemacht für deine Niederlage, und niemand war da, die Unschuldigen zu schützen.« Und da ihn der König ohne Verständnis anstarrte, sagte er ihm ins Gesicht: »Sie haben Doña Raquel und Don Jehuda umgebracht.«

Was das Unglück nicht und nicht der Verrat, was die große Niederlage nicht hatte bewirken können, bewirkte diese Nachricht: Don Alfonso schrie. Er schrie auf, kurz und schrecklich. Dann fiel er um.

Eine große Welle Freundschaft schwemmte alle andern Überlegungen Rodrigues fort, er liebte ihn wie eh und je. Erschreckt bemühte er sich um ihn und rief nach dem Arzt.

Alfonso, nach einer langen Weile, erwachte aus der Ohnmacht, schaute sich um, fand sich zurecht, sagte: »Es ist nichts, es ist diese dumme Wunde.« Er hatte auch noch nichts gegessen an diesem Tag. In hastigen Schlucken trank er die Brühe, die man ihm brachte, und trieb den Arzt, der den Verband erneuerte, zur Eile. Dann schickte er alle fort und hielt nur Rodrigue zurück.

»Verzeih, mein Vater und Freund«, sagte er. »Ich sollte mich schämen, daß ich mich so gehenließ.« Und böse fuhr er fort: »Nachdem ich das Reich zerstört habe, sollte es mir auf einen Mann und eine Frau mehr nicht ankommen.« Und: »Ich hätte die beiden ohnedies weggeschickt«, sagte er grimmig. Aber sogleich widerrief er: »Niemals, niemals hätte ich Raquel weggeschickt! Und ich schäme mich auch nicht!« Er stöhnte, wütete, knirschte. »Es tut unchristlich weh. Ich sag es dir, Rodrigue, mein Freund: ich habe sie geliebt. Du kannst das nicht verstehen, du weißt nicht, was das ist, niemand weiß es. Ich selber hab es nicht gewußt, bevor sie mir in den

Weg kam. Ich habe sie mehr geliebt als Leonor, mehr als meine Kinder, mehr als mein Reich, mehr als Christus, mehr als alles. Vergiß es, Priester, vergiß es gleich, aber einmal muß es heraus, einmal muß ich es sagen, dir muß ich es sagen: ich hab sie mehr geliebt als meine unsterbliche Seele.«

Er preßte die Zähne zusammen, die rasenden Worte zurückzuhalten, die ihm die Brust füllten. Hockte nieder, erschöpft. Rodrigue sah bestürzt, wie sich sein Antlitz verändert hatte. Hager grinste es ihn an, scheu, verzerrt, die Backenknochen sprangen stark hervor, die Lippen waren zwei schmale Striche, die Augen schienen kleiner und glitzerten fahrig.

Alfonso, nach einer langen Weile, trachtete sein Gesicht zu glätten. Bat Rodrigue, ihm zu sagen, was er wisse. Es war nicht viel. Eine Menge Volkes, das den Don Jehuda vergeblich im Castillo Ibn Esra gesucht hatte, war in die Galiana gezogen. Wer Doña Raquel getötet hatte, wußte man nicht. Den Don Jehuda hatte der Castro mit eigener Hand erschlagen.

»Der Castro?« stammelte der König. »Der Castro«, antwortete Don Rodrigue. »Er hatte den Auftrag, Bedrohte zu schützen; denn das Volk war wild geworden, und viele waren bedroht. Er hatte Auftrag, lieber den einzelnen preiszugeben, als die Gesamtheit zu gefährden.« Der König dachte lange und mühsam nach. »Von wem hatte der Castro den Auftrag?« fragte er heiser. Don Rodrigue, langsam und klar, antwortete: »Von Doña Leonor.«

Alfonso knurrte wie ein verwundetes Tier. »Die Hunde und Geier fallen über mich her, als wäre ich schon ein Aas«, sagte er. Don Rodrigue erläuterte, sachlich, gerecht, mit fast unmerklicher Ironie: »Maßnahmen waren geboten. Arabische Christen waren umgekommen, auch Juden in der Siedlung vor den Mauern, eine ganze Reihe, an die hundert, heißt es.«

»Verteidige sie nicht!« brach Alfonso aus, wild, sinnlos. »Verteidige Leonor nicht! Verteidige keinen, auch dich selber nicht! Auch du bist schuldig, alle seid ihr schuldig. Vielleicht nicht so wie ich, aber schuldig seid ihr. Und ich werde strafen. Ich werde euch züchtigen. Glaubt ihr, ich sei machtlos, weil ich die Schlacht verloren habe? Noch bin ich der König. Ich werde untersuchen, ich werde richten, ich werde fürchterlich strafen!« Er brach plötzlich ab, stöhnte, fiel zusammen, winkte dem Rodrigue heftig, ihn allein zu lassen.

Noch ehe die Stunde um war, befahl er, aufzubrechen. Auch auf dieser letzten Strecke Weges traf er seine Anordnungen aufmerksam und mit Umsicht. Erst als alle seine Abteilungen innerhalb der Mauern waren, ritt er in Toledo ein.

Ritt hinauf in seine Burg. Diener, Kämmerer liefen herbei, erschraken über sein Aussehen, fragten, ob er sich nicht umkleiden, nicht baden wolle, ob sie nicht den Arzt rufen dürften. Er wies sie zurück, unwirsch, gab strengen Befehl, niemand vorzulassen, auch die Königin nicht.

Hockte auf dem Spannbett, noch in Rüstung, verschwitzt und verschmutzt, leidend, in unbequemer Haltung, allein. Brütete. Er verstand den Zusammenhang nicht. Wie war Jehuda in die Galiana gekommen, der Schlaue, der Fuchs, der jede Gefahr auf Meilen witterte? Und warum waren sie nicht hinter die festen Mauern der Judería geflüchtet, die beiden, die sich doch so wildgläubig zu ihrem Judentum bekannten?

Tot waren sie, umgebracht waren sie, soviel war gewiß. Und die sie umgebracht haben, das waren Leonor und der Castro, Leonor mit ihrer Zunge und der Castro mit seiner Faust. Und er hat Raquel nicht einmal Lebwohl gesagt; fremd, blind, böse ist er von ihr fortgerannt. Und nun hat Leonor sie ihm erschlagen und ihm dazu seinen Sohn gestohlen, seinen Sancho, denn nun wird er niemals erfahren, was aus dem Kind geworden ist.

Ein betäubender Zorn faßte ihn. Leonor hat ihn gehaßt von dem Augenblick an, da Gott ihm Raquel geschickt hat. Sie hat ihn in den Krieg gehetzt, damit sie freie Hand habe, Raquel umzubringen. Alle haben ihn gewarnt vor der Schlacht, aber sie, sonst so freigebig mit Warnungen, hat ihre Worte verschluckt, sie hat ihn in seine Niederlage hineinrennen lassen, wissend, nur damit sie die andere umbringen könne. Leonor ist die Hexe, nicht Raquel. Sie ist die rechte Tochter ihrer Mutter, die Enkelin jener Ahnin, welche der Satan aus der Kirche in die Hölle geholt hatte.

Er freute sich seines Zornes, er freute sich, daß seine Wunde ihn schmerzte. Wie er war, in der dickverstaubten Rüstung, ungewaschen, ohne den Verband zu wechseln, lief er durch die Korridore, in die Zimmer Leonors. Drängte die erschreckten Hofdamen zurück. Trat ungestüm in Leonors Zimmer.

Sie saß auf der Estrade, sauber, gepflegt, damenhaft wie stets. Sie stand auf, ging ihm ein paar Schritte entgegen, nicht zu schnell, nicht zu langsam, lächelnd. Er hob die Hand, sie aufzuhalten, und noch bevor sie ihn begrüßen konnte, sagte er leise und wild: »Da bin ich. Nicht sehr lieblich anzusehen. Nicht angenehm zu riechen. Ich stinke nach Krieg, Arbeit, Niederlage. Nichts an mir ist nach den Vorschriften der Courtoisie. Aber du hast dich auch nicht eben nach den Regeln der Courtoisie geführt, scheint mir, Doña Leonor, meine Königin, meine Liebe.« Und plötzlich schrie er los, rasend, ohne Sinn: »Du hast mein Leben kaputt geschlagen, du Verfluchte! Du hast mir keinen Sohn geboren, und der, den du geboren hast, war krank und gezeichnet schon in deinem Leibe. Und als mir die Frau, die ich liebte, einen Sohn gebar, hast du sie umgebracht. Ihr Vater, mein weisester, treuester Ratgeber, hat mit Engelszungen auf mich eingeredet, die rechte Zeit abzuwarten für den Krieg. Aber du hast mich gehetzt. Du hast mir dein Hui und Pfui ins Gesicht geschrien, um mich in den Krieg zu jagen mit deinem Gehöhne. Und dann hast du geschwiegen, du Beredte, zu meinem dummen Plan und hast mich in meine verlorene Schlacht rennen lassen, damit du mir die Liebste erschlagen könnest, die mir Gott gesandt hat. Du hast mich zugrund gerichtet, mich und mein Kastilien. Da stehst du, weiß und lieblich und königlich, aber innen ist alles wüst und krumm. Du bist wie deine Mutter, zerfressen von höllischer Bosheit, du Verderberin!«

Doña Leonor hatte eine Sturzwelle von Zorn erwartet; aber daß Alfonso so ohne Maß rasen werde, so sinnlos aus seinen Tiefen heraus, darauf war sie nicht bereitet. Er war imstande, sie mit diesen seinen schmutzigen, unbehandschuhten Händen anzupacken, zu würgen, ihr den Atem abzudrehen. Aber es ging ihr ins Blut, daß er auf so wüste Art drohte und schimpfte, abgründig gemein, ein rechter »Vilain«. Er war gefährlich, und so wollte sie ihn.

Sie trat zurück, leichten Schrittes, trat hinter sich auf ihre Estrade, setzte sich, musterte ihn mit ihren großen, grünen, prüfenden Augen. »Darf ich dich erinnern«, sagte sie gelassen, »daß wir dir einen Vertrag vorlegten, meine Mutter und ich, in Burgos, einen Vertrag mit deinem Schwiegersohn Don Pedro? In diesem Vertrag hast du dich verpflichtet, nicht in den Krieg einzutreten, bevor die aragonischen Truppen da seien. Wir haben alles getan, dich von deinem übereilten Heldentum zurückzuhalten. Meine Mutter hat dir zugeredet wie einem störrischen Kinde. Niemand hat dich gehetzt, nur du selber. Soll ich dir sagen, was schuld war an dem Zusammenbruch? Du hast glänzen wollen, vor mir, vor deinen Freunden, und besonders vor deiner Jüdin. Darum hast du den Kalifen herausgefordert, gegen unsern Vertrag und gegen allen Sinn und Verstand. Darum hast du diese tollkühne Schlacht geschlagen. Darum hast du unser Land und das ganze christliche Hispanien in den Abgrund geritten.«

Don Alfonso stand vor ihr, unterhalb der Estrade. Er schaute ihr in das weiße Gesicht mit der hohen, klaren Stirn und dem dichten, blonden Haar, und er haßte sie wild um der bösen, folgerichtigen Gedanken willen, die hinter dieser Stirn gingen. »Jetzt begreif ich es«, knirschte er leise, bitter, »warum Heinrich deine Mutter gefangenhielt und sie nicht freigab trotz aller Befehle des Papstes. Glaube du nicht, daß ich schwächer bin als er. Ich kann dich nicht umbringen, weil du eine Frau bist. Aber ungestraft laß ich es nicht, daß du mir meine liebe Liebste getötet hast. Ich werde richten, ich werde fragen und weiterfragen, ich werde deine dünnen, schlauen Weisungen an den Tag bringen und die mörderischen Gedanken dahinter, und mag dann alle Christenheit auf dich deuten als die Mörderin. Und deine blutigen Diener, den Castro und die andern, die laß ich nicht heil davonkommen. Du wirst es erleben, meine Liebe, wie ich sie packe. Auf dem Schinderkarren sollen sie mir zum Zocodovér fahren. Und du wirst zusehen, meine Königin, an meiner Seite, auf der Tribüne, wie sie hängen, deine galanten Ritter, deine Lanzelots.«

Leonor schaute ihn unentwegt an. Er schwitzte und war entstellt. Der blonde, kurze Bart war verklebt, da war nichts Junges, Strahlendes mehr, keiner konnte ihn dem Sankt Georg von Domfront vergleichen. Aber es war gut, daß nun endlich das gewalttätige Leben herauskam, das in ihm war; verschlafen wird diesen Mann niemand mehr schelten, auch ihre Mutter nicht.

Sie sagte: »Du redest Worte ohne Sinn, Don Alfonso, weil deine Beischläferin tot ist. Ich bin der Frau in der Galiana nicht zu nahe getreten. Kein Richter wird mich schuldig sprechen, und wenn er alles Kleinste prüft, was ich getan und was ich nicht getan habe.«

Mit einem Male aber war sie der Würde und der Hoheit überdrüssig. Sie verließ ihre Estrade, trat vor ihn hin, ganz nahe, sie roch seinen wilden Geruch, sie sagte ihm ins Gesicht: »Dir aber, und dieses einzige Mal, sag ich es: ich hab es doch getan. Ich hab mir diese ›Noche Toledana‹ gegönnt. Ich sah die tödlichen Gedanken im Kopfe des Castro, ich hab ihn nicht gehalten, ich hab das Castillo vor ihm baumeln lassen. Und Gott hat mir geholfen. Gott hat es gewollt, daß sie untergehen. Warum haben sie sich nicht hinter den Mauern der Judería versteckt bei den andern, dein Kebsweib und ihr Vater? Gott hat sie mit Blindheit geschlagen. Und in deine wütigen, mordgierigen Augen hinein sag ich es: mein Herz war voll Jubel, als sie tot war.«

Alfonso stöhnte, er kehrte den Blick von ihr ab, er tat einen Schritt zurück, in seinem Gesicht war jetzt mehr Qual als Wut.

Leonor hatte ihren Triumph zu Ende geschmeckt. Sie spürte Mitleid mit Alfonso. Sie ging ihm nach, war wieder ganz nahe an ihm. »Laß uns nicht länger rechten, Don Alfonso«, bat sie, und ihre Stimme war ungewöhnlich sanft. »Du bist verwundet, du bist erschöpft. Laß mich dich pflegen; ich schicke dir meinen Meister Reinero, er ist besser als deine Ärzte. Und laß mich dir noch dieses sagen: ich hab es meinethalb getan, aber bestimmt auch deinethalb. Ich liebe dich, Alfonso, du weißt es. Ich war dir treuer als die Mauern deiner Burg alle die Jahre her, und auch, als ich dir diese aus dem Weg räumte. Ich konnte es nicht länger mit anschauen, wie der König von Kastilien, der Vater meiner Kinder, im Schlamm versank. Du kannst mich bloßstellen vor der ganzen Welt. Du kannst mich töten. Aber so war es.«

Alfonso wußte: so war es, aber er befahl sich, es nicht zu glauben. Er konnte Leonor begreifen, doch nur mit dem Verstand. Alles in ihm sträubte sich gegen sie. Er wollte ihre Liebe nicht; die Liebe der Mörderin widerte ihn an.

Er kehrte sich ab, rannte aus dem Zimmer.

Er war nach dieser Unterredung matt auf den Tod, und seine Wunde schmerzte mehr als sonst. Er ließ es zu, daß die Seinen ihn badeten, ihn verbanden, ihn zu Bett brachten. Er schlief lange, tief, traumlos.

Dann ritt er in die Galiana.

Er ritt die engen, steilen Straßen zum Tajo hinunter, ohne Begleitung. Die Leute erkannten ihn, machten ihm Raum, sahen erschreckt das hagere, versteinte Gesicht, entblößten die Häupter und neigten sich tief, viele knieten nieder. Er sah nicht, hörte nicht, er ritt weiter, langsam, vor sich hin starrend; mechanisch, blicklos erwiderte er die Grüße.

Er näherte sich der weißen Mauer. Es war sehr heiß, über der Galiana wob schweres, dunstiges Sonnengeflirr, alles war verzaubert still.

Der Gärtner Belardo schob sich heran. Küßte zaghaft Alfonsos Hand. »Ich bin sehr unglücklich, Herr König«, sagte er. »Ich habe Unsere Herrin nicht schützen können. Aber es waren viele, wohl mehr als zweitausend, und der sie führte, war ein großer Ritter, und ich hatte nur die heilige Hellebarde meines Großvaters, damit konnte ich wenig ausrichten gegen die vielen. Sie schrien: Gott will es!, und dann ist es geschehen. Aber sonst haben sie keinen Schaden angerichtet. Es ist alles in bester Ordnung, Herr König, im Haus und in den Gärten.«

Alfonso sagte: »Ihr habt sie hier in der Galiana begraben, nicht wahr? Führ mich hin!«

Die Stätte war nicht weiter gekennzeichnet. Sie war nahe den Zisternen des Rabbi Chanan, kahl, aufgerissener Rasen. »Wir haben nicht gewußt, was wir tun sollen«, entschuldigte sich Belardo. »Da Unsere Herrin Raquel keine Christin war, habe ich nicht gewagt, ein Kreuz hinzustellen.« Der König winkte ihm, ihn allein zu lassen.

Er hockte auf der Erde, ungelenk, benommen von dem grauen Gespinst aus Hitze, Dunst, Glast. Der Rasen war nachlässig zusammengescharrt, die Stätte sah verwahrlost aus, er hätte keinen Hund so begraben.

Er trachtete sich zu erinnern, wie er hier mit Raquel herumgegangen war, wie sie nackt mit ihm am Rande des Teiches gesessen hatte, trachtete, sich ihr herzförmiges Gesicht zurückzurufen, ihren Gang, ihre Stimme, ihren Leib. Allein er fand nur einzelne Züge; sie selber, Raquel, blieb flirrend, entfernt, ein ungewisses Schimmern. Wenn irgendwo, dann sollte hier ihr Geist umgehen, aber er konnte ihn nicht heraufbeschwören; Geister erschienen wohl nur ungerufen. Vielleicht auch hatte Bertran recht, und Frauen kamen nur dem Blut des Mannes nahe, nicht seiner Seele.

Hier unter ihm lag, was ihm uferloses Glück und wildeste Aufwühlung gebracht hatte, und war Verwesung und Wurmfraß. Aber die Vorstellung ließ ihn merkwürdig stumpf. Was suchte er hier, an diesem kläglichen, häßlichen Grab? Er schuldete ihnen nichts, den beiden, die hier unten lagen. Sie schuldeten ihm. Schuldeten ihm seinen Sohn. Niemals jetzt wird er erfahren, was aus seinem Sancho geworden ist. Es war, als läge das Kind da unten mit den andern, als läge da unten seine, Alfonsos, Zukunft verscharrt und verwesend. Er hätte nicht hierherkommen sollen. Er hatte einen schlechten Geschmack im Mund, die Lippen verzogen sich ihm.

Er schleppte sich fort in den Schatten des nächsten Baumes. Streckte sich hin. Da lag er mit geschlossenen Augen, die Sonne fleckte sein Gesicht. Wieder suchte er sich Raquel zurückzurufen. Doch wieder sah er nur Hüllen, sie selber blieb vag. Er sah sie in einem hemdartigen Gewand, wie sie ihn in ihrem Schlafzimmer erwartete. Sah sie in jenem grünen Kleid, in welchem sie ihm das erstemal begegnet war in Burgos, da sie sich lustig gemacht hatte über das alte Schloß seiner Väter. Und es *war* Hexerei und schwarze Magie, daß sie ihn damals, wiewohl sie doch gar nicht da war, gezwungen hatte, ihr diese Galiana zu bauen. Noch jetzt zieht sie ihn hierher, während die Geschäfte des Krieges und des Reiches auf ihn warten.

Ein Geschäft freilich hatte er übernommen, dessen er sich nun hier entledigen konnte: er mußte Jehuda die Botschaft des Knaben bestellen. Er verfältete das Gesicht in scharfem Nachdenken, was denn nun der sterbende Alazar gesagt hatte. Ganz deutlich hörte er: »Sag meinem Vater –«, aber was er ihm sagen sollte, fiel ihm und fiel ihm nicht ein.

Er erschlaffte. Dunst war um ihn, alles verschwamm, nichts war greifbar. Auf einmal aber war Raquel da. Aus dem Dunst heraus trat sie, ungeheuer leibhaft mit dem blaßbräunlichen Gesicht und den taubenfarbenen Augen, und war da. So hatte sie ihn angeschaut, in aller Stummheit überaus beredt, als sie sich ihm versagte und er sich auf sie stürzte, und so, als er sie anschrie, sie habe ihm sein Kind gestohlen, und ihr Schweigen war lauter gewesen als jede Anklage.

Mit geschlossenen Augen lag er. Er wußte, es war ein Espejismo, ein Luftbild, ein Fieberbild, er wußte, Raquel war tot. Aber die tote Raquel war heißer lebendig als jemals die lebende. Und während sie ihn unverwandt ansah, begriff er: in seinem Innern hatte er ihre stumme Beredsamkeit immer verstanden, er hatte sich nur verhärtet, er hatte sich zugesperrt und ihre Mahnung und Wahrheit nicht verstehen wollen.

Jetzt öffnete er sich ihrer Wahrheit. Jetzt begriff er, was ihm Raquel eh und je und vergeblich hatte klarmachen wollen: was Verantwortung hieß, was Schuld hieß. Er hatte ungeheure Macht in Händen gehabt und sie mißbraucht; er hatte ruchlos, gedankenlos damit gespielt wie ein Knabe. Er hatte seinen Wein zu Essig gemacht.

Raquels Bild wurde undeutlich. »Geh nicht, geh noch nicht!« bat er, aber hier war nichts, was er hätte halten können. Das Bild verwehte.

Er war erschöpft und plötzlich sehr hungrig. Mühsam erhob er sich, ging ins Haus. Befahl, daß man ihm zu essen bringe. An dem Tisch, an dem er oft mit Raquel gefrühstückt hatte, saß er und aß. Mechanisch, gierig, wölfisch. Dachte an nichts als an Sättigung.

Kraft kehrte ihm zurück. Er stand auf. Er fragte nach der Amme Sa'ad; er wollte sich gewisse Bleibsel Raquels zeigen lassen. Man drückte herum, sagte ihm schließlich, daß Sa'ad tot war. Er schluckte. Wollte mehr wissen. »Sie hat furchtbar geschrien«, erzählte Belardo. »Aber Unsere Herrin Doña Raquel hat keine Furcht gehabt. Sie ist dagestanden wie eine richtige große Dame.«

Alfonso ging durchs Haus. Stand vor jener Inschrift, deren altarabische Lettern er nicht lesen konnte und die sie ihm übersetzt hatte: »Eine Unze Frieden ist mehr wert als eine Tonne Sieg.« Ging weiter. Öffnete Schränke, Truhen. Betastete Kleider Raquels. Dieses helle Kleid hatte sie angehabt damals, als sie mit ihm Schach spielte, und dieses ganz zarte Zeugs, das ihm beinahe in den Fingern zerriß, hatte sie getragen, als die Hunde an ihr hinaufsprangen. Aus der Truhe kam der Duft der Kleider, Raquels Duft. Er warf den Deckel zu. Er war nicht Lanzelot.

Er fand jene Briefe, an ihn gerichtet und nie abgesandt. »Du setzest dein Leben ein für törichte Dinge, weil ein Ritter so tun soll, und das ist sinnlos und hinreißend, und darum liebe ich dich.« Er fand Zeichnungen, die Benjamín gemacht hatte. Er betrachtete sie aufmerksam, er fand Züge, die er an der lebendigen Raquel nie entdeckt hatte. Aber trotzdem: dieser Benjamín hat nur einen Teil von Raquel gesehen, die wahre Raquel hat nur er gesehen, Alfonso, und erst jetzt, da sie nicht mehr auf der Erde war.

Aber in der Welt war sie. In ihm lebte weiter das erfüllte Wissen, das ihm vorhin jenes stumme Antlitz mitgeteilt hatte. Die Mahnungen Rodrigues hatten ihm nur gesagt, was Schuld und Reue sei, sie hatten es ihn nicht spüren machen. Auch seine innere Stimme hatte es ihn nicht spüren machen. Erst jenes stumme Gesicht hatte ihm ins Herz geprägt, was das ist: Verantwortung, Schuld, Reue.

Er raffte sich zusammen. Betete. Ein lästerliches Gebet. Betete zu der Toten, sie möge ihm erscheinen in Stunden der Entscheidung, auf daß ihre Stummheit ihm sage, was er tun und was er lassen müsse.

Gutierre de Castro stand vor dem König mit gespreizten Beinen, die Hand auf dem Knauf des Schwertes, in Haltung.

»Was willst du, Herr König?« fragte er mit seiner etwas quäkenden Stimme. Alfonso schaute dem Mann in das breite, derbe Gesicht. Der Castro schaute ruhig zurück; Furcht hatte er nicht, soviel war gewiß. Dem König war alle Wut verflogen, er wußte nicht mehr, warum er sich mit so grimmiger Wollust danach gesehnt hatte, den Mann hängen zu sehen. Er sagte: »Du hattest Auftrag, das Volk meiner Stadt Toledo zu schützen. Warum hast du es nicht getan?« Der Castro, frech und kalt, erwiderte: »Die Leute waren gereizt durch deine Niederlage, Don Alfonso, sie waren streitlustig, mordlustig. Sie wollten die Schuldigen erschlagen, und sie hielten sehr viele für schuldig. Aber es sind nur wenige umgekommen, keine hundert. Ich konnte der Frau Königin den Handschuh guten Mutes zurückgeben, gewärtig ihrer Zufriedenheit und ihres Dankes.«

Don Alfonso sagte: »Du bist in die Galiana gezogen an der Spitze eines Haufens von Gesindel und hast meinen Escrivano erschlagen und die Mutter meines Sohnes.« Er sprach hart und bündig, doch sehr ruhig. Der Castro antwortete: »Dein Volk verlangte Bestrafung des Verräters. Die Kirche verlangte seine Bestrafung. Mein Amt war, Unschuldige zu schützen. Dieser da war ein Schuldiger.« Der König wartete darauf, daß sich der Castro nun auf jenen dünnen und blutigen Hinweis der Königin berufen und die Verantwortung von sich abschieben werde. Der Castro tat es nicht. Vielmehr fuhr er fort: »Ich sag dir's offen: ich hätte ihn hingemacht, auch wenn er kein Verräter gewesen wäre. Ich bin Gutierre de Castro und habe seit Jahren mir selber und der Ritterschaft Hispaniens versprochen, den beschnittenen Hund zu züchtigen, der mein Castillo besudelt hat.« Der König sagte: »Der Streit zwischen dir und der Krone Kastiliens war bereinigt, die Buße für deinen Bruder bezahlt. Der Vertrag war unterzeichnet und besiegelt, dein Anspruch beglichen.« Der Castro sagte: »Ich will nicht rechten mit dir, Herr König von Kastilien. Wenn du glaubst, eine gute Klage wider mich zu haben, dann klage bei meinem Lehnsherrn, dem König von Aragon, daß er, der nicht mehr ist als ich, das Gericht der mir Gleichen einberufe. Eines aber laß mich dir sagen, als Ritter dem Ritter. Durch dich ist mein Bruder umgekommen, der ein großer Held war im Krieg und im Tournier, du weißt es, und du hast mir eine Buße Geldes bezahlt, und ich war es zufrieden, weil Heiliger Krieg ist. Jetzt hat es sich gefügt, daß ich einen Menschen erschlug, der mir Schimpf angetan hatte und nichts war als dein Bänker und ein alter Jude. Ich glaube, du fährst nicht schlecht, wenn du die Rechnung abschließt.«

Der König ging darauf nicht ein. Er forderte ihn auf: »Sag mir, wie es hergegangen ist.« Der Castro antwortete: »Ich habe mein Schwert nicht mit dem schlechten Blut besudeln wollen. Ich habe den Menschen mit der Scheide totgeschlagen.« Alfonso, mit Mühe, er mußte Pausen machen zwischen den einzelnen Worten, fragte: »Und wie ist sie umgekommen?« – »Ich kann es dir nicht sagen«, antwortete der Castro. »Mein Aug war auf den Juden gerichtet, als sie sie hinmachten.« Er sprach gleichgültig, seine Rede trug die Farbe der Wahrheit. Und derb, aufrichtig, fast gutartig fuhr er fort: »Es ist Heiliger Krieg, und ich habe den Groll meines Herzens unterdrückt und bin hierhergekommen, um für dich zu kämpfen. Laß es gut sein, Herr König von Kastilien. Es ist harte Arbeit zu tun ringsum. Ein Ritter sollte kein Wort mehr verlieren über den Unrat, der ausgekehrt ist. Sorge für deine Stadt und ihre Wälle.«

Alfonso merkte mit Verwunderung, daß ihn die Frechheit des Mannes nicht erzürnte. Der Mann hatte wirklich nichts erwähnt von dem zweideutigen Auftrag Doña Leonors, er schob der Dame keine Schuld zu, er stand selber ein für alles, was geschehen war. Sieh an, er ist ein Ritter, dieser Castro, dachte Alfonso.

Der früher so rege, immer tätige Domherr Don Rodrigue besorgte seine Amtsgeschäfte lustlos, raffte sich selten auf, zu lesen oder zu schreiben, hockte herum, trüb und einsam.

Musa konnte ihm nur wenig Gesellschaft leisten. Es gab viele Kranke und Verwundete in Toledo, Musas ruhiges, sicheres Wesen flößte Vertrauen ein, und trotz des Argwohns gegen den Moslem verlangten viele nach seiner berühmten Heilkunst.

Rodrigue beneidete den Freund um die stete Tätigkeit, die ihn von quälenden Gedanken ablenkte, er selber versank immer tiefer in triste Meditationen über die Vergeblichkeit alles Tuns, er war gelähmt im Innersten.

Aus Italien hatte man ihm eine Schrift gesandt, die seiner eigenen Verzweiflung Wort gab; ein junger Prälat hatte sie verfaßt, Lotario de Conti, sie hieß: »De conditione humana – Von der Beschaffenheit des Menschen.« Eine Stelle vor allem drückte sich ihm ein: »Wie nichtig bist du, o Mensch. Wie übel steht es um deinen Leib. Schau auf die Pflanzen und Bäume. Sie bringen Blüten hervor, Blätter, Früchte; du aber, weh dir, du bringst hervor Läuse, Ungeziefer, Gewürm. Jene scheiden aus Öl, Wein, Balsam; du scheidest aus Harn, Speichel, Kot. Jene hauchen aus liebliche Düfte; du gibst Gestank von dir.« Die Sätze ließen Rodrigue nicht los, sie verfolgten ihn bis in seinen Schlaf.

Er sehnte sich kaum mehr nach der stillen Verzückung, die ihm früher letzte Zuflucht gewesen war. Jener inbrünstige, vollkommene Glaube schien ihm jetzt nicht mehr Gnade, sondern billige Betäubung, armselige Flucht aus der Wirklichkeit.

Erleichterung war ihm, daß sich zuweilen Don Benjamín einstellte. Der junge Mensch führte inmitten des eigenen und des allgemeinen Elends das Werk der Akademie mit zäher Gelassenheit weiter. Der Domherr staunte über Benjamíns Willenskraft, seine Besuche verscheuchten ihm die ätzende Melancholie.

Einmal bat er den Schüler: »Wenn es dich nicht zu tief aufwühlt, dann laß mich doch wissen, was geschah und was gesprochen wurde, als du das letztemal in der Galiana warst.«

Benjamín schwieg. Schwieg so lange, daß Don Rodrigue bereits glaubte, er werde nicht antworten. Dann aber fand er heiße Worte, Raquel zu preisen, wie schön sie gewesen sei an diesem ihrem letzten Tag. Und er trug keinen Anstand zu erzählen, daß sie den Schutz der Judería nur deshalb verschmäht hatte, weil ihr vom König aufgetragen war, in der Galiana auf ihn zu warten. Aus seinen Worten sprach der Grimm über die ergebene Glut, mit der sie an ihren Ritter und Liebsten geglaubt hatte.

Den Domherrn erschütterte der Bericht. »Du weißt nicht, was das ist: Liebe«, hatte der König zu ihm gesagt, aber er selber wußte es nicht. Alfonso hatte Raquel »geliebt«, es war Sturm, Gewalt, Gewitter gewesen, aber er war eingesperrt geblieben in sich selber, er hatte nicht mit ihr gefühlt. Da hatte dieser unheilvolle Mensch, dieser Ritter ganz und gar, ein Wort hingeworfen, wahrscheinlich hatte er's vergessen, kaum daß es gesprochen war, und das flüchtige Wort hatte Raquel in den Tod getrieben. Was immer seine leichtfertige Kühnheit unternahm, schlug zum Unheil aus.

Ein paar Tage später, ein wenig befangen, brachte Benjamín dem Domherrn eine Zeichnung. Er hatte den König aus der Nähe gesehen, er hatte wahrgenommen, wie sehr sich Alfonso verändert hatte; das im einzelnen zu ergründen, hatte er den König gezeichnet, und nun, verlegen und gespannt, brachte er das Bild dem Domherrn.

Der beschaute es, lange. Sah den Kopf eines Mannes, der vieles erfahren und vieles gelitten hatte, aber doch eines Ritters Kopf, eines unbedenklichen, ja, harten und grausamen Mannes Kopf. Er dachte an das Bild des Königs, wie er selber es, in Worten, in seiner Chronik gezeichnet hatte, er dachte an den Kopf des Königs, wie er geprägt war auf den Goldmünzen des Jehuda. Er legte die Zeichnung beiseite. Ging auf und ab. Nahm sie von neuem auf und beschaute sie. Sagte, wunderlich angerührt: »Das also ist König Alfonso von Kastilien.«

Benjamín, betroffen über die Wirkung seiner Zeichnung, sagte: »Ich weiß nicht, ob Alfonso so ist. In meinem Kopfe ist er so.« Und nach einer Weile fügte er hinzu: »Ich glaube nun einmal, daß es besser um die Welt stünde, wenn sie von Weisen geführt würde statt von Kriegern.«

Der Domherr bat ihn, die Zeichnung dazulassen, und lange noch, nachdem Benjamín gegangen war, grübelte er über dem Blatt.

Seine Freundschaft mit Benjamín wurde immer enger. So vertraut mit ihm wurde er, daß er ihn in den eigenen Kleinmut hineinschauen ließ. »Jung an Jahren, wie du bist«, sagte er, »hast du gleichwohl zur Genüge erfahren, wie Dummheit und wüste Wut immer von neuem wegspült, was die Erkenntnis und die Arbeit von Jahrhunderten aufgerichtet haben. Trotzdem läßt du nicht ab, zu grübeln, zu forschen, dich zu plagen. Scheint es dir noch der Mühe wert? Und wem nützt deine Mühe?«

Auf dem Gesicht Benjamíns leuchtete jene fröhliche Verschmitztheit auf, die es früher so jung und liebenswert gemacht hatte. »Du willst mich prüfen, mein hochwürdiger Vater«, antwortete er, »aber du weißt meine Antwort voraus. Gewiß, die Finsternis ist das Übliche und das Licht die Ausnahme. Doch gerade in der ungeheuern Masse Unlicht ist das bißchen Licht doppelte Freude. Ich bin nicht viel, aber ich wäre gar nichts, wenn ich diese Freude nicht spüren könnte. Ich habe die Zuversicht, daß das Licht bleiben und daß es sich mehren wird. Und meine Schuldigkeit ist, daß ich mein Winziges dazu beitrage.«

Den Domherrn beschämte die Zuversicht Benjamíns. Er holte seine Chronik heraus, zwang sich zur Sammlung, versuchte, zu arbeiten. Allein sogleich wieder wurde er inne, wie nichtig seine Bemühung war. Er hatte schaubar machen wollen das Walten der Vorsehung, er hatte tapfer und naiv das Sinnlose dargestellt, als ob Sinn darin wäre. Aber er hatte die Geschehnisse nur zerdacht und zerredet: erklärt hatte er sie nicht.

Wie beneidete er den Musa. Der hatte leicht arbeiten an seiner Chronik. Er hatte einen Leitsatz gefunden, die Ereignisse daran zu messen, den Satz vom Werden und Vergehen der Völker, von ihrer Jugend und ihrem Altern, und sein Allah und sein Prophet bestätigten ihn. In seinem Koran konnte er lesen: »Und ein jedes Volk hat seine Zeit, und wenn diese Zeit kommt, kann keiner sie keine Stunde verschieben noch beschleunigen.«

Ihm, Rodrigue, war es nicht geglückt, Sinn und Ordnung in den Ereignissen zu finden. Ihm wollte scheinen, als ob der rechte Glaube es verbiete, auch nur danach zu suchen. Hatte nicht Paulus den Korinthern geschrieben: »Die göttliche Torheit ist weiser, als die Menschen sind – Quod stultum est Dei, sapentius est hominibus«? Und hatte nicht Tertullian gelehrt, das größte Ereignis in der Geschichte, das Sterben des Gottessohnes, sei glaubwürdig, weil es ungereimt sei? Wenn nun aber die Wege Gottes nicht die der Menschen waren, wenn sie, mit Menschenaugen gesehen und mit Menschenverstand gemessen, närrisch erschienen, war dann nicht schon das bloße Bestreben sündhaft, mit Menschenworten das Walten der Vorsehung darzustellen?

Seit hundert Jahren kämpfte die Christenheit um das Heilige Land, tausend mal tausend Ritter waren umgekommen in diesen Kreuzzügen: gewonnen war so gut wie nichts. Was durch so viel blutiges Sterben erreicht war, das hätten drei vernünftige Gesandte durch die sachlichen Verhandlungen einer einzigen Woche erreichen können. Vor solchem Geschehen versagte freilich alle menschliche Weisheit und nahm jener Satz des Paulus, die Narrheit Gottes, to moron tu theu, τὄ μωρὄν τοῦ θεοῦ, sei weiser als die Menschen, seine ganze höhnische Bedeutung an.

Gebeugt über seine Chronik, leise, böse, sagte Rodrigue vor sich hin: »Es ist alles eitel. Es ist kein Sinn in dem, was geschieht. Es gibt keine Vorsehung.«

Er erschrak vor seinen eigenen Worten. »Absit, absit! Fort damit! Das sei ferne von mir!« befahl er sich.

Aber wenn sein Zweifel an der Vorsehung Ketzerei war, so nicht die Erkenntnis von der Vergeblichkeit der eigenen Bemühung. Da war er am Pult gestanden und hatte gekritzelt und geschmiert den Tag hindurch, auch viele Nächte hindurch, und hatte den Finger Gottes aufzeigen wollen in Ereignissen, deren Sinn nun einmal unergründlich blieb. Da hatte er sich vermessen, die großen Toten der Halbinsel neu zu beleben: den heiligen Ildefonso und den heiligen Julian, die Könige der Goten und die Kalifen der Moslems und die asturischen und kastilischen Grafen und den Kaiser Alfonso und den Cid Compeador. Er hatte sich eingebildet, er sei ein zweiter Prophet Ezechiel, auserwählt, diese Toten zu beschwören, daß sie aufstünden: »Ich will euch Adern geben und Fleisch über euch wachsen lassen und euch mit Haut überziehen und euch Odem einhauchen, daß ihr wieder lebendig werdet.« Aber die Gebeine, die er beschwor, hatten sich nicht wieder zusammengefügt. Sie lebten nicht, die Menschen seiner Chronik; was sie vollführten, war ein klappernder Tanz angestrichener Gerippe.

»Du sollst den Blinden nicht irreführen«, mahnte die Schrift. Genau das hatte er getan. Seine Chronik führte die Blinden noch tiefer ins Dunkle.

Ächzend stand er auf. Holte Scheiter zusammen, häufte sie an der Feuerstätte, zündete sie an. Suchte zusammen die zahllosen Blätter seiner Chronik und seiner Aufzeichnungen. Warf sie ins Feuer, schweigend, mit sehr schmalen Lippen. Sah zu, wie sie verbrannten, Blatt um Blatt. Stocherte in den verkohlenden Pergamenten und Papieren, bis sie Asche waren, die niemand mehr lesen konnte.

Bertran de Born, da ihm seine Verwundung die weitere Teilnahme am Krieg verbot, begehrte fort aus Toledo in seine Heimat. Er wollte seine letzten Jahre als Mönch verbringen, im Kloster Dalon.

Aber seine übel zerhaute Hand schwoll, der Arm schwoll. Er konnte nicht daran denken, sich in solchem Zustand durch die Moslems durchzuschlagen, die die Wege weit hinauf nach dem Norden beherrschten.

Die Wunde brannte, tobte. Der König bat, er möge Musa zu Rate ziehen. Der erklärte, es gebe kein anderes Mittel, als den Arm abzunehmen. Bertran wehrte sich. Spaßte: »Im Kampf habt ihr mir die Hand nicht abnehmen können, ihr Moslems. Jetzt wollt ihr's mit List machen und mit Gelehrsamkeit.« – »Behalte du den Arm, Herr Bertran«, antwortete gelassen Musa. »Aber dann wird in einer Woche von dir nichts mehr dasein als deine Verse.« Lachend, fluchend fügte sich Bertran.

Er lag auf dem Spannbett, festgebunden. In Augenweite, auf einem kleinen Tisch, lag der Handschuh des Auftrags, den ihm Alfonso gegeben hatte, und neben dem Tisch stand der alte Schildknappe und Sänger Papiol. Musa und der Meister Reinero, nachdem sie Bertran einen starken, schmerzbetäubenden Trank gegeben hatten, machten sich mit Eisen und Feuer an ihr Werk. Bertran aber, während sie an ihm herumhantierten, diktierte seinem Papiol ein Gedicht an Alfonso, den »Sirventés vom Handschuh«.

Der alte Musa hatte viel erlebt, aber kaum je ein so greulich großartiges Schauspiel. Da lag der alte Ritter, aufs Spannbett festgebunden, in dem von verbranntem Fleisch stinkenden Raum, und in Ohnmacht fallend, wieder aufwachend, stöhnend vor Schmerz, Schreie unterdrückend, wieder bewußtlos, wieder aufwachend, diktierte er seine Verse, lustige, grimmige. Manche mißlangen, andere glückten. »Sag's nach, Papiol, du Dummkopf!« befahl Bertran, und: »Hast du's begriffen? Wirst du dir's merken? Hast du die Weise?« fragte er. Der alte Papiol sah, wie begierig sein Herr auf die Wirkung seiner Verse wartete, er bemühte sich, fröhliche, stürmische Anerkennung zu zeigen. Er wiederholte voll Anerkennung die Verse, lachte krampfhaft, konnte nicht aufhören, bis unvermittelt sein Lachen in Geheul und Geschluchze überging.

Alfonso, den Tag darauf, besuchte Bertran. Fragte nach seinem Befinden. Bertran wollte leicht abwinken, aber die Hand war nicht da. »Nun ja«, sagte er, und er berichtete: »Der Arzt glaubt, in zwei Wochen werde ich so weit sein, daß ich verreiten kann. Dann laß ich dich also allein, Herr König, und geh in mein Kloster Dalon. Mein wackerer Papiol ist den Strapazen des Krieges nicht mehr gewachsen. Er besteht darauf, daß wir uns zu Gott zurückziehen.«

Alfonso hatte viel Ruhm und Preis übrig für den »Sirventés vom Handschuh« und versprach eine hohe Schenkung für das Kloster Dalon. »Eine Liebe mußt du mir tun«, bat er. »Sing du mir selber den Sirventés.«

Und Bertran sang:

»Den Handschuh geb ich dir zurück
Nach stolz erfüllter Pflicht.
Wohl stritt ich diesmal ohne Glück.
Doch grämt's mich nicht
Und macht mich nicht geschämig.
Daß mir die Hand verlorenging
Im Streit für dich, acht ich gering.
Du bist ein großer König.
Drum acht auch du es wenig,
Daß, Herr Alfonso, dieses Mal
Die Überzahl
Den Tag dir stahl.
Ein andrer Tag, ein andres Glück.

Mir fiel die Hand,
Dir fiel ein Stück
Von deinem Land.
Du holst's zurück.
Mir ist es um die Hand nicht leid,
Sie kam mir ab in gutem Streit,
Ich mag um sie nicht klagen.
Sie hat, da sie den Handschuh trug,
Mit Mut und Fug
Viel Dutzend Feind' erschlagen.
Jetzt kehr ich in mein Kloster ein
Und will den Rest der Tage mein
In Gottes Zucht verbringen.
Und hab ich auch die Hand nicht mehr,
So will ich doch fürs Christenheer
Noch manche Lieder singen.
Und übers Land und übers Meer
Soll's allen Rittern klingen:
Auf, Ritter gut und Christenmut!
Haut ein! Stürmt vor!
A lor! A lor!«

Alfonso hörte aufmerksam zu; er spürte den Schwung der Verse, sie gingen ihm ins Blut. Aber sie übertönten nicht die Stimme der Vernunft, die ihm redete von dem Vergeblichen, ein wenig Lächerlichen des alten Ritters.

Überall rings um Toledo schwärmten moslemische Truppen, sie riegelten alle Verbindungsstraßen ab. Aber der umsichtige Kalif ließ sich Zeit, ehe er die Stadt ernstlich und mit ganzer Macht einschloß. Dafür rückte er weit nach Norden vor und unterwarf sich einen großen Teil Kastiliens. Eroberte Talavera, eroberte Maqueda, Escalona, Santa Cruz, Trujillo, eroberte Madrid. Die Kastilier hielten sich mutig. Kräftig wehrten sich vor allem die geistlichen Fürsten; es fielen die Bischöfe von Avila, Segovia, Sigüenza. Aber die ungeheure

Überzahl der Moslems warf jeden Widerstand nieder, die Heftigkeit der Abwehr reizte nur ihre Wut. Sie verwüsteten das Land, zerstampften die Äcker, schnitten die Weinreben ab, trieben das Vieh fort.

Unterwarfen auch den größern Teil des Königreichs León. Drangen vor bis zum Flusse Duëro. Zerstörten die alte glorreiche Hauptstadt Salamanca. Besetzten auch in Portugal weite Gebiete. Nahmen das heilige, hochberühmte Kloster Alcobaza. Plünderten es, machten die meisten Mönche nieder. Überall im christlichen Hispanien war Hungersnot, Seuche, Elend. Seit Beginn der Rückeroberung war das Land nicht in solcher Bedrängnis gewesen wie jetzt, nach der sinnlosen Schlacht von Alarcos.

Die christlichen Könige maßen Alfonso die ganze Schuld bei. León und Navarra verhandelten mit den Moslems. Der König von Navarra ging so weit, dem Kalifen ein Bündnis gegen die andern christlichen Fürsten anzubieten. Sein Erbprinz sollte eine Tochter Jakúb Almansúrs heiraten, er wollte den Kalifen als Lehnsherrn anerkennen und alles Gebiet, das die Moslems den andern christlichen Ländern abgenommen hatten, als Vasall des Kalifen verwalten.

Und nun, da er den Norden gesichert hatte, machte sich der Kalif an die Einschließung Toledos. Von den Zinnen der Königsburg sah Alfonso die Mauerbrecher und Belagerungstürme näher rücken, langsam, immer gewaltiger.

Der Castro verlangte Urlaub, um sein eigenes Land, die Markgrafschaft Albarracín, zu verteidigen. Alfonso hatte kein Wort der Widerrede. »Und wie ist es mit meinem Dank, Herr König?« fragte der Castro. »Dank wofür?« antwortete Alfonso.

Doña Leonor war all die Zeit her in Toledo geblieben. Sie glaubte, Alfonsos Wut habe sich in jenem furchtbaren Ausbruch erschöpft, und nun sein Sinn ausgefüllt sei von den Geschäften des Krieges, werde die Erinnerung an die Jüdin schnell verblassen. Wohl vermied er jede persönliche Aussprache und beschränkte sich auf kühle Höflichkeit, aber

Leonor war sicher, sie werde ihn zurückgewinnen, wenn sie nur lang genug warte. Sie wartete. Jetzt aber, da der Feind Toledo einschloß, konnte sie's nicht länger. Hier störte ihre Anwesenheit, in Burgos brauchte man sie.

Im stillen hoffte sie, Alfonso werde sie bitten, zu bleiben.

Sie suchte ihn auf. Nahm ihren ganzen, starken Willen zusammen, jung zu sein, schön zu sein. Sie wußte, ihr ferneres Leben hing ab von dieser Zusammenkunft.

Alfonso, wie die Courtoisie es verlangte, führte sie zu einem Sitz, ließ sich ihr gegenüber nieder, sah ihr höflich aufmerksam in das weiße, schöne Gesicht. Sie, mit ihren ruhigen, grünen Augen, prüfte ihn. Es war nichts mehr in ihm von dem Knabenhaft-Ungestümen, das sie hingerissen hatte; was ihr jetzt entgegenschaute, war ein hartes, scharfzügiges Männergesicht, tief verfurcht, das Gesicht eines Mannes, der viel Pein erfahren hatte und kaum lange Bedenken trug, Pein zuzufügen. Aber auch diesen Alfonso begehrte sie mit ihrem ganzen Wesen.

Hier in Toledo, begann sie, könne sie ihm nicht mehr von Nutzen sein. Sie kehre wohl am besten, solang das noch möglich sei, nach Burgos zurück, um dort für die Töchter zu sorgen und den weitern Verlauf des Krieges abzuwarten. Dort auch könne sie verhandeln mit den wankelmütigen Königen von León und Navarra.

Alfonso hatte viel zugelernt. Er sah in sie hinein, er überblickte ihre innere Landschaft, als wäre sie ein Gelände, auf welchem er eine Schlacht zu schlagen hatte. Mit ihren eigenen Worten hätte er ihr sagen können, was sie dachte und wie sie rechnete. Sie habe – so glaubte sie bestimmt – die andere mit gutem Recht aus dem Weg geschafft, ihm und dem Reich zum Nutzen, und er müsse das einsehen und müsse ihr's danken. Sie sei jung, sie sei schön, er werde sie in sein Bett zurücknehmen, und Gott werde gnädig sein, und sie werde ihm noch einen Erben gebären. Sicher dachte sie so und wartete darauf, daß er sie auffordern werde, zu bleiben. Aber sie rechnete falsch. Und wenn es gewiß wäre wie das

Amen in der Kirche, daß sie ihm einen Sohn gebären wird, er wird die Mörderin Raquels nicht mehr anrühren.

Sie saß aufrecht und doch locker und gelassen. Wartete.

»Ich freue mich deines Entschlusses, Doña Leonor«, antwortete er und lächelte höflich mit seinen schmalen Lippen. »Du erweisest mir und aller Christenheit einen großen Dienst, wenn du nach Burgos gehst und deine erprobte Klugheit nützest, mit den feigen und abtrünnigen Königen zu verhandeln. Auch ich bin froh, unsere Töchter in deiner Hut zu wissen. Ich stelle dir gern ein starkes Geleite zur Verfügung.«

Leonor hörte zu, wog. Seine Leidenschaft für die Jüdin schien fort. Wenn er trotzdem so kalt und nicht ohne Spott zu ihr redete, dann wohl nur, weil er's für seine Ritterpflicht hielt, sich vor die Tote hinzustellen. Leonor fühlte sich stark genug, mit der Toten um ihn zu kämpfen.

Sie sagte: »Ich höre, du hast keinen Versuch gemacht, den Castro zu halten.« Alfonsos Augen wurden gefährlich hell. Sie war recht dreist, diese da, jenes üble Gespräch wiederaufzunehmen. Aber er bezähmte sich. »Du hast recht gehört«, antwortete er. »Ich dachte nicht daran, einem Menschen lange zuzureden, der mir davonläuft, wenn ich in Bedrängnis bin.« Leonor erwiderte, auch sie mit gleichmütiger Stimme: »Ich glaube, Don Alfonso, du beurteilst den Ritter zu hart. Seine Markgrafschaft ist in der Tat bedroht von dem Emir von Valencia. Ich hatte ihm Lohn in Aussicht gestellt, und du hast ihn lange warten lassen. Er war nicht im Unrecht, wenn er sich in seinem Dank gekürzt fühlte.«

Alfonso wurde sehr blaß, die Backenknochen sprangen ihm noch härter aus dem abgezehrten Gesicht. Aber es gelang ihm, die höfliche Maske zu wahren. »Mit Gottes Hilfe«, sagte er, »werde ich Toledo auch ohne den Castro halten.« – »Es geht nicht darum«, erwiderte Leonor, »du weißt es. Wir müssen verhüten, daß er's macht wie unsere Vettern von León und Navarra und mit den Moslems zettelt. Oder sich geradezu auf ihre Seite schlägt, wie es der Cid Compeador getan hat, als dein Ahn Alfonso ihn zu kärglich lohnte. Es ist nicht das erstemal, daß wir ihn kränken, und er ist empfindlich. Ihn zu den Moslems zu jagen scheint mir nicht zu unserm Nutzen. Willst du ihm nicht das Castillo überschreiben, Don Alfonso?«

Wieder, und jetzt mit bösem Triumph, spürte Alfonso, was in ihr vorging. Raquel war tot, sie, Leonor, lebte und stand vor ihm, kühl, fürstlich und doch verführerisch, und wollte, daß er der Toten abschwöre, und dann sollte alles sein wie früher. Aber sie täuschte sich, die Tochter der Dame Ellinor. Raquel lebte. »Du wirst mir nicht im Ernst zumuten, Doña Leonor«, sagte er, »daß ich den Verräter auch noch belohne, der mich in der Gefahr verläßt. Ich kaufe mir Routiers, aber keine Ritter. Auch scheint es mir nicht ratsam, meine Juden von Toledo in dieser Zeit der Not zu verstimmen; das aber täte ich, wenn ich den Mörder ihres besten Mannes also ehrte. Meine staatskluge Leonor wird das sicher verstehen.«

In seiner hellen Stimme war nur ein ganz kleiner Hohn. Doch diese kleine Schwingung Hohnes vertrieb Leonor alle Besonnenheit. »Ich habe dem Manne das Castillo versprochen«, sagte sie schrill. »Willst du mich Lügen strafen? Willst du deine Königin bloßstellen, um deinen Juden zu schmeicheln?«

Alfonso, in seinem Innern, jubelte: Hörst du's, Raquel, wie sie wütet? Aber ich setze mein Siegel nicht unter das, was sie tat. Ich heiße ihren Mord nicht gut. Ich gebe deinem Mörder das Haus nicht. Er sagte: »Ich würde an deiner Stelle von jenem Versprechen lieber nicht reden, Leonor.«

Erst jetzt gab sich Leonor zu, daß sie nichts erreicht hatte durch die Beseitigung Raquels. So wie die Mutter durch die Tötung jener Frau, der Geliebten Heinrichs, nur das eigene Leben zerstört hatte, so war auch sie von der toten Jüdin für immer besiegt. Eisig wehte sie die Angst an, sie werde nun ihr ganzes Leben unfruchtbar und einsam verbringen müssen. Vor ihr dehnte sich die graue Ödnis, von welcher die Mutter gesprochen hatte, die herzzerreibende Acedia, die lange, leere Zeit.

Sie weigerte sich, die grausame Gewißheit anzunehmen. Sie sah den Mann, sie liebte ihn, sie hatte nichts, nur den Mann. Sie mußte sich ihn erhalten. Sie sagte bittend, mit verzweifelter Demut: »Ich erniedrige mich, wie sich noch nie eine Frau meines Geschlechtes erniedrigt hat. Laß mich in Toledo bleiben, Alfonso! Wir wollen nicht mehr von dem Castro reden, aber laß mich bei dir bleiben! Laß uns zusammenbleiben in dieser Not!«

Alfonso erwiderte, und ein jedes Wort fiel klar und kalt von seinen Lippen: »Es hätte keinen Zweck, Leonor. Ich sag es dir, wie es ist: du hast mein Herz verdorren machen, als du sie erschlugst.«

Ein alter, trüber, lateinischer Vers klang in Leonor auf, eine Dichterin aus Graecia hatte ihn gedichtet. »Der Mond ist aufgegangen, auch das Siebengestirn, die Mitternacht ist da, die Stunde verrinnt, ich aber schlafe allein.«

Sie riß sich zusammen. Sie stand sehr aufrecht und sprach: »Du sagst mir das, und es macht mich zu Stein. Und trotzdem: ich habe recht getan, und ich hab es deinethalb getan, und ich täte es nochmals.«

Andern Tages fuhr sie nach Burgos.

Siebtes Kapitel

Als Musa hörte, daß der Domherr die Chronik verbrannt hatte, machte er dem Freund milde Vorwürfe. Er stellte ihm vor, die von den Chronisten aufgezeichnete Weltgeschichte sei das Gedächtnis der Menschheit. Die großen Alten hätten eine Göttin der Geschichtsschreibung verehrt, und Juden, Christen, Moslems nähmen zu Recht an, Gott habe Wohlgefallen an dem Werk der Chronisten.

»Mein Werk war Gott nicht wohlgefällig«, antwortete grimmig der Domherr. »Mir ist die Gabe versagt, den Finger Gottes in den Geschehnissen wahrzunehmen. Ich habe die

Ereignisse nicht verstanden; alles, was ich aufzeichnete, war falsch. Ich durfte mein Werk nicht fortsetzen, ich durfte es nicht bestehen lassen. Selber blind, durfte ich die Blinden nicht irreführen. Du hast es leicht, mein Musa«, fuhr er trüb und bitter fort. »Du hast deine Richtlinien, du hast noch nicht eingesehen, daß sie falsch sind, du darfst ruhig weiterschreiben.« Musa versuchte, ihn zu trösten: »Auch du wirst neue Prinzipien finden, mein sehr würdiger und verehrter Freund, welche dir auf einige Jahre richtig scheinen.«

Der alte Gelehrte war jetzt den ganzen Tag unterwegs. Hunger und Seuche herrschten in der belagerten Stadt, immer mehr Kranke verlangten nach seiner Kunst und seiner Kur.

Er selber freilich war sich der Grenzen seiner Kunst bewußt. Die moslemische Heilkunde, setzte er dem Domherrn auseinander, habe seit langer Zeit nichts zugelernt. Seitdem der unduldsame Alghazali alles Wissen, das nicht aus dem Koran stamme, für Ketzerei erklärt habe, sei auch die ärztliche Wissenschaft der Moslems im Abstieg, und die Führung in der Medizin sei nun endgültig auf die Juden übergegangen. »Der Sultan hat recht«, erklärte er, »daß er sich den Juden Mose Ben Maimon als Leibarzt verschrieb. Wir Moslems haben niemand, der sich ihm vergleichen könnte. Unsere Kultur hat eben ihre Blüte hinter sich. Im übrigen«, schloß er, »sind aller ärztlichen Kunst von der Natur Grenzen gesetzt, und viel vermag auch der beste Meister nicht. Es ist, wie Hippokrates gelehrt hat: die Medizin tröstet häufig, lindert manchmal, heilt selten.«

Dem Erzbischof Don Martín jedenfalls vermochte kein Arzt zu helfen; seine Verwundung war tödlich. Alle wußten es, er selber wußte es. Doch inmitten des großen Sterbens ringsum hielt er zäh am Leben fest. Versuchte weiterzuarbeiten. Verlangte, daß Don Rodrigue ihn täglich besuche, um ihn über die Geschäfte zu unterrichten.

Es geschah jedoch aus einem tiefern Grund, daß der Erzbischof die Gesellschaft Don Rodrigues so dringlich begehrte. Er wollte sich in der Zeit, die ihm noch vergönnt war, zur Buße seiner Sünden recht oft und heiß über seinen allzu milden Sekretär ärgern. Da lag er, roch an einer Zitrone, stöhnte und forderte den andern heraus. Gab etwa seiner Genugtuung Ausdruck über das verdiente böse Ende des Juden Ibn Esra und seiner Tochter. Wie er's erwartete, verwies ihm der Domherr die unchristliche Freude, und er seinesteils konnte, daran anknüpfend, dem Rodrigue vorhalten, daß dessen übergroße Barmherzigkeit schlecht angebracht sei im Heiligen Krieg.

Ein andermal wieder sprach er vor sich hin jenen wilden Satz aus dem Kriegslied des Mose: »Dominus vir pugnator – Der Herr ist ein rechter Kriegsmann«, und bat mit freundlicher Tücke: »Sag mir doch den hebräischen Text, mein lieber und gelehrter Bruder.« Und da der andere diesen Text nicht auswendig wußte, tadelte er ihn sanft: »Solche Verse, mein mildherziger Freund, sind dir natürlich nicht gegenwärtig. Aber ist er nicht herrlich, der Vers, auch auf lateinisch?« Und: »Dominus vir pugnator«, sagte er vor sich hin, mehrmals, genießerisch, wartend auf eine Entgegnung des Domherrn. Der aber hatte nicht das Herz, dem todnahen, streitbaren Freund Friedensverse der Schrift entgegenzuhalten. Er schwieg.

Don Martíns schwerste Sorge war, wen ihm wohl der König zum Nachfolger geben werde. Der Erzbischof von Toledo nämlich, der Primas von Hispanien, war nächst dem König der mächtigste Mann in Kastilien; seine Einkünfte waren größer als die des Königs, sein Einfluß ungemessen. Ständig also setzte Don Martín dem König zu, den rechten Mann zu wählen. »Höre auf die Worte eines Sterbenden, mein Sohn«, beschwor er ihn. »Unser lieber Don Rodrigue ist weise und fromm, fast ein Heiliger, und du kannst keinen bessern Ratgeber finden in deinen Geschäften mit Gott. Aber für die Geschäfte dieser Welt, für die Geschäfte des Krieges, ist er nicht der rechte Mann, und als Erzbischof von Toledo würde er dir für dein Heer kein Geld geben oder doch zuwenig. Setze du mir also, mein lieber Sohn und König, ich bitte dich, auf den Stuhl des heiligen Ildefonso keinen Waschlappen, sondern einen rechten christlichen Ritter, wie ich selber einer war in aller Bescheidenheit und mit all meinen Fehlern.«

Noch am gleichen Tage bereute Don Martín, daß er dem Domherrn in den Rücken gefallen war. Er schickte nach ihm. Bekannte. Klagte: »Oh, warum hat mich Gott zum Priester gemacht und nicht zum Feldhauptmann!« Don Rodrigue hatte Mühe, ihn zu trösten.

Eine grimmige, unverhoffte Freude wurde dem Sterbenden noch zuteil. Auf mancherlei Umwegen, behindert durch die überall streifenden Moslems, traf, um viele Wochen verspätet, ein Bote ein mit einem Schreiben des Papstes. Der Heilige Vater erteilte dem König schärfsten Befehl, endlich seinen jüdischen Escrivano, den unheilvollen Ibn Esra, zu entlassen. Wie solle Don Alfonso seinen Heiligen Krieg zum guten Ende führen, wenn er einen Ungläubigen zum wichtigsten Ratgeber habe? »Da siehst du es, mein lieber, würdiger Bruder«, frohlockte Don Martín vor dem Domherrn. »Unsere fromm und tapfern Kastilier haben im Sinn des Statthalters Christi gehandelt, als sie den Juden züchtigten. War also mein Herz wirklich böse, daß es sich daran weidete?«

Die frohe Erregung zehrte die letzte Kraft des Erzbischofs auf. Es begann sein Todeskampf, er war lang und hart. Im Geiste war Don Martín in der Schlacht, er versuchte zu schreien: A lor, a lor! Er röchelte, er stritt und litt.

Musa meinte, das Menschlichste wäre, dem Sterbenden einen starken Betäubungstrank zu geben. »Das Leben zu verkürzen ist nicht menschlich«, wies ihn der Domherr zurück, und der Erzbischof hatte noch zwei Stunden zu leiden, ehe er starb.

In der Gegend von Tripolis waren neue Aufstände ausgebrochen, und der Kalif, um dort, an seiner afrikanischen Ostgrenze, Ordnung zu schaffen, mußte Truppen aus Hispanien abziehen. Er verzichtete auf seine Eroberungen im Norden der Halbinsel. Er zog sich mitten im Siege zurück.

Tief aufatmete Don Alfonso. Wurde von einem Tag zum

andern zu dem Ritter und König, der er vorher gewesen war. Vor dem Domherrn ließ er seinem Jubel freien Lauf. Jetzt wird er die Schande von Alarcos austilgen. Wird, was er noch an Truppen hat, zusammenraffen. Wird den Feind zurückwerfen. Wird tief in den Süden vorstoßen, Córdova nehmen, und, trotz allem, Sevilla!

Der Domherr erschrak. Ihm schien, was er da hören mußte, verbrecherischer Wahnsinn. Seitdem er den König bei der Nachricht von Raquels Ermordung hatte zusammenbrechen sehen, hatte Rodrigue in all seiner Verzweiflung die leise Hoffnung gehegt, Alfonso werde sich nach so harten Schlägen das wilde Rittertum aus der Brust reißen. Ja, es war dem Domherrn eine solche Erlösung des Königs zur eigenen Sache geworden. Wenn sich Alfonso infolge seiner Strafe wandelte, dann war zuletzt doch Sinn gewesen in all dem Übel und Unheil. Und nun war die erste Prüfung da, und Alfonso versagte.

Rodrigue war nicht gewillt, dieses Versagen ohne Kampf hinzunehmen. War nicht – hielt er dem König entgegen – der ganze moslemische Süden unversehrt und in Blüte? Waren die Heere des Kalifen nicht auch jetzt den Christen an Zahl um ein Vielfaches überlegen? Wenn Kastilien, als es noch in voller Kraft stand, so schwer geschlagen worden war, wie sollte es jetzt, grausam geschwächt, erfolgreich angreifen können? »Schlage keine zweite Schlacht vor Alarcos!« warnte er. »Danke Gott in Demut für deine Rettung. Offenbar ist der Kalif zu Verhandlungen bereit. Schließ Frieden zu jeder annehmbaren Bedingung!«

In seinem Innersten hatte Alfonso von Anfang an gewußt, daß dieser Weg der einzig richtige war. Sowie indes Rodrigue das Wort Alarcos aussprach, bäumte sich der alte Stolz des Königs auf. Er soll die Flügel hängenlassen in dem guten Wind, den Gott ihm so unverhofft gesandt hatte! Er soll seine innere Stimme schweigen heißen, die ihm zurief: Greif an, greif an!

Leichthin, mit dem alten Übermut, freundlich überlegen, antwortete er: »Jetzt, mein Vater und Freund, spricht aus dir der Priester und Heilige, vor dessen Rat Don Martín mich gewarnt hat. Du mahnst mich an Alarcos. Doch dieses Mal liegen die Dinge sehr anders. Der Kalif ist im Rückzug, und es ist alte, gute Feldherrnregel, nachzustoßen, wenn der Feind im Weichen ist. Gewiß, die Moslems haben nach wie vor die Übermacht, und es erfordert Mut, sie anzugreifen. Aber willst du mir's verwehren, mutig zu sein?!«

Vultu vivax. Rodrigue sah schmerzhaft und empört durch das Antlitz Alfonsos das Gesicht des unbändigen Bertran. »Bist du blind?« rief er Alfonso an. »Waren dir die Zeichen Gottes nicht deutlich genug? Willst du seine Langmut ein zweites Mal auf die Probe stellen?«

Alfonso, immer mit der gleichen, lächelnden Sicherheit, sagte: »Du mußt es dem König von Kastilien zugute halten, daß er die Zeichen anders deutet als du. Ich war vermessen, als ich mich vor Alarcos schlug, ich geb dir's zu, ich habe Züchtigung verdient, und Gott hat mich gezüchtigt. Er hat die bittere Niederlage über mich verhängt, er hat mir die Reiter der Apokalypse geschickt, und das war gerechte Strafe, ich nehme sie an. Dann aber hat er mir Raquel getötet, und du willst behaupten, auch ihr Tod gehöre zur Strafe für Alarcos und für meine Kühnheit? Nein, Gott hat mich so übergrausam gestraft, gerade weil ich ihm mehr am Herzen liege als andere. Gott wollte, daß er etwas gutzumachen habe an mir. Und jetzt hat er's gutgemacht, und darum hat der Kalif abziehen müssen, und darum werde ich siegen.«

Ein großer Zorn faßte den Rodrigue. Dieser Ritter durch und durch kniff die Augen zusammen, um in seiner Blindheit zu verharren. Aber er, Rodrigue, wird sie ihm öffnen. Er mußte jetzt hart sein; er war mitleidig, wenn er hart war. An die Wirkung denkend, die der Bericht Benjamíns auf ihn selber gemacht hatte, sagte er voll strengen Triumphes: »Der Tod Raquels gehört zu deiner Strafe. Was du so stolz bestreitest, ist die genaue Wahrheit. Raquel hat sterben müssen um deiner ritterlichen Leichtfertigkeit willen.« Und er erzählte ihm, was er von Benjamín wußte, daß Raquel und ihr Vater den Schutz der Judería nur deshalb verschmäht hatten, weil Alfonso sie geheißen hatte, in der Galiana auf ihn zu warten.

Erinnerung und Erkenntnis überstürzten Alfonso in jäher, ungeheurer Flutung. Der zürnende Priester hatte recht: es *war* seine Schuld. »Warum sind sie nicht in die Judería gegangen?« hatte höhnisch Leonor ihn gefragt, hatte er selber sich gefragt. Er hatte es nicht mehr gewußt, daß er Raquel jene Weisung gegeben hatte, er hatte es ganz und gar vergessen. Nun stand es vor ihm auf, scharf und klar. Zweimal hatte er ihr die Weisung gegeben, leichthin, beiläufig. Er hatte vieles und sehr Übermütiges geschwatzt in jener letzten Nacht, sie aber hatte all sein Geschwatz und Geprahle ernst genommen, auch seine beiläufige Weisung, sie hatte sie tief in sich einsinken lassen. Und daran war sie gestorben. Er aber hatte ihr nicht einmal Lebwohl gesagt, er war fortgeritten, ausgefüllt von seinem frivolen Heldentum, er hatte sie vergessen und war in seine dumme Schlacht gerannt. Und darüber waren seine Calatrava-Ritter untergegangen, und ihr Bruder Alazar war gefallen, und sein halbes Reich war verlorengegangen, und sie selber und ihr Vater waren umgekommen.

Und nun hatte er sich bereitet, eine neue, dumme Schlacht zu schlagen!

Er starrte töricht ins Leere. Aber er sah. Sah jenes Gesicht, das vor ihm aufgestiegen war bei dem vernachlässigten Grab in der Galiana, das stumme, beredte Gesicht Raquels.

Seine Versunkenheit wurde zerrissen von der Stimme Rodrigues. »Überhebe dich nicht länger, Don Alfonso«, sagte er. »Mach dir nicht vor, daß du Gott näher am Herzen lägest als die andern. Nicht deinethalben hat Gott den Rückzug des Kalifen bewirkt. Du bist nur ein Instrument, dessen Er sich bedient. Halte dich nicht für die Mitte der Welt, Don Alfonso. Du bist nicht Kastilien. Du bist einer von den tausend mal tausend Bewohnern Kastiliens. Lerne Demut.«

Alfonso schaute vor sich hin, abwesend, aber er hörte. Er sagte: »Ich will deine Worte gut bedenken, mein Freund Rodrigue. Ich will tun nach deinen Worten.«

Er ließ dem Kalifen erklären, er sei willens, in Friedensverhandlungen einzutreten. Allein der Kalif war der Sieger, er stellte viele Bedingungen, bevor er Verhandlungen auch nur begann. Er verlangte unter anderm, daß Alfonso Delegierte nach Sevilla sende; alle Welt sollte wissen, daß Alfonso, der den Waffenstillstand mit Sevilla gebrochen und den Krieg heraufbeschworen hatte, nun als Besiegter zu dem Überfallenen kam, ihn um Frieden zu bitten. Alfonso widersetzte sich lang und heftig. Der Kalif bestand. Alfonso fügte sich.

Wer aber sollte als Unterhändler nach Sevilla gehen? Wer besaß die Umsicht, Schnelle, Schmiegsamkeit und List, wer die Haltung und innere Würde für das heikle und demütigende Amt? Manrique war zu alt; den Priester Rodrigue zu den Ungläubigen zu schicken ging nicht an.

Rodrigue schlug vor, Don Ephraim Bar Abba, den Vorsteher der Aljama, mit der Sendung zu betrauen.

Alfonso selber hatte das schon erwogen. Ephraim hatte sich in schwierigen Geschäften als kluger Mann bewährt; auch konnte er, der Jude, bestimmt besser als ein Grande und Ritter die Erniedrigungen auf sich nehmen, denen der Gesandte Kastiliens in Sevilla ausgesetzt sein mochte. Aber Alfonso dachte nur mit Unbehagen an Ephraim. Er hatte es all die Zeit her vermieden, mit ihm zusammenzukommen, wiewohl mancherlei Geschäfte eine Aussprache erfordert hätten. Von den dreitausend Mann, welche die Aljama ihm gestellt hatte, waren die meisten umgekommen. Werden die Juden ihm das nicht nachtragen? Und werden sie ihm den Untergang ihres Ibn Esra nicht nachtragen?

Nun Rodrigue den Ephraim vorgeschlagen hatte, sprach ihm der König von diesen Spürungen. Langsam redete er sich in Zorn, und nun ließ er seinen geheimsten Argwohn laut werden. »Alle«, grollte er, »sind sie verknüpft, diese Juden. Bestimmt hat sich Jehuda mit dem Ephraim verschworen. Ganz sicher wissen sie, wo mein Sohn ist, mein lieber Sancho. Und wenn sie ihn mir nicht in Güte herausgeben, dann werde ich sie zwingen. Schließlich bin ich der König, und die Juden sind mein Eigentum. Ich kann mit ihnen machen, was ich will, das hat mir Jehuda selber erklärt. Ich dulde nicht, daß sie sich rächen an meinem Kinde.«

Rodrigue, bestürzt über diesen Ausbruch, drang nicht länger auf die Bestallung Don Ephraims.

Alfonso indes spürte eine wachsende Lockung, Ephraim zu sehen und mit ihm zu reden. Dabei wußte er nicht, ob er von ihm verlangen werde, daß er ihm seinen Sohn herausgebe, oder ihn bitten, sein Gesandter zu sein. Er berief ihn zu sich.

»Es ist dir bekannt, Don Ephraim«, begann er, »daß der Kalif über den Frieden verhandeln will.« Und da sich Ephraim nur schweigend verneigte, forderte er ihn sogleich heraus: »Wahrscheinlich weißt du mehr als ich und kennst bereits seine Bedingungen.«

Don Ephraim stand vor ihm, dünn, alt, gebrechlich. Es war beunruhigend, daß Don Alfonso ihn seit der Niederlage von Alarcos und der Ermordung Jehudas nicht hatte kommen lassen, und es war sehr wohl möglich, daß sich des Königs Schuldgefühl in neuen Gewalttätigkeiten gegen die Juden entlud. Ephraim mußte vorsichtig sein.

»Wir haben«, antwortete er, »Dankgottesdienste abgehalten, als der Feind von Toledo abzog, und Gott gebeten, weiteren Segen auf dein Haupt herabzuschicken.«

Don Alfonso fuhr fort, ihn zu hänseln: »Findest du es nicht ungerecht, daß der Himmel mir wieder so große Gnade zeigt? Ihr werdet ja wohl mir die Schuld zuschreiben an dem Untergang eurer Männer und an der Ermordung eures Ibn Esra.«

»Wir haben gelitten und gebetet«, antwortete Don Ephraim.

Alfonso fragte geradezu: »Was also weißt du von den Friedensbedingungen?« Ephraim erwiderte: »Genaues wissen wir so wenig wie du. Der Kalif, vermuten wir, wird alles Gebiet südlich des Guadiana behalten wollen. Sicher wird er für seinen Schatz eine reichliche Jahresabgabe verlangen und für den Emir von Sevilla eine hohe Kriegsentschädigung. Auch wird er wohl für den neuen Friedensvertrag eine sehr lange Dauer fordern.«

Alfonso, sehr finster, sagte: »Soll ich nicht doch, ehe ich dergleichen annehme, den Krieg weiterführen? Oder findet ihr solche Bedingungen angemessen?« fragte er hämisch.

Ephraim zögerte mit der Antwort. Wenn er jetzt für Vertrag und Frieden sprach, dann konnte es geschehen, daß der König seine ohnmächtige Wut an der Aljama ausließ und an ihm selber. Es lockte ihn, auszuweichen, etwas ehrerbietig Nichtssagendes zu erwidern. Das aber wird Alfonso als Zustimmung auffassen, er wartete ja nur auf die leiseste Aufmunterung, und er wird seinen sinnlosen Krieg fortsetzen. Und Gott wird kein zweites Wunder tun, Toledo wird verloren sein, und mit Toledo die Aljama. Der tote Jehuda, in ähnlichen Zweifeln und ähnlicher Beklommenheit, hatte es oft und abermals gewagt, diesem Christenkönig zum Frieden und zur Vernunft zu raten. Ein Jahrhundert lang hatten jüdische Ratgeber ihre kastilischen Könige zur Vernunft gemahnt.

»Wenn du die offene Meinung eines alten Mannes hören willst, Herr König«, sagte er schließlich mit seiner morschen Stimme, »dann rat ich dir: mach Frieden. Du hast diesen Krieg verloren. Wenn du ihn weiterführst, werden eher die Moslems an die Pyrenäen vorstoßen als du ans südliche Meer. Welche Bedingungen immer der Kalif stellt, solang er sich mit einer Grenze südlich von Toledo bescheidet, mach Frieden.«

Alfonso ging auf und ab, in den Augen jenen gefährlichen hellen Schein, die Stirne tief verfurcht. Was der Jude da sagte, war eine Frechheit. Er wird ihn greifen lassen und in sein unterstes Verlies sperren, bis ihm die Frechheit vergeht und er ihm seinen Sancho herausgibt. Und er wird, was er noch an Mann und Roß besitzt, zusammenraffen, er wird die Moslems überraschend angreifen und ihre Linien durchstoßen. Er wußte, solches Geplane war sinnlos, er mußte um den Frieden verhandeln, und zwar durch diesen Ephraim. Aber nein, nein, nun gerade nicht! Er wird es dem Rodrigue und diesem Juden zeigen, daß Don Alfonso noch lebt. Aber er war ein geschlagener Alfonso, und der Jude hatte recht, und er war kein Narr und Verbrecher, und er wird nach Sevilla schicken und um Frieden betteln. Er lief auf und ab, heftigen Schrittes, eine kurze Minute lang, eine endlose Minute lang, und wechselte dreimal den Entschluß.

Don Ephraim stand schweigend, in ehrerbietiger Haltung, furchtlosen Gesichtes, doch in seinem Innern ängstlich gespannt. Seine Augen folgten dem König, er sah, wie es in dessen Gesicht arbeitete.

Plötzlich blieb Alfonso vor ihm stehen, sehr nahe, und sagte, herausfordernd, böse: »Höre! Da du so warm für den Frieden eintrittst, würdest du als mein Unterhändler nach Sevilla gehen?«

Ephraim hatte von dem unberechenbaren Mann viel erwartet im guten oder im bösen, doch nicht dieses Angebot. Er verbarg nicht seine Überraschung, er wich, gegen allen höfischen Anstand, ein wenig zurück und hob abwehrend die alte Hand. Bevor er indes sprechen konnte, beschwor ihn Alfonso, nun unerwartet freundlich: »Bitte, sag nicht gleich nein. Setze dich und überlege!«

Sie saßen einander gegenüber. Ephraim rieb sich mit den Fingern der einen Hand die Fläche der andern. All sein Leben hindurch hat er's vermieden, aufzufallen. Wie hat er sich bemüht, dem Jehuda vor glänzenden Ämtern abzuraten, und nun soll er selber diese Gesandtschaft übernehmen, auf die alle Augen gerichtet sind. Und was immer er erwirkt, das dumme, undankbare Toledo wird Verrat schreien, und wenn der König ihn bestätigt, dann werden ihm tausend Neider erstehen. Andernteils kann er, wenn er jetzt einen dauernden Frieden zurückbringt, dem Land und der Judenheit einen Dienst leisten wie selten einer vor ihm. Der sonst so kühle Rechner war erregt, verwirrt. Sein ganzes Wesen sträubte sich gegen diese Gesandtschaft. Das Nein zog ihn mächtig an, aber er dachte an Jehuda und hielt das Ja für seine Pflicht.

»Der Kalif liebt nicht die Juden«, gab er schließlich zu bedenken. »Er liebt auch die Christen nicht sehr«, antwortete Alfonso.

Ephraim sagte: »Die Verhandlungen werden umständlich sein, und ich bin alt und kränklich.«

Der König überwand sich und erwiderte: »Es ist nicht wegen deines Alters und nicht wegen deiner Kränklichkeit, daß du mir nein sagst. Du fürchtest, ich sei zu hartnäckig und zu stolz. Ich bin es nicht. Ich habe eingesehen, daß ein Mann, der so geschlagen wurde wie ich, nicht lange fackeln und feilschen kann. Ich werde dich nicht behindern, ich werde dir weite Vollmachten mitgeben. Ich bin bereit, eine hohe Kriegsentschädigung an den Emir von Sevilla zu zahlen und auch eine jährliche Abgabe an den Kalifen. Einen Tribut«, schloß er grimmig.

Don Ephraim, vorsichtig, unverbindlich, antwortete: »Ich glaube, dein Unterhändler könnte in diesen Fragen ein Einverständnis erzielen. Aber laß mich wissen, Herr König, wie denkst du über jenen andern, wichtigsten Punkt: die Dauer des Waffenstillstands? Ich glaube nicht, daß sich der Kalif mit einem Frieden von weniger als zwölf Jahren begnügte. Würdest du einen solchen Vertrag unterzeichnen? Und bist du willens, ihn zu halten?«

Wieder wollte Alfonso aufbrausen. Der Jude tat, als wäre er sein Beichtvater. Doch wiederum zügelte des Königs Vernunft seinen Groll. Als er damals die Worte, in octo annos, auf acht Jahre, in den Vertrag mit Sevilla hatte aufnehmen lassen, waren sie ihm von Anfang an nichts anderes gewesen als Tinte auf Pergament. Aber diese drei Worte hatten den Kalifen ins Land gerufen, sie hatten seine Calatrava-Ritter erschlagen. Don Ephraim hatte recht, ihn zu erinnern, daß, wenn er jetzt einen Frieden auf zwölf Jahre schließt, er wirklich zwölf lange Jahre wird stillhalten müssen.

»Ich sehe«, sagte er leise und bitter, »du hast dir die Interessen des Kalifen lange überlegt.« Ephraim hatte einen schlimmeren Ausbruch befürchtet; er antwortete erleichtert: »So tat wohl ein jeder, dem die öffentlichen Dinge am Herzen liegen.«

Alfonso schwieg vor sich hin, brütend. Ephraim redete

ihm zu: »Ein langer Friede wird dir nützlicher sein als den Moslems. Du kannst, und wenn du's noch so heiß wünschest, einen großen Krieg so bald nicht führen. Du brauchst Zeit, das ganze, arg verwüstete christliche Hispanien braucht Zeit, sich zu erholen.«

Alfonso sagte: »Zwölf Jahre. Du verlangst vieles, alter Mann.«

Ephraim erwiderte empfindlich, fast schroff: »Ich bitte dich, Herr König, schick mich nicht nach Sevilla.«

Alfonso sagte: »Ich gebe dir die zwölf Jahre.«

Er erhob sich, lief wieder auf und ab. »Ich wünsche«, sagte er, »daß du so bald wie möglich nach Sevilla gehst. Laß mich wissen, welche Vollmachten du brauchst, und wähle deine Begleiter.« – »Da du es befiehlst«, sagte Ephraim, »will ich an der Delegation teilnehmen, aber nur als ihr Finanzberater oder ihr Sekretär. An die Spitze der Gesandtschaft geruhe einen deiner Granden zu stellen. Wenn nicht, werden die Moslems von Anfang an verstimmt sein.« Alfonso erwiderte: »Es sollen zwei meiner Barone in der Gesandtschaft sein oder auch drei. Aber Vollmacht haben sollst nur du.« Ephraim neigte sich tief. »Ich will mit Gottes Hilfe versuchen«, sagte er, »dir einen nicht zu schlechten Frieden heimzubringen«, und er schickte sich an, Urlaub zu nehmen.

Doch Don Alfonso entließ ihn noch nicht. Er sagte, zögernd: »Da ist noch eine andere Sache, Don Ephraim, in der ich um deinen Rat bitte. Die Hinterlassenschaft meines toten Freundes und Escrivanos Don Jehuda muß sehr beträchtlich sein. Ich glaube nicht, daß es Verwandte gibt, die mit Fug darauf Anspruch machen können. Oder weißt du von solchen?« Don Ephraim, nun wieder sehr auf der Hut, entgegnete: »Da wäre in Saragossa Don Joseph Ibn Esra, ein Vetter des Don Jehuda – das Andenken des Gerechten zum Segen. Nach unserem Gesetz und Brauch hätte er Anspruch auf ein Zehntel des Erbes. Ich würde deiner Majestät raten, Don Joseph diesen Anteil zu überlassen. Er wird dir gute Dienste leisten bei dem schwierigen Geschäft, die Außenstände einzutreiben, die

Don Jehuda überall in der Welt hatte.« Alfonso sagte: »Es soll geschehen, wie du vorschlägst. Ich habe auch daran gedacht, einen Teil des Nachlasses der Aljama von Toledo zur Verfügung zu stellen.« – »Du bist sehr großmütig, Herr König«, sagte Don Ephraim. »Ist dir bewußt, daß es sich um sehr hohe Summen handelt? Nächst dem Erzbischof von Toledo war Don Jehuda der reichste Mann deines Landes.«

Der König sagte, nicht ohne Befangenheit: »Was sonst an Vermögen vorhanden ist, will ich von den Beamten meines Kronschatzes verwalten lassen, bis sich der Haupterbe gefunden hat, der Sohn Doña Raquels. Es liegen übrigens«, schloß er ohne rechten Zusammenhang, »Dokumente bereit, die diesem Sohne Doña Raquels alle Rechte und Titel der Grafschaft Olmedo übertragen. Don Jehuda selber hat sie noch ausfertigen lassen.« Ephraim erwiderte trocken: »Es ist dein gutes Recht, Herr König, aus der Hinterlassenschaft Don Jehudas für deinen Kronschatz einzuziehen, was immer dir beliebt, und niemand kann dich darum tadeln.«

Alfonso, mit Anlauf, ein wenig heiser, sagte: »Mein toter Freund Jehuda war oft mit dir zusammen, und wahrscheinlich weißt du vieles. Ich will nicht in dich dringen, alter Mann, und dich fragen, wieviel du weißt. Aber der Gedanke, daß mein Sohn unter euch herumgeht und ich kenne ihn nicht, bedrückt mich. Das mußt du verstehen. Willst du mir nicht helfen?«

Er sprach bittend, er sprach zart, das schmeichelte dem Ephraim und beängstigte ihn. Es war eine gefährliche Aufgabe, die sein toter Freundfeind ihm aufgeladen hatte. Er sagte: »Niemand weiß, Herr König, und niemand kann mehr erforschen, ob Don Jehuda Ibn Esra mit dem Verschwinden seines Enkels zu tun hatte. Wenn es so war, dann hat er in einer so heikeln Angelegenheit sicherlich nicht mehr als *einen* Helfer zugezogen, und einen verlässigen, verschwiegenen.«

Alfonso fühlte sich erniedrigt und vereitelt. Aber, gegen seinen Willen, ließ er nicht ab und sagte: »Ich glaube dir, und ich glaube dir nicht. Ich fürchte: auch wenn ihr was wißt, werdet ihr mir's nicht sagen. Es nagt mir an der Seele, ich gesteh es dir, daß mein Sohn unter euch groß werden soll und in euern Sitten. Ich sollte euch hassen dafür, und manchmal hab ich euch gehaßt.«

Ephraim sagte: »Nochmals frag ich dich, Herr König, willst du wirklich, daß ein Mann, über den du so denkst, deine und deines Landes Geschäfte in Sevilla führt?«

Der König sagte: »Ich hegte manchmal auch vor Don Jehuda Argwohn und habe doch gewußt, daß er mein Freund war. Du bist alt und erfahren und kennst die Menschen und verstehst, wie das ist. Ich will, daß du für mich nach Sevilla gehst. Ich weiß, ich habe keinen Besseren zu schicken.«

Ephraim spürte ein Mitleid, das nicht ohne Genugtuung war. Er sagte: »Es kommt vielleicht einmal die Zeit, da sich der oder jener melden wird und behauptet, er sei der Verschwundene. Ich rate dir, Herr König, kümmere dich nicht darum. Wahrscheinlich wird Betrug dahinterstecken. Überlaß es uns, zu erforschen, ob es so ist, und beschwere du dich zu deinen vielen andern Sorgen nicht noch mit dieser. Bescheide dich, Don Alfonso. Du hast wohlgeratene Töchter, edle Infantinnen, die einmal große Königinnen sein werden. Deine Enkel werden sitzen auf den Thronen Hispaniens und mit der Hilfe Gottes die Länder der Halbinsel vereinigen.« Und dunkel, doch der König verstand ihn, schloß er: »Don Jehuda Ibn Esra ist tot, sein Sohn und seine Tochter sind tot. Wenn wer aus seinem Geschlecht geblieben ist, dann nur dieser Enkel. Und Don Jehuda ist aus dem Islam zurückgekehrt in das Judentum seiner Väter, und das ist sein Vermächtnis.«

Don Alfonso spürte, was es bedeutete, daß er den Krieg, mit dem er nicht fertig geworden war, durch Ephraim abwickeln ließ, den Juden, den Kaufmann. Er hatte sein bedenkenloses Rittertum fahrenlassen, hatte Abschied genommen von Bertran, hatte seine Vergangenheit, seine Jugend abgetan. Er bereute es nicht, aber er spürte fast leibhaft den Verzicht, die Leere.

Auf der Straße, die er jetzt einschlug, lockten keine geheimnisvollen Nebenwege, sie führte zu keiner blauen, schimmernden Ferne, sie lief kahl und nüchtern geradeaus zu einem braven, soliden Ziel. Aber nun er sie einmal eingeschlagen hatte, war er willens, sie zu Ende zu gehen. Er wird sich selber Ketten anlegen, auf daß er den bittern Frieden, den er auf sich nahm, nicht durch süße und heldische Abenteuer gefährde.

Eine Nacht lang schlief er nicht. Wog, verwarf, wog von neuem, beschloß, verwarf.

Beschloß.

Eröffnete dem Rodrigue, mit einem ganz kleinen Lächeln, er wolle nun endlich die erledigten Bistümer von Avila, Segovia, Sigüenza neu besetzen, und zwar wolle er ihm, Rodrigue, das Bistum Sigüenza übertragen.

Rodrigue, unwillig erstaunt, fragte: »Willst du den lästigen Warner los sein?« Alfonso lächelte stärker, und es stand in seinen Zügen die abgelebte knabenhafte Anmut und Schalkheit wieder auf. »Dieses Mal«, sagte er, »mißtraust du mir zu Unrecht, mein ehrwürdiger Vater. Nicht fort will ich dich haben, ich will dich enger an mich binden. Aber wenn ich recht unterrichtet bin, erlauben es die Kirchengesetze nicht, daß ein Domherr ohne Zwischenstufe zum Erzbischof von Toledo aufsteigt.«

Stürmisch und widerspruchsvoll jagten sich dem Rodrigue die Gedanken. Ihn wollte Alfonso zum Primas von Hispanien machen! Er war gut im Rate, doch von einer solchen Erhöhung hatte der bescheidene Mann niemals geträumt; es hatte ihn höchlich gewundert, daß damals Don Martín dergleichen befürchtet hatte. Fortan also sollte er nicht nur raten und meinen: er sollte verfügen über die reichsten Einkünfte des Landes, er sollte gewichtig mitentscheiden über Krieg und Frieden. Die Vorstellung betäubte ihn. Was da auf ihn niederging, war Segen und Gnade und schwerste Last.

Alfonso sah Rodrigues bewegtes Gesicht, und halb scherzhaft, halb im Ernst sagte er: »Auf ein paar Monate freilich wirst du nach Sigüenza gehen müssen, und ich werde dich nicht sehen können. Der Heilige Vater ist ein harter Händler; so schnell krieg ich ihn nicht dazu, daß er dir das Pallium gibt. Aber ich will mir's was kosten lassen, und am Ende werde ich es schaffen. Ich will dich zum zweiten Mann im Reich haben«, fuhr er fort mit knabenhaftem Eigensinn. »Du hast mir die hispanische Zeitrechnung abgeschafft, aber ich will dich zum Primas von Hispanien haben.«

Musa, als er von der neuen Wendung erfuhr, war bestürzt. Rodrigue wird nach Sigüenza gehen. Wie soll er, Musa, der Moslem, der von vielen angefeindete, in Toledo weiterleben ohne den Schutz des Domherrn? Er wird unstet und flüchtig sein und freundlos, nicht das erstemal. Kahl und unwirtlich lag die letzte Strecke seines Lebens vor ihm.

Allein der weise, menschenkundige Mann vergaß über der eigenen Bedrängnis nicht den Segen, den der Umschwung dem Domherrn brachte, und er fand Worte warmer Teilnahme. »Die vielerlei Geschäfte deines neuen Amtes«, sagte er, »werden dich schnell der Acedia entreißen, dem trübseligen Brüten dieser letzten Monate. Du wirst Entscheidungen treffen und Taten tun, die viele Schicksale bewegen. Und diese Arbeit«, fuhr er angeregt fort, »wird dich, hoffe ich, anspornen, auch deine Chronik wieder aufzunehmen. Ja, mein hochwürdiger Freund«, schloß er nachdenklich heiter, »wer Geschichte macht, wird bestimmt auch versucht sein, sie darzustellen.«

Nun hatte sich in der Tat, kaum hatte der König ihm das Erzbistum angeboten, im Kopfe Rodrigues eine solche Versuchung geregt. Erst hatte sich Don Alfonso belastet mit dem bedächtigen Mahner Ephraim, jetzt machte er sich aus eigenem Antrieb abhängig von ihm, Rodrigue, dem unritterlichen, friedliebenden Manne. Nur ein Alfonso, der sich von innen her gewandelt hatte, konnte sich eine solche zwiefache Rute binden. Aus dieser Erkenntnis aber war dem Rodrigue eine kleine neue Zuversicht gewachsen und ein seliges Spüren und Ahnen, daß, all seiner trüben Klügelei zum Trotz, Sinn gewesen sein mochte in dem grauenvollen Geschehen dieses letzten Jahres. Allein er verwehrte sich's, diesen Empfindungen nachzuhängen, er erlaubte ihnen nicht, sich zu klaren Gedankengängen zu verdichten, er wollte keine zweite Enttäuschung erleben.

Geradezu hitzig erwiderte er dem Musa: »Auch nicht im entferntesten denke ich daran, meine Chronik wieder aufzunehmen. Ich habe all mein Material zerstört, du weißt es.« – »Deine Akademie kann dir Material binnen nicht zu langer Frist neu beschaffen«, antwortete gelassen Musa. »Auch aus meinem Material kann dir vieles dienlich sein. Ich stell es dir gerne zusammen. Leicht freilich«, fuhr er fort, erlöschenden Gesichtes, »wird es nicht sein, mit dir in Verbindung zu bleiben. Wer weiß, in welchem Erdenwinkel ich mich verbergen muß, wenn ich deinen Schutz nicht mehr habe.«

Zuerst verstand ihn Rodrigue nicht. Dann ereiferte er sich: »Aber was hast du dir denn gedacht? Selbstverständlich kommst du mit nach Sigüenza.«

Musa leuchtete auf. Seine moslemische Höflichkeit indes gebot ihm, Einwände zu machen. »Werde ich nicht«, sagte er, »im Bischofspalast von Sigüenza sehr befremdlich wirken? Die unter deinem Krummstab wohnen, werden sich wundern über den beschnittenen Hausgenossen.« – »Mögen sie!« antwortete kurz und grimmig Rodrigue.

Musa, noch immer das breite, glückliche Lächeln über dem häßlichen Gesicht, fuhr fort: »Auch muß ich dich darauf aufmerksam machen, daß du jetzt erst recht deine liebe Not mit mir haben wirst. Denn fortan werde ich dir bestimmt keine Ruhe lassen, ehe du dich wieder an deine Chronik machst.«

Schon jetzt, noch in Toledo, wetzte er dem Freund den Appetit und verwickelte ihn immerzu in weitläufige geschichtsphilosophische Debatten. Da stand er an seinem Schreibpult, kritzelte und sagte über die Schulter: »Es ist kein Zufall, daß wir Moslems Toledo wieder haben aufgeben müssen, nachdem wir es schon so gut wie in der Hand hatten.

Unsere Zeit, die große Zeit unserer Macht, ist eben leider vorbei, und die innern Zwistigkeiten, die den Kalifen mitten im Sieg zurückriefen, werden sich wiederholen. Das ist so gewiß wie die mathematischen Regeln des Alcharesmi. Das Weltreich der Moslems, so mächtig es ausschaut, ist zu alt. Es ist brüchig.«

Wie sich's Musa erhofft hatte, biß Rodrigue an. »Eure Zeit vorbei, wagst du zu sagen!« antwortete er. »Aber ihr habt doch gesiegt! Unser Heer ist vernichtet, eure Grenze läuft unmittelbar vor Toledo, unser stolzer Don Alfonso zahlt euch Tribut.« Er ereiferte sich. »Die Herrschaft der Moslems im Abstieg! Die große Zeit der Moslems vorbei! Dreimal in diesem Jahrhundert sind wir gegen euch angelaufen mit Heeresmassen, wie sie die Welt noch nie gesehen hat. Fünfhundert mal tausend christliche Ritter sind in diesen Kreuzzügen umgekommen, und tausend mal tausend Mann andern christlichen Volkes, von Tod, Seuchen und Elend in der Heimat zu schweigen. Und die Heilige Stadt ist heute genauso in euerm Besitz wie vor hundert Jahren. Und da klagst du, euer Reich verfällt!«

Musa erwiderte höflich: »Du stellst dich weniger weise, als du bist, mein hochwürdiger Freund. Du spannst die Historie weniger Jahrzehnte oder eines Jahrhunderts in einen Rahmen und tust, als wäre sie etwas Geschlossenes. Aber wir, du und ich, wir wollen doch nicht nur das Heute beschreiben und das bißchen Gestern, wir trachten doch, den Sinn der Ereignisse festzuhalten, wir wollen die Richtung der Geschehnisse erkennen und in die Zukunft weisen als wahre Kundschafter Gottes. Und da stellt sich denn, leider, heraus, daß eure Kreuzzüge keineswegs Mißerfolge waren. Gewiß, was ihr in diesem letzten Jahrhundert an Gebiet erobert habt, war die Opfer nicht wert. Aber dafür habt ihr wirtschaftliche Einsichten die Fülle gewonnen, das weißt du doch so genau wie ich, und unschätzbare politische und wissenschaftliche Erfahrungen. Wir haben euch gutmütig und eitel in unseren Fabriken herumgeführt, wir haben euch gezeigt, wie wir unsere Jugend erziehen, wie wir unsere Städte verwalten, wie wir

Recht sprechen. Ihr seid eifrige Schüler gewesen und macht uns gut nach, was wir Gutes haben. Ihr habt begriffen, daß es in diesem Jahrhundert weniger auf die Ritter ankommt als auf die Wissenden und auf die Sachverständigen, auf Baumeister und Waffenschmiede und Ingenieure und Kunstfertige aller Art und gelernte Landwirte. Und ihr seid jung, ihr seid im Aufstieg, bald werdet ihr uns eingeholt und überflügelt haben. Ihr habt fünfhundert mal tausend Ritter verloren, aber die Besiegten seid nicht ihr.«

Er hatte die marklose Stimme gehoben. Aus seinen stillen, wissenden, etwas spöttischen Augen schaute er auf den Freund. Der schwieg. Er gab sich geschlagen, nicht ohne Genugtuung.

Solcher Gespräche führten die beiden noch manche, Streitgespräche, in denen, zu seiner Verwunderung, Rodrigue den Triumph der Ungläubigen behauptete, während Musa am Endsieg der Moslems verzweifelte.

Je länger aber Rodrigue über die Argumente des Freundes nachdachte, so stärker leuchteten sie ihm ein, so mehr Zuversicht gaben sie ihm. Er fühlte sich jung und neu. Nicht mehr quälte ihn jener Satz des Paulus an die Korinther, der die Torheit Gottes ausspielte gegen die Weisheit der Weisen. Statt dessen jubelte in ihm das andere Wort des Apostels: »Das Alte ist vergangen, siehe, es ist alles neu geworden.« Statt des blinden Glaubens, der in seliger Verzückung aufging, war jetzt in ihm ein ahnendes Wissen, ein immer dichteres Gefühl: es ist trotz allem ein erkennbarer Sinn im Weltgeschehen. Noch konnte er dieses Gefühl nicht in folgerichtige Sätze umdenken. Er trachtete auch nicht nach Klarheit. Es genügte ihm, um den Sinn des Weltgeschehens so viel zu wissen, wie Augustin um das Wesen der Zeit gewußt hatte: »Wenn du mich nicht fragst, weiß ich es; wenn du mich fragst, weiß ich es nicht.«

Immer tiefer indes wirkten die Worte Musas in Rodrigue nach, und immer heißer verlangte es ihn, ein Kundschafter Gottes zu sein und die sinnvollen Wege des Geschehens aufzuspüren.

Trotzdem zögerte er, sich wieder an seine Chronik zu machen. Ein neues Bedenken hielt ihn ab. »Ich fürchte«, erklärte er dem Freund, »was mich zu diesem Werke lockt, ist weniger das Bestreben, Gott zu dienen, als schriftstellerischer Ehrgeiz.«

Musa machte sein listigstes Gesicht. Er schleppte ein Buch heran, »Das Leben des heiligen Augustin«, und las dem Rodrigue vor, was Possidius, ein Schüler des Heiligen, über dessen letzte Tage aufgezeichnet hatte. Augustin war damals Erzbischof der Stadt Hippo, die von den Vandalen belagert wurde; er sah von seinem Palast aus das karthagische Land weithin brennen. Er war sechsundsiebzig Jahre alt, sehr schwach und wußte, daß er sterben werde. Er trug Sorge für die belagerte Stadt und für die ganze, vom Feind überschwemmte Provinz. Gleichzeitig aber überlas er nochmals seine zahlreichen Bücher, korrigierte und änderte, auf daß von jedem seiner Werke ein als fehlerfrei befundenes Exemplar in der Bibliothek von Hippo hinterlegt werde. Auch suchte er noch ein Buch zu vollenden, bestimmt, die Schriften des Julian zu widerlegen. »Augustin, der heiligste aller Bischöfe«, berichtete Possidius, »starb am fünften Tage des Monats September, noch auf seinem Sterbelager bemüht, die Angriffe der Vandalen abzuwehren, und arbeitend an seiner großen Streitschrift gegen den Ketzer Julian.«

Musa sah von dem Buche hoch und fragte verschmitzt: »Willst du heiliger sein, mein hochwürdiger Freund, als der heilige Augustin? Lausche in die eigene Brust und prüfe, ob deine Zweifel anderes sind als fromme Hoffart.«

Am Abend dieses Tages legte sich Rodrigue eine dicke Schicht weißen, kostbaren Papiers zurecht, und langsam, genießerisch, fing er an zu schreiben: »Es beginnt die Geschichte Hispaniens – Incipit chronicon rerum Hispanarum.«

Musa aber meinte lächelnd: »Kein Laster sitzt tiefer als das der Schriftstellerei.«

Der Friede, den Don Ephraim nach Hause brachte, war besser, als man erwartet hatte. Doch nicht hatte er erreichen können, und vielleicht hatte er's nicht wollen, daß die Dauer des Waffenstillstands auf weniger als zwölf Jahre festgesetzt wurde.

Don Alfonso, nachdem ihm Ephraim ausführlich Bericht erstattet hatte, sagte: »Ich weiß, ich sollte dir dankbar sein. Ich bin es auch. Ich will meine Granden berufen, daß sie Zeugen seien, wenn du mir den Handschuh deines Auftrags zurückgibst.« Don Ephraim wehrte fast ängstlich ab: »Ich glaube nicht, daß mir solcher Glanz anstünde. Auch würde es der Aljama von Toledo viele Neider schaffen und wenig Freunde.«

Alfonso fragte augenblinzelnd, ob nach Ephraims Meinung denn nun wirklich die ganzen zwölf Jahre zum Wiederaufbau der Wirtschaft nötig sein würden.

Ephraim verspürte Unmut. Er hatte diesen Mann beizeiten und dringlich gemahnt, daß er innerlich bereit sein müsse auf den langen Frieden. Er hatte, Ephraim, die Übernahme des bösen Auftrags abhängig gemacht von dieser Bereitschaft, und nun, kaum daß Don Alfonso den Vertrag geschlossen hatte, sann er darauf, ihn zu brechen. Er antwortete trocken: »Der Zustand deines Reiches, Herr König, ist derart, daß du vermutlich länger wirst stillhalten müssen als die zwölf Jahre. Ich werde deinen neuen Feldzug nicht mehr erleben, und auch du wirst nicht mehr jung sein, wenn du ihn beginnst.«

Da Don Alfonso verdrossen schwieg, mahnte er: »Finde dich darein, Herr König. Don Jehuda hat für dich gute Arbeit getan. Er hat Verbindungen angeknüpft, die selbst nach diesem Zusammenbruch noch halten, er hat der ganzen Welt die vielen Möglichkeiten deines Kastiliens sichtbar gemacht, er hat dir Kredit geschaffen. Aber wenn du daraus Nutzen ziehen willst, dann mußt du an seinem Grundplan festhalten, und er hat für den Frieden gebaut. Denke in den nächsten Jahren nicht an deine Ritter und Barone, die das Land nur arm machen, denk an deine Bürger und Bauern, denk an deine Städte. Ihnen gib Privilegien, gib ihnen Fueros, stärke sie gegen deine Granden.«

Don Alfonso hörte zu, ablehnend, doch mit Teilnahme. Seine Welt war nun einmal die der Ritter. Die Wahrheit eines

Königs war eine andere als die eines alten Juden und Bänkers. Seine, Alfonsos, Philosophie waren die Lieder Bertrans. Dabei hat dieser Ephraim vermutlich recht, und wenn er, Alfonso, in zwölf Jahren seinen Krieg erfolgreich führen will, muß er jetzt die Untern verhätscheln. Er muß dem Bürger und Bauern, dem Vilain einen Platz geben in seinem Rat und den Ritter in Strafe nehmen, wenn er seinen Bauern verprügelt oder dem Bürger mit guter Waffe den Pfeffersack wegnimmt. Es wird eine öde, langweilige Welt sein, es wird ein trauriges Kastilien sein, das er regiert.

Don Ephraim jetzt erklärte den ganzen Jammer der Wirtschaft. Der Bergbau war übel heruntergekommen, die Tuchmanufakturen, die Don Jehuda zu solcher Blüte gebracht hatte, waren zerstört oder zerrüttet, die Viehherden weggetrieben, die Schafzucht, vor dem Krieg eine der Haupteinnahmequellen des Landes, gänzlich verwahrlost. Der kastilische Maravedí war entwertet; man mußte sechs kastilische für einen aragonischen Maravedí zahlen. Sollten Landwirtschaft und Gewerbefleiß nicht gänzlich verfallen, dann mußte man mit Steuernachlässen und der Gewährung vieler neuer Rechte nachhelfen. Er ging ins einzelne. Schlug vor, welche Zölle und Abgaben erleichtert, welche gänzlich aufgehoben werden sollten. Nannte Ziffern, immer neue Ziffern.

Wenn Don Jehuda von Ähnlichem sprach, hatte sich Alfonso manchmal auf kurze Zeit fesseln lassen; dann aber hatte ihn Widerwille gegen das trockene, eines Königs unwürdige Geschäft gepackt, und es war vorgekommen, daß er eine solche Unterredung gröblich abbrach. Nun aber, und obgleich Ephraim ohne den Schwung und Glanz des Jehuda redete, nahm Alfonso wachsenden Anteil an den Ziffern, sie woben sich ihm ineinander, er fand Gefallen an der Folgerichtigkeit, mit welcher der Jude rechnete. Alfonso wollte es nicht wahrhaben und war es doch zufrieden. Es nützte nichts, die Augen zu schließen vor der neuen, widerwärtigen Zeit, man mußte sich wohl darein schicken. Andere vor ihm hatten es auch tun müssen, sehr Große und Mächtige, König

Heinrich zum Beispiel, und er, Alfonso, hatte teuer bezahlt für seine Blindheit. »Ein Glück ist es, Herr König«, führte jetzt Ephraim aus, »daß du damals Jehuda erlaubt hast, die sechstausend fränkischen Flüchtlinge in deinem Reich anzusiedeln. Aus der Zahl dieser fähigen Männer kannst du viele Sachverständige ersetzen, die gefallen sind oder sonstwie verschwunden. Du mußt es Don Jehuda – das Andenken des Gerechten zum Segen – zugestehen, daß er –«

Der König unterbrach ihn unvermittelt. »Ich habe dich einmal aufgefordert«, sagte er, »meinen Kronschatz zu verwalten. Du hast es abgelehnt. Wahrscheinlich hast du recht daran getan; es gab damals wenig zu verwalten, und ich hab es meinen Ratgebern schwer gemacht. Jetzt ist wohl noch weniger da, aber ich bin mittlerweile klüger geworden, das hast du vielleicht gemerkt. Ich bitte dich ein zweites Mal, mein Alfakim zu werden, oder besser mein Alfakim Mayor.«

Ephraim hatte dieses Angebot erwartet, er hatte es gefürchtet. Er wehrte sich dagegen mit ganzer Seele. Er hatte öffentliche Ämter stets gescheut, er war alt, er wollte in den Tagen, die ihm noch blieben, in seinem Hause am Feuer sitzen, von wenigen gesehen und betreut, und in Ruhe veratmen. All sein Unwille und Haß gegen Don Alfonso stand auf. Der Mann hatte den größten Teil der Dreitausend, welche die Aljama ihm gestellt hatte, in den Tod gejagt, aus hirnloser, ritterlicher Abenteuerlust. Er hatte dem treuen Diener Ibn Esra die Tochter weggenommen und den Sohn und ihn nicht gerettet in seiner Not. Und jetzt wollte er ihn, Ephraim, vor seinen Wagen spannen für den steilen, qualvollen Weg, der vor ihm lag.

Er sagte: »Du ehrst mich hoch. Aber die Verhandlungen in Sevilla waren aufreibend. Die Geschäfte der Aljama warten auf mich, ich bin sehr alt. Erlaß es mir, Herr König.«

Alfonso, knabenhaft schmollend, sagte: »Ich möchte gern einen Juden zum Alfakim haben.« Die Worte kamen ungeschickt, geradezu täppisch, aber es klang in ihnen die Liebenswürdigkeit des früheren Alfonso. Ephraim, mit einem Male, sichtete das Innere des Mannes. Begriff, daß dieser willens war, seinem toten Escrivano Genugtuung zu geben und, sich überwindend, dessen Weg weiterzugehen. Dieser Alfonso rief, und nicht ohne Angst, nach einem neuen Führer. Es wird eine lebenkürzende Aufgabe sein, das Amt zu übernehmen, da fortzufahren, wo Jehuda aufgehört hatte. Aber Ephraim gedachte der glänzenden, dringlichen, spöttischen Augen des Jehuda, er hörte seine schmiegsame, wohltönende Stimme, er gedachte ihrer letzten Zusammenkunft. Einer mußte dasein, die ausgestreckte unsanfte, unreine Hand dieses Christenkönigs zu nehmen und ihn mühevoll weiterzuzerren auf der schmalen, strengen Straße des Friedens.

Ephraim, fröstelnd in seinen vielen Kleidern, sah wirklich sehr alt und gebrechlich aus. Er sagte, und er mußte sich jedes Wort aus der Kehle zwingen: »Da du es befiehlst, Herr König, werde ich versuchen, die Geschäfte deines Landes in Ordnung zu bringen.«

»Ich danke dir«, sagte Don Alfonso.

Zögernd fuhr er fort: »Da ist noch ein anderes, das ich mit dir besprechen möchte, Don Ephraim Bar Abba. Ich habe meinem toten Escrivano nicht immer so großen Dank bezeigt, wie ich es hätte tun sollen und wie ihn mein Großvater seinem Ibn Esra bezeigte. Es drückt mich, daß man die Toten nicht einmal würdig begraben hat, sondern armselig, notdürftig. Mehrmals hab ich daran gedacht, sie auf meine Art zu bestatten und gemäß ihrem Stande. Aber ich habe es besser überlegt, und es scheint mir richtiger, daß *ihr* meinen toten Escrivano begrabt auf eure Weise und mit euern Ehren, ihn und auch Doña Raquel, seine Tochter, die mir sehr nahestand. Sie gehören zu euch, beide, sie gehörten bis zuletzt zu euch, und ich werde dir dankbar sein, wenn du es mit ihrer Bestattung so hältst, wie sie selber es wünschten.«

Don Ephraim sagte: »Du bist meiner Bitte zuvorgekommen, Herr König. Ich werde für alles Sorge tragen. Wolle mir aber in Gnaden vergönnen, mit der Bestattung noch eine Zeit zu warten, damit die vielen, die Don Jehuda Ibn Esra zu ehren wünschen, davon erfahren.«

Bald nach Friedensschluß genas Doña Berengaria eines Knaben. Dieser künftige König von Aragon und Kastilien wurde auf den Namen Fernán getauft. Die Taufe wurde mit höchstem Prunk gefeiert; die fünf christlichen Herrscher der Halbinsel hatten sich in Saragossa versammelt, daran teilzunehmen.

Beim Festbankett saßen Alfonso und Leonor nebeneinander auf erhöhten Stühlen. Doña Leonor war schön, damenhaft liebenswürdig und hochmütig wie stets, und sie tauschte, wie die Courtoisie es verlangte, mit ihrem Manne viele höfliche Worte.

Alfonso durfte sich an diesem Tage als König der Könige fühlen und war sich seines Wertes und seiner Ehre bewußt. Vor einem Jahr war sein Land unter den Waffen der Feinde gewesen, er selber eingeschlossen in seiner Hauptstadt. Wie grimmig hatte er sich damals geschämt, wenn er an Richard von Engelland dachte. Der hatte sich in Wahrheit bewährt als der Miles Christianus, der Schrecken der Moslems, der Melek Rik. Hatte die uneinnehmbare Feste Akko erstürmt, hatte in offener Feldschlacht glorreich gesiegt über das Heer des Sultans Saladin. Wie anders heute. Die ungeheuern Verluste des Kreuzheeres waren so gut wie umsonst gewesen, ein ärmlicher Waffenstillstand war abgeschlossen, die Heilige Stadt war nach wie vor in den Händen der Ungläubigen, Richard selber, entzweit mit seinen Alliierten, saß hilflos in einem österreichischen Gefängnis. Er aber, Alfonso, thronte hier, nach wie vor der mächtigste König der Halbinsel. Und sein Enkel, den sie heute aus der Taufe gehoben haben, dieser kräftige, kleine Fernán, der wird, das war so gut wie gewiß, Aragon und Kastilien vereinigen, und vielleicht wird er sich Kaiser nennen dürfen wie sein Ahn, der Siebente Alfonso.

Allein inmitten dieses Glanzes und dieser Blüte wuchs nur die Wüste in Alfonsos Innerem. Er sah Doña Leonor und sah ihre Ödnis. Er sah seine Tochter Berengaria und sah in ihren Augen, den großen, grünen Augen der Mutter, die wilde Hoffart, den Hunger nach immer mehr Macht und Ansehen. Er war sicher, daß sie ihren Mann für schwach hielt, weil er nach seiner, Alfonsos, Niederlage nicht die Vorherrschaft der Halbinsel an sich gerissen hatte. Er war sicher, daß all ihr Sein und Denken jetzt ihrem kleinen Sohne galt, diesem künftigen Emperador Fernán, und daß sie für ihn selber, ihren Vater, nichts fühlte als Widerstreben, verächtliche Gleichgültigkeit. Er stand ihrem Sohn und ihrem Ehrgeiz im Wege, er hat aus Wollust seine Königspflicht vernachlässigt, er hat das Land, das ihr und ihrem Sohne gehörte, schon einmal fast verloren und wird es vielleicht endgültig verspielen, ehe sich ihr kleiner Fernán die Kaiserkrone aufsetzt.

Die Edelknaben, die dem König Speise, Wein, Mundtuch anboten, standen und warteten hilflos. Er sah sie nicht. Er war sich plötzlich sehr bewußt, wie einsam er war inmitten seiner fünftausend mal tausend Kastilier und ihrer Verehrung. Er starrte vor sich hin, sehr allein, in eine leere Welt.

Don Rodrigue merkte bekümmert, wie Alfonso hinter der gleichmütig freudlichen königlichen Maske starr und stolz vor sich hin sinnierte. Er war voll heißen Mitleids, doch erfüllt auch von der Neugier und Besessenheit des Chronisten, und er studierte den König mit sachlicher Beflissenheit. Don Alfonso war in der Tat memoria tenax, intellectu capax, vultu vivax. Er bewahrte, Alfonso, in seinem Gedächtnis gut die Geschehnisse, er begriff sie mit seinem scharfen Verstand, er hielt sie fest und gab sie wieder durch seine Miene. Ja, eingezeichnet in Don Alfonsos Gesicht waren seine Erfahrungen, seine wilden Süchte, seine schweren, stürmischen Siege, seine bittern Niederlagen, seine Überwindungen und Erkenntnisse. Tief zerschnitten Furchen die Stirn, zerkerbten Falten die Wangen. Sein Gesicht war zur Chronik seines Lebens geworden. Heute schon schaute durch das Antlitz des Vierzigjährigen das Gesicht des Greises, der er einmal sein wird.

Im Norden des Reiches, nahe der Grenze von Navarra, auf dem Gebiet der Barone de Haro, lebte ein Eremit, der sich härtesten geistlichen Übungen unterwarf. Er lebte in einer Höhle hoch oben in den schroffen Abhängen der Sierra de

Neïla. Wie er dort sein Leben fristete, war ein Wunder. Denn er war blind. Offenbar stand er in der besondern Obhut der Vorsehung. Sie bewahrte seine Füße vor dem Abgrund und schützte ihn vor den wilden Tieren; es hieß, die Wölfe kauerten vor ihm nieder und leckten ihm die Hand.

Büßende stiegen zu ihm hinauf und brachten ihm Gaben für seine kärglichen Bedürfnisse. Sie baten ihn, er möge ihnen die Hände auflegen; es ging Gnade aus von seinen Händen. Auch konnte er durch Berührung des Gesichtes ertasten, ob ein Sünder und wie weit Gottes Verzeihung erlangt habe.

Und der Ruhm des Einsiedlers und seiner frommen Fähigkeiten verbreitete sich übers Land.

Es war aber der Eremit jener Diego, den damals vor seiner ersten, siegreichen Schlacht bei Alarcos Alfonso hatte blenden lassen, weil er auf Wachtposten geschlafen hatte.

Nun waren die Barone de Haro, deren Dienstmann Diego war, schwierige Vasallen, dem König nicht gewogen. Sie erklärten, die Stadt Toledo sei durch die wüsten Ereignisse der letzten Jahre voll von Sünden, und forderten Diego auf, hinzugehen; der Besuch des Heiligen werde die Gewissen wecken. Die de Haros hofften aber, durch die Anwesenheit des Diego in der Hauptstadt dem König Ungelegenheiten zu bereiten.

Die Leute von Toledo strömten denn auch herbei, den gnadenreichen Mann zu sehen und zu verehren, und immer lauter wurde ihr Wunsch, es möge auch der König aus der Gegenwart des Wundertätigen Nutzen ziehen. Sie hatten, wenn Don Alfonso strahlend an der Seite der Fermosa durch die Straßen ritt, teilgehabt an seiner herzwärmenden, nicht erlaubten Lust, sie hatten sie selber mitgenossen, sie hatten ihm zugejubelt, und der Tag, an dem sie ihm begegneten, war ihnen ein Festtag gewesen. Wenn sie jetzt Alfonso sahen, spürten sie ehrfürchtiges Mitleid, Scheu, ein feines Grauen vor dem Gezüchtigten, Gezeichneten. Sie wünschten ihm volle Entsühnung und glaubten, der Heilige könne ihm dazu verhelfen.

Rodrigue sah in dem Gewese, das um Diego gemacht wurde, nichts als Aberglauben und Unfug, er witterte auch die böse Absicht der de Haros und riet dem König, sich nicht um Diego zu kümmern.

Diesem selber war der Mann lästig. Eine nachträgliche Scham brannte ihn, wenn er daran dachte, wie selbstgefällig er Raquel erzählt hatte von jener Blendung und von seinem Spruch für den Pflichtvergessenen. Er erinnerte sich, wie sich damals das lebendige Gesicht Raquels zugesperrt hatte, erst jetzt wußte er, warum.

Aber er hatte wahrgenommen, mit welcher Scheu die Leute auf ihn blickten, er begriff sie, er begriff ihren Wunsch, daß er mit dem Heiligen zusammenkomme. Auch wandelte ihn wachsende Neugier an, was denn nun aus diesem Diego geworden sei. Und hatte wirklich er, Alfonso, ohne es zu wissen und zu wollen, den Mann zu einem Heiligen gemacht?

Er erinnerte sich, da der Blinde vor ihm stand, genau des Diego von damals. Der war ein breiter Bursch gewesen, trotzig, selbstbewußt, ein wenig dem Castro ähnelnd, und war dieser hier wirklich der Diego, den er hatte blenden lassen? Alfonso wurde befangen, er bedauerte, daß er den Mann gerufen hatte, er wußte nichts zu sagen, und auch der andere schwieg.

Schließlich, halb gegen seinen Willen, scherzte er plump: »Wenigstens war der Spruch gut, den ich dir damals auf so strenge Art beigebracht habe.« Der andere antwortete: »Wer ich?« Alfonsos unmutige Verwunderung stieg. Hatten sie es dem Menschen nicht gesagt, zu wem er geführt wurde? Und hatte er's nicht wissen wollen? »Ich, der König«, sagte er. Der Blinde, unerstaunt und unerregt, sagte: »Ich habe deine Stimme nicht erkannt. Es geht von dir nichts aus, was ich erkenne.« Alfonso fragte: »Hab ich dir unrecht getan, Diego, damals?« Der Blinde antwortete ruhig: »Es war Gott, der dich tun hieß, was du tatest. Aber auch der Schlaf, der damals über mich kam, war von Gott gesandt. Alarcos war eine Stätte harter Prüfung, für dich nicht minder als für mich. Es war jener Sieg von Alarcos, der dich verleitet hat, die zweite, übermütige Schlacht zu schlagen. Mir hat das Leid Segen gebracht, am Ende. Ich habe den Frieden gefunden.« Und, scheinbar ohne Zusammenhang, fuhr er fort: »Ich höre, Alarcos steht nicht mehr.«

Erst glaubte Alfonso, der Mann wolle sich im Schutze seiner Heiligkeit über ihn lustig machen. Aber die Worte kamen seltsam gleichmäßig von den Lippen des Blinden, sie kamen wie von einem Dritten, der sie beide aus hoher Ferne betrachtete, sie waren nicht bestimmt, ihn zu kränken.

»Ich habe gebetet«, sagte Diego, »daß das Unglück auch dir zum Heil ausschlage, Herr König.« Und: »Laß mich dich sehen«, verlangte er, die Hände ausstreckend. Alfonso begriff, was er wollte, er trat nah an ihn heran, und der Blinde betastete sein Gesicht. Der König spürte mit Unbehagen die knochigen Hände an seiner Stirn und seinen Wangen drükken und fingern. Alles an dem Mann war ihm widerwärtig: wie er aussah, wie er sprach, wie er roch. Es war in Wahrheit eine Prüfung, der er sich unterzog. Und war der Mann nicht doch ein Joglar, ein Jahrmarktsgaukler?

Diego sagte: »Sei getrost. Der Herr hat dir die Kraft gegeben, in Demut zu warten. Quien no cae, se no levanta – Wer nicht fällt, steht nicht auf. Vielleicht wirst du lange warten müssen, aber du hast die Kraft.«

Alfonso begleitete ihn zur Tür und überließ ihn denen, die ihn führten.

Es kam der Tag, an dem man die Leichen des Jehuda Ibn Esra und seiner Tochter ausgrub, um sie in den Friedhof der Judería zu überführen. Es war ein Tag im frühen Herbst, warm, gewitterig; der Stadtfelsen von Toledo lag dunkel, in schwerem, schwärzlichgrünem Grau.

Sie hüllten Jehuda und Raquel in weißes Totenleinen. Sie legten sie in Särge, die einfach waren, wie der Brauch es verlangte; es war aber fette, schwarze, krümelnde Erde hineingestreut, Erde aus Zion. Auf Zions Erde also lag jetzt das Haupt des Jehuda, der gedichtet und getrachtet hatte zur größeren Ehre seines Volkes, und das Haupt der Raquel, die geträumt hatte vom Messias.

Alle jüdischen Gemeinden Hispaniens hatten Abordnungen gesandt, auch aus der Provence und aus Francien waren viele gekommen, und einige sogar aus Deutschland.

Die acht angesehensten Männer der Aljama von Toledo hoben die Särge auf ihre Schultern und trugen sie über die Kieswege der Galiana zwischen den Bäumen und Beeten hindurch zum Haupttor. Dort, wo die Inschrift Alafia grüßte, standen andere bereit, die Särge aufzunehmen. Sie trugen sie eine kurze Strecke, dann warteten neue Träger; denn Zahllose hatten sich um die Ehre beworben, die Toten zu Grabe zu tragen.

So, von Schulter zu Schulter, zogen die Särge die heiße Straße entlang zur Alcantara, zu der Brücke, die über den Tajo führte.

Eine kurze Strecke trug auch der junge Don Benjamín einen der beiden Särge, den zweiten, den Sarg Doña Raquels. Es war eine leichte Last, aber der junge Mensch hatte Mühe, die Beine zu heben; dicht und dumpf, leibhaft geradezu engte der Kummer ihn ein.

Er suchte die Enge zu durchstoßen mit Gedanken.

Dachte daran, wie nun die sechstausend fränkischen Flüchtlinge, die Jehuda gegen so viel wüsten Widerstand ins Land gerufen hatte, aus lästigen Eindringlingen zu hocherwünschten Mitbürgern geworden waren. Es war alles anders gekommen, besser, als er, Benjamín, erwartet hatte. Halb ungläubig hatte er's mitangesehen, wie sein Onkel Ephraim nach Sevilla gesandt worden war, wie er den Frieden bewirkt hatte und wie er nun Maßnahmen traf, ihn zu wahren. Das Werk Jehudas bestand, es ging weiter. Und der König duldete es nicht nur, der König förderte es. Aber wieviel Tod und Elend war nötig gewesen, ehe dieser Ritter zur Vernunft kam. Und wird die Vernunft vorhalten?

Er durfte sich von seinem Widerwillen gegen den König nicht zu ungerechtem Urteil verleiten lassen. Der König *hatte* sich gewandelt. Raquel hatte es erreicht. Es war zugegangen wie in jenem Märchen, das sie so sehr liebte. Der Zauberer hatte dem Lehmkloß Leben eingehaucht, aber der Zauberer war darüber gestorben.

Langsam schritt Don Benjamín dahin, die leichte Last Raquel auf der Schulter, eingesponnen in seine Betrachtung, ungleichmäßigen Schrittes, die andern Träger behindernd.

Die Sechstausend werden nun sinnvoll leben können. Das war wenig, maß man es an dem sinnlosen Tod, den tausend mal tausend gestorben waren in den Kriegen dieser Jahrzehnte. Alles Erreichte war wenig, das bißchen Friede des Ephraim, das bißchen Vernunft des Königs. Es war nur ein winziges neues Licht in der großen Nacht. Aber da war es, das neue kleine Licht, es leuchtete, und wenn ihn Angst ankommen sollte, wird das kleine Licht sie ihm fortleuchten.

Es war an dem, daß er und die mit ihm trugen, den Sarg abzugeben hatten an neue Wartende. Doch nun er der Last ledig war und nicht mehr Schritt halten mußte mit den andern, schleppten sich seine Füße noch schwerer. Aber er raffte sich zusammen, hielt sich aufrecht, dachte. Dachte bitter, zäh und beharrlich: Es ist uns aufgetragen, am Werke zu arbeiten; es zu vollenden ist uns nicht aufgetragen.

Der Leichenzug hatte die Stadtgrenze erreicht, die Brücke über den Tajo. Weit öffneten sich die mächtigen Tore, die Toten einzulassen.

Don Alfonso hatte angeordnet, daß seinem Escrivano, dem Toledo so schlecht gedankt hatte, höchste Ehre erwiesen werde. Die Leute von Toledo gehorchten gerne. Alle Häuser waren mit schwarzen Tüchern ausgelegt. Dicht säumte das Volk, eine einförmig dunkle Masse, die sonst so bunten Straßen; der Lärm war gedämpft zu einem schweren Summen. Überall am Wege standen Soldaten des Königs in Haltung, und wo immer die Särge vorbeikamen, senkten sich die Fahnen mit dem Wappen Kastiliens. Die Leute entblößten die Köpfe, viele knieten, Frauen und Mädchen weinten laut um das Schicksal der Fermosa.

Die Toten zogen die steilen Straßen hinauf zur innern Stadt. Man nahm nicht die kürzeste Strecke, man führte die

Särge auf einem Umweg über den Marktplatz, den Zocodovér, damit möglichst viele den Toten Ehre erweisen könnten.

An einem Fenster hoch oben in der Burg, von wo er den Weg des Trauerzuges weit verfolgen konnte, stand Alfonso, allein.

Er dachte:

Ich bin nicht einmal traurig. Ich bin ruhig geworden. Ich bin frei von heftigen Süchten. Ich bin ein besserer König geworden. Ich sollte es zufrieden sein. Ich bin es nicht.

Ich werde wohl meinen großen Feldzug noch erleben, und ich werde ihn führen können an der Spitze eines geeinigten Hispaniens. Aber auch in der Minute, da ich den Sieg in der Hand habe, werde ich nichts Heißeres fühlen als: Jetzt ist es soweit, ich habe meine Pflicht getan, und wenn es hoch kommt, wird es Erleichterung sein, Glück wird es nicht sein. Was mir an Glück zugemessen war, liegt hinter mit. Es war da, ich hab es in meinen Armen gehalten, es hat sich mir angeschmiegt, weich und betäubend süß. Aber ich war leichtsinnig und bin davongegangen. Und jetzt tragen sie, was mir an Glück bestimmt war, dort unten vorbei.

Zwölf Jahre soll ich warten auf meinen Feldzug. Ich habe nie warten können; das Leben ist mir gerannt wie ein Pferd. Jetzt kriecht es mir wie eine Schnecke. Das Jahr dehnt sich, der Tag dehnt sich. Und ich halte es aus, ich werde nicht einmal zornig. Und daß ich so warten kann, das ist das Schlimmste.

Ich werde auch den Feldzug mit Bedacht führen. Nichts wird dasein von dem wilden, seligen Mut von früher. Sie werden schreien: A lor, a lor!, und ich werde nicht mitschreien.

Er mühte sich, an denjenigen zu denken, für den er den Feldzug führen wird, an den kleinen Fernán; aber er sah kein klares Bild, und keine Wärme ging aus von dem Bild des Enkels. Alles, was jetzt um Alfonso war, blieb sonderbar vag, nebelhaft, unwirklich.

Er dachte:

Ich bin vierzig, aber mein Leben liegt hinter mir. Nichts ist mir wirklich als meine Vergangenheit. Mein Heute liegt in

Dunst und Staub wie ein Schlachtfeld in währendem Kampf. Und auch wenn ich einmal siege, wird darüber nichts sein als Dunst und Dumpfheit. Ja, wenn ich für meinen Sohn siegen könnte, für meinen Sancho, für meinen lieben Bastard! Aber wer weiß, wo dann mein Sancho sein wird. Wahrscheinlich unter denjenigen, denen der Friede mehr gilt als sogar der Sieg.

Der Leichenzug mittlerweile war an seinem Ziel angelangt.

Drei Friedhöfe hatten die Juden von Toledo, zwei außerhalb der Mauern, einen in der Judería selber. In diesem, der klein war und sehr alt, hatten nur die Mitglieder der vornehmsten Geschlechter Grabstätten, unter ihnen die Ibn Esras. Es lagen unter diesen toten Ibn Esras solche, die ihr Geschlecht zurückführten auf einen Nachfahr König Davids, der zusammen mit dem Adoniram, dem Steuereinnehmer König Salomos, nach der Halbinsel gekommen war, und so auch war es vermerkt auf ihren Grabsteinen. Es lagen ferner unter diesen toten Ibn Esras solche, die zur Zeit der Römer Kaufleute gewesen waren, Bänker, Steuereinnehmer, und solche, die unter den Gotenkönigen in Toledo gelebt hatten, gejagt und verfolgt, und solche, die unter den Moslems Wesire gewesen waren und große Ärzte und Poeten. Es lag hier auch jener Ibn Esra, der einstmals das Castillo gebaut hatte, das ihren Namen trug, sowie jener, der dem Kaiser Alfonso Calatrava gehalten hatte, der Oheim Jehudas.

Auf diesen Friedhof also brachte man die Leichen.

Eng aneinandergedrückt standen die Trauernden; so dicht standen sie, erzählt der Chronist, daß man über ihre Schultern hätte hinweglaufen können.

Im Bezirk der toten Ibn Esras hatte man zwei neue Gräber ausgeschachtet. Da hinein legten sie Jehuda Ibn Esra und seine Tochter Raquel und versammelten sie zu ihren Ahnen.

Dann wuschen sie sich die Hände und murmelten den Segensspruch.

Und Don Joseph Ibn Esra als der nächste Verwandte sprach das Gebet der Trauernden, welches beginnt: Gerühmt und geheiligt werde der erhabene Name, und welches endet:

Der Frieden stiftet in seinen Höhen, Er gebe Frieden uns und allem Israel, und darauf sprechet amen.

Und dreißig Tage lang in allen jüdischen Gemeinden der Halbinsel und in denen der Provence und Franciens sprachen sie dieses Gebet, zum Andenken Don Jehuda Ibn Esras Unseres Herrn und Lehrers, und der Doña Raquel.

Wo aber auf Märkten und in Schenken Kastiliens viele Leute zusammenkamen, sangen die Joglares, die Bänkelsänger, Balladen von dem König Don Alfonso und seiner heißen, verhängnisvollen Liebe zu der Jüdin Fermosa. Tief ins Volk drangen die Lieder, und am Werktag und am Feiertag, bei der Arbeit und beim Essen und in den Schlaf hinein sang und summte es in Kastilien:

Und der König
Ward verblendet durch die Liebe
Und verschaute sich in eine
Jüdin, und sie hieß Fermosa.
Ja, Fermosa hieß, »Die Schöne«
Hieß sie, und sie hieß zu Recht so.
Und mit ihr vergaß der König
Seine Königin.

Don Alfonso selber betrat niemals mehr das Gebiet der Huerta del Rey.

Langsam verwilderten die Gärten und verfiel die Galiana. Auch die weiße Mauer zerbröckelte, die den ausgedehnten Besitz umgab. Am längsten hielt das große Haupttor, durch welches der Castro und die Seinen gezogen waren, um Raquel und ihren Vater zu erschlagen.

Ich selber bin noch vor diesem Tor gestanden und habe die verwitternde arabische Inschrift gesehen, mit welcher die Galiana den Gast begrüßte: Alafia, Heil, Segen.

Nachwort des Autors 1955

Jahrzehnte hindurch hat mich die Geschichte jener Hadassa beschäftigt, die, von dem persischen Großkönig Ahasver zu seiner Königin erhöht, unter dem Namen Esther ihr Volk, die Juden, vom sichern Untergang rettet.

Der kleine Roman, der das Schicksal dieser Hadassa zum Gegenstand hat, »Das Buch Esther«, ist eines der wirksamsten und populärsten Bücher der Bibel. Der Autor versteht sich auf die Kunst der großen hebräischen und arabischen Erzähler, er schafft steigende äußere und innere Spannung und weiß seiner Fabel immer neue Überraschungen abzugewinnen. Überdies schrieb er zu einer Zeit, da sein Volk aus höchster Bedrängnis gerettet worden war, er litt und jubelte mit seinem Volk, und sein patriotischer Schwung teilt sich noch heute dem Leser mit.

Mich jedenfalls hat »Das Buch Esther« tief angerührt, es hat viele angerührt, und in den mehr als zweitausend Jahren seit seiner Entstehung haben viele versucht, den Roman aus den Geschehnissen ihrer eigenen Zeit heraus zu erzählen. Mehrmals, wenn ich die Bedrängnis der beiden Völker, deren Verband ich angehöre, besonders schmerzhaft spürte, hat es auch mich getrieben, aus dem Sehwinkel meiner Welt heraus die Geschichte der Königin Esther neu zu erzählen.

Was den kleinen Roman so besonders fesselnd macht, ist ein listiger Kunstgriff des alten jüdischen Dichters, ein Kunstgriff, den vor ihm keiner gefunden hatte. Er schafft seinen Erfindungen Glaubwürdigkeit und den Anschein äußerster Sachlichkeit, indem er sich in einen Mann verkleidet, der den Auftrag hat, die Ereignisse des persischen Hofes historisch trocken aufzuzeichnen. Er gibt seinem Roman die Maske einer Hofchronik, er verbirgt die jüdisch-nationalistische Tendenz der Erzählung hinter ihrem objektiven Ton. Er vermeidet es, auf die Gottesbegnadung, die Auserwähltheit seines Volkes hinzuweisen; unter den Büchern der Bibel ist dieses das einzige, in welchem Gott nicht erwähnt wird. Auch verzichtet er darauf, das Wesen und die Taten seiner Menschen zu werten. Er preist nicht seine Königin Esther und ihren Vormund Mardochai, er beschimpft nicht den Judenfeind Haman. Er verläßt sich auf seine Fabel, er rechnet damit, daß die Vorgänge, die er ersonnen hat, genügen, den Leser zu empören gegen den Judenfeind und zu begeistern für den duldenden und triumphierenden Mardochai und seine Esther. Das gelingt dem Dichter denn auch, und wiewohl er sorglich den eigenen Jubel versteckt, freut sich der Leser von Herzen, wenn am Schluß Haman an dem Galgen hängt, den er für Mardochai errichtet hat.

Denkt freilich der Leser nach vollendeter Lektüre über die Geschehnisse nach, dann kommen ihm Bedenken. Wie konnte die junge Frau, welche der Herrscher der Welt auf seinen Thron setzt, es bewerkstelligen, Namen und Herkunft so lange zu verschweigen? Was ist das für ein Großwesir, der mit dem einzelnen Feind gleich dessen ganzes Volk vernichten will? Was ist das für ein König, der heute ohne langes Fragen eine ganze Nation zum Untergang verurteilt und morgen wiederum ohne viel Federlesen die zahllosen Feinde dieses Volkes hinschlachten läßt? Stellt man aber erst solche Fragen, dann erweist sich die Sachlichkeit des Autors als Kostüm und der ganze Roman als Hirngespinst.

Hier einzugreifen und das Märchen des alten Dichters sinnvoll in beglaubigte Geschichte einzubetten schien mir eine reizvolle Aufgabe. Ich wollte die Handlung in einer Umwelt ansiedeln, welche Menschen und Ereignisse glaubwürdig machen sollte, und überdies Ausblicke ins Vergangene und ins Zukünftige öffnen dergestalt, daß die Begebenheiten um Esther auch die Ereignisse von heute neu belichteten.

Da indes erwies sich, daß die alte Grundfabel einen schlimmen Fehler hat. Ihre Heldin ist nicht da. Esther ist eine Puppe in der Hand ihres Vormunds, sie wird von außen bewegt, sie ist ganz und gar passiv, ein Rad im Getriebe der Handlung, nichts weiter. Dieses Vakuum gerade im Zentrum der Geschichte hat bewirkt, daß große Dichter, welche die Handlung zu getreu übernahmen, gescheitert sind. Racine flüchtete seine Dichtung in den sicheren Hafen der Frömmigkeit, Grillparzer ließ das halbvollendete Werk liegen. Ich war vermessen genug, anzunehmen, daß ich meiner Esther jenes Eigenleben geben könnte, das ich an der Königin Esther des Märchens vermißte. Aber ich hätte dann sehr weit abgehen müssen von der biblischen Grundfabel, die ihren mehr als zweitausendjährigen Nimbus hat, und so begnügte ich mich, den Grundriß eines zukünftigen Buches liebevoll aufzuzeichnen.

Es konnte nicht ausbleiben, daß in den Jahrzehnten, da ich mich mit der Esther-Geschichte befaßte, die Gestalten anderer jüdischer Frauen herandrängten, die folgenreich in die Geschichte ihres Volkes eingegriffen hatten, und eine von ihnen ist eben die, von der Sie in diesem Buch gelesen haben, Raquel, La Fermosa, die Freundin des Königs Alfonso.

Ich erfuhr zuerst von ihrer Geschichte durch das Drama Grillparzers. Ich liebte und liebe sehr dieses Stück, den zarten Schwung seiner Verse und die Seelenkenntnis seines Dichters, der bewußt darauf verzichtet, seiner Handlung irgendwelche geschichtlichen Beziehungen zu geben, dafür aber seine Menschen um so schärfer herausarbeitet. Seltsamerweise tadelte sein Freund und Herausgeber Heinrich Laube das Werk mit Schärfe. (Es ist wohl der Stoff als solcher mit seiner sensationellen Mischung von Erotischem und Historie, der gewisse Betrachter abstößt; so hat etwa Martin Luther »Das Buch Esther« mit Unmut und Heftigkeit abgelehnt.) Wie immer, Heinrich Laube nimmt an, Grillparzers »Jüdin« sei mißlungen, weil sich der Dichter zu treu an sein Vorbild gehalten habe, an das Drama Lope de Vegas »La Judía de Toledo«, ein nach Laubes Meinung rein äußerliches Theaterstück.

Ich las Lopes Drama. Gewiß ist es theatralisch, es ist sichtlich in wenigen Tagen hingeschmissen und höchst unbedenklich. Da dem Dichter der Stoff, den er in seiner Vorlage, einer alten Chronik, fand, für die drei Akte eines Stückes nicht zu genügen schien, füllte er damit nur seine beiden letzten Akte und verwandte für seinen ersten Akt aus der gleichen Chronik ein paar Kapitel, die dort der Geschichte der Jüdin unmittelbar vorausgehen, doch nichts mit ihr zu tun haben. Da aber Lope ein passionierter und überaus geschickter Theatermann ist, überträgt sich die Freude, die er an den Effekten seines Theaters hat, auf den Leser und Zuschauer, seine Sorglosigkeit tut der Wirksamkeit seines Stückes kaum Eintrag. Seine »Judía de Toledo« ist ein überaus kräftiges, farbiges, wild patriotisches Theaterstück geworden, und ich verstehe sehr gut, was Grillparzer daran anzog.

Ja, der Stoff fesselte mich, wie er Lope und Grillparzer gefesselt hat.

Ich las Lopes Quelle. Es ist das jene Chronik, aus der ich einige Zeilen jedem Teil meines Romans als Motto vorgesetzt habe. Geschrieben ist diese Chronik von einem anderen Alfonso von Kastilien, dem Zehnten dieses Namens, einem Urenkel unseres Alfonso, der sieben Jahre nach dessen Tod geboren wurde. Er erzählt von der Liebschaft seines Urgroßvaters und der Jüdin mit sichtlicher Anteilnahme. Wie überhaupt diese Liebesgeschichte von Beginn an und durch die Jahrhunderte hindurch die Phantasie der Spanier beschäftigt hat. Es wurden um sie bis in die Mitte des vorigen Jahrhunderts hinein immer neue Balladen, Romanzen, Vers-Epen, Romane, Novellen und Stücke geschrieben. Selbst in der arabischen Literatur spielt die Geschichte eine Rolle, die Romantiker vieler Zeiten und vieler Länder haben sie erzählt, ein jeder auf seine Weise.

Soweit ich es überblicken kann, hat indes von diesen vielen Fassungen keine sich um die Geschichte des Landes gekümmert, in dem die Ereignisse spielen. Dabei ist aber das Schicksal der Liebenden eng verknüpft mit dem ihres Landes, und je eingehender sich der Betrachter mit den Zuständen jenes Spaniens befaßt, einen um so tieferen Sinn gewinnt ihm die Geschichte von Esther-Raquel und dem König.

Die alten spanischen Chroniken und Balladen, die als erste von Alfonso und der Jüdin berichten, glauben naiv und bedingungslos an die Heiligkeit des Krieges. Sie halfen mir, jene ritterliche Zivilisation zu verstehen, die mit all ihrer überfeinerten Courtoisie noch tief im Barbarischen steckt, die innere Landschaft jener kastilischen Barone, ihre glaubenswütige, todessüchtige Tapferkeit, ihren grenzenlosen Stolz, der ohne Skrupel die wunderbaren Städte und Länder zerstört, welche die anderen geschaffen haben. Nur wer die hinreißende Anziehungskraft dieses Abenteurertums spürt, kann, scheint mir, die Geschichte von Raquel und dem König ganz verstehen.

Ich wollte dieses sinnlose Heldentum nicht etwa erklären, ich wollte seinen Glanz und Zauber lebendig machen, ohne doch sein Verderbliches zu verstecken. Sichtbar machen wollte ich, wie die Magie dieses Kriegertums sogar jene anzieht, die seine Verderblichkeit durchschauen. Raquel spürt, wie unheilvoll sich Alfonsos Tollkühnheit auswirken muß – und liebt ihn. Was sie, die Wissende, an dem unheilvollen Manne lockt, sollte zum Sinnbild werden aller Verführung, die von dem Kriegerischen, dem Abenteuerlichen ausstrahlt und zuweilen auch den Erkennenden blendet.

Dem Ritter entgegenstellen wollte ich den Mann des Friedens. Der freilich wird nicht gefeiert in den Chroniken und Balladen der Zeit, aber vorhanden ist er. Schattenhaft am Rande der Chroniken lebt er, deutlicher in Dokumenten, Privilegien und Gesetzen, am klarsten in Büchern der Gelehrten und Philosophen. Da sind die Bürger und Bauern, die Bewohner der aufkommenden Städte, die danach trachten, dem wilden Wesen der Ritter und Barone Ordnung und Gesetz entgegenzustellen. Da sind die Juden, die schon deshalb ihr Bestes tun, den Frieden zu wahren, weil sie die ersten sein werden, die zwischen den Kriegführenden umkommen. Und da sind vor allem die Denkenden, Geistliche und Laien, jene Rodrigue, Musa, Benjamín, die mit Wort und Tat dem Kriege wehren. Männer, die der gerüsteten Tapferkeit der Ritter nichts entgegenzusetzen haben als den stillen Mut ihres Geistes. Aber ist das nicht viel?

Zwei Pfeiler sind es, pflegt man zu sagen, auf denen unsere Zivilisation steht: das humanistische Bildungsideal der Griechen und Römer und der jüdisch-christliche Moralkodex der Bibel. Mir scheint, es lebt in unserer Zivilisation ein drittes Erbe fort: die Ehrfurcht vor dem Heldentum, dem Rittertum. Das liebevoll ehrfürchtige Bild des christlichen Ritters, wie das Mittelalter es malte, ist noch keineswegs verblaßt. Noch immer gilt als der höchste Ruhm die Glorie des Helden, des Kriegers. Der große Dichter Cervantes hat mit zärtlicher Sorgfalt gestaltet, was an dem Ritter lächerlich ist. Die Welt lachte: überzeugen ließ sie sich nicht. Ein Stück Don Quichotte war wohl von Anfang an in jedem Ritter; doch die Welt wollte und will das nicht sehen, sie will noch immer nicht den Narren sehen, der in dem Ritter steckt, sie will nur seinen Glanz sehen; sie schaut noch immer zu dem Ritter auf und überhäuft ihn mit Ehren.

Weil also das hinreißende Rittertum des Mittelalters noch immer unheilvoll lebendig ist, deshalb geht, glaube ich, die Geschichte von Alfonso und Raquel auch uns an. Die Theoretiker jenes Jahrhunderts erörterten, ob es erlaubt sei, einem Feind, der vielleicht angreifen könnte, durch Angriff zuvorzukommen; sie erörterten, ob es schimpflich sei, den Frieden mit hohen Opfern zu bezahlen. Ich wollte versuchen, Menschen wiederzubeleben, die sich mit solchen Gedanken herumschlugen. Ich sagte mir, wer die Geschichte dieser Menschen neu erzählt, schreibt nicht nur Historie, er gibt Problemen unserer Zeit Licht und Sinn.

L. F.

Zu diesem Band

Es sei »ganz Spanien darin«, hatte Thomas Mann 1951 nach der Lektüre des Goya-Romans geschrieben. Und es war die feste Absicht Feuchtwangers, dieses »düster glänzende Riesengemälde« (ebenfalls Thomas Mann) mit einem zweiten Band fortzusetzen. Der Plan wurde nie realisiert. Der Schauplatz des übernächsten Romans war zwar wiederum Spanien, die Zeit aber nicht das achtzehnte, sondern das zwölfte Jahrhundert. Im »Goya« wird der historische Vorfall episodenhaft bereits erwähnt: Pepa, die Geliebte Don Manuels, singt die Romanze vom König Alfonso, der sich in Toledo in die Jüdin Raquel verliebt und sieben Jahre mit ihr verlebt, »seine Königin, die englische Leonora, allein lassend. Dann aber empören sich die Granden und schlagen die Jüdin tot.«

Einer der ersten, der von Feuchtwangers neuem Romanprojekt erfuhr, war Arnold Zweig: »Ich habe mich an eine ›Jüdin von Toledo‹ gemacht, und ich will darstellen das Wesen des Feudalismus, das tief anziehende, anti-rationalistische und verderbliche, wie es ja heute noch fortwirkt«, schrieb er am 20. Juli 1953. Zu dieser Zeit hatte das Werk schon Form und Umfang angenommen, denn ein paar Monate später weiß Zweig »von einer alten Verehrerin«, daß Feuchtwanger im Freundeskreis daraus vorgelesen hat.

Am 1. Februar 1954 berichtete Feuchtwanger auch von der Stoffindung, auf die er später ausführlich in seinem Nachwort eingeht: daß er sich seit Jahren mit einem Esther-Roman »herumgeschlagen« habe, daß das Buch »im Grunde ... schon fertig« gewesen sei, daß er aber wegen der Passivität der Hauptfigur, der biblischen Esther, schließlich darauf verzichtet habe, es zu beenden. (Im Nachwort reduziert er allerdings das Stadium des Manuskripts auf den »Grundriß eines zukünftigen Buches«.) »Jetzt bin ich sehr froh, daß ich bei der Arbeit am ›Goya‹ wieder auf Lopes ›Jüdin von Toledo‹ stieß. Von da ging ich zurück auf die Chroniken, und dann ergab der Stoff genau das, was ich hinter dem Material der Esther gesucht hatte.«

Da Arnold Zweig der historische Vorfall wenig vertraut war und er weder Lope de Vegas Theaterstück »Las paces de los reyes y Judía de Toledo« (1616) noch Franz Grillparzers Tragödie von 1848 »Die Jüdin von Toledo« auftreiben konnte, erläuterte ihm Feuchtwanger am 15. März 1954 die inhaltlich-thematische Absicht seines Romans: »Mich interessiert die Ablösung des feudal Kriegerischen durch den aufkommenden bürgerlichen Humanismus, der seltsamen Kämpfe zwischen dem überzivilisierten spanischen Islam und dem rohen und eleganten christlichen Rittertum und den Juden in der Mitte, der Heilige Krieg, der Kreuzzug und die Judenverfolgungen, Geschehnisse, die so seltsam ineinandergreifen. Der innere Sinn ist die Darstellung der ungeheuern Anziehungskraft des Krieges, der sich nicht einmal die Gegner ganz verschließen können. Darstellen will ich also, welch ungeheure Widerstände der Kampf um den Frieden überkommen muß. Das Schicksal meines jüdischen Ministers Jehuda Ibn Esra wiederholt auf einer sehr viel höheren geistigen Ebene das Schicksal des Jud Süß.«

Seit Ende des zweiten Weltkrieges war Feuchtwanger zwischen die ideologischen Fronten geraten. In den westlichen Ländern begegnete man den meisten Exilautoren ohnehin zunächst mit Vorbehalten; Feuchtwanger hatte sich zudem als Sympathisant der Sowjetunion ausgewiesen. In den östlichen Ländern galt die Emigration zwar als Beweis antifaschistischer Gesinnung, die Wahl des Exillandes aber doch als Warnzeichen prokapitalistischer Infiltration. So jedenfalls verstand man den Roman »Die Füchse im Weinberg« (1947), der schon allein durch seinen ursprünglichen Titel »Waffen für Amerika« zu geradezu absurden Vorwürfen aus Moskau geführt hatte. Seitdem rechnete Feuchtwanger bei jedem neuen Werk mit Mißverständnissen, diesmal neben politischen vorwiegend mit religionsbedingten, hatte es doch bereits nach Erscheinen des »Goya« wegen der Darstellung der Inquisition Attacken seitens der katholischen Kirche gegeben. »Da der Roman in einem Spanien spielt, in welchem Araber, Christen und Juden gegeneinander kämpfen und intrigieren«, schrieb er am 25. August 1953 an Katia Mann, »ist es sicher, daß ich mich diesmal sowohl bei Katholiken und Juden wie bei den Arabern in die Nesseln setzen werde.« Und an Arnold Zweig: »Der alte Hebbel hat zu Emil Kuh gesagt: Wenn man nicht immerzu sein Bild mit dem Stock erklärt, dann versteht der ewige Stumpfsinn überhaupt nichts.« Die Idee, daß ein gekochtes Ei im Frieden besser sei als ein gebratener Ochse im Krieg, werde ihm »hier und bei den Verfechtern der Kreuzzüge nicht viel Freunde machen« (1. Februar 1954). Eher amüsiert als verärgert berichtete er Brecht von einer Fehldeutung anderer Art: »In meinem neuen Roman kommt ein überaus streitbarer Minnesänger vor, Bertran de Born. Ich habe ein paar seiner wüsten Kriegslieder übersetzt; es ging mir darum, die verderbliche Anziehungskraft des Kriegerischen, des Tyrtäischen zu zeigen. Ein Leser, dem ich das Kapitel unlängst gab, ließ sich's nicht ausreden, daß das Modell meines Bertran de Born der Friedenspreisträger Bertolt Brecht sei; das bewiesen schon die Initialen ›B. B.‹.« (8. Februar 1955)

Ernsthafte Einwände gab es aber dann lediglich wegen des Titels: In den USA und in Westdeutschland fand man, er sei zu »controversial«. Und so erschienen 1955 zwei Erstausgaben, von denen die eine »Spanische Ballade« (Rowohlt Verlag Hamburg), die andere »Die Jüdin von Toledo« (Aufbau-Verlag Berlin) hieß. Für letztere verfaßte Feuchtwanger ein Nachwort, das in den vorliegenden Band aufgenommen wurde.

Über seinen Roman »Die Füchse im Weinberg« hatte Feuchtwanger geschrieben, sein eigentlicher Held sei jener unsichtbare Lenker der Geschichte, der Fortschritt heißt.

Auch die »Jüdin von Toledo« durchzieht ein solches Grundprinzip: Es ist die Toleranz, personifiziert in den von Vernunft statt Fanatismus geprägten Vertretern der drei Religionen, Jehuda Ibn Esra, Rodrigue und Musa Ibn Da'ud, als Voraussetzung einer Gesellschaft, die den Frieden zwischen den Völkern möglich macht.

Entgegen allen vorausgegangenen Befürchtungen verstand und akzeptierte man das in West und Ost gleichermaßen. »Die Rezensionen sind sehr zahlreich, beinahe alle sehr günstig und zum Teil sogar verständnisvoll«, schrieb Feuchtwanger am 24. Dezember 1955 an Arnold Zweig. Katia Mann rechnete den Roman zu seinen »allerbesten, ich habe ihn, was mir Altersabgestumpften nicht leicht vorkommt ..., von Anfang bis Ende mit gespanntestem Interesse gelesen« (14. Januar 1958). In ähnlichem Sinne, natürlich viel differenzierter, äußerte sich auch die Literaturkritik. »Ein neues Meisterwerk deutscher Prosa« überschrieb die Zeitschrift »Neue Deutsche Literatur« die Rezension von Marcel Reich-Ranicki (Heft 3/1956). Alle Vorzüge der Epik Feuchtwangers leuchteten in diesem Roman in hellstem Licht, hieß es da. Besonderer poetischer Reiz hafte den Liebesszenen an, die von glühender Leidenschaft und der heißen Sinnlichkeit südlicher Temperamente erfüllt seien. Die Dialoge seien kunstvoll aufgebaut und mit großer gedanklicher Präzision und psychologischer Konsequenz geformt. Jehuda Ibn Esra erweise sich als eine der vollendetsten Gestalten, die Feuchtwanger geschaffen habe. »Mit dem Roman ›Die Jüdin von Toledo‹ hat Feuchtwanger einen wichtigen Beitrag zur Enthüllung der faszinierenden und verderblichen Anziehungskraft kriegerischer Abenteuer auf die Seele der Menschen geleistet«, und der Roman könne dazu beitragen, »daß wieder wirklich große, gerade jetzt so notwendige Werke deutscher Literatur geschaffen werden«.

Unsere Ausgabe folgt den beiden Erstdrucken von 1955 (»Spanische Ballade«, Rowohlt Verlag Hamburg, »Die Jüdin von Toledo«, Aufbau-Verlag Berlin). Orthographie und Interpunktion wurden unter Beibehaltung charakteristischer Besonderheiten modernisiert. Gedachte Rede steht ohne Anführungszeichen, Hervorhebungen sind kursiv gesetzt. Druckfehler wurden stillschweigend korrigiert.

Gisela Lüttig